스쩨빤치꼬보 마을 사람들

스쩨빤치꼬보 마을 사람들
Село Степанчиково и его обитатели

표도르 도스또예프스끼 장편소설
변현태 옮김

SELO STEPANTIKOVO I EGO OBITATELI
by FEDOR DOSTOEVSKII (1859)

일러두기

1. 번역 대본은 F. M. Dostoevskii, *Sobranie sochinenii v dvenadtsati tomakh* (Moskva: Pravda, 1982)와 F. M. Dostoevskii, *Polnoe sobranie sochinenii v tridtsati tomakh*(Leningrad: Nauka, 1972~1990)를 주로 사용하였습니다. 다만 판본에 차이가 없는 한 옮긴이가 번역 대본을 임의로 선택하였습니다.
2. 러시아어의 로마자 표기와 우리말 표기는 〈열린책들〉에서 정한 표기안을 따르되, 관행적으로 굳어진 일부 용어만 예외로 하였습니다.

이 책은 실로 꿰매어 제본하는 정통적인 사철 방식으로 만들어졌습니다.
사철 방식으로 제본된 책은 오랫동안 보관해도 손상되지 않습니다.

제1부	9
제2부	241
도스또예프스끼의 발전의 중간 단계 · 역자 해설	349
도스또예프스끼와 고골 · 작품 평론 · 유리 띠냐노프/변현태 옮김	365
도스또예프스끼 연보	395

『스쪠빤치꼬보 마을 사람들』 등장 인물

예고르 일리치 로스따네프(예고루쉬까, 아저씨) 퇴역 대령.
사샤(알렉산드라 예고로브나, 사셴까, 사슈르까) 그의 딸.
일류샤(일리야 예고로비치, 일리인, 일류쉬까) 그의 아들.
장군 부인(아가피야 찌모페예브나 끄라호뜨끼나) 예고르의 어머니.

포마 포미치(오삐스낀) 예고르 집의 식객.

세료자(세르게이 알렉산드로비치, 세르주) 예고르의 조카. 이 작품의 〈나〉.
미진치꼬프(이반 이바니치) 예고르의 친척.
쁘라스꼬비야 일리니츠나(고모) 예고르의 누이.
아파나시야 마뜨베이치 예고르의 삼촌.

예제비낀(예브그라프 라리오니치) 전직 문관.
나스쩬까(나스따시야 예브그라포브나, 나스쨔) 그의 딸. 예고르 집안의 가정 교사.

오브노스낀(빠벨 세묘니치, 빠블루샤, 폴)
안피사 뻬뜨로브나 오브노스낀의 어머니.

바흐체예프(스쪠빤 알렉세이치) 뚱보 지주.
그리고리(그리쉬까) 바흐체예프의 나이 든 시종.
뻬레뻴리찌나(안나 닐로브나) 장군 부인의 수행원.
따찌야나 이바노브나 막대한 유산을 상속받은 노처녀.

비도쁠랴소프(그리고리, 그리쉬까) 이름을 계속 바꾸는 예고르의 하인.
가브릴라(이그나찌치) 예고르의 시종.
팔랄레이 예고르의 하인. 잘생긴 소년.
꼬로프낀 술 주정뱅이. 이른바 〈과학자〉.

1
제1부

1. 서문

나의 아저씨인 예고르 일리치 로스따네프 대령은 퇴역하면서 유산으로 물려받은 스쩨빤치꼬보 마을로 이사를 간 후, 마치 자신이 소유하고 있는 영지에서 한번도 벗어나 본 적 없이 평생을 한곳에서 살아왔던 지주처럼 그곳에 살기 시작하였다. 모든 것에 만족하고 모든 것에 익숙해질 수 있는 그와 같은 기질을 가진 사람들이 존재하는데, 이 은퇴한 대령의 기질이 바로 그와 같았다. 그보다 더 온순하고 그보다 더 쉽게 다른 사람의 말에 찬성해 주는 사람을 상상하기란 쉽지 않은 일이다. 만일 사람들이 아저씨에게 누군가를 무동 태워서 2베르스따[1]를 데려다 달라고 진지하게 부탁한다면 아마도 그는 그렇게 하고 말 것이다. 그는 누군가의 요청을 받으면 두말없이 즉각 요청받은 것을 들어주고, 심지어는 자신에게 마지막 남은 루바쉬까[2] 마저도 두말없이 기꺼이 나누어 주려 할 정도로 착한 사람이었다. 그의 외모는 아주 늠름한 편이었다. 크고 균형이 잡힌 몸에 혈색 좋은 뺨과 상아처럼 하얀 치아, 짙은 밤색의 긴 콧수염, 크고 낭랑한 목소리, 솔직하고 우렁찬 웃음소리. 그는 탁탁 끊어지는 빠른 말씨로 이야기하였다. 그 당시 그의 나이는 마흔이었고, 약 열여섯 살이 되던 때부

[1] 미터법 시행 이전 러시아의 거리 단위. 1베르스따는 1.067킬로미터.
[2] 러시아의 대표적인 의복. 일반적으로 겉옷을 의미한다.

터 그의 전 생애를 경기병으로 지내 왔다. 매우 젊은 나이에 결혼하였으며, 자신의 아내에게 푹 빠져 있었다. 그러나 아내는 그의 가슴에 지울 수 없는 아름다운 추억을 남기고 죽어 버렸다. 마침내 스쩨빤치꼬보 마을을 유산으로 상속받고, 이 영지가 농노 6백 명의 크기로 번창하자 군무를 퇴역하고서는 자신의 아이들, 즉 여섯 살 난 일류샤(이 아이를 낳다가 그의 아내가 죽었다)와 큰딸 사셴까[3](열다섯 살인데 어머니가 돌아가신 후 모스끄바의 한 기숙 학교에서 교육을 받고 있었다)와 함께, 앞서 말한 것처럼 시골로 이주를 하였다. 그러나 곧 아저씨의 집은 마치 노아의 방주처럼 되어 버렸다. 그것은 다음과 같은 일이 일어나게 되었기 때문이다.

아저씨가 유산을 상속받고 퇴역하였을 때 그의 어머니인 끄라호뜨끼나 장군 부인, 그러니까 16년 전 아저씨가 아직 기병 소위인 주제에 벌써 결혼할 생각을 하고 있을 때 끄라호뜨낀 장군에게 개가한 어머니가 남편을 잃었다. 그때 아저씨의 어머니는 오랫동안 그의 결혼을 허락하지 않았다. 비통한 눈물을 흘리면서 그의 이기주의와 배은망덕과 불효를 비난하였다. 그의 영지는 기껏해야 2백 50명의 농노가 딸린 크기이며, 가족만을 부양하기에도(그러니까 그의 어머니가 말하는 가족 부양이란 그녀의 식객 무리들과 몇 마리의 발바리, 스피츠, 그리고 중국 고양이 등등에 대한 것이었다) 부족하다는 것을 이유로 그를 설득하곤 하였다. 아저씨를 비난하고 질책하면서 느닷없이 호통을 치곤 하던 와중에, 그러니까 아저씨가 결혼하기도 전에 전혀 예기치 못하게 그녀가 먼저, 그것도 마흔둘의 나이에 개가를 해버렸다. 그럼에도

---

[3] 일류샤, 사셴까는 각각 일리인, 알렉산드라의 애칭이다. 주로 손아랫사람을 부를 때 사용되는 애칭은 하나의 이름에 여러 가지가 있을 수 있는데, 예를 들어 이 작품에서 알렉산드라의 애칭으로 사셴까 외에도 사슈르까 등이 쓰이고 있다.

불구하고 그녀는 불쌍한 나의 아저씨를 비난할 구실을 찾아내어, 불효 막심한 이기주의자인 그녀의 아들이 도저히 용서할 수 없는 뻔뻔한 일, 즉 자신의 가정을 꾸리겠다는 생각을 하고서 그녀의 노후의 안식처를 빼앗으려 하였기 때문에 그 안식처를 얻기 위하여 결혼을 하였다고 우기는 것이었다.

고(故) 끄라호뜨낀 장군과 같은 사람 — 아마도 꽤 분별력 있었던 사람으로 보이는데 — 이 마흔둘의 과부와 결혼을 한 진정한 이유를 나는 결코 알지 못한다. 틀림없이 그녀가 꽤 많은 돈을 가지고 있는 것으로 추측하였으리라고밖에 생각할 수 없다. 다른 사람들은 그가 그 당시 이미 자신의 노후에 닥쳐올 온갖 병마들을 예측하고 있었기 때문에 단지 자신을 돌봐 줄 간호사를 필요로 했던 것이라고 생각하기도 한다. 한 가지는 확실한데, 장군은 그녀와 함께 사는 동안 아내를 조금도 존중해 주지 않았고, 적당한 구실을 찾아내기만 하면 그녀를 노골적으로 비웃곤 하였다는 것이다. 그는 이상한 사람이었다. 교육은 제대로 못 받았지만 매우 똑똑한 사람이었던 그는, 모든 사람들을 경멸하고 아무런 권리도 없으면서 모든 사람들을 비웃었다. 그리고 나이가 들면서 그를 찾아오는, 불규칙하고 건전하지 못한 생활로 말미암은 질병으로 인해 모든 사람들에게 심술궂고 까다롭고 잔인하게 굴었다. 그는 성공적으로 근무한 셈이었다. 그러나 어떤 〈불쾌한 사건〉 때문에 매우 꼴사납게 퇴역해야만 했는데, 가까스로 법정에 서는 일만은 면했지만 연금은 받지 못하게 되었다. 결정적으로 이 일이 그로 하여금 원한을 품게 만들었다. 아무런 재산도 없이 찢어지게 가난한 1백 명의 농노로 이루어진 영지만을 가지고 있으면서도 그는 25년의 남은 여생을 빈둥거리고 아무 일도 하지 않으면서 자신이 무엇으로 살고 있는지, 누가 자신을 부양해 주고 있는지조차 알아보는 법이 없었다. 게다가 한술 더 떠서 이런저런 생활상의 편리들을 요구하면서, 지출을 줄일 생각은 하지 않고 사륜 마차까지 굴리는 것이었다. 얼마 안 가서 그의 두 다리는 못 쓰게 되었고, 그는 남은 10년을 안락의자에 앉아서 지냈다. 필요할 때면 옆에 앉아 있는 두 명의 하인들이 의자를 흔들어 주곤 했는데, 그들은 그로부터 오만가지 욕설을 빼고는 말다운 말을 들어 본 적이 없었다. 마차나 종들, 의자는 그의 아내의 불효 막심한 아들이 자신의 소유를 저당 잡히고 또 잡혀서, 자신에게 필요한 것들마저 구입하지 않으면서, 당시의 그의 재정으로는 도저히 갚을 수 없는 빚을 내어 가며, 최후의 한 방울까지 자신의 어머니에게 보내 줌으로써 마련된 것이었다. 그러나 그럼에도 불구하고, 이기주의자에 배은망덕한 자식이라는 표현은 여전히 그에게서 떨어지지 않고 붙어 있었다. 그러나 나의 아저씨는 결국 스스로 이기주의자라고 믿을 만큼 착했던 사람이었고, 따라서 자신에 대한 벌로써, 그리고 이기주의자가 되지 않기 위해서 더욱더 열심히 돈을 보내 주었다. 장군 부인은 자신의 남편을 하늘처럼 받들었다. 게다가 무엇보다도 그녀의 마음에 들었던 것은 그가 장군이며, 따라서 그녀는 장군 부인이라는 사실이었다.

그 집에서 그녀는 자신만의 방을 가지고 있었는데, 남편의 존재가 반쯤 희미해지자 그녀는 그곳에서 식객이며 마을의 정보통들이며, 그녀에게 충성을 바치는 사람들로 구성된 사교계를 번창시켰다. 그 마을에서 그녀는 중요 인물이었다. 수다 떨기, 세례 때나 결혼 때 대모가 되어 달라는 초대들, 1꼬뻬이까[4]짜리 카드 노름 그리고 그녀가 장군 부인이라는 등의 이유로 베풀어지는 존경은 그녀가 집 안에서 받는 박해를 충분히 보상해 주었다. 그녀 앞에 이것저것 수다거리를 가진 마을의 수다쟁이들이 나타났고, 언제 어디서나 그녀에게 상석이 주어졌다. 한마디로 그녀는 장군 부인이라는 자신의 지위로부터 끌어낼 수 있는 모든 것을 끌어내

---

4 100꼬뻬이까는 1루블이다.

었던 것이다. 장군은 결코 이런 일에 간섭하지 않았다. 하지만 대신 사람들이 있는 자리에서 그는 자신의 아내를 노골적으로 비웃었고, 예를 들어 〈내가 왜 《이런 빵 굽는 여자》와 결혼하였을꼬?〉라고 묻곤 했는데, 누구도 감히 그에게 반박하려 들지 못하였다. 점차 그를 아는 모든 사람들이 그에게서 멀어지게 되었다. 하지만 그럼에도 불구하고 사교계는 그에게 반드시 필요한 것이었다. 그는 잡담하거나 논쟁하기를 좋아하였으며, 언제나 그의 앞에 자신의 말을 들어 주는 청취자가 앉아 있어 주기를 바랐다. 그는 구식의 자유 사상가[5]이자 무신론자였으며, 따라서 고상한 주제들에 대해 토론하기를 즐겼다.

하지만 N마을의 청취자들은 이러한 고상한 주제들을 즐기지 않았으며, 따라서 점차로 드나드는 일이 뜸해졌다. 종종 집 안에서 비스트 프레페랑스[6]를 하였는데, 하지만 카드 놀이는 항상 장군의 발작으로 끝나게 마련이어서, 장군 부인과 그의 식객들은 공포에 질려 촛불을 켜놓기도 하고, 기도를 하거나 콩 점이나 카드 점을 치기도 하고, 감옥에 갇힌 이들에게 빵을 나누어 주기도 하면서, 불안 속에서 저녁 식사 후의 시간을 기다렸다. 그리고 저녁 식사가 끝나면 다시 비스트 프레페랑스를 하기 위해 편을 가르고서, 비명과 째질 듯한 고함소리, 욕설과 거의 매질이나 다름없는 모욕을 감수해야만 했다. 장군은 자신의 마음에 들지 않을 때면 자기 앞에 누가 있건 가리지 않았다. 마치 여편네처럼 빽빽

[5] 뾰뜨르 대제(1672~1725)의 근대화 이후 종교와 제정 러시아의 정치 제도에 대한 부정, 특히 황제권의 전능함에 대한 부정을 특징으로 하는 자유 사상은 때로 유행적인 성격을 띠기도 했다. 루소나 볼테르 같은 프랑스 사상가들의 철학에서 기원하는 자유 사상은 러시아에서 간혹 지식이라는 것을 드러내는 일종의 자기 과시적인 성격을 갖게 되었다. 〈구식의 자유 사상가〉란 그러한 당대의 맥락에서 이렇게 자기 과시적이며 내용이 결여된 인물형을 지칭한다.
[6] 카드 놀이의 일종.

소리를 지르고, 말몰이꾼처럼 욕설을 퍼부으면서 때로는 카드를 찢어 버리거나 마루에 팽개치기도 하였고, 자신의 상대편을 쫓아 버리기도 하였다. 심지어는 카드의 9 대신에 무슨 잭을 버렸다는 이유로, 분에 못 이겨 마루에 주저앉아 엉엉 울기도 하였다. 마침내 시력이 약해지자, 그는 책을 대신해서 읽어 주는 사람을 필요로 하게 되었다. 바로 이때 포마 포미치 오삐스낀이 나타나게 되었다.

여러분들께 고백하건대, 나는 이 새로운 등장 인물에 대해 다소 진지한 태도로 말해 두는 바이다. 두말할 것도 없이 그는 나의 이야기에서 가장 중요한 등장 인물 중의 한 사람이다. 그가 얼마만큼이나 독자들의 주목을 받을 만한 권리를 가졌는가라는 문제에 대해서는 나 자신이 해명하지 않겠다. 그런 문제는 독자 스스로 결정하게 하는 것이 더 사려 깊은 일이자, 또 그럴 때만이 해결 가능한 일이기도 하다.

포마 포미치는 자신의 호구지책을 해결하기 위해 식객의 한 사람으로 끄라호뜨낀 장군의 집에 등장하게 되었다. 그 이상도 그 이하도 아니었다. 그가 어느 곳으로부터 나타나게 되었는지는 알려져 있지 않다. 하지만 나는 일부러 이 인물에 대해 조사해 보았고, 이런저런 경로를 통해 이 주목할 만한 가치가 있는 인물의 과거의 상황들에 대해 알아보았다. 먼저, 사람들은 그가 언제 어디에서 근무를 하였으며, 어딘가에서 고난을 당했다고 말하고들 있었다. 물론 〈진리를 위해서〉 당한 고난이었다. 또한 사람들의 말에 따르면, 그는 언젠가 모스끄바에서 문학에 몰두했다고 한다. 여기에 신기해 할 것이라고는 아무것도 없다. 포마 포미치의 저 무지막지한 무식도 물론 그가 문학가라는 직업을 갖는 것을 방해할 수는 없었던 것이다. 하지만 한 가지 매우 잘 알려진 사실은 그가 어떤 일에서도 성공하지 못하였으며, 결국 낭송하는 사람이자 수난자로서 장군의 집에 발을 들여놓아야만 했다는 것이다.

장군 댁의 빵 조각을 위해 그는 온갖 모욕을 다 참아 내야 했다. 사실, 이후에 장군이 죽고 포마 스스로도 전혀 예기치 못하게 자신이 갑자기 매우 중요하고도 대단한 인물이 되자 그는 기꺼이 익살꾼 노릇을 하였던 것이며, 자신의 우정으로 관대하게 스스로를 희생했던 것이라고 여러 번 우리 모두에게 우기곤 하였다. 즉 장군은 그의 은인이었으며, 이 이해할 수 없는 위대한 인물은 오직 그, 포마에게만 자신의 영혼이 간직한 은밀한 비밀을 털어놓았으며, 그리고 마침내 포마가 장군의 간절한 부탁에 따라 이런저런 동물이나 살아 있는 그림을 흉내 냈다 하더라도, 그것은 병으로 고통받고 있는 수난자인 친구를 즐겁게 해주고 위로해 주기 위해서였을 뿐이라는 것이다. 하지만 이 경우 포마 포미치의 설득과 해석은 대부분의 사람들에게 의심을 불러일으켰다. 그러나 그럼에도 불구하고 바로 그 포마 포미치는 한편으론 어릿광대였지만, 다른 한편으로는 장군 댁의 반을 차지하는 장군 부인의 거처에서 전혀 다른 역할을 수행하고 있었던 것이다. 그가 어떻게 그와 같은 일을 할 수 있었는가 하는 것은 그와 같은 일에 문외한인 사람에게는 추측하기 어려운 일이다. 장군 부인은 그에게 뭔가 신비스러운 존경심을 가지고 있었다. 무엇 때문에? 알 수 없는 일이다. 점차로 그는 장군 부인의 거처에 드나드는 모든 여자들에 대해 놀라운 영향력을 가지게 되었는데, 그것은 부분적으로 이런저런 이반 야꼬블레비치들[7]이나 정신 병원에 거주하고 있는 그와 유사한 현자들이나 예언자들이, 그들을 방문하는 숭배자들인 귀족 부인들에 대해 갖는 영향력과도 흡사한 것이었다. 그는 커다란 목소리로 교훈서를 읽어 주고, 거침없이 눈물을 흘리며 온갖 기독교인다운 선행들에 대해 토로하곤 하였다. 그는 자신의 삶과 업적을 이야기하였으며, 아침 예배와 심지어는 새벽 예배에

---

7 이반 야꼬블레비치 꼬레이샤(1780~1861). 예언자의 명성을 획득하고 있었던 모스끄바의 유로지비.

나가기도 하였고, 때로 미래를 예언하기도 하였다. 특히 해몽을 잘하였으며, 아주 교묘하게 가까운 사람들의 행동을 심판하기도 하였다. 장군은 뒷방에서 벌어지는 일들을 짐작하고는 자신의 식객을 한층 더 가차없이 가혹하게 대하였다. 하지만 포마의 수난은 장군 부인과 그녀와 같이 지내는 모든 사람들의 눈빛 속에 더 깊은 존경심을 심어 주었다.

마침내 모든 것이 변하였다. 장군은 죽었다. 그의 죽음은 매우 독특하였다. 과거의 자유 사상가이자 무신론자가 믿을 수 없을 만큼 죽음을 두려워하게 되었다. 그는 울면서 회개하였고, 성상을 모셔 왔으며, 성직자들을 불러들였다. 기도회가 열렸고 도유식(塗油式)[8]이 행해졌다. 이 불쌍한 양반은 죽고 싶지 않다고 비명을 지르곤 하였고, 심지어는 눈물을 흘리며 포마 포미치에게 용서를 구하기도 하였다. 장군이 죽기 전의 최후의 상황은 이후 포마 포미치에게 매우 커다란 위세를 가져다 주었다. 그런데, 장군의 영혼이 장군의 육체와 이별하기 바로 직전에 다음과 같은 사건이 발생하였다. 장군 부인에게는 첫번째 결혼에서 얻은, 나에게는 아주머니가 되는 쁘라스꼬비야 일리니츠나라고 하는 딸이 있었는데, 오랫동안 시집을 못 가서 늘 장군의 집에서 지내고 있었다. 그녀는 장군이 가장 좋아하는 희생자 중의 한 사람이었으며, 그가 다리를 쓰지 못하게 된 10년 내내 한시도 떨어지지 않은 봉사자로서 그에게는 없어서는 안 될 사람이었고, 또한 다소 둔하고 과묵해서 그의 마음에 들 수 있는 유일한 사람이었다. 장군이 죽기 직전에 그녀가 그의 침대로 다가가서 비통한 눈물을 흘리며 이 수난자의 머리를 받치고 있는 베개를 고쳐 주려 할 때였다. 그런데 이 수난자가 어찌 된 셈인지 그녀의 머리카락을 잡고서 악에 받쳐 거의 거품을 흘려 가면서 세 번이나 잡아당겼다.

[8] 세례의 일종. 기도문을 읽으면서 환자나 죽어 가는 사람에게 성유를 발라 주는 절차로 구성된다.

10분 가량이 흐른 뒤에 그는 죽었다. 대령에게 소식이 전해졌다. 비록 장군 부인은 그를 보고 싶어하지 않았으며, 그로 하여금 그와 같은 순간에 자신의 눈앞에 나타나게 하느니 차라리 죽어 버리는 것이 낫겠다고 말을 하기는 하였지만. 장례식은 훌륭하게 치러졌다. 물론 눈앞에 나타나지 않기를 바랐던 불효 막심한 아들이 모든 장례 비용을 떠맡았다.

몇 명의 지주들이 나누어 소유하고 있고, 장군 역시 농노 1백 명의 영지를 가지고 있던, 찢어지게 가난한 마을인 끄냐죠프까에는 현재 하얀 대리석으로 만들어진 묘비가 서 있는데, 거기에는 돌아가신 장군의 지혜와 재능, 선량한 영혼과 업적에 바쳐진 칭송의 비문이 깨알같이 쒀어 있다. 이 비문을 쓰는 일에 포마 포미치가 매우 적극적으로 관여하였다. 장군 부인은 순종할 줄 모르는 아들을 용서하기를 거부하면서 오랫동안 고집을 부렸다. 자신의 식객 무리와 발바리 몇 마리에 둘러싸여서 그녀는 통곡하고 소리 지르면서 〈복종할 줄 모르는 자식〉의 요청에 따라 스쩨빤치꼬보 마을로 그를 따라가느니 차라리 딱딱한 빵을, 그것도 당연한 것이지만 〈자신의 눈물로 적셔 가면서〉 먹겠다느니, 지팡이를 짚고 구걸을 하러 다니는 것이 낫겠다느니, 하고 말하는 것이었다. 그리고 그녀의 〈다리〉는 결코 그의 집으로 들어가지 않을 것이라고 말하였다. 일반적으로 이러한 의미에서 사용되는 〈다리〉라는 단어는 부인들이 사용할 경우 매우 독특한 효과를 가지고 발음된다. 장군 부인은 아주 교묘하게, 예술적으로 이 단어를 발음하였다……. 한마디로 말해 무수히 많은 웅변이 소모되었던 것이다. 이렇게 그녀가 저주에 찬 외침을 퍼붓고 있는 바로 그때에 스쩨빤치꼬보로 이주하기 위한 준비가 조금씩 이루어지고 있었다는 사실을 지적해 두어야 하겠다. 대령은 그가 가지고 있는 모든 말들을 혹사시켜 가면서 스쩨빤치꼬보에서부터 N마을까지 40베르스따의 길을 거의 매일 왕복하였으며, 장군의 장례식이 있던 날로부터 두 주가 지나서야 모욕당한 모친의 눈앞에 나타나도 좋다는 허락을 받았다. 포마 포미치가 이 협상의 중개자 역할을 하였다. 이 두 주일 내내 그는 순종하지 않는 아들의 〈비인간적인〉 행위를 헐뜯고 비난하였으며, 그로 하여금 마음에서 우러나오는 눈물을 흘리도록 만들고, 심지어는 거의 절망에 가까운 상태로까지 몰고 갔다. 나의 가엾은 아저씨에 대한 포마 포미치의 결코 이해하기 어려운, 비인간적이고도 전제적인 영향력은 바로 이때부터 시작된다. 포마는 자신의 앞에 있는 사람이 어떤 사람인지를 짐작하였던 것이고, 그리고 바로 그 순간에 이제 자신의 어릿광대로서의 역할은 끝났으며, 호랑이가 없는 곳에서 토끼가 왕 노릇하듯 나도 귀인이 될 수 있겠구나, 하고 예감하였던 것이다. 그리고 그는 자신의 과거에 대한 보상을 받기 시작하였다.

「만일 당신의 친어머니가……」, 포마는 말하였다. 「소위 당신의 생명의 뿌리가 지팡이를 짚고서, 그것에 몸을 의지한 채 추위로 인해 떨리는 메마른 손으로 정말 구걸에 나선다면 당신 입장이 어떻게 되겠습니까? 첫째 당신의 어머니는 장군 부인의 신분이며, 그리고 둘째 덕을 쌓아 오신 분이신데 이 얼마나 해괴망측한 일입니까? 만일 당신 어머니가, 물론 잘못된 일이지만, 하지만 실제로 있을 수 있는 일이기도 합니다. 어느 날 갑자기 당신 집 창 아래로 와서 손을 내민다면, 게다가 바로 그 순간 당신은 어딘가 부드러운 깃털 이불 속에, 그리고…… 그러니까, 아무튼 사치 속에 파묻혀 있다면, 당신은 어떻게 되겠습니까? 이 얼마나 끔찍한 일입니까! 하지만 무엇보다도 끔찍한 일은, 솔직하게 말씀드리는 것을 용서하세요 대령, 무엇보다도 끔찍한 일은 지금 당신이 입을 벌리고 눈을 껌벅껌벅대면서 마치 나무 기둥처럼 뻣뻣하게 내 앞에 서 계시다는 사실입니다. 이건 불쾌하기까지 하군요. 그와 같은 경우를 상상만 하더라도 당신은 자기 머리에서 머리카락을 뿌리째 뽑으면서 냇물 같은 눈물을…… 이런 내 정신 좀 봐! 강 같은, 호수 같은, 바다 같은, 대양 같은 눈물을 흘려야 하는 것 아니겠습니까……!」

한마디로 포마는 지나치게 흥분한 나머지 말을 마구 지껄여 댄 것이다. 하지만 그의 달변은 언제나 그렇게 시작되었다. 물론 이 일은 장군 부인이 자신의 식객들과, 강아지들과 포마 포미치와 그리고 그녀의 제일 친한 벗인 뻬레뻴리찌나 양과 함께 마침내 도착하여 스쩨빤치꼬보 사람들을 기쁘게 해주는 것으로 끝났다. 그녀는 아들의 공경심을 알아보는 동안 단지 〈시험 삼아서〉 그의 집에 살아 보는 것일 뿐이라고 말하였다. 그의 공경심을 시험해 보는 동안 대령의 상황이 어떠하였을지 충분히 상상해 볼 수 있을 것이다! 얼마 전 미망인이 된 장군 부인은 처음에는 일주일에 두세 번, 이제는 돌아올 수 없는 남편인 장군을 추억하면서 절망 상태에 빠지는 것을 자신의 의무로 간주하였다. 그런데 매번 그럴 때마다 대령이 당하는 일들이 왜 발생하게 되는지는 알 수 없다. 때때로, 특히 방문객들이 있을 때면, 장군 부인은 자신의 손자인 어린 일류샤와 손녀인 열다섯 살의 사셴까를 불러서 자신의 주위에 앉히고 마치 〈그와 같은 아버지〉 밑에서 썩어 가는 아이들을 바라보듯이 슬프고 애처로운 눈길로 그들을 오랫동안 바라보다가는 깊고 고통스러운 한숨을 내쉬면서, 마침내 소리 없이 비밀스러운 눈물을, 적어도 한 시간 내내 흘렸다. 이 눈물을 〈이해할 수〉 없을 때의 대령의 슬픔이란! 아니나 다를까, 가엾은 그는 이 눈물을 거의 이해하지 못하였고, 순진한 나머지 마치 일부러 그러기라도 하듯 거의 언제나 이 눈물 어린 순간에 나타나서 고의든 고의가 아니든 한바탕 시험을 치르게 되는 것이었다. 하지만 그의 공경심은 전혀 줄어들지 않았고, 마침내 극단적인 지점에 다다르게 되었다. 한마디로 말해서 장군 부인과 포마 포미치 두 사람은 수년간 끄라호뜨낀 장군이라는 인물로부터 그들에게로 벼락쳐 내리던 소나기가 사라졌다는 것을, 사라져서 다시는 돌아오지 않을 것이라는 사실을 분명히 느끼게 되었던 것이다. 가끔 장군 부인은 특별한 이유도 없이 갑자기 기절하면서 침대 위로 나동그라지곤 하였다. 그러면 사람들이 뛰어다니고 한바탕 소동이 일어난다. 대령은 잔뜩 긴장해서 사시나무 떨듯이 떤다.

「잔인한 아들놈 같으니!」 장군 부인이 정신을 차리고 나서 외친다. 「네놈은 내 내장을 갈기갈기 찢어 놓았어……. 내 내장을, 내 내장을 말이야 mes entrailles, mes entrailles!」

「어머니, 도대체 어떻게 제가 어머니의 내장을 갈기갈기 찢어 놓았다는 말씀이세요?」 대령이 조심조심 항변한다.

「갈기갈기 찢어 놓았어! 찢어 놓았단 말이야! 글쎄 저놈이 아직도 변명을 하고 있어! 저놈이 말 같지도 않은 소리를 하고 있다고! 내가 죽고 말지!」

당연히 대령은 꼼짝없이 당하고 만다.

하지만 어찌 된 일인지 그런 일이 있은 후면 장군 부인은 생기를 되찾았다. 30분 후 대령은 누군가의 단추를 붙잡고서 해명을 한다.

「이봐, 어쨌든 우리 어머니는 귀부인grande dame이자 장군 부인이야! 선량한 노인네라고! 그러나 자네도 알다시피 이 모든 섬세한 일들에 익숙해지셨으니……, 나 같은 하찮은 놈에 비할 수는 없는 일이지! 지금 내게 화를 내고 계시는 거야. 그것은 물론 내 잘못이지. 이봐, 나는 아직도 내가 무슨 잘못을 저질렀는지 모르겠어. 하지만 물론 내 잘못이야…….」

뻬레뻴리찌나 양은 얇은 눈썹에 가발을 쓰고, 조그맣고 음탕한 눈과 실처럼 얇은 입술에 마치 오이 절인 물에 담근 것 같은 손을 가진, 항상 빽빽거리는 새된 목소리로 말하는 나이가 꽤 든 여자였다. 이 여자 역시 대령에게 한바탕 교훈을 늘어놓는 일을 자신의 의무로 생각하고 있었다.

「이건 당신이 어머니를 제대로 모시지 못하기 때문이에요. 당신이 이기주의자인 데다 자신의 어머니를 모욕하고 있기 때문이에요. 그분은 이런 일을 당하는 것에 익숙하지 못해요. 그분은 장군 부인이고, 당신은 기껏해야 대령이잖아요.」

「이봐, 이 뻬레뻴리찌나 양은,」 그런데도 대령은 자신의 말 상대에게 이렇게 말한다. 「정말 훌륭한 처녀야. 온 힘을 다해 어머니의 편을 들어 주거든! 보기 드문 처녀야! 자네, 그녀가 무슨 더부살이나 하고 있다고 생각하지 말아 주게. 이봐, 그 여자는 중령의 딸이야. 바로 그런 여자라고!」

당연한 일이지만 이 모든 일은 예고편에 불과하다. 그렇게 위세를 떨어 대는 장군 부인도 과거 자신의 식객이었던 사람 앞에서, 이번에는 마치 자신이 쥐처럼 오들오들 떨게 되었다. 포마 포미치는 그녀를 완전히 사로잡고 있었다. 그 앞에서 그녀는 숨도 제대로 못 쉬고, 사물을 그의 귀로 듣고 그의 눈으로 보았다. 나의 사촌 형제들 중에 아저씨와 마찬가지로 경기병을 퇴역한 젊은 사람이 있는데, 그는 지독하게 방탕한 생활을 한 나머지 파산하여 한동안 아저씨의 집에서 지낸 적이 있다. 그가 나에게, 자신이 확신하고 있는 바에 따르면 장군 부인과 포마 포미치가 용서할 수 없는 관계를 맺고 있는 것이라고 노골적이고 직설적으로 말한 적이 있다. 물론 그때 나는 벌컥 화를 내면서 그의 너무나도 어리석고 멍청한 상상을 물리쳤다. 그러나 결코 그렇지 않다. 여기에는 그와는 다른 어떤 것이 있다. 독자들에게 포마 포미치가 어떤 인물인가를 자세하게 설명하지 않고서는 이를 설명할 수가 없다. 나 역시 그런 후에야 그를 이해할 수 있었기 때문이다.

여러분, 매우 보잘것없고 매우 소심하며 사회에서 내팽개쳐진, 완전히 무용지물에다가 정말로 혐오스러운 인간, 그러나 도저히 이해할 수 없으리만큼 자존심이 강하고, 자신의 병적으로 자극된 자존심을 어떤 방식으로든 보상해 줄 재능이란 약에 쓰려 해도 찾아볼 수 없는 그와 같은 사람을 상상해 보라. 미리 지적해 두지만, 포마 포미치는 무한한 자존심의 화신이면서 그와 동시에 그의 자존심은 특별한 성격을 가지고 있다. 즉 완전히 무시당하는 상태에서 만들어진 자존심으로, 이런 경우 흔히 있는 일이지만, 고통스러운 과거의 실패에 의해 모욕받고 억눌리며 오래오래 곪아 왔다가 그때부터 타인이 성공하는 경우를 볼 때마다 자기 자신에게서 질투와 독을 짜내는, 그런 자존심 말이다. 이 모든 것에 추잡할 정도의 자격지심과 광적인 과대 망상이 덧붙여진다는 것은 말할 필요도 없다. 아마도 여러분들은 다음과 같은 의문을 가질지도 모르겠다. 어디서부터 그런 자존심이 생겨나는가? 그처럼 무시당하는 상태에서, 자신의 사회적 지위에 따라 자신의 처지를 알아야 할 그와 같은 사람들에게서 어떻게 그와 같은 자존심이 생겨나는가? 이런 의문에 대해 어떻게 대답할 수 있을까? 누가 알겠는가? 예외도 있을 수 있으며, 나의 주인공의 경우 또한 예외적이라는 사실을. 그는 실제로 예외적인 인물인데, 이에 대해서는 이후 설명하기로 하겠다. 하지만 내가 여러분들에게 한 가지만 질문하는 것을 허락해 주기 바란다. 여러분들은 지금 이미 완전히 콧대가 꺾인 사람들이 여러분의 어릿광대이자 식객으로 더부살이하는 것을 자신의 명예이자 행복으로 간주하고 있다고 확신하고 있는가? 여러분들은 그들이 이미 자신들의 자존심을 깡그리 내팽개쳐 버렸다고 확신하고 있는가? 그렇다면 당신의 등 뒤나 옆 어디에선가 혹은 당신이 앉아 있는 식탁 뒤에서 벌어지는 질투, 비방, 중상과 무고, 그리고 비밀스러운 속삭임은 다 무엇인가……? 누가 알겠는가? 이 운명에 의해 무시당하는 방랑자들 중에, 당신의 어릿광대이자 유로지비[9] 노릇을 하는 사람들 중에 몇몇의 사람들이 가진 자존심은, 자신이 무시당하고 있다는 사실로 인해 사라지지 않을 뿐 아니라, 바로 이 무시당하고 있다

---

9 성(聖) 바보를 말하는데, 바보이면서 예언 능력을 가진 성자를 의미한다.

는 사실로 인해, 어릿광대 노릇과 바보 노릇으로 인해, 그리고 더 부살이와 그 때문에 받게 되는 굴종과 비인격적인 대우로 인해 더욱더 불타오를 수도 있지 않을까? 누가 알겠는가? 아마도 이 추악하게 자라난 자존심은 한갓 거짓된, 최초로 왜곡된 자부심, 그러니까 그가 아직 어렸을 적 이 미래의 방랑자의 눈앞에서 박해와 가난, 더러움으로 인해 그의 부모에게 쏟아졌던 모욕과 경멸로 인해 처음으로 왜곡된 그 자부심이 아닐까? 하지만 나는 포마 포미치가 일반적인 경우에서 벗어난 예외에 속한다고 말하였다. 바로 그렇다. 그는 한때 문학가였고, 몹시 괴로워하였지만 인정받지 못하였다. 물론 문학 때문에 파멸한 사람은 포마 포미치 한 사람만이 아니다. 나는 잘 모르지만, 포마 포미치가 문학 이전에 다른 일에서 이미 실패한 적이 있었으며, 아마도 그의 다른 야심찬 일에서도 봉급 대신 경멸만을 받았고, 혹은 그보다 더 심했을 수도 있다고 가정해야만 할 것이다. 하지만 그 자세한 사정이 어떠했는지, 그것은 알지 못한다. 내가 이후에 이것저것 조사하여 분명하게 알고 있는 것은 포마가 모스끄바에서 언젠가 실제로 소설 나부랭이들을 쓴 적이 있다는 사실인데, 이 소설들은 30년대에 매년 수십 권씩 쏟아져 나왔던 『모스끄바의 해방』이니 『아따만 부랴』니 『사람의 아들들, 혹은 1904년의 러시아 인들』[10]과 같은, 그 시대의 브람베우스 남작[11]의 총명에, 입에 든 떡이 되었던 소설류와 매우 흡사한 것이다. 물론 이는 매우 오래전의 일이다. 하지만 문학적 자존심이라는 뱀은 때로 사람들에게, 특히 완

10 여기서 언급되는 소설들은 러시아에서 1830~1840년대에 유행하였던 역사적 사건을 소재로 쓰여진 이류 소설들의 제목이다. 『빠자르스끼 공과 니제고로드의 시민 미닌, 혹은 1612년 모스끄바의 해방』은 I.글루하레프의 소설(1840)이며, 『아따만 부랴, 혹은 자블쥐스끼의 볼니짜』는 D. 쁘레스노프의 소설(1835)이다. 제목이 패러디적인 성격을 가진 〈xxxx년의 러시아 인들〉은 1830~1840년대의 의사(擬似) 역사 소설들의 전형적인 부제로 사용되곤 했다.

전히 무시당하는 어리석은 사람들에게 도저히 고칠 수 없는 깊은 상처를 남겨 놓는다. 포마 포미치는 문학의 첫걸음에서 이미 쓴 맛을 보았으며, 바로 그때 저 거대한 실의에 찬 무리에 합류하였다. 그리고 온갖 유로지비니 방랑자니 순례자니 하는 자들이 바로 이 무리에서 나오는 법이다. 내 생각으로는 바로 그때부터 그에게서 이 기형적인 자만심이, 찬양과 뛰어남, 숭배와 감탄을 향한 열망이 자라났던 것이다. 그는 어릿광대 노릇을 하면서도, 그의 앞에 경배하며 무릎을 꿇는 한 무리의 바보들을 만들어 내었다. 그곳이 어디든지 어떤 방법으로 이루어지든지 간에 사람들의 우두머리가 되고, 앞일을 예언하고, 자기 마음대로 우쭐대는 것, 이것이 바로 그의 제1의 욕망이었다! 사람들은 그를 찬양하지 않았다. 그래서 그는 스스로 자기 자신을 칭찬하기 시작했다. 내가 스쩨빤치꼬보에 있을 때 아저씨의 집에서 포마가 다음과 같이 말하는 것을 들은 적이 있다(이때는 이미 그가 그곳의 영주이자 예언가의 역할을 하고 있을 때였다). 「나는 당신들과 함께 살 사람이 아닙니다.」 포마는 때로 뭔가 비밀스럽고도 중요한 이야기를 하듯 말하곤 했다. 「나는 여기서 살 사람이 아니에요! 난 당신들 모두를 지켜보고, 당신들이 자리 잡는 것을 도와주고, 그리고 몇 가지의 일들을 지시하고 가르쳐 줄 것입니다. 그러고는 〈안녕〉 하는 거지요. 모스끄바로 가서 잡지를 출판할 것입니다. 매달 3만 명의 사람들이 내 강의를 듣기 위해 모여들겠지요. 내 이름은 마침내 소리쳐 울릴 것이고, 나의 적들은 쓴맛을 보게 되겠지요.」 하지만 아직까지 이 천재는 명성을 떨칠 준비를 하고 있는 중이었으므로 즉각 보수를 지급해 줄 것을 부탁했다. 일반적으로 선금을 받는 것은 유쾌한 일이지만 이 경우에는 특별한 의미를 갖

11 브람베우스 남작은 『독서 문고』지(誌)(1834~1865)의 편집자 오시쁘 이바노비치 쎈꼬프스끼(1800~1858)의 필명. 이 잡지에는 종종 이류 소설들의 결함을 조롱하고 비웃는 비판적인 논문이 실렸다.

는 것이다. 나도 알고 있는 일로, 그는 위대한 업적이 자신, 즉 포마를 기다리고 있으며, 바로 이 업적을 완수하기 위해 그가 이 세상에 태어났고, 밤이면 날개 달린 어떤 사람, 혹은 그 비슷한 어떤 것이 이 일을 완수할 것을 자신에게 재촉하고 있다고 나의 아저씨를 설득하였다. 그 일이란 일종의 교훈서 성격의 매우 심오한 사상서를 한 권 쓰는 것으로, 이 책으로 말미암아 커다란 지진과도 같은 소동이 일어날 것이며 전 러시아가 부들부들 떨게 될 것이다. 그리고 전 러시아가 부들부들 떨고 있을 때 자신은 명예를 버리고 수도원으로 들어가 끼예프의 동굴에서 밤이나 낮이나 조국의 행복을 위해 기도할 것이라고 말했다. 물론 이 모든 말들은 아저씨를 완전히 매혹시켰다.

이제 포마에게 어떤 변화가 생겨날 것인지 한번 상상해 보기 바란다. 한평생 박해받고 학대받아 온 포마, 심지어는 아마 실제로 얻어맞았을 포마, 욕심과 자존심을 감추어 온 포마, 실패한 문학가인 포마, 지금 먹고 있는 빵을 위해 어릿광대 노릇을 해온 포마, 과거의 그 멸시와 자신의 무력함에도 불구하고 전제 군주의 영혼을 간직해 온 포마, 뻔뻔함이 통할 경우 무조건 잘난 척을 해대는 포마, 멍청한 보호자인 장군 부인과 다른 사람의 말이면 무조건 동의해 버리는 아저씨 덕택에 위로받고 칭송받게 된, 그리고 명예와 영광을 한몸에 받게 된 포마, 마침내 긴 방황 끝에 그들의 집에 도착하게 된 이 포마에게 어떤 변화가 생겨나게 되겠는가? 물론 아저씨라는 사람에 대해서도 좀 더 자세하게 설명해야 할 것이다. 이에 대한 해명이 없으면 포마 포미치의 성공을 이해할 수 없기 때문이다. 그러나 지금 말해 두고 싶은 것은 〈책상 앞에 앉혀 놓으면 두 발까지 책상에 올려놓는다〉라는 속담이 바로 포마의 경우를 가리킨다는 사실이다. 그는 자신의 과거를 보상받게 된 것이다! 겨우 억압의 그늘 밑을 빠져나온 천박한 영혼이 이제 다른 사람을 억압하게 된 것이다. 사람들은 포마를 억압하였다. 그리고 이제 그는 자신이 다른 사람을 억압해야 한다고 생각하게 되었다. 사람들은 그를 깔아뭉개 놓았다. 그리고 이제 그 자신이 다른 사람들을 깔아뭉갤 차례다. 그는 어릿광대였다. 그리고 이제 그는 자신을 위한 어릿광대를 만들 필요를 느꼈다. 그는 어리석을 정도로 지껄여 댔으며, 생각할 수도 없을 만큼 다른 사람들을 깔아뭉개고, 한겨울에 딸기를 달라는 식의 요구를 했으며, 이루 말할 수 없는 전횡을 휘둘렀다. 그 결과, 이 모든 소동을 직접 보지는 못하고 단지 소문으로만 들은 선량한 사람들도 이 모든 일이 너무도 기괴하고 귀신에 홀린 노릇이라 생각하며 성호를 긋고는 침을 뱉는 것이었다.

나는 아저씨에 대해 이야기하고 있었다. 다시 한번 반복하거니와, 그의 놀라운 성격을 이해하지 않고서는 어떻게 해서 포마 포미치가 다른 사람의 집에서 왕 노릇을 할 수 있었는지 이해할 수 없으며, 어떻게 해서 포마 포미치가 어릿광대에서 위대한 인물로 탈바꿈할 수 있었는지를 이해할 수 없다. 아저씨가 매우 착한 사람이라는 사실은 말할 필요도 없다. 그는 다소 우락부락한 외모에도 불구하고 매우 섬세한 사람이며, 고매한 선량함과 이것저것 경험해 본 남자다움을 갖춘 사람이다. 나는 감히 〈남자다움〉이라고 말한다. 왜냐하면 그는 의무 앞에서 뒷걸음질치지 않는 사람이며, 의무를 다하는 일이라면 어떤 장애도 두려워하지 않을 사람이기 때문이다. 그는 마치 어린아이같이 깨끗한 영혼의 소유자이다. 사실 그는 마흔 살 난, 덩치만 커다란 어린아이였다. 항상 유쾌하고, 모든 사람을 천사로 생각하여 타인의 단점을 자신의 탓으로 돌리고 타인의 장점은 무한정 부풀려서 그들을, 그들 자신도 감당할 수 없는 위치로 올려놓고 보았다. 다른 사람도 나쁜 점을 가질 수 있다고 상상하는 일조차 부끄러워하며, 자신의 주위에 있는 사람들은 모두 착한 사람이라고 서둘러 단정해 버리고, 타인의 성공을 기뻐한 나머지 항상 이상적인 세계를 살아가고, 실패하는 경우 누구보다도 먼저 자기 자신을 책망하는 착하고 순결한 마음씨의 사람들이 존재하는데, 나의 아저씨도 그런 사람들 중의 한 사람이었다. 다른 사람의 이익을 위해 자신을 희생할 것, 이것이 바로 그들의 소명이다. 다른 사람들은 그와 같은 사람을 소심하고 개성이 없으며 약해 빠진 인간이라고 부를 수도 있겠다. 물론 아저씨는 약한 데다 매우 부드러운 성격의 소유자라고 할 수 있을 것이다. 하지만 이는 강한 면이 부족해서가 아니라 다른 사람을 모욕하거나 다른 사람에게 몰인정하게 행동하기를 싫어해서 그런 것이며, 또 다른 사람들, 무릇 인간 일반을 지나치게 존중하기 때문에 그런 것이다. 더욱이 그가, 의지가 무르고 소심한 면을 드러내는 것은 오직 자기 자신만의 이익이 문제가 되었을 때이다. 아저씨는 한평생 자기 자신만의 이익을 멸시하였으며, 이 때문에 다른 사람들의 비웃음거리가 되었다. 심지어는 아저씨가 바로 그들을 위해 자신의 이익을 희생한 사람들조차 그를 비웃었다. 더욱이 아저씨는 자신에게 적들이 있을 수도 있다는 사실을 결코 믿으려 하지 않았다. 하지만 그의 적들은 존재하였고, 그는 어찌 된 일인지 그들을 전혀 알아차리지 못하였다. 아저씨는 집 안에서 벌어지는 소동이나 비명소리를 마치 불이라도 난 것처럼 두려워하여, 즉각 모든 사람에게 양보하였고 그들의 말에 순순히 따랐다. 내성적인 선량함 때문에, 혹은 부끄러움을 잘 타는 겸손으로 아저씨는 다른 사람들에게 양보하였다. 너무 관대하게 봐준다거나 성격이 물러 터진 것이 아니냐는 제삼자의 비난을 물리치면서 아저씨는 빠른 말투로 〈이러면 그만이야〉 하고 말하는 것이었다. 〈이러면 그만이야…… 모든 사람이 만족하고 행복하기만 하다면!〉 나의 아저씨가 다른 사람들의 좋은 영향력에 기꺼이 굴복할 준비가 되어 있었다는 사실은 말할 필요도 없다. 더욱이 교활한 놈이 아저씨를 사로잡아서 심지어는 나쁜 일로 — 물론 이 나쁜 일을 좋은 일로 가장해서 — 끌어들일 수도 있었다. 나의 아저씨는 너무나도 쉽게 다른 사람을 믿었으며, 이런 경우 잘못되지 않을 수가 없었다. 많은 고통을 겪고 난 후, 마침내 아저씨가 자신을 속인 사람은 양심도 없는 사람이라고 확신할 때면, 그는 무엇보다도 자기 자신에게 잘못을 돌렸으며 때로는 오직 자신만을 비난하였다. 이제 그의 조용한 집에서 지배자가 된, 변덕스럽고 나이가 들어 망령이 난 바보 같은 할망구(그리고 그녀의 옆에는 그림자처럼 그녀의 우상인 다른 바보가 또 한 명 있다)를 생각해 보라. 지금까지 오직 자신의 남편인 장군만을 두려워했으며, 이제는 이미 그 누구도 두려워하지 않는, 게다가 이제 자신의 모든 과거를 보상받아야 하겠다고 느끼고 있는, 그리고 아저씨는 단지 당신의 어머니라는 이유만으로 그녀를 공경하는 것이 자신의 의무라고 생각하고 있는, 그런 할망구를 생각해 보라. 그들은 즉시 아저씨가 멍청한 사람이며, 참을성이 없는 데다가 무식하다고 했으며, 주로 지독한 이기주의자라는 사실을 그에게 증명해 보여 주는 일에서부터 시작했다. 놀라운 일은 이 바보 할망구 자신이 그녀가 설교해 대는 내용을 믿고 있었다는 사실이다. 나는 포마 포미치 또한, 적어도 부분적으로는 그렇게 여겼다고 생각한다. 그들은 아저씨로 하여금 포마가 그의 영혼을 구원하기 위해, 그의 무절제한 정욕을 잠잠하게 만들기 위해 신께서 내려 보낸 사람이며, 그런데도 그가 거만하여 자신의 부를 뽐내고 빵 조각을 이유로 포마 포미치를 모욕하고 있다는 사실을 믿도록 만들었다. 아저씨는 너무나도 쉽게 자신이 매우 타락하였다고 믿게 되었고, 자신의 머리카락을 잡아뜯으며 용서를 구할 준비가 되어 있었다……

「이봐, 내가 죄인이야.」 아저씨는 종종 자신의 말 상대들 중의 한 사람에게 말하였다. 「모든 일은 내가 잘못한 거야! 나 스스로가 은혜를 베푼 사람에게는 두 배로 조심스럽게 대해야 한다고 하지 않았는가…… 그러니까…… 내가 지금 무슨 소리를 하고 있는 거야! 은혜를 베풀어 주다니……! 또 멍청한 소리를 지껄이고 있군! 결코 내가 은혜를 베풀어 주는 것이 아니야. 반대로 그가 나에게, 나와 함께 살아 줌으로써 은혜를 베풀어 주고 있는 거지. 내가 그에게 은혜를 베풀어 주는 것이 아니야! 아무튼 그런데도 내가 빵 조각으로 그에게 모욕을 줬으니……! 사실 난 결코 그에게 모욕을 준 일이 없어. 그러나 아마도, 그러니까 내가 또 뭔가 멍청한 소리를 했을 거야. 내가 가끔 헛소리를 잘하니까……. 아무튼 그 사람은 고통을 받아 가면서 훌륭한 일을 해냈어. 10년을 어떠한 모욕에도 굴하지 않고 아픈 사람을 돌봐 주었으니. 이 모든 일에 대해 마땅히 보상을 받도록 해주어야 해! 또 학문에다…… 작가가 아닌가! 교육을 받은 사람이야!…… 매우 고매한 인물이야, 한마디로 말해서…….」

변덕스럽고 잔인한 지주 나리의 집에서 어릿광대 노릇을 해야 했던, 게다가 교육도 받았지만 불행하게 살아온 포마의 형상은 아저씨의 착한 마음속에 동정심과 분노를 불러일으켰다. 아저씨는 포마의 모든 기괴한 성격과 점잖지 못한 언행을 바로 그가 과거에 받아야만 했던 고통과 멸시, 증오의 탓으로 돌렸다……. 아저씨는 즉시 부드럽고 착한 마음씨로, 고통을 받았던 사람에게 정상적인 사람에게나 할 수 있는 요구를 할 수 없는 법이라고 했다. 포마의 잘못을 용서해야 할 뿐만 아니라, 더 나아가 온화하게 대함으로써 그의 상처를 고쳐 주어야 하며, 그를 일으켜 인류와 화해하도록 만들어야만 한다고 생각했다. 스스로에게 이런 과제를 부여하고서 아저씨는 지나치게 열을 올린 나머지, 그의 새로운 친구라는 작자가 음탕하고 변덕스러운 놈이며, 이기주의자인 데다 게으름뱅이에 불과하며, 그 이상은 아무것도 아니라는 사실을 알아차릴 수 있는 능력마저 상실해 버렸다. 아저씨는 헌신적으로 포마의 박식함과 천재성을 신뢰하였다. 나는 우리 아저씨가 〈학문〉이니 〈문학〉이니 하는 말 앞에서, 비록 그 자신은 결코 이런 것들을 배운 적이 없지만 가장 소박하고 사심 없는 태도로 공경할 준비가 되어 있었다는 사실을 말해 둔다는 것을 잠깐 잊어버렸다.

이는 아저씨의 가장 중요하고 순결한 열정의 하나였다.

「그가 글을 쓰고 있어!」 아저씨는 종종 포마 포미치의 서재까지는 아직 방이 두 개나 떨어진 곳인데도 발끝으로 조심조심 걸어가면서 말하곤 했다. 「나는 무엇에 대한 것인지 모르고 있어.」 그는 자랑스럽고도 신비한 얼굴 표정으로 덧붙였다. 「하지만 아마도 도저히 알 수 없는 것에 대한 걸 거야……. 물론 좋은 의미에서 알 수 없는 것이라는 뜻이지. 그에게는 명백한 것이지만 우리에게는, 그러니까 자네와 나에게는 온통 모를 소리뿐이겠지……. 무슨 생산력이 어쩌고 하는 것에 대해 쓰고 있는 모양인데, 그가 그렇게 말해 주더라고. 아마도 정치학에서 온 말이겠지. 아무튼 그는 명성을 떨칠 거야. 그때면 나와 자네도 그를 통해 유명해지겠지. 그가 나에게 그렇게 말해 주었어…….」

내가 분명하게 알고 있는 사실이지만 아저씨는 포마의 명에 따라 자신의 아름다운 짙은 밤색의 구레나룻을 밀어야만 했다.[12] 포마에게는 구레나룻을 기른 아저씨가 프랑스 인처럼 보이며, 따라서 애국심이 결여된 것처럼 보였다는 것이다. 포마는 조금씩조금씩 영지 관리에 간섭하기 시작하였고, 아저씨에게 현명한 충고를 해주기까지 했다. 이 현명한 충고란 실은 끔찍한 것들이었다. 농노들은 곧 문제가 어디에 있으며, 누가 진짜 주인인가를 알아차리고 나서 매우 당황하였다. 이후 나는 포마 포미치가 농노들과 나눈 대화를 들은 적이 있다. 고백하건대 나는 이 대화를 몰래 엿들은 것이었다. 포마가 일전에 자신은 현명한 러시아의 농부들과 대화하기를 좋아한다고 밝힌 적이 있었다. 그리고 이번에는 직접

[12] 1837년 4월 2일부터 공무원들에게 턱수염과 수염 기르는 것을 금지하는 특별한 명을 내렸던 니꼴라이 1세의 변덕스러움을 암시하고 있는 구절.

탈곡장에 들른 것이다. 포마는 귀리와 밀도 구별할 줄 모르는 주제에 농사일에 대해 농부들과 몇 마디 나누기도 하고, 지주에 대한 농노의 신성한 의무에 대해 달콤하게 말하기도 하고, 지나가는 길에 슬쩍 전기니 분업이니 하는 것들(물론 그 역시 이에 대해서는 단 한 줄도 이해하지 못하였다)과 어떤 방식으로 지구가 태양 주위를 돌고 있는가에 대해 언급하기도 하고, 그러다가 자신의 달변에 온통 정신을 빼앗긴 나머지 마침내 장관(長官)에 대해 말하기 시작하였다. 나는 포마의 이러한 행동을 이해할 수 있다. 뿌쉬낀[13]이 이야기해 주지 않았던가? 한 아버지가 자신의 네 살배기 자식놈에게 자신이 어떤 사람인가를 가르쳐 주고 있었다. 그가 말하길 〈네 아버지는 매우 훌륭한 사람이어서 폐하께서도 이 아버지를 사랑하신단다……〉[14] 이 아버지는 자신의 이야기를 귀담아들어 주는 네 살배기가 필요했던 것은 아닐까? 농노들도 계속해서 포마 포미치의 이야기를 아첨 떨듯이 듣고 있었다.

「그러니까 뭡니까요, 나리. 당신이 황제 같은 분한테서 봉급이라도 많이 받고 있다는 겁니까요?」 갑자기 농부들의 무리 속에서 난쟁이 아르히쁘라는 별명을 가진 머리카락이 희끗희끗한 늙은이가, 분명히 아첨하려는 의도로 물었다. 하지만 포마 포미치에게 이 질문은 지나치게 허물없이 구는 듯 보였고, 그리고 이렇게 허물없이 구는 것이 그의 기분을 건드렸다.

「그게 네놈하고 무슨 상관 있냐, 이 멍청한 놈아.」 그는 이 불쌍한 농부를 경멸하는 듯한 시선으로 노려본 다음 대답하였다. 「무엇 때문에 네 낯짝을 나에게 내미는 거냐, 내가 그 낯짝에다 침이라도 뱉어 주랴?」

포마 포미치는 항상 이런 말투로 〈러시아의 현명한 농부들〉과

---

13 A. S. 뿌쉬낀(1799~1837). 러시아 근대 문학의 아버지이자 러시아 표준어의 창조자로 간주되는 시인, 소설가.
14 이 이야기는 뿌쉬낀의 작품 『역사적인 일화』에서 인용한 구절.

대화하는 것이었다.

「나리……」 다른 농부가 말을 받았다. 「정말 우리들은 무지한 놈들입지요. 당신이 소령이신지 대령이신지, 아니면 각하이신지, 우리가 당신을 어떻게 불러 드려야 할지 모르고 있구먼요.」

「멍청한 놈!」 포마 포미치가 다시 한번 말했다. 하지만 다소 부드러워진 목소리였다. 「봉급이라고 해서 다 똑같은 줄 알아, 이 돌대가리야! 다른 사람은 장군의 자리에 있으면서도 아무것도 받지 못하기도 해. 그러니까, 아무 소용도 없는 거지. 폐하께 아무런 도움도 드리지 못하니까. 하지만 나로 말할 것 같으면 장관 밑에서 일할 때 2만 루블을 받았지. 하지만 난 그것을 갖지 않았어. 왜냐하면 나는 명예 때문에 봉사하는 것이었고, 내 재산만으로도 충분했기 때문이지. 나는 내 봉급을 국가의 계몽과 까잔의 화재로 집이 타버린 사람들을 위해 바쳤지.」

「아 그럼 당신이! 그럼 바로 당신이 까잔을 재건하셨구먼요, 나리.」 놀란 농부가 계속해서 말했다.

대체로 농부들은 포마 포미치에게 감탄하곤 했다.

「바로 그런 거지. 그 일에는 내 역할이 상당했지.」 포마는 〈그와 같은〉 사람과 〈그와 같은〉 대화를 나누고 있다는 사실이 못내 못마땅하다는 듯이 마지못해 대답하였다.

아저씨와의 대화는 다소 다른 종류의 것이었다.

「과거에 당신은 어떤 사람이었습니까?」 예를 들어 포마는 배불리 식사를 마치고 나서 안락의자에 몸을 쭉 펴고서 말을 시작한다. 게다가 한 종놈으로 하여금 의자 뒤에 서서 파리를 쫓기 위해 신선한 보리수 가지를 흔들라고 시켜 놓는 것이다. 「나를 만나기 전에 당신은 어떤 사람이었습니까? 하지만 지금 내가 당신의 마음속에 천국의 불씨를 심어 놓았고, 그 불씨가 지금도 당신의 영혼 속에서 타오르고 있습니다. 내가 당신의 마음속에 천국의 불씨를 심어 놓았습니까, 아닙니까? 대답을 해보세요, 내가 불씨를 심어 놓았습니까, 아닙니까?」

 사실 포마 포미치 자신도 자신이 왜 그런 질문을 하는지, 그 이유를 알 수 없었다. 하지만 아저씨가 침묵을 지키면서 당혹스러워하고 있다는 사실이 바로 그를 자극하였다. 과거에 그는 참을성도 많았고 학대를 받기도 했지만, 지금은 아무리 조그마한 반대가 있기만 해도 마치 화약처럼 타올랐다. 아저씨의 침묵이 그에게는 자신에 대한 모욕으로 느껴졌으며, 그는 이제 대답을 강제로 요구하고 있었다.

「대답을 해보시라니까, 당신의 마음속에서 불씨가 타오르고 있습니까, 아닙니까?」

 아저씨가 잠깐 생각해 보고는 우물쭈물거린다. 어떻게 해야 할지 모르는 것이다.

「내가 대답을 기다리고 있다는 사실을 상기시켜 드리겠습니다.」 포마가 모욕이라도 받은 듯한 목소리로 말한다.

「그래, 대답해 보려무나Mais répondez donc, 예고루쉬까야.」 어깨를 움츠리면서 장군 부인이 말을 받는다.

「내가 묻고 있는 겁니다. 도대체 당신 속에서 불씨가 타오르고 있습니까, 아닙니까?」 포마가 봉봉 상자에서 사탕 과자 하나를 집고 나서는 관대한 척하며 다시 반복한다. 이 과자 상자는 언제나 포마가 앉아 있는 자리에 놓여 있었는데, 이는 물론 장군 부인의 명령에 따른 것이다.

「아이고 이런, 난 잘 모르겠어, 포마.」 마침내, 나의 아저씨가 절망적인 눈빛으로 대답하게 된다. 「틀림없이 뭔가가 있겠지⋯⋯. 정말 자네 더 이상 묻지 않는 게 좋겠어, 아니면 내가 또 뭔가 쓸데없는 소리를 지껄일 거야⋯⋯.」

「좋습니다! 그럼 당신 생각으론, 내가 대답을 들을 만한 가치도 없는 그런 하찮은 사람이라는 거죠, 당신은 이렇게 말하고 싶었던 거죠? 좋습니다, 그렇다고 해두지요. 내가 하찮은 놈이라고 해둡시다.」

「뭐? 아니야, 포마, 무슨 당치않은 말을. 도대체 내가 언제 그렇게 말하고 싶어했다는 거야?」

「아닙니다, 당신은 바로 그렇게 말하고 싶어했던 겁니다.」

「내 맹세하지, 그렇지 않아!」

「좋습니다! 그럼 나를 거짓말쟁이라고 해둡시다. 당신이 비난한 것처럼 내가 일부러 싸울 구실을 찾고 있었다고 해둡시다. 지금까지의 모든 모욕에 이것도 하나 첨가해 두도록 하겠습니다. 나는 이 모든 일을 참아 두겠습니다……」

「하지만 얘야Mais, mon fils……」 장군 부인이 놀라서 소리친다.

「포마 포미치! 그리고 어머니!」 절망에 빠져서 아저씨가 외친다. 「이런 정말, 나는 잘못한 일이 없어요! 정말 우연히 말이 헛나온 겁니다……! 자넨 날 노려보지 말아 주게, 포마. 나는 정말 바보야. 내가 바보라는 것은 나 자신도 느끼고 있어. 나도 마음속으로 내가 꼴사납게 혼란스러워하고 있다는 것을 알고 있단 말이야……. 나는 알고 있어요, 포마, 모든 것을 알고 있어. 그러나 자네가 말하지는 말게!」 아저씨는 손을 내저으며 계속해서 말한다. 「지금까지, 그러니까 자네를 알게 되기 전까지 40년을 살아왔어. 그동안 내내 자신을…… 그러니까 아무튼 정당한 사람이라고 생각했지. 정말 지금까지 내가 죄 많은 사람이라는 사실을, 염소같이 최고의 이기주의자이며, 어떻게 아직도 이 대지가 나를 잡아 두고 있는가가 신기할 정도로 커다란 죄를 지었다는 사실을 알아차리지 못했어!」

「그래요, 당신은 이기주의자예요!」 만족한 듯이 포마 포미치가 말한다.

「그래, 내가 이기주의자라는 사실은 이미 나 스스로도 알고 있어! 됐어, 이제 그만! 나 자신을 개선할 것이고, 더 좋은 사람이 되겠어!」

「제발 그래야지요!」 포마 포미치가 결론을 내린 후, 경건한 태도로 한숨을 내쉬면서 식사 후의 수면을 취하기 위해 의자에서 일어선다. 포마 포미치는 항상 식사 후에 잠을 자곤 했다.

이 장을 마치면서 나는 여러분들에게 특히 나와 아저씨와의 사적인 관계에 대해 말하고, 어떻게 해서 내가 갑자기 포마 포미치를 직접 만나게 되었으며, 저 축복받은 스쩨빤치꼬보 마을에서 한때 벌어졌던 모든 사건들 중에서 가장 중요한 사건들의 소용돌이 속에 전혀 예기치 못하게 갑작스레 말려들게 되었는가를 설명했으면 한다. 이런 방식으로 나는 나의 서문을 끝맺고 직접 이야기로 건너뛸 작정이다.

내가 어려서 부모를 잃고 세상에 혼자 남게 되었을 때 아저씨는 아버지를 대신해서 나를 자신의 돈으로 키워 주었다. 한마디로 말해서 아저씨는 친아버지도 항상 그럴 수 없는, 그런 은혜를 나에게 베풀어 주었던 것이다. 아저씨가 자신의 집으로 나를 데리고 간 바로 첫날부터 나는 진심으로 그에게 애착을 느끼게 되었다. 나는 그때 열 살이었고, 지금도 기억 나지만 아저씨와 나는 곧 친하게 되어 서로를 완전히 이해할 수 있었다. 우리는 함께 팽이를 쳤고, 우리 두 사람 모두에게 가까운 친척이었던 매우 심술궂은 한 늙은 마님의 모자를 훔치기도 했다. 나는 그 모자를 종이연 꼬리에 달아서 구름 밑으로 날려 보냈다. 그 후 많은 세월이 흘러 나는 아저씨를 뻬쩨르부르그에서 만났다. 그 당시 나는 뻬쩨르부르그에서 그가 대준 돈으로 대학교 교과 과정을 마치고 있었다. 그를 만났을 때 나는 청춘의 온 정열로써 아저씨에게 애착을 느꼈다. 아저씨의 성격에서 고매하고 온화하고 정직하고 유쾌하며 극도로 순수한 그 무엇이 나에게 감동을 주었고, 나의 모든 것이 그에게 이끌려 갔다. 대학을 졸업한 후 나는 잠시 뻬쩨르부르그에서 살았는데, 그동안 나는 치기 어린 젊은 풋내기들이 종종 그러하듯이, 아무 직업도 없으면서 무척 짧은 시간 동안에 무엇인가 매우 놀랍고, 심지어는 위대하기조차 한 일들을 매우 많이 하게 될 것이라고 믿고 있었다. 나는 뻬쩨르부르그를 버리고 싶지 않았던 것이다. 나는 아저씨에게 아주 가끔, 그것도 돈이 필요한 경우에만 편지를 할 뿐이었으며, 아저씨는 한번도 거절하는 일이 없었다. 그러던 중 나는 어떤 일로 뻬쩨르부르그로 오게 된 아저씨 집의 한 하인에게서 스쩨빤치꼬보 마을의 아저씨네 집에서 아주 놀라운 일들이 벌어지고 있다는 소식을 듣게 되었다. 첫번째로 듣게 된 이 소식은 나의 관심을 끌었고, 나를 놀라게 했다. 나는 부지런히 아저씨에게 편지를 쓰기 시작했다. 아저씨는 항상 내 편지에 대해 무엇인지 분명치 못하고 이상한 답장을 보내 왔는데, 편지마다 내가 앞으로 학문 분야에서 놀라운 일을 할 것이라는 기대를 하고 있으며, 나의 미래의 성공을 자랑스럽게 생각한다면서 단지 학문에 대해서만 이야기하려 하였다. 매우 긴 침묵의 시간이 흐른 뒤, 갑자기 나는 이전에 아저씨가 보낸 편지와는 너무나도 다른 놀라운 편지를 받게 되었다. 그 편지는 이상한 암시투성이에다 모순적인 것을 닥치는 대로 끌어들여 도대체 무슨 소리인지 거의 이해할 수 없었다. 내가 분명하게 알 수 있었던 것은 이 편지를 쓴 사람이 매우 불안한 상태에 놓여 있다는 것이었다. 이 편지에서 한 가지는 분명하게 씌어 있었다. 아저씨는 진지하고도 간절하게, 거의 나에게 간청하다시피 하면서 아저씨의 양녀와 결혼할 것을 부탁하고 있었다. 이 여자는 매우 가난한 지방 관리의 딸로, 성(姓)은 예꼐비끼나라고 하고 아저씨의 돈으로 모스끄바의 한 학교에서 훌륭한 교육을 받았으며, 지금은 아저씨 아이들의 가정교사로 지내고 있었다. 그는 편지에, 그녀가 지금 불행하며 내가 그녀를 행복하게 만들어 줄 수 있다고 했다. 심지어 내가 관대하게 행동해 줄 것이라고 믿고 있으며, 나의 고매한 마음씨에 호소했고, 덧붙여 그녀에게 지참금을 딸려서 보내

줄 것을 약속한다고 쓰고 있었다. 그렇지만 지참금에 대해서는 왠지 비밀스럽고도 두려운 듯이 말하고 있었으며, 나에게 이 모든 것에 대해 꼭 비밀을 지켜 달라고 간청하면서 편지를 맺고 있었다. 이 편지는 너무나도 나를 깜짝 놀라게 만들어, 머리가 어쩔어쩔해질 정도였다. 사실 어떤 젊은이가, 그것도 나처럼 이제 막 새장을 벗어난 젊은이가 그와 같은 제안에 매력을 느끼지 않겠는가? 예컨대 단지 그 제안에 나타난 낭만적인 면만 보아도 그렇지 않을까? 게다가 나는 이 젊은 가정교사가 매우 아름답다는 소문을 들은 적이 있었다. 하지만, 비록 그 즉시 아저씨에게 지체하지 않고 스쩨빤치꼬보로 향하겠다는 편지를 보내고서도 나는 어떻게 해야 할지 모르고 있었다. 아저씨는 앞의 그 편지와 함께 여행에 필요한 경비를 보내 주었다. 그럼에도 불구하고, 나는 뻬쩨르부르그에서 의심과 불안을 느끼며 3주를 지체하였다. 그러다가 우연히 옛날에 아저씨와 같이 근무한 동료분을 만나게 되었는데, 그는 까프까즈에서 뻬쩨르부르그로 돌아오면서 잠시 스쩨빤치꼬보에 들른 적이 있었다. 이분은 이미 중년의 나이에 분별력도 갖춘 사람이었고, 예전부터 독신으로 지내 오고 있었다. 그는 매우 분노에 차서 나에게 포마 포미치에 대해 말해 주었다. 내가 그때까지 전혀 알지 못했던 한 가지 상황을 그 자리에서 알려 주었다. 그것은 포마 포미치와 장군 부인이 아저씨를 매우 이상한 처녀와 결혼시킬 생각을 하고서 그렇게 결정내리려 하고 있다는 것이었다. 그런데 이 처녀는 이미 혼기를 놓친 나이인 데다 거의 멍청이에 가까우며, 무엇인지 올바르지 못한 경력을 갖고 있는데, 약 50만 루블의 지참금을 가지고 있다고 했다. 그는 장군 부인이 벌써 이 처녀에게 그들이 서로 친척간이라고 믿게 만들어, 그 결과 자신의 집으로 끌어들이는 데 성공하였고, 아저씨는 지금 절망 상태에 빠져 있지만, 아마도 반드시 50만 루블의 지참금과 결혼하는 것으로 끝나게 될 것이라고 말했다. 마침내 이 두 똑똑한 양반들, 장군 부인과 포마 포미치는 불쌍하고 아무런 힘도 없는 아이들의 가정교사를 끔찍하게 박해하기 시작했고, 온갖 방법으로 그녀를 집에서 내쫓으려 하고 있는데, 아마도 이는 대령이 그녀를 사랑하게 되지나 않을까 두려워서 그런 것 같으며, 부분적으로는 아마도 그가 이미 그녀와 사랑에 빠졌기 때문일 수도 있다는 것이었다. 이 마지막 말이 나를 매우 놀라게 했다. 하지만 아저씨가 정말로 사랑에 빠진 것이 아니냐는 나의 끈질긴 질문에 이 이야기꾼은 내게 정확한 대답을 해주지 못하였다. 혹은 그러기를 원하지 않았을 수도 있겠다. 그는 전체적으로 말을 아끼고 있었고, 무의식 중에 눈에 띌 정도로 정확한 설명을 회피하고 있었다. 나는 생각했다. 이 소식은 아저씨가 그의 제안을 담아 보낸 편지와 너무도 이상하게 모순되고 있지 않는가……! 하지만 지체하고 있을 수 없었다. 나는 스쩨빤치꼬보로 가기로 결심하였다. 내가 하고 싶었던 일은 아저씨에게 도움이 되는 말을 해주고 위로를 해주는 것 이상이었다. 나는 가능하다면 아저씨를 구원하기 위해, 즉 포마를 내쫓고 그 나이 많은 처녀와의 혐오스러운 결혼을 못하게 만들고자 하였다. 그리고 무엇보다도 내가 하고자 한 중요한 일은 ― 왜냐하면 나는 최종적으로 아저씨의 사랑이란 단지 흠을 잡기 위해 포마 포미치가 생각해 낸 핑계라고 판단했기 때문에 ― 이 불행한, 하지만 분명히 나의 관심을 끄는 처녀에게 청혼을 함으로써 그녀를 행복하게 만들어 주는 것, 등등이었다. 차츰 나는 자신의 생각에 빠져 들게 되었고, 내 기분을 스스로 부추긴 나머지 ― 사실은 젊다는 것과 아무런 일도 해보지 않았다는 것에 기인한 것인데 ― 의심에서 완전히 다른 극단으로 껑충 건너뛰게 되었다. 나는 어떻게 하면 더 빨리 여러 가지 놀라운 일들과 훌륭한 일들을 할 수 있을까 하는 바람으로 달아오르기 시작했다. 심지어 순결하고 매력적인 미인을 행복하게 해주기 위해 나 자신이 놀라울 정도의 관대함을 보여 주고 있으며, 정말 나 자신을 희생하고 있다는 생각이 들기까지 하였다. 지금도 기억하고 있거니와, 여행하는 길 내내 나는 나 스스로에게 매우 만족하고 있었다. 7월이었고, 태양은 맑게 빛나고 있었다. 내 주위로는 무르익은 곡식이 물결치는 광활한 들판이 끝없이 펼쳐져 있었다……. 그리고 너무도 오랫동안 뻬쩨르부르그에 처박혀 있었기 때문에 나는 지금에서야 비로소 진정으로 신이 창조해 낸 세계를 보고 있는 느낌이 들었다.

2. 바흐체예프 씨[15]

나는 이미 여행의 목적지에 가까이 가고 있었다. 스쩨빤치꼬보까지는 10베르스따 정도밖에 떨어지지 않은 B라는 조그마한 마을을 지날 때, 여행 마차의 앞바퀴가 부서졌기 때문에 마을 입구 바로 근처에 있는 대장간에서 잠시 멈춰야만 했다. 10베르스따를 가기 위해서는 부서진 바퀴를 되는 대로 단단하게 고칠 필요도 있었고, 시간이 얼마 걸리지 않을 것도 같아서, 나는 대장장이들이 바퀴를 수리하는 동안 아무 데도 가지 않고 대장간 근처에서 기다리기로 했다. 여행 마차에서 나오면서 나는 한 뚱뚱한 신사를 보았는데, 그 역시 나와 마찬가지로 마차를 수리하기 위해 잠시 그곳에 머물러야만 했던 사람이었다. 그는 참을 수 없는 불볕더위 아래 이미 한 시간을 서 있었기 때문에 고함도 지르고 욕설도 하면서 시종 투덜대며 자신의 아름다운 마차 주위에서 분주하게 일하고 있는 일꾼들을 닦달하고 있었다. 첫눈에 보아도 이 중년의 지주 나리는 매우 성미가 까다로운 사람으로 보였다. 그는 마흔다섯 살 가량으로 중키에 무척 뚱뚱한 곰보였다. 뚱뚱한 몸,

15 원서에 바흐체예프와 바흐체예프 씨가 혼용되고 있다. 여기서 이를 통일시키지 않고 원서 그대로 살렸다.

두꺼운 목살, 토실토실 아래로 처진 그의 뺨은 행복한 지주 생활을 증명해 주고 있었다. 어딘가 시골 아낙네 같은 분위기가 전신에서 풍겨 나오고 있었으며, 그런 면이 금방 눈에 띄었다. 그는 풍성하고 편안하고 깔끔하게 차리고 있었지만, 그렇다고 결코 유행에 따른 옷차림은 아니었다.

그가 왜 나에게도 화를 내고 있었는지, 그것도 그때 우리는 처음 만나는 것이었고 서로 한마디 말을 나눈 사이도 아닌데 왜 그랬는지 이해할 수가 없다. 나는 여행 마차에서 내리자마자 그의 매우 화난 듯한 눈길을 보고 그가 내게 화를 내고 있다는 사실을 알아차렸다. 하지만 나는 그와 인사를 나누어 보고 싶은 마음이 몹시 간절했다. 그의 하인들이 하는 잡담을 통해, 나는 그가 지금 스쩨빤치꼬보에서, 그것도 나의 아저씨의 집에서 떠나온 길이라는 사실을 알 수 있었다. 그에게 많은 것을 물어볼 수 있는 기회였다. 나는 모자를 약간 쳐들고 가능한 한 친근한 어투로, 여행을 하다가 이런 일로 발이 묶이게 되어 얼마나 불쾌하시냐고 말을 건네 보았다. 하지만 이 뚱보는 왠지 불만스럽고 성마른 눈길로 나를 머리끝에서 발끝까지 훑어보더니, 입속으로 무슨 소린지 중얼거리고 나서 나를 향해 육중한 몸을 돌렸다. 그의 정면 모습은 매우 흥미로운 관찰 대상이기는 했지만, 물론 이 경우에 그렇게 하면 유쾌한 대화를 기대할 수 없었을 것이다.

「그리쉬까! 입속으로 중얼대지 마! 혼을 내줄 테다!」 마치 내가 여행 중에 발이 묶이고 어쩌고 하는 소리를 전혀 못 들었다는 듯이, 그가 갑자기 자신의 몸종에게 소리쳤다.

이 〈그리쉬까〉라는 사람은 백발이 성성한 늙은 하인이었는데, 옷자락이 긴 프록코트를 입고 하얀 수염을 잔뜩 기르고 있었다. 이런저런 상황으로 미루어 짐작하건대, 그 역시 매우 화가 나 있으며 잔뜩 찌푸린 얼굴을 하고 속으로 중얼대고 있었던 것이다. 즉각 주인과 종 사이에 해명이 오고 갔다.

「혼내고 싶으면 해보라지! 더 크게 소리도 질러 보고!」 그리쉬까가 마치 입속말을 하듯이 중얼거렸는데, 그 소리가 너무 커서 모두 그의 말을 들을 수 있었다. 그리쉬까는 화가 나서 몸을 돌리고서는 마차에 무엇인가를 맞춰 보고 있었다.

「뭐? 너 지금 뭐라고 했냐? 〈더 크게 소리도 질러 보고?〉 네가 지금 주인에게 무례하게 굴 작정이냐!」 얼굴이 온통 벌겋게 달아오른 뚱보가 소리쳤다.

「도대체 나리께선 뭘 그리 호통을 치십니까? 말도 한마디 못합니까!」

「뭘 호통치고 있냐고? 그럼 잠자코 듣고 있으라고? 너는 중얼중얼대면서, 나는 호통치지 말란 말이냐!」

「제가 무엇 때문에 중얼거리겠어요?」

「무엇 때문에 중얼거리냐고…… 그럼 정말 그럴 이유가 없단 말이냐? 나는 네놈이 무엇 때문에 중얼거리는지 그 이유를 알고 있어. 내가 저녁 식사를 하기 전에 떠나 왔기 때문이지. 그게 바로 이유야.」

「그게 저하고 무슨 상관 있습니까! 저야 저녁을 먹든 말든 아무 상관없지요. 저는 나리께 대고 중얼거리고 있는 게 아닙니다. 단지 대장장이놈들한테 한마디 한 것입죠.」

「대장장이들한테…… 그럼 대장장이들한테는 뭘 중얼댈 게 있냐?」

「대장장이들한테 중얼거린 게 아니라 마차에 대고 중얼거린 겁니다.」

「그럼 마차에 대고는 뭘 중얼댈 게 있냐?」

「왜 고장이 났느냐! 앞으로는 고장 나지 말고 몸 간수를 잘해야 한다, 그런 거지요.」

「마차에 대고 중얼거렸다고…… 아니야, 네놈은 나한테 대고 중얼거린 거지 마차에 대고 중얼거린 게 아니야. 잘못은 자기가 해놓고 다른 사람을 헐뜯다니!」

「나리, 도대체 무엇 때문에 이렇게 귀찮게 구십니까? 이제 제발 그만 하세요!」

「그럼 네놈은 무엇 때문에 여기까지 오면서 나에게 한마디 말도 없이 내내 죽을상을 짓고 앉아만 있었느냐, 응? 다른 때는 잘만 지껄이던 놈이.」

「파리가 목구멍으로 기어들어 갔어요. 그래서 죽을상을 짓고 앉아만 있었던 겁니다. 그래, 제가 나리께 옛날이야기라도 해드려야 됩니까? 그렇게 옛날이야기를 좋아하시면 이야기꾼 말란이야라도 데려오지 그러셨어요.」

뭔가 반박하기 위해 뚱보가 입을 열었지만 적당한 말을 찾지 못했는지 그만 잠자코 있었다. 하인이란 놈은 구경꾼들 앞에서 자신의 말솜씨와 주인에 대한 영향력을 과시한 것이 적이 만족스러웠는지, 한껏 점잔을 빼면서 일꾼들을 향해 몸을 돌리고는 무엇인가를 지시하기 시작했다.

인사를 나누고자 한 나의 시도는, 무엇보다 나의 싹싹하지 못한 성격으로 인해 수포로 돌아갔다. 그런데 전혀 예기치 못했던 상황이 나를 도와주었다. 대장간 옆에서 언제부터인지 알 수도 없을 만큼 오래전부터 매일같이 헛되이 수리를 기다리면서 바퀴도 없이 서 있던 마차의 잠겨진 창에서 씻지도 않고 머리도 빗지 않은 한 사람이 아직 잠이 덜 깬 얼굴로 불쑥 나타난 것이다. 그가 이런 모습으로 등장하자 일꾼들 사이에서는 폭소가 터졌다. 사실 마차에서 모습을 내민 이 사람은 마차에 갇혀서 이제 나갈 수 없게 된 사람이었다. 고주망태가 되어 마차 속에서 잠들었다가 그는 이제 헛되이 자유를 구하고 있었다. 마침내 그는 누군가에게 자신의 연장들을 가져다 달라고 부탁했다. 이 모든 일들이 그 주변에 있던 사람들을 매우 유쾌하게 만들어 주었다.

매우 기이한 일들에서 특별한 기쁨과 즐거움을 맛보는 그러한 기질의 사람이 존재한다. 술 취한 농부의 찡그린 얼굴이나 돌에 채여서 길에 나동그라진 사람, 두 아낙네가 주고받는 욕지거리 등등, 이러한 일들이 때로는 어떤 사람들에게는 그 이유를 알 수는 없지만 매우 악의 없는 희열을 가져다 주기도 한다. 뚱보 지주가 바로 이러한 종류의 기질을 가진 사람에 속하였다. 화가 나서 잔뜩 찌푸린 그의 얼굴이 조금씩 만족스럽고 부드러운 표정으로 바뀌더니, 마침내 활짝 개기에 이르렀다.

「저 사람 바실리예프가 아닌가?」그가 유쾌한 듯이 물어보았다.「그런데 어쩌다 저 사람이 저곳에 갇혔지?」

「바실리예프가 맞습니다, 스쩨빤 알렉세이치[16] 나리, 바실리예프입니다!」사방에서 사람들이 소리 질렀다.

「고주망태가 되도록 놀고 마신 것입죠, 나리.」일꾼들 중에서 한 사람이 덧붙였다. 그는 중년의 나이에 키가 컸고 무척 말랐는데, 얼굴에는 똑똑한 체하는 표정이 가득 했고, 자신이 무리들 중에서 최고참이라는 사실을 과시하고 싶어하는 듯했다.「주인에게서 도망쳐 나온 지 사흘째인데, 우리들에게로 숨어 들어와서는 귀찮게 달라붙고 있습지요. 보세요, 지금도 끌을 내놓으라고 하고 있잖아요. 야, 이제 끌을 달라고 해서 뭘할 참이냐! 네놈 머리가 텅 비었냐? 마지막 남은 연장마저 저당 잡히고 싶냐!」

「이런 젠장, 아르히뿌쉬카! 돈이란 말이야, 비둘기 같은 거야. 날아들어 왔다 싶으면 다시 날아가 버리는 거지! 제발 부탁인데, 날 내보내 줘.」바실리예프는 마차 밖으로 머리를 내밀고, 마치 사기 그릇이 깨지는 듯한 가느다란 목소리로 부탁했다.

「네놈은 그냥 그곳에 앉아 있어, 바보야. 잘 들어갔지 뭐!」아르히쁘가 엄하게 말했다.「사흘째가 되어서야 겨우 눈을 떴어. 오늘 새벽에 길거리에서 네놈을 끌어 온 거야. 하느님께 감사 기도

---

16 알렉세예비치와 알렉세이치는 부칭(父稱)에 해당하는 것으로 알렉세이치는 알렉세예비치의 줄임 형태이다.

나 드려, 우리가 네놈을 숨겨 주었으니 말이야. 마뜨베이 일리치한테는 병이 났다고 말해 두었어. 〈최근에 우리 마을에 미리 아파 두는 병이 돌고 있다고들 한다〉고 말이야.」

다시 한번 웃음소리가 터져 나왔다.

「그런데 끌은 어디 있는가?」

「제 조수가 가지고 있습니다. 똑같은 일을 되풀이하고 있습지요! 그야말로 술에 취한 놈이지요, 스쩨빤 알렉세이치 나리.」

「헤헤헤! 정말 사기꾼이군! 정말 네놈들이 마을에서 일하는 게 다 이런 식이지! 연장이나 저당 잡히고!」 뚱보는 갑자기 매우 유쾌한 기분이 되어 만족한 듯이 웃느라고 숨을 헐떡거려 가며 쉰 목소리로 말했다.

「하지만 사실, 모스끄바에서나 볼 수 있는 그런 목수랍니다. 그런데 저놈은 언제나 저런 식이지요, 잡놈 같으니.」 갑자기 그가 전혀 예기치 못하게도 나를 향해서 덧붙였다. 「저놈을 놔줘라, 아르히쁘. 아마 저놈도 무언가가 필요한 것이겠지.」

사람들은 이 지주 나리가 시키는 대로 따랐다. 바실리예프가 술에서 깨어날 때 사람들이 그를 놀려 주기 위해 마차의 문에 박아 두었던 못이 뽑히고, 바실리예프는 온통 더럽고 단정치 못한 데다 여기저기 찢겨진 차림으로 신의 세계에 나타났다. 그는 햇살 때문인지 눈을 몇 번 깜빡거리고는 재채기를 한 번 크게 하고서 잠시 비틀거렸다. 그런 다음, 눈 위를 손으로 가리고서는 주위를 둘러보았다.

「사람들이 많이 모였군, 정말 많이 모였어!」 그는 고개를 흔들면서 말했다. 「게다가 모두들 마알짱하고 말이야.」 그는 마치 자기 자신을 책망하기라도 하는 듯이, 슬픈 생각에 잠겨 말꼬리를 길게 늘였다. 「아무튼, 좋은 아침이에요, 여러분, 새로운 하루가 시작됐군요.」

다시 한번 폭소가 터졌다.

「새로운 하루가 시작됐다는군! 며칠이나 지났는지 한번 봐라, 이 미련한 놈아!」

「어디 지껄이고 싶은 대로 지껄여 봐라, 이 멍청아. 아주 때를 만났구먼!」

「하긴 우리 식으로 하자면, 한 시간이라도 주어지면 순식간에 마셔 버리는 거지 뭐!」

「헤헤헤! 이런 수다쟁이!」 뚱보가 한번 더 몸을 흔들며 껄껄대더니 다시 한번 나를 유쾌하게 훑긋 바라보고 나서 소리쳤다. 「부끄럽지도 않느냐, 바실리예프?」

「슬퍼서 그럽니다. 스쩨빤 알렉세이치 나리. 슬퍼서 그래요.」 바실리예프는 팔을 흔들고 나서 심각하게 대답하였다. 틀림없이 그는 다시 한번 자신의 슬픔을 상기할 수 있는 사실이 머릿속에 떠올라 적이 만족스러운 듯하였다.

「이 멍청아, 무엇 때문에 슬퍼하는 거야?」

「지금까지 듣도 보도 못한 일 때문입니다. 우리를 포마 포미치에게 양도한답니다.」

「누구를? 언제?」 뚱보가 온몸을 부르르 떨면서 소리쳤다.

나 역시 한 발짝 앞으로 나섰다. 사태가 전혀 예기치 않게 나와도 관련된 것으로 흘러갔다.

「까뻬또노프까 마을 사람들 전부를요! 우리의 주인이신 대령 나리께서 — 그분이 항상 건강하시기를 — 그분의 세습 영지인 우리 까뻬또노프까 마을 전부를 포마 포미치에게 기부하시려고 하고 있습니다요. 70명의 농노 전부를 그에게 나누어 주시겠다는 거지요. 대령께서는 이렇게 말씀하고 계십니다. 〈포마! 이걸 자네에게 주겠네. 대체적으로 보아서 지금 당장 자네는 아무것도 가진 것이 없어. 자넨 그리 부유한 지주는 아닌 셈이지. 소작료로 들어오는 것이라고는 라도쥐스끼 호수에서 헤엄쳐 다니는 뱅어 두 마리가 전부 아닌가. 돌아가신 자네 부친께서 남겨 주신 것이라고는 단지 국가에 세금을 바쳐야 할 농노들이 전부이고. 왜냐하면 자네 부친께서는……〉」 바실리예프는 어떤 심술궂은 만족감을 느끼는 듯, 포마 포미치와 관련된 모든 이야기에 양념을 뿌려 가면서 계속했다. 「〈왜냐하면 자네 부친께서는 어디 출신인지, 무엇을 하던 사람인지도 잘 모르는, 유서 깊은 가문의 귀족이시기 때문이지. 자네와 마찬가지로 지주에게 빌붙어 먹고 살았고, 불쌍히 여겨진 덕택에 부엌에서 그럭저럭 입에 풀칠이나 할 수 있으셨지. 하지만 이제 내가 자네에게 까뻐또노프까 마을을 줄 테니 자네도 지주인 동시에 유서 깊은 귀족이 되는 거야. 자기 소유의 사람들을 가지게 될 거고, 뻬치까에서 뒹굴며 한가로운 귀족의 지위를 즐기게 될 거라고.〉」

하지만 스쩨빤 알렉세이치는 이미 그의 이야기를 듣고 있지 않았다. 그에게 전달된 바실리예프의 반쯤 술 취한 듯한 이야기가 만들어 낸 효과는 특별했다. 뚱보는 얼굴이 빨갛게 될 정도로 심하게 화를 내었다. 그의 후골(喉骨)이 부르르 떨리면서 조그마한 눈에서는 붉은 기가 보였다. 나는 그가 금방이라도 발작을 일으키지 않을까 생각했다.

「그걸로도 부족해서!」 숨을 헐떡대면서 그가 말했다. 「악당 같은 포마놈! 식객이 지주가 된다고! 빌어먹을! 모두 뒈져 버려라! 빨리 끝장이 나버려야지, 젠장! 집으로 가자!」

「한 말씀 여쭈어도 되겠습니까?」 나는 주저주저하면서 앞으로 나서며 말했다. 「지금 당신께서 포마 포미치에 대해 말씀하셨는데, 제가 틀린 것이 아니라면 아마도 그 사람 성이 오삐스낀이지요? 사실 제가 알고 싶은 것은…… 다시 말해 저와 관계된 일이라서, 매우 특별한 이유로 그분에 대해 관심을 갖고 있습니다. 그래서 그 착한 사람의 말, 그러니까 예고르 일리치 로스따네프 대령이 자신이 소유한 마을 중 하나를 포마 포미치에게 선물하고자 한다는 말이 얼마나 믿을 수 있는 것인지 알고 싶은데요. 저는 이

것이 매우 궁금합니다. 그리고 저는…….」

「나도 한 말씀 여쭈어 봅시다.」 뚱보 지주가 내 말허리를 잘랐다. 「어떤 관계라서 그분에 대해 관심을 갖고 계신 것인지 설명해 주시겠습니까? 그리고 제 식으로 하자면, 그놈은 어떤 분이 아니라 저주받을 악당놈이라고 불러야 할 놈입니다. 빌어먹을 놈한테 분은 무슨 얼어 죽을 놈의 분, 그놈은 분이 아니라 단지 파렴치한 놈일 뿐이오.」

나는 지주에게 지금까지 포마 포미치를 잘 알지 못하기 때문에 그분이라고 했던 것이며, 예고르 일리치 로스따네프가 나의 아저씨가 된다는 것, 그리고 나는 세르게이 알렉산드로비치라고 한다는 사실을 설명했다.

「그럼 그 학자라는 사람? 이것 참 반갑군. 거기에서는 당신을 목이 빠져라 기다리고들 있어요!」 뚱보가 기쁜 표정을 감추지 못하면서 큰 소리로 말했다. 「사실 난 지금 막 그들과 헤어져 스쩨빤치꼬보 마을을 떠나 온 길이오. 저녁을 먹기 전, 푸딩이 나오기 전에 일어났지. 포마하고 같이 앉아 있을 수가 있어야지! 포만지 뭔지 하는 저주받을 놈 때문에 거기서 모두하고 한바탕 했지 뭐요…… 여기서 이렇게 당신을 만날 줄이야! 내 실례를 용서해 주시오. 난 스쩨빤 알렉세이치 바흐체예프라고 해요, 그리고 당신이 요만할 때부터 당신을 알고 있어요…… 이런, 지금 내가 뭐하고 있는 거야……? 당신하고 인사부터 해야지…….」

그리고 뚱보는 내려와 나에게 키스하였다.

최초의 다소 흥분된 순간이 흐른 뒤, 나는 급히 질문을 퍼부었다. 절호의 기회였다.

「그런데 도대체 그 포마라는 자는 누구입니까?」 내가 물었다. 「어떻게 해서 그가 온 집안을 정복할 수 있었지요? 어째서 그놈을 두들겨 패서 집 밖으로 쫓아내지 않는 거죠? 솔직히 말해서…….」

「그놈을 쫓아낸다고요? 당신 정신이 있소 없소? 예고르 일리치라는 사람은 그 작자 앞에서 발끝으로 살금살금 걸어다니는 실정이란 말이오! 포마가 목요일을 수요일이라고 하자고 명령을 내리기만 하면 그곳에 있는 모든 사람들은 한결같이 목요일을 수요일이라고 생각하게 돼요. 〈목요일인 것이 싫다, 수요일로 하자!〉 그러면 일주일에 두 개의 수요일이 있게 된단 말이오. 당신은 내가 지금 뭔가 거짓말을 하고 있다고 생각하십니까? 여기에는 조금도 거짓이 없어요! 그래요, 이건 정말 거짓말 같은 사실이란 말이오!」

「저도 그런 이야기를 들었습니다. 하지만 솔직히 말해서…….」

「솔직히는 무슨 솔직히! 똑같은 소리만 하고 있잖아! 솔직히가 다 뭐요? 차라리 나에게 이것저것 자세히 물어보는 게 더 좋을 거요. 예고르 일리친지, 대령인지 하는 작자의 어머니는 비록 매우 훌륭한 부인에다 장군 부인이지만 내가 보기에는 나이가 들어 완전히 노망이 든 것 같아요. 보기도 싫은 포마놈 앞에서 숨도 제대로 쉬지 못하고 있다오. 모든 일은 사실 그녀 때문이오. 그 여자가 그를 집으로 데리고 왔으니까. 그가 그녀를 완전히 망쳐 놓고 말았어요. 다시 말해서 그 여자는 아직 장군 부인으로 호칭되지만 — 쉰 살 가까운 나이에 갑자기 끄라호뜨낀 장군에게 시집을 간 것도 대단한 일이지! — 그의 말이라면 고분고분하는 여자가 되어 버렸다오. 마흔이 되어서도 아직 시집을 못 간 예고르 일리치의 누이, 쁘라스꼬비야 일리니츠나에 대해서는 말하고 싶지도 않아요. 어휴, 어휴 하면서 암탉처럼 한숨만 쉬어 대고 있으니, 나는 완전히 질려 버렸다오. 정말 그 꼴이라니! 그래도 그녀에게도 여성이라는 것이 있겠지요. 아무런 이유도 없이, 그녀가 여성이라는 이유만으로 그녀를 존경해야만 해요. 젠장! 말하는 것조차 쑥스럽군, 당신에게는 아주머니뻘이 될 테니까. 단지 대령의 딸인 알렉산드라 예고로브나만은 비록 어린아이지만 — 기껏해야 이제 열여섯[17]으로 접어들지만 — 그래도 내가 보기엔 그들 중에서 제일 똑똑해요. 포마를 존중하지 않거든. 보기만 해도 즐거웠어요. 무엇보다도 너무나 사랑스러운 아가씨예요! 사실 누가 그를 존중하겠어요? 정말 그 포마라는 놈은 돌아가신 끄라호뜨낀 장군 집에서 어릿광대 노릇을 하면서 빌붙어 살던 놈이 아닌가 말이오! 기껏 장군을 즐겁게 해주기 위해 온갖 짐승 흉내를 내던 놈이! 이전에 바냐[18]는 밭이나 일구고 있었지만 지금 바냐는 사령관이 되었다, 하는 식이지. 그런데 당신의 아저씨라는 대령 양반은 과거에 어릿광대 노릇을 하던 놈을 친아버지처럼 여기면서, 그놈의 낯짝을 사진틀에다 집어넣어 놓고 그놈의 발 아래에 엎드리고 있어요, 자신의 식객에게 말이오, 제기랄!」

「하지만 가난은 결코 죄가 될 수 없지요……. 그리고…… 솔직히 말해서…… 한 가지 여쭤보겠습니다. 그는 잘생겼습니까? 똑똑해요?」

「포마가? 기가 막힌 미남이지!」 바흐체예프는 분노로 말미암아 목소리를 심하게 떨어 가면서 대답하였다(아마 나의 질문이 그를 자극하였던 것 같다. 그리고 그는 이미 나를 미심쩍은 듯이 쳐다보기 시작했다).「기가 막힌 미남이지! 자 여러분들, 들어 보세요, 미남을 찾아냈습니다! 이봐요, 정말 궁금해요? 사실 그놈은 온갖 짐승을 다 닮았지요. 지혜라도 있다면 좋을 텐데, 그 악당놈이 지혜라도 가지고 있었다면 말입니다. 어찌 됐든, 그놈이 똑똑하기라도 했다면 나도 마지못해서라도 사람들 말에 동의했을 테니까. 하지만 지혜라고는 약에 쓸래야 도무지 찾아볼 수 없어요! 무슨 물리학자인지가 그들 모두에게 약 같은 것을 마시라고 준 것인지 원! 제기랄! 말하기도 지겹군. 이봐요, 당신과 이야기하는 통에 기분을 완전히 잡쳐 버렸소! 어이, 너, 준비가 된 거냐 안 된 거냐?」

17 러시아에서는 생일 기준으로 나이를 계산한다. 여기서는 이제 생일이 막 지나 열여섯이 되었음을 말하는 듯하다.
18 아무개를 지칭할 때 쓰는 이름이다.

「굴대를 박아 넣는 게 남았는데요.」 그리고리가 낮은 목소리로 우울하게 말했다.

「굴대라고. 내가 네놈에게 굴대 맛을 보여 줄 테다!…… 이봐요, 나는 당신이 하도 놀라 입을 떡 벌리고는 최후의 심판이 올 때까지 그런 상태로 있게 할 만한 이야기를 해줄 수 있어요. 사실 나도 전에는 그를 존경했지요. 당신은 어떻게 생각해요? 지금은 후회하고 있어요. 내가 바보였지, 하고 솔직하게 후회하고 있단 말이오. 나도 그놈한테 감쪽같이 속아 넘어갔던 거지요. 모든 것을 아는 사람이다! 이 세상의 모든 비밀을 알고 있고, 모든 학문을 이룩하였구나!라고 생각했던 거요. 그가 나에게 약 몇 방울을 준 적이 있지요. 사실 나는 여기저기 병이 있는 데다가 몸이 습한 사람이라오. 당신은 믿지 않을지 모르겠지만 나는 환자예요. 어쨌든 나는 그의 약인지 뭔지 때문에 거꾸로 날아갈 뻔했지요. 당신은 입 다물고 잠자코 듣기나 해요. 직접 가보시면 모든 것이 흥미로울 거요. 그는 그곳에서 대령인지 하는 양반으로 하여금 정말 피눈물을 쏟게 만들고 있으니까. 대령은 그 사람 때문에 정말로 피눈물을 쏟는 중인데, 이제는 이미 늦었을 거요. 저주받을 포마놈 때문에 거의 모든 주위의 이웃들이 그들과 왕래를 끊었다오. 그들을 방문하러 오는 모든 사람들에게 모욕을 주고 있기 때문이지요. 나에게는 말할 것도 없고, 지체 높으신 양반이라고 봐주는 일이 없지요. 누구든지 가릴 것 없이 설교를 해대니 원. 누가 그 악당놈을 들어갔다 나오면 도덕, 도덕을 찾게 되는 통에다가 던져 넣었던 건지. 그는 자신이 그 누구보다 현명한 현자다, 그러니 오직 나의 말을 들어라, 하고 말하는 거요. 자기가 학자라는 식이지요. 그래, 도대체 학자여서 어쨌단 말이오. 학자면 그렇게 못 배운 사람을 잡아먹지 못해 안달을 해야 합니까……? 그 잘난 체하는 혓바닥으로 따따거리기 시작하면, 벌써 따따따, 따따따! 해대는 것이, 당신에게 말해 두겠는데, 그 나불대는 혓바닥을 잘라다가 거름 더미 위에 던져 버려도 그놈은 그 위에서 나불나불대면서 까마귀가 와서 그놈을 삼켜 버릴 때까지 계속 나불거리고 있을 거요. 마치 곡식을 눈앞에 둔 쥐처럼 거들먹거리면서 뽐내는 거요! 지금 그놈의 머리는 정말 도저히 생각할 수도 없는 방향으로 굴러가고 있어요. 정말 어처구니도 없지! 글쎄 그는 그곳에서 집안 일꾼들에게 프랑스 어를 가르칠 생각을 해냈단 말이오! 믿기지 않으면 믿지 않아도 좋아요. 이것은 그에게 유용한 거야, 쌍놈에게도 머슴에게도, 글쎄 이런단 말이오! 제기랄! 저주받을 더러운 놈이야, 바로 그래! 당신에게 한번 물어봅시다. 농노가 프랑스 어를 알아서 어쩌자는 거요? 대관절 우리 러시아의 농민들이 프랑스 어를 알아서 어쩌겠다는 거요, 도대체? 그래, 마주르카[19]를 추면서 양반 댁 처녀들에게 살살거릴 일이라도 있는 거요, 아니면 남의 마누라에게 꼬리칠 일이라도 있는 거요? 타락이야, 단지 타락일 뿐이지! 내 생각으론 보드까 한 병만 마시면 온갖 외국어를 다 말할 수 있어요. 난 당신들이 아끼는 프랑스 어를 그 정도로 생각한단 말이오! 아마 당신도 프랑스 어를 하겠지요. 〈쏠랑 쏠랑! 쏠랑 쏠랑! 암고양이가 수고양이한테 갔다.〉 뭐 이런 식이겠지.」 바흐체예프가 경멸에 찬 분노의 눈빛으로 나를 바라보면서 덧붙였다. 「당신, 학자지요, 그렇지요? 학문 분야에서 일해 온 거지요?」

「예…… 뭐, 조금 관심을 가지고 있지요…….」

「보아하니, 마찬가지로 오만가지 학문을 다 해본 것 아니오?」

「그러니까, 그렇지 않습니다……. 솔직하게 말해서, 저는 지금 관찰하는 일에 흥미를 가지고 있습니다. 저는 줄곧 뻬쩨르부르그에서 살아왔고, 그래서 지금 아저씨의 집으로 급히 가는 것이지요…….」

「누가 당신을 아저씨의 집으로 끌어들인 거요? 어디든지 가 있

---

19 폴란드의 민속춤.

을 곳만 있다면 그곳에 머무는 게 좋을 텐데! 당신에게 말해 두겠는데, 이곳에서는 학문이 조금도 도움이 되지 못해요. 그리고 당신의 아저씨도 당신을 도울 수 없을 거요. 당신은 지금 올가미 속으로 빠져 들고 있는 거란 말이오. 나는 그들과 지내는 하루 동안에 살이 쫙 빠져 버렸어. 내가 그들과 지내는 동안 살이 빠져 버렸다는 것이 믿기지 않으시오? 내가 보기에는 믿지 않는 것 같군. 믿기지 않는다면 믿지 마시구려, 이제 작별 인사나 합시다.」

「아닙니다, 전 정말 당신 말씀을 믿어요. 다만 전 이 모든 일이 아직 이해가 가지 않습니다.」 나는 점점 더 혼란스러워지는 것을 느끼며 대답하였다.

「나를 믿는다 어쩌고 하지만 난 당신을 믿지 않아! 당신 같은 사람들은 자신의 학문 분야로 언제나 이리 뛰고 저리 뛰는 사람들이지. 당신들은 자신을 과시하고 싶어서 한 발로 깡충깡충 뛰고 있는 사람들이야! 이봐요, 난 학문은 질색인 사람이야. 학문은 나에게 고민거리일 뿐이지! 난 당신과 같은 뻬쩨르부르그 사람들과 만나 본 일이 있지만, 쓸모없는 인종들이야! 모두가 다 자유사상가[20]일 뿐이라고. 불신앙만 퍼뜨리고, 보드까 한잔 마시기도 두려워하면서 보드까를 헐뜯기나 하고, 젠장! 이봐, 당신은 나를 화나게 만들었어. 이제 당신에게는 말하고 싶지도 않아요. 사실 내가 당신에게 이야기를 해준다는 조건으로 고용된 것도 아니었고, 이제 입도 지쳤어. 모든 사람을 헐뜯을 수는 없는 법이오, 그것도 죄야……. 하지만 그놈, 당신의 학자인지 뭔지 하는 놈이 당신 아저씨의 종인 비도뺠랴소프를 거의 미치광이로 만들어 버렸단 말이야! 포마 포미치 때문에 비도뺠랴소픈지 뭔지 하는 놈의 머리가 완전히 돌아 버렸어…….」

「저라면, 그놈 비도뺠랴소프를…….」 지금까지 얌전하고 단정

---

20 18세기에 생겨난 반정부적인 움직임으로 허무주의와도 상통한다.

한 태도로 대화를 지켜보고 있던 그리고리가 끼어들었다.「저라면, 그놈 비도쁠랴소프를 매로부터 풀어놓지 않겠어요. 숫자도 헤아릴 수 없을 만큼 그놈을 패버리겠어요. 어디 저한테 한번 걸려 보라지요, 제가 그 독일 바보놈을 혼구멍 내놓을 테니.」

「입 닥쳐!」지주가 외쳤다.「네놈의 혀를 입속에 가만히 처박아 두란 말이야. 우린 지금 너와 이야기하고 있는 게 아니야.」

「비도쁠랴소프,」나는 완전히 얼이 빠져, 지금 뭘 말하고 있는지도 모르면서 말했다.「비도쁠랴소프라…… 뭐 그런 희한한 성이 다 있지요?」

「뭐가 희한하다는 거요? 당신도 똑같군. 이런, 당신 같은 학자들이란 정말!」

나는 참을 수 없었다.

「죄송합니다.」내가 말했다.「하지만 도대체 무엇 때문에 당신은 제게 화를 내십니까? 제가 뭘 잘못했습니까? 솔직하게 말씀드리겠는데, 지금 전 벌써 30분 동안 당신의 말씀을 듣고 있었지만 뭐가 문제인지조차 알 수 없군요…….」

「이봐요, 뭘 그렇게 화를 내요?」뚱보가 대답했다.「화낼 필요 없어요! 난 정말 당신과 말하는 게 좋아요. 내가 악악거린다고 해서, 방금 내가 내 종놈에게 소리 질렀다고 해서 나한테 신경 쓸 필요 없어요. 내 종놈인 그리쉬까는 원래 악당이고, 바로 그 때문에 난 이 악당놈을 좋아해요. 솔직하게 말하리다. 나의 이 다정다감한 성질이 나를 파멸시켰던 거요. 아무튼 이 모든 사태에서 잘못한 놈은 오직 포마 한 사람뿐이오! 그는 날 파멸시킬 거요, 맹세컨대 파멸시키고 말 거요! 지금도 보시다시피 그놈 덕택에 두 시간 동안이나 쨍쨍 내리쬐는 햇빛 아래서 열을 받고 있는 중이잖아요. 이 바보놈들이 마차를 수리한답시고 우물쭈물하는 동안 신부님에게나 들러 볼까 했어요. 이곳 신부님은 정말 훌륭한 분이지요. 하지만 포만지 뭔지 하는 놈이 기분을 엉망으로 만들어서 신부님을 만나 보는 것도 이제 싫어졌어요! 모든 게 다 엉망이야! 여긴 정말 그럴듯한 선술집 하나 없어요. 내 당신에게 말해 두는데, 모두가 다 악당놈들이야, 모두가 다 한결같이! 정말 그 포마놈이 관등이라도 높았더라면 좋았을걸.」 다시 화제를 포마 포미치로 돌리면서 바흐체예프는 계속해서 말했다. 아마 그는 포마 포미치에 대한 생각에서 벗어날 수 없었던 것 같다. 「그랬다면 관등 때문에라도 그를 용서할 수 있으련만. 그런데 그는 변변한 관등도 가지지 못했단 말이오. 그에게 관등이 없다는 건 내가 분명히 알고 있어. 그는, 진리를 위해서 40년 동안 어디에선가 고통을 당했다, 그러니 나에게 와서 발 앞에 머리를 조아려라! 하고 말하지요. 정말 자기 멋대로요! 뭔가 그의 뜻대로 안 되면 벌떡 일어나 빽빽 소리를 질러 댑니다. 〈나를 모욕하고 있어, 그러니까 나를, 나의 가난을 모욕하고 있어. 나를 존중하지 않고 있단 말이야!〉 포마가 없으면 감히 식탁에 앉지도 못해요. 그런데 정작 자신은 나오지 않는 겁니다. 〈그러니까, 나를 모욕했어. 난 가난한 순례자야, 난 검은 빵이나 먹지.〉 사람들이 막 앉으면 그때 그가 나타나는 겁니다. 우리의 깽깽이가 다시 잔소리를 하기 위해 나타난 거지요. 〈왜 나를 기다리지 않고 식탁에 앉았습니까, 그러니까 여러분들은 나를 그 정도로 무시한단 말이지요.〉 한마디로 말해 그놈은 걸어다니는 심술통이란 말이오. 이봐요, 난 오랫동안 잠자코 있었지. 그는 나 역시 자기 앞에서 강아지처럼 앞발을 들고 아양떨 거라고 생각했어요. 자, 여기, 이거나 받아먹어라! 하는 식이었지요. 흥, 웃기고 있네, 걸려든 건 네놈이야, 난 벌써 빠져나와 마차에 앉아 있는걸! 예고르 일리치와 난 같은 연대에서 근무했지요. 난 하사관일 때 은퇴를 했지만 그는 작년에 대령으로 은퇴하고서 영지로 돌아온 거요. 난 그에게 말하곤 해요. 〈이 친구야, 자넨 스스로를 파멸시키게 될 거야, 포마를 두둔하지 말라고! 피눈물을 쏟게 될 테니까!〉 그러면 그는 이런 식으로 말하는 거요. 〈아니야, 그는 뛰어난 인물이야(글쎄, 포마를 두고 이렇게 말한다니까!), 그는 내 친구란 말이야. 그는 내게 선행을 가르쳐 주지.〉 그래, 선행을 거스를 수는 없는 법이라고 난 생각해요. 이미 선행을 가르치기 시작했다면 그건 볼장 다 봤다는 거요. 그놈 때문에 오늘 또 어떤 일이 있었는지 생각할 수나 있겠어요? 내일이 선지자 일리야의 날이어서(바흐체예프 씨는 성호를 그었다), 당신 아저씨의 아드님인 일류샤의 명명일이 되지요.[21] 나는 내일 하루를 그 집에서 지내고 그곳에서 식사라도 같이 할까 생각하고는 모스끄바 산 장난감도 주문했어요. 태엽 장치가 되어 있는 독일인이 자기 약혼녀에게 키스를 하면, 그녀가 손수건으로 눈물을 닦는 아주 기막힌 물건이지. 하지만 이젠 선물하지 않을 거요, 아침 일찍 morgen-früh[22]이야! 저기 마차 안에 있어요. 게다가 독일인의 코까지 부러져 버렸어. 다시 가져가야겠지. 예고르 일리치 역시 그런 날에 한판 잘 마시고 잘 노는 걸 싫어하지 않아요. 그런데 포마가 훼방을 놓는 거야. 〈그러니까, 뭣 때문에 일류샤에게 관심을 갖기 시작한 겁니까? 아마 이제 나에게는 아무런 관심도 기울이지 않는가 보군요!〉 뭐? 정말 이런 놈이 다 있어! 이제 명명일을 맞게 된 여덟 살짜리 꼬마를 질투하다니! 그놈이 말하기를, 〈아냐, 그렇지 않아, 내일은 나의 명명일이야〉 하는 거요. 하지만 내일은 선지자 일리야의 날이지 성자 포마의 날은 아니잖아요! 〈아니야〉 하고 그는 말했소. 〈내 명명일 역시 바로 내일이라고!〉 그 꼴을 보면서도 나는 잠자코 참고 있었지. 당신은 어떻게 생각해요? 그들은 모두 발끝으로 조심조심 다니면서 수

---

21 일리야는 구약 성서에 나오는 선지자이자 성인(聖人)의 이름이다. 러시아 교회력(敎會曆)에는 교회가 성자들을 기념하기 위해 지정한 날들이 있는데 이 날들은 성자와 같은 이름을 가진 사람들에게 개인적인 축일이 된다. 일류샤는 일리야의 러시아 식 이름인 일리인의 애칭이다.
22 바흐체예프의 무의미한 말장난이다.

군수군대고 있는 거요. 어땠을 것 같아요? 일리인의 날을 그의 명명일로 할 것인지 아니면 말아야 할지, 축하해 줘야 할지 말아야 할지? 축하해 주지 않으면 모욕받았다고 할 거고, 반대로 축하해 주면 또 놀리고 있다고 할 거고. 이런 젠장, 환장할 노릇이지! 우리가 식사하기 위해 모여 앉아 있을 때…… 그런데 이봐, 자네, 듣고 있는 거야 아니야?」

「무슨 그런 말씀을, 듣고 있습니다. 그것도 아주 즐겁게 듣고 있어요. 왜냐하면 전 당신을 통해서…… 그러니까…… 솔직히 말해서…….」

「그래, 아주 즐겁게 듣고 있단 말이지! 난 자네의 즐거움이란 게 뭔지 잘 알지……. 즐겁다 뭐다 하지만 사실 자네 날 귀찮게 만들려고 하는 거 아니야?」

「무슨 그런 말씀을, 뭘 귀찮게 만든단 말씀입니까? 정반댑니다. 게다가 당신은 정말…… 너무나 독창적으로 말씀하셔서, 당신의 말씀을 적어 놓을 수 있다면 하는 생각까지 드는걸요.」

「그러니까, 어떻게 적겠다는 거지?」 나를 미심쩍은 듯이 바라보면서 바흐체예프 씨는 뭔가에 놀란 듯이 물어보았다.

「아닙니다, 전 그저, 실제로 적어 두겠다는 게 아니라…… 그저 그렇다는 거지요.」

「그래 자네는, 아마, 어떻게든 나를 꼬드겨서 한번 속여 보겠다는 거지?」

「뭘 속인단 말씀이십니까?」 놀라서 내가 물어보았다.

「바로 그래. 자네는 지금 날 꼬드겨서 속이고 있는 거야. 내가 자네에게 바보처럼 모든 걸 다 말해 주면, 그럼 자네가 그걸 나중에 가져다가, 나를 무슨 글 속에 써먹는 거지.」

나는 서둘러 그 자리에서 내가 그런 사람이 아니라는 걸 바흐체예프 씨에게 설득하려 했지만 그는 여전히 나를 의심쩍은 듯이 바라보았다.

「그래, 그런 사람은 아니란 말이지! 하지만 누가 알 수 있담! 아마 더한 사람일지도 모르지. 바로 포마가 나에 대해 글을 써서 잡지에 보낸다고 날 위협한 적이 있었으니까.」

「한 가지 여쭤 보고 싶은 게 있는데……, 아저씨께서 결혼하려 하신다는데, 그게 정말입니까?」 대화를 바꾸고 싶기도 해서 나는 그의 말허리를 잘랐다.

「결혼하려 한다고 해서 대체 어쨌단 말인가? 그건 아무런 일도 아니야. 사람 마음이 그렇게 기울면 결혼하는 거지. 그건 부끄러운 일이 아니야, 다른 일이 부끄러운 거지…….」 바흐체예프는 잠시 생각에 잠겼다가 덧붙였다. 「흠! 이 문제에 대해서라면 대답해 드리기 어렵겠군. 지금 그곳으로 온갖 종류의 여편네들이, 마치 잼에 파리가 몰리듯 밀려들고 있어요. 도대체 누가 결혼하려 하는지 골라낼 수 없을 정도라니까. 이봐요, 사실 우정 어린 마음에서 당신에게 말해 주겠소. 난 여편네를 사랑하지 않아요. 인간이란 정말 하나의 수치 덩어리일 뿐이지. 그렇기 때문에 영혼의 구원이 늘 방해받는 거요. 당신 아저씨는 마치 시베리아 고양이처럼 사랑에 빠져 있어요. 이 사실은 내가 당신에게 보장하지. 이봐요, 이 일에 대해서는 이제 입을 다물 테니까 직접 보시구려. 사실 일을 질질 끄는 것이 문제요. 만일 결혼하고 싶으면, 그럼 결혼하는 거야. 포마에게 말하기는 무섭고, 그렇다고 그 노파에게 말하는 것도 두렵고. 하긴 그런 말을 들으면 노파는 온 동네를 돌아다니며 빽빽거리고 난동을 부릴 거요. 포마 때문이지. 그녀는 안주인이 들어오게 되면 포마 포미치가 괴롭게 될 거라고 말하지요. 왜냐하면 그렇게 되면 포마 포미치는 두 시간도 집 안에 있을 수 없게 될 거라는 거요. 안주인이 직접 자기 손으로 목을 잡아 끌어내거나 아니면, 바보가 아니라면 어떤 다른 방법을 동원해서라도 떠나지 않고서는 배길 수 없을 그런 못된 짓을 할 거라고 말하지요. 바로 그래서 포마놈은 지금 그렇게 추태를 부리면서 노파와 함께 그 괴상한 여편네를 그에게 떠넘기려 하고 있는 거요······. 그런데, 이봐, 왜 내 말을 막는 거지? 난 지금 가장 중요한 대목을 말하려던 참이었는데, 자네가 내 말을 막아 버렸잖아! 난 자네보다 나이도 훨씬 많아. 그리고 연장자의 말을 가로막는 게 아냐······.」

나는 용서를 구했다.

「미안해 할 필요는 없어! 난 그가 오늘 나한테 어떻게 모욕을 주었는지에 대해, 배운 사람으로서 당신이 한번 심판해 주었으면 하는 거요. 당신이 선량한 사람이라면 어디 한번 판단해 보시오. 우리는 저녁을 먹기 위해 식탁에 앉아 있었어요. 그런데, 그놈이 식사 시간 동안 나를 잡아먹을 듯이 굴지 않겠어! 처음부터 내 알아보았지. 혼자 앉아서 속으로 머리 전체가 삐그덕거리는지 심술궂게 구는 거요. 물 떠 먹는 숟가락 속에 나를 빠뜨려 죽일 수 있다면 좋겠다고 생각했을 거요. 그 빌어먹을 자식! 그놈의 자존심이 얼마나 센지 자기 스스로 주체를 못하는 거지! 그는 나를 트집 잡을 생각을 하고서는 역시 나에게도 한바탕 설교를 할 생각이었던 거야. 음, 저 사람에게 왜 그렇게 뚱뚱한지 물어봐야겠다, 하고 말이오. 그러더니 그놈이 달라붙기 시작했어요. 왜 당신은 마르지 않고 뚱뚱한가 하고요. 어디 한번 말해 보시오, 도대체 그런 질문이 어디 있어요. 그래, 당신이 보기에 어디 재치가 번득이는 질문입니까? 난 정중하게 그에게 답해 주었지. 〈어떤 사람은 뚱뚱하고, 또 어떤 사람은 마르고, 이건 이미 신께서 하신 일이오, 포마 포미치. 전능하신 신의 섭리에 언젠가는 죽어야 할 인간이 대항할 수는 없는 법이지요.〉 어때요, 참으로 분별 있는 말 아니오? 당신은 어떻게 생각하나요? 그런데 〈아닙니다〉 하고 그가 말하는 거요. 〈당신은 5백 명의 농노를 가지고 있고, 모든 것이 갖추어진 채로 살아가고 있으면서도 이 나라에 어떠한 이익도 가져다 주지 못하고 있습니다. 일을 해야 합니다. 하지만 당신은 내내 집 안에 앉아 있거나 아니면 손풍금이나 켜고 있지 않습니까?〉

사실 난 기분이 우울할 때면 손풍금 켜기를 좋아해요. 나는 다시 한번 정중하게 대답해 주었지. 〈내가 어떤 일을 할 수 있겠어요, 포마 포미치? 어떤 제복이 이 뚱뚱한 몸에 맞겠어요? 제복을 억지로 입고 있다가 갑자기 재채기라도 하는 날에는, 단추란 단추는 모조리 다 튀어 떨어져 나갈 텐데. 게다가 높으신 나리 앞에서 그러기라도 하면, 어이구, 하느님 맙소사, 이게 무슨 장난을 꾸미고 있는 거야, 하실 것 아니오, 그땐 어쩔 거요?〉 이봐, 어때요, 내가 무슨 우스운 이야기라도 했나? 우스울 것도 없는데 괜히 내 대답에 웃기나 하고, 깔깔, 낄낄, 그런 식으로 나오니…… 그놈은 동정심이라곤 눈 씻고 찾아봐도 없는 놈이야. 게다가 나를 무슨 프랑스 어 사투리로 부르기로 작정한 거야. 〈꼬숑〉[23]이라고 하더군. 물론 꼬숑이 뭘 의미하는지는 나도 잘 알고 있지. 〈그래 이 철면피 같은 놈아, 내가 너에게 만만해 보인다 이거지〉하고 생각했지. 참다참다 결국 참지 못하고 식탁에서 일어나 모든 사람들이 있는 앞에서 그놈에게 한바탕 퍼부어 주었지. 〈내가 당신에게 잘못을 저질렀소, 나의 은인인 포마 포미치. 당신을 난 교양 있는 사람으로 생각해 왔단 말이오, 하지만, 우리 모두와 마찬가지로 당신도 똑같이 돼지 같은 사람이구려.〉 그렇게 말하고는 식탁에서, 그 푸딩에서(그때 푸딩을 나누어 주고 있었거든) 뛰쳐나와 버렸지. 〈푸딩과 함께 네놈하고도 안녕이다……!〉」

「죄송한 말씀이지만,」 바흐체예프 씨의 이야기를 모두 듣고서 내가 말하였다. 「저는 물론 당신이 하신 모든 말씀에 동의할 수 있습니다. 하지만 중요한 사실은 제가 아직 어떤 분명한 사실도 모르고 있으니…… 그런데 지금 어떤 생각이 떠올랐는데, 한번 들어 보시겠어요?」

「자네 머릿속에 떠올랐다는 그 생각이라는 게 뭐지?」 바흐체예

---

[23] 꼬숑은 프랑스 어 cochon에서 온 말로 돼지를 가리킨다.

프 씨가 의심쩍다는 듯이 물어보았다.

「한번 들어 보세요.」 잠시 주저하다가 나는 말문을 열었다. 「아마도 지금 상황에는 어울리지 않을지 모르겠지만, 그래도 말씀드려 보지요. 제 생각은 이렇습니다. 혹시라도, 우리 두 사람이 포마 포미치를 잘못 평가하고 있는 것은 아닐까요? 아마도 그가 가진 모든 괴상함이라는 것이 어떤 특별한, 어쩌면 천재적인 기질을 숨기고 있는 것은 아닐까요? 누가 알겠어요? 어쩌면 그와 같은 기질이 고통으로 인해 괴롭힘을 당하고 짓눌린 끝에 소위 인류 전체에 대해 복수를 꾀하게 된 것일지도 모르지요. 제가 듣기로는 그가 과거에 광대 노릇 비슷한 일을 했다더군요. 아마도 그것이 그에게 창피를 주었고, 모욕을 주었으며, 충격을 주었을 수도 있지 않을까요……? 이해하시겠지요. 선량한 사람…… 자각…… 그렇지만 거기에 어릿광대의 역할! 바로 그렇기 때문에 그가 인류 전체를 불신하게 되었던 것이고…… 그리고…… 아마도 그로 하여금 인류와…… 즉 사람들과 화해하도록 만든다면…… 아마도 그로부터 특별한 기질이…… 아마도 그것은 아주 뛰어난 기질일 수도 있을 텐데, 그와 같은 기질이 나오게 된다면…… 그리고…… 그리고…… 이 사람에게는 정말로 무엇인가가 있지 않을까요? 모든 사람들이 그를 그렇게 존경할 만한 이유가 실제로 있지 않을까요?」

한마디로, 나 자신도 지나치게 말했다는 사실을 느끼고 있었다. 아마도 젊으니까 용서될 수도 있을 것이다. 하지만 바흐체예프 씨는 용서하지 않았다. 그는 심각하면서도 단호하게 내 눈을 바라보았다. 그리고 마침내 칠면조처럼 갑자기 얼굴이 벌겋게 변했다.

「그러니까 포마가 매우 특별한 사람이라는 거지?」 그는 한 마디 한 마디를 찢어 버릴 듯이 물었다.

「잠깐만 제 이야기 좀 들어 보세요. 저도 지금 제가 한 말 중

거의 아무것도 믿고 있지 않습니다. 전 단지 추측을 통해서 그렇게……」

「한 가지만 물어보겠는데, 당신 철학을 공부한 일이 있어요?」

「어떤 의미에서 말씀하시는 건지요?」 내가 당황해서 물어보았다.

「어떤 의미에서는 무슨, 그냥 아무런 의미 없이 대답해 주면 돼요. 그래, 철학을 공부한 일이 있는 거요 없는 거요?」

「사실대로 말씀드리자면 전 철학 공부를 할 작정입니다만, 하지만……」

「그래, 바로 그랬군!」 이때 바흐체예프 씨가 마구 화를 내면서 소리쳤다. 「난 말이야, 당신이 입을 열기도 전에 벌써 당신이 철학을 공부했다는 사실을 알아차렸지! 내가 그리 호락호락할 줄 알았나! 모르겐-프뤼야! 3백 베르스따 되는 거리에서부터 철학자 냄새가 나더라니까! 당신은 당신의 포마 포미치하고 키스나 하시구려! 특별한 인간을 발견했다고! 제기랄! 세상 모든 것이 다 시어 터져 버려라! 난 그래도 당신 역시 좋은 사람이라고 생각했는데, 그런데 당신은…… 마차를 준비해라!」 그는 수선된 마차의 마부석에 이미 기어 올라가 있던 마부에게 소리 질렀다. 「집으로 가자!」

나는 가까스로 어찌어찌해서 그를 진정시켰다. 어찌어찌해서 마침내 그는 다소 누그러졌다. 하지만 한동안은 그의 분노를 웃는 낯으로 바꾸게 할 수는 없었다. 그사이에 그는 그리고리와 바실리예프에게 한바탕 훈시를 늘어놓았던 아르히쁘의 도움을 받아서 마차에 올라탔다.

「한 가지만 여쭈어 보겠습니다.」 나는 마차로 다가가면서 말했다. 「그럼 이제 당신은 더 이상 아저씨 댁을 방문하시지 않을 건가요?」

「아저씨 댁을? 당신에게 그렇게 말한 놈에게 침이나 뱉어 주시구려! 당신은 이 의지 굳건한 사람인 내가 견디어 낼 것이라고 생각하지 않아요? 내가 사람이 아니라 미련 곰퉁이라는 사실에 바로 내 슬픔이 있는 거요! 한 주가 지나가기도 전에 난 그리로 슬슬 기어들어 가게 될 거요. 도대체 왜? 어쩔 수 없는 일이지. 나 자신도 왜 그런지 모르니까, 하지만 갈 거요, 가서 다시 한번 포마와 한판 붙을 거요. 바로 이것이 나의 슬픔이지! 신께서 내가 저지른 죄에 대한 벌로써 그 포마놈을 보내신 거요. 난 여편네 같은 성격에다 굳건한 맛이라곤 하나도 없는 놈이야! 알겠나, 난 최고로 겁 많은 사람이라고……」

그럼에도 불구하고, 우리는 사이좋게 헤어졌다. 그는 나를 저녁 식사에 초대하기까지 하였다.

「꼭 들러요. 와서 저녁 식사라도 같이 하자고. 우리 집 보드까는 끼예프에서 터벅터벅 걸어온 놈이지, 그리고 요리사는 빠리에 갔다 온 적이 있고. 손가락을 쪽쪽 빨면서 그 악당놈에게 무릎을 꿇게 만드는 그런 샐러드를 갖다 바치거나 아니면 고기 만두를 만들어 올리지. 교육까지 받았어! 내가 오랫동안 그놈을 패질 않았더니 요즘 내게 좀 버릇없이 굴긴 하지만…… 그래, 이젠 좀 좋은 일들이 떠오르는구먼…… 꼭 들러요! 난 오늘이라도 당신을 초대하고 싶지만, 왠지 기운이 빠지고 맥이 풀린 데다가 제대로 서 있을 수조차 없구먼. 사실 난 병약한 사람이고, 게다가 몸이 습한 사람이에요. 아마도 당신은 믿지 않겠지만…… 그럼 이만, 잘 가시오! 이제 나의 배로 헤엄쳐 갈 시간이 됐군. 저기 당신 마차도 준비됐군요. 그리고 포마놈에게 전해 주시오. 나와 마주치지 않도록 하라고. 나하고 마주치는 날에는 그놈에게 아주 따끔한 맛을 보여 줄 작정이니까. 그놈이…….」

하지만 마지막 말은 벌써 들리지 않았다. 네 마리의 크고 힘센 말에 묶인 마차는 빠르게 먼지 구름을 날리며 사라져 버렸다. 사람들이 나의 마차를 가져왔다. 내가 마차에 오르는 순간, 우리는 그 작은 마을을 빠져나왔다. 〈물론 저분은 적당히 거짓말을 섞어서 말하고 있는 거야.〉 나는 생각하기 시작했다. 〈그가 저렇게 화를 내고 있으니 공평무사하게 판단할 수가 없지. 하지만 어쨌든 그가 아저씨에 대해 한 이야기는 모두 매우 주목할 만한걸. 아저씨가 그 아가씨를 사랑하고 있다고 하는 점에서는 벌써 두 사람의 말이 일치하고 있잖아…… 흠! 나는 결혼하게 되는 건가 아닌가?〉 그 순간에 나는 깊은 생각에 빠져 들었다.

3. 아저씨

고백하건대, 나는 심지어 약간 겁을 먹기까지 하였다. 스쩨빤치꼬보 마을에 들어서는 바로 그 순간 나의 낭만적인 공상이 갑자기 매우 기괴하고, 심지어는 마치 바보스러운 것처럼 느껴졌기 때문이다. 오후 다섯 시경이었다. 길은 저택 옆으로 나 있었다. 이별의 오랜 세월 끝에 나는, 나의 유년 시절의 행복했던 시간들이 반짝였던, 그리고 이후 내가 교육받은 여러 학교의 기숙사 침실의 꿈속에 여러 번 나타나곤 했던 바로 그 커다란 정원을 다시 보게 되었다. 나는 마차에서 뛰어내려 곧바로 정원을 가로질러 저택으로 걸어갔다. 나는 조용하게 나타나서 여러 일들을 알아보고, 또 물어보고 싶었고, 무엇보다 무척이나 아저씨와 이야기해 보고 싶었다. 그리고 일은 바로 그렇게 되었다. 나는 1백 년의 나이를 먹은 보리수 길을 통과해서 테라스로 올라섰는데, 이 테라스의 유리 문을 통과하면 곧바로 내실로 들어갈 수 있었다. 이 테라스는 꽃밭으로 둘러싸여 있었으며, 싸구려 나무들을 심어 놓은 화분들이 빽빽하게 들어차 있었다. 이곳에서 나는 언젠가 나의 시중꾼이었으며, 지금은 아저씨의 시종장이자 이 마을 토박이 중의 한 사람인 가브릴라 노인과 만나게 되었다. 노인은 안경을 쓰고 손에 공책을 들고서 무척이나 열중하여 그것을 읽고 있었다. 그는 2년 전에 아저씨와 함께 뻬쩨르부르그에 와서 나를 만난 적이 있었기 때문에 대뜸 나를 알아보았다. 그는 기쁨의 눈물을 흘리면서 달려와 내 손에 키스했는데, 그 와중에 그의 안경이 코에서 미끄러져 마루로 떨어졌다. 노인의 그와 같은 애정은 나에게 무척 감동을 주었다. 하지만 조금 전의 바흐체예프 씨와의 대화로 인해 다소 흥분되어 있었던 나는 무엇보다 먼저 가브릴라의 손에 있던 그 미심쩍은 공책으로 관심을 돌렸다.

「이게 뭐지, 가브릴라, 정말 자네도 프랑스 어를 배우기 시작한 건가?」 나는 노인에게 물었다.

「배우고 있습니다, 나리, 이 나이에 마치 찌르레기처럼 말입니다.」 가브릴라가 애처로운 목소리로 대답하였다.

「포마가 가르쳐 주고 있나?」

「그분입니다, 나리. 틀림없이 현명한 분이시지요.」

「두말할 나위 있겠어, 대단한 재주꾼이겠지! 그런데 직접 말로 가르치나?」

「공책에 써서 가르쳐 주십니다, 나리.」

「자네 손에 든 게 바로 그건가? 아하! 프랑스 어를 러시아 어로 적어 놓은 거군. 제법인데! 그런 멍청이에다 지독한 바보놈의 손에 놀아나다니, 자넨 부끄럽지도 않아, 가브릴라?」 나는 바로 얼마 전에 바흐체예프 씨에게 욕을 보았던, 포마 포미치에 대한 나의 모든 관대한 생각들을 일순간 잊어버리고서 소리쳤다.

「대체 그분의 어디가, 나리,」 노인이 대답하였다. 「대체 그분의 어디가 바보 같습니까? 우리의 지주 나리조차 꼼짝 못하시게 만드는걸요.」

「흠! 아마 자네가 옳을지도 모르겠군, 가브릴라.」 그와 같은 대답으로 인해 잠시 말문을 잃은 나는 중얼거렸다. 「나를 아저씨에게 데려다 주게!」

「아이구 멋쟁이 도련님! 전 정말 눈앞에 얼씬댈 수가 없습니다, 그럴 수 없어요. 전 그분이 무섭기조차 한걸요. 여기 이렇게 앉아서 비참하게 지내다가, 그분이 오실 때면 꽃밭 뒤로 숨어 버리고는 하지요.」

「대체 자넨 뭘 그리 겁내는 건가?」

「얼마 전에 숙제를 제대로 할 수 없었지요. 포마 포미치께서 무릎을 꿇으라 하셨지만, 전 그럴 수 없었어요. 세르게이 알렉산드리치 나리, 전 그런 어린애 장난을 하기엔 너무 늙었습니다. 나리께서 말씀하시길, 〈나는 네놈의 교육을 걱정하고 있다, 이 늙다리 영감탱이야. 네놈에게 발음을 가르치려고 한다, 이 말이야〉 하시는 겁니다. 그래서 여기서 이렇게 걸어다니면서 프랑스 어 단어표를 외우는 중입니다. 포마 포미치께서 저녁에 다시 시험을 치르겠다고 하셨거든요.」

내가 보기엔 이 일에는 뭔가 석연치 않은 것이 있었다. 나는 생각했다. 〈이 프랑스 어 사건에는 노인이 내게 해명해 줄 수 없는 어떤 이유가 있어.〉

「하나만 물어보자, 가브릴라. 그는 어떻게 생겼나? 풍채가 그럴듯하겠지, 키도 훤칠하고.」

「포마 포미치가요? 아닙니다, 나리, 아주 못생긴 사람인걸요.」

「흠, 잠시 기다려 보게 가브릴라. 이 모든 일이 잘 해결될 거야, 자네에게 약속하겠는데 틀림없이 잘 해결될 거야…… 그건 그렇고…… 아저씨는 어디 계신가?」

「마구간 뒤에서 농부들을 만나고 계십니다. 까삐또노프까 마을에서 노인들이 청원을 가지고 왔지요. 자신들을 포마 포미치에게 양도할 것이라는 말을 들었나 봅니다. 간청하러 온 거지요.」

「그런데 왜 하필 마구간 뒤에서 만나고 계시지?」

「두려우니까 그렇지요, 나리.」

실제로 아저씨는 마구간 뒤에 계셨다. 그곳의 좁은 뜰에서 그는 한 무리의 농부들 앞에 서 있었고, 농부들은 굽신대면서 뭔가에 대해 애타게 애원하는 중이었다. 아저씨는 열을 올려 가면서 그들에게 뭔가를 해명하고 있었다. 나는 다가가서 그를 불렀다. 그가 돌아보았고, 우리는 달려가 서로를 포옹하였다.

그는 나를 몹시 반겨 주었다. 그의 기쁨은 거의 환희에 가까웠다. 그는 나를 껴안고 나의 두 손을 꽉 잡았다……. 그는 마치 어떤 죽음의 위험을 넘긴 자신의 친아들이 돌아온 듯이 기뻐하였다. 또한 마치 나의 도착이 그 자신을 어떤 죽음의 위험으로부터 구해 내고, 내가 그의 모든 의혹을 해결해 줄 수 있는 묘책을 가져왔으며, 그의 생활과 그가 사랑하는 모든 사람들에게 행복과 기쁨을 가져온 것 같았다. 아저씨는 자기 혼자만 행복해지고 싶어하지는 않았다. 최초의 기쁨의 순간이 지나가자 그는 갑자기 어쩔 줄을 몰라하더니, 이윽고 우왕좌왕하면서 당황해 하였다. 그는 나에게 이런저런 질문을 퍼붓는가 싶더니, 나를 자신의 가족들에게 데려가려 하였다. 그래서 잠시 걸어가다가는, 나를 처음으로 까삐또노프까 마을의 농민들과 만나게 해주고 싶다면서 다시 돌아섰다. 그런 다음에는 또, 지금 기억해 보면 어떤 이유에서였는지는 잘 모르겠으나, 갑자기 꼬로프낀이라는 아주 비범한 지주에 대해 이야기해 주었다. 그는 아저씨가 사흘 전에 어떤 큰 길에서 만났던 사람인데, 아저씨는 지금 아주 학수고대하면서 그가 손님으로 방문하기를 기다리고 있다는 것이었다. 그러다가 꼬로프낀에 대한 이야기는 집어치우고 다른 어떤 사람에 대한 이야기를 끄집어내었다. 나는 즐거이 그를 바라보았다. 그의 성급한 여러 질문에 대답하면서, 나는 공직에 몸담을 생각은 없으며 학문에 계속 힘쓰고 싶다고 말해 주었다. 이야기가 학문에 이르자, 아저씨는 갑자기 눈썹을 모으면서 매우 심각한 표정을 지어 보였다. 최근에 내가 광물학을 공부하고 있다는 이야기를 듣자 그는 머리를 쳐들고 자랑스럽게 주위를 둘러보았는데, 마치 그 자신이 혼자서 외부의 아무런 도움도 받지 않고 광물학에 대한 모든 것을 발견하고 또 저술한 듯한 표정이었다. 앞서도 말한 바 있지만 그는 〈학문〉이라는 단어 앞에서 아무런 사심 없이 경건한 태도를 보였으며, 그 자신이 그것에 대해 아무것도 모르면 모를수록 더욱더 사심 없는 태도를 보였다.

「얘야, 세상에는 모든 진실을 다 알고 있는 사람들도 있는 법이란다!」 언젠가 희열에 차 눈을 반짝이면서 그가 나에게 말한 적이 있다. 「그런 사람들 사이에 앉아서 듣고 있으면 사실 아무것도 이해하지 못한다는 걸 알면서도 어쨌든 유쾌해지거든. 왜 그런 줄 아니? 바로 거기에 유용성이, 바로 거기에 지혜가, 그리고 바로 거기에 보편적인 행복이 있기 때문이지! 난 이런 사실을 잘 이해하고 있어. 지금 나는 철도로 여행하지만 우리 일류쉬까는 아마도 공중을 날아다니게 될 거야……. 그래 물론 상업이라든가, 공업이라든가, 이런 걸 추세라고들 하지……. 즉 내가 말하고 싶은 건, 아무리 뭐라고 하든 간에 쓸모가 있다는 거야……. 정말 쓸모 있는 일이지, 그렇지 않니?」

이제 다시 우리의 만남으로 돌아가기로 하자.

「얘야, 기다려 봐, 며칠 기다려 보자고.」 그가 두 손을 비비면서 빠른 말투로 말하기 시작했다. 「대단한 사람을 만나게 될 거야! 아주 보기 드문 사람인데, 너에게 말해 두지만 박식한 사람에다 과학자야. 영원히 남을 사람이지. 〈영원히 남는다〉, 어때 정말 좋은 말이지? 포마가 내게 가르쳐 준 말이야…… 잠시 기다려라, 내 소개해 줄 테니.」

「지금 포마 포미치에 대해 말씀하고 계신 거지요, 아저씨?」

「아니, 아니야! 지금 꼬로프낀에 대해 말하고 있는 거야. 그러니까 포마도 역시, 그리고 그는…… 하지만 난 지금 꼬로프낀에 대해 말한 거야.」 화제가 포마에게 이르자마자, 그는 무엇 때문인지 얼굴을 붉히면서 마치 당황하기라도 한 듯이 이렇게 덧붙였다.

「도대체 그는 어떤 학문을 하고 있는 겁니까, 아저씨?」

「학문이야, 얘야. 학문, 일반적인 학문을 얘기하는 거야! 내가 지금 당장 어떤 학문이라는 걸 말할 수는 없지만, 학문을 하고 있어. 그가 철도에 대해서 얼마나 멋들어지게 말하는지! 그리고 너도,」 아저씨는 의미심장하게 오른쪽 눈을 끔벅하더니 낮은 목소리로 덧붙였다. 「그 자유 사상에 대해 잘 알고 있겠지! 난 특히 가족의 행복에 대해 말할 때 아주 정신 차려서 들었어……. 내가 제대로 이해하지 못해서 유감이구나(시간이 별로 없었거든), 안 그랬다면 네게 모든 걸 말해 줄 수 있었을 텐데, 아주 일목요연하게 말이야. 게다가 성격도 아주 고상한 사람이야! 난 그에게 부디 한번 들러 달라고 했단다. 지금도 기다리고 있는 중이란다.」

그러는 동안 농부들은 무슨 신기한 일이라도 보고 있는 것처럼 입을 떡 벌리고, 눈을 크게 뜬 채로 나를 바라보고 있었다.

「잠깐만요, 아저씨.」 나는 그의 말허리를 잘랐다. 「아마 제가 농부들을 방해한 것 같은데요. 이 사람들은 꼭 필요한 어떤 일 때문에 온 것 같은데, 뭣 때문에 온 거지요? 사실, 저도 뭔가 의심쩍은 일도 있고 해서 그들이 하는 말을 들어 보았으면 좋겠는데…….」

갑자기 아저씨는 서두르기 시작했다.

「아참, 그렇지! 내가 깜빡했군! 너도 보다시피…… 여기서 저들을 어떻게 해야 할까 고민하고 있었단다. 저들이 생각해 내기를 — 나도 도대체 누가 제일 먼저 이런 일을 생각해 냈는지 알고 싶구나 — 내가 저들, 까뻬또노프까 마을을 양도하기로 했다는구나 — 너 까뻬또노프까 마을 기억하지? 죽은 까짜와 함께 매일 저녁이면 그리로 산책하곤 했잖아 — 까뻬또노프까 마을을, 68명의 전체 농노를 포마 포미치에게 양도하기로 했다는 거야! 그런데 〈나리로부터 떠나고 싶지 않습니다, 그것뿐입니다!〉 이러고 있는 거지.」

「그럼 그게 사실이 아닙니까, 아저씨? 그에게 까뻬또노프까를 양도하지 않으실 거예요?」 나는 거의 환희에 차서 소리쳤다.

「그런 생각한 적 없다. 머릿속에 떠올린 적조차 없다고! 그런데 넌 어디서 그런 소릴 들었니? 내가 어쩌다 혀를 한번 잘못 놀렸더니, 그게 그렇게 퍼져 버렸구나. 그런데 어쩌다가 포마가 그들에게 그렇게 잘못 보였을까? 잠깐 기다려 봐라, 세르게이야, 내가 너에게 소개시켜 줄 테니.」 아저씨는 마치 내가 포마 포미치에 대해 적의를 가지고 있다는 사실을 벌써 알아차리기라도 한 것처럼 나를 겁먹은 듯 흘끗 쳐다보고서는 이렇게 덧붙였다. 「애야, 포마는 아주 대단한 사람…….」

「당신을 제외하고서는 누구도 원치 않습니다!」 갑자기 농부들이 한목소리로 크게 외쳤다. 「당신은 우리의 아버지요, 우리는 당신의 자식들입니다!」

「잠깐만요, 아저씨.」 내가 말했다. 「전 아직 포마 포미치를 보지도 못했어요, 하지만…… 저…… 전 몇 가지 이야기를 들었지요. 사실대로 말씀드리자면, 전 오늘 바흐체예프 씨를 만났어요. 하지만 이 일에 대해서는 저도 제 나름의 생각이 있어요. 어찌 됐든 아저씨, 먼저 농부들을 돌려 보내세요. 그리고 구경꾼이 없을 때 우리 둘만 이야기하기로 하지요. 솔직히 말씀드려서 바로 그 때문에 제가 오게 된 거니까요…….」

「그래, 그래.」 아저씨가 맞장구를 쳤다. 「그래! 농부들을 돌려 보내고, 그런 다음 이야기하기로 하자, 알겠지? 허물없이 탁 터놓고, 근본적으로 말이야.」 그는 농부들을 향해 몸을 돌리고 빠른 말투로 계속했다. 「이 친구들아, 이제 그만 가봐. 필요하면 언제든지 내게 와, 아무 때고 좋으니 직접 나에게로 오란 말이야.」

「우리 나리님! 당신은 아버지요, 우리는 당신의 자식들입니다! 우리를 포마 포미치에게 넘기는 그런 모욕은 주지 마시기 바랍니다! 이 천한 사람들이 간청합니다!」 다시 한번 농부들이 소리쳤다.

「이런 바보들을 봤나! 난 너희들을 양도하지 않아, 그렇게 말하고 있잖아!」

「그렇지 않으면 그가 우릴 가르치려 들 겁니다, 나리! 듣자니 그 사람이 여기 있는 사람들 모두를 가르치기 시작했다는데요.」

「그럼 정말 그가 당신들에게도 프랑스 어를 가르친단 말이오?」 내가 놀라다시피 하면서 소리쳤다.

「아닙니다, 나리, 아직까지는 신께서 보호해 주셨지요.」 농부들 중의 한 사람이 대답하였는데, 아마도 이야기하기를 매우 좋아하는 듯하였다. 그는 뒤통수 부분에 커다랗게 털이 빠진 붉은 머리에, 기다랗고 약간 듬성듬성한 쐐기 모양의 턱수염을 하고 있었는데, 그 턱수염은 그가 말할 때면 마치 살아 있는 생물처럼 이리저리 움직였다.

「그럼 도대체 그가 당신들에게 뭘 가르치고 있단 말이오?」

「나리, 우리 식으로 말하자면 그 사람은 금으로 된 통을 사서 그 속에 반 푼짜리 구리 동전을 넣으라고 가르치고 있지요.」

「그러니까 그 반 푼짜리 구리 동전이라는 게 뭐요?」

「세료쟈! 넌 지금 잘못 생각하고 있어. 이건 중상모략이야!」 아저씨가 낯을 붉히고 무척 당황해 하면서 소리쳤다. 「이 바보놈들은 그가 무슨 이야기를 하는지도 이해 못해! 그는 단지…… 반 푼짜리 구리 동전이 다 뭐야!…… 네놈은 모든 걸 제대로 알지도 못하면서, 돼먹지 못한 소리나 하고 말이야.」 아저씨는 그 농부를 향해 비난조로 계속 말했다. 「그래 이 바보놈아, 네게 좋은 일을 해주었더니, 그걸 이해도 못하면서 소리나 질러 대냐!」

「진정하세요, 아저씨, 그럼 프랑스 어인지 뭔지는 뭐죠?」

「그건 발음을 위해서 그런 거야, 세료쟈, 단지 발음을 위해서 말이야.」 무엇 때문인지 애원하는 듯한 목소리로 아저씨가 말하였다. 「그 자신도 발음을 위해서 그런 거라고 말했어……. 게다가 여기에는 특별한 사연이 있단다……. 넌 그 사연이 뭔지 모르잖니. 애야, 먼저 잘 알아보아야 한다. 그러고 난 다음에 비난해야 하는 법이야……. 그냥 사람을 비난하기란 쉬운 법이지!」

「그래, 당신들은 도대체 뭡니까!」 나는 흥분해서 다시 한번 농부들을 향하면서 소리쳤다. 「당신들이 직접 그에게 가서 모든 걸 말할 수도 있지 않습니까. 이러저러해서 그럴 수 없습니다, 포마 포미치, 바로 이렇게 된 겁니다 하고 말입니다. 그래, 당신들에게는 혀가 없습니까?」

「고양이에게 방울을 달 수 있는 쥐가 있습니까, 나리? 그는 〈이 무례한 농부놈아, 내가 네놈에게 청결과 질서를 가르쳐 주겠다〉고 할 겁니다. 〈네 루바쉬까[24]는 왜 그렇게 더러우냐?〉 하고 말입니다. 땀 속에서 살고 있으니 그 때문에 더러운 것은 당연한 일 아닙니까! 매일매일 갈아입을 수는 없으니까요. 깨끗하다고 해서 부활하게 되는 것도 아니고, 더럽다고 해서 파멸하게 되는 것도 아니니까요.」

「바로 이삼 일 전에 그가 탈곡장으로 왔지요.」 다른 농부가 말하기 시작했는데, 그는 큰 키에 비쩍 마른 데다 온통 누더기를 걸치고 있었고 보기에도 끔찍한 나무껍질로 만든 신발을 신고 있었다. 그리고 아마도 항상 뭔가를 불만스럽게 여기고, 언제나 마음속에 어떤 독살스럽고도 가시 돋친 말을 품고 있는 그런 유형의 사람인 듯하였다. 지금까지 그는 다른 농부들의 뒤에 서서 아무 말도 없이 기분 나쁘게 잠자코 듣고만 있었지만, 얼굴에는 슬픈 듯하면서도 교활한 어떤 이중적인 조소가 내내 어려 있었다. 「그가 탈곡장으로 왔지요. 그가 말하더군요. 〈그래, 당신들은 태양까지의 거리가 몇 베르스따인 줄 아시오?〉 〈도대체 그런 걸 누가 알겠습니까? 과학이란 지주 나리들의 것이지 우리 것은 아니니까요.〉 그랬더니 그가 말하길 〈아냐, 이 바보 멍텅구리야, 너는 네 자신에게 필요한 것도 모르고 있는 거야. 하지만 나는 — 그가

---

24 품이 큰 러시아 식 상의.

이렇게 말하더군요 — 천문학자야! 나는 모든 천체를 알고 있다고〉라고 하더군요.」

「그런데, 네게 하나만 물어보자, 그래 태양까지의 거리가 몇 베르스따라고 말하더냐?」 갑자기 생기를 되찾은 아저씨는 나에게 마치 〈자, 어떻게 되어 가나 한번 보렴〉이라고 말하듯이 즐겁게 눈을 한번 찡긋하면서 그 농부의 이야기에 끼어들었다.

「그냥 무척이나 먼 거리일 거라고 했지요.」 그와 같은 질문을 예상치 못했는지 그 농부가 마지못해 대답하였다.

「그래, 몇 베르스따라고, 정확하게 몇 베르스따라고 말했느냔 말이야?」

「그거야 나리가 더 잘 아시겠지요, 우리 같은 무식쟁이들이야 어디 알겠습니까.」

「나야 물론 알고 있지, 그런데 넌 기억을 못하겠니?」

「수백 베르스따인지 수천 베르스따인지가 될 거라고 말하더군요. 아무튼 굉장히 커다란 숫자를 말했지요. 짐마차 세 대로도 운반하지 못할 정도로 말입니다.」

「그래, 바로 그걸 이해해야 돼! 네놈은 아마 1베르스따면 될 거라고, 손만 뻗으면 닿을 거라고 생각했겠지? 그런 게 아니야, 지구란 말이야, 알겠나? 마치 둥근 공 같은 거야, 알겠어?」 손으로 허공에 공 모양을 그리고 나서, 아저씨는 계속해서 말했다.

농부들이 쓴웃음을 지었다.

「그래, 마치 공 같은 거야! 지구란 공중에 이렇게 떠서는 공중에 자신을 지탱하고 태양 주위를 도는 거야. 그런데 태양이란 놈은 한자리에 가만히 서 있는 거지. 그러나 네놈이 보기에는 태양이 움직이고 있는 것처럼 보이겠지. 그거야말로 말짱 거짓말이지! 그리고 이 모든 것은 항해사 쿡 선장[25]이 발견했지……. 제기랄, 누가 발견했는지 알게 뭐람.」 그는 나지막하게 이렇게 덧붙이고는 나를 향해 몸을 돌렸다. 「애야, 사실 나 자신도 아무것도 모른단다……. 너는 태양까지의 거리가 몇 베르스따인지 알겠지?」

「예, 알아요, 아저씨.」 이 모든 광경을 놀란 눈으로 바라보면서 내가 대답하였다. 「다만 전 이렇게 생각해요. 교육을 받지 못한 것은 타락이지만, 그러나 다른 측면에서 보자면…… 농부들에게 천문학을 가르친다는 것은…….」

「그래, 바로 그거야, 타락이지!」 아저씨는 나의 표현이 대단히 적절하게 보였는지 갑자기 흥분해서 내 말을 잡아챘다. 「멋진 생각이야! 바로 타락이야! 난 언제나 그렇게 말해 왔지……. 그러니까, 내가 그렇게 말한 적은 한 번도 없지만 난 항상 그렇게 느껴 왔어. 너희들도 들었지?」 아저씨는 농부들에게 소리쳤다. 「교육을 받지 못한 것은 타락이야, 아주 쓰레기 같은 것이지! 바로 그 때문에 포마가 너희들을 가르치려 하는 거야. 그는 너희들에게 좋은 일을 가르치려 하는 거야, 이건 꽤 좋은 거지. 이놈들아, 이건 마치 공직에 종사하는 것과 마찬가지이며, 어떤 관등과도 비길 만한 거란 말이야. 학문이란 것은 바로 그런 거야! 그래 좋아, 좋아. 여보게들! 이제 그만들 가봐, 난 정말 기뻐, 기쁘다고……. 안심들 해, 난 여러분들을 내버려 두지 않을 테니까.」

「제발 지켜 주세요, 당신은 우리의 아버지십니다!」

「제발 광명을 보게 해주세요, 나리!」

그러고 나서 농부들은 모두 무릎을 꿇고 엎드렸다.

「이런, 이게 무슨 어리석은 짓이야! 신이나 황제님께 머리를 조아리는 법이지 내게 그러는 법은 없어……. 자, 이제 그만들 가 보시라고, 훌륭하게 처신하면 사랑을 받게 되어 있어……. 바로 그게 중요한 거야…….」 농부들이 떠나자마자 그는 어째서인지 기쁨의 빛을 보이면서 갑자기 나에게 말했다. 「애야, 농부란 좋은

25 J. 쿡(1728~1779). 영국의 선장. 뉴질랜드와 태평양에 위치한 몇 개의 섬을 발견하였다. 18세기 말부터 20세기 초 그와 그의 여행에 대한 책들이 러시아에서 출간되었다.

말을 듣고 싶어하지, 뭔가 선물을 하나 해줘도 나쁘지 않을 거야. 뭔가 선물 같은 걸 하나 해주고 싶은데, 어때? 넌 어떻게 생각하니? 네가 온 기념으로 말이야…… 선물을 하나 할까 말까?」

「아저씨, 제가 보기엔 아저씨는 프롤 실린[26] 같이 자비로운 분 같아요.」

「이런, 그렇게 말하면 못써. 이건 아무것도 아닌걸. 난 오래전부터 그들에게 뭔가 선물을 하나 해주고 싶었던 거야.」 아저씨는 마치 사과라도 하듯이 덧붙였다. 「그런데 넌 내가 농부들에게 과학을 가르쳐 주는 게 뭐 그리 우습니? 그러는 게 아니야. 너도 보았겠지만 난 정말 즐거워서 그렇게 하는 거야, 세료쟈. 다만 농부들이 태양까지의 거리가 얼마나 되는지, 놀라서 입을 떡 벌리면서 알게 되었으면 하는 거고…… 또 저들에게 이런 일이 즐거운 일이 되었으면 하는 것뿐이야. 그건 그렇고 애야, 내가 여기서 농부들과 이야기하고 있었다는 사실을 거실에서 말하지 말거라. 난 다른 사람들에게 들키지 않도록 하기 위해 일부러 마구간 뒤에서 그들을 만났던 거야. 좀 미묘한 일이라서 아무래도 집 안에서 만날 수는 없었거든. 게다가 농부들도 조용히 찾아왔고. 나는 무엇보다 저들을 위해서 이렇게 한 거야…….」

「아무튼, 아저씨, 제가 이렇게 왔습니다!」 나는 조금이라도 빨리 본론으로 들어가고 싶었기 때문에 화제를 바꾸면서 말하기 시작했다. 「솔직하게 말씀드려서, 아저씨의 편지 때문에 제가 얼마나 놀랐는지, 그래서 제가…….」

「애야, 그 이야기는 하지 말자꾸나!」 마치 무엇에 놀라기라도 한 듯 목소리까지 낮추면서 아저씨는 나의 말허리를 잘랐다. 「좀 지나면, 그래 좀 지나면 이 모든 것이 분명해질 거다. 아마도 내

---

26 러시아의 문학가 N. M. 까람진(1766~1826)이 1791년 『모스끄바 잡지』에 쓴 단편소설 「프롤 실린, 선인(善人)」의 주인공. 이 작품에서 프롤 실린은 착한 지주로 형상화되어 있다.

가 너에게 몹쓸 짓을 하는 건 아닌지 모르겠구나, 어쩌면 그것도 대단히 몹쓸 짓을 하고 있는 건 아닌지……」

「제게 몹쓸 짓을 하다니오?」

「나중에, 애야, 나중에 말하기로 하자. 좀 지나면 이 모든 것이 분명해질 거다. 그래 이제 넌 정말 어엿한 청년이 되었구나! 정말 반갑다! 내가 널 얼마나 기다렸는데! 소위 흉금을 다 털어놓고 말이야……. 너는 학자인 데다가, 나에겐 너 하나뿐이다……. 너하고 꼬로프낀, 그렇게 둘뿐이야. 한 가지 말해 둘 것이 있는데, 여기서는 모두가 너에게 화를 내고 있단다. 잘 살피고 조심해야 돼, 실수하지 말고!」

「제게 화를 낸다고요?」 아직 알지도 못하는 사람들이 나에게 화를 내고 있다는 사실이 이해가 되지 않고 놀라워 아저씨를 바라보며 물었다. 「저한테요?」

「그래, 네게 화를 내고 있어. 어떻게 해야 될지! 포마 포미치가 좀…… 게다가 그를 따라서 어머니도 벌써 그렇고. 아무튼 모든 걸 조심하고, 예의 바르게 행동해야 돼. 맞서지 말고, 특히 예의 바르게 행동하라고…….」

「포마 포미친지 뭔지 하는 사람 앞에서 예의 바르게 굴라는 겁니까, 아저씨?」

「정말 어떻게 해야 할지! 애야, 난 정말 그를 두둔할 생각은 없다. 사실 그도 아마 결점을 가진 인간일 거고, 특히 요즘에는, 바로 이 순간에는…… 아, 세료쟈야, 이 모든 일이 얼마나 나를 불안하게 만드는지! 도대체 어떻게 하면 이 모든 일이 잘 해결될지, 어떻게 하면 우리 모두가 만족하고 행복하게 될 수 있을지……! 하지만 결점이 없는 사람이 어디 있겠니? 우리가 황금 같은 사람들은 아니잖아?」

「잠깐만요, 아저씨! 제발 그가 지금 무슨 일을 하고 있는지 잘 보세요…….」

「이런 얘야! 이 모든 일은 모두 하찮은 거야, 아무것도 아니란 말이야! 예를 들어 말이야, 지금 그가 내게 화를 내고 있는데, 넌 도대체 무엇 때문일 거라고 생각하니? 하긴 아마 내가 잘못한 것일 수도 있지. 너에게는 나중에 말해 주는 게 좋겠다······.」

「하지만 아저씨, 전 이 일에 대해 제 나름대로 생각해 봤어요.」 내 생각을 말하기 위해 서두르면서 나는 아저씨의 말허리를 잘랐다. 사실 우리 두 사람 모두 왠지 서두르고 있었다. 「첫번째로 그는 어릿광대였어요. 이 사실이 그를 괴롭히고, 그에게 심한 충격을 주었으며, 그의 이상을 모욕하였던 것이지요. 바로 이 때문에 소위 인류 전체에 대해 복수하겠다는, 적의에 찬 병적인 기질이 나오게 된 거예요······. 하지만 만일 그를 인류와 화해하게 만든다면, 만일 그를 본래의 그 자신으로 되돌려 놓을 수 있다면······.」

「그래, 바로 그거야!」 아저씨가 환희에 차서 소리 질렀다. 「바로 그래서 우리가 그를 심판한다는 것은 심지어 부끄럽기까지 할 만큼 부당한 일이야! 바로 그래! 아, 얘야, 넌 나를 이해해 주는구나. 넌 내게 기쁨을 가져다 주었어! 저쪽에서만 제대로 되어 준다면! 사실 난 저쪽이 무섭고, 그곳으로 가기가 두렵기까지 하단다. 네가 이렇게 도착했으니, 난 틀림없이 욕을 보게 될 거야.」

「아저씨, 만일 그렇다면······.」 나는 그와 같은 말을 듣고 다소 당혹감을 감추지 못하면서 말을 꺼냈다.

「아니, 안 돼! 무슨 일이 있어도 그럴 순 없어!」 아저씨는 내 두 손을 잡으면서 소리쳤다. 「넌 나의 손님이야, 그리고 난 그걸 원하고 있고!」

이 모든 일이 나를 몹시 놀라게 만들었다.

「아저씨, 지금 당장 제게 말씀해 주세요.」 나는 집요하게 말하기 시작했다. 「아저씨는 무엇 때문에 저를 부르신 겁니까? 제게 바라시는 게 뭐지요? 그리고 특히 제게 몹쓸 짓을 하셨다는 게 뭡니까?」

「애야, 그건 묻지 말아라! 나중에, 나중에! 이 모든 일이 나중에 다 해명될 거다! 아마도 난 많은 잘못을 저질렀을지도 모르겠구나. 하지만 난 정직한 인간으로 행동하고 싶었다. 그리고……그리고…… 그리고 넌 그녀와 결혼하도록 해라! 네게 조금이라도 고매한 마음이 있다면 결혼할 거야!」 그는 어떤 갑작스러운 감정의 폭발로 온통 얼굴을 붉히면서, 흥분한 채 내 손을 꽉 잡으며 이렇게 덧붙였다. 「아무튼 이것으로 충분해. 더 이상 아무 말도 필요 없어! 곧 네 스스로 모든 것을 알게 될 거야. 바로 네가 어떻게 하느냐에 달려 있어……. 중요한 것은 네가 지금 저 사람들의 마음에 들 수 있도록 좋은 인상을 주는 거야. 그러려면 당황하지 말아야 해.」

「하지만 잠깐만요, 아저씨가 말하는 저 사람들이란 도대체 누구예요? 솔직히 말해서 전 사교계에 나가 본 적이 거의 없어서, 저…….」

「그래서 약간 겁이 난다는 거지?」 아저씨가 미소를 띠며 내 말을 끊었다. 「에, 아무것도 아니야! 모두 한 집안 사람들이야, 용기를 내거라! 중요한 것은 용기를 내어 두려워하지 않는 거야! 나는 어쨌든 네가 마음에 걸려. 저 사람들이 누구냐고 물었지. 저 사람들이란…… 먼저 어머니가 계시지.」 그가 분주하게 말을 시작했다. 「너 우리 어머니 기억하고 있니? 아니면 잊어버렸니? 아주 좋은 분에 선량한 할머니셔. 욕심이 없으시고, 이건 분명하게 말할 수 있지. 다소 구식이시기는 하지만 그것도 괜찮아. 하긴 가끔 이런저런 변덕을 부리시곤 하지만. 지금은 내게 화를 내고 계셔, 내가 잘못한 일이 있거든…… 내가 잘못했다는 사실을 난 잘 알아! 어쨌거나 그분은 귀부인grande dame이시지, 장군 부인이시니까…… 그분의 남편은 대단한 분이셨지. 무엇보다 장군인 데다 교육을 받은 사람이었으니까. 재산을 남기지는 않았지만 대신 온몸이 부상으로 덮여 있던 분이셨어. 한마디로 말해서 명예를 구하였던 거지! 그리고 뻬레뻴리찌나 양이 있어. 이 여자는…… 나도 잘 모르지만…… 최근에는 어떻게 된 건지……. 아주 괴상한 성격에…… 하지만 모든 사람을 심판할 수는 없는 법이지……. 아무튼 신께서 그녀와 함께 하시길…… 너는 그녀가 무슨 식객 같은 사람이라고 생각해서는 안 된다. 애야, 그녀는 육군 중령의 딸이야. 어머니의 둘도 없는 친구란다! 그리고 쁘라스꼬비야 일리니츠나 누이가 있어. 누이에 대해서는 별로 할 말이 없구나. 평범하고 착한 여자지. 조금 이것저것 귀찮게 굴기는 하지만 대신 마음은 그만이야. 애야, 중요한 것은 사람의 마음을 보는 거란다. 꽤 나이 먹은 노처녀지만 아마도 괴짜 바흐체예프가 집적거리는 것 같은데, 청혼하고 싶어하는 것 같아. 하지만 넌 잠자코 있어야 해, 비밀이니까! 우리 가족 중에 또 누가 있더라? 아이들에 대해서는 이야기할 게 없고, 직접 보면 되니까. 일류쉬까의 명명일이 내일이지…… 참 그렇지! 잊어버릴 뻔했구나. 이반 이바니치 미진치꼬프가 벌써 한 달이나 손님으로 머물고 있단다. 아마 네게는 육촌 형이 될 거야. 그래 맞아, 육촌 형이지! 그는 얼마 전에 육군 중위로 경기병대를 제대했단다. 아직 젊은 사람이지. 마음씨가 그만이야! 그런데 얼마나 많은 돈을 탕진했는지, 나도 어디서 그렇게 탕진할 수 있었는지 모를 정도야. 그래서 이제 가진 재산이 거의 없다고 할 정도란다. 아무튼 재산을 탕진하고 빚을 잔뜩 만들어 놨으니……, 지금은 우리 집에 손님으로 머물고 있단다. 난 지금까지도 그를 거의 모르고 있었어. 직접 찾아와서는 자기가 누군지를 밝히더라고. 착하고 선량하고 온순하고 예의 바른 사람이야. 여기서 누가 그의 말을 들어 본 사람이 있으려나? 항상 말없이 조용하게 지내지. 포마가 그의 별명을 〈침묵하는 타인〉이라고 지어 부르고 있어. 그래도 별문제 없어, 화를 내거나 하지 않거든. 포마는 그 사람에 대해 만족하고 있어. 이반에 대해 약간 어리석다고 말하고는 하지. 하지만 이반은 결코 그에게 말대꾸하는 법이 없고, 모든 일에 대해 맞장구를 쳐주고 그래. 흠! 매우 학대받은 사람이라고 할까……. 아무튼 신께서 함께 하시길! 직접 보게 될 거야. 그리고 마을 손님들이 와 계시지. 빠벨 세묘니치 오브노스낀이 자기 어머니와 함께 와 있는데, 그는 젊지만 정말 똑똑한 사람이야. 뭔가 성숙한 데가 있고, 확고한 데가 있는 사람이지……. 난 뭐라고 잘 표현할 수가 없지만, 게다가 대단히 도덕적인 사람이야. 엄격한 도덕가지! 그리고 마지막으로 손님이 한 분 계시는데, 따찌야나 이바노브나라고, 아마도 우리에게 — 넌 잘 모르겠지만 — 먼 친척이 될지도 모르겠어. 아가씬데, 젊지는 않아. 이것만은 인정할 수 있을 것 같은데, 그러니까…… 유쾌한 데가 있는 아가씨야. 스쩨빤치꼬보 마을 두 개는 살 수 있을 정도로 부자야. 얼마 전에 유산을 상속받았는데, 그전까지는 무척이나 가난하게 살았다더군. 세료쟈야, 그 여자는 조심조심 대해야 해. 병적인 데다가 뭔가 공상적인 성격을 가지고 있거든. 넌 성격이 좋으니까 잘 알겠지. 그 여잔 불행을 겪은 사람이야. 불행을 겪은 사람에게는 두 배로 조심해야 하는 법이지! 그렇다고 그 사람에 대해 엉뚱한 생각은 갖지 마. 물론 약점이야 있지. 가끔 너무 성급하게 굴고, 말도 급하게 하는데, 불필요한 말을 할 때도 있지만 그러나 거짓말을 하는 것은 아니야. 그렇다고 나쁘게 생각해서는 안 돼……. 이 모든 것이 실은 순수한 마음에서, 고매한 마음에서 나오는 거니까. 즉, 만일 그녀가 뭔가 거짓말을 한다고 해도 그 역시 지나치게 고매한 마음 때문이니까. 알겠니?」

내게는 아저씨가 너무나 당황해 하는 것처럼 보였다.

「잠깐만요, 아저씨.」 내가 말했다. 「전 아저씨를 너무나 사랑해요……. 그러니까 제가 솔직하게 여쭈어 보는 걸 용서하세요. 아저씨는 여기 있는 사람 중 누구와 결혼하실 생각이십니까, 아니면 그렇지 않습니까?」

「누구한테서 그런 이야기를 들었니?」 아저씨는 아이처럼 얼굴을 붉히면서 대답하였다. 「애야, 내가 너에게 모든 걸 말해 주마. 첫째로, 난 결혼하지 않을 거다. 어머니와, 부분적으로는 누이, 그리고 무엇보다도 어머니께서 존경하는 포마 포미치 — 여기엔 이유가 있어, 일 때문이지. 그는 어머니를 위해 많은 일을 해주었으니까 — 이들 모두가 내가 바로 이 따찌야나 이바노브나와 결혼하기를 바라고 있어. 사려 깊은 생각에서 나온 거지, 그러니까 온 가족을 위해서 그런 거야. 물론 그들은 내가 잘되기를 바라고 있고, 나도 정말 그걸 이해하고 있지만, 아무튼 어찌 됐든 난 결혼할 수 없어. 난 이미 나 자신에게 그렇게 다짐했는걸. 그럼에도 불구하고, 어찌 된 건지 난 그들에게 대답할 수가 없구나. 그렇다, 아니다, 하고 말해 주지 못했단다. 애야, 난 항상 그렇게 되는구나. 그들은 내가 승낙하고 있으며, 내일 가족 축일에 내가 그런 의사를 분명하게 밝혀 주었으면 하고 바라고 있단다……. 그래서 내일은 아주 성가시게 생겼어. 내가 뭘 어떻게 해야 할지 모를 정도로 말이야! 게다가 포마 포미치는 어찌 된 건지 내게 화를 내고 있고, 어머니도 역시 그러고 있으니까. 애야, 네게 솔직히 말하겠는데, 난 너와 꼬로프낀만 기다리고 있었단다……. 말하자면 흉금을 털어놓고 싶었던 거지…….」

「꼬로프낀이 도대체 무엇을 도와줄 수 있는데요, 아저씨?」

「도움이 되지, 애야, 도움이 될 거야. 그는 대단한 사람이야, 한마디로 과학자지! 난 그에게 태산처럼 큰 기대를 하고 있단다. 사람을 압도하는 사람이야! 가족의 행복에 대해 어찌나 훌륭하게 말하는지! 솔직히 말해서 난 네게도 기대를 걸고 있었단다. 너는 그들을 설득할 수 있을 것이라고 생각했지. 네가 판단해 보렴. 자, 내가 잘못을 저질렀다고 해보자. 실제로 잘못을 저질렀다고 말이야. 난 이 모든 것을 이해할 수 있어. 내가 그렇게 둔한 사람은 아니니까. 하지만 언젠가는 모두가 나를 용서해 줄 수 있지 않을까! 그렇다면 우리가 여기서 얼마나 행복하게 살 수 있을까……! 아참, 우리 사슈르까가 얼마나 컸는지, 지금이라도 시집보낼 수 있을 정도라니까! 우리 일류쉬까도 아주 잘 자랐고! 내일이 명명일이야. 난 사슈르까도 걱정스럽구나, 정말……!」

「아저씨! 제 가방은 어디 있지요? 옷을 갈아입고 금방 다시 올게요. 그런데 저기에는…….」

「2층에 있어, 애야, 2층에 놔뒀어. 내가 이미 일찍부터 네가 도착하면 즉시 아무도 보지 못하도록 2층으로 안내하라고 일러두었지. 그래, 옷을 갈아입도록 해라! 이건 정말 좋은 일이야, 좋은 일이고말고! 그러는 동안 나는 저리로 가서 모든 걸 좀 준비해 두어야겠다. 아무튼 신께서 함께 하시길! 알겠니, 애야, 머리를 잘 써야 해. 어쩔 수 없지만 탈레랑[27]이 되어야지. 아무튼 잘되겠지! 저기에선 지금쯤 차를 마시고 있을 거야. 우리 집은 차 시간이 좀 이르지. 포마 포미치는 낮잠을 자고 일어나는 지금 이 시간에 차 마시기를 좋아하거든. 그건 물론 좋은 일이야……. 그럼 난 갈 테니 즉시 날 따라오도록 해라, 날 혼자 내버려 두지 말고. 혼자 있으면 왠지 거북해서…… 잠깐! 거기 있어 봐! 한 가지 더 부탁할 게 있다. 저쪽에 가게 되면 지금 여기서 그런 것처럼 그렇게 나한테 소리 지르거나 하지 말아야 해, 알겠니? 만일 나중에 뭔가 나에게 지적해 주고 싶은 일이 있거든 여기서 단 둘이 있을 때 지적해 주는 거야. 그리고 그때까지는 불만이 있어도 참고 기다려야 해! 난 이미 저쪽에 실없는 짓을 해놓았거든. 그들이 화를 내고 있어…….」

「잠깐만, 아저씨. 제가 듣고 본 모든 것으로 미루어 볼 때, 제가 보기엔 아저씨가…….」

「허수아비 같다 이거지? 하고 싶은 말이 있으면 다 하려무나!」 아저씨가 전혀 예기치 못하게 나의 말을 가로챘다. 「애야, 그렇다

---

27 C. M. 드 탈레랑-페리고르(1754~1838). 19세기 프랑스의 외교관이자 성직자 출신의 정치가.

고 도대체 어떻게 할 수 있겠니! 나 자신도 내가 허수아비 같다는 것을 알고 있단다. 그럼 올 거지? 가능한 빨리 오도록 해라, 부탁한다!」

위로 올라간 후, 나는 가능한 한 빨리 내려와서 같이 가자는 아저씨의 분부를 생각해서 서둘러 가방을 열었다. 옷을 입으면서 나는 비록 아저씨와 한 시간 내내 이야기했음에도 불구하고, 내가 알고자 했던 것 중 거의 하나도 알아내지 못했다는 사실을 깨달았다. 그러나 오직 한 가지만은 다소 명확해졌다. 아저씨는 내가 결혼하기를 여전히 바라고 있다는 사실이었다. 따라서 모든 모순되는 소문, 즉 아저씨가 바로 그분과 사랑에 빠졌다는 소문은 잘못된 것이다. 지금 기억하기에 난 그때 매우 불안해 하고 있었다. 그런 와중에도 내가 이곳에 옴으로써, 그리고 아저씨 앞에서 그 문제에 대해 아무런 말도 하지 않음으로써 내가 거의 약속을 말한 것이나 마찬가지가 아닌가, 약속한 것이 아닌가, 자신을 영원히 속박한 것은 아닌가라는 생각이 머릿속에 떠올랐다. 〈어려울 것 없지〉 하고 나는 생각했다. 〈이후로 영원히 손발을 속박하는 말을 해주는 것도 어려울 것 없지. 하지만 난 약혼녀를 보지도 못했잖아!〉 그리고 다음과 같은 생각도 떠올랐다. 〈나에 대한 모든 가족들의 적의는 어떻게 된 걸까? 아저씨의 말을 믿는다면, 도대체 왜 그들 모두가 내가 이곳으로 온 것을 적대적으로 보는 걸까? 그리고 무엇 때문에 아저씨 자신이 여기서, 바로 자기 집에서 그런 괴상한 역할을 하고 있는 걸까? 그의 비밀스러운 태도는 어떻게 된 걸까? 이 모든 두려움과 고통은 어디서 나온 걸까?〉 고백하건대, 이 모든 것들이 갑자기 뭔가 전혀 무의미한 것처럼 생각되었다. 그리고 나의 낭만적이고 영웅적인 공상은 현실과 처음으로 맞닥뜨리자마자 머릿속에서 완전히 날아가 버렸다. 아저씨와 이야기를 나눈 후인 지금에 와서야 비로소 나는 아저씨의 제안이 얼마나 꼴사나운 것인가, 얼마나 기괴한 것인가라는 생각이, 그리고 이런 상황에서 그와 같은 제안을 할 수 있을 사람은 오직 아저씨뿐일 것이라는 생각이 갑자기 떠올랐다. 또한 나는 아저씨의 한마디 말을 좇아서, 그의 제안에 흥분해서 쏜살같이 이곳으로 달려온 나 역시 정말 바보 같은 놈이라는 사실을 알게 되었다. 불안한 의혹에 생각이 팔려 급히 옷을 입다 보니 나는 처음부터 내 옆에서 시중을 들고 있는 하인이 있다는 사실도 알아차리지 못하고 있었다.

「아델라이다 색[28]의 넥타이를 매시겠습니까, 아니면 이 조그만 격자 무늬가 있는 걸로 하시겠습니까?」 하인이 왠지 독특하고 지나칠 정도로 친절하게 나를 향해서 갑자기 물었다.

나는 그를 바라보았는데, 그 역시 호기심을 가져 볼 만한 사람이라는 것을 느꼈다. 그는 아직 젊은 사람이었는데, 하인치고는 멋지게 차려입은 것이 웬만한 시골 멋쟁이보다 못할 게 없었다. 갈색의 연미복, 하얀 바지, 크림색의 조끼, 에나멜 칠을 한 반장화, 그리고 장밋빛 넥타이는 분명히 아무렇게나 선택된 것이 아니었다. 이 모든 것들이 바로 이 젊은 멋쟁이 청년의 세련된 기호에 관심을 갖도록 만드는 것이었다. 시계에 달린 줄도 바로 똑같은 목적을 위해 멋을 부려 밖으로 늘어뜨려져 있었다. 그의 얼굴은 희다 못해 푸른빛이 돌았다. 커다란 매부리코는 가늘고 지나치게 하얘서 마치 사기로 만든 것 같았다. 그의 얇은 입술에 어린 미소는 어떤 슬픔을 표현하고 있었는데, 그것도 세련된 슬픔이었다. 커다랗고 툭 튀어나온, 마치 유리로 만든 듯한 두 눈은 지나치게 초점이 흐릿하였지만, 그러나 어쨌든 그 눈 속에서 세련됨이 투명하게 보였다. 얇고 부드러운 귀는 세련된 효과를 위해 솜으로 틀어막혀 있었다. 그의 기다랗고 흰, 성긴 머리카락은 곱슬

---

28 어두운 푸른색을 말한다. 아델라이다라는 단어는 색깔을 나타내는 말로서는 1840~1850년대에 간혹 사용되고 이후에는 사용되지 않았다. 여자의 이름이기도 하다.

곱슬하게 파마가 되어 있었으며, 포마드가 발라져 있었다. 그의 손은 희고 깨끗해서 장미 수로 씻은 듯했고, 손가락들은 멋을 부린 듯한 긴 장밋빛 손톱으로 끝이 손질되어 있었다. 이 모든 것이 그가 주인의 총애를 받는 멋쟁이에 빈둥대는 하인이라는 것을 보여 주고 있었다. 그는 혀짤배기소리를 냈고, 유행에 따라 〈아르(r)〉 발음을 완전하게 하지 않았으며, 눈을 올렸다 내렸다 하면서 한숨을 쉬기도 했고, 믿기 어려울 정도로 상냥하게 굴었다. 그에게서는 향수 냄새가 났다. 그리 크지 않은 키에 마르고 연약해 보였으며, 무슨 까닭인지 걸으면서 특히 무릎을 조금 구부리는 것이 아마도 그것에서 특히 최고의 세련을 찾았던 것으로 보였다. 한마디로 말해 그에게서는 세련과 민감함, 그리고 자신의 가치에 대한 지나친 자부심의 냄새가 물씬 풍겼다. 어떤 이유에서인지는 모르겠지만 이러한 점들이 나는 몹시 마음에 들지 않았다.

「바로 이게 아델라이다 색의 넥타이인가?」 나는 이 젊은 하인을 엄하게 쏘아보면서 물었다.

「그게 아델라이다 색입지요.」 그는 전혀 동요하지 않고 세련되게 대답하였다.

「아그라페나 색은 없는가?」

「없습지요. 그런 것이 있을 리가 없습죠.」

「그건 왜지?」

「아그라페나는 무례한 이름입지요.」

「어떻게 무례하다는 거지? 왜?」

「당연한 것입지요. 아델라이다는 적어도 외국 이름인 데다 품위가 있지만 아그라페나는 최하류층의 아낙네들에게나 붙일 수 있는 이름입지요.」

「도대체 넌 정신이 나간 건가, 아닌가?」

「그렇지 않습지요, 전 정상적인 머리입지요. 물론 저를 어떤 말로 부르시든 그건 나리의 자유지만 많은 장군님들과 심지어는 수도에 사시는 몇몇 백작님들도 제 이야기에 만족하시는걸요.」

「그래, 네 이름이 뭐냐?」

「비도쁠랴소프입니다.」

「그래! 그럼 바로 네가 비도쁠랴소프란 말이냐?」

「바로 그렇습지요.」

「그래, 좋아. 좀 기다려 봐. 너하고도 한번 제대로 사귀어 봐야 할 테니까.」

〈아무튼 여긴 무슨 정신 병원과 흡사하군.〉 아래로 내려가면서 나는 속으로 이렇게 생각했다.

4. 차를 마시면서

다실(茶室)은 내가 조금 전에 가브릴라를 만났던 바로 그 테라스에 이어져 있는 방이었다. 나를 기다리고 있는 사람들의 태도에 대한 아저씨의 비밀스러운 예고가 나를 몹시 불안하게 만들었다. 젊은이에게는 종종 필요 이상으로 자존심이 많은 법이지만, 또한 젊은이의 자존심은 거의 언제나 겁이 많은 법이기도 하다. 바로 그래서 방 안으로 들어서며 차 탁자 뒤로 앉아 있는 사람들을 보면서 나는 갑자기 양탄자에 발이 걸려 잠깐 비틀거렸고, 중심을 잡기 위해 몸을 추스리다가 갑자기 방 중앙으로 뛰어들게 되었을 때, 나는 몹시 불안해 했다. 단 한번에 자신의 성공과 명예, 명성을 부질없게 만들어 버리기라도 한 듯이 당황해 하며, 얼굴을 잔뜩 붉힌 채 그 방에 있는 사람들을 멍하니 바라보면서 꼼짝도 않고 서 있었다. 사실 결코 중요하지 않은 이 일을 지금 이렇게 기억해 내는 것은, 단지 그 일이 그날 하루 종일 계속되었던 나의 정신 상태에 커다란 영향을 끼쳤으며, 그 결과 나의 이야기 중 한 등장 인물과 나의 관계에도 커다란 영향을 끼쳤다는 단 하나의 이유 때문이다. 나는 허리를 굽혀 인사를 하려다가 인사를 다 마치지도 못하고 더욱 얼굴을 붉히고서는 아저씨에게로 달려가 그의 손을 꽉 잡았다.

「안녕하셨어요, 아저씨.」 가쁘게 숨을 몰아 쉬면서 내가 말했다. 나는 뭔가 전혀 다른, 매우 재치 있는 말을 하고 싶었지만 갑자기 내 입 밖으로 튀어나온 것은 단지 〈안녕하셨어요〉라는 말뿐이었다.

「그래, 잘 지냈니, 얘야.」 나 때문에 괴로워하고 있던 아저씨가 대답했다. 「우린 벌써 인사하지 않았니. 제발 당황하지 말거라.」 아저씨가 속삭이면서 덧붙였다. 「이런 일은 누구에게나 있어날 수 있는 일이야, 그렇고말고! 그 순간에 사라져 버렸으면 하는 일도 있단다……! 아무튼, 자 이제, 어머니, 소개드릴게요. 우리의 젊은 친척입니다. 조금 당황했지만 아마 어머니 마음에 드실 겁니다. 내 조카인 세르게이 알렉산드로비치입니다.」 아저씨는 모든 사람들을 향해서 덧붙였다.

친애하는 독자 여러분, 여기서 이야기를 계속하기 전에, 잠시 내가 갑자기 만나게 된 모든 사람들에 대해 이야기하는 것을 허락해 주시길 바란다. 이것은 또한 이야기의 순서에 필수 불가결한 것이기도 하다.

그 방의 모든 성원은 여러 명의 부인들과 나와 아저씨를 제외한 단 두 명의 남자로 구성되어 있었다. 내가 그토록 보고 싶어했던, 그리고 온 집안의 전제 군주인 — 나는 그 당시 이미 이 사실을 느낄 수 있었다 — 포마 포미치는 그곳에 없었다. 그는 눈에 띄기 위해 일부러 그 자리에 없는 듯하였으며, 동시에 마치 그 방에서 빛을 가져가 버린 듯하였다. 그래서인지 모든 사람들은 침울해 하고 뭔가 근심스러워하고 있었다. 첫눈에 그러한 사실을 알아차릴 수 있었다. 그때 나 자신도 매우 당황스러워하고 있었고 기분도 엉망진창이었지만, 예를 들어 아저씨 역시, 비록 온 힘을 다해 쾌활함을 가장함으로써 자신의 불안을 감추려 하였지만, 나 못지않게 기분이 엉망진창이라는 사실을 알 수 있었다. 무엇인가가 무거운 돌처럼 그의 마음을 짓누르고 있었다. 그 방에 있는 두 남자 중 한 남자는 스물다섯 살 가량의 매우 젊은 사람이었는데, 아저씨가 조금 전에 그의 지혜와 도덕성을 칭찬하면서 내게 일러 준 바로 그 오브노스낀이었다. 나는 이 신사가 매우 마음에 들지 않았다. 그의 모든 것은 뭔가 멋을 부리려 했지만 결국은 우둔해 보이는 것들이었다. 그가 입고 있는 옷은 멋을 부리긴 했지만 왠지 닳아빠지고 초라해 보였다. 그의 얼굴에도 마찬가지로 뭔가 닳아빠진 듯한 분위기가 어려 있었다. 하얗고 가느다란 바퀴벌레 같은 콧수염, 그리고 다 자라지도 못하고 얽혀 있는 턱수염은 자유로운 인간, 즉 아마도 자유 사상가임을 나타내기 위한 것일 터였다. 그는 끊임없이 실눈을 뜨고서는 짐짓 독살스럽게 보이고 싶어하는 것 같은 미소를 띠고 있었으며, 자기가 앉은 자리에서 거들먹거리다가는 잠깐 오페라 용 손잡이 안경을 들고 나를 바라보았다. 그러다가 내가 그를 향해 몸을 돌리자 마치 겁이라도 먹은 듯이 즉시 안경을 내려놓았다. 다른 한 신사는 스물여덟 살 가량의 역시 젊은 사람이었는데, 나의 육촌 형인 미진치꼬프였다. 실제로 그는 지독하게 말을 아꼈다. 차를 마시는 동안 내내 그는 한마디도 하지 않았고 모든 사람들이 웃을 때에도 웃지 않았다. 하지만 그에게서 아저씨가 보았다는 〈학대받은 흔적〉을 나는 전혀 찾아볼 수 없었다. 그 반대로 그의 엷은 갈색 눈은 결단력과 뭔가 뚜렷한 성격을 보여 주고 있었다. 미진치꼬프는 가무잡잡한 몸에 검은 머리를 가진 매우 멋있는 젊은이였다. 옷차림도 꽤 괜찮았는데, 나중에 알게 되었지만 모두 아저씨가 값을 치른 것이었다. 부인들 중에서는 그 심술궂어 보이는 창백한 얼굴 때문에 뻬레뻴리찌나 양이 제일 먼저 내 눈에 띄었다. 그녀는 장군 부인 — 이분에 대해서는 나중에 특별하게 다룰 작정이다 — 가까이에 앉아 있었는데, 예의 때문에 바로 옆이 아니라 약간 뒤쪽에 앉아 있었다. 몸을 숙이고 계속해서 자신의 보호자의 귀에다 무엇인가를 속삭여 댔다. 두세 명의 여자 손님들이 아무 말없이 창가에 나란히 앉아서 눈을 휘둥그레 뜨고 장군 부인을 바라보면서 얌전하게 차를 기다리고 있었다. 한 뚱뚱하고 지독하게 살이 찐 부인 또한 나의 관심을 끌었는데, 약 쉰 살 가량에 무척이나 몰취미하게 차려입은 데다가 아마도 연지 같은 걸 찍어 바른 모양인지 얼굴에 홍조가 어려 있었으며, 거의 이빨이 없는 대신에 뭔가 거무스름하고 부서진 조각 같은 것이 입 속에 솟아 있었다. 그렇다고 해서 이러한 것들이 그녀로 하여금 쫑알쫑알 재잘대거나, 실눈을 만들거나 거의 윙크에 가까운 눈짓을 할 정도로 유행에 따른 몸짓을 하는 것을 방해하지는 못하였다. 그녀는 목에 뭔가 쇠사슬 같은 것들을 주렁주렁 감고 있었으며, 무슈 오브노스낀과 마찬가지로 계속해서 내게 오페라 용 손잡이 안경을 들이대는 것이었다. 이 여자는 바로 그의 어머니였다. 얌전한 나의 고모인 쁘라스꼬비야 일리니츠나는 차를 따라 주고 있었다. 그녀는 아주 오랫동안 만나 보지 못했던 나를 안아 주고 싶어하는 것 같았고, 아마 틀림없이 반가움의 눈물을 흘려 보고 싶어하는 것 같았으나 감히 그러지 못하고 있었다. 이 자리에 있는 모든 사람들이 어떤 금지를 당하고 있는 듯했다. 그녀 옆에는 아이다운 호기심으로 나를 뚫어지게 쳐다보고 있는 아주 잘생기고 검은 눈을 한 열다섯 살 가량의 소녀가 앉아 있었는데, 바로 나의 사촌 누이가 되는 사샤였다. 마지막으로, 아마 누구보다도 나의 관심을 끈 것은 매우 이상해 보이는 부인이었는데, 화려하게 차려입은 데다가 결코 젊어 보이지 않았는데도, 적어도 서른다섯은 되어 보였으며 지나칠 정도로 젊은 차림이었다. 그녀의 얼굴은 초췌한 데다가 창백하고 비쩍 말랐지만, 매우 활기에 차 있었다. 그녀가 움직이거나 흥분할 때면, 거의 언제나 창백한 빰 위로 선명한 홍조가 돌곤 했다. 게다가 그녀는 계속해서 흥분했고, 마치 1분도 가만히 앉아 있을 수 없다는 듯이 의자 위에서 안달을 부리는 것이었다. 그녀는 굉장한 호기심으로 나를 뚫어지게 바라보다가 줄곧 사셴까나 다른 이웃한 사람의 귀에 무엇인가를 속삭이는가 하면, 그때마다 매우 소박하고도 어린아이 같은 유쾌한 웃음을 터뜨리기도 했다. 그러나 내가 놀라웠던 것은 마치 그전에 여기에 대해 약속이라도 한 듯이, 그 누구도 그녀의 기괴한 태도에 주의를 돌리지 않는다는 사실이었다. 나는 이 여자가 바로, 아저씨의 표현에 따르면 뭔가 다소 공상적인 데가 있다는 그 여자, 사람들이 아저씨와 결혼시키려고 하는, 그리고 부자라는 사실 때문에 집안의 거의 모든 사람들이 떠받들고 지낸다는 바로 그 따찌야나 이바노브나일 것이라고 짐작했다. 하지만 나는 그녀의 온순해 보이는 하늘빛 눈이 마음에 들었다. 눈언저리에 이미 주름이 드문드문 보였지만, 어떻게 해서든 일부러라도 시선을 한번 맞추어 보고 싶을 정도로 소박하고 유쾌한 선한 눈빛이었다. 내 이야기의 중요한 〈주인공〉의 한 사람인 이 따찌야나에 대해서는 나중에 좀 더 상세하게 이야기하기로 하겠다. 그녀의 삶은 정말 한번 이야기해 볼 만하다. 내가 다실에 모습을 나타낸 지 약 5분쯤 뒤에 매우 잘생긴 꼬마 녀석이 정원에서 뛰어들어 왔다. 내일 명명일을 맞게 되는 나의 사촌 동생 일류샤였는데, 두 주머니에는 계란빵을 가득 채우고, 두 손에는 팽이를 들고 있었다. 그 뒤로 젊고 균형이 잘 잡힌 아가씨가 들어왔다. 다소 창백하고 피로한 듯하였지만 대단히 아름다운 아가씨였다. 그녀는 뭔가 탐색하는 듯하면서도 미심쩍은 듯한, 그리고 심지어는 겁먹은 듯한 시선으로 모든 사람들을 흘긋 쳐다본 후, 나를 한참 바라보더니 따찌야나 이바노브나 옆에 앉았다. 그때 뜻하지 않게 내 가슴이 쿵쾅거렸다는 사실을 기억한다. 그때 나는 알아차렸다. 이 여자가 바로 그 가정교사구나……. 나는 또 기억한다. 그녀가 나타나자 아저씨는 갑자기 나에게 재빨리 한번 시선을 돌리고는 온통 얼굴을 붉혔다. 그러고 나서 일류샤의 손을 잡고 나에게로 데리고 와 입맞춤을 시켰다. 나는 또 마담 오브노스끼나가 처음에는 아저씨를 뚫어지게 바라보다가, 그런 다음에는 냉소적인 웃음을 지으며 오페라 용 손잡이 안경을 그 가정교사에게 들이대고 있다는 사실을 알아차렸다. 아저씨는 무척이나 당황하면서 어찌할 바를 몰라하다가 나에게 인사시키기 위해 사셴까를 불렀다. 그러나 그녀는 일어나서 아무 말도 하지 않고 아주 조심스럽고도 신중하게 무릎을 약간 굽히면서 인사하였다. 하지만 나는 그것이 그녀에게 잘 어울리는 태도인 듯해서 마음에 들었다. 바로 그때 나의 마음씨 착한 고모 쁘라스꼬비야 일리니츠나가 더 이상은 참지 못하겠다는 듯, 차 따르는 일을 집어치우고 달려와서 나에게 입맞춤을 했다. 그런데 바로 그 순간, 즉 내가 그녀와 한두 마디 말을 채 나누기도 전에 종알종알대는 뻬레뻴리찌나 양의 새된 목소리가 울려 퍼졌다. 「아마도 쁘라스꼬비야 일리니츠나께선 어머님(장군 부인을 가리킨다)을 잊어버리셨나 보군요. 어머님께서는 차를 기다리고 계십니다. 그리고 당신은 차를 따르지 않고 계시고, 사람들이 기다리고 있습니다.」 그러자 쁘라스꼬비야 일리니츠나 고모는 나를 남겨 두고 재빨리 자신의 일로 달려갔다.

이 사람들 중에서 가장 중요한 인물이자, 그 앞에서 모두가 설설 기는 장군 부인은 비쩍 마른 심술궂은 노파였는데, 온몸을 전부 상복으로 휘감고 있었다. 그녀의 심술은 나이를 먹어 감에 따라, 그리고 마지막 남은 — 전에도 그리 풍부하지는 않았지만 — 생각할 수 있는 능력을 상실함에 따라 더 심해졌다. 과거에도 그녀는 시시한 일에 시끄럽게 굴고는 했다. 장군 부인이라는 지위는 그녀를 더욱 바보로, 그리고 더욱 오만불손하게 만들었다. 그녀가 심술을 부릴 때면 온 집 안이 마치 지옥과 같았다. 그녀가 심술을 부리는 방법에는 두 가지가 있었다. 첫번째 방법은 침묵인데, 며칠 동안 내내 입술을 꽉 다문 채로 그녀 앞에 뭔가 갖다 놓으면 모조리 밀어내거나 혹은 심지어 마룻바닥에 내동댕이치면서 집요하게 침묵을 지키는 것이다. 다른 방법은 정반대의 것으로 아주 말이 많은 것이다. 그것은 이 할머니가 — 실제로도 그녀는 나에게 할머니가 된다 — 이상할 정도로 우울에 빠져 이 세상과 자신의 전 재산의 파괴를 기다리면서 앞으로 닥쳐올 가난과 모든 가능한 슬픔들을 예감하며, 이러한 자기 자신의 예감에 푹 빠져 미래의 불행을 손가락으로 하나하나 헤아리기 시작하는 것에서 비롯된다. 그녀가 그것들을 하나하나 헤아릴 때면 뭔가 환희랄까 흥분이랄까, 그런 분위기가 나타나기까지 한다. 물론 그녀는 자기가 일찍이 모든 것을 미리 알고 있었고, 오직 〈이 집에서〉 강제로 침묵을 강요당했기 때문에 침묵한 것뿐이라고 밝히기도 한다. 〈만일 그녀에게 예의 바르게 대하기만 하였더라도, 그녀가 하는 말에 일찍이 귀 기울이기만 하였더라도, 그랬더라면〉 등등. 이 모든 것은 즉각 식객 무리들과 뻬레뻴리찌나 양의 동의를 얻게 되고, 결국에는 포마 포미치에 의해 장엄하게 인증받게 된다. 내가 그녀에게 소개되었을 때 그녀는 몹시 화를 내고 있었는데, 그것도 첫번째 방법이자 아마도 가장 무서운 방법인 침묵으로 화를 내고 있었다. 모두가 두려운 듯이 그녀를 바라보고 있었다. 오직 한 사람, 모든 것이 허용되는 따찌야나 이바노브나만이 매우 유쾌한 상태였다. 아저씨는 일부러 다소 당당한 듯한 태도로 나를 할머니에게 데리고 갔다. 하지만 그녀는 찡그린 표정을 지어 보이고서는 심술궂게 자기 찻잔을 옆으로 밀어냈다.

「이게 바로 그 곡 — 마 — 사[29]인가?」 그녀는 뻬레뻴리찌나를 향해 몸을 돌리면서 이 사이로 이렇게 내뱉었다.

이 바보 같은 질문이 완전히 나를 혼란스럽게 만들었다. 무엇

---

29 프랑스 어 voltigeur에서 온 말로 곡예사란 뜻이며, 여기서는 진지하지 못한 가벼운 사람을 의미한다.

때문에 그녀가 나를 곡마사라고 부르는 걸까? 이해할 수 없었다. 하지만 그녀에게 그런 질문은 아무것도 아니었다. 뻬레뻴리찌나가 허리를 숙이고 귀에 대고 뭔가를 속삭였다. 하지만 할머니는 심술궂게 손을 흔들었다. 나는 입을 떡 벌린 채로 뭔가를 물어보듯이 아저씨를 바라보았다. 모든 사람들이 서로서로 시선을 교환하였고, 오브노스낀은 심지어 이를 드러내 보이며 웃기까지 했는데, 정말 끔찍하게 내 마음에 들지 않았다.

「얘야,」 나와 마찬가지로 조금 당황한 아저씨가 내게 속삭였다. 「어머니는 가끔 쓸데없는 말을 하곤 하시지. 하지만 이건 중요하지 않아. 그냥 한번 해보신 거야. 이건 좋은 마음에서 나온 거야. 알겠니, 중요한 것은 마음을 보는 거란다.」

「그래요, 마음! 마음이야!」 갑자기 쩌렁쩌렁한 따찌야나 이바노브나의 목소리가 울렸는데, 그녀는 꾸준히 내게서 눈을 떼지 않고 있었으며, 무엇 때문인지 편안하게 자리에 앉아 있질 못했다. 아마도 작은 목소리로 속삭였던 〈마음〉이라는 말이 그녀의 귀에까지 닿았던 모양이었다.

하지만 그녀는 틀림없이 뭔가를 말하고 싶어하면서도 끝까지 말하지는 않았다. 당황한 건지, 아니면 다른 뭔가가 있는 건지 그녀는 갑자기 입을 다물더니, 얼굴을 새빨갛게 붉히고는 가정교사를 향해 급히 몸을 숙이면서 그녀의 귀에 대고 뭔가를 속삭였다. 그러더니 갑자기 손수건으로 입을 가리면서 안락의자 등에 몸을 던지고는 마치 히스테리라도 일으키듯이 깔깔거렸다. 나는 도대체 어떻게 해야 할지를 몰라서 다른 사람들을 바라보았다. 하지만 놀랍게도 모든 사람들은 매우 진지한 표정들이었으며, 마치 아무 일도 없었다는 듯이 바라보고들 있는 것이었다. 물론 나는 따찌야나 이바노브나라는 여자가 어떤 사람인지를 이해할 수 있었다. 마침내 나에게도 차가 주어졌고, 또 어느 정도 마음도 안정되었다. 그런데 무슨 이유에서인지는 모르겠지만, 부인들과 매우 다정한 이야기라도 해야만 한다는 생각이 떠올랐다.

「아저씨 말씀이 옳아요, 아저씨.」 나는 말을 꺼냈다. 「조금 전에 당황할 수도 있는 법이라고 제게 알려 주셨잖아요. 전 아주 솔직하게 고백하겠습니다. 뭣 때문에 숨기겠어요.」 아첨 떠는 미소를 지으며 나는 마담 오브노스끼나를 향해 몸을 돌리면서 말을 계속했다. 「지금까지 저는 부인들의 사교계에 대해 거의 모르고 있었습니다. 지금 생각해 보니 제가 그렇게 꼴사납게 들어오는 모습이나, 방 중앙에 서 있던 제 자세가 무척이나 당황스럽고 어떻게 보면 허수아비처럼 보였을 것 같네요, 그렇지 않습니까? 혹시 여러분 『허수아비』[30]를 읽어 보셨습니까?」 조금씩조금씩 자신감이 없어짐을 느끼면서, 스스로 아첨 떠는 듯한 솔직함 때문에 얼굴을 붉히면서, 그리고 이를 드러내어 웃으면서 점점 더 뻔뻔스럽게 나를 머리끝에서 발끝까지 훑어보고 있던 무슈 오브노스낀을 험악스럽게 바라보며 나는 말을 맺었다.

「그래, 바로 그거야!」 이야기가 어찌어찌해서 계속 연결된 데다, 내가 어느 정도 정신을 차려 가는 것을 진심으로 기뻐하면서 아저씨가 매우 활기를 띠고 갑자기 소리쳤다. 「그건 아무것도 아니야, 네가 말한 것처럼 당황할 수도 있는 법이지. 어쨌든 당황했다면 끝을 잘 얼버무려야 해! 처음으로 사교계에 발을 내밀었을 때 난 거짓말도 한 적이 있는걸, 왜 잘 믿기지 않니? 아냐, 진짜야. 안피사 뻬뜨로브나, 사실 이건 한번 들어 볼 만할 겁니다. 전 견습 사관이 되자마자 모스끄바로 갔지요. 소개서를 가지고 어느 중요한 부인을 만나기 위해서였는데, 이 부인은 무척이나 오만한 여자였지만, 본성은 두말할 나위 없이 선한 분이셨지요. 안으로

---

30 A. F. 삐셈스끼(1821~1881)의 소설 『허수아비』를 가리킨다. 이 소설은 1850년 『모스끄바 인』지(誌)에 게재되었다. 이 소설의 주인공 빠벨 바실리예비치 베쉬메쩨프는 대학 교육을 받은 젊은 귀족으로, 소극적인 성격으로 인해 비극적으로 파멸하게 된다.

들어갔지요. 그랬더니 절 맞아 주더군요. 객실은 사람들로 꽉 차 있었는데, 주로 높은 분들이었지요. 인사를 드리고는 앉았지요. 인사를 마치자 그 자리에서 그녀가 제게 묻는 거예요. 〈그런데, 이봐요, 시골 영지는 가지고 있나요?〉 그런데 전 암탉 한 마리 없는 처지였으니 뭐라고 대답하겠습니까? 지독하게 당황했지요. 모두가 저를 바라보고 있는 거예요(그래, 견습 사관 따위가! 하는 식이었지요). 무슨 까닭인지, 아니오, 없습니다라고 말할 수가 없는 거예요. 진실을 말하는 것이 더 좋았을 텐데. 결국 저는 버티어 내질 못했죠! 〈1백 17명의 농노가 있습니다〉 하고 말했지요. 도대체 이 17이라는 꼬리는 왜 붙여 놓았는지? 거짓말을 하려 했다면 그냥 1백 명이라고만 했어도 괜찮았을 텐데, 그렇지 않아요? 1분도 채 지나지 않아서 내 소개서 때문에 제가 땡전 한 푼 없는 알거지라는 사실이 밝혀졌지요. 게다가 거짓말까지 했으니! 그래 어쩌겠어요? 꽁지가 빠져라 도망가서는, 그때부터 그 근처에는 얼씬도 안 했지요. 사실 그 당시 저는 완전히 무일푼이었어요. 지금은 아파나시야 마뜨베이치 아저씨에게서 3백 명의 농노와 그전에 아꿀리나 빤필로브나 할머니에게서 까삐또노프까 마을과 함께 2백 명의 농노를 물려받아 모두 합쳐 5백 명 남짓 되는 재산을 가지고 있지만. 이 정도면 괜찮은 거지요. 그 이후로 전 거짓말하지 않겠다고 맹세했고, 지금도 거짓말 같은 건 하지 않고 있습니다.」

「내가 당신 입장이라면 맹세 같은 건 하지 않을 겁니다. 어떤 일이 일어나게 될지 누가 알겠어요.」 놀리기라도 하는 듯이 오브노스낀이 웃으며 말했다.

「하긴, 그 말이 맞아요, 정말 그래요!」 아저씨가 단순한 마음에서 맞장구쳤다.

오브노스낀이 의자 등으로 몸을 파묻으면서 커다랗게 껄껄거렸다. 그의 어머니는 빙긋이 웃었고, 뻬레뻴리찌나 양 또한 왠지 혐오스럽게 히히거렸다. 따찌야나 이바노브나는 영문도 모른 채 손뼉까지 쳐가며 깔깔대었다. 한마디로 나는 아저씨가 자기 자신의 집에서 무시당하고 있다는 사실을 알 수 있었다. 사셴까가 밉살스럽다는 듯이 눈을 빛내며 뚫어져라 오브노스낀을 쏘아보았다. 가정교사는 얼굴을 붉히면서 눈을 내리 감았다. 아저씨가 놀라서 말했다.

「무슨 일이야? 무슨 일이 있는 거냐?」 미심쩍은 듯이 우리 모두를 둘러보면서 아저씨가 이렇게 되풀이했다.

이러는 동안 내내 나의 육촌 형인 미진치꼬프는 조금 떨어져 앉아서는 침묵을 지키고 있었는데, 모두가 깔깔거리고 있을 때에도 미소조차 띠지 않고 있었다. 그는 열심히 차를 마시면서 철학자처럼 모든 사람들을 바라보다가 몇 번 참을 수 없는 지루함 때문에 발작이라도 하듯이, 아마도 그의 오랜 버릇인 듯한 휘파람을 불려다가 적절한 때에 그만두곤 했다. 아저씨를 놀리고, 나에게도 함부로 대하던 오브노스낀은, 미진치꼬프에게는 감히 눈을 돌리지도 못했는데, 나는 그 사실을 금방 알 수 있었다. 나는 또한 나의 말없는 육촌 형이 가끔 나를 바라보면서, 도대체 내가 어떤 사람인지 한번 정확하게 정의 내리고 싶기라도 한 듯이 호기심을 드러내 보이기도 한다는 것을 알아차릴 수 있었다.

「내가 보기에는 틀림없이,」 갑자기 마담 오브노스끼나가 시끄럽게 재잘대기 시작했다. 「무슈 세르주monsieur Serge,[31] 틀림없이 이름이 그랬지요? 뻬쩨르부르그에 있을 때 당신은 부인 숭배자는 아니었을 거예요. 제가 알기로 뻬쩨르부르그에는 요즘 부인들의 사교계를 매우 싫어하는 젊은 사람들이 무척이나 많다는 거예요. 하지만 제가 보기엔 그들은 모두 자유 사상가들이에요. 나는 용서할 수 없는 자유 사상과 마찬가지로 그들도 그렇게 볼 수밖에

---

31 세르주는 세르게이를 프랑스 식으로 발음한 것이다.

없어요. 그래서 솔직하게 말씀드리자면, 그건 나를 무척 놀라게 만들어요. 알겠어요, 젊은이, 나를 무척 놀라게 만든다고……!」

「전 한번도 사교계에 가본 일이 없습니다.」 나는 지나치게 활기를 띠면서 대답하였다. 「하지만, 그건…… 적어도 저는 그건 아무것도 아니라고 생각합니다…… 전 그러니까 셋방에만 쭉 처박혀 있었습니다만, 그러나 그건 아무것도 아닙니다. 이건 자신 있게 말씀드릴 수 있습니다. 전 이제 사람들과 사귀어 볼 참입니다. 지금까지는 내내 집에만 처박혀서……」

「과학을 연구해 왔지.」 아저씨가 조금 거들먹거리면서 말했다.

「이런 아저씨, 아저씨는 언제나 과학이라고 하시니……! 한번 생각해 보세요.」 나는 지나칠 정도로 친밀한 태도로 사랑스럽게 보이도록 이를 드러내고 웃으면서, 다시 오브노스끼나 부인에게로 몸을 돌리며 계속해서 말했다. 「우리의 친애하는 아저씨께서는 너무나 과학을 좋아하신 나머지 어딘가 큰길에서 기적을 행하는 실용적 철학자인 무슨 꼬로프낀이라는 분을 발굴해 내신 겁니다. 그래서 오늘 그렇게 오랫동안 헤어졌다가 만난 저에게 하시는 첫말씀이, 아저씨가 이 보기 드문 마법사를 아주 간절하게, 그러니까 학수고대하면서 기다리고 계신다는 겁니다…… 물론 과학에 대한 사랑 때문이지요…….」

그러고는 나의 재치 있는 말에 대한 칭송으로 모두가 웃을 것이라고 기대하면서 낄낄거렸다.

「도대체 누구라고? 지금 누구에 대해 이야기한 거지?」 장군 부인이 뻬레뻴리찌나에게로 몸을 돌리면서 날카롭게 물었다.

「예고르 일리치가 손님들을 초청하셨답니다, 학자분들을요. 여기저기 큰길을 다니면서 그들을 모았답니다.」 이 아가씨가 기분이 좋은 듯이 재잘재잘거렸다.

아저씨는 어쩔 줄을 몰라했다.

「아참, 그렇지! 내가 잊어버리고 있었어!」 비난의 빛을 담은 시선을 내게 한번 던지고서는 그가 소리쳤다. 「난 꼬로프낀을 기다리고 있는 중이에요. 과학자인데, 후세에 남을 대단한 사람이에요······.」

그는 말 중간에 입을 다물더니 더 이상 아무 말도 하지 않았다. 장군 부인이 손을 흔들었는데, 그 순간 손이 찻잔을 정통으로 때려 찻잔이 탁자에서 떨어져 깨져 버렸다. 모두가 흥분하기 시작했다.

「어머니는 화가 나시면 언제나 뭔가를 집어서는 마룻바닥에 던져 버린단 말이야.」 당황한 아저씨가 나에게 속삭였다. 「하지만 그건 언제나 화를 내고 있을 때에만 그래······. 얘야, 그쪽은 보지 말고, 아는 척도 하지 마라, 딴 쪽으로 시선을 돌리고······ 도대체 왜 꼬로프낀이니 뭐니 하는 말을 했니?」

나는 이미 다른 쪽을 보고 있었다. 그 순간 나는 가정교사의 시선과 마주쳤는데, 이 시선 속에도 뭔가 질책하는 듯한, 심지어는 뭔가 경멸적인 태도가 담겨 있는 것처럼 보였다. 그녀의 창백한 뺨 위에서 분노의 홍조가 타오르고 있었다. 나는 그녀의 시선을 이해할 수 있고, 자신의 우스꽝스러운 꼴을 회피하기 위해 아저씨를 우스꽝스럽게 만들려고 한 나의 좁은 생각과 혐오스러운 희망으로 인해 이 아가씨에게 좋은 인상을 주지 못하게 되었다는 사실을 알아차릴 수 있었다. 내가 얼마나 부끄러웠는지는 지금도 표현할 수 없다!

「난 당신과 뻬쩨르부르그 이야기를 하고 싶어요.」 찻잔이 깨지는 바람에 야기되었던 흥분이 조금 가라앉자, 다시 안피사 뻬뜨로브나가 말을 시작했다. 「난 이 매혹적인 수도에서 우리가 지냈던 생활을 기억하면, 뭐랄까 아주 좋은 기 — 부 — 운이 되지요······. 그때 우린 한 가문과 무척이나 가깝게 지냈는데, 기억나니 뽈?[32] 뽈로비찐 장군 말이야······. 정말 그 장군 부인이 얼마나 매력적이었는지, 매 — 력 — 적이었는지! 정말 귀족적이셨어, 상류 사회beau monde라는 거지……! 한번 말해 보세요, 당신은 아마 그분들을 만나 보셨겠지요……. 솔직히, 난 당신이 이리 오시길 무척이나 기다리고 있었어요. 난 당신에게서 우리 뻬쩨르부르그의 친구들에 대해 많은 이야기를 들었으면 하고 바라고 있었지요…….」

「대단히 유감스럽게도 전 그 소식을 전할 수 없습니다……. 죄송하게 되었습니다만…… 아까도 말씀드렸지만 전 거의 사교계에 가보질 못했고, 그 뽈로비쩐 장군도 전혀 모릅니다. 그런 분에 대한 이야기조차 들어 본 적이 없고요.」 상냥한 태도를 순식간에 지독하게 기분 나쁘고 화난 상태로 바꾸면서, 내가 서둘러 대답하였다.

「얘는 광물학을 연구해 왔습니다!」 제 버릇 개 주지 못한다고 아저씨가 자랑스럽게 치켜세웠다. 「그건 여러 가지 돌들을 조사하는 거지, 광물학이라는 것이?」

「예, 아저씨, 돌들을.」

「흠…… 과학이란 여러 가지 종류가 있지만, 모든 과학은 다 유익한 거야! 솔직히 난 사실 광물학이란 것이 무엇인지 몰랐어! 단지 어디선가 들어 보지 못했던 종소리가 나는구나 하고 듣고 있는 거지. 다른 것이라면 나도 대강 어느 정도는 되지만, 과학이라면 완전히 멍청이야. 솔직하게 고백하면 그렇지!」

「솔직하게 고백하시는 거라고요?」 오브노스낀이 빙글거리면서 말을 받았다.

「아빠!」 자기 아버지를 비난하듯이 바라보면서 사샤가 소리쳤다.

「뭐냐, 애야? 아 이런, 내가 당신 이야기를 중간에서 잘랐군요, 안피사 뻬뜨로브나.」 사셴까가 무엇 때문에 소리쳤는지를 알아차

---

32 빠벨의 프랑스 어 호칭인 폴의 러시아 식 발음으로 원서에도 러시아 어로 씌어 있다.

리지 못하고서, 아저씨는 갑자기 생각난 듯 말했다. 「죄송합니다, 제발 용서하세요!」

「오, 그런 걱정 마세요!」 안피사 뻬뜨로브나가 쓴웃음을 지으며 대답했다. 「게다가 전 이미 당신 조카분께 하고 싶은 말을 다 했는 걸요. 마지막으로 이런 이야기를 해드리고 싶군요, 몽세르 세르주, 이름이 세르주 맞지요? 당신은 근본적으로 고치셔야만 해요. 나는 과학이나 예술…… 예를 들어 조각 같은 것 말이에요…… 아무튼 한마디로 말해서 이 모든 것들이 고매한 이상을 가지고 있다고 생각해요. 그러니까 매력적인 측면을 가지고 있겠지요. 하지만 그런 것들이 여자를 대신할 수는 없지요……! 젊은 양반, 여성이야말로 당신들을 형성시켜 줍니다. 따라서 여성들이 없으면 불가능한 거예요, 젊은 양반, 불 — 가 — 능하다고요!」

「불가능해요, 불가능하다마다!」 다시 따찌야나 이바노브나의 조금 찢어지는 듯한 목소리가 울려 퍼졌다. 그녀는 마치 아이처럼 서두르면서, 온통 낯을 붉히며 이야기를 시작했다. 「들어 보세요, 들어 보세요, 제가 당신에게 묻고 싶은 것은…….」

「무슨 일인데요?」 나는 주의 깊게 그녀를 바라보면서 대답했다.

「제가 당신에게 묻고 싶은 것은, 당신은 여기 오래 계실 건가요?」

「그건 잘 모르겠어요, 일이 어떻게 될지…….」

「일이라고요! 여기에 당신이 무슨 볼일이 있겠어요……? 정말 정신 나간 사람이야!」

따찌야나 이바노브나는 불같이 얼굴을 붉히면서 부채로 얼굴을 가리고 가정교사에게로 몸을 굽혔다. 그러고는 그녀에게 무엇인가를 속삭였다. 그런 다음 갑자기 웃기 시작하더니, 손뼉을 쳐 대는 것이었다.

「잠깐! 잠깐!」 비밀을 털어놓는 말 상대에게서 몸을 빼내면서, 그리고 내가 떠나지나 않을까 두려운 듯이 급히 다시 나에게로 몸을 돌리면서 그녀가 외쳤다. 「잠깐만요, 제가 드릴 말씀이 있어요. 당신은 무척이나 어떤 젊은이와, 아주 매 — 력 — 적 — 인 젊은이와 닮았어요……! 사셴까, 나스쩬까, 기억 나지요? 이분, 그 미친 사람과 무척 닮았잖아요, 기억 나지, 사셴까! 우리가 마차를 타고 나갔을 때, 그때 만났잖아……. 말을 타고 흰 조끼를 입고는…… 게다가 손잡이 안경을 내게 들이대던 그 사람 말이야, 부끄러운 줄도 모르고 말이야! 기 억나지, 내가 그때 마차 커튼으로 가렸다가 결국 참지 못하고 마차에서 고개를 내밀고는 〈이 부끄러움도 모르는 작자야!〉 하고 소리쳤잖아. 그런 다음, 길에다가 내 꽃다발을 내동댕이쳤잖아……. 기억 나지요, 나스쩬까?」

그때의 연애 수작에 반쯤 넋을 빼앗긴 그녀가 흥분에 사로잡혀 두 손으로 얼굴을 가렸다. 그런 다음 갑자기 자리에서 일어난 후 창문으로 달려가 병에서 장미를 뽑아 내더니, 그것을 내가 앉은 자리 근처로 집어 던지고는 밖으로 뛰어나갔다. 사람들 모두 그녀를 그냥 바라보고 있을 뿐이었다! 장군 부인은 처음과 마찬가지로 아무 일 없다는 듯한 태도를 보였고, 이번에는 사람들 사이에서 뭔가 혼란스럽기까지 한 분위기가 형성됐다. 예를 들어 안피사 뻬뜨로브나는 놀라지는 않았지만 갑자기 걱정스러운 생각이라도 들었는지, 괴로운 표정으로 자기 아들을 바라보았다. 부인들은 얼굴을 붉혔고, 뽈 오브노스낀은 그때의 나로서는 도무지 이해할 수 없었지만, 의자에서 일어나 창가로 다가갔다. 아저씨가 나에게 뭔가 신호를 보내려고 할 때 새로운 얼굴이 방 안으로 들어섰고, 모든 사람이 그에게로 관심을 돌렸다.

「아! 예브그라프 라리오니치! 정말 제때 나타났군!」 아저씨가 진심으로 기뻐하면서 소리쳤다. 「그래, 이보게, 군(郡)에서 오는 길인가?」

〈흥, 또 괴짜로군! 모두 정말 일부러 여기 모아 놓은 것 같군!〉 나는 이렇게 속으로 생각했는데, 그때는 아직 내 눈앞에서 벌어진 일들을 정확하게 이해하지 못하고 있었으며, 나 자신 역시 그들 사이에 나타남으로써 이 괴짜들의 수집품에 하나를 더해 주기만 할 뿐이었다는 사실을 생각도 하지 못하고 있었다.

5. 예제비낀

방 안으로 들어온, 혹은 마치 헤치고 들어온 듯하다고 말하는 것이 더 적절한(방문이 꽤 넓었음에도 불구하고) 그 인물은 문 앞에서부터 벌써 허리를 굽히고 연신 인사를 해대면서, 이를 드러낸 채 미소를 지으며, 무척이나 흥미롭다는 듯이 방 안에 있는 모든 사람들을 둘러보았다. 그는 키가 작은 늙은이로, 곰보에 재빠르고 교활해 보이는 눈을 가지고 있었고, 머리카락이 듬성듬성한 데다 약간 대머리 기미가 있었는데, 다소 두꺼운 입술에 뭔가 분명치 않은 얇은 미소를 띠고 있었다. 그는 프록코트를 입고 있었는데, 매우 낡은 데다가 아마도 다른 사람의 옷을 물려받은 듯했다. 단추 하나가 실에 매달려 있었고, 두세 개의 단추는 아예 떨어져 나가고 없었다. 구멍투성이의 장화와 기름때가 잔뜩 낀 모자가 그의 낡은 옷과 짝을 잘 이루었다. 그는 손에 면으로 된 격자무늬 손수건을 들고 있었는데, 잔뜩 코를 풀어 댄 그 손수건으로 이마와 관자놀이에 흐르는 땀을 닦고 있었다. 나는 가정교사가 얼굴을 조금 붉히더니 재빨리 나를 한번 바라보는 것을 느꼈다. 뿐만 아니라, 나는 그녀의 시선 속에서 뭔가 오만하면서도 도전적인 태도를 느낄 수 있었다.

「도시에서 바로 오는 길입니다, 은인 나리! 그곳에서 바로 말입니다, 나리! 모두 다 말씀드릴 테니, 먼저 여러분께 인사할 수 있는 영광을 베풀어 주십시오.」 방으로 들어선 늙은이가 이렇게 말하더니, 장군 부인에게 발걸음을 향했다. 그러나 중간에서 멈추어 서더니, 다시 아저씨에게로 몸을 돌렸다.

「당신은 이미 제 성격을 알고 계시지요, 은인 나리. 전 악당입니다, 정말 악당놈이지요! 전 방 안에 들어서자마자 그 즉시 집안에서 제일 중요한 분을 찾아내서는 첫번째 걸음부터 그분에게로 향하는 겁니다. 그런 방법으로 첫걸음부터 자비와 보호를 얻어 내는 거지요. 악당입니다, 나리. 정말 전 악당놈입니다, 은인 나리! 마님, 장군 부인님, 당신의 옷자락에 키스하도록 해주십시오, 아니면 제가 입술로 고귀한 장군 부인의 손을 더럽히게 될 겁니다.」

놀랍게도 장군 부인은 만족스러운 듯이 기꺼이 그에게 손을 내밀었다.

「그리고 우리의 최고 미인인 당신에게도 인사를 드립니다.」 그는 뻬레뻴리찌나 양을 향해 계속 말했다. 「어떡하겠습니까, 고귀하신 마님, 악당인걸요! 1841년 제가 공식에서 면직되었을 때, 이미 전 악당이 되었는걸요. 바로 그때 발렌찐 이그나찌치 찌혼쪼프가 승진하였지요. 8등 문관이 그에게 주어졌어요. 그에게는 8등 문관이, 그리고 저에게는 악당이 주어진 거죠. 전 이미 너무나 툭 터지게 생겨 먹은 놈이어서 모든 걸 다 털어놓습니다. 어쩌겠습니까? 명예롭게 살려고 해보고 또 해보았지만, 이젠 다른 방법으로 시도할 수밖에요. 알렉산드라 예고로브나, 우리 잘 익은 사과 같으신 분.」 탁자를 돌아 사셴까에게로 다가가면서 그가 계속했다. 「당신의 옷자락에 키스하도록 해주세요. 아가씨, 당신에게서는 사과 향기와 온갖 우아한 것들의 향기가 납니다. 이번에 명명일을 맞게 된 분에게 축하를 드립니다. 도련님, 당신에게 활과 화살을 가져왔습니다. 제가 아침 내내 만들었지요. 제 어린 자식놈들이 도왔고요. 뒀다가 나중에 함께 쏘아 봅시다. 자라서 장교가 되시거든 터키 놈들의 목을 댕강 베어 주세요. 따찌야나 이바노브나…… 이런, 은인 나리들이 여기 안 계시는구먼! 계셨더라면 그분들 옷자락에 키스하는 건데. 쁘라스꼬비야 일리니츠나,

제 친어머니 같으신 분, 당신에게까지 헤치고 나갈 수가 없군요. 안 그렇다면 당신의 팔뿐만 아니라 당신의 다리에도 키스하는 건데, 바로 이렇게 말입니다! 안피사 뻬뜨로브나, 당신에게는 저의 온갖 존경을 바칩니다. 오늘도 당신을 위해 신께 기도드렸습니다, 은인 마나님, 무릎을 꿇고 눈물을 흘려 가면서 기도했지요. 그리고 당신의 아드님을 위해서도 기도했습니다. 하느님께서 그분에게 온갖 관등과 재능을 내려 주십사 하고요. 특히 재능을! 내친김에 이반 이바노비치 미진치꼬프에게도 인사드립니다. 하느님께서 당신 스스로가 원하는 모든 걸 다 주시기를. 나리께서 스스로 뭘 원하시는지 말씀해 주지 않으시니까요. 너무 과묵하시니까…… 잘 지내고 있느냐, 나스쨔. 집의 아이들이 너에게 인사 전해 달라고 하더라. 매일 네 이야기만 하고 있어. 자, 이제 주인 나리께 커다란 인사를 드립니다. 군(郡)에서 오는 길입니다, 곧장 군에서 왔지요. 그리고 이분은 당신 조카님이시지요, 대학에서 공부하신다는? 당신에게 인사올립니다, 나리. 자, 손을.」

웃음이 터졌다. 이 노인이 자진해서 어릿광대의 역할을 하고 있다는 사실을 알 수 있었다. 그의 도착이 모인 사람들을 즐겁게 해주었다. 많은 사람들이 그의 냉소를 이해하지 못하였지만, 그는 거의 모든 사람들에게로 돌아다녔다. 오직 가정교사만이(나는 그가 그녀를 단지 나스쨔라고만 부르는 것에 무척 놀랐다) 얼굴을 붉히면서 상을 찡그렸다. 나는 손을 움츠렸다. 늙은이는 바로 그렇게 되기를 기다렸다는 듯이 말했다.

「실은 난 당신의 손을 한번 잡아 보려 한 겁니다, 나리. 허락하신다면 말이죠. 하지만 입 맞추려 한 건 아닙니다. 당신은 입맞춤이라도 할 것이라고 생각하셨나 보죠? 아닙니다, 나리, 단지 그냥 한번 잡아 보려 한 겁니다. 당신은 아마도 절 지주 댁의 어릿광대 정도로 생각하셨나 보죠?」 웃음을 머금은 채로 나를 바라보면서 그가 말했다.

「아, 아닙니다, 무슨 그런 소릴, 난……」

「그럼, 그렇겠지요, 나리! 만일 제가 어릿광대라면 다른 누군가도 여기 있어야지요! 아무튼 당신은 절 존중해 주셔야 합니다. 저는 당신이 생각하는 것처럼 그런 악당은 아니니까요. 아마 어릿광대일 수는 있을 겁니다. 저는 노예이고, 제 마누라는 여자 노예인 데다, 게다가 아첨에 또 아첨뿐이니까! 그건 바로 이런 겁니다. 어쨌든 뭔가 얻을 수 있으니까요. 적어도 애들 우유 값이라도. 설탕은 많이 뿌리면 뿌릴수록 더 건강에 좋은 겁니다. 이건 비밀인데 당신에게 말씀드리는 겁니다. 아마 당신에게도 필요할 때가 있을 겁니다. 운명의 신이 괴롭혀, 나리, 그래서 전 어릿광대가 된 겁니다.」

「히 — 히 — 히! 이 늙은이는 정말 장난꾸러기야! 언제나 이렇게 웃기거든!」 안피사 뻬뜨로브나가 재잘거렸다.

「아이고, 마나님, 세상은 바보로 사는 게 더 좋은 겁니다! 이런 걸 알았더라면 젊었을 때부터 바보로 등록해 두는 건데. 그랬다면 아마 지금쯤 현명해졌을 겁니다. 그런데 일찍이 현명한 사람이 되고자 해서, 지금 이렇게 늙은 바보가 되어 버렸지요.」

「그런데 하나 물어봅시다.」 오브노스낀이(그는 아마도 〈재능〉 운운한 언급이 마음에 들지 않은 모양이었다) 조금도 개의치 않는다는 듯한 태도로 몸을 편안하게 하기 위해 의자에서 뒤척이면서, 자기 안경으로 마치 무슨 딱정벌레라도 보듯이 늙은이를 살펴보며 끼어들었다. 「하나 물어보겠는데…… 내가 당신 성을 완전히 잊어버려서…… 당신 이름이 뭐라고 했지……?」

「아이구 나리! 제 이름이야 예계비낀이라고 하지요. 그런데 어디 무슨 쓸모가 있어야지요? 벌써 9년째 일자리도 없이 빈둥거리고 있습니다. 그냥 자연의 법칙에 따라 그렇게 사는 거지요. 그리고 아이들, 우리 아이들은 완전히 홀므스끼 가족[33]이지요! 〈부자에게는 송아지가 생기고 가난한 사람에게는 아이가 생긴다〉는 속담 그대롭니다……」

「쯧, 그래…… 송아지라…… 그러나 그건 일면일 뿐이지요. 아무튼, 내가 진작부터 물어보고 싶은 것이 있는데, 방 안으로 들어올 때 뭣 때문에 그렇게 뒤를 돌아보는 거지? 그게 아주 우습단 말이야.」

「왜 뒤를 돌아보느냐고요? 그건 말입니다, 나리. 누군가가 뒤에서 손바닥으로 마치 파리를 때리듯 그렇게 한 방 칠 것 같아서지요. 그래서 뒤를 돌아보는 겁니다. 전 편집증 환자올시다, 나리.」

다시 한번 웃음이 터졌다. 가정교사는 자리에서 일어나 나가고 싶어하는 것 같았으나 다시 의자에 주저앉았다. 뺨을 온통 물들인 홍조에도 불구하고, 그녀의 얼굴에는 뭔가 아프고 괴로워하는 빛이 떠올랐다.

「얘, 저 사람이 누군 줄 아니?」 아저씨가 내게 속삭였다. 「바로 〈그녀〉의 아버지야!」

나는 눈을 휘둥그레 뜨고 아저씨를 보았다. 예계비긴이라는 성이 내 머리에서 완전히 잊혀져 있었던 것이다. 나는 이곳으로 오는 길 내내 영웅 행세를 하면서, 점지된 약혼녀에 대해 공상도 하고 그녀를 위한 위대한 계획을 구상하기도 했으면서도, 그녀의 성은 까맣게 잊어버리고 있었던 것이다. 혹은 처음부터 여기에 아무런 주의도 기울이지 않았다고 하는 편이 나을 것이다.

「어떻게 아버지가 있지요?」 나 역시 속삭이면서 아저씨에게 물었다. 「전 그녀가 고아라고 생각했는데요?」

「그녀의 아버지야, 아버지라고. 아주 정직하고 선량한 사람에다 술도 입에 대지 않지만, 단지 저렇게 어릿광대 짓을 할 뿐이야. 지독하게 가난한 데다가 아이가 여덟이나 있지! 나스쩬까의

---

33 D. N. 베기체프(1786~1855)의 소설 『홀므스끼 가족』의 등장 인물. 여섯 권으로 된 이 소설은 1832, 1833, 1841년에 각각 간행되었다. 이 소설은 대가족인 홀므스끼 귀족 가문의 네 자매의 운명을 그리고 있다.

봉급으로 살아가고들 있어. 말을 잘못한 탓으로 공직에서 물러나게 되었지. 매주 이리로 오곤 해. 자존심이 너무 강해서 아무것도 받으려 하질 않아. 여러 번 돈을 주어 보았지만, 한 번도 가져가질 않는 거야! 게다가 화를 잘 낸단 말이야!」

「이보게, 예브그라프 라리오니치, 뭔가 새로운 일이라도 있는가?」 우리의 이야기를 의심 많은 늙은이가 이미 듣고 있다는 사실을 눈치 챈 아저씨는 그의 어깨를 한번 크게 때리면서 물었다.

「새로운 일이오, 나리? 어제 발렌찐 이그나찌치가 뜨리신에 대한 일로 해명서를 제출했습죠. 그곳에서 만든 밀가루 포대의 무게가 정량에 미치지 못한다는 거예요. 마님, 이 뜨리신이라는 녀석이 여러분들을 보게 되면 마치 사모바르[34]처럼 끓어오를 겁니다. 아마 이제 기억이 나실 겁니다요. 발렌찐 이그나찌치가 뜨리신에 대해 이렇게 쓰고 있더군요. 〈이미 여러 번 상기시킨 바 있는 뜨리신은 — 그가 이렇게 말하더군요 — 자신의 질녀의 명예도 지키지 못했다(그녀는 작년에 장교와 함께 도망가 버렸지요). 그러니 도대체 어떻게 그에게 국가의 재산을 맡길 수 있겠는가?〉 그가 자신의 해명서에 바로 그렇게 써놓았더라니까요. 정말입니다, 거짓말하고 있는 게 아니에요.」

「치! 무슨 그 따위 이야기를 지어내고 그래요!」 안피사 뻬드로브나가 소리쳤다.

「그래, 바로 그거야! 예브그라프, 자넨 쓸데없는 말이 너무 많아.」 아저씨가 맞장구를 쳤다. 「그 혓바닥 때문에 자넨 인생을 망치고 있는 거라니까! 자넨 올바르고 정직하고 착한 사람이야. 그건 내가 보증할 수 있지만, 그러나 자네의 혓바닥이란 놈이 너무 독설적이란 말이야! 어째서 자네가 그들과 사이좋게 지내지 못하는지, 도무지 이상하거든! 그들도 아마 착하고 평범한 사람들일

---

34 수도꼭지가 달린 러시아 특유의 금속 용기.

텐데……」

「아이고 나리! 전 바로 그 평범한 사람들이 두렵습니다!」 왠지 이상하게 활기를 띠면서 늙은이가 소리쳤다.

그 대답이 내 마음에 들었다. 나는 재빨리 예꼐비긴에게로 다가가서는 그의 손을 꽉 잡았다. 사실 나는 그 노인에게 내가 그를 동정하고 있다는 사실을 공공연하게 보여 줌으로써, 그 자리에 있던 모든 사람의 생각에 반대하고 있다는 것을 드러내고 싶었다. 그리고 누가 알겠는가! 아마도 내가 나스따시야 예브그라포브나와 같은 생각을 하고 싶어했을 수도 있을 것이다. 하지만 나의 그러한 행동은 아무런 쓸 만한 결과도 가져오지 못했다.

「한 가지만 여쭈어 보겠습니다.」 늘 그렇듯이 얼굴을 붉히고 서두르면서 내가 말했다. 「당신은 예수회 사람들에 대한 이야기를 들어 보셨습니까?」

「아닙니다, 나리. 들어 본 적 없어요. 그건 뭔가…… 우리가 어떻게 감히! 그런데요?」

「그냥…… 전 말이 나온 김에 이야기를 해보고 싶었어요……. 아무튼 기회가 있으면 제게 일러 주세요. 지금은 제가 당신을 이해하고 있으며, 그리고…… 당신을 높이 평가하고 있다는 사실을 믿어 주셨으면 합니다……」

그리고 완전히 당황해서 나는 다시 한번 그의 손을 꽉 잡았다.

「물론이지요, 나리. 기억해 두겠습니다, 물론 기억해 두고말고요! 금으로 된 문자로 새겨 두겠습니다. 자 이것 보세요, 기억해 두기 위해 이렇게 매듭을 지어 두지요.」

그는 자신의 더러운 황갈색 손수건의 말라 있는 끝 부분을 찾아내서는 정말로 매듭을 지었다.

「예브그라프 라리오니치, 차를 드세요.」 쁘라스꼬비야 일리니츠나가 말했다.

「지금 갑니다, 아름다운 마나님, 지금 가요. 아니 마나님이 아니라 공주님! 이건 차 값입니다. 길에서 스쩨빤 알렉세이치 바흐체예프 나리를 만났지요. 자네 하고 부르시면서 얼마나 즐거워하시던지! 난 저분이 장가라도 가시는 것 아니야? 하고 생각했지요. 아첨, 또 아첨!」 찻잔을 들고 내 옆을 지나면서 나에게 눈을 껌벅거리며 눈살을 찌푸려 보이면서 그가 반쯤 속삭이듯 이렇게 말했다. 「그런데 무슨 일로 중요한 은인이신 포마 포미치가 보이시질 않을까? 차를 드시라고 깨워 드리지 않으셨나 보군요?」

마치 누가 겁을 주기라도 한 것처럼 아저씨가 움찔했다. 그러고는 겁먹은 듯이 장군 부인을 흘끗 살펴보았다.

「글쎄, 난 정말 잘 모르겠는걸.」 무슨 까닭인지 무척 당황해하며 아저씨가 우물쭈물 대답했다. 「데리러 사람을 보냈는데, 그가…… 정말 난 잘 몰라. 아마 기분이 안 좋은 게지. 내가 벌써 비도쁠랴소프를 보냈는데…… 그럼 내가 직접 가볼까?」

「제가 지금 그분께 들러서 오는 길입니다.」 예제비낀이 비밀스럽게 말했다.

「정말인가? 그래, 그래서?」 아저씨가 놀라서 소리쳤다.

「제일 먼저 그곳에 들러 인사를 드렸지요. 말씀하시길, 그분은 혼자서 쓸쓸하게 차를 마신다는 거지요. 그러고는 덧붙이시길, 그분은 마른 빵 조각으로 배를 채울 수 있다는 겁니다. 그러셨지요.」

그의 이런 말들이 아저씨에게 대단한 공포심을 심어 준 것 같았다.

「그럼 자네가 그에게 해명해 주지 그랬어, 예브그라프 라리오니치, 자네가 말해 주어야지.」 마침내 괴로운 듯이, 그리고 질책하는 듯이 늙은이를 바라보면서 아저씨가 말했다.

「말씀드렸습지요, 말씀드리고말고요.」

「그래서?」

「오랫동안 제게 대답하지도 않았습지요. 앉아서 무슨 수학 문제를 풀면서 무엇인가 규정을 내리고 있었습니다. 아마도 무척이나 어려운 문제인 듯했어요. 제가 있는 앞에서 피타고라스[35]의 바지니 하는 것을 그리고 있었어요. 제 눈으로 보았지요. 세 번이나 반복해서 불렀어요. 네 번째 불렀을 때야 마치 처음으로 저를 본 듯 고개를 드는 거예요. 그러면서 하시는 말씀이, 〈난 안 가, 거기엔 지금 학자가 와 있어. 그러니 그런 위대한 분 옆에 우리 같은 사람이 있을 자리가 있겠어〉 하시더라고요. 바로 그렇게 말씀하셨어요, 위대한 분 옆에라고.」

그리고 그 괴짜 늙은이는 웃음 띤 얼굴로 곁눈질하여 나를 흘끔 쳐다보았다.

「그래, 그렇게 된 것 같더라니까!」 손뼉을 치더니 아저씨가 외쳤다. 「그렇게 된 거라고 생각했어! 이건 바로 너를 두고 하는 말이야, 세르게이, 그 〈학자〉라는 것 말이야. 그래, 이제 어떻게 해야 되나?」

「아저씨, 솔직하게 말씀드려서…….」 나는 자못 품위 있게 어깨를 으쓱하면서 대답했다. 「제 생각으로는 그런 우스꽝스러운 거절에 신경 쓸 만한 가치도 없다고 봐요. 사실 전 아저씨가 그렇게 당황하시는 게 놀랍습니다.」

「이런, 얘야, 넌 아무것도 모르고 있어!」 힘차게 손을 저으며 그가 소리쳤다.

「이제 와서 슬퍼하면 뭐 합니까?」 갑자기 뻬레뻴리찌나 양이 끼어들었다. 「이 모든 좋지 않은 일들의 원인은 처음부터 당신 때문에 생긴 거니까요, 예고르 일리치. 머리를 자르고 난 다음 머리카락 자른 것을 슬퍼하면 뭐 합니까. 당신이 어머님의 말씀을 들었더라면 지금 이렇게 슬퍼하지도 않았을 텐데.」

「안나 닐로브나, 도대체 내가 뭘 잘못했다는 거요? 하느님이 무섭지도 않아요?」 해명이라도 해달라는 듯 아저씨가 애원하는

---

35 기원전 6세기경 고대 그리스의 철학자이자 수학자.

목소리로 말했다.

「저는 하느님을 두려워해야 한다는 걸 알고 있어요, 예고르 일리치. 하지만 이 모든 일은 당신이 이기주의자인 데다가 어머님을 사랑하지 않기 때문에 생긴 거잖아요.」 뻬레뻴리찌나 양이 당당하게 대답하였다. 「왜 당신은 처음부터 그분의 뜻을 존중하지 않는 거죠? 그분은 당신의 어머니세요. 전 당신에게 틀린 말은 하지 않아요. 저는 중령의 딸이지, 아무렇게나 사는 그런 사람은 아니에요.」

나에게는 뻬레뻴리찌나 양이 이야기에 끼어든 것이 단지 우리 모두에게, 특히 새로 온 나에게 자신이 중령의 딸이며 아무렇게나 사는 그런 사람은 아니라는 사실을 보여 주기 위해서였던 것으로 보였다.

「이놈이 자신의 어머니를 모욕하고 있기 때문이야.」 마침내 장군 부인이 위협하듯이 말했다.

「어머니, 좀 진정하세요! 제가 어떻게 어머니를 모욕하고 있단 말입니까?」

「예고루쉬까, 네놈이 음흉한 이기주의자이기 때문이야.」 점점 더 활기를 띠면서 장군 부인이 계속했다.

「아아, 어머니, 어머니! 제가 어디가 음흉한 이기주의자란 말이에요?」 아저씨가 거의 절망에 빠지다시피 하면서 외쳤다. 「5일간, 지난 5일간 내내 어머니는 저에게 화만 내시고 저랑 이야기조차 하려 들지 않으셨잖아요! 도대체 무엇 때문에 그러시는 겁니까? 그래, 한번 저를 심판해 보라고 해보세요. 이 세상 모든 사람들에게 저를 심판해 보라고 하세요! 그리고 제 변명도 한번 들어 보라고 하세요. 저는 오랫동안 아무 말도 하지 않았어요, 어머니. 어머니가 제 말을 듣지 않으려 하시니, 이제 사람들로 하여금 제 말을 들어 보라고 하겠어요. 안피사 뻬뜨로브나! 빠벨 세묘니치, 친애하는 빠벨 세묘니치, 그리고 애, 세르게이야, 넌 이 일과는 무관한 사람이야, 다시 말해 구경꾼이지. 그러니 너는 편견 없이 판단할 수 있을 게다……」

「그만 진정해요, 예고르 일리치, 진정하라니까요.」 안피사 뻬뜨로브나가 소리쳤다. 「어머님을 죽일 작정이에요!」

「제가 어머니를 죽이는 게 아닙니다, 안피사 뻬뜨로브나. 여기 제 가슴이 있습니다, 찌르세요!」 아주 격렬하게 흥분한 아저씨가 말을 계속했다. 약한 성격의 사람들에게 종종 있는 일이지만, 그들이 참다참다 폭발했을 때는 그 흥분이 마치 불붙은 짚단의 불길과도 같은 법이다. 「제가 말씀드리고 싶은 건, 안피사 뻬뜨로브나, 전 결코 누구를 모욕하거나 하지는 않는다는 겁니다. 먼저 포마 포미치는 매우 고매하고 정직한 사람이며, 게다가 아주 뛰어난 능력을 가진 사람이지만, 그러나…… 그러나 이번에는 그가 제게 잘못한 겁니다.」

「흠!」 마치 더욱더 아저씨를 자극하고 싶기라도 한 듯이 오브노스낀이 이상한 소리를 냈다.

「빠벨 세묘니치, 고매한 빠벨 세묘니치! 당신은 정말로 내가 느끼지도 못하는 나무 기둥이라고 생각합니까? 하지만 사실 난 보고 이해하고 있습니다. 그것도 가슴으로 눈물을 흘려 가며 말입니다. 난 이 모든 오해가 그가 나를 너무나도 사랑한 나머지 생긴 오해라는 사실을 이해하고 있어요. 하지만 당신이 뭐라고 하든 이번에는 그가, 바로 그가 잘못한 겁니다. 내가 모든 걸 다 말씀드리지요. 난 지금 모든 일을 명확하고도 자세하게 다 말해 버리고 싶습니다, 안피사 뻬뜨로브나. 도대체 어떻게 이런 일이 벌어졌는지, 어머니가 저에게 화를 내시는 게 올바른 것인지, 내가 포마 포미치에게 정말 아무렇게나 대했는지 모두가 알 수 있도록 말입니다. 세료자야, 너도 내 이야기를 한번 들어 봐라.」 아저씨는 나를 향해서 이렇게 덧붙였는데, 마치 이야기를 듣고 있는 다른 사람들이 미심쩍었는지, 그리고 그들이 아저씨의 이야기에 공감하지 않을 것이라고 생각했는지, 아저씨는 이야기하는 도중 내내 그렇게 나에게로 몸을 돌리곤 하였다. 「너도 내 이야기를 한번 들어 봐라. 그리고 내가 옳은지 그른지 판단해 보렴. 이야기는 이렇게 시작됩니다. 일주일 전에, 그래 분명히 일주일은 넘지 않았어. 전에 나의 상관이신 루사뻬또프 장군이 부인과 처제와 함께 우리 마을을 지나고 있었어. 그러다 잠시 쉬어 가게 되었지. 나는 깜짝 놀란 거야. 기회를 놓치지 않으려고 서둘러 달려가 인사를 드리고는 그분들을 저녁 식사에 초대했지. 장군은, 가능하면 그렇게 하지 하고 약속하셨어. 정말 마음씨 좋은 분이시지. 여기저기 좋은 일을 많이 하신 데다가 지체 높으신 분이란 말이야! 자기 처제에게도 좋은 일을 해주셨지. 고아를 훌륭한 젊은이에게 시집 보내 주셨거든(말리노프에서 지금 변호인을 하고 있는데, 아직 젊은데도 뭐랄까 정말 우수적인 교양을 가진 사람이야!). 한마디로 장군 중의 장군이지! 아무튼 당연히 집에서 한번 야단법석을 치렀지. 요리사니 프리카세이니[36] 하고 말이야. 음악도 예약해 두고. 물론 나는 마치 명명일을 맞은 사람처럼 기뻤지! 그런데 포마 포미치는 내가 마치 명명일을 맞은 사람처럼 기뻐하는 게 마음에 안 든 거야! 식탁에 앉아서는 — 아직도 기억하고 있어. 그가 가장 좋아하는 크림이 든 젤리를 나누어 주고 있었지 — 시종 아무 말도 하지 않더니 갑자기 발딱 일어서면서, 〈나를 모욕하고 있어, 모욕하고 있다고!〉 그러는 거야. 내가 말했지. 〈포마 포미치, 도대체 뭘 모욕하고 있다는 거야?〉 그가 말하길, 〈당신은 지금 날 무시하고 있어요, 당신은 지금 장군에게만 정신을 팔고 있어요. 당신은 지금 나보다 장군을 더 소중하게 여기고 있어요!〉 하는 거야. 물론 나는 지금 이 모든 걸 간단하게, 다시 말해 요점만 전달하고 있는 거야. 하지만 그래도 너는 그가 무슨 말을 했는지 알겠

---

36 프랑스 어 fricassée에서 온 요리 이름으로 조각으로 썬 고기에 소스를 뿌린 것.

지……. 한마디로 말해 내 정신을 홀딱 빼놓더라고! 너라면 어떻게 하겠니? 당연히 난 기운이 쭉 빠지더구나. 그의 말이 나를 얼마나 놀라게 했는지, 날 정말 물에 빠진 수탉 꼴로 만들었다고 할 수 있겠지. 드디어 오시기로 한 날이 되었어. 장군은 오지 못할 거라는 전갈을 보내 왔어. 미안하다, 즉 못 가겠다는 말을 전해 왔던 거야. 나는 포마에게 갔지, 〈자, 포마, 이제 안심해! 못 오신다니까!〉 그래서 어떻게 되었을 거라고 생각하니? 이번에는 용서할 수 없다, 그 말만 계속하는 거야! 〈당신이 나를 모욕했단 말이야!〉 나는 이렇게도 해보고 저렇게도 해보았지. 〈아니오, 당신의 장군에게나 가보세요. 당신에게는 장군이 나보다 더 소중하니 말이에요. 당신은 우리들의 우정의 인연을 끊어 버렸어요〉라는 거야. 애야, 난 정말 그가 무엇 때문에 화를 내는지 잘 알아. 난 눈치도 없는 나무 기둥은 아니야, 그렇게 둔한 사람이 아니라고. 그리고 무슨 건달도 아니고! 정말 그건 그가 나를 지나치게 사랑하고 있어서, 다시 말해서 질투 때문이라는 걸 잘 알고 있어(그 자신도 그렇게 말했어). 그는 나 때문에 장군을 질투한 거고, 나의 애정을 잃을까 두려워서 나를 시험해 본 거야. 내가 그를 위해서 얼마나 희생할 수 있는가를 알아보고 싶었던 거지. 그는 이런 식으로 말하는 거야. 〈아니오, 당신에게 나는 장군과 똑같아요. 당신에게 난 각하란 말이에요! 당신이 나를 존중하고 있다는 사실을 증명해 주면 당신과 화해하지요.〉 〈내가 자네를 존중하고 있다는 사실을 무엇으로 증명하지, 포마 포미치?〉 〈그럼 나를 하루 종일 각하라고 부르세요, 그러면 당신이 날 존중하고 있다는 사실이 증명될 겁니다.〉 구름 위에서 떨어지는 줄 알았어! 내가 얼마나 놀랐는지 상상할 수 있겠니? 〈이건, 다른 사람들도 당신이 좋아하는 장군 모두를 모아 놓은 것보다 더 훌륭할 수 있는데도 당신이 장군들 앞에서 감탄이나 하고 있지 못하게 해줄 좋은 교훈이 될 거요.〉 그때는 도저히 참을 수 없었어. 지금은 내가 잘못한 거라고 인정해! 정말 솔직하게 인정해! 아무튼 그때는 도저히 참을 수 없어서 이렇게 말한 거야. 〈포마 포미치, 그게 도대체 가능하기나 한 일이야? 그런 일을 내가 결정할 수 있는 일이냐고? 정말 내가, 정말 내가 자네를 장군으로 만들어 줄 수 있는가 말이야! 한번 생각해 봐, 도대체 누가 장군을 임명할 권한을 가지고 있는가 말이야! 그런데 어떻게 내가 자네를 각하라고 부를 수 있겠어? 이건 위대한 운명에 대한 모욕이야! 게다가 장군이란 국가에 명예롭게 봉사하는 사람이야. 장군이란 싸움터에서 직접 피를 흘려 가면서 싸운 사람이라고! 그런데 어떻게 내가 자네 같은 사람을 각하라고 부를 수 있겠어?〉 그런데도 그는 한사코 진정할 생각을 않는 거야! 〈포마, 자네가 바라는 거라면 그게 무엇이든 난 자네를 위해 모든 걸 다 해주겠어. 자 봐, 자네가 내 수염을 애국심이 결여된 표시라면서 깎으라고 명령했을 때, 난 깨끗이 밀어 버렸어. 얼굴을 찡그리면서도 깨끗하게 밀어 버렸던 거야. 자네가 바라는 거라면 뭐든지 상관없어, 내가 모든 걸 다 해줄 테야. 하지만 딱 한 가지, 제발 장군의 호칭만은 포기해 주게!〉 하고 내가 말했지. 그랬더니 그가 이렇게 말하는 거야. 〈안 됩니다. 장군이라는 소릴 듣기까지는 당신과 화해하지 않겠습니다! 그게 당신의 도덕심을 위해서도 좋을 겁니다. 당신의 영혼을 평온하게 만들어 줄 테니까요!〉 이게 벌써 일주일 전의 일이야. 그러고는 일주일 내내 나하고는 말도 안 하려 든다니까. 우리 집을 방문한 사람들에게 계속 화만 내고. 네가 학자라는 말을 듣고는 — 이건 내가 잘못한 거야, 너무 흥분해서 함부로 지껄여 댔으니까! — 만일 네가 이 집에 들어오면 자신은 이 집에 발도 들여놓지 않을 거라고 말하는 거야. 〈즉, 이제 나는 당신에게 학자가 못 되니까요.〉 이런 식으로 말하는 거야. 게다가 이제 꼬로프낀에 대해 알게 되면 얼마나 난리를 치겠어! 자 제발 한번 판단해 봐, 도대체 내가 뭘 잘못했지? 그럼 정말 내가 그를 〈각하〉라고 불러 줘야 하는 건가? 이런 상태에서 제대로 살 수나 있겠어? 또 그는 무엇 때문에 불쌍한 바흐체예프를 식탁에서 내쫓은 거지? 그래, 바흐체예프가 천문학에 대해 글을 쓰거나 하지는 않았어. 물론 나 역시 천문학에 대해 글을 쓴 적 없고, 너도 마찬가지로 천문학에 대해 글을 쓴 적이 없을 거야……. 그렇지만 무엇 때문에, 도대체 무엇 때문에?」

「네가 질투심이 강해서 그래, 예고루쉬카.」 다시 장군 부인이 입을 오물거렸다.

「어머니!」 아저씨가 완전히 절망 상태에 빠져 외쳤다. 「어머닌 정말 절 미치게 만드시는군요……! 어머니는 지금 자신의 말이 아니라 다른 사람의 말을 그대로 따라 하고 계세요! 그래요, 전 당신 아들이 아니라 나무 기둥이나 돌, 뭐 그런 따위의 쓸모없는 물건입니다. 됐어요?」

「전 이런 이야기를 들었어요, 아저씨.」 아저씨의 이야기에 너무나 놀라워하면서 내가 이야기에 끼어들었다. 「바흐체예프 씨가 그러던데, 정말인지 아닌지는 모르겠지만, 포마 포미치가 일류샤의 명명일을 샘낸 나머지 내일이 자신의 명명일이라고 했다더군요. 솔직히 말씀드려서 그의 이런 괴상한 성격이 너무나 놀라워서 저는……」

「아니야, 생일이야, 얘야. 명명일이 아니라 생일이라고 했어!」 내 이야기를 중단시키면서 아저씨가 급히 말했다. 「그는 그렇게 말하지 않았어. 그리고 그의 말이 맞아. 내일은 그의 생일이야. 정말이야, 무엇보다도……」

「절대로 생일이 아니에요!」 사셴까가 소리쳤다.

「생일이 아니라니?」 너무나 놀랐는지 망연자실해진 아저씨가 소리쳤다.

「결코 생일이 아니에요, 아빠! 아빠는 포마 포미치의 기분을 맞추어 주기 위해 자기 자신을 속이며 거짓말을 하고 계신 거예요. 그리고 그의 생일은 3월이었어요. 기억하고 계시죠, 그의 생일이 오기 전에 우리는 수도원으로 순례를 갔잖아요. 그는 마차에 앉아서는 누구도 편안히 내버려 두질 않았어요. 방석이 옆구리를 〈누른다면서〉 내내 소리를 질러 대고, 게다가 사람들을 꼬집고. 고모를 심술궂게 두 번이나 꼬집었잖아요! 그러고 나서 우리가 생일을 축하해 주니까 우리가 선물한 꽃다발에 동백꽃이 없다고 화를 냈어요. 〈난 동백꽃을 좋아해요. 왜냐하면 내 취미가 좀 고급스러워서 그래요. 그런데도 당신들은 나를 위해 화원을 망치는 걸 아까워하는군요.〉 그렇게 말했잖아요. 그러고는 하루 종일 틀어져서는 우리하고 이야기하려 들지도 않고…….」

나는 생각했다. 만일 방 한가운데에 폭탄이 떨어졌다고 해도 이처럼 노골적인 반항만큼 이 모든 사람들을 그토록 놀래 주고 경악하게 하지는 못했을 것이다. 게다가 누구였는가? 할머니 앞에서는 큰 소리로 말하도록 허락받지도 못한 어린 소녀가 아닌가. 놀라움과 분노로 인해 말문이 막힌 채 장군 부인이 자리에서 일어나 몸을 꼿꼿이 세우더니, 자기 눈을 믿을 수 없다는 듯이 이 맹랑한 손녀딸을 노려보았다. 아저씨는 깜짝 놀라 기절할 지경이었다.

「이 따위 소릴 하도록 내버려 두다니! 할머닐 죽이고 싶은가요!」 뻬레뺄리찌나가 소리쳤다.

「사샤, 사샤, 정신차려! 사샤, 너 어떻게 된 것 아니냐?」 장군 부인에게로 달려갔다가는 다시 사쎈까에게로 달려갔다가, 이렇게 번갈아 왔다 갔다 하면서 아저씨가 딸의 말을 중단시키려고 소리쳤다.

「잠자코 있기 싫어요, 아빠!」 그러나 갑자기 의자에서 벌떡 일어나서는 발을 구르고 눈을 빛내면서 사샤가 소리치기 시작했다. 「가만히 있기 싫어요! 우리 모두가 포마 포미치 때문에, 저 추악하고 혐오스러운 여러분들의 포마 포미치 때문에 얼마나 오랫동안 괴롭힘을 당해 왔는지 아세요? 그건 모두 다 포마 포미치가 우리 모두를 파멸시키려 하기 때문이에요. 사람들이 그를 현명한 사람에 관대하고 고매하며 학자인 데다가 모든 미덕을 다 혼합한, 무슨 잡탕이라고 계속해서 말해 주기 때문이에요. 게다가 포마 포미치는 바보같이 그걸 다 믿어 버리니! 달콤한 음식들을, 다른 사람이라면 미안해 할 정도로 그렇게 갖다 바치지만, 그러나 포마 포미치는 자기 앞에 있는 걸 다 먹어 치우고는 더 달라고 요구하고 있는 거예요. 두고 보세요, 그는 우리 모두를 다 먹어 치울 테니. 하지만 이 모든 잘못은 다 아빠에게 있어요! 혐오스러운 포마 포미치, 전 직접 대고 말하겠어요. 전 아무도 겁나지 않아요! 그 사람은 바보고, 변덕쟁이고, 지저분하고, 천하고, 잔인하고, 폭군이고, 허풍쟁이고, 거짓말쟁이고…… 아아, 저라면 즉시, 지금 당장 그를 문 밖으로 쫓아냈을 거예요. 그런데도 아빠는 그를 존경하고 있어요. 아빠는 그 사람 때문에 제정신이 아니에요……!」

「아아……!」 장군 부인이 비명을 지르더니 맥이 탁 풀어지면서 소파로 쓰러져 버렸다.

「아이고 이런, 아가피야 찌모페예브나, 이봐!」 안피사 뻬뜨로브나가 소리쳤다.「내 향수병을 가져와! 물, 빨리 물!」

「물, 물을 가져와!」 아저씨가 소리쳤다.「어머니, 어머니, 진정하세요! 무릎을 꿇고 빕니다, 진정하세요……!」

「당신 같은 사람에게는 빵과 물만 주고 어두운 방에서 나오지 못하게 해야 돼요……. 당신은 정말 못된 살인자예요!」 너무나 미운 나머지 치를 떨어 가며 뻬레뻴리찌나가 사셴까에게 씩씩거렸다.

「빵과 물이면 돼요, 난 어떤 것도 무섭지 않아요!」 이번에는 완전히 무아지경에 빠진 사셴까가 소리쳤다.「난 아빠를 보호하고 있는 거예요. 아빠가 자기 자신을 보호하지 못하시기 때문이지요. 아빠에 비하면 당신의 포마 포미치 따위가 뭐 그리 대단한 사람이에요? 아빠에게서 빵을 얻어먹으면서 그래 아빠를 업신여기기나

하고, 은혜도 모르는 사람! 그래요, 난 정말 당신의 포마 포미치 따윈 조각조각 찢어 버렸으면 좋겠어요! 그 사람에게 결투를 신청해서 그 자리에서 총 두 자루로 쏘아 죽이고 싶다니까……」

「사샤, 사샤!」 절망에 빠진 나머지 아저씨가 소리쳤다. 「한마디만 더 하면 난 파멸이다. 돌이킬 수 없게 파멸이야!」

「아빠!」 갑자기 총알처럼 아버지에게로 달려가서는 눈물을 쏟으면서, 그리고 그를 손으로 굳게 감싸 안으면서 사샤가 소리쳤다. 「아빠! 도대체 아빠처럼 착하고 훌륭하고 쾌활하고 현명하신 분이, 그래, 아빠 같으신 분이 그렇게 자신을 망칠 수 있는 거예요? 아빠 같으신 분이 그 추잡하고 은혜도 모르는 사람에게 꼼짝 못하고 그의 장난감이 되어 자신을 웃음거리로 만들 수 있는 일이에요? 아빠, 나의 소중한 아빠……!」

그녀는 목 놓아 울더니, 손으로 얼굴을 가리고는 방에서 뛰어나가 버렸다.

끔찍한 소동이 시작되었다. 장군 부인은 기절한 채 누워 있었다. 아저씨는 그녀 앞에 무릎을 꿇은 채 그녀의 손에 키스하고 있었다. 뻬레뻴리찌나 양은 그들 주위에 달라붙어서 우리에게 심술궂은, 그러나 의기양양한 시선을 던지고 있었다. 안피사 뻬뜨로브나는 장군 부인의 관자놀이를 물로 적셔 주면서, 또한 자신의 향수병을 들고 부산을 떨고 있었다. 쁘라스꼬비야 일리니츠나는 몸을 떨면서 눈물을 쏟고 있었다. 예졔비낀은 어디 숨을 데 없나 하고 구석을 찾고 있었고, 가정교사는 공포에 질린 나머지 어쩔 줄을 몰라하며 창백한 얼굴로 서 있었다. 오직 한 사람 미진치꼬프만이 언제나와 마찬가지로 그대로 있었다. 그는 일어나서 창가로 가더니, 이 모든 광경에 조금도 주의를 기울이지 않고 창밖을 열심히 바라보았다.

갑자기 장군 부인이 소파에서 몸을 일으키더니, 꼿꼿하게 허리를 펴고서는 무서운 눈초리로 나를 노려보았다.

「사라져!」나를 향해 발을 쾅쾅 구르더니 그녀가 소리쳤다.
이것은 전혀 예상치 못한 일이었다는 사실을 고백해 두어야겠다.
「사라져! 이 집에서 사라져, 나가! 저놈이 왜 여길 왔지? 저놈 냄새도 나지 못하게 해! 사라져!」
「어머니! 도대체 어떻게 된 겁니까! 앤 세료쟈예요.」두려운 나머지 온몸을 부르르 떨며 아저씨가 중얼거렸다.「어머니, 앤 우리 손님으로 온 거라고요.」
「세료쟈가 누구야? 시시한 소리 하지 마! 난 아무 말도 듣고 싶지 않다. 사라져! 이놈은 꼬로프낀이야. 확실해, 이놈이 꼬로프낀이야. 내 예감은 속일 수 없어. 이놈은 포마 포미치를 쫓아내기 위해 여기 온 거야. 그러기 위해 이 사람을 고용한 거야. 내 가슴이 그걸 예감하고 있어……. 사라져, 이 건달아!」
「아저씨, 그러시다면…….」분노한 나머지 숨도 제대로 못 쉬며 내가 말했다.「그러시다면, 제가…… 실례하겠습니다…….」 그러고는 모자를 집어 들었다.
「세르게이, 세르게이야, 너 지금 무슨 짓을 하는 거야……? 지금 이건 말이야……. 어머니! 앤 정말 세료쟈예요……! 세르게이야, 제발!」내 뒤를 쫓아와 나에게서 모자를 뺏으려 하면서 그가 외쳤다. 그가 속삭이면서 덧붙였다.「넌 내 손님이야. 넌 내가 원해서 여기 머물고 있는 거야! 정말 이건 어머니가…… 정말 이건 어머니가 화가 나셔서 그래……. 처음 얼마간 잠시 어디론가 몸을 좀 숨기고 있으면 돼……. 어머니는 네게 사과하실 거다, 날 믿어! 착한 분이신데, 단지 쓸데없는 말을 하시고는 해서…… 너도 들었지, 어머니는 너를 꼬로프낀이라고 착각하신 거야, 그러니 나중에 사과하실 거다, 날 믿어……. 넌 또 뭐야!」조금 전에 방 안으로 들어와서 두려운 나머지 온몸을 떨고 있는 가브릴라에게 아저씨가 소리쳤다.

가브릴라는 혼자 들어온 것이 아니었다. 이 집의 하인인 듯한 소년이 그와 함께 있었다. 열여섯 살 가량의 그 소년은 아주 잘생겼는데, 나중에 알고 보니 잘생긴 탓에 그 집에서 두고 있는 소년이었다. 그의 이름은 팔랄레이였다. 그는 아주 특별하게 차려입고 있었는데, 목덜미에 장식을 단 붉은 비단 루바쉬까에 금빛 나는 가는 허리띠, 까만 벨벳으로 된 통 넓은 바지, 그리고 붉은 천을 뒤집어서 댄 염소 가죽 장화를 신고 있었다. 이러한 의상은 바로 장군 부인의 착상이었다. 소년은 무척이나 슬픈 듯이 엉엉 울고 있었고, 눈물이 그의 커다란 파란 눈에서 한 방울, 두 방울 뚝뚝 떨어지고 있었다.

「이건 또 무슨 일이지?」 아저씨가 소리쳤다. 「무슨 일이야? 빨리 말하지 못해, 이 산적 같은 놈아!」

「포마 포미치가 이리로 오라고 명령하셨습니다. 자기는 나중에 오신다면서요.」 가브릴라가 슬픈 목소리로 대답했다. 「저는 시험을 보아야 하고, 얘는……」

「그래, 얘는?」

「춤을 췄습지요.」 가브릴라가 애처로운 목소리로 대답했다.

「춤을 췄다고!」 아저씨가 두려워하며 소리쳤다.

「춤을, 흑, 추 — 었어요!」 팔랄레이가 흐느끼면서 우는 소리를 했다.

「꼬마린스끼[37]를?」

「꼬마, 흑, 린스끼를요!」

「그걸 포마 포미치가 봤단 말이야?」

「흑, 그분이 보았어요!」

「이제 죽었구나!」 아저씨가 소리쳤다. 「내 목이 떨어진 거야!」

---

37 러시아의 민요이자 민속춤(자마린스끼라고 불리기도 한다). 익살적인 성격의 이 민요는 러시아의 작곡가 글린까(1804~1857)가 동명의 교향곡을 작곡함으로써 널리 알려지게 되었다.

그러고는 두 손으로 자기 목을 감싸 쥐었다.

「포마 포미치께서 오십니다!」비도쁠랴소프가 방 안으로 들어오면서 소리쳤다.

문이 열리고 어리벙벙해 있는 사람들 앞에 포마 포미치가 그 독특한 모습을 드러내었다.

6. 하얀 황소에 대하여, 그리고 꼬마린스끼의 농부에 대하여

지금 방으로 들어온 포마 포미치를 독자들에게 소개하는 개인적인 영광을 갖기에 앞서, 먼저 팔랄레이에 대해 몇 마디 해두어야 할 것 같다. 그리고 그가 꼬마린스끼를 춘 것이 왜 그렇게 두려운 일인지, 포마 포미치가 이 유쾌한 놀이를 즐기고 있는 그를 발견한 것이 왜 그렇게 두려운 일인지를 해명해야 할 것 같다. 팔랄레이는 그 집의 소년 하인으로, 어릴 때부터 고아였으며 돌아가신 아저씨 부인의 대자(代子)였다. 아저씨는 그를 무척 사랑하였다. 바로 이 한 가지 이유만으로도, 스쩨빤치꼬보 마을로 옮겨와서 아저씨를 꼼짝 못하게 만든 포마 포미치가 이 아저씨의 귀염둥이를 미워하기에 충분했다. 그러나 어찌 된 일인지 이 소년이 장군 부인의 마음을 특별히 사로잡아서, 포마 포미치의 분노에도 불구하고 이 소년은 위층에 남아 주인 나리들의 시중을 들게 되었다. 이는 장군 부인 자신이 주장한 일이었고, 따라서 포마는 모욕감을 가슴에 품고 — 그는 온갖 일을 다 모욕이라고 생각했다 — 그 때문에 기회만 있으면 아무런 죄도 없는 아저씨에게 보복하곤 하였다. 팔랄레이는 대단한 미소년이었다. 팔랄레이의 얼굴은 소녀 같았는데, 그것도 어여쁜 시골 처녀의 얼굴이었다. 장군 부인은 그를 보살펴 주고, 그의 어리광을 받아 주었으며, 마치 보기 드문 좋은 장난감처럼 그를 소중하게 여겼다. 그녀는 자신의 조그마한 곱슬 강아지 아미와 팔랄레이 중에서 누구를 더 사랑하고 있는지 잘 모를 정도였다. 앞서 그녀의 발명품인 그의 옷차림에 대해서는 이미 말했다. 부인들은 그에게 포마드를 발라 주었고, 이발사인 꾸지마는 축제일 때마다 그의 머리를 곱슬곱슬하게 다듬어 주어야 했다. 이 소년에게는 어딘지 이상한 구석이 있었다. 결코 완전히 바보나 유로지비라고 할 수는 없지만, 그러나 너무나 순진하기도 하고 너무나 솔직하고 단순해서, 어떨 때는 정말 바보라고 생각될 정도였다. 꿈이라도 꾸게 되면 그는 그 즉시 주인 나리들에게 달려간다. 그는 주인 나리들의 대화 중에 불쑥 끼어들곤 하는데, 혹시 그들의 대화를 방해하는 것은 아닐까 하는 걱정은 도무지 하지 않는다. 또 결코 주인 나리들에게 해서는 안 될 그런 이야기도 태연하게 그들 앞에서 하곤 한다. 장군 부인이 기절을 하거나, 혹은 주인 나리가 심하게 야단 맞는 일이 생기면, 정말 진심 어린 눈물을 흘린다. 그는 모든 불행에 연민을 느끼는 것이다. 때때로 그는 장군 부인에게 가서 그녀의 손에 입을 맞추면서, 제발 화를 내지 말아 달라고 간청하기도 하는데, 그럴 경우 장군 부인은 관대하게 이 대담한 행동을 용서해 준다. 그의 감수성은 매우 풍부하고, 그는 마치 어린양처럼 착하고 악의 없으며, 행복한 아기처럼 즐거워한다. 식사 때면 사람들에게 이것저것 음식을 받아먹기도 한다.

그는 늘 장군 부인의 의자 뒤에 서 있으며, 지독하게 설탕을 좋아한다. 설탕 덩어리를 받을 때면, 그는 그 자리에서 단단하고도 마치 우유처럼 하얀 이로 그것을 깨물어 먹는데, 그럴 때면 말로 표현할 수 없을 만족감이 그의 유쾌하고 파란 눈과 잘생긴 얼굴 전체에 퍼지곤 한다.

포마 포미치는 오랫동안 그에게 화를 내었다. 그러나 마침내 화를 낸다고 될 문제가 아니라고 판단했는지, 갑자기 팔랄레이의 은인이 되고자 결심했다. 먼저 집안의 하인들의 교육에 아무런 관심이 없다고 아저씨를 책망하고 난 다음, 포마 포미치는 지체하지 않고 이 불쌍한 꼬마에게 도덕과 훌륭한 예절, 그리고 프랑스 어를 가르쳐 주기로 결심하였다.「무슨 소리야!」자신의 어리석은 생각을 방어하기 위해 그는 말하였다(그리고 이 글을 쓰고 있는 필자가 직접 목격한 일이지만, 그와 유사한 생각이 포마 포미치 한 사람의 머릿속에만 떠오른 것은 아니다).「무슨 소리야! 그는 언제나 자신의 주인 나리들의 시중을 들고 있어. 어느 날 갑자기 장군 부인께서, 그가 프랑스 어를 모른다는 사실을 잊어버리시고서 그에게, 예를 들어, 나에게 손수건을 다오Donnez-moi mon mouchoir라고 말하면, 그 꼬마놈은 그 자리에서 그 말을 이해하고, 즉시 주인에게 어떻게 해드려야 할지를 알아야 해!」하지만 팔랄레이에게 프랑스 어를 가르친다는 것은 불가능했다. 그의 아저씨인 요리사 안드론이 그를 불쌍히 여겨 그에게 러시아 어 문법을 가르치려 했지만 이미 오래전에 손을 들고는 러시아 어 철자 교과서를 마룻바닥에 내동댕이쳤을 정도였으니까! 팔랄레이는 아무것도 이해하지 못할 정도로, 책을 통한 교육에는 너무나도 둔했다. 그것뿐만이 아니었다. 이 때문에 한바탕 사건이 벌어지기까지 했다. 하인들이 팔랄레이를 프랑스 인이라고 놀리기 시작하자, 아저씨의 시종인 가브릴라 노인이 프랑스 어 문법을 배울 필요가 없다고 감히 공공연하게 떠들어 댄 것이다. 그 이야기가 포마 포미치의 귀에 들어가자, 그는 화를 내면서 그 벌로 반대자인 가브릴라에게 프랑스 어를 배우도록 만들었다. 바로 여기서 바흐체예프 씨를 그토록 분노하도록 만든, 프랑스 어와 관련된 모든 사건이 시작되었던 것이다. 예절에 관한 것은 더욱 나빴다. 포마 포미치가 무슨 수를 써도 팔랄레이를 자기 식으로 교육할 수는 없었다. 아무리 못하게 해도 팔랄레이는, 아침이면 달려와서 그에게 자신이 꾼 꿈 이야기를 하였는데, 포마 포미치는 그런 행동을 지독하게 예의에 어긋나는 짓이며 지나치게 버릇없는 짓이라고 생각했다. 하지만 팔랄레이는 어디까지나 팔랄레이였다. 물론, 누구보다도 먼저 이 일로 인해 욕을 본 것은 바로 아저씨였다.

「아시겠어요, 그가 오늘 무슨 짓을 했는지 아시겠느냐고요?」 포마는 최대한의 효과를 노려, 모두가 모여 있는 시간을 골라서 소리를 질러 대곤 했다. 「대령, 당신의 체계적인 총애가 어떤 결과에 이르게 되었는지 아십니까? 오늘 당신이 식탁에서 준 고기만두를 그놈이 다 먹어 치우고, 그런 다음 대체 무슨 소릴 지껄였는지 아십니까? 이리 와봐, 이 멍청한 놈아, 이리 와보라니까, 이 바보야, 이 빨간 상판대기를 한 놈아……!」

팔랄레이가 양손으로 눈을 비비며, 울면서 다가온다.

「고기 만두를 다 먹어 치우고, 너 도대체 뭐라고 지껄였냐? 모조리 다시 말해 봐!」

팔랄레이가 대답도 못하고, 슬픈 눈물만 뚝뚝 흘린다.

「그럼 네놈이 한 말을 그대로 내가 말해 주마. 네놈은 잔뜩 처먹은 네 버릇없는 배를 툭툭 치면서, 〈마르띤이 비누를 먹은 것처럼 고기 만두를 배가 터지도록 처먹었어!〉[38]라고 말했지. 이봐요, 대령, 정말로 교육받은 사회에서, 그것도 상류 사회에서 이 따위 말들을 하도록 내버려 둬도 되는 겁니까? 너 이렇게 말했냐, 아니냐? 똑바로 말해 봐!」

「그렇게 말 — 했어요……!」 팔랄레이가 흐느끼면서 그렇다고 대답한다.

「그렇다면 이제 내게 대답해 봐. 마르띤이 정말로 비누를 먹디? 대체 비누를 먹는 그런 마르띤 따위를 네가 어디서 봤어? 말

---

38 러시아 속담에 〈비누를 실컷 먹은 것처럼〉이라는 속담이 있다. 마르띤이라는 이름은 러시아 속담에 자주 등장하는 것이다. 이 표현은 이 둘을 결합시킨 것으로 보인다.

해 봐, 이 희귀한 마르띤에 대해 이해할 수 있게 말해 보란 말이야!」

침묵이 흐른다.

「내가 너에게 묻고 있어.」 포마는 끈질기게 물고 늘어진다. 「도대체 이 마르띤이 누구야? 난 그놈을 한번 만나서 인사라도 해보고 싶다. 그래, 도대체 그가 누구야? 서기냐, 천문학자냐, 시골뜨기냐, 시인이냐, 하사관이냐, 아니면 지주 댁 하인이냐? 아무튼 직업은 있을 것 아니야. 대답해!」

「지 — 주 — 댁 — 하 — 인 — 이 — 에 — 요.」 마침내, 팔랄레이가 계속 눈물을 흘려 가며 대답한다.

「누구의? 어떤 지주의?」

하지만 팔랄레이는 어떤 지주 댁의 하인인지는 말하지 못한다. 물론 이 일은, 화가 잔뜩 난 포마가 방을 뛰쳐나가며, 모욕받았다고 외치는 것으로 끝이 난다. 장군 부인은 발작을 일으키기 시작하고, 아저씨는 도대체 내가 왜 태어났을까 하면서 모든 사람들에게 용서를 빌고, 하루 종일 자기 방에 틀어박혀 살금살금 발끝으로 다녀야만 했다.

그러자 마치 일부러 그러기라도 한 듯이, 마르띤의 비누 사건이 있은 바로 다음날, 팔랄레이는 마르띤과 자기가 전날 겪었던 모든 고통을 깡그리 잊어버린 채, 포마 포미치에게 아침 차를 갖다 주면서, 어젯밤 꿈에 하얀 황소를 보았다고 말하였다. 그만큼 당했으면 됐지 도대체 뭐가 부족해서! 포마 포미치는 극도로 화가 치밀어 올라 즉시 아저씨를 불러다가, 〈그의〉 팔랄레이가 꾼 저 버릇없는 꿈을 이유로 아저씨를 닦달하기 시작하였다. 이번에는 엄한 수단이 취해졌다. 팔랄레이가 벌을 받게 된 것이다. 그는 방 한구석에 무릎을 꿇고 앉아 있게 되었다. 그 따위 바보 같은, 농부나 꾸는 꿈을 꾸는 일은 엄하게 금지되었다. 「내가 화를 내는 건 말입니다.」 포마가 말하기 시작했다. 「실제로 그놈이 나에게 기어와, 자기 꿈 이야기를, 그것도 하얀 황소 이야기를 감히 할 생각을 했다는 것 말고도, 이것 말고도 말입니다 — 여기에는 당신도 동의하시겠지요, 대령 — 도대체 하얀 황소가 뭡니까? 이는 당신이 함부로 기른 팔랄레이의 바보스러움과 무지와 농부 근성의 증거가 아니겠어요? 생각이 그러니 그 따위 꿈이나 꾸지요. 그놈은 아무런 장래성도 없는 놈이며, 따라서 주인 나리 곁에 두지 말아야 한다고, 내가 전부터 말하지 않았습니까? 당신이 이런 무의미한 쌍놈의 영혼을, 무슨 고상하고 시적인 것으로 만들어 낸다는 것은, 도대체가 불가능한 일입니다. 도대체가 네놈은······.」 팔랄레이를 향해 그가 계속 말했다. 「정말이지 네놈은 우아하고 부드럽고 고상한, 상류 사회 같은 것에 대한 꿈을 꿀 수는 없느냐? 예를 들어 카드 놀이를 하고 있는 신사들이나, 혹은 아름다운 정원을 거니는 부인들에 대한 꿈 같은 것 말이다.」 팔랄레이는 다음 날 밤 반드시 아름다운 정원을 거니는 신사나 부인들에 대한 꿈을 꾸겠다고 약속했다.

잠자리에 들면서 팔랄레이는 이 일로 하느님께 눈물로 기도했다. 그러고는 어떻게 하면 저 빌어먹을 하얀 황소에 대한 꿈을 꾸지 않을까 하고 오랫동안 생각했다. 다음날 아침 눈을 뜨자, 팔랄레이는 지난밤 내내 그가 꿈속에서 본 것이라고는 저 얄미운 하얀 황소뿐이며, 아름다운 정원을 거니는 부인이라곤 한 사람도 나타나지 않았다는 사실을, 두려움에 떨며 기억해 냈다. 이번에는 그 결과가 엉뚱했다. 포마 포미치는, 그런 일이 일어날 수 있는 가능성을, 똑같은 꿈을 반복해 꿀 수 있는 가능성을 자신이 믿을 수 없으며, 자신을 조롱하기 위해 팔랄레이가 집안사람 중 누군가의, 아마도 대령의 사주를 받아서 일부러 그러는 것이라고 말해 버린 것이다. 한바탕 비명과 욕설, 그리고 눈물이 쏟아졌다. 장군 부인은 저녁 무렵에 앓아 누워 버렸다. 한 가닥 남은 희미한 희망이라고는 팔랄레이가 다음날, 즉 세 번째 날에 반드시 상류 사회에 대한 꿈을 꾸는 것이었다. 그러니 팔랄레이가 일주일 내내, 매일 밤 계속해서 하얀 황소에 대한 꿈을, 그것도 오직 하얀 황소에 대한 꿈만을 꾸었을 때, 모든 사람의 분노가 어떠했을까! 상류 사회에 대한 것은 생각할 수조차 없었다.

그러나 더욱 재미있는 것은, 팔랄레이는 도무지 거짓말, 즉 하얀 황소는 보지 못했으며, 다만 부인들이 가득 들어찬 마차라든가, 포마 포미치가 타고 있는 마차를 보았다고 말한다는 것을 생각해 낼 수조차 없다는 사실이다. 무엇보다도 이와 같은 극단적인 상황이라면, 거짓말을 하는 것도 그리 죄스러운 일이 아닐 텐데. 하지만 팔랄레이는 거짓말을 하고 싶어도 절대로 할 수 없을 만큼 정직했다. 그래서 사람들은 한번 이렇게 해보라고 넌지시 일러 주지도 않았다. 모두들 팔랄레이가 거짓말을 하는 바로 그 순간에 뭔가 표 나게 행동할 것이고, 그리고 포마 포미치는 그가 거짓말을 하고 있다는 사실을 바로 알아차리게 될 것이라는 점을 알고 있었던 것이다. 그러니 어떻게 하겠는가? 아저씨의 입장은 점점 난처해지게 되었다. 팔랄레이는 도무지 고칠 수 없었다. 불쌍한 꼬마는 걱정한 나머지 야위기까지 하였다. 창고 관리인의 마누라인 말란니야는 그에게 액운이 끼었다고 단정하고서, 석탄을 탄 물을 그에게 뿌려 보았다. 이 치료법에는 마음씨 착한 쁘라스꼬비야 일리니츠나도 참가했다. 하지만 이것도 도움이 되지 못했다. 도무지 어쩔 도리가 없었던 것이다!

「그 빌어먹을 놈을 잡기만 해봐라!」 팔랄레이가 말했다. 「매일 밤 꿈에 나타나다니! 매번 잠자리에서 난, 〈하얀 황소에 대한 꿈은 꾸지 않게 해주세요, 하얀 황소에 대한 꿈은 꾸지 않게 해주세요〉 하고 기도하고 있단 말이야. 그런데도 그 저주받을 놈이 내 앞에 떡 하니 나타난단 말이야. 뿔이 있고, 둥그런 입을 가진 커다란 황소놈이 말이야. 어휴!」

아저씨는 절망에 빠졌다. 그런데 다행스럽게도 포마 포미치는 갑자기 하얀 황소에 대한 일을 잊어버린 것 같았다. 물론, 누구도 포마 포미치가 그와 같이 중대한 일을 잊어버릴 것이라고는 믿지 않았다. 모두가 벌벌 떨면서, 그가 하얀 황소를 잘 갈무리해 두었다가 좋은 기회가 오기만 하면 그것을 폭로할 것이라고 생각했다. 이후에 밝혀진 일이지만, 사실은 그 당시 포마 포미치의 생각이 하얀 황소에 미칠 겨를이 없었던 것이다. 그 당시 그에게는 다른 일이, 머리를 써야 할 다른 일이 있었다. 즉, 다른 계획이 그의 꾀 많고 쓸모 있는 머릿속에서 자라나고 있었다. 바로 그 때문에 그는 팔랄레이를 편안히 한숨 돌릴 수 있게 해주었던 것이다. 팔랄레이와 함께 모두가 안도의 한숨을 내쉬었다. 이 아이는 점차 쾌활해졌고, 나아가서 과거에 있었던 일을 잊어버리게 되었다. 하얀 황소도, 때론 자신의 이 환상적인 존재를 이따금 기억하기는 했지만, 그러나 조금씩조금씩 나타나지 않게 되었다. 한마디로 말해 모든 일이 다 잘되었을 것이다. 만일 이 세상에 꼬마린스끼 춤이 없었더라면.

팔랄레이가 춤을 아주 기막히게 춘다는 사실을 언급해 두어야 하겠다. 춤은 그의 가장 뛰어난 재능이었으며, 심지어 마치 천직과도 같은 것이었다. 그는 지칠 줄 모르고 힘차고 즐겁게 춤을 추었는데, 특히 〈꼬마린스끼의 농부〉를 좋아했다. 그가 이 바람난 농부의 경솔하고도, 무엇으로도 설명할 수 없는 행동들을 좋아했기 때문은 아니다. 그렇다. 그가 꼬마린스끼 춤을 즐겼던 것은, 단지 꼬마린스끼를 들으면서 이 음악에 맞추어 춤을 추지 않는다는 것이 그에게는 절대로 불가능했기 때문이었다. 가끔 저녁 무렵에 두세 명의 하인들과 마부, 바이올린을 켜는 정원사들, 그리고 몇몇 집안의 부인까지도, 포마 포미치의 방에서 멀리 떨어진 지주 저택의 조그만 뒷마당 어디쯤에 무리를 지어 모이곤 했다. 음악과 춤이 시작되고, 마침내 꼬마린스끼가 자기 차례가 되어 위풍당당하게 등장한다. 오케스트라는 두 대의 발랄라이까,[39]

기타, 바이올린, 그리고 마부 미쮸쉬까가 아주 기막히게 다루는 방울 달린 손 북으로 이루어진다. 그럴 때의 팔랄레이에게 어떤 일이 생기는지, 한번 보아 둘 만하다. 그는 자기 자신도 잊어버릴 정도로 마지막 힘이 다할 때까지, 모인 사람들의 환호성과 웃음 소리에 고무되어 춤을 춘다. 그는 꽥꽥 고함을 지르며 소리치고 웃어 대며 손뼉을 친다. 그는 그 자신도 어쩔 수 없는 외부의 알 수 없는 힘에 사로잡힌 듯 춤을 추고 발뒤꿈치로 땅을 탁탁 쳐대면서, 점점 더 빨라지는 저 대담한 음악의 속도를 따라잡기 위해 안간힘을 다한다. 이 순간은 그의 진정한 기쁨의 순간이었다. 이 모든 일은 좋게, 그리고 즐겁게 계속되었을 것이다. 만일 꼬마린스끼에 대한 소문이, 마침내 포마 포미치의 귀에 들어가지만 않았더라면 말이다.

포마 포미치는 기절할 듯이 놀라서 즉시 대령을 부르러 사람을 보냈다.

「전 당신에게서 딱 한 가지만 알고 싶습니다.」 포마가 말을 시작했다. 「당신은 이 불쌍한 바보놈을 철저하게 파멸시키겠다고 맹세라도 하신 겁니까, 아니면 적어도 철저하게까지는 아닙니까. 첫번째 경우라면 전 즉시 이 일에서 손을 떼겠습니다. 하지만 철저하게까지는 아니시라면, 그렇다면 전……」

「무슨 일이오? 무슨 일이 있었어요?」 놀란 아저씨가 소리쳤다.

「어떻게 무슨 일이 있었냐고 할 수 있습니까? 당신은 정말 그 꼬마놈이 꼬마린스끼를 추었다는 사실을 모르고 계신다는 겁니까?」

「그래…… 그게 어쨌다는 것이지?」

「〈그게 어쨌다는 것이지〉라니오?」 포마가 꽥꽥거렸다. 「어떻게 당신이 그렇게 말씀하신단 말입니까? 그들의 주인이며, 어떤 의미에서는 아버지라고 할 수도 있는 당신이 말입니다! 당신은 그

---

39 삼각형의 몸통에 세 줄의 현이 달린, 기타와 유사한 러시아의 전통적인 현악기.

꼬마린스끼라는 것이 어떤 것인지에 대해, 어떤 건전한 생각이라도 가지고 계신 겁니까? 이 노래가 술에 취해서 매우 비도덕적인 행동을 계획하고 있는, 한 보기 흉한 농부를 묘사하고 있다는 사실을 알기나 하십니까? 이 음탕한 농부놈이 무슨 일을 계획하고 있는지 알기나 하십니까? 그놈은 가장 소중한 계율을 유린하였습니다. 다시 말해 술집 마루나 밟을 줄 아는 농부의 장화로 소중한 계율을 짓밟았던 겁니다! 그 따위 대답으로 저의 더없이 고매한 감정을 모욕했다는 사실을 당신은 이해하고 계신 겁니까? 당신이 그 따위 대답으로 저를 모독하였다는 사실을 도대체 이해하고 계시냐고요? 이해하고 계신 겁니까, 아닙니까?」

「하지만, 포마…… 그건 그냥 노래일 뿐이잖아, 포마…….」

「그냥 노래일 뿐이라니오? 당신은 그런 노래를 알고 있다는 사실을 제게 고백하는 것이 부끄럽지도 않아요. 상류 사회의 일원이자 고매하고 순결한 아이들의 아버지인, 게다가 대령인 당신이! 단지 노래일 뿐이라고요? 전 이 노래가 실제로 있었던 일에서 따온 것이라고 확신하고 있어요? 단지 노래일 뿐이라고요! 도대체 어떤 점잖은 사람이 부끄러워 낯을 붉히지도 않으면서 이 노래를 안다고, 언젠가 이 노래를 들어 본 일이 있다고 할 수 있는 겁니까? 도대체 어떤 사람이!」

「하지만 바로 자네도 알고 있잖아, 포마, 지금 물어보고 있을 정도로 말이야.」 당황한 아저씨가 단순한 마음에서 이렇게 대답했다.

「뭐라고요! 내가 알고 있다고요? 내가…… 내가…… 즉 내가……! 나를 모욕했어!」 포마가 갑자기 의자에서 벌떡 일어나, 분노로 숨을 헐떡이면서 소리쳤다. 그는 그렇게 말문을 막아 버리는 대답을 전혀 예상치 못했던 것이다.

포마 포미치의 분노에 대해서는 자세하게 서술하지 않겠다. 예의 없이 불필요한 대답을 했다는 이유로, 대령은 이 도덕 감시자의 눈앞에서 불명예스럽게 쫓겨났다. 그러나 이 순간부터 포마 포미치는 속으로 맹세했다. 꼬마린스끼를 추고 있는 팔랄레이를 현장범으로 잡고야 말겠다고. 모두들 그가 무슨 일을 하고 있을 것이라고 생각하는 밤이면, 그는 일부러 몰래 정원으로 나가서 울타리를 돌아, 멀리 춤판이 벌어지곤 하는 조그마한 마당이 보이는 대밭에 몸을 숨겼다. 성공할 경우 온 집안사람들을, 특히 대령을 얼마나 호되게 야단쳐 줄 수 있을까 하는 생각을 기분좋게 하면서 그는, 마치 새를 노리는 사냥꾼처럼 가엾은 팔랄레이를 살피고 있었다. 마침내 지칠 줄 모르는 그의 노력이 성공을 거두었다. 꼬마린스끼를 추고 있는 현장을 잡은 것이다! 이제 엉엉 울고 있는 팔랄레이를 본 순간, 그리고 그토록 정신없는 순간에 갑자기 우리들 앞에 자신의 독특한 모습을 드러내고자 하는, 그 포마 포미치가 온다는 사실을 비도뺠랴소프가 알려 주는 소리를 듣는 순간, 아저씨가 왜 자신의 머리털을 쥐어뜯으려 하였는지 이해할 수 있을 것이다.

7. 포마 포미치

나는 긴장 어린 호기심으로 이 신사를 살펴보았다. 가브릴라가 그를 못생긴 사람이라고 말한 것이 옳았다. 포마는 작은 키에 눈썹이 하얗고, 백발이 희끗한 데다 매부리코에, 얼굴 전체가 잔주름투성이였다. 아래턱에는 커다란 사마귀가 나 있었다. 나이는 쉰 살 가량으로 보였다. 그는 눈을 내리깔고, 규칙적인 발걸음으로 조용히 들어왔다. 하지만 지독스럽게 뻔뻔스러운 자신만만함이 그의 얼굴과 그의 현학자인 체하는 태도 전체에서 나타나고 있었다. 놀랍게도 그는 실내복을, 물론 이국풍이기는 했지만, 어쨌든 실내복을 입고 나타났으며, 게다가 슬리퍼를 신고 있었다. 넥타이를 매지 않은 루바쉬까의 깃은 아이들이 입는 식으로 à l'enfant 풀어헤쳐져 있었다. 이것이 포마 포미치를 무척이나 바보스러워 보이게 했다. 그는 비어 있는 안락의자로 다가가서, 한마디 말도 없이 그것을 식탁으로 당겨 앉았다. 바로 조금 전에 있었던 온갖 소동과 흥분이 일순간 사라져 버렸다. 파리가 날갯짓하는 소리도 들을 수 있을 정도로 모두가 침묵을 지켰다. 장군 부인은 마치 어린 양처럼 온순해졌다. 이 가엾고 멍청한 노파가 포마 포미치 앞에서 얼마나 비굴해지는지 이제 완전히 드러났다. 그녀는 그를 자신의 눈 속에 집어넣고 싶기라도 한 듯이, 자신의 보물에서 눈을 떼지 않았다. 뻬레뻴리찌나 양은 히죽히죽 웃으며 손을 비비고 있었고, 불쌍한 쁘라스꼬비야 일리니츠나는 두려운 나머지 눈에 띌 정도로 떨고 있었다. 아저씨가 재빨리 이것저것 수선거리기 시작했다.

「쁘라스꼬비야, 차를! 약간 달게 해서. 포마 포미치는 낮잠을 잔 후에는 약간 단 차를 좋아하거든. 약간 달콤한 것이 좋겠지, 포마?」

「지금 난 당신의 차 따위에 신경 쓸 형편이 아닙니다!」 뭔가 걱정하고 있는 듯한 모습으로 팔을 흔들면서 재빨리 포마가 당당하게 말했다. 「당신에게는 달기만 하면 만사가 다 좋겠지요!」

이러한 말버릇이나 이해가 되지 않을 정도로 우스꽝스럽고 독특한 현학자인 듯한 태도, 포마의 등장은 나에게 매우 흥미로운 것이었다. 물론, 이 거들먹거리는 신사의 뻔뻔스러움이 도대체 얼마만큼이나 예의에서 벗어난 것인지 나는 몹시 궁금했다.

「포마!」 아저씨가 소리쳤다. 「소개하지, 내 조카인 세르게이 알렉산드리치야! 방금 도착했어.」

포마 포미치는 발끝에서 머리끝까지 아저씨를 훑어보았다.

「놀랍군요, 당신은 언제나 어떻게든 체계적으로 내 이야기를 방해하기를 좋아하시는군요, 대령.」 그가 나에게 조금도 관심을 보이지 않고, 잠시 의미심장하게 침묵을 지키다가 말했다. 「나는 당신에게 용건을 말하고 있는데, 당신은, 그런 걸 알 게 뭐냐……

〈그런 식으로 대하시는군요.〉 팔랄레이를 보셨지요?」

「보았지, 포마……」

「그래, 보셨다고요! 보셨다고 하더라도 아무튼 제가 다시 한번 그놈을 보여 드리지요. 아마 당신의 작품을, 도덕적인 의미에서 말입니다, 실컷 감상하실 수 있을 겁니다……. 이리로 와라, 이 바보놈아! 이리로 와, 이 네덜란드 낯짝을 한 놈아! 그래, 여기, 여기로! 겁먹지 말고!」

팔랄레이가 입을 떡 하니 벌리고 눈물을 삼켜 가며 흐느끼면서 다가왔다. 포마 포미치는 만족스럽다는 듯이 그를 바라보았다.

「제가 이놈을 네덜란드 낯짝을 한 놈이라고 부른 것도 다 이유가 있습니다, 빠벨 세묘니치.」 의자에서 몸을 편하게 쭉 늘이고, 곁에 앉아 있는 오브노스낀을 향해 가볍게 몸을 돌리면서 그가 말했다. 「일반적으로, 아시겠습니까, 전 어떤 경우에도 일부러 돌려서 말해야 할 필요를 느끼지 못합니다. 진실은 진실이어야 하지요. 더러운 것은 무엇으로 덮어도 여전히 더러운 것입니다. 무엇 때문에 애써 일부러 돌려 말하겠어요? 무엇 때문에 자신과 다른 사람들을 속이겠습니까! 그런 무의미한 예절에 대한 요구는 단지 멍청한 세속인들의 머릿속에서나 생겨날 수 있는 겁니다. 말씀해 보세요, 당신을 심판관으로 모십니다, 당신은 이놈의 상판대기에서 아름다움을 발견할 수 있습니까? 난 고귀하고 아름다우며 고상한 것이라는 의미에서의 아름다움을 말하는 거지, 무슨 빨간 낯짝을 말하는 게 아닙니다.」

포마 포미치는 조용히, 규칙적으로 지극히 무관심하다는 듯이 말했다.

「그에게 아름다움이 있다고요?」 오브노스낀이 뻔뻔스러울 정도로 무관심하게 대답했다. 「제가 보기엔 이건 그냥 보기 좋은 송아지 구이일 뿐이에요. 그 이상은 아니지요……」

「오늘 거울 앞으로 가서 그 속을 바라보았어요.」 포마가 〈나〉라는 대명사를 위엄 있게 생략하면서 계속했다.「물론 자신을 미남이라고 간주할 수는 없으나, 결국 이 회색 눈에는 나를 팔랄레이 같은 놈과는 구별시켜 주는 무엇인가가 있다는 결론에 이르게 될 수밖에 없었지요. 그것은 바로 이 눈 속에 들어 있는 사상이며, 삶이며, 지혜입니다! 나 자신을 칭찬하고 있는 게 아닙니다. 지금 우리 계층 일반에 대해 말하고 있는 겁니다. 자, 어떻게 생각하세요. 이 살아 있는 송아지 구이에도 무슨 한 덩어리의 영혼이, 아니 한 조각의 영혼이라도 존재할 수 있다고 생각하세요? 아닙니다, 빠벨 세묘니치, 당신은 실제로 이런 〈사람들이〉, 사상과 이상을 철저하게 상실하고 쇠고기나 먹어 대는 이런 사람들이 어떤 얼굴을 가지고 있는가를 정확하게 지적하고 계십니다. 바로 이런 사람들이 얼굴빛은 혐오스러울 만큼 보기 좋지요, 조잡하고 어리석을 정도로 보기 좋아요! 이놈의 생각이 어떤 수준인지 한번 알아보실까요? 야, 너, 이 짐승 같은 놈아! 좀 더 가까이 와서 네놈을 감상할 수 있게 해봐! 뭣 때문에 그렇게 입을 쩍 벌리고 있냐? 그래, 고래라도 삼킬 작정이냐? 정말 네가 아름답다고 생각하냐? 대답해 봐, 네가 아름답다고 생각하냐고?」

「아름 — 다 — 워 — 요.」억지로 눈물을 참으면서 팔랄레이가 대답했다.

오브노스낀이 배를 잡고 구르며 웃어 댔다. 나는 분노로 몸이 떨리고 있음을 느낄 수 있었다.

「들으셨지요?」의기양양하게 오브노스낀을 바라보면서 포마가 계속해서 말했다.「아직도 들어 볼 이야기가 남아 있습니다! 난 이놈을 시험해 보려고 여기 온 거예요. 아시겠습니까, 빠벨 세묘니치, 이 불쌍한 바보놈을 타락시켜 파멸시키고 싶어하는 그런 사람들이 있어요. 엄밀하게 말해 아마 내 실수일 수도 있을 겁니다. 하지만 나는 인류에 대한 사랑으로 말하고 있는 겁니다. 이놈은 조금 전에 춤 중에서도 가장 비윤리적인 춤을 추었어요. 그런데 여기 있는 어느 누구도 이 문제에 관심을 갖고 있지 않습니다. 하지만 한번 직접 들어 보시지요. 자 대답해 봐, 너 조금 전에 뭐 하고 있었냐? 대답해, 즉시 대답해 보란 말이야, 너 듣고 있어?」

「춤을 — 추고 있었어요……」 더욱더 흐느껴 울면서 팔랄레이가 대답했다.

「네가 춘 춤이 뭐냐? 어떤 춤이지? 대답해!」

「꼬마린스끼……」

「꼬마린스끼라고! 이 꼬마린스끼가 누구지? 무슨 꼬마린스끼를 말하는 거야? 그런 대답으로 내가 뭘 이해할 수 있겠냐? 자, 그러니 우리가 이해할 수 있도록 해줘. 네가 말하는 꼬마린스끼가 도대체 누구냐?」

「농 — 부예요……」

「농부라고! 단지 농부일 뿐이야? 이거 놀랍군! 그러니까 대단한 농부란 말이지! 다시 말해 그 사람에 대한 시와 노래가 작곡되었을 정도니 대단히 유명한 농부겠구나? 대답해!」

사람을 다 쥐어짜겠다는 것이 포마의 의도였다. 그는 마치 고양이가 쥐를 가지고 놀듯이 자신의 희생양을 가지고 놀고 있었다. 하지만 팔랄레이는 그의 질문을 이해하지 못한 채 잠자코 흐느끼고만 있었다.

「대답해!」 포마가 다그쳤다. 「네게 묻고 있는 거야. 이 농부가 대체 누구야? 말하지 못해……! 지주 댁의 농부냐, 국가의 농부냐, 자유 농부냐, 예속된 농부[40]냐, 교회에 속한 농부냐? 농부는 많아……」

「교 — 회 — 에 — 속 — 한 — 농 — 부 — 예 — 요……」

「뭐, 교회에 속한 농부라고! 들으셨지요, 빠벨 세묘니치? 꼬마린스끼의 농부가 교회에 속한 농부라, 이건 새로운 역사적 사실

---

40 한시적으로 예속된 농부를 말하는데, 일한 대가로 돈을 받는 대신에 전액을 땅으로 분배받는다.

이군요. 흠······! 그럼 이 교회에 속한 농부가 대체 무슨 일을 했지? 그가 무슨 공로를 세웠길래 사람들이 그에 대한 노래를 부르고 춤을 추는 거냐?」

질문은 간드러지는 듯했으나 팔랄레이와 관계된 것인 이상 그것은 위험한 것이었다.

「그런데······ 당신은······ 너무······.」 오브노스낀이 소파에서 이상하게 몸을 뒤척이기 시작한 자신의 어머니를 바라보는 말문을 열었다. 하지만 어쩔 수 있으랴? 포마의 방자함은 당연한 것으로 받아들여지고 있었으니.

「제발, 아저씨. 만일 아저씨가 이 바보놈을 진정시키지 못하면, 정말 그가······ 도대체 저놈은 어디까지 갈 작정이에요? 팔랄레이가 뭔가 멍청한 소릴 할지도 몰라요, 그러니 제발······.」 내가 어떻게 해야 할지를 몰라 당황하고 있던 아저씨에게 속삭였다.

「이보게, 포마······.」 아저씨가 말하기 시작했다. 「포마, 자 내가 내 조카를 자네에게 소개하겠어. 광물학을 공부한 청년인데······.」

「부탁인데, 대령. 광물학이니 뭐니 하면서 내 말을 중단시키지 말아요. 내가 알고 있는 한 당신은 광물학에 대해 아무것도 모를 거요. 아마 〈다른 사람〉도 마찬가지일지 모르지요. 난 갓난애가 아니란 말이오. 이놈은 내게 그 농부가 가족의 행복을 위해 열심히 일하지는 않고 술이나 처먹었으며, 술집에서 반코트를 술값 대신 날려 버렸으며, 술에 취해 길거리를 뛰어다녔다고 대답할 거요. 잘 알려진 대로 음주를 찬미하는 이 서사시의 모든 내용이 바로 이것이지요. 자, 걱정할 것 없어요. 이놈이 뭐라고 대답해야 할지를 이제 알게 되었을 테니. 자, 〈이제〉 대답해 봐. 이 농부가 무슨 일을 했지? 내가 모두 다 가르쳐 주지 않았느냐, 입에다 떠 넣어 줬잖아. 난 바로 네놈이 직접 하는 말을 듣고 싶다. 그래, 이 농부가 무엇을 했으며, 무엇으로 그렇게 칭송받고 있으며, 무엇으로 전원 음유 시인들이 일찍이 그에 대해 그토록 노래 부르도록 만든, 불멸의 영광을 얻는 공헌을 세웠느냐? 응?」

불쌍한 팔랄레이는 슬픔에 잠겨 주위를 둘러보았고, 뭐라고 대답해야 할지 몰라 마치 물에서 모래 위로 끌려 올라온 붕어처럼 입을 벌렸다 다물었다 하고 있었다.

「말하기 부끄 — 러 — 워요!」 마침내 완전히 절망에 사로잡혀 그가 중얼거렸다.

「그래! 말하기 부끄럽다고!」 포마가 의기양양해 하며 중얼거렸다. 「내가 듣고 싶은 것이 바로 이 대답이오, 대령! 그래, 말하기는 부끄럽고, 직접 춤을 추는 것은 부끄럽지 않나? 바로 이게 당신이 뿌린 도덕의 씨앗이오. 그게 지금 싹이 났고, 바로 당신이 지금 거기에…… 물을 뿌리고 있는 겁니다. 하긴 말해 봐야 입만 아프지! 그만 부엌으로 가봐, 팔랄레이! 여기 계신 분들을 존중하는 마음에서 이제 네놈에게 아무 말도 않겠다. 하지만 오늘, 바로 오늘 네놈은 아주 엄한 벌을 받게 될 거야. 만일 그렇게 되지 못한다면, 그리고 이번에도 나 대신 너를 선택한다면 너는 여기 남아서 꼬마린스끼로 네 주인님들을 즐겁게 해줘라. 나는 오늘 당장 이 집에서 나가겠다! 됐어! 내가 하고 싶은 말은 다했다. 이제 그만 가봐!」

「하지만, 저, 너무 엄하게 다루시는 것 같은데……」 오브노스낀이 우물쭈물 말했다.

「그래, 바로 그래!」 아저씨가 소리쳤다가 갑자기 말을 멈추고는 잠자코 있었다. 포마가 음침한 눈길로 아저씨를 곁눈질하고 있었다.

「놀랍군요, 빠벨 세묘니치.」 그가 말했다. 「이런 일이 있는데 현재의 모든 문학가들과 시인들, 학자들과 사상가들은 도대체 무엇을 하고 있습니까? 러시아의 민중들이 어떤 노래를 부르고 있으며, 러시아 민중들이 어떤 노래에 맞추어 춤을 추고 있는지에 대해 도대체 어떻게 그들이 관심을 가지지 않을 수 있을까요? 지금까지 뿌쉬낀이니 레르몬또프⁴¹니 보로즈드나⁴²니 하는 사람들은 도대체 무엇을 한 겁니까? 놀라울 뿐입니다. 민중들이 꼬마린스끼를, 이 음주 찬가를 춤추고 있는데, 그런데도 그들은 물망초⁴³ 따위나 노래하고 있다니! 도대체 왜 그들은 민중의 이익을 위해 보다 더 도덕적인 노래를 쓰지 않을까요? 도대체 왜 자신들이 좋아하는 물망초 따위를 던져 버리지 못하고 있는 겁니까? 이건 사회적인 문제예요! 만일 그들이 나더러 농부를 묘사해 보라면 말입니다. 그것은 고상하게 개선된 농부여야 해요. 다시 말해 단순한 촌놈이 아니라 시골의 농부여야 한단 말이에요. 그들이 나더러 농부를 묘사해 보라면 말입니다, 아주 평범하게 차려입은, 심지어 나무껍질 신을 신고 있을 수도 있겠지요. 나도 이 점에는 동의할 수 있어요. 그러나 온갖 덕목을 갖추고 있는, 감히 말합니다만, 저 명예스러운 마케도니아의 황제 알렉산더⁴⁴까지도 부러워할 만한 그런 시골의 현자(賢者)를 묘사해 보이겠습니다. 〈난 러시아를 알고 있고, 러시아도 나를 알아요.〉⁴⁵ 그래서 이렇게 말하는 겁니다. 난 이 농부를, 아마도 머리에 흰머리를 지고 있을 수도 있겠고, 숨막힐 듯한 오두막에서 가족들과 살며, 게다가 배를 곯을 수도 있겠지만, 자신의 가난에 만족하여 불평하지 않고 오

---

41 M. Iu. 레르몬또프(1814~1841). 러시아의 시인.

42 I. P. 보로즈드나(1803~1858)는 뿌쉬낀, 레르몬또프와는 달리 그리 알려지지 않은 시인이다. 그의 이름을 뿌쉬낀, 레르몬또프와 같이 열거하는 것은, 포마 포미치의 〈교양〉을 잘 드러내 주고 있다.

43 『물망초』는 1852년에 뻬쩨르부르그에서 나온 시선집으로 쥬꼬프스끼와 뿌쉬낀에서부터 끄레쇼프, 블라지미로프, 보로즈드나에 이르기까지 다양한 시인들의 시가 실려 있다.

44 마케도니아의 황제(B. C. 356~323). 기원전 336년 황제 즉위 이후 거대한 고대 제국을 건설하였다. 아리스토텔레스의 제자이기도 하다.

45 N. A. 뽈레프의 역사 소설 『신사의 관 옆에서 하는 맹세』의 서문에 나온 말로 뽈레프의 문학에 반대하는 사람들이 그를 비웃을 때 많이 인용하기도 한다.

히려 가난을 찬양하는, 부자의 황금에 초연한 그런 농부로 그려 낼 겁니다. 부자 스스로 영혼이 감동한 나머지 마침내 자신의 황금을 그에게 가져다 주게 만들 겁니다. 이럴 경우 농부의 미덕과 부자의 미덕, 아니지요, 더 나아가 귀족의 미덕들이 통일되어 하나가 되겠지요. 농부와 귀족이 다른 사회 계층에 각기 따로 떨어져 있으면서도 마침내 미덕 속에서 하나로 통일되는 겁니다. 이것은 정말 위대한 사상이 아닙니까! 그런데 지금 우리가 보고 있는 현실은 어떻습니까? 한편에서는 물망초나 노래하고 있고, 다른 한편에서는 술집에서 껑충껑충 뛰어다니다가 엉망이 된 몰골을 하고서 거리를 뛰어다니고 있으니! 그래 한번 말씀해 보세요, 여기 무슨 시적인 것이 있습니까? 우리가 감상할 만한 것이 있습니까? 지혜는 어디에 있습니까? 우아함은 어디에? 도덕은 어디에 있습니까? 도저히 이해할 수가 없어요!」

「이런 좋은 말씀을 듣게 되다니, 제가 1백 루블은 빚진 것 같습니다, 포마 포미치.」 기쁨에 찬 표정을 지으며 예계비긴이 말했다.

「나한테서 대머리 악마나 받아 가라지.」 그가 나에게 조그마한 목소리로 속삭였다. 「아무튼, 아첨, 또 아첨이야!」

「그래, 정말······ 당신은 정말 훌륭하게 묘사하셨습니다.」 오브노스낀이 나지막하게 중얼거렸다.

「그래, 정말 그래!」 한 마디라도 놓칠세라 주의 깊게 듣고 있던 아저씨가 의기양양한 듯 나를 바라보면서 소리쳤다.

「정말 훌륭한 주제를 시작했군!」 아저씨가 두 손을 비비면서 속삭였다. 「다방면에 걸친 이야기였어, 정말 근사해! 자, 포마 포미치, 내 조카야.」 감격에 겨운 나머지 아저씨가 이렇게 덧붙였다. 「그 역시 문학을 하고 있지, 내가 소개해 주지.」

조금 전과 마찬가지로 포마 포미치는 나를 소개하는 아저씨에게 아무런 관심도 기울이지 않았다.

「제발, 아저씨. 이제 더 이상 절 소개하지 마세요! 진지하게 부탁드리는 겁니다.」 나는 단호한 표정으로 아저씨에게 속삭였다.

「이반 이바니치!」 갑자기 포마가 미진치꼬프를 향해 몸을 돌리더니, 그를 뚫어져라 바라보면서 입을 떼었다. 「지금까지 우리가 한 이야기에 대한 당신의 견해는 어떻습니까?」

「저요? 지금 제게 묻고 계신 겁니까?」 마치 지금 막 잠에서 깨어난 듯한 표정으로 놀란 듯이 미진치꼬프가 말했다.

「그래요, 당신에게 물어보고 있는 겁니다. 제가 당신에게 물어본 것은 제가 진정으로 현명한 사람들의 견해를 귀중하게 여기기 때문입니다. 다시 말해 단지 현명한 사람이니 〈학자〉니 하고 〈끊임없이 소개되기〉 때문에 현명하다고 여겨지는, 아니면 무슨 광대 놀이나 그 비슷한 놀이에 소개하기 위해 일부러 불러들이는 그런 문제 있는 현명한 사람의 견해 따위는 필요 없기 때문이지요.」

이 돌은 틀림없이 나를 겨냥하고 던져진 것이었다. 그리고 나에게 조그마한 관심도 기울이지 않던 포마 포미치가 문학에 대한 이야기를 끄집어낸 것도 아마 오직 나를 겨냥한 것이라는 사실에는 의심의 여지가 없었다. 틀림없이 첫걸음에 뻬쩨르부르그의 학자인지 현자인지에게 한 방 먹여 꼼짝 못하게 만들어서 산산조각을 내주겠다는 의도일 것이다. 나는 이 점에 대해서는 조금도 의심하지 않았다.

「만일 당신이 제 견해를 알고 싶어하신다면, 난…… 당신의 견해에 동의합니다.」 미진치꼬프가 맥없이 마지못해 대답했다.

「당신은 언제나 저에게 동의하시는군요! 그것도 정말 불쾌할 정도로 말입니다.」 포마가 말했다. 「빠벨 세묘니치, 솔직하게 말씀드려서…….」 그가 잠시 침묵을 지키더니 다시 오브노스낀을 향해 몸을 돌리면서 계속 말했다. 「만일 제가 저 불멸의 까람진[46]을 존경한다면, 그것은 그가 쓴 역사서[47] 때문도 아니고 「시장 부

---

46 N. M. 까람진(1766~1826). 러시아의 소설가이자 역사가.

인 마르파」,[48] 때문도 아니며, 『낡은 러시아와 새로운 러시아』[49] 때문도 아닙니다. 그것은 바로 그가 「프롤 실린」을 썼기 때문이지요. 이 작품은 위대한 서사시입니다! 이것은 순수하게 민중적인 작품이며, 영원히 사라지지 않을 겁니다! 최상급의 서사시이지요!」

「그래, 바로 그래! 위대한 〈세기〉[50]야! 프롤 실린, 정말 덕망 있는 인물이지! 기억해, 나도 읽었거든. 게다가 두 명의 농노 딸을 샀지. 그런 다음 그것을 보고는 울었어. 고결한 성격이야.」 만족스러운 나머지 얼굴을 환하게 빛내면서 아저씨가 맞장구쳤다.

불쌍한 아저씨! 그는 〈학문적인〉 대화가 오고 가면 도무지 끼어들지 않고는 못 배겼다. 포마가 밉살스럽게 웃었으나 잠자코 있었다.

「하지만 다른 사람들도 지금 대단한 작품을 쓰고 있잖아요.」 안피사 뻬드로브나가 조심스럽게 끼어들었다. 「보세요, 가령 『브뤼셀의 비밀들』[51]과 같은 작품 말이에요.」

「그렇게는 말할 수 없을 것 같군요.」 포마가 유감스럽다는 듯이 말했다. 「얼마 전에 제가 시 작품 하나를 읽었는데…… 저런! 또 〈물망초〉예요! 최근 작품에서라면 저는 무엇보다도 〈필경사〉[52]가 마음에 들더군요, 그 경쾌한 필치하며!」

「아, 〈필경사〉[53]!」 안피사 뻬드로브나가 소리쳤다. 「그러니까

---

47 1816년부터 1824년에 걸쳐 11권으로 간행된 까람진의 저작 『러시아 공국의 역사』를 가리킨다.
48 까람진이 1803년에 쓴 단편소설.
49 1811년에 씌어진 까람진의 저작.
50 여기서 아저씨는 서사시 *epos*를 그것과 유사한 발음인 세기 *epokha*와 혼동하고 있다.
51 E. 쉬의 소설 『파리의 비밀들』을 모방·번안한 소설. 1847년 뻬쩨르부르그에서 역자의 서명이 없는 채로 번역, 출간되었다.
52 N. B. 꾸꼴니끄의 필명.

잡지에 편지로 글을 써 보내고 있는 사람 말이지요? 아, 정말 매력적인 작품이에요! 언어로 연주하는 듯한!」

「바로 그거예요, 언어로 연주한다는 표현 그대로지요. 그는 펜으로 연주하고 있다고 할 수 있지요. 그 펜의 비상한 경쾌함이란 정말!」

「그 말은 맞아요. 하지만 그는 현학자예요.」 오브노스낀이 아무렇게나 말을 내뱉었다.

「현학자라, 현학자라, 이 점에 대해서는 논쟁하고 싶지 않군요. 하지만 그는 사랑스러운 현학자요, 우아한 현학자예요! 물론 그의 사상 중 어느 것도 근본적인 비판을 견디어 낼 만한 것은 없어요. 하지만 필치의 경쾌함에는 매료되실 겁니다! 수다쟁이예요, 동의합니다. 하지만 사랑스러운 수다쟁이요, 우아한 수다쟁이입니다! 예를 들어 한 문학 논문에서 자신이 영지를 가지고 있다는 사실에 대해 알려 줄 때 말이에요, 기억하시지요?」

「영지라고?」 아저씨가 맞장구를 쳤다. 「그거 좋군! 그래, 어느 현에 있지?」

포마가 잠시 말을 중단하고서 아저씨를 뚫어져라 쏘아보더니, 똑같은 어조로 계속해서 말했다.

「자, 상식적으로 한번 말씀해 보세요. 독자인 내가 무엇 때문에 그가 영지를 가지고 있다는 사실을 알아야 합니까? 영지가 있다, 그러면 축하해 주면 되는 거지요! 하지만 너무나 근사하게, 너무나 재치 있게 그려 내고 있단 말이에요! 그는 재치를 뿜어내고 있어요, 분수가 뿜어 나오듯이 그는 재치를 내뿜고 있어요, 그는 끓고 있어요! 이건 마치 재치의 나르잔 탄산수[54] 같아요! 그래요, 바

---

53 논문 「다른 마을의 구독자가 『동시대인』지(誌)의 편집자에게, 러시아의 잡지들에 대해 써보내는 편지들」을 암시한다. 이 논문은 1849~1852년에 『동시대인』지에 서명 없이 게재되었다. 논문의 필자는 A. B. 드루지닌인 것으로 밝혀졌다.

로 그렇게 써야 해요! 만일 누군가가 잡지에 기고해 달라고 청탁한다면 나는 바로 그렇게 쓸 거라고 생각해요……」

「아마, 그보다 훨씬 훌륭할 겁니다.」 예계비긴이 정중하게 말했다.

「그래, 음절음절에 뭔가 아름다운 선율 같은 것도 있고!」 아저씨가 맞장구쳤다.

마침내 포마 포미치가 참지 못하고 터졌다.

「대령,」 그가 말했다. 「당신께 부탁드리지 않을 수 없군요. 물론 최대한 정중하게 부탁드리는 겁니다. 우리를 방해하지 마시고 우리가 대화를 편안하게 마칠 수 있도록 해주시기 바랍니다. 당신은 우리 이야기를 판단할 수 없어요, 판단할 수 없고말고요! 제발 우리의 유쾌한 문학적 대담을 망치지 말아 주세요. 영지 관리에나 신경을 쓰시고, 차나 드세요, 그리고…… 문학은 편안하게 내버려 두세요. 당신이 내버려 둔다고 해서 문학이 손해 보는 일은 없을 테니까, 제발입니다!」

이건 이미 오만함의 정도를 훨씬 넘어선 것이었다. 나는 도대체 어떻게 생각해야 할지도 모를 지경이었다.

「하지만 포마, 자네 스스로 선율적인 것이라고 말했잖아.」 당황한 아저씨가 슬픈 듯 말했다.

「그랬지요. 하지만 저는 문학에 대한 지식을 가지고 말한 겁니다. 저는 적절하게 말한 거예요. 하지만 당신은?」

「정말 그렇군요, 우리가 지금 진짜 사상가와 만나 대화를 나누고 있는 것 같군요.」 예계비긴이 포마 포미치의 주위를 감듯이 돌면서 치켜세웠다. 「사실 우리에겐 훌륭한 사상가가 그리 흔치 않습니다요. 여기저기서 빌려 와야만 합지요. 그럼, 이 일에 두 개 정도의 정부 부서면 충분할까요? 아닙니다. 우린 세 번째 부서를

---

54 까프까즈와 크림 등의 지역에서 생산되는 유명한 미네랄 탄산 음료.

운영하게 될 겁니다요. 우리가 가진 사상가란 게 바로 이 정도입지요!」

「그래, 또 내가 헛소리를 했군!」 아저씨가 예의 그 사람 좋은 미소를 띠면서 결론을 내렸다.

「적어도 스스로 깨달아야 합니다.」 포마가 말했다.

「아무것도 아냐, 포마. 다시는 헛소리하지 않을 거야. 나는 자네가 친구로서 내게 신경을 써주고 있다는 사실을 잘 알고 있어. 부모처럼 형제처럼 말이야. 이건 나 자신이 자네에게 허락하고 심지어 이렇게 해달라고 부탁하기까지 한 일인걸! 적절했어, 아주 적절했다고! 이건 나에게도 도움이 될 거야! 고맙게 여기고 잘 활용하겠어!」

더 이상은 참을 수 없었다. 지금까지 포마 포미치에 대해 소문으로 들었던 모든 것을 나는 다소 과장된 것이겠거니 생각했다. 이제 내가 이 모든 일을 직접 목격했을 때의 나의 놀라움이란 이루 다 말할 수 없었다. 나는 자신의 눈을 의심하지 않을 수 없었다. 한편으로 포마가 저토록 오만할 수 있다는 사실을, 저토록 뻔뻔하게 권력을 행사할 수 있다는 사실을 이해할 수 없었으며, 다른 한편으로는 아저씨가 저렇게 기꺼이 노예처럼 굴 수 있다는 사실을, 경박해 보일 정도로 선량하게 나올 수 있다는 사실을 나는 도무지 이해할 수 없었다. 사실 아저씨도 포마의 그와 같은 오만함에 당황하고 있었다. 눈에 보일 정도였다. 나는 어떻게 해서든 포마와 엮여 그와 한바탕 싸우고, 어떻게 해서든 흥분해서 그에게 실컷 욕이나 해주었으면 하는 열망으로 끓어올랐다. 그리고 어떻게 되든 상관없다! 이런 생각이 내게 힘을 주었다. 나는 기회를 기다리며 모자를 주물럭거렸다. 하지만 기회는 오지 않았다. 포마가 나에게는 관심도 기울이지 않았던 것이다.

「사실 그대로야, 포마. 자네는 진실을 말하고 있어.」 그의 기분을 맞추어 주어서 조금 전에 있었던 이야기가 가져온 불쾌감을 얼버무리기 위해 온 힘을 다해 애쓰면서 아저씨가 계속해서 말했다. 「자네는 솔직하게 진실을 말하고 있어, 포마, 고마워. 어떤 일에 대해 알고 난 다음에 그에 대해 판단해야 하겠지. 내 잘못이야! 하긴 난 이미 여러 번 이런 입장에 놓인 적이 있지. 한번 상상해 봐라, 세르게이야, 나는 한번 시험을 치른 적도 있단다……. 여러분들, 웃으시는군요! 그래 좋다, 갈 때까지 가보자! 젠장, 그러니까 내가 시험을 보았다 이 말씀이야. 한 학교에서 나를 시험에 초대해서는 다른 시험 감독관들과 한자리에 앉혀 두더란 말이에요. 그러니까 마침 빈자리가 있어서 명예 감독관으로 대해 준 거죠. 솔직하게 말씀드리지만 그때 얼마나 겁이 나고 두려운지, 학문이라고는 하나도 모르지! 도대체 어떻게 해야 할지! 정말 이러다가 나를 칠판 앞으로 끌어내는 것 아니야, 하는 생각이 들더라니까요! 아무튼 그러고는 별일 없었어요, 무사히 진행되었지요. 나 자신이 질문을 하기도 했다니까요. 그래, 노아가 누구냐? 하고 말이에요. 대체적으로 대답들을 잘하더군요. 그러고는 같이 식사를 했는데 모두의 번영을 기원하며 샴페인을 마셨지요. 정말 대단한 학교였어요!」

포마 포미치와 오브노스낀이 배를 잡고 웃었다.

「하긴 나 자신조차 나중에 웃어 댔으니,」 마음 좋은 모습으로 웃으면서, 그리고 모두가 즐거워하는 것을 기뻐하면서 아저씨가 소리를 높였다. 「아냐, 포마. 이미 갈 때까지 갔잖아! 내가 여러분 모두를 즐겁게 해드리지요. 내가 한번 어떻게 창피를 당했는지 말씀드리겠어요…… 한번 상상해 보렴, 세르게이야, 우리가 끄라스노고르스끄에 주둔해 있을 때인데…….」

「한 가지만 여쭈어 보겠습니다, 대령. 오래 걸리는 이야깁니까?」 포마가 말허리를 잘랐다.

「이런 포마! 이건 정말 기가 막힌 이야기야. 배꼽이 떨어질 정도로 우스운 이야기란 말이야. 그러니 잠자코 들어 봐. 이건 정말, 제기랄, 정말 근사한 이야기야. 내가 어떻게 창피를 당했는지 말해 줄 테니.」

「전 그런 종류의 이야기라면 언제나 기꺼이 당신의 이야기를 듣겠습니다.」오브노스낀이 하품을 하면서 중얼거렸다.

「어쩔 수 없군, 들을 수밖에.」포마가 결정을 내렸다.

「그래 정말, 제기랄, 재미있을 거야, 포마. 제가 한번은 어떻게 창피를 당했는지를 말씀드려 보겠습니다, 안피사 뻬뜨로브나. 너도 들어 봐라, 세르게이야. 이건 교훈적이기도 하니까 말이야. 우리가 끄라스노고르스끄에 주둔하고 있을 때였습니다(만족스러운 나머지 얼굴을 빛내면서 아저씨는 빠른 말투로 서둘러 이야기를 시작했다. 아저씨의 이야기에는 인용문이 무수히 많았는데, 그것은 아저씨가 다른 사람들을 즐겁게 해줄 만한 이야기를 할 때면 으레 등장하는 아저씨의 버릇이었다). 우리가 막 도착한 바로 그 날 밤 즉시 연극을 보러 갔지요. 꾸로빠뜨끼나는 정말 대단한 여배우였지요. 나중에 본부 헌병 대위인 즈베르꼬프와 눈이 맞아 도망가 버리는 바람에 연극이 끝까지 상연되지 못했지만요. 그렇게 막을 내리고 말았던 거지요······. 이 즈베르꼬프란 사람은 아주 교활했어요. 술도 마시고 카드도 치고, 하지만 술 주정뱅이는 아니었지요. 그냥 동료들과 함께 시간을 보내는 정도라고 할까. 그런데 이 친구가 한번 작정하고 마시기 시작하면 만사를 다 잊어버리고 마셔 대는 거예요. 어디 사는지, 자기가 어디에 있는지, 심지어는 자기 이름이 무엇인지도 새까맣게 잊어버리는 거예요. 한마디로 말해 깡그리 잊어버리는 거지요. 하지만 본성은 아주 훌륭한 청년이예요······. 아무튼 난 극장에 앉아 있다가 막간 휴식 시간이 되어 일어나 보니 거기 옛 동료인 꼬르노우호프가 와 있더라고요······. 정말 둘도 없는 친구였지요. 서로 보지 못한 지가 벌써 6년은 되었을 겁니다. 아무튼 전쟁에 참가해서 십자 훈장을 가득 달고 있었지요. 얼마 전에 소문을 들었는데, 지금은 4등 문관이 되었다고 하더라고요. 문관으로 옮겨서 벌써 높은 지위에 오른 거지요……. 아무튼 당연히 몹시 반가웠지요. 정신없이 반가워하고 있는데, 우리 옆을 보니까 세 명의 부인이 앉아 있더라 이 말씀이에요…… 그런데 그 중에서 제일 왼편에 앉아 있던 여자가 정말 세상에서 찾아보기 힘들 정도로 못생겼더란 말이지요……. 나중에 알고 보니, 아주 훌륭한 여자이며 한 가족의 어머니이고 남편에게도 훌륭하게 대하는 부인이었지요……. 아무튼 내가 바보처럼 꼬르노우호프에게 쓸데없는 소릴 지껄여 댄 겁니다. 〈야, 저 여자 좀 봐라, 어떤 낯도깨비가 저런 여자한테 장가갈까?〉〈누구를 말하는 거야.〉〈바로 저 여자.〉〈아, 저 여자, 내 사촌 누이야.〉 어이구 이런, 큰일났다! 제 입장이 어땠을지 한번 생각해 보세요. 그래서 난 즉시 말을 바꿨지요. 〈아니, 아니 그 여자 말고. 눈이 삐기라도 했어! 저기 앉아 있는 바로 저 여자 말이야. 도대체 누구지?〉〈내 누이 동생이야.〉 이런 젠장, 더 큰일이구나! 게다가 그의 누이는 마치 일부러 그러기라도 하듯 미인 중의 미인이었단 말씀이에요. 브로치에, 장갑에, 팔찌에, 얼마나 잘 차려입었는지 정말 대단한 아가씨였지요. 한마디로 말해 마치 천사가 내려와 앉아 있는 듯했어요. 나중에 아주 훌륭한 사람인 삐흐찐에게 시집을 갔는데, 둘이 도망가서 부모님들의 승낙도 없이 결혼해 버렸지요. 아무튼 지금은 모든 게 제대로 되었지만. 아주 부유하게 살고 있고, 부모님들도 너무나 좋아하고 있어요……! 아무튼 그래, 내가 도대체 어떻게 될지도 모르고 소리쳤지요. 〈응, 아냐! 그 여자 말고!〉〈그럼 바로 한가운데 앉아 있는 여자 말이야?〉〈그래, 가운데 여자.〉〈아, 저 여자. 내 집사람이야…….〉 사실 우리끼리니까 하는 말인데, 그 여잔 사람이 아니라 정말 한판 멋들어지게 차려 놓은 식탁 같았어요! 한입에 꿀꺽 삼켜 버리고 싶을 정도였지요……. 그래 내가 말했지요. 〈아, 자네 바보를 본 적 있나? 여기 바로 자네 앞에 있어. 그놈의 머리가 바로 여기 있으니 불쌍하게 생각지 말고 잘라 버리라고.〉 그가 웃더군요. 연극이 끝난 다음에 그 부인들에게 나를 소개해 줬는데 아마 틀림없이 그 장난꾸러기가 모조리 말해 줬던 모양이에요. 부인들이 어찌나 웃어 대던지! 아무튼 솔직하게 말해서 그렇게 즐거웠던 적도 없었지요. 이보게 포마, 사람이란 때로 이렇게 실수를 할 수도 있는 거야! 하 — 하 — 하!」

그러나 불쌍한 아저씨의 웃음은 헛된 것이었다. 아저씨는 연신 그 유쾌하고도 선량한 시선을 주위에 둘러앉은 사람들에게 헛되이 보냈을 뿐이다. 그의 즐거운 이야기에 대한 반응은 고요한 침묵뿐이었다. 포마는 음울한 표정으로 입을 다물고 있었고, 다른 모든 사람들도 포마의 뒤를 따랐다. 다만 오브노스낀만이 이제 아저씨에게 닥쳐올 질책을 예상하고서 가볍게 미소를 띠고 있었다. 아저씨는 당황하여 얼굴을 붉혔다. 바로 그것이 포마가 바라던 것이었다.

「이야기가 다 끝났습니까?」 마침내 그가 이 당황한 이야기꾼을 향해 정중한 태도로 물었다.

「끝났어, 포마.」

「그럼 즐거우시겠군요?」

「즐겁다니, 그게 무슨 뜻이지, 포마?」 불쌍한 아저씨가 괴로운 듯이 대답했다.

「이제 마음이 가벼워지셨습니까? 친구들의 유쾌한 문학적 대담을 망쳐 놓고, 자신의 사소한 자존심을 만족시키기 위해 그들의 이야기를 중단시킨 것에 만족하십니까?」

「대체 왜 그러는 거야, 포마? 난 여러분들 모두를 즐겁게 해드리려고 한 건데, 자네는……」

「즐겁다고요?」 갑자기 매우 흥분해서 포마가 소리를 높였다. 「당신이 사람들을 우울하게 만들었는지는 몰라도 즐겁게 만들어 준 것은 아니에요. 즐겁다고요? 아니 도대체 당신은 당신의 이야기가 거의 비도덕에 가깝다는 사실을 모르시겠습니까? 무례하다는 것에 대해서는 더 이상 말씀드리지 않겠습니다, 스스로도 아실 만하니까……. 당신은 지금 찾아보기 힘들 정도의 무례한 감정으로, 단지 당신의 마음에 들지 않는 용모를 가졌다는 이유로 순결하고 고매한 부인을 비웃었다는 사실을 밝힌 겁니다. 게다가 우리를, 우리 모두로 하여금 웃도록 만들고 싶어하신 거죠. 다시 말해 당신에게, 당신의 그 조잡하고 무례한 행동에 대해 맞장구치도록 만들고 싶어한 거요. 단지 당신이 이 집의 주인이라는 단 한 가지 이유만으로 말입니다! 당신의 자유요, 대령. 당신은 자신에게 맞는 식객들이나 추종자들이나 대화 상대자들을 찾을 수도 있을 것이고, 심지어 어디 먼 곳에서 그런 사람들을 고용해서 당신의 무리들을 강화할 수도 있겠지요. 정직하고도 솔직하며 고상한 사람들에게 피해를 주면서까지 말입니다. 하지만 이 포마 오삐스낀은 결코 당신의 아첨꾼이나 추종자나 혹은 식객이 되지는 않을 거요! 다른 일은 몰라도 이것만은 당신에게 약속드릴 수 있어요……!」

「이런 포마! 나를 오해하고 있는 거야, 포마!」

「아니오, 대령. 난 오래전에 당신이란 사람을 알아봤어요. 난 당신을 꿰뚫어 보고 있단 말이오! 당신의 그 끝을 모르는 자존심이 당신을 갉아먹고 있어요. 당신은 아무도 따라올 수 없는 재치를 가지고 있다고 자부심을 느끼고 있지만, 그 재치가 자부심으로 인해 흐려지게 된다는 사실을 잊고 있는 거요. 당신은…….」

「도대체 왜 그러는 거야, 포마, 제발! 사람들 앞에서 창피하게…….」

「이 모든 일을 본다는 것 자체가 정말 슬픈 일이오, 대령. 하지만 내 눈으로 보면서 입을 다물고 있을 수는 없지요. 나는 가난해요, 나는 당신의 어머니의 집에 〈머물고 있지요.〉 따라서 사람들은 내가 입을 다물고 있으면, 그로써 당신에게 아첨 떤다고 생각하게 될 거요. 하지만 나는 〈어떤 젖비린내 나는 풋내기〉가 나를 당신의 식객으로나 생각하도록 내버려 두고 싶지는 않아요! 아마 내가 조금 전에 여기 이 방으로 들어와 짐짓 나 자신의 정직하고 솔직한 태도를 지나치게 드러내 보여야만 했을지도, 무례할 정도로 행동해야 했을지도 모르지만, 그건 바로 당신이 나를 그런 입장에 처하도록 만들었기 때문이에요. 당신이 나를 너무나 거만하게 대하신다, 이 말씀이오, 대령. 〈잘 알지도 못하는 사람들〉 앞에서 나를 멸시하는 일에 당신은 만족을 느끼시겠지만, 그러나 당신이나 나나 매한가지예요. 아시겠어요? 모든 점에서 당신과 마찬가지란 말이지요. 아마 어쩌면 내가 당신의 집에 머무름으로써 〈당신이〉 내게 은혜를 베푸는 것이 아니라, 〈내가〉 당신에게 은혜를 베푸는 것일 수도 있겠지요. 나는 멸시당하니까, 따라서 나는 나 자신을 스스로 추어올리지 않을 수 없습니다, 이건 당연한 거지요! 나는 말하지 않을 수 없습니다, 나는 말해야만 합니다, 즉각 이 자리에서 항의해야 합니다. 그렇기 때문에 이렇게 직설적으로 솔직하게 말씀드리는 겁니다. 당신은 보기 드물 정도로 샘이 많은 사람입니다! 당신도 아시겠지만, 가령 친구들끼리 소박한 대화를 하고 있노라면 사람이란 자기도 모르는 사이에 자기가 가진 지식이나 독서한 것이나 취미를 과시하고 싶어지게 되는 법이지요. 바로 그때 당신도 불만스러운 생각이 들어 도저히 참을 수 없게 된 거지요. 〈자, 나에게도 기회를, 나도 내 지식과 취미를 한번 과시해 보겠다!〉 하지만 당신의 취미란 게 무엇인지 한번 말씀해 보실까요? 당신이 예술에 대해 생각하는 것이란 — 이렇게 말씀드려서 죄송합니다만, 대령 — 마치 황소가 쇠고기에 대해 생각하는 것이나 마찬가지 아닙니까! 이렇게 말하는 것이 지나치게 날카롭고 다소 거칠다는 것은 인정합니다만, 그러나 적어도 정직하고 진실한 이야기입니다. 당신의 아첨꾼들에게서 이런 이야기는 듣지 못하실 겁니다, 대령.」

「이런, 포마……!」

「그래, 〈이런 포마!〉라고요. 진실이란 푹신한 깃털 베개가 아닌가 봅니다. 아무튼 좋습니다. 이 일에 대해서는 나중에 이야기하기로 하지요. 지금은 제가 여러분들을 조금 즐겁게 해드려야겠어요. 항상 당신만 뛰어나란 법은 없으니까요. 빠벨 세묘니치! 당신은 인간의 모습을 한 바다 괴물을 본 일이 있습니까? 난 이미 오래전부터 그놈을 관찰해 왔지요. 저놈을 한번 보세요. 정말 저놈은 지금 날 잡아먹고 싶어하지요. 그것도 산 채로, 한입에 말입니다!」

그것은 가브릴라에 대한 것이었다. 늙은 종은 문가에 서서, 자신의 주인이 호되게 당하는 꼴을 슬픈 듯이 바라보고 있었다.

「볼 만한 구경거리로 당신을 즐겁게 해드리고자 합니다. 빠벨 세묘니치. 어이 거기 너, 이 까마귀 같은 놈아, 이리 와봐! 이리로 좀 더 가까이 와주는 영광을 베풀어 주시겠나, 가브릴라 이그나찌치! 빠벨 세묘니치, 이놈은 가브릴라라고 하지요. 무례한 짓을 해서 그 벌로 프랑스 어를 배우고 있는 중이에요. 나는 마치 오르페우스처럼 이곳의 분위기를 부드럽게 만들고 있는 중인데, 다만 노래로써가 아니라 프랑스 어로써 그렇게 하고 있습니다. 어이 프랑스 인, 무슈 셰마통,[55] 이놈은 무슈 셰마통이라고 부르면 못 참거든요. 그래 숙제는 했나?」

「다 외웠습니다.」 머리를 숙이며 가브릴라가 대답했다.

「그러면 당신은 프랑스 어로 말할 수 있습니까Parlez-vous français?」

「예, 나리, 조금 할 수 있습니다Oui, monsieur. Je le parle un peu……」

프랑스 어 문장을 발음하는 가브릴라의 불쌍한 모습 때문이었는지, 혹은 모두가 웃어 주었으면 하는 포마의 바람을 모두가 다 알아차리고 있었기 때문이었는지는 모르겠으나, 아무튼 가브릴

---

[55] 셰마통은 프랑스 어 chômer(사기꾼)에서 파생된 단어로 〈무슈 셰마통〉은 〈사기꾼 씨〉라는 뜻이다.

라가 혀를 움직이기 바쁘게 모두가 배를 잡고 웃어 댔다. 장군 부인까지도 웃음을 보였다. 안피사 뻬뜨로브나는 소파의 등에 몸을 파묻고 부채로 얼굴을 가리고는 커다란 소리로 깔깔댔다. 가브릴라가 이 시험이 어떻게 되어 가는가를 알아차리고 참지 못해 침을 한번 탁 뱉으며 비난이라도 하듯이, 〈이 나이가 되어서 도대체 이런 모욕을 당하다니!〉하고 중얼거렸을 때 웃음은 절정에 달했다.

포마 포미치가 몸을 부르르 떨었다.

「뭐? 너 뭐라고 했냐? 지금 그렇게 함부로 굴 생각이냐?」

「아닙니다, 포마 포미치.」 위엄 있는 태도로 가브릴라가 말했다. 「제 말은 함부로 굴겠다는 것이 아닙니다. 저 같은 노예가 당신이나, 날 때부터 나리들이신 분들 앞에서 어떻게 감히 함부로 굴겠습니까. 하지만 모든 인간은 하느님의 모습을 가지고 있습니다. 바로 하느님의 모습을 닮았으니까요. 전 태어난 이후로 이미 63년을 살았습니다. 저의 아버지께서는 저 악당 뿌가쵸프[56]를 기억하고 계시며, 제 할아버지는 뿌가치 때문에 마뜨베이 니끼찌치 나리와 함께 ─ 그분들께 평화가 있기를 ─ 같은 나무에서 교수형을 당하셨지요. 그 때문에 저의 아버지는 돌아가신 아파나시 마뜨베이치 나리에게서 다른 사람과는 다른 대접을 받으셨지요. 시종으로 일하시다가 나중에 집사가 되어 돌아가셨으니까요. 난 말입니다, 포마 포미치 나리, 비록 이 집안의 노예이기는 하지만 태어나서 지금처럼 모욕을 당해 보기는 처음입니다!」

마지막 말을 하면서 가브릴라는 두 손을 쫙 벌리고 고개를 떨구었다. 아저씨는 불안한 듯 그의 모습을 지켜보고 있었다.

「자, 됐어, 됐어, 가브릴라!」 아저씨가 목소리를 높였다. 「그렇게 장황하게 늘어놓을 것까지는 없잖아, 이제 됐어!」

「괜찮아요, 아무렇지도 않아요.」 포마가 약간 얼굴이 창백해져

---

[56] E. I. 뿌가쵸프(1740년 혹은 1742~1775). 1773년부터 1775년까지 러시아에서 발발한 농민 반란의 주도자.

서 긴장 어린 웃음을 띠며 말했다.「말하게 내버려 둬요. 이것도 모두 당신이 뿌린 열매니까……」

「모조리 말씀드리지요.」 가브릴라가 무척이나 생기를 띠면서 계속해서 말했다.「아무것도 감출 것 없어요! 내 팔을 묶어 놓을 수 있을지는 몰라도 내 혀는 묶어 놓을 수 없을 테니! 포마 포미치, 나 같은 것은 당신 앞에 나가면 추악한 사람입니다. 한마디로 말해, 노예이지요. 하지만 그래도 화가 나요! 노예로 태어났고, 또 두려움과 걱정 속에서도 온갖 의무를 수행해야 하니 내가 언제나 당신의 시중을 들고 노예처럼 굴어야만 하는 것은 당연한 거지요. 당신이 글을 쓰고 있다면 난 당신을 성가시게 굴 만한 사람들을 당신의 방에 들어가지 못하도록 해야 하겠지요. 왜냐하면 그것이 바로 나의 의무일 테니까. 필요해서 내가 시중을 드는 일이라면 나는 전적으로 만족해서 그 일을 할 거요. 하지만 이 나이가 되어서 무슨 괴상한 짐승처럼 짖어 대게 만들어 사람들 앞에서 모욕을 받게 만든다면! 사실 난 지금 사람들 앞에 나다니지도 못하게 됐어요. 〈프랑스 인이다, 어이 프랑스 인!〉 하고 떠들고들 있단 말입니다. 그래요, 포마 포미치 나리, 바보인 나뿐만 아니라 많은 선량한 사람들이 모두 한 목소리로 말하고 있어요. 당신은 지금 사악한 인간이 되어 버렸고, 우리의 주인 나리는 당신 앞에 나서면 마치 어린아이가 되어 버린다고 말입니다. 또 당신은 태어날 때부터 장군의 아들이었고, 아마 얼마 있다가 직접 장군으로 근무하게 될지도 모르겠지만, 그러나 너무나 사악해서 틀림없이 진짜 독사일 거라고 말하고들 있습니다.」

가브릴라가 말을 마쳤다. 나는 너무나 기분이 좋은 나머지 제정신이 아니었다. 모든 사람들이 수런수런대는 가운데 포마 포미치는 독이 올라 창백해져 앉아 있었는데, 아마도 가브릴라의 예상치 못한 일격으로 아직도 정신을 차리지 못하고 있는 듯했다. 바로 그 순간, 이놈에게 어느 정도로 화를 내야 할까? 하고 생각하는 듯했다. 마침내 폭발이 뒤따랐다.

「뭐야! 네놈이 감히 내게 함부로 굴다니, 감히 나에게! 이건 반역이다!」 포마가 소리를 빽 지르면서 의자에서 껑충 일어섰다.

그를 뒤따라 장군 부인이 일어나더니 손바닥을 딱 쳤다. 혼란이 시작되었다. 아저씨가 달려가서 죄인인 가브릴라를 밀어내려 했다.

「수갑을 채워, 저놈에게 수갑을 채워!」 장군 부인이 소리쳤다. 「지금 당장 저놈을 읍(邑)으로 보내 군대에 보내 버려, 예고루쉬까! 그렇게 하지 않으면 내 축복을 받을 생각은 마라. 지금 당장 저놈에게 족쇄를 채워 군대로 보내 버려.」

「뭐라고.」 포마가 소리쳤다. 「이 노예놈이! 이 광대놈이! 이 쌍놈이! 그래, 감히 내게 함부로 군단 말이야! 야, 이놈, 내 장화나 닦을 놈아! 이놈이 감히 나를 독사라고 한단 말이야!」

이때 내가 작정하고서 단호하게 앞으로 나섰다.

「솔직하게 말씀드려서 이 경우에 저는 가브릴라의 견해에 전적으로 동감입니다.」 나는 분노로 몸을 떠는 포마 포미치의 눈을 정면으로 쏘아보면서 말했다.

그는 아마도 나의 출현에 너무나 놀라 처음에는 자신의 귀를 믿지 못하는 듯했다.

「이건 또 뭐야?」 그가 마침내 극도로 흥분해서 뻘겋게 충혈된 눈으로 나를 잡아먹을 듯 바라보며, 내게 달려들면서 소리쳤다. 「도대체 넌 뭐하는 놈이야?」

「포마 포미치⋯⋯.」 완전히 당황한 아저씨가 말하기 시작했다. 「얜 세료쟈야, 내 조카⋯⋯.」

「아, 그 학자!」 포마가 울부짖었다. 「그래, 바로 이놈이 학자란 말이지? 자유, 평등, 박애Liberté, Egalité, Fraternité[57]라 이거지.

---

57 프랑스 대혁명의 구호.

〈주르날 드 데바〉[58]라 이 말이지. 이봐, 헛소리 말아! 삭소니에서는 그런 게 안 통해! 여긴 뻬쩨르부르그가 아니야. 그러니 그리 호락호락하지는 않을 거다! 네놈의 드 데바 따위엔 침이나 뱉어주마! 네놈의 드 데바 따위를 우리 식으로 해주면 〈이봐, 집어치워!〉야. 학자라고! 네놈이 알고 있는 정도라면 나는 그 일곱 배를 벌써 잊어버렸어! 네놈의 학자란 겨우 그 정도야!」

만일 사람들이 그를 말리지 않았더라면, 아마도 그는 주먹을 쥐고 내게 달려들었을 것이다.

「이 사람 취했군요.」 나는 도무지 이해할 수가 없어서 주위를 돌아보면서 말했다.

「누가? 내가?」 목소리마저 변해서 포마가 소리쳤다.

「그래, 당신이!」

「술 취했다고?」

「그래, 취했다고.」

여기엔 포마도 더 이상 참지 못했다. 그는 마치 목을 잘리기라도 한 듯이 소리를 꽥 지르더니 그 자리에서 방을 뛰쳐나가 버렸다. 장군 부인은 아마도 기절해 버리고 싶은 모양이었지만, 그러나 포마 포미치의 뒤를 따라 뛰어나가는 것이 더 좋겠다고 생각한 듯했다. 그녀 뒤를 따라서 모두가 뛰어나갔고, 그리고 그들 모두를 따라서 아저씨가 뛰어나갔다. 내가 정신을 차리고 주위를 둘러보니, 방에는 예제비낀 혼자만 남아 있었다. 그가 웃으면서 손을 비볐다.

「조금 전에 예수회인지 뭔지에 대해서 약속하셨지요.」 그가 단물이 뚝뚝 떨어지는 목소리로 말했다.

---

58 원서에는 〈Journal de débat〉를 러시아 어 음독으로 쓰고 있다. 이는 1789년부터 발간된 프랑스의 신문 「논쟁」지를 말한다. 1850년대에 이르러 이 신문은 친정부적 성격을 띠게 되었다. 따라서 포마 포미치가 이 신문을 자유 사상과 연관 지어 말하고 있는 것은 근거 없는 것이다.

「뭐라고요?」 나는 무엇을 말하는 건지 알 수가 없어서 물었다.
「조금 전에 예수회에 대해 이야기해 주겠다고 약속하셨잖아요…… 재미있는 이야기일 것 같은데…….」
나는 테라스로 뛰어나갔다. 그리고 다시 정원으로 나갔다. 내 머리가 빙빙 도는 것 같았다…….

8. 사랑의 고백

흥분해서 그리고 극도로 자신을 못마땅하게 여기면서, 이제 내가 어떻게 해야 할 것인가를 생각하며 나는 약 15분 가량 정원을 돌아다녔다. 해가 저물고 있었다. 어두운 가로수 길모퉁이에서 문득 나는 나스쩬까와 얼굴을 마주치게 되었다. 그녀의 눈에는 눈물이 가득했는데, 손에 든 손수건으로 그것을 닦아 내고 있었다.
「당신을 찾고 있었어요.」 그녀가 말했다.
「저 역시 당신을 찾고 있었습니다.」 내가 그녀에게 대답했다.
「한번 말씀해 보세요. 제가 정신 병원에 와 있는 것은 아닙니까?」
「절대로 정신 병원이 아니에요.」 그녀는 모욕을 받았다는 듯이 나를 쏘아보면서 말했다.
「그렇다면 대체 여기서 벌어지는 일들은 다 뭡니까? 제발 부탁이니 제게 뭐라고 조언을 좀 해주세요! 아저씨는 지금 어디로 가셨지요? 제가 그리로 가봐도 될까요? 전 당신을 만나게 되어 정말 기쁩니다. 아마 당신은 저에게 뭔가 좋은 충고를 해주실 수 있겠지요.」
「그곳엔 가시지 않는 게 좋겠어요. 저도 지금 그곳에서 오는 길이에요.」
「그 사람들은 지금 어디 있습니까?」
「알 게 뭐예요? 아마 또 채소밭으로 달려갔겠지요.」 그녀가 흥분해서 말했다.

「채소밭이라니오?」

「지난 주에 포마 포미치가 더 이상 이 집에 머무르고 싶지 않다고 고래고래 고함을 지르더니 갑자기 채소밭으로 달려갔어요. 헛간에서 삽을 꺼내더니 밭이랑을 파헤치기 시작하더라고요. 우리 모두 정말 깜짝 놀랐지요. 정신이 나간 거 아니야? 하면서요. 그런데 그가 말하는 거예요. 〈봐라, 사람들이 나중에 내가 공짜로 빵을 얻어먹었다고 욕하지 못하게 하려는 거다. 내가 이 땅을 파서 내가 여기서 먹은 빵값만큼 돌려주겠다. 그러고 난 다음 여기서 떠나겠다. 봐라, 나를 이 지경에 이르게 하다니!〉 그래서 그 자리에 있던 모든 사람들이 울면서 무릎을 꿇고 사정하다시피 하며 그에게서 삽을 빼앗으려 했지요. 그런데도 그는 계속 파헤치는 거예요. 심어 놓은 순무를 모조리 다 뽑아 버렸지 뭐예요. 사람들이 한번 그렇게 봐준 적이 있으니까, 아마 그라면 지금 또 그 짓을 하고 있을 수도 있지요. 그 사람이라면 못할 것도 없지요.」

「당신까지도…… 당신까지도 그렇게 냉혹하게 말하다니…….」 나는 몹시 화가 나서 소리를 높였다.

그녀가 반짝이는 눈으로 나를 바라보았다.

「죄송합니다. 전 지금 제가 무슨 소리 하고 있는지도 잘 모르겠어요! 그런데, 저 당신은 제가 왜 여길 왔는지 아십니까?」

「저…… 아니오.」 그녀는 얼굴을 붉히면서 대답했다. 뭔가 괴로운 듯한 표정이 그녀의 얼굴 전체에 퍼졌다.

「저를 용서해 주시기 바랍니다.」 계속해서 내가 말했다. 「전 지금 무척 혼란스러운 데다, 제가 이 일에 대해 이야기를 시작하는 것이 좋지 않다고 생각하고 있습니다…… 특히 당신과는 말입니다……. 하지만 아무렴 어떻겠습니까! 제 생각에 이런 일에는 솔직한 것이 무엇보다 낫지요. 솔직히 말씀드려서…… 그러니까 제가 드리고자 하는 말씀은…… 당신은 아저씨의 계획을 아십니까? 아저씨께서 저에게, 당신에게 청혼을 하라고 분부하셨어요……」

「뭐, 뭐라고요, 정말 말도 안 되는 소리! 그런 이야기는 그만둬주세요, 제발!」 그녀가 온통 얼굴을 새빨갛게 붉히더니, 급히 내 말을 중단시키며 말했다.

나는 어리둥절했다.

「말도 안 되는 소리라고요? 하지만 아저씨가 정말 그렇게 제게 편지하셨는데요.」

「정말 그렇게 그분이 당신에게 편지를 하셨다고요?」 그녀가 아주 격렬하게 물었다. 「이런 정말! 그런 편지는 하지 않겠다고 그렇게 약속하고서는! 정말 말도 안 되는 소리야! 맙소사, 정말 쓸데없는 짓이에요!」

「죄송합니다.」 뭐라고 해야 될지 몰라서 나는 중얼거렸다. 「아마 제가 좀 둔하고 예의 없이 행동했을 겁니다……. 하지만 때가 때잖아요! 한번 생각해 보세요. 우린 지금 도무지 뭐가 뭔지 모르는 상황에 놓여 있지 않습니까…….」

「이런, 제발 죄송하다는 말은 그만두세요! 아시겠어요, 전 그런 말 말고도 듣기 괴로운 이야기가 많으니까요. 그건 그렇고, 한번 생각해 보세요. 사실 알고 싶은 것이 있어서 저도 당신과 이야기해 보고 싶었어요……. 정말 화나는 일이에요! 그래, 정말 그분이 그렇게 편질 하셨단 말이죠! 제가 제일 두려워했던 것이 바로 이 일이에요! 아이고, 하느님, 정말 뭐 그런 사람이 다 있어! 그래서 당신은 그 말을 믿고 부리나케 이곳으로 달려오신 건가요? 정말 잘하셨군요!」

그녀는 자신의 불쾌감을 감추려 하지 않았다. 나는 난처한 입장에 처하게 되었다.

「솔직히 말씀드려서,」 나는 너무나 당황한 나머지 이렇게 말했다. 「저는 이렇게 될 거라고는 생각하지 못했습니다. 반대로, 제가 생각하기로는······.」

「당신은 어떻게 생각하셨는데요?」 그녀가 입술을 살짝 깨물며 약간 비꼬는 듯한 투로 말했다. 「그런데 저, 그분이 당신에게 보냈다는 그 편지를 제가 한번 볼 수 없을까요?」

「괜찮습니다.」

「부탁인데, 제게 화를 내거나 혹은 제가 당신을 모욕하고 있다고 생각하지는 말아 주세요. 이 일 말고도 전 괴로워해야 할 일이 너무 많아요!」 그녀는 애원조의 목소리로 말했지만, 그녀의 어여쁜 입술 위에는 뭔가 비웃는 듯한 미소가 살짝 어려 있었다.

「이런, 제발 저를 바보 취급하지 마세요.」 내가 흥분해서 소리쳤다. 「아마도 당신은 제게 무슨 선입견을 가지고 있는 것 같군요? 아마 누군가가 당신 앞에서 저를 헐뜯기라도 한 모양이죠? 아니면 제가 조금 전에 실수했던 것 때문에 그러시는 건가요? 하지만, 분명히 말씀드릴 수 있습니다, 그건 아무것도 아니에요. 제가 지금 얼마나 바보처럼 당신 앞에 서 있는지는 저 자신도 잘 알고 있어요. 그러니 제발, 저에 대해 비웃지 말아 주세요! 뭐라고 말씀드려야 할지 잘 모르지만······ 이 모든 일은 제가 단지 빌어먹을 스물두 살이기 때문입니다!」

「이런! 도대체, 그래서요?」

「도대체, 그래서요라니오? 누구든 스물두 살이 되면 이마에 나는 스물두 살짜리입니다라고 써놓게 된단 말입니다. 가령, 조금 전에 제가 방 한가운데로 뛰어나갈 때의 제 모습이나, 지금 당신 앞에 서 있는 제 모습처럼 말입니다······. 정말 빌어먹을 나이지요!」

「오, 아니에요, 절대 그렇지 않아요!」 나스쩬까는 가까스로 웃음을 참아 가며 말했다. 「전 당신이 착하고 상냥하며 현명한 분이라고 믿고 있어요. 정말이에요, 전 솔직하게 말하고 있는 거예요! 하지만······ 당신은 단지 지나치게 자존심이 강할 뿐이에요. 하긴 그것도 차차 나아지겠지요.」

「제가 보기엔 필요할 정도의 자존심밖에 없는 것 같은데요.」

「아니오, 그렇지 않아요. 그런데 얼마 전에 당신이 당황했을 때, 왜 그랬지요? 들어올 때 뭔가에 걸려 비틀거렸기 때문이잖아요……! 그런데 당신은 무슨 권리로 당신에게 그렇게 잘 대해 주시는, 착하고 관대한 당신의 아저씨를 웃음거리로 만든 거지요? 우스꽝스럽게 된 것은 바로 자신인데, 왜 당신은 그분에게 그걸 떠넘기려 하신 거지요? 그건 바보짓이에요, 부끄러운 일이라고요! 그런다고 해서 당신이 명예롭게 되는 것도 아닌데. 그리고 솔직히 말씀드려서 그때 전 정말 당신이 싫었어요, 아시겠어요!」

「그건 정말 그래요! 제가 멍청했지요, 아니 그 이상이에요. 제가 비열하게 굴었던 겁니다! 당신이 그것을 보았으니, 전 이미 벌을 받은 거지요! 저를 욕하세요, 저를 비웃어 주세요. 하지만 아마 당신은 결국 당신의 생각을 바꾸시게 될 겁니다.」 나는 설명할 수 없는 이상한 감정에 사로잡혀 덧붙였다. 「당신은 아직 저라는 사람에 대해 잘 모르고 있어요. 그러니 나중에 좀 더 잘 알게 되면, 그때는…… 아마…….」

「제발, 그 이야기는 그만두세요!」 도저히 참을 수 없다는 듯이 나스쩬까가 목청을 높였다.

「좋아요, 좋아요, 그만두기로 하지요! 그런데…… 제가 어디서 당신을 만날 수 있을까요?」

「어디서 만나다니오?」

「우리가 지금 최종적인 이야기를 했다고 할 수는 없지 않습니까, 나스따시야 예브그라포브나! 제발 다시 만나겠다고 약속해 줘요, 오늘이라도 좋아요. 하긴 이미 어두워졌으니. 그럼 좋습니다, 괜찮으시다면 내일 아침 일찍은 어떨까요. 좀 일찍 깨우라고 일러두겠습니다. 아시지요, 저기 연못가에 정자가 있습니다. 저도 기억하고 있습니다. 길도 알고요. 전 어려서 여기서 살았으니까.」

「다시 만난다고요! 하지만 뭣 때문에? 안 그래도 지금 우리는 이야기하고 있는 중이잖아요.」

「하지만 전 지금 아무것도 몰라요, 나스따시야 예브그라포브나. 먼저 아저씨께 모든 걸 여쭤 봐야겠어요. 아저씨도 결국은 저에게 모든 걸 다 털어놔야 하실 테니까. 그러면 아마도 제가 당신에게 뭔가 매우 중요한 이야기를 하게 될 겁니다……」

「아니오, 아니오! 그럴 필요 없어요!」나스쩬까가 목소리를 높였다. 「다음에 다시는 이런 이야기가 없도록 이 모든 이야기를 지금 한번으로 끝내 주세요. 그리고 헛되이 그 정자로 가거나 하는 일은 없도록 해주세요. 분명히 말씀드립니다만, 전 그 정자로 가지 않을 거예요. 제발 이 말도 안 되는 소리들은 모두 머릿속에서 내던져 버리세요. 제가 진심으로 부탁드리는 거예요……」

「그럼, 그러니까 아저씨가 마치 미친 사람처럼 제게 그러셨단 말입니까!」나는 참을 수 없는 불쾌감 때문에 거의 기절할 정도로 소리를 질렀다. 「도대체 그럼 아저씨가 뭣 때문에 저를 이곳으로 부르신 겁니까……? 가만, 들리세요? 저게 무슨 소리지요?」

우리는 집 가까이까지 와 있었다. 깨진 창으로 빽빽거리는 소리와 왠지 괴상할 정도의 비명소리가 튀어나왔다.

「아이고 하느님!」얼굴이 하얗게 질린 그녀가 말했다. 「또다시! 내 저럴 줄 알았어!」

「저럴 줄 알았다니오? 나스따시야 예브그라포브나, 하나만 더 물어보겠어요. 물론 저에게는 이렇게 물어볼 아무런 권리도 없지만, 그러나 우리 모두를 위해 당신에게 이 마지막 질문을 드리겠습니다. 그러니 말씀해 주세요. 이건 오직 저만 알고 있겠습니다. 솔직하게 말씀해 주세요. 아저씨는 당신을 사랑하고 계십니까?」

「아! 제발 그 따위 말도 안 되는 생각은 머리에서 완전히 지워 버리세요!」화가 난 나머지 숨도 제대로 못 쉬면서 그녀가 소리쳤다. 「당신도 똑같군요! 만일 나를 사랑한다면 나를 당신에게 보낸다는 생각 따위는 하지 않았을 거예요.」그녀가 쓴웃음을 지으며 이렇게 덧붙였다. 「도대체 무엇 때문에 그렇게 생각하게 된 거죠? 당신은 지금 무엇이 문제가 되고 있는지 정말 이해하시지 못하겠어요? 저 비명소리가 들리지 않으세요?」

「아마…… 이건 포마 포미치가…….」

「그래요, 물론 포마 포미치지요. 하지만 지금은 저 때문에 저러고 있는 거예요. 왜냐하면 당신과 마찬가지로 저 사람들도 똑같은 헛소리를 하고 있기 때문이죠. 당신과 마찬가지로 그분이 나를 사랑하는 것은 아닌가 하고 의심하고 있어요. 사실 전 가난하고 보잘것없는 여자니까, 제 명예를 더럽히는 것은 그렇다고 쳐요. 하지만 저 사람들은 그분을 다른 여자와 결혼시키기 위해 먼저 위험을 없애려고 저를 집으로, 아버지에게로 쫓아 버리라고 저렇게 강요하고 있는 거죠. 그런데 그분은 그런 이야기를 꺼내기라도 하면 그 즉시 불같이 화를 내시는 거예요. 심지어 포마 포미치까지도 때려죽일 기세라니까요. 그래서 지금 저 사람들이 그 일을 가지고 저렇게 소리를 지르고 있는 거예요. 전 이렇게 될 거라고 예감하고 있었어요.」

「그럼 그 말이 사실이었군! 그러니까 아저씨가 그 따찌야나와 결혼하기로 되어 있단 말이죠?」

「어떤 따찌야나를 말씀하시는 거예요?」

「왜 그 바보 같은 여자 말이에요.」

「절대 바보가 아니에요! 그 여자는 착한 사람이에요. 당신이 그렇게 말할 권리는 없어요! 그 여자는 정말 고결한 마음씨를 가지고 있어요. 다른 많은 사람들보다 훨씬 고결한 마음씨를 가지고 있다고요. 그녀가 불행하다고 해서 그게 그녀의 잘못은 아니에요.」

「용서하세요. 그럼 당신이 전적으로 옳다고 해둡시다. 하지만 당신은 중요한 점에서 잘못 생각하고 있는 것은 아닐까요? 보세요, 제가 보기에는 저 사람들이 당신의 아버지에게 정말 잘 대해주는 것 같던데요. 만일 당신이 말한 것처럼 저 사람들이 그 정도로 당신에게 화를 내고 당신을 쫓아내려 한다면, 마찬가지로 당신의 아버지에게도 화를 내고 그에게도 형편없이 대해 줘야 하는 것 아니겠어요?」

「정말 모르시겠어요? 아버지는 저를 위해서 그러고 계신 거예요! 아버지는 그들 앞에서 광대짓을 해서 얼버무리고 계신 거라고요! 아버지가 포마 포미치의 기분을 잘 맞추어 주니까 모두들 아버지를 그렇게 대하고 있는 거예요. 그런데 포마 포미치는 자신이 광대였던 적이 있으니까, 지금 광대를 가지게 되어 저렇게 기분좋아하고 있는 거지요. 아버지가 도대체 누구를 위해 이런 일을 하실 거라고 생각해요? 그분은 나를 위해서, 오직 나를 위해서 그런 거예요. 아니면 그럴 필요가 없지요. 아버지는 자신을 위해서라면 그 누구에게도 머리를 숙이는 짓 따위는 할 분이 아니세요. 다른 사람의 눈에는 아마 무척 우스꽝스럽게 보일지 몰라도 그러나 아버지는 고결한, 정말 고결한 분이세요! 도대체 어쩌다가 그런 생각을 하게 되었는지는 모르겠지만, 분명히 말씀드리지만 제가 여기서 아주 좋은 보수를 받고 있기 때문은 절대로 아니에요. 아버지는 제가 여기, 이 집에 머물러 있는 것이 제게 더 좋을 거라고 생각하고 계세요. 하지만 이제 제가 아버지에게 잘 말씀드렸어요. 편지로 분명하게 밝혔지요. 그래서 아버지가 절 데려가기 위해 이리로 오신 거예요. 그리고 만일 사태가 극도로 악화되면 내일 당장이라도 떠날 생각이에요. 사실 이제 일이 갈 때까지 간 것이니까요. 저 사람들은 저를 못 잡아먹어서 야단이고, 지금 저 사람들은 틀림없이 저 때문에 저렇게 소리 지르고 있을 거예요. 저 사람들은 저 때문에 〈그분〉을 괴롭히고 있어요. 〈그분〉을 죽이고 말 거예요! 〈그분〉은 제게 아버지나 마찬가지예요. 아니 제 친아버지보다 더 소중한 분이세요! 전 기다릴 수 없어요. 전 다른 사람보다 더 많은 것을 알고 있어요. 내일 당장, 내일 당장 떠나겠어요! 혹시 알아요, 제가 떠나고 나면 저 사람들이 잠시

만이라도 〈그분〉과 따찌야나 이바노브나와의 결혼식을 연기하게 될지…… 자, 이제 당신에게 모든 것을 다 말해 주었어요. 그분에게 가서 말씀드려 주세요, 이제 전 그분과 이야기조차 할 수 없게 되었으니. 모두들 우리를 감시하고 있어요, 특히 뻬레뻴리찌나가 더해요. 〈그분〉더러 이제 제 걱정은 하지 말라고 전해 주세요. 그리고 여기서 제가 〈그분〉의 고통의 원인이 되느니 차라리 아버지의 오막살이에서 검은 빵을 먹으며 사는 것이 더 낫다고 전해 주세요. 저는 가난하니까 가난한 여자로 살아야겠지요. 어이구 하느님, 저게 웬 소란이야! 저건 또 무슨 비명이람! 아직까지 저기서 무엇들을 하고 있는 걸까요? 안 되겠어요, 나중에 무슨 일이 생기든 간에 지금은 저리 가봐야겠어요! 나중에 어떻게 되든지 가서 모든 걸 다 직접 대놓고 말해 버리겠어요! 반드시 그렇게 하고 말겠어요. 잘 가요!」

그녀가 달려갔다. 나는 같은 자리에 서서 지금까지 내가 여기서 해온 역할이 얼마나 우스꽝스러운 것인가를 철저히 깨닫고 있었다. 그리고 이 모든 일을 이제 어떻게 해결해 나가야 할지 전혀 생각할 수 없었다. 나는 이 가엾은 아가씨가 너무나 불쌍했고, 또 아저씨의 일이 걱정되었다. 갑자기 내 앞에 가브릴라가 나타났다. 그는 여전히 그 공책을 손에 쥐고 있었다.

「제발 아저씨께 가보세요!」 그가 침울한 목소리로 말했다.

나는 정신이 번쩍 들었다.

「아저씨에게? 지금 어디 계시지? 아저씨에게 무슨 일이라도 있었나?」

「다실에 계십니다. 조금 전에 차를 드신 바로 그 방 말입니다.」

「같이 계시는 분이라도?」

「혼자 계십니다. 지금 사람을 기다리는 중이지요.」

「누구를? 나를?」

「포마 포미치를 부르러 사람을 보냈습니다. 이제 행복했던 시절은 지나가 버렸어요!」 깊은 한숨을 내쉬면서 그가 덧붙였다.

「포마 포미치를 부르러? 흠! 그럼 다른 사람들은 어디에 있지? 부인들은 어디에?」

「자기 방에 계시지요. 기절을 하셨다가 지금은 정신없이 쓰러져 울고 계십니다.」

이런 이야기를 주고받으며 우리는 테라스에 도착했다. 정원은 이미 어두워져 있었다. 나와 포마 포미치의 격전이 벌어졌던 바로 그 방에서 아저씨는 정말 혼자 그곳을 성큼성큼 걷고 있었다. 탁자에는 촛불이 타고 있었다. 나를 보자 아저씨는 나에게 달려와 내 손을 꽉 잡았다. 그는 창백했고, 괴로운 듯 숨을 몰아 쉬고 있었다. 그의 두 손은 떨리고 있었으며, 이따금 신경성 경련이 그의 온몸을 휩쓸고 지나갔다.

9. 각하

「애야! 모든 게 다 끝났어! 다 해결되었어!」 아저씨는 비극적으로 속삭이며 말했다.

「아저씨,」 내가 말했다. 「전 뭔가 비명소리 같은 걸 들었는데.」

「비명이야, 애야, 비명. 온갖 것에 다 비명을 질러 댔으니! 어머니가 기절을 하셨어. 그래서 지금 저 위층에서는 모든 것이 다 뒤집혀 버렸다. 하지만 나는 결심했어. 그래서 내 자리를 지키고 있는 거지. 세료쟈야, 난 지금 누구도 두렵지 않아. 난 나도 고집이 세다는 걸 저 사람들에게 보여 줄 셈이다. 암, 보여 주고말고! 그리고 내가 일부러 너를 이리로 오게 한 것은, 내가 저 사람들에게 내 고집을 보여 주는 걸 도와주었으면 해서야……. 세료쟈야, 내 가슴은 조각조각 부서져 버렸어. 하지만 난 반드시, 기필코 단호하게 행동해야만 해. 정의란 엄격한 거야!」

「하지만 도대체 무슨 일이 있었던 겁니까, 아저씨?」

「나는 포마와 헤어지기로 했다.」 아저씨는 단호한 목소리로 말했다.

「아저씨!」 나는 너무나 기쁜 나머지 소리를 질렀다. 「정말 좋은 생각을 하셨어요! 만일 아저씨의 결심을 실행하는 데 제가 조금이라도 도움이 될 수 있다면…… 영원히 저를 마음대로 쓰세요.」

「고맙구나, 애야, 정말 고마워! 하지만 이제 모든 것이 다 해결됐어. 난 지금 포마를 기다리는 중이야. 이미 그를 부르러 사람을 보냈거든. 그놈이냐, 나냐! 우리는 헤어져야만 해. 내일이라도 당장 포마가 이 집을 나가든가, 아니면 맹세코 내가 모든 것을 버리고 다시 기병대로 들어가는 거야! 받아 줄 거다. 대대 하나 정도는 맡겨 주겠지. 이 모든 체계를 집어치워! 이제 모든 것이 새로워져야 해! 도대체 뭣 때문에 프랑스 어 공책을 가지고 다니는 거야?」 아저씨가 가브릴라를 향해 화를 내며 소리쳤다. 「그 따위는 집어치워! 불쏘시개로 태워 버리든가, 아니면 찢어 버려! 〈내〉가 너의 주인이고, 〈내〉가 너에게 프랑스 어 따위는 배울 필요 없다고 명령하는 거야. 너는 내 말대로 따르지 않으면 안 돼. 왜냐하면 너의 주인은 포마 포미치가 아니라 〈나〉란 말이다……!」

「나리께 영광을!」 가브릴라가 입속으로 중얼거렸다. 틀림없이 농담하고 있는 것이 아니었다.

「애야!」 감정에 벅차 아저씨가 계속해서 말했다. 「저 사람들은 도저히 불가능한 것을 내게 요구하고 있어! 네가 나를 심판해 다오. 네가 이제 공정한 심판관으로서, 저 사람들과 나 사이에 서는 거야. 너는 모를 거야, 지금까지 저 사람들이 내게 무엇을 요구해 왔는지, 너는 모를 거야. 그러더니 마침내 정식으로 요구를 한 거야. 모조리 다 말하더란 말이야! 하지만 그건 인류애와 고매한 이상과 명예에 어긋나는 일이야……. 내가 너에게 모든 걸 다 말해 주겠어, 하지만 우선…….」

「아저씨, 전 이미 모든 것을 알고 있어요!」 내가 그의 말을 중단시키면서 소리쳤다. 「전 짐작할 수 있어요……. 지금 나스따시야 예브그라포브나와 이야기하고 오는 길이에요.」

「얘야, 지금 그 일에 대해서는 아무 말도 하지 말아라!」 아저씨가 마치 뭣에라도 놀란 듯이, 내 말을 서둘러 잘랐다. 「나중에 네게 모든 걸 다 말해 주겠어, 하지만 그동안에는…… 뭐야?」 그가 방 안으로 들어온 비도쁠랴소프에게 소리쳤다. 「도대체 포마 포미치는 어디에 있는 거야?」

비도쁠랴소프는 포마 포미치가 〈이리로 오는 것을 원치 않고 있으며, 와라 마라 하는 요구는 지극히 무례한 것이라고 생각하고 있고, 따라서 포마 포미치가 이 일에 무척 모욕을 느끼고 있습지요〉라는 소식을 가지고 나타난 것이었다.

「그를 데려와! 끌고 오란 말이야! 그놈을 이리로! 오기 싫어하면 강제로라도 끌고 오란 말이야!」 아저씨가 발을 쾅쾅 굴러 대면서 소리쳤다.

지금까지 자신의 주인이 저렇게까지 화를 내는 일을 본 적이 없는 비도쁠랴소프는 몹시 겁을 집어먹고 물러갔다. 나는 놀랐다. 〈사람 좋은 분이 이렇게까지 화를 내고 그런 결정을 하다니,〉 나는 생각했다. 〈틀림없이 뭔가 대단히 중대한 이유가 있는 거야.〉

얼마 동안 아저씨는, 마치 자기 자신과 싸우기라도 하듯이 방 안을 아무 말없이 걸어다녔다.

「그런데 자네, 공책은 찢지 말아.」 마침내 아저씨가 가브릴라에게 말했다. 「잠깐 기다리게, 그리고 자네도 여기서 기다려. 아마 자네가 필요하게 될지도 모르니까. 얘야!」 아저씨가 나를 향해 덧붙였다. 「내가 조금 전에 너무 심하게 소리쳤던 것 같구나. 모든 일은 당당하게, 남자답게 해야 되는 거야. 소리 지르거나 모욕을 주는 일 없이 말이야. 그래, 세료쟈야, 네가 여기에 없는 편이 더 좋을 것 같지 않니? 어떻든 네겐 마찬가지니까. 나중에 내가 너에게 직접 모든 것을 다 말해 줄게. 응? 네 생각은 어때? 부탁이니 나를 위해 그렇게 해다오.」

「아저씨, 두려우세요? 후회되십니까?」 나는 정면으로 아저씨를 쏘아보며 말했다.

「아니야, 아니야. 난 후회하는 게 아니야!」 아저씨가 활기 차게 목소리를 높였다. 「난 지금 그 무엇도 두렵지 않아. 난 단호한 방법을 택한 거야, 그것도 가장 단호한! 너는 모를 거야, 저 사람들이 내게 무엇을 요구했는지, 상상도 못할 거다! 그래, 내가 저 사람들의 말에 동의해야 한단 말이야? 안 될 말, 난 증명해 보일 테다! 난 저 사람들의 말에 반대했고, 이제 증명해 보이겠어! 하지만 애야, 난 너를 이곳으로 부른 것을 후회하고 있어. 포마는 아마 네가 여기 있으면 몹시 괴로워할 거다. 자신이 모욕받는 장면을 목격당하고 있다고 생각할 거야. 이해하겠지? 난 가장 정중한 방법으로, 모욕을 주거나 하는 일 없이, 그에게 이 집을 나가 달라고 하고 싶어. 내가 지금 모욕을 주는 일은 없다고 말하고 있지만, 그건 내가 그렇게 말하는 것일 뿐이야. 문제가 문제이니 만큼, 아무리 좋은 말로 해도, 어쨌든 모욕을 당했다고 생각하겠지. 난 좀 성격이 거친 데다 교육도 받지 못했고, 그러니 내가 소동이라도 부리거나 뭔가 어리석은 짓이라도 한다면, 나 자신도 나중에 기분이 별로 좋지 않을 거야. 아무튼 그가 나를 위해 좋은 일을 많이 했으니······. 애야, 나가 있어 다오······. 벌써 저기 그를 데려오고 있구나! 세료쟈야, 부탁이니 나가 있어 다오. 내가 나중에 모든 걸 다 말해 줄게. 제발 나가 다오!」

그리고 아저씨가 나를 테라스로 데리고 나가는 바로 그 순간, 포마가 방으로 들어왔다. 여기서 한 가지 고백해 둘 것이 있다. 나는 그 자리를 뜨지 않았다. 나는 테라스에 남아 있기로 작정했는데, 그곳은 몹시 어두웠기 때문에 방 안에서 나를 보기란 매우 어려웠다. 나는 몰래 엿듣기로 결심했던 것이다!

나 자신의 행위를 무엇으로도 정당화할 수는 없겠지만, 그러나 감히 말하겠는데, 이 30분 동안을 테라스에 서 있으면서 잘 참아 냈기 때문에, 나는 순교자의 공적에 값하는 희생을 했다고 생각한다. 내가 있던 자리에서는 그들의 말이 잘 들리기도 했거니와 그들이 잘 보이기도 했다. 문이 유리로 되어 있었던 것이다. 자, 이제 거절할 경우 강제로라도 끌고 오라고 위협을 해서 나타나도록 〈명령을 받은〉 포마 포미치의 모습을 한번 상상해 보기 바란다.

「내가 그런 위협을 듣다니, 내 귀가 잘못된 것이겠지요, 대령?」 방으로 들어서면서 포마가 소리쳤다. 「정말 내게 그렇게 전하신 겁니까?」

「자, 자, 포마, 진정해.」 아저씨가 용감하게 대답했다. 「앉으라고. 진지하게, 친구처럼 형제처럼 이야기하자고. 자 앉게, 포마.」

포마 포미치가 당당하게 의자에 앉았다. 아저씨는 빠르고 불규칙한 발걸음으로 방 안을 돌아다니고 있었는데, 틀림없이 어디서부터 말을 시작해야 할지 고민하고 있는 것 같았다.

「즉 형제처럼.」 그가 반복했다. 「자네가 내 말을 받아들여 줘야해, 포마. 자넨 어린애가 아니야. 나 역시 어린애가 아니고. 한마디로 말해 우리 둘 다 모두 성인이란 말이야……. 흠! 포마, 우린 몇 가지 점에서 의견이 일치하지 않아……, 그러니까, 다만 몇 가지 점에서 말이야. 그래서 포마, 이제 헤어지는 게 좋지 않을까? 난 자네가 고매한 사람이며, 자네가 내게 좋은 일을 해주려고 한다는 것을 확신하고 있어, 그래서 말인데…… 아무튼 길게 말할 것 없겠지! 포마, 난 자네의 영원한 친구이며, 이 점에 대해서는 모든 성인들의 이름을 걸고 맹세할 수 있어! 여기 은화 1만 5천 루블이 있어. 이건 농노들에게 마지막 남은 찌꺼기까지 다 긁어모아 우려낸 전부라네. 부디 받아 주게! 난 물론 자네의 생활을 보장해 주어야 해! 여기 이건 거의 대부분 저당표[59]이고, 현금은 그리 많지 않아. 부디 받아 주게! 그렇다고 해서 절대로 자네가 나에게 빚진 거라고 할 수 없어. 왜냐하면 자넨, 내가 결코 다 보답해 줄 수 없는 많은 일들을 나에게 해주었으니까 말이야……. 그래, 바로 그래. 난 그렇게 느끼고 있어. 이제 이 점이 제일 중요한데, 우리 이제 헤어지자고. 내일이나 아니면 모레나…… 아니면 자네가 편할 때 아무 때나…… 이별하자고. 포마, 우리 마을을 떠나서 10베르스따 조금 넘어 가보게. 거기 교회 옆 첫번째 골목에 녹색 덧창들이 달린 조그마한 집이 있어. 과부가 된 사제 아내의 아주 좋은 집이야. 마치 자네를 위해 지어 놓은 집 같아. 그녀가 그 집을 팔려고 내놓았지. 난 이 돈에다 자네에게 그 집을 사주겠어. 우리 마을과 가까운 그곳에서 살아 보는 거야. 문학과 과학을 연구해서 명예도 얻고…… 그곳 관리들은 모두 한결같이 선량하고 성의가 있으며 청렴한 사람들이지. 사제장은 학자이고 말이야. 축제 때면 우리 집에 손님으로 오는 거야, 그렇게 우리 천국에서처럼 한번 살아 보는 거야! 어때, 그렇게 하겠어?」

〈저런 조건으로 포마를 내쫓다니! 아저씬 나에게 돈에 대한 걸 숨겼어.〉 나는 생각했다.

오랜 시간 동안 쥐죽은 듯한 침묵만이 흘렀다. 포마 포미치는 대단히 놀란 모양으로 의자에 꼼짝 않고 앉아서 아저씨를 바라보고 있었고, 아저씨는 이 침묵과 시선 때문에 점점 불안해지는 모양이었다.

「돈을 주세요!」 마침내 포마가 꾸민 듯이 부드러운 목소리로 말했다. 「그것들이 어디 있습니까? 돈이 어디 있어요? 이리 주세요, 빨리 이리 가져와요!」

「바로 여기 있어, 포마. 마지막 찌꺼기까지 다해서 꼭 1만 5천이야. 여기 이건 신용 어음이고, 이건 담보물이야. 잘 알겠지만……

---

59 전당포에서 적정한 가격으로 지불했음을 증명하는 영수증.

자 여기 있어!」

「가브릴라! 이 돈들을 가져가.」 포마가 딱 잘라서 말했다. 「너에겐 아마 이 돈들이 필요할 거다. 아니, 아니야!」 그가 갑자기 목소리를 높였다. 게다가 무슨 괴상한 소리를 내면서 의자에서 벌떡 일어났다. 「아니야, 먼저 그것들을 내게 줘. 그 돈들을, 가브릴라! 나에게 내놓으란 말이야! 이리 가져와! 이 수백만 루블을 가져오라고, 내가 그것들을 이 두 발로 짓밟아 주겠어. 내가 그것들을 찢어 버릴 수 있도록, 침을 뱉어 집어 던질 수 있도록, 더럽혀서 모욕할 수 있도록 이리 내놔! 나에게, 나에게 돈을 제안하다니. 내가 이 집에서 나가도록 나를 매수하다니! 정말 내가 그런 이야기를 들은 건가? 내가 이토록 모욕을 당해야만 하는 건가? 자, 여기, 당신의 수백만 루블이 있어요! 보시오, 자 여기, 여기, 여기 또 여기! 아직까지도 당신이 나라는 사람을 몰랐다면, 자 이렇게 포마 오삐스낀이 이것들을 짓밟아 주겠어요, 대령!」

그리고 포마는 돈 다발을 집어서 방에다 던져 버렸다. 주목할 것은 그가, 그토록 떠벌였던 것처럼 지폐 한 장 찢지도, 침을 뱉지도 않았다는 사실이다. 그는 단지 몇 장을 조금 구겼을 뿐인데, 그것도 무척 조심스럽게 그런 것이었다. 가브릴라가 달려가 마루에서 돈들을 모았고, 나중에 포마가 나간 후 조심스럽게 자신의 주인에게 갖다 드렸다.

포마의 행동이 아저씨를 완전히 멍하게 만들었다. 이번에는 거꾸로 아저씨가 그 앞에서 꼼짝 않고, 아무 생각 없이 입을 떡 벌리고 서 있었다. 그러는 사이 포마는 다시 의자로 자리를 옮겼고, 마치 이루 다 말할 수 없이 괴로운 듯 숨을 몰아 쉬었다.

「자넨 정말 대단한 사람이야, 포마!」 마침내 정신을 차린 아저씨가 소리쳤다. 「자넨 사람들 중에서 가장 고결한 사람이야!」

「저도 알고 있어요.」 포마가 부드럽지만 말로 표현할 수 없이 위엄 있는 태도로 대답했다.

「포마, 나를 용서해 주게! 난 자네에게 비하면 비열한 놈이야, 포마!」

「그래요, 제게 비하면.」 포마가 맞장구를 쳤다.

「포마! 자네의 고매한 성품에 내가 놀란 것은 아니야.」 아저씨가 너무나도 환희에 차서 계속 말했다. 「내가 놀란 것은, 그와 같은 조건으로 자네에게 돈을 제안할 정도로 내가 무례하고, 멍청하며, 비열할 수 있다는 사실이야! 하지만 포마, 한 가지는 자네가 잘못 생각했어. 난 결코 자네로 하여금 이 집을 나가도록 만들기 위해, 자네를 매수하려 한 것이나 혹은 돈을 지불하려 한 것은 아니야. 단지 정말 단순한 마음에서, 자네가 우리 집을 떠나게 될 때 부족한 것이 없도록, 자네에게 돈이 있어야겠다고 생각하고 배려한 것일 뿐이야. 이 점에 대해서는 자네에게 맹세할 수 있어! 포마, 자네에게 기꺼이 무릎을 꿇고, 무릎을 꿇고 사과하겠어. 만일 자네가 원하기만 하면, 지금 당장이라도 자네에게 무릎을 꿇고…… 자네가 원하기만 하면…….」

「당신이 무릎을 꿇는 일 따윈 저와 상관없어요, 대령……!」

「하지만, 정말! 포마, 나를 심판해 주게. 정말 너무 흥분하고 놀라서, 난 제정신이 아니었어…… 하지만 이야기해 주게, 말해 주게. 내가 어떻게 하면 자네에게 준 이 모욕에 대한 대가를 치를 수 있는지 말이야! 가르쳐 주게, 제발 말해 주게…….」

「됐어요, 그럴 필요 없어요, 대령! 그리고 분명한 것은, 내일 당장 저는 이 집의 문지방에서, 내 장화의 먼지를 털고 있을 것이라는 사실입니다.」

그리고 포마는 의자에서 몸을 일으켰다. 아저씨는 너무나 놀라 그를 다시 앉히려 달려갔다.

「안 돼, 포마. 자넨 떠날 수 없어, 자네에게 이 점은 분명히 말해 두겠어!」 아저씨가 소리쳤다. 「먼지니 장화니 하는 것들에 대해서는 더 이상 말하지 말아, 포마! 자넨 떠날 수 없어, 아니면 내가 이 세상 끝까지라도 자네를 쫓아갈 거야. 자네가 나를 용서할 때까지 그렇게 자네 뒤를 늘 졸졸 쫓아다닐 거야……. 맹세해, 포마, 난 반드시 그렇게 할 거야!」

「당신을 용서해 달라고요? 당신이 잘못을 저질렀다고요?」 포마가 말했다. 「하지만 당신은 당신이 내게 또 한 가지 잘못을 저질렀다는 사실을 이해하고 있기라도 합니까? 당신이 지금 이곳에서 내게 빵 조각을 주었다는 사실, 그것마저도 이젠 내게 잘못을 저지른 것이 되어 버렸다는 사실을 이해하고 있어요? 내가 당신의 집에서 먹어 치운 과거의 빵 조각 하나하나에 당신이 시시각각 독을 탄 것이나 마찬가지라는 사실을 이해하고 있습니까? 당신은 지금 이 빵 조각을 이유로, 내가 그 빵 조각을 삼켰다는 이유로 나를 비난했어요. 당신은 지금 내가 당신의 집에서 마치 노예처럼, 종처럼, 마치 당신의 장화나 닦아 주는 하인처럼 살아왔다는 사실을 보여 준 거요! 그런데도 나는 순수한 마음에서, 지금까지 내가 당신의 집에서 마치 친구처럼, 마치 형제처럼 지내고 있다고 생각해 온 거요! 당신과 나 사이가 마치 형제 같은 사이라고, 수천 번 그 뱀 같은 혓바닥으로 믿도록 해준 것은 당신, 바로 당신 자신이 아니었나요? 도대체 무슨 이유로 당신은, 아무도 모르게 내가 바보처럼 빠져 들어가고 만 이 그물을 짜고 있었던 거요? 도대체 무슨 이유로 당신은, 저 컴컴한 어둠 속에서 지금 당신이 나를 밀어 넣으려고 했던 이 늑대 함정을 파고 있었던 거요? 도대체 무슨 이유로 전에 미리, 지금 당신이 휘두르고 있는 이 몽둥이로 나를 일격에 후려치지 않았던 거요? 도대체 무슨 이유로 당신은 처음부터, 마치 수탉의 목을 비틀듯 그렇게 내 목을 비틀지 않았던 거요? 단지 그러니까…… 가령, 단지 그 수탉이 알을 못 낳는다는 것을 이유로 목을 비틀어 버리듯이 말이오? 그래, 바로 그래! 대령, 난 이 비유가 비록 시골의 생활 풍습에서 취해 왔고 다소 하찮은 현대 문학적인 분위기를 풍기기는 하지만, 이 비유가 정말로 적절하다고 생각해요. 왜냐하면 이 비유는 당신이 내게 퍼부은 비난들이 얼마나 무의미한 것인가를 분명하게 보여 주고 있기 때문이오. 또한 내가 당신에게 잘못을 저질렀다고 한다면, 그것은 마치 앞서 가정한 이 수탉이 알을 못 낳는다는 이유로 자신의 경솔한 주인에게 못마땅한 취급을 받는 것과 마찬가지니까요! 제발 부탁이오, 대령! 그래, 친구나 혹은 형제를 돈으로 살 수 있는 겁니까? 그렇다면 도대체 무엇 때문에? 이게 중요한 거요, 도대체 무엇 때문에? 〈내 사랑하는 형제여, 내가 너에게 빚을 졌도다. 자네는 내 생명을 구해 준 거나 마찬가지야. 자, 여기 유다의 은화를 주겠다. 그러니 이걸 가지고 당장 내 눈앞에서 꺼져라!〉 뭐 이런 겁니까? 오호 얼마나 유치한가! 당신이 내게 얼마나 무례하게 행동한 건지 아십니까! 내가 오직 평화스러운 마음으로 당신에게 행복을 안겨 주려 애쓰고 있을 때, 당신은 내가 당신의 황금을 바라고 있다고 생각했겠지요. 당신이 얼마나 내 가슴에 상처를 주었는지! 당신은 마치 어린아이가 딱지를 가지고 놀듯이, 그렇게 나의 고매한 감정을 가지고 논 거요! 오래전부터, 대령, 아주 오래전부터 난 이런 일을 예상하고 있었어요. 바로 그 이유로 난 이미 오래전부터 당신이 주는 빵 때문에 숨이 막혔던 것이며, 이 빵들로 인해 목이 메었던 거요! 바로 그 이유로 당신이 주는 깃털 이불이 내 숨을 막았던 거요. 아시겠어요? 즐거움을 준 것이 아니라 내 숨을 막았던 거요! 바로 그 이유로 당신의 설탕이, 당신의 사탕 과자가 내게는 매운 고추였어요. 절대로 사탕 과자가 아니었단 말이오! 안 될 말! 대령, 혼자서 잘 살아 보시고 혼자서 좋은 일 하시오. 그리고 포마는 등에 포대 자루를 메고 자신의 검소한 길을 갈 수 있도록 내버려 두시오. 그렇게 될 거요, 대령!」

「안 돼, 포마, 절대로 안 돼! 그렇게는 안 될 거야, 그렇게 될 수 없다고!」 완전히 기가 꺾인 아저씨가 신음소리를 냈다.

「바로 그렇게 될 거요, 대령, 바로 그렇게! 그렇게 되어야만 하기 때문에 바로 그렇게 될 거요. 내일 당장 난 당신 집을 떠날 거요. 당신의 이 수백만 루블을 뿌려 보시오, 내가 가는 길에 모스끄바까지 가는 큰길 가득히 신용 화폐로 도배를 해보시오, 그러면 나는 당신의 화폐들을 따라, 오만하게 그것들을 깔보면서 걸어갈 거요. 바로 이 두 다리로, 대령, 그 화폐들을 짓밟아서 더럽히고 완전히 깔아뭉개 줄 거요. 그리고 이 포마 오뼤스낀은 자신의 고매한 영혼 하나만으로도 충분히 배가 부를 거요! 자 이제 내 할 말은 다했소! 잘 있어요, 대령. 잘 있 — 어 — 요, 대령……!」

그러고는 포마가 다시 의자에서 일어나려 했다.

「용서해 줘, 용서해 줘, 포마! 제발 잊어버리자고……!」아저씨가 애원하는 목소리로 반복해서 말했다.

「〈용서해 줘〉라고요! 하지만 내가 당신을 용서한다고 해서 뭐가 달라지는 거요? 그래, 좋아요, 내가 당신을 용서해 준다고 칩시다. 나는 기독교인이고, 어쨌든 난 용서해 주지 않고는 못 배기니까. 난 지금 이미 반쯤은 당신을 용서하고 있어요. 하지만 스스로 한번 판단해 보세요. 내가 만일 지금 1분이라도 당신의 집에 머무른다면, 그것이 정말 건전한 상식에, 고매한 영혼에 합당한 일이라고 할 수 있을까요? 당신은 나를 쫓아내려 했는데!」

「합당해, 합당하고말고, 포마! 분명히 말해 두겠는데, 합당한 일이야!」

「합당한 일이라고요? 하지만 지금 우리가 서로서로 평등한 입장에 놓인 것이라고 할 수 있을까요? 당신은 지금 내가 고결하게 행동함으로써 당신을 이겨 낸 것이라는 사실을, 당신은 비열하게 행동함으로써 스스로를 망친 것이라는 사실을 이해 못하겠어요? 당신은 패배했지만, 난 승리했어요. 그런데 어떻게 똑같이 평등할 수가 있겠어요? 하지만 또한 서로 평등하지 않다면 과연 서로 친구가 될 수 있을까요? 내가 이렇게 말하는 것은 아마 당신이 지금 생각하고 있는 것처럼 당신에 대해 내가 승리감에 차 있기 때문에, 혹은 당신 앞에서 나를 치켜세우고자 하는 마음이 있기 때문이 아니라 실은 정말 통곡하는 마음으로 그러는 것이오.」

「하지만 나 자신도 정말 통곡하는 마음으로 말하는 거야, 포마, 분명하게 말하겠는데······.」

「그래, 바로 이 사람이 그 사람이란 말인가.」 포마가 신랄한 어조를 성스러운 어조로 바꾸어서 계속 말했다.「내가 그토록 무수한 밤을 까맣게 새워 가며 위하였던 그 사람이 바로 이 사람인가! 얼마나 무수한 불면의 밤을, 나는 침대에서 일어나 촛불을 밝히고 속으로 말하였던가. 〈지금 그는 너를 믿고 평온하게 잠들어 있다. 그러니 너, 포마여, 잠자지 말고 일어나 그를 위해 밤을 지켜 생각하라. 혹시 아는가, 이 사람의 행복을 위해 무슨 좋은 생각이라도 하게 될지.〉 불면의 밤이면 바로 이렇게 포마는 생각했던 거요, 대령! 그런데 이 대령이란 사람은 바로 이렇게 그에 대한 보답을 하는구려! 아무튼 됐어요, 이제 충분해요······!」

「하지만 난 보상하겠어, 포마, 난 다시 자네의 우정을 보상할 거야, 자네에게 맹세하겠어!」

「보상하겠다고요? 하지만 그런다는 보장이 어디 있습니까? 기독교인으로서 난 당신을 용서하고 심지어 당신을 사랑하기까지 할 거요. 하지만 인간으로서, 고결한 인간으로서 나는 나 자신도 모르게 당신을 경멸하지 않을 수 없게 될 거요. 도덕의 이름으로 나는 그렇게 하지 않을 수 없어요. 왜냐하면 난 — 다시 반복하건대 — 세상에서 가장 고매하게 행동했지만, 그러나 당신은 스스로를 타락시켰으니 말이오. 그래, 당신들과 같은 사람들 중 누가 나처럼 고매하게 행동한 적이 있습니까? 이 포마가, 모든 사람들로부터 천대받는 가난한 이 포마가, 위대한 선(善)에 대한 사랑으로 거절했던 이 거액의 돈을 저처럼 거절할 수 있는 사람이 그들 중 있을 것 같아요? 없어요, 대령. 당신이 나와 비교할 정도가 되려면 지금부터 수많은 공적을 쌓아야만 할 거요. 하지만 당신은, 동등한 계층의 사람에게 하듯이 나에게 존칭을 쓰지 않고 종에게나 하듯이 〈하게〉 투로 말하고 있으니 무슨 공적을 쌓을 수가 있겠어요?」

「포마, 하지만 난 우정 어린 마음에서 자네에게 편하게 말을 놓고 있는 거야!」 아저씨가 절규했다. 「난 자네가 불쾌해 하는 줄은 몰랐어……. 어이구 이런! 정말 내가 조금이라도 그런 줄 알았다면…….」

「당신은,」 포마가 계속해서 말했다. 「내가 당신에게 나를 장군에게 하듯이 〈각하〉라고 불러 달라고 할 때, 그런 지극히 간단한 부탁도, 지극히 하찮은 부탁도 들어주지 못했어요. 아니 정확하게 말해서, 들어주려 하지 않았지요…….」

「하지만, 포마. 그건 정말 있을 수 없는 횡령이나 마찬가지라고, 포마.」

「있을 수 없는 횡령이라고요! 지금 당신은 어디서 본 책 구절을 반복하여 외고 계신 거요. 그래, 그것을 반복하고 있는 거란 말이오, 마치 앵무새처럼! 하지만 당신은 나를 〈각하〉라고 불러 주기를 거절함으로써 나에게 모욕을 주고 나를 욕한 것이나 마찬가지라는 사실을, 내가 왜 그런 요구를 하는지 이해하지도 못하면서 나를 정신 병원에나 보내 버려야 할 변덕꾸러기 바보 취급을 함으로써 나를 욕한 것이나 마찬가지라는 사실을 알아주셔야 겠어요! 난 말이오, 이런 관등이니 지상의 명예니 하는 것이, 만일 그것이 선행으로 빛나는 것이 아니라면 그 자체로는 하찮은 것이라고 경멸하는 사람이오. 그래, 이런 내가 장군이라는 이름을 사칭하려 한다면, 그건 나 자신을 웃음거리로 만드는 것이라는 사실을 이해 못할 듯싶어요? 아무런 선행도 없는 장군이라는 관등이라면 수백만 루블을 준다고 해도 난 받지 않을 거요! 그런데도 당신은 나를 미치광이 취급을 했단 말이오! 바로 당신을 위해서 나는 나 자신의 자존심을 희생했던 것이며, 당신과 당신이 좋아하는 〈학자들〉이 나를 미치광이 취급을 할 수 있을 것이라는 사실을 알면서도 그냥 내버려 두었던 거요! 오직 당신의 지혜를 깨우쳐 주고 싶어서, 당신의 도덕심을 계발시키고 새로운 사상의 빛을 당신에게 던져 주고 싶어서, 오직 그 때문에 나는 당신에게 장군의 직함을 요구한 거요. 난 무엇보다도 당신이, 장군들을 이 지구에서 가장 빛나는 별로 간주하지 않게 되길 바랬던 거란 말이오. 위대한 정신이 없는 관등이란 하찮은 것이며, 따라서 당신 주위에 선행으로 주위를 비추어 주는 그런 사람들이 있을 수 있는데도, 단지 장군이 온다는 것만으로 야단법석을 피울 필요가 없다는 사실을 당신에게 보여 주고 싶었던 거란 말이오! 하지만 당신은 언제나 내 앞에서 자기가 대령이라는 사실로 거만을 떨어 왔으니 나에게 〈각하〉라고 부르기가 어려운가 봅니다그려. 바로 그 때문이오! 이유는 바로 여기서 찾아야지, 무슨 다른 사람의 운명을 횡령한다는 말 따위에서 찾을 것이 아니란 말이오! 모든 원인은, 당신은 대령이지만 난 단지 포마라는 사실에 있는 거요……」

「아냐, 포마, 아니야! 분명히 말하지만 그런 건 아니야. 자넨 학자야, 자넨 단지 포마인 것은 아니야……. 난 자넬 존경하고 있어……」

「당신이 날 존경한다고요! 얼씨구! 그래, 당신 생각대로 날 존경한다고 합시다. 그럼 한번 내게 말해 보시오, 그래 내가 장군 칭호를 받을 만한 사람입니까, 아닙니까? 우물쭈물하지 말고 분명하게 대답해 봐요, 그럴 만한 사람입니까, 아닙니까? 난 당신의 지혜를, 당신이 얼마나 계발되었는지를 한번 보고 싶어요.」

「그 성실함으로 보나, 청렴결백함으로 보나, 지혜로 보나, 비길 데 없이 고매한 정신으로 보나, 각하란 칭호에 합당한 사람이지!」 아저씨가 무척이나 자랑스러운 듯이 말했다.

「그래, 내가 합당한 사람이라면 도대체 무엇 때문에 당신은 날

〈각하〉라고 부르지 못하는 거요?」

「포마, 자네가 원한다면 그렇게 불러 주겠어……」

「난 그걸 원해요! 대령, 난 지금 날 〈각하〉라고 불러 주기를 주장하는 바요! 난 당신에게 이 일이 얼마나 어려운 것인지 잘 알고 있어요. 바로 그렇기 때문에 이 일을 요구하는 거요. 당신의 입장에서 보자면 이건 당신이 공적을 쌓는 첫걸음을 위한 희생이오. 왜냐하면 — 이 사실을 잊지 말아요 — 당신이 나와 어울릴 수 있으려면 당신은 반드시 많은 공적을 쌓아야 하니까요. 당신은 자기 자신을 극복해야만 해요. 그리고 오직 그럴 때만이 내가 당신의 성실성을 믿을 수 있을 것 아니겠어요……」

「내일 당장 자네를 〈각하〉라고 불러 주겠어, 포마!」

「안 돼요, 대령, 내일은 내일일 뿐이오. 난 당신이 오늘, 지금 당장 나를 〈각하〉라고 불러 주기를 요구하고 있어요.」

「자네 뜻이라면, 포마, 난 언제라도 기꺼이…… 하지만 왜 지금이어야 하는 거지, 포마?」

「왜 지금 당장이어서는 안 되는 겁니까? 아니면 부끄러우신 겁니까? 만일 부끄러워하시는 거라면 절 모욕하는 거나 마찬가지입니다.」

「그래, 알았어, 포마, 난 기꺼이…… 난 자랑스럽기까지 한걸……. 단지 뭐랄까, 포마, 어디서 시작해야 할지, 〈각하, 안녕하십니까〉 이럴 수도 없고. 그럴 것까지는 없잖아……」

「아니오, 〈각하, 안녕하십니까〉가 아니오. 이건 벌써 조롱기 어린 어조잖아요. 마치 농담이나 우스꽝스러운 연극 같아요. 난 그런 농담 따위는 허락할 수 없어요. 정신 차려요, 대령, 정신 똑바로 차리란 말이오! 그 어조를 바꿔요!」

「자네 지금 농담하는 건 아니지, 포마?」

「먼저 난 〈자네〉가 아니오, 예고르 일리치. 난 〈당신〉이오. 이걸 잊지 말아요. 그리고 난 포마가 아니라 포마 포미치요.」[60]

「그래 정말, 포마 포미치, 난 좋아! 난 정말 좋아……. 다만, 내가 뭐라고 말해야 할까?」

「말끝에 〈각하〉라는 말을 덧붙이기가 힘드신가 보군. 이해해요. 그럼 그렇다고 하실 것이지! 충분히 용서해 줄 만해요. 특히 〈저술가〉가 아닌 사람이 존칭을 표현하려 하면 잘 안 되겠지요. 당신은 저술가가 아니니 내가 당신을 도와드리기로 하지요. 내가 하는 대로 따라 해요. 〈각하……!〉」

「그럼, 〈각하〉.」

「아니, 아니. 〈그럼, 각하〉가 아니라 그냥 〈각하!〉 분명히 말하지만, 대령, 그 어조를 바꾸란 말이오! 그리고 말을 할 때 가볍게 목례를 하면서 상체를 약간 앞으로 숙였으면 하는데, 당신이 모욕이라 생각하지 말아 주었으면 좋겠어요. 장군과 말할 때는 상체를 약간 앞으로 숙이면서, 그런 방법으로 존경과 복종을 표현하는 법이오. 다시 말해, 그의 훈시를 들을 준비가 되어 있다는 걸 나타내는 거요. 나 자신이 장군들의 모임에 참석해 본 일이 있어서 잘 알고 있어요…… 자 그럼, 〈각하〉.」

「각하.」

「저는 제가 처음부터 각하의 높은 뜻을 알아차리지 못한 점에 대해, 마침내 사죄할 수 있는 기회를 가지게 된 것을 무한히 기쁘게 생각합니다. 앞으로 모든 사람들을 위해, 자신의 미력한 힘이나마 아끼지 않을 것을 감히 말씀드립니다……. 그래, 이 정도면 됐어요!」

불쌍한 아저씨! 아저씨는 이 잠꼬대 같은 소리를 한 문장 한 문장, 한 단어 한 단어 그대로 따라 해야만 했다! 나는 죄라도 지은 듯이 서서 얼굴을 붉혔다. 화가 나서 숨이 막힐 지경이었다.

「그래, 이제 못 느끼겠어요?」 이 학대자가 말했다. 「당신은 지

---

60 이름(포마)과 함께 부칭(포미치)을 부르면 상대방에 대한 존칭이 된다.

금 당신의 영혼으로 천사가 날아든 것처럼 갑자기 마음이 편해짐을 느낄 거요……. 당신은 천사가 와 있는 것이 느껴지지 않나요? 대답해 봐요!」

「그래, 포마, 정말 마음이 편해진 것 같아.」 아저씨가 대답했다.

「당신은 지금 자신을 이겨 냈기 때문에, 마치 심장을 성유(聖油)에다 한번 담갔다 꺼낸 것 같을 거요, 그렇지 않아요?」

「그래 포마, 정말 기름 위를 미끄러지는 것 같은 기분이야.」

「기름 위를 미끄러지는 기분이라고요? 홈…… 하지만 난 기름에 대해 말한 게 아닌데…… 아무튼 마찬가지요! 이건 당신이 해야 될 일을 했다는 걸 뜻하는 거요! 자신을 이겨 내도록 해요. 당신은 자존심이 세요, 너무나 세단 말이오!」

「그래, 자존심이 너무 세, 포마. 나도 알고 있어.」 숨을 헐떡이며 아저씨가 말했다.

「당신은 이기주의자요, 그것도 지독한 이기주의자란 말이오…….」

「이기주의자야, 난 이기주의자야. 맞아, 포마. 그것도 알고 있어. 내가 자네와 알게 되었을 때부터 난 내가 이기주의자란 걸 알게 되었지.」

「난 지금 당신에게 아버지로서, 자애로운 어머니로서 말하고 있는 거요……. 당신은 자기 자신으로부터 모든 사람들을 물리쳤어요. 그리고 속담에서 말하듯이, 귀여운 송아지는 두 엄마 소에게서 젖을 얻어먹는다는 사실을 잊어버리고 있어요.」

「그것도 맞는 말이야, 포마!」

「당신은 난폭해요. 당신이 너무 난폭하게 다른 사람의 마음에 뛰어들고, 너무 오만하게 다른 사람의 관심을 끌려고 하니까, 제대로 된 사람이라면 당신을 피해 저 머나먼 곳으로 달아나려 하는 거란 말이오!」

아저씨가 다시 한번 깊은 한숨을 내쉬었다.

「좀 더 상냥하고 좀 더 조심스럽게, 좀 더 애정을 가지고 다른 사람들을 대하도록 해요. 다른 사람을 위해 자신은 잊어버려요. 그러면 다른 사람들도 당신을 기억하게 될 겁니다. 다른 사람들과 어울려 함께 사는 것, 바로 이게 나의 원칙이오! 참고 일하고 기도하고 희망을 가져라, 바로 이게 내가 단숨에 전 인류에게 불어넣고 싶은 진리요! 당신이 이 진리를 지키며 살아간다면, 누구보다도 내가 먼저 당신에게 내 마음을 열어 보일 거요. 당신의 가슴을 부둥켜안고 눈물을 흘릴 거요……. 그럴 필요가 있다면 말이오……. 이래도 나, 저래도 나, 내가 최고다! 뭐 이런 식이면, 함부로 말해서 죄송하지만, 결국에는 모두가 나리를 싫어하게 되는 법이지요.」

「정말 청산유수로군!」 경건한 태도로 가브릴라가 중얼거렸다.

「맞는 말이야, 포마. 나도 늘 그렇게 생각하고 있어.」 감동한 아저씨가 맞장구를 쳤다. 「하지만 언제나 내가 잘못만 저지르는 것은 아니야, 포마. 내가 제대로 교육을 받지 못한 데다가 군인들과 함께 지냈기 때문에 그런 거야. 그러나 자네에게 맹세하네만, 나도 느낄 줄 아는 사람이야. 연대를 떠날 때 내가 인솔하던 대대의 전 경기병들이, 다시는 나 같은 사람을 만나지 못할 거라고 말하면서 엉엉 울었지……! 그때 난 생각했어. 내가 아직 완전히 가망 없는 사람은 아닐 수도 있겠구나, 하고 말이야.」

「또 이기적인 잘난 척! 또다시 자존심을 내세우다니! 당신은 자기를 치켜올리면서 한편으론 경기병들이 울었다느니 하며 나를 비난했어요. 그래, 눈물을 흘려 가며 나를 칭송해 준 사람들은 없었지 않느냐, 이거죠? 하지만 그랬을 수도 있어요. 아마 그랬을 수도 있지 않겠어요.」

「이거 내가 혀를 잘못 놀렸군, 포마. 즐거웠던 시절이 생각나서 참을 수가 없어서 그랬던 거야.」

「즐거운 시절은 하늘에서 떨어지는 게 아니라 우리가 만드는 거요. 그건 바로 우리들의 마음에 있는 거요, 예고르 일리치. 내가 수많은 고통에도 불구하고 도대체 왜 언제나 행복한지, 언제나 만족하며 내 영혼은 평화를 누리는지, 누구도 싫어하지 않는지 아시겠어요? 하긴 바보들과, 꼭대기에서 춤이나 추는 〈학자들〉은 제외하고 말이오. 난 그놈들을 용서하지도 않거니와 용서하고 싶지도 않아요. 난 바보들을 싫어해요! 그리고 도대체 이 학자들이란 무엇이오? 〈과학을 연구하는 사람!〉 하지만 학자들이 하는 과학에서 나오는 것이란 무슨 사기 같은 장난이지 과학이 아니에요. 조금 전에 그 사람이 한 소리, 그게 도대체 뭐요? 그를 이리로 데려와 봐요! 학자라는 학자는 모두 다 끌고 와보란 말이오! 모조리 다 논박해 보여 주겠어요. 그들이 내놓는 명제들쯤은 모조리 논박해 보일 수 있다고요! 영혼의 고매함에 대해서는 더 말할 것도 없지요……」

「물론이야, 포마. 당연하지. 그걸 누가 의심할 수 있겠어?」

「가령, 조금 전만 해도 그래요. 난 지혜와 재능, 거대한 독서량과 인간 영혼에 대한 지식, 현대 문학에 대한 조예를 보여 주었어요. 난 하찮은 꼬마린스끼 춤을 가지고도 재능 있는 인간의 대화를 위한 고상한 주제를 만들 수 있다는 것을 보여 주었으며, 아주 뛰어나게 그걸 밝혀 보였어요. 그런데 뭐요? 학잔지 뭔지 하는 사람들 중에, 그래, 누가 나를 진정으로 평가할 수 있습니까? 천만의 말씀! 난 그가 이미, 내가 아무것도 모르는 사람이라고 말했을 거라 확신해요. 아마 마키아벨리[61]나 메르카단테[62]가 와서 그들 앞에 앉아 있더라도 그들은, 아마도 그가 가난하고 유명하지 않다는 것을 이유로 헐뜯을 거요……. 그런 걸 놓칠 수가 없겠지……! 꼬로프낀인가 하는 사람 이야기를 들었는데, 그래, 이 사람은 또

---

61 N. B. 마키아벨리(1469~1527). 르네상스 시대의 정치가이자 사상가.
62 메르카단테(1797~1870). 이탈리아의 작곡가. 포마 포미치는 『신곡』의 저자 단테와 메르카단테를 혼동하고 있다.

뭐하는 사람이오?」

「꼬로프낀은 현명한 사람이야, 포마, 과학자야……. 난 그를 기다리고 있어. 아마 정말 좋은 이야기를 들려줄 거야, 포마!」

「흠! 의심스러운걸. 아마도 책을 잔뜩 짊어진 현대의 멍청이일 거요. 대령, 그들에게는 영혼이 없어, 가슴이 없다고요! 선행이 없는 학식이 도대체 뭐요?」

「아니야, 포마, 아니라고! 그 사람이 가족의 행복에 대해 얼마나 훌륭하게 이야기를 해주는데! 심장이 다 뛸 정도야, 그러니 자네가 직접 한번 보라고, 포마!」

「흠! 그래 두고 봅시다. 꼬로프낀도 한번 시험을 해봐야겠군. 아무튼 좋아요.」 의자에서 몸을 일으키며 포마가 결론을 내렸다. 「난 아직 당신을, 당신을 완전히 용서할 수는 없군요, 대령. 정말 너무나도 심한 모욕이어서 말이오. 하지만 난 기도하겠어요. 아마 그러면 하느님께서 모욕받은 내 마음에 평화를 보내 주실 수도 있겠지요. 우리 이 일에 대해서는 내일 다시 이야기하기로 하고, 이제 그만 날 보내 주시오. 난 너무 지치고 피곤해서…….」

「아, 포마!」 아저씨가 걱정스러운 듯 말했다. 「자네 정말 지쳤군! 원기를 북돋아 주기 위해 뭐라도 좀 먹어 보지 않겠나? 내 지금 그리 일러 놓겠어.」

「뭘 먹어 보라고요! 하 — 하 — 하!」 경멸적인 웃음 소리로 포마가 답했다. 「먼저 독으로 사람을 취하게 만들고는 이제 뭘 좀 먹어 보지 않겠냐고요? 마음의 상처를 무슨 볶은 버섯이나 절인 사과 같은 것으로 고치려 하다니! 당신은 정말 가련한 유물론자요, 대령!」

「에이, 포마. 난 정말 순수한 마음에서…….」

「아무튼 좋아요. 이제 이런 이야기는 그만둡시다. 난 가겠으니, 당신은 지금 당장 어머님에게 가보세요. 가서 무릎을 꿇고 통곡하며 눈물을 흘리세요. 그리고 그분에게 용서를 빌어요. 이건 당신의 본분이자 당신의 의무요!」

「아, 포마. 난 내내 그것만 생각하고 있었어. 심지어는 자네와 이야기하면서도 그것을 생각하고 있었다니까. 난 하룻밤 내내 어머니에게 무릎을 꿇고 용서를 빌 수도 있어. 하지만 한번 생각해 봐, 포마. 어머니가 지금 내게 어떤 일을 요구하고 있느냐 말이야! 이건 정말 부당하고 잔인한 일이야, 포마! 부디 너그러운 마음으로 날 좀 행복하게 만들어 줘. 정말 이 일만 해결해 주면 그때는…… 그때는…… 내 맹세하겠어……!」

「안 됩니다, 예고르 일리치. 안 돼요, 이건 내 소관이 아니에요.」 포마가 대답했다. 「당신도 아시다시피 난 이 일에는 조금도 간섭하지 않았어요. 혹시 당신은, 내가 이 모든 일의 원인이라고 확신하고 있을지 모르겠지만, 분명하게 말하겠는데 나는 처음부터 이 일에 대해서는 철저하게 제삼자의 입장을 취해 왔어요. 이 일은 모두 단지 당신 어머님의 뜻에 따른 것이지만, 물론 어머님도 당신이 잘되기를 바라기 때문에 그러고 계신 거예요……. 자, 이제 가세요. 서둘러 가서 순종으로써 당신이 처한 이 상황을 개선시키세요. 해질 때까지 화를 풀지 않으면 안 됩니다![63] 그리고 나는…… 나는 한밤 내내 당신을 위해 기도하겠어요. 난 이미 잠이라는 것이 무엇인지 잊은 지 오래요, 예고르 일리치. 그럼 난 이만! 그리고 자네, 자네도 용서해 주겠어.」 포마는 가브릴라를 향해 덧붙였다. 「네가 제정신으로 그런 행동을 한 것은 아니라는 사실을 난 잘 알고 있어. 내가 만일 너에게 모욕을 주었다면 너도 나를 용서해라……. 그럼 이만, 모두들 잘 있어요. 하느님께서 당신 모두들에게 은총을!」

포마는 나갔다. 나는 그 즉시 방으로 뛰어들었다.

「너 엿듣고 있었구나?」 아저씨가 목소리를 높였다.

---

63 성서 인용. 에페소 인들게 보낸 편지 4장 26절.

「그래요, 아저씨, 엿들었어요! 아니 아저씨, 어떻게 아저씨가 그놈을 〈각하〉라고 부를 수가 있어요……!」

「그래, 내가 어떻게 할 수가 있겠니, 애야? 난 자랑스럽기까지 한걸……. 위대한 공적을 쌓기 위해서라면 그쯤은 아무것도 아니야. 하지만 얼마나 고결하고, 얼마나 공평무사하고, 얼마나 위대한 인물이냐! 세르게이, 너도 들었지……? 내가 도대체 무슨 귀신이 씌어서 이 돈으로 그를 매수하려 든 건지, 정말 이해할 수가 없구나! 애야! 난 정말 무엇에 홀렸던 것 같아. 내가 너무나 흥분해서 그의 뜻을 이해하지 못했던 거야. 난 그를 의심하고 나쁜 놈이라고 비난하고 있었으니……. 하지만 아니야! 그는 내 적이 될 수 없는 사람이야. 이제 난 그런 사실을 깨달았어……. 너도 보았지, 그가 돈을 거절할 때 그의 얼굴 표정이 얼마나 고결해 보이더냐?」

「좋아요, 아저씨. 자랑스러워하시든지 말든지 마음내키는 대로 하세요. 하지만 전 여길 떠날 겁니다. 더 이상은 참을 수 없어요! 마지막으로 하나만 물어볼 테니 대답해 주세요. 무엇 때문에 제가 필요하신 겁니까? 무엇 때문에 저를 불러내셨던 거고, 제게 무엇을 기대하신 겁니까? 만일 모든 일이 다 끝난 것이고, 이제 제가 필요 없다면 전 가보겠습니다. 전 도저히 이런 광경을 참을 수 없어요! 오늘 당장 떠나겠어요.」

「애야……,」 언제나처럼 아저씨는 분주하게 말했다. 「2분만이라도 기다려 다오. 난 지금 어머니에게 가야 돼……. 그곳에 가서 일을 끝내야만 해……. 정말 중요한 일이란 말이야……! 그동안 혼자 좀 있어 다오. 여기 가브릴라가 여름 별채로 널 안내해 줄 거다. 여름 별채 기억 나지? 정원에 있는 것 말이야. 벌써 내가 치워 놓으라고 일러두었고, 네 짐도 그리로 보내 두었다. 나도 그리로 가마. 양해해 다오, 한 가지 일만 해결하고 — 이젠 내가 어떻게 해야 할지를 알겠어 — 그 즉시 너에게로 달려가마. 그리고 너에게 하나도 빠짐없이 모조리 다 이야기해 주겠어. 내 생각을 다 밝히겠어. 그리고…… 그리고…… 우리에게도 언젠가는 행복한 날이 오겠지! 2분만, 딱 2분만, 세르게이!」

그는 내 팔을 한번 꽉 쥐더니 서둘러 방에서 나갔다. 어쩔 수 없었다. 다시 가브릴라와 함께 여름 별채로 향할 수밖에.

10. 미진치꼬프

가브릴라가 나를 데려간 별채는 옛날 습관대로 〈신관〉으로 불렸는데, 실은 이미 오래전에 이곳에 살았던 이전의 지주에 의해 세워진 것이었다. 이 별채는 구관에서 몇 걸음 떨어지지 않은, 구관과 같은 정원에 세워져 있는 매우 훌륭하고 아담한 목조 건물이었다. 별채의 삼면은 키가 크고 오래된 보리수나무들로 둘러싸여 있었고, 보리수나무의 가지들이 온통 지붕을 덮고 있었다. 이 아담한 건물에는 방이 네 개 있었는데, 모두 꽤 괜찮은 가구들로 꾸며져 있었고 이곳을 찾아온 손님들이 사용하곤 했다. 가브릴라가 이끄는 대로 이미 내 가방을 옮겨다 놓은 방으로 들어갔더니, 침대 앞에 있는 조그만 탁자에 편지지가 놓여 있었다. 그 편지지는 다양한 필체들로 아주 화려하게 빽빽이 채워져 있었으며, 꽃무늬와 멋을 부린 서명과 장식 글자들로 마무리되어 있었다. 대문자들과 꽃무늬에는 여러 가지 색칠도 되어 있었다. 이 모든 것들이 어우러져 아주 정성 어린 서예 작품을 만들어 내고 있었다. 첫 줄을 읽어 보자마자 나는 이 편지가 나에게 보내진 일종의 탄원서라는 사실을 알 수 있었는데, 이 편지에서는 나를 〈교육을 받은 은인〉이라고 부르고 있었다. 제목은 〈비도쁠랴소프의 눈물 어린 호소〉라고 씌어 있었다. 나는 뭐라고 쓴 것인지 이해하기 위해 무척이나 애를 써보았지만, 아무리 노력해도 허사였다. 이 편지는 하인들이 흔히 나리들에게 하는 말투로 씌어진, 잔뜩 멋만 부리고 아무런 의미도 없는 말들의 나열로 이루어져 있었다. 내가 추측할 수 있었던 것은 단지, 비도쁠랴소프가 어떤 곤란한 상황에 놓여 있으며, 내가 좀 애를 써주었으면 한다는 사실뿐이었다. 무엇 때문인지 〈내가 교육받았다는 이유로〉 나에게 매우 희망을 걸고 있으며, 결론적으로 그를 위해서 아저씨에게 부단히 말씀드려 줄 것과, 아저씨에게 〈나의 기계로〉 — 이것은 이 편지의 말미에 쓰어진 그대로이다 — 영향력을 행사해 줄 것을 요청하고 있었다. 내가 이 편지를 읽고 있을 때, 문이 열리더니 미진치꼬프가 들어왔다.

「당신과 사귈 기회를 허락해 주셨으면 합니다.」 그가 친근하게, 그러나 매우 정중하게 말하면서 내게 악수를 청했다. 「조금 전엔 당신과 몇 마디 이야기도 해보지 못했지만, 난 첫눈에 당신이 마음에 들었어요. 당신과 좀 더 친하게 사귀어 보고 싶어요.」

비록 난 그때 몹시 기분이 나빴지만, 즉시 나 또한 기쁘다는 등의 말로 대답했다. 우리는 자리를 잡고 앉았다.

「당신이 들고 있는 게 뭡니까?」 내가 그때까지 손에 들고 있던 종잇장을 보더니, 그가 말했다. 「혹시 비도쁠랴소프의 눈물 어린 호소가 아닌지요? 바로 그렇군! 난 벌써 비도쁠랴소프가 당신에게도 달려들 것이라고 확신하고 있었지요. 그놈은 나에게도 그것과 똑같은 종이 조각을, 그것과 똑같은 눈물 어린 호소를 내민 적이 있었지요. 그놈은 이미 오래전부터 당신을 기다리고 있었으니, 아마 틀림없이 미리 준비해 두었을 겁니다. 뭐 그렇게 놀라지 마세요. 여긴 괴상한 일도 많고, 우스꽝스러운 일도 정말 많지요.」

「그냥 우스꽝스럽기만 합니까?」

「그럼, 울어야 하겠습니까? 원하신다면 비도쁠랴소프의 이야기를 해드리지요. 장담합니다만, 틀림없이 배를 잡고 웃게 될 겁니다.」

「솔직히 말해서, 지금 비도쁠랴소프에게 신경 쓰고 있을 기분이 아닙니다.」 화가 나서 나는 그렇게 대답했다.

미진치꼬프 씨가 이렇게 찾아와 인사해 주는 것이나 그의 친절한 이야기, 이 모두가 무슨 목적인지는 몰라도 틀림없이 그가 일부러 계획한 것이며, 미진치꼬프 씨가 뭔가 나를 필요로 하는 일이 있음에 분명했다. 조금 전만 해도 얼굴을 찡그리고 냉정하게 앉아 있던 그가, 지금 와서는 유쾌한 듯 만면에 미소를 지으며 재미있는 이야기를 해주겠다고 나서니 말이다. 첫눈에 보아도 그가 자신을 잘 다스릴 줄 알며, 아마 사람의 심리도 잘 아는 사람이라는 것은 명백했다.

「빌어먹을 포마놈!」 나는 너무나 화가 나서 주먹으로 탁자를 치며 말했다. 「내가 보기엔 그놈이 이 집에서 일어나고 있는 재앙의 근원이며, 그가 온갖 일에 다 끼어들고 있음에 틀림없어요! 빌어먹을 짐승 같은 놈!」

「그에 대해 지나치게 화를 내셨던 것 같군요.」 미진치꼬프가 주의를 주었다.

「지나치게 화를 냈다고요?」 버럭 화를 내며 내가 목소리를 높였다. 「물론, 조금 전에 내가 지나치게 흥분했고, 따라서 그곳에 계셨던 모든 분들이 날 비난하는 것도 당연합니다. 내가 주제넘게 나서서, 모든 점에 있어서 창피를 당해 마땅한 행동을 했다는 사실도 잘 알고 있으며, 또 아무리 해도 그걸 납득할 수 있게 해명할 수는 없으리라고 생각하고 있어요……! 또 상류 사교계에서 그렇게 해서는 안 된다는 사실도 잘 알고 있어요. 하지만 생각해 보세요, 어떻게 흥분하지 않을 수 있겠습니까? 아시겠지요, 여긴 정말 정신 병원입니다! 그리고…… 그리고…… 물론…… 난 여길 당장 떠나겠어요, 정말로 그럴 겁니다!」

「담배 피우십니까?」 미진치꼬프가 침착하게 물었다.

「예.」

「그럼 한 대 피워도 괜찮겠군요. 저기서는 담배를 피울 수가 없어서요. 정말 피우고 싶어 죽을 지경이었어요.」 담배를 피워 물더니 그가 계속해서 말했다. 「여기가 정말 정신 병원 같은 곳이라는 점에는 나도 동의합니다. 하지만 부디 믿어 주시기 바랍니다. 난 당신을 비난할 생각은 없어요. 내가 당신의 입장이었다면 아마도 훨씬 더 화를 냈을 것이고, 당신보다 더 앞뒤를 가리지 않고 덤벼들었을 테니까요.」

「당신도 정말 그렇게 화가 났다면, 그때는 왜 잠자코 있었던 겁니까? 내가 기억하기로는, 당신은 정반대로 아주 냉정하셨던 것 같은데요. 솔직히 말해서, 난 모든 사람들에게 그렇게 잘 대해 주시는 불쌍한 아저씨를 위해 당신이 나서지 않는 것이 이상할 정도였습니다.」

「당신 말이 맞아요. 그는 많은 사람들에게 정말 잘해 주시지요. 하지만 나는 그분을 위해 나서는 것이 전혀 무익한 일이라고 생각하고 있어요. 첫째로 그러는 것이 그분을 위해 무익할 뿐만 아니라 오히려 모욕적인 일이 될 수도 있을 것이기 때문이고, 둘째로 그렇게 되면 내일 당장 나는 쫓겨나게 될 테니까요. 솔직하게 말씀드리지요. 지금 내가 처한 상황은 여기서 손님 대접을 받으면서 살아 나가지 않으면 안 될 지경입니다.」

「난 지금 당신의 상황에 대해 솔직하게 말해 달라고 하는 것이 아니에요…… 내가 물어보고 싶은 것은, 당신이 벌써 여기서 한 달을 지내 보셨으니…….」

「뭐 사양하실 것 없어요. 어서 물어보세요. 기꺼이 대답해 드리지요.」 미진치꼬프가 의자를 앞으로 당기며 재빨리 대답했다.

「그럼, 가령 이런 사실을 어떻게 설명하시겠습니까. 조금 전에 포마 포미치가 자신의 손아귀에 들어온 것이나 마찬가지인 은화 1만 5천 루블을 거절했어요. 이건 내 눈으로 똑똑히 본 일이에요.」

「어떻게 그런 일이? 정말입니까?」 미진치꼬프가 소리를 높였다. 「말씀해 주세요, 부탁입니다!」

나는 〈각하〉에 대한 것만 빼고 다 말해 주었다. 미진치꼬프는 매우 호기심이 당기는지 열심히 듣고 있었다. 이야기가 1만 5천 루블에 이르자, 그는 얼굴색까지 바뀌는 것이었다.

「정말 교활하군!」 이야기를 듣고 나서 그가 말했다. 「포마놈이 그 정도일 줄은 몰랐는데.」

「하지만 돈을 거절했단 말이에요! 이걸 어떻게 설명할 수 있을까요? 정말로 고귀한 정신의 소유자란 말인가요?」

「나중에 3만 루블을 받기 위해 1만 5천 루블을 거절한 걸 거요. 하긴 또 모르지.」 그가 생각에 잠겨 덧붙였다. 「난 포마가 무슨 속셈이라는 걸 가질 수 있을까 하는 점에는 의심을 갖고 있습니다. 그는 비현실적인 사람이에요. 뭐랄까, 기질상 시인과 마찬가지라고나 할까. 1만 5천이라…… 흠! 아시겠어요. 그는 돈을 선택할 수도 있었겠지만, 그러나 한번 잘난 척 뽐내고 싶은 유혹을 이기지 못했던 거지요. 이놈은 무척이나 불평도 많고 눈물도 많은 물러 터진 놈이지만, 그럼에도 불구하고 주체할 수 없을 정도로 자존심도 강하거든요!」

미진치꼬프는 심지어 화를 내기까지 했다. 그는 무척이나 속이 상한 듯도 했고, 심지어 모욕을 받은 듯도 했다. 나는 호기심을 갖고 그를 살펴보았다.

「흠! 이제 더 큰 변화를 기다려 봐야겠군.」 그가 생각에 잠겨서 이렇게 덧붙였다. 「이제 예고르 일리치는 포마에게 무릎을 꿇고 빌 겁니다. 감격한 나머지, 아마 기꺼이 결혼하려 들지도 모르겠군요.」 그가 잇새로 말을 내뱉듯이 이렇게 덧붙였다.

「그럼 아저씨가 그 미치광이 바보와, 그렇게 추악하고 부자연스러운 결혼을 하게 될 것이라고 생각하십니까?」

미진치꼬프가 무언가를 살피는 듯한 시선으로 나를 바라보았다.

「비열한 인간들!」 흥분해서 내가 소리쳤다.

「하지만 그들의 생각도 충분히 근거가 있는 것입니다. 그들은 그가 가족을 위해, 아무튼 무엇인가 해야만 한다고 주장하고 있어요.」

「그럼, 지금까지 아저씨가 그들을 위해 애써 준 것이 부족하다는 겁니까!」 나는 화가 나서 소리쳤다. 「그리고 당신은 어떻게 그런 생각이 근거 있는 거라고 말할 수 있습니까. 저 천한 바보와 결혼한다는 것이 말이나 됩니까!」

「물론, 그 여자가 바보라는 점에는 나도 당신과 동감입니다……. 흠! 당신이 아저씨를 이렇게 사랑하고 있다는 것은 좋은 일이지요. 나 역시 그렇게 생각해요……. 비록 그 여자의 돈으로 영지를 늘릴 수도 있겠지만! 아무튼 그들에게는 다른 이유도 있어요. 그들은 예고르 일리치가 그 가정교사와 결혼하게 되지 않을까 두려워하고 있어요……. 무척 재미있는 아가씨지요, 기억 나세요?」

「정말…… 정말 그게 있을 수나 있는 일입니까?」 내가 흥분해서 물었다. 「내가 보기에 이건 중상모략이에요. 제발 부탁인데 말씀해 주세요. 나에게는 몹시 궁금한 이야기이니까…….」

「정말, 완전히 푹 빠졌지요! 당연히, 단지 그걸 숨기고 있을 뿐이에요.」

「숨기고 있다고요! 당신은 아저씨가 숨기고 있다고 생각하십니까? 그럼 그녀는? 그녀도 아저씨를 사랑하나요?」

「틀림없이 그녀도 그럴 겁니다. 게다가 그와 결혼할 수 있다면 그건 그녀에게 대단한 이익이 될 겁니다. 그녀는 무척이나 가난하니까.」

「하지만 당신은 그들이 서로 사랑하고 있다는 추측에 대한 무슨 증거라도 가지고 있습니까?」

「이런 일은 알아차리지 못할 수가 없는 법이지요. 게다가, 아마 그들은 비밀스럽게 만나기도 하는 모양이던데요. 심지어 그들이 허용될 수 없는 관계를 가졌다고도 말하고들 있어요. 부탁인데, 이런 이야기는 아무한테나 하지 마세요. 난 이 이야기를 비밀로 말하고 있는 겁니다.」

「그런 이야기를 믿을 수 있다는 겁니까?」 내가 소리쳤다. 「그럼 당신도, 당신도 이 따위 이야기를 믿고 있다는 겁니까?」

「물론 전적으로 믿는다는 것은 아닙니다. 내가 그곳에 있었던 것은 아니니까요. 하지만 그럴 가능성이 높다는 거지요.」

「어떻게 그럴 수가! 아저씨의 고결한 인격과 명예를 생각해 보세요!」

「동의해요. 하지만 나중에 반드시 합법적인 결혼을 이룰 생각이라면 탈선할 수도 있는 것 아닙니까? 또, 반복해서 말씀드리지만, 난 절대로 이 소문이 전적으로 진실한 것이라고 생각하는 것은 아니에요. 게다가 이 집에서는, 그녀에 대한 온갖 나쁜 평판이 나돌고 있으니까. 심지어는 그녀가 비도쁠랴소프와 관계를 가졌다고까지 말한다니까요.」

「그것 봐요!」 내가 소리쳤다. 「비도쁠랴소프와 관계를 가지다니! 그래, 그게 가능한 일이에요? 정말 이런 이야기까지 들어야 하다니, 혐오스럽지 않습니까? 그래, 정말 당신은 그런 소문까지 믿고 있습니까?」

「내가 이미 말했잖아요, 내가 전적으로 그런 이야기들을 믿고 있는 것은 아니라고요.」 미진치꼬프가 침착하게 말했다. 「그냥 있을 수도 있는 일이라고 생각할 뿐이에요. 이 세상에서는 온갖 일이 다 벌어지니까요. 내가 그곳에 있었던 것도 아니고, 사실 나와는 무관한 일이라고 생각하고 있어요. 하지만 내가 보기에는, 당신이 이 일에 대해 무척이나 관심이 크신 것 같으니까, 의무상 한마디 더 덧붙여야 할 것 같군요. 사실 비도쁠랴소프와 관계를 가졌다느니 하는 소문은 정말 그리 믿을 만한 게 못 돼요. 이 모든 건 안나 닐로브나, 바로 뻬레뻴리찌나의 계략이지요. 그 여자가 이전에 자신이 예고르 일리치에게 시집을 갔으면 했거든요 ― 하느님 맙소사! ― 자기가 중령의 딸이라는 이유로 그런 생각을 했다니까요. 아무튼, 그래서 질투심에 못 이겨 그 따위 소문을 여기저기 퍼뜨리고 다니는 거지요. 이제는 실망한 나머지 완전히 미쳐 버린 거예요. 아무튼, 이제 이 일에 대해서는 내가 할 수 있는 이야기를 모두 다 말씀드린 것 같군요. 솔직하게 말해서, 난 이런 날조된 이야기를 끔찍하게 싫어해요. 무엇보다, 소중한 시간을 낭비할 뿐이니까요. 난 사실 당신에게 조그마한 부탁이 있어서 여기 온 겁니다.」

「부탁이라니오? 해보세요, 내가 도와드릴 수 있는 거라면 뭐든지 도와드리지요…….」

「내가 보기에, 당신은 아저씨를 무척이나 사랑하고 있으며 결혼과 관련해서 아저씨의 운명에 대해서도 많은 관심을 가지고 계신 것 같으니, 아마 당신도 이 일에는 조금 흥미를 느끼실 거라고 생각합니다. 또 그렇게 되기를 바라고요. 그런데 내가 이 부탁을 말하기 전에, 이 부탁에 대한 예비적인 부탁이 있습니다.」

「어떤 건데요?」

「바로 이런 겁니다. 당신이 나의 본격적인 부탁을 들어주겠다고 할 수도 있을 것이고 그럴 수 없다고 할 수도 있을 겁니다. 어떤 경우가 됐든 내가 그 부탁을 말하기 전에, 지금부터 나에게서 듣게 될 모든 이야기를 우리 둘만의 비밀로 해서, 어떤 경우에도 또 어떤 사람에게도 이 비밀을 누설하지 말 것, 그리고 이제 내가 어쩔 수 없이 당신에게 알려 드릴 생각을 자신을 위해 이용하지 말 것을, 귀족으로서, 신사로서, 명예를 걸고 맹세해 주세요. 승낙하시겠습니까?」

서론이 거창했다. 나는 동의했다.

「그래서요……?」 내가 말했다.

「문제는 사실 매우 간단한 겁니다.」 미진치꼬프가 이야기를 시작했다.「난 따찌야나 이바노브나를 훔쳐 달아나 그녀와 결혼할 작정입니다. 한마디로 말해 그레트나 그린 식으로 말입니다.[64] 아시겠습니까?」

나는 미진치꼬프 씨의 얼굴을 정면으로 바라보았다. 얼마간 말문을 열 수가 없었다.

「솔직히 말해, 아무것도 모르겠어요.」 마침내 내가 말했다. 「게다가……. 난 상식을 갖춘 분과 이야기를 하게 된 것이라고 기대하고 있었는데, 내 입장에서 보자면 전혀 예기치 못한 이야기라서…….」

「예기치 못했을 것이라고 생각했어요.」 미진치꼬프가 내 말을 가로막았다. 「다시 말해 보면, 나라는 사람이나 내 계획도 너무 어리석은 것이다, 이거죠. 그렇지 않습니까?」

「대체적으로 그런 건 아닙니다……. 하지만…….」

「제발 부탁입니다, 그렇게 조심스럽게 말씀하실 필요 없어요! 내게 신경 쓰지 마세요. 그렇게 해주시는 게 나에게는 더 좋습니다. 내 목적에 보다 가까이 접근하는 셈이니까요. 게다가 나도, 내가 말한 것이 얼른 보기에는 다소 이상하게 보일 수도 있다는 점에 동의합니다. 하지만 감히 확신을 갖고 말씀드리지만, 내 계획은 절대로 어리석은 것이 아니며, 어떻게 보면 지극히 적절한 것이라고 할 수 있는 겁니다. 괜찮으시다면 내 계획을 전부 말씀드리겠습니다만…….」

「제발 그렇게 해주세요! 전 열심히 들어 보겠습니다.」

「하지만 뭐 그리 이야기할 것도 없어요. 전 지금 빚을 잔뜩 지고 있고, 수중에는 땡전 한 푼 없어요. 뿐만 아니라 제게는 열아홉 살짜리 누이동생이 한 명 있는데, 양친을 잃고 아무런 재산도 없이 다른 사람 집에 얹혀살고 있습니다. 이렇게 된 것에는, 부분

---

[64] 스코틀랜드의 시골 그레트나 그린에서는 형식적인 절차 없이 결혼을 할 수 있다.

적으로 저도 책임이 있지요. 우리는 부모님의 유산으로, 40명의 농노를 물려받게 되었습니다. 그런데 마침 그때, 내가 기병 소위로 승진하기 위해 돈이 필요했단 말입니다. 물론 처음에는 저당을 잡히고 돈을 빌리는 정도였다가, 나중에는 다른 방법으로 흥청망청 날려 버렸지요. 어리석게 살았지요. 다른 사람들 앞에서 앞장서서 부르쪼프[65] 흉내를 내보기도 하고, 도박도 하고, 술도 마시고, 한마디로 어리석었지요. 지금은 생각하기도 부끄러워요. 이제 마음을 고쳐 먹고, 살아가는 태도를 180도 바꿀 생각입니다. 하지만 그러기 위해서는 지폐 10만 루블이 필요하단 말입니다. 하지만 나 자신은, 원래 능력도 없는 데다 제대로 교육을 받아 본 적도 없는 처지여서, 어디 근무를 할 만한 곳도 없기 때문에, 당연하지만 오직 두 가지 수단이 있을 뿐입니다. 즉 도둑질을 하거나, 아니면 부자와 결혼하는 거지요. 내가 이리로 걸어올 때는 장화도 없을 정도였어요. 난 걸어온 겁니다. 마차를 타고 온 것이 아니에요. 내가 모스끄바를 떠나올 때 누이동생이 자기에게 마지막으로 남은 은화 3루블을 주었지요. 여기서 따찌야나 이바노브나를 보자마자 내게 앞서의 생각이 떠오르더군요. 난 즉시, 나 자신을 희생하고 결혼하기로 마음먹었습니다. 이 모든 생각이 지극히 합리적이라는 사실에 동의하실 겁니다. 게다가 무엇보다 내 누이동생을 위해 이러는 거니까요……. 물론 나 자신을 위한 것이기도 합니다만…….」

「그러면 당신은 따찌야나 이바노브나에게 정식으로 청혼을 하실 생각이십니까?」

「당치도 않은 말씀! 그 즉시 나는 여기서 쫓겨나게 될 겁니다. 그녀도 내게 시집오려 하지 않을 거고요. 하지만 만일 내가 같이 도망가자고 하면, 그녀는 즉시 따라 나설 겁니다. 바로 이 점이

---

[65] D. 다비도프(1784~1839)의 시로 유명해진 기병 장교 A. P. 부르쪼프(?~1813)를 가리킨다. 당시 그는 애주가에 호탕한 행동으로 유명하였다.

중요합니다. 뭔가 낭만적이고 연극적인 효과만 있으면 되는 거지요. 물론, 지체 없이 우리 사이를 합법적인 결혼으로 끝을 낼 작정입니다. 단지 그녀를 여기서 유인해 내기만 하면 되는 거예요!」

「하지만, 어째서 당신은 그녀가 반드시 당신과 함께 도망갈 것이라고 믿고 있지요?」

「그건 걱정 마세요! 난 틀림없다고 확신하고 있어요. 사실 이 점이 중요한데, 따찌야나 이바노브나는 만나는 사람이면 누구든지 연애를 시작하는 여자예요. 다시 말해서 아무나 그녀의 기분을 맞추어 주기만 하면, 그가 누구든 간에 그 사람과 연애를 할 수 있는 여자지요. 그렇기 때문에 난, 내 생각을 도용하지 말 것에 대한 맹세를 당신에게서 받아 낸 것이지요. 물론 당신도 이해하시겠지만, 나로 보자면 이런 좋은 기회를, 더구나 나 같은 상황에 처한 사람이 이용하지 않는 건, 심지어 죄를 저지르는 것이나 마찬가지입니다.」

「정말 그렇다면 그 여자는 미쳤군요……. 아, 이런! 실례했습니다.」 서둘러 나는 덧붙여 말했다. 「지금 당신이 결혼을 염두에 두고 있는 분인데…….」

「아닙니다, 솔직하게 말씀해 주세요. 내가 이미 그렇게 말씀드렸잖습니까. 당신은 그녀가 정말 미친 것은 아니냐고 물어보셨지요? 글쎄, 뭐라고 대답해 드려야 할까요? 물론, 미친 것은 아닙니다. 아직 정신 병원에 수용되어 있는 것은 아니니까요. 게다가 사실 난 이 연애광을 미쳤다고 보지 않습니다. 어찌 되었든 간에, 그녀는 어엿한 처녀니까요. 자, 보세요. 작년까지만 해도 그녀는 지독하게 가난하게 살았습니다. 태어날 때부터 보호자들의 학대에 시달렸지요. 그녀의 마음은 무척이나 예민해요. 그런데 누구도 그녀에게 청혼해 주지 않았던 겁니다. 그러니 이해할 수 있겠지요. 보호자들에게서 받는 영원한 고통을 진정시키기 위해서는 공상이니 소망이니 희망이니 심장의 불길이니 하는 것들이 필요

했던 겁니다. 물론, 이 모든 것들이 혼란스러울 정도로 예민한 성격을 만들어 내게 되었을 겁니다. 그런데 갑자기 막대한 재산을 받게 되었단 말입니다. 동의하시겠지만, 이런 상황이라면 누구라도 정신이 뒤집히게 마련이지요. 게다가 이제는, 당연한 일입니다만, 모두가 그녀를 찾고, 그녀의 꽁무니를 졸졸 쫓아다니고 있으니, 그녀의 모든 희망이 다시 살아나게 되었던 것이지요. 아까 그녀가 흰 조끼를 입은 멋쟁이 이야기를 했지요. 그건 그녀가 말한 그대로, 실제로 있었던 일입니다. 이런 사실로 미루어 보아, 다른 일들도 짐작하실 수 있겠지요. 지금 당장이라도, 한숨이니 편지니 시 같은 것으로 그 여자를 유혹해 보세요. 거기에다 비단으로 만든 사다리니, 스페인 식 세레나데니, 하는 헛소리들을 곁들여 보세요. 모든 것이 당신 마음대로 될 겁니다. 한번 시험 삼아 접근해 보았더니 즉시 밀회를 가질 수 있었어요. 하지만, 지금은 좋은 기회가 올 때까지 잠시 기다리고 있는 중이에요. 그러나 앞으로 나흘 정도가 지나면, 반드시 그녀를 데려가야 합니다. 그 전날 저녁에 헛소리도 하고, 한숨도 좀 쉬고, 그럴 겁니다. 난 기타도 제법 치고 노래도 꽤 할 줄 알거든요. 밤에 정자에서 밀회를 갖고, 새벽 무렵에 마차를 준비시켜 놓을 겁니다. 그녀를 유인해 내서, 같이 마차에 앉아 곧 도망갈 겁니다. 이해하시겠지요, 여기엔 아무런 위험도 없어요. 그녀는 이제 완전히 성인이에요. 게다가 어떤 일을 하든 그건 그녀의 자유로운 의사에 따른 것이니까요. 그리고 일단 그녀가 나와 함께 도망가게 되면, 당연히 그녀는 나에 대한 의무를 가지게 되는 겁니다……. 난 그녀를 가난하기는 하지만 귀족 출신의 집에 데려다 놓을 겁니다. 그 집은 여기서 약 40베르스따 떨어진 곳에 있습니다. 결혼식을 올릴 때까지 그곳에다 그녀를 꽉 붙들어 놓고, 누구도 그녀에게 접근하지 못하도록 하는 거지요. 그동안 난 시간을 놓치지 않을 겁니다. 사흘이면 결혼식 문제를 다 처리할 수 있을 거예요. 충분히 가능한 일이지요. 물론 먼저 돈이 필요하지요. 하지만 내가 계산해 보니까, 이것저것 다 합쳐도 은화 5백 루블이 좀 못 되는 정도예요. 난 이 돈을 예고르 일치리에게서 얻어낼 생각입니다. 그는, 물론 아무것도 모르고 돈을 줄 겁니다. 이제 이해되셨습니까?」

「알겠어요.」 마침내 사정이 어떻게 돌아가는지를 이해하고서 내가 말했다. 「하지만 어떻게 나 같은 사람이 당신에게 도움을 줄 수 있다는 거지요?」

「아, 무척이나 도움이 되지요! 그렇지 않다면 부탁드리지도 않았을 겁니다. 아까 말씀드린 것처럼, 난 지금 가난하기는 하지만 귀족 출신인 한 가정을 염두에 두고 있어요. 당신은 여기에서 내게 도움을 줄 수 있을 뿐만 아니라 그곳에서도 내게, 물론 증인으로서 말입니다, 도움을 줄 수 있습니다. 솔직히 말해서, 만일 당신의 도움이 없다면 난 두 팔을 묶인 것이나 다름없어요.」

「하나만 더 물어봅시다. 당신은 뭘 믿고 내게 당신의 계획을 다 털어놓는 거지요? 난 여기 도착한 지 얼마 되지도 않았으니, 당신은 내가 어떤 사람인지도 잘 모르지 않습니까?」

「당신의 질문은,」 미진치꼬프가 너무나도 친근한 웃음을 띠며 대답했다. 「솔직히 말씀드려서, 나를 너무나 기쁘게 해주시는 겁니다. 왜냐하면 내가 당신에 대해 특별한 경의를 표할 수 있게 해주니까요.」

「원, 별말씀을!」

「아닙니다. 난 당신을 조금 전에 어느 정도 살펴볼 수 있었습니다. 당신은 아마도 좀 욱하는 데가 있고, 그리고…… 그리고…… 아무튼 젊으니까요. 하지만 난 당신이 누구에게도 말하지 않겠다고 약속을 한다면, 틀림없이 그 약속을 지킬 것이라고 전적으로 믿고 있어요. 당신은 오브노스낀 같은 놈하고는 달라요. 이게 첫 번째 이유입니다. 둘째로, 당신은 정직한 분이니까 내 생각을 도용하지 않을 거라고 생각했지요. 물론, 만일 당신이 친구 사이의 거래로 나와 협상하고 싶으시다면 문제가 달라지지요. 그런 경우라면, 난 당신에게 내 생각, 즉 따찌야나 이바노브나를 넘겨주는 데 동의할 것이며, 그녀를 유혹하는 일을 열심히 도울 것입니다. 하지만 결혼식이 끝난 뒤 한 달 후에 당신한테 지폐로 5만 루블을 받는다는 조건으로 말입니다. 물론, 당신은 차용서의 형식으로 미리 나에게 그걸 보증해 주셔야겠지요. 이자는 없습니다.」

「뭐라고요?」 내가 소리쳤다. 「당신은 그녀를 내게 팔아 넘기겠다는 거요?」

「당연하잖아요. 만일 당신이 생각해 봐서 그렇게 하시겠다면, 난 넘겨줄 수 있어요. 물론, 내가 손해를 보는 것이긴 하지만, 그러나…… 그 생각은 원래 내 것이었으니까. 실제로 아이디어에 대해서 돈을 지불하고들 있잖아요. 마지막 세 번째로, 내가 당신을 선택했던 것은, 당신 말고는 선택할 만한 사람이 없기 때문이에요. 현재 이곳의 상황을 생각해 볼 때, 이 일을 질질 끌고 있는 것은 더 이상 불가능합니다. 게다가 곧 성모 승천제 기간[66]이 다가오니까 결혼식을 올릴 수 없게 됩니다. 이제 내가 하는 이야기를 다 이해하셨겠지요?」

「잘 알았어요. 그리고 다시 한번 당신의 비밀을 누구에게도 이야기하지 않을 것을 맹세하지요. 하지만 지금 바로 이 자리에서, 내가 그와 같은 일에 당신의 동료가 되어 드릴 수는 없다는 것을 말씀드려야 하겠군요.」

「아니, 왜요?」

「아니, 왜요라니?」 마침내, 지금까지 꾹꾹 눌러 왔던 감정을 터뜨리면서 내가 소리쳤다. 「그래, 당신은 그와 같은 행동이 얼마나 비열한 짓인지 모르신다는 겁니까? 당신의 계획이, 그 여자가 다소 머리가 모자라며 불쌍한 연애병에 걸려 있다는 점에서, 전적

---

[66] 성모의 승천일을 기념하기 전 두 주일의 기간. 구력으로 8월 1일부터 15일까지이다.

으로 정당하다고 해둡시다. 그렇다고 하더라도 고결한 인간으로서, 당신은 바로 그 때문에 그런 계획을 포기해야만 할 겁니다! 그리고 그 여자가 다소 우스꽝스러운 데가 있기는 하지만 존중받을 만한 여자라고, 당신 입으로 말하지 않았어요. 그런데 그녀로부터 10만 루블을 긁어 내기 위해 그녀의 불행을 이용하다니! 아마, 당신은 물론 그녀에게 의무를 다하는 진정한 남편은 되지 않을 겁니다. 틀림없이 그녀를 던져 버리겠지요……. 이건 너무나 비열한 짓이어서, 도대체 당신이 무슨 생각으로 그와 같은 일을 나에게 도와달라고 부탁하는지조차 이해할 수 없을 정도요!」

「내 참, 맙소사, 당신은 정말 대단한 낭만주의자로군!」 미진치꼬프는 정말 놀랍다는 듯이 나를 바라보며 목소리를 높였다. 「아니야, 이건 낭만주의니 뭐니 할 것도 없어요. 내가 보기에는, 당신은 도대체 이 일이 어떤 것인지 이해도 못하고 있어요. 당신은 이게 비열한 짓이라고 말하지만, 그러나 이 일에서 득을 보는 것은 내가 아니라 바로 그녀란 말이오……. 한번 잘 생각해 봐요!」

「물론 당신 입장에서 본다면, 아마도 따찌야나 이바노브나와 결혼해 줌으로써, 당신이 대단한 자비라도 베푸는 셈이라는 결론이 나오겠지요.」 내가 냉소적인 웃음을 띠며 대답했다.

「그럼 그게 아니고 뭡니까? 바로 그거요, 이건 정말 대단한 자비를 베푸는 겁니다!」 이번에는 미진치꼬프가 열을 올리며 외쳤다. 「한번 잘 생각해 봐요. 첫째로, 나는 자신을 희생하고 그녀의 남편이 되겠다는 겁니다. 이건 정말 대가를 받을 만한 일이잖아요? 둘째로, 그녀는 정확하게 은화로 10만 루블을 가지고 있지만, 나는 오직 지폐로 10만 루블만 얻어내겠다는 겁니다. 물론 더 얻어낼 수 있겠지만, 그러나 난 그 이상은 동전 한 푼도 안 갖겠다는 겁니다. 이것도 정말 대가를 받을 만한 일이 아닙니까! 마지막으로, 이 점을 한번 잘 생각해 보세요. 그래, 그녀가 앞으로 한평생 편안하게 살 수 있을 것 같아요? 그녀를 편안하게 살게 해

주려면, 그녀에게서 돈을 빼앗고 그녀를 정신 병원에 가두어야 할 겁니다. 왜냐하면 언제든지 오브노스낀 같은 불한당에다 협잡꾼에 사기꾼이 스페인 식 콧수염에 짧은 턱수염을 붙이고 기타와 세레나데로 그녀에게 접근해 오게 될 테니까요. 그런 놈은 그녀를 유혹해서 결혼하고, 알몸뚱이가 되도록 벗겨 먹은 다음, 길거리 아무 데나 그녀를 내팽개쳐 버릴 겁니다. 가령, 이 집만 하더라도 얼마나 정직한 가문입니까. 하지만 단지 그녀의 돈을 어떻게 한번 해보겠다는 이유로, 그녀를 붙잡아 두고 있는 것 아닙니까. 이런 위험에서 그녀를 구해 내어 벗어나게 해주어야 합니다. 하지만 아시겠지요, 그녀가 일단 나에게 시집을 오기만 하면 이 모든 위험은 사라지게 되는 겁니다. 난 어떠한 불행도 그녀를 건드리지 못하도록 하는 의무를 지겠다는 겁니다. 첫번째로, 나는 그 즉시 그녀를 모스끄바에 있는, 가난하지만 귀족 출신의 가정에 보낼 겁니다. 이 집은 아까 말씀드린 집이 아니에요, 다른 집이지요. 그녀의 곁에는 언제나 내 누이동생이 함께 있을 겁니다. 내 누이동생이 두 눈을 뜨고 그녀를 살펴보게 될 겁니다. 그녀의 수중에는 지폐로 25만 루블 내지 30만 루블이 남게 될 겁니다. 이 정도의 돈이면 어떻게 지낼 수 있는지, 잘 아시겠지요! 온갖 오락거리와 춤, 가장 무도회, 음악회 등 모든 것이 그녀를 위해 준비될 겁니다. 심지어 그녀는 연애에 대한 공상도 할 수 있을 겁니다. 다만, 당연한 일이지만 이 점에 대해, 원한다면 공상하는 것은 좋지만 그 이상은 안 된다는 점을 분명하게 해둘 참입니다. 가령, 지금은 누가 그녀를 유혹해서 모욕을 주든 말든 상관없는 일이지만, 일단 그녀가 내 아내가 되어 미진치꼬바가 되면, 난 내 이름에 똥칠을 하게 내버려 두지는 않을 테니까요! 이것 하나만으로도 충분히 대가를 받을 만한 것이 아닌가요? 당연히 난 그녀와 함께 살지는 않을 겁니다. 그녀는 모스끄바에서 지낼 것이고, 나는 뻬쩨르부르그 어딘가에서 지낼 작정입니다. 당신에게 이 일에 대해 숨김없이 털어놓기 위해, 이 점을 분명히 알려 드리는 겁니다. 그러나 우리가 따로 떨어져 산다고 해서, 뭐 어떻다는 겁니까? 한번 생각해 보세요. 그녀의 성격이 어떤지 잘 보시란 말이에요. 그래, 그녀가 한 사람의 아내로 남편과 함께 살 수 있을 것 같아요? 그녀가 변치 않고 살아갈 수나 있을 것 같습니까? 이 여자는 세상에서 가장 변덕이 심한 여자예요! 그녀는 계속해서 변화가 없으면 도저히 견딜 수가 없는 성격이에요. 그녀라면 결혼한 다음날, 자신이 전날 밤에 결혼했으며 이제 합법적인 남편이 있다는 사실도 능히 잊어버릴 수 있을 겁니다. 게다가 내가 그녀와 함께 살면서, 그녀에게 아내의 의무를 엄격하게 이행하라고 요구한다면, 그건 결국 그녀를 불행하게 만드는 일이 될 겁니다. 물론, 나는 1년에 한 번이나 혹은 그보다 자주 그녀에게 갈 겁니다. 그러나 돈을 얻어내려고 가는 것은 아닙니다. 이 점에 대해서는 분명하게 말해 두겠어요. 난 그녀에게서 지폐로 10만 루블 이상은 결코 가져가지 않을 것이라고 말했고, 또 결코 가져가지 않을 겁니다! 돈 문제라면 난 그녀에게 더할 나위 없이 고상한 태도로 대해 줄 작정이에요. 내가 가서 이틀이나 사흘을 함께 지내면, 아마 지루하지도 않고 만족스러울 겁니다. 난 그녀와 함께 깔깔거리기도 할 거고, 이것저것 재미있는 이야기도 해주고, 그녀를 데리고 무도회에도 갈 겁니다. 그녀와 함께 연애하는 것처럼 해볼 거고, 선물도 주고, 노래도 불러 주고, 개도 사다 주고 그럴 겁니다. 그리고 아주 낭만적으로 그녀와 이별하고, 그런 다음 사랑이 넘치는 편지를 서로 주고받게 될 겁니다. 그러면 그녀는, 너무나 낭만적이고 애정이 넘치며 유쾌한 남편이라며 감격스러워할 겁니다! 내 생각으로는, 이건 지극히 합리적인 겁니다. 이 세상 어떤 남편도 그렇게 행동하지 못할 겁니다. 남편들이란, 그가 없을 때에만 아내들에게 소중한 법이지요. 그리고 내 방식대로 하게 된다면, 나는 따찌야나 이바노브나의 마음을 한평생 정말 달콤한 방법으로 사로잡게 될 겁니다. 그래, 도대체 그녀가 이 이상 무엇을 원할 수 있겠어요? 한번 말씀해 보세요! 이건 정말, 지상의 생활이 아니라 천국 그 자체가 아니겠어요!」

나는 너무나 어이가 없어 아무 말없이 듣기만 했다. 나는 미진치꼬프와 논쟁을 한다는 것 자체가 불가능한 일이라는 것을 알 수 있었다. 그는 자신이 세운 계획의 정당성, 나아가 계획의 위대함을 맹목적으로 확신하고 있었으며, 그 계획을 생각해 낸 사람으로서의 자부심을 가지고, 그것을 말하고 있었다. 그러나 아직 한 가지 매우 미묘한 문제가 남아 있었고, 그것을 물어보지 않을 수 없었다.

「한 가지 잊고 있는 건 아닙니까?」 내가 말했다. 「그녀는 아저씨의 약혼녀나 마찬가지 아닙니까? 그녀를 가로챈다면, 그건 아저씨에 커다란 모욕을 안겨 주는 것이 될 겁니다. 당신은 거의 결혼식 전날 신부를 납치해 가면서, 게다가 그런 위대한 일을 하는 데 드는 비용까지 그분에게서 빌리는 겁니다!」

「자, 드디어 나오셨군!」 미진치꼬프가 열띤 어조로 소리쳤다. 「걱정할 것 없어요. 난 당신이 이런 식으로 반대할 거라고 생각했지요. 하지만 첫번째로, 그리고 이게 가장 중요한 건데, 아저씨가 아직 청혼을 한 것은 아닙니다. 따라서 사람들이 그녀를 아저씨의 신붓감으로 하려 했다는 사실을, 나는 모르는 거나 마찬가지이지요. 게다가, 사실 내가 이곳 사람들의 계획을 알지 못했던 3주 전부터 이런 생각을 해냈다는 사실을 지적해 드리고 싶군요. 따라서 나는 그에 대해 도덕적으로 완전히 정당합니다. 뿐만 아니라 엄밀하게 말해 보면, 내가 그에게서 신부를 빼앗아 간 것이 아니라 그가 나에게서 신부를 빼앗아 간 겁니다. 난 이미 그 여자와 — 이 사실을 분명히 말해 두겠어요 — 한밤중에 정자에서 비밀스럽게 만나기도 했단 말입니다. 마지막으로, 당신은 조금 전에 이곳 사람들이 당신의 아저씨를 따찌야나 이바노브나에게 강제로 결혼시키려 들고 있다면서 무척이나 화를 내지 않았던가요? 그런데 이젠 무슨 가문에 대한 모욕이니 명예니 하면서, 이 결혼을 갑자기 찬성하고 나오시는군요! 사실, 난 그 반대로 당신의 아저씨에게 아주 커다란 은총을 베푸는 겁니다. 난 그를 구해주려는 거예요. 당신은 이걸 이해하셔야 합니다! 그는 이 결혼에 대해서 아주 혐오스럽게 생각하고 있으며, 게다가 다른 여자를 사랑하고 있어요! 따찌야나 이바노브나가 그의 아내가 된다고 해 봅시다. 그러면 어떻게 될 것 같습니까? 그녀는 불행하게 될 겁니다. 그렇게 되면, 그녀가 젊은 남자들에게 장미꽃을 함부로 던지지 못하도록 단단히 구속받아야 할 테니까요. 하지만 내가 한밤중에 그녀를 유인해 가버리면, 장군 부인이든 포마 포미치든 어쩔 수가 없게 되지요. 이제 막 혼담이 오가던 참에 도망가 버린 신부를 다시 돌아오게 만든다는 것 자체가 너무나 부끄러운 일일 테니까요. 이것이 정말 예고르 일리치에게 은총이 안 될까요?」

솔직히 말해서, 그의 마지막 말은 나에게 강한 인상을 주었다.

「그럼, 만일 아저씨가 내일이라도 청혼을 한다면?」 내가 말했다. 「그럼 그때는 너무 늦어 버리게 되는 것 아닙니까. 그녀는 아저씨의 공식적인 약혼녀가 될 텐데.」

「물론, 늦어 버리게 되겠지요! 그러니 그런 일이 없도록 애를 써야죠. 내가 무엇 때문에 당신에게 힘을 좀 써달라고 부탁하겠어요? 나 혼자서라면 어렵겠지만 우리 둘이 힘을 합한다면, 예고르 일리치가 청혼을 하지 못하도록 막을 수 있을 겁니다. 어떻게 해서든지 방해해야만 돼요. 극단적인 경우에는, 필요하다면 포마 포미치를 때려눕혀서라도 그들이 결혼할 수 없도록, 다른 모든 사람의 주의를 딴 데로 돌리기라도 해야겠지요. 물론 이건 극단적인 경우입니다만, 난 예를 들어서 그렇다는 거요. 바로 이 점에서, 난 당신에게 희망을 걸고 있어요.」

「한 가지만 더, 마지막 질문입니다. 당신은 나를 빼고 누구에게도 당신의 계획을 말하지 않았나요?」

미진치꼬프가 뒤통수를 긁적이며 잔뜩 찡그린 표정을 지어 보였다.

「솔직히 말해서,」 그가 대답했다. 「내게는 그 질문이 쓰디쓴 약보다 더 고약하군요. 정말 기막힐 노릇이지요. 내가 벌써 다른 사람에게 내 생각을 털어놓았으니…… 한마디로 지독하게 멍청한 짓을 한 거지요! 게다가 누구에게 털어놓았을 것 같아요? 오브노스낀입니다! 정말, 나도 믿을 수 없을 지경이라니까요. 어떻게 해서 그런 일이 있을 수 있었는지 이해할 수가 없어요! 그는 언제나 이곳에서 어슬렁거리고 있었어요. 아직 그가 어떤 사람인지 파악하기도 전이었는데, 그때 마침 이런 영감이 떠올랐던 거예요. 당연히 난 너무나 흥분해 있어서, 마치 열병에라도 걸린 것 같았어요. 그리고 그때에도 누군가가 나를 도와줄 사람이 필요하다는 것을 알고 있었기 때문에, 오브노스낀에게 말했던 거죠……. 정말 나 자신을 용서할 수 없는 일이에요!」

「그래, 오브노스낀이 뭐라고 합디까?」

「열렬히 찬성하더라고요. 그러더니 바로 다음날, 아침 일찍 사라져 버렸어요. 사흘 후에 자기 어머니와 함께 다시 나타나더라고요. 나와는 한마디 말도 하려 들지 않고, 마치 두렵기라도 한 듯이 달아나 버리더라고요. 그제서야 이거 정말 어이없게 됐구나 하는 걸 깨달았어요. 그 어머니란 작자는 산전수전 다 겪어 본, 정말 여우 같은 여자예요. 난 그전부터 그 여자를 알고 있었어요. 물론, 그가 자기 어머니에게 모든 것을 다 말했을 겁니다. 난 잠자코 기다리고 있는 중입니다. 그들도 정탐질을 하는 중이고요. 그래서 지금 다소 긴장 상태에 있답니다……. 그렇기 때문에 또 난 서두르고 있는 거고요…….」

「무엇 때문에 그들을 두려워하시는 겁니까?」

「물론, 대단한 짓은 못 하겠지만, 뭔가 내게 손해가 되는 짓을 하리라는 점은 틀림없어요. 침묵을 지켜 주는 대가나 도움을 주는 대가로 돈을 요구하겠지요. 난 그걸 기다리고 있어요……. 하지만 난 그들에게 많은 돈을 줄 수는 없습니다. 주지도 않을 거고요. 난 이미 결심했어요. 지폐로 3천 루블 이상은 어림도 없어요. 한번 생각해 보세요. 3천 루블은 이미 쓸 데가 있고, 은화 5백 루블은 결혼 비용으로 나가게 될 겁니다. 난 아저씨에게, 모든 돈을 정확하게 갚아 드려야 하니까요. 또 과거의 빚들이 남아 있습니다. 물론 누이동생에게도 조금이나마 돈을 주어야 하고요. 10만 루블 중에서 얼마나 남겠어요? 이건 완전히 파산이에요……! 하긴 오브노스낀 모자는 떠났습니다만.」

「떠났다고요?」 나는 궁금해서 물어보았다.

「조금 전에 차를 마시고 떠났습니다. 젠장, 마귀나 붙어 버려라! 두고 보세요, 내일이라도 다시 나타날 겁니다. 아무튼, 내 요청에 동의하십니까?」

「솔직히 말해서,」 내가 어깨를 움츠리며 말했다. 「어떻게 말해야 좋을지 모르겠군요. 좀 찜찜한 일이어서…… 물론 난 비밀을 지킬 겁니다. 난 오브노스낀이 아니에요. 하지만 내가 보기에는, 내게 아무것도 기대하지 않는 게 좋을 것 같군요.」

「내가 보기에는,」 미진치꼬프가 의자에서 일어나며 말했다. 「당신은 아직 포마 포미치와 할머니에게 덜 시달린 것 같군요. 또 선량하고 고매하신 아저씨를 사랑하기는 하나 봅니다만, 그가 얼마나 괴롭힘을 당하는가에 대해서는 아직 충분히 잘 모르는 것 같아요. 하기야 당신은 여기 온 지 얼마 안 되니까…… 아무튼 참고 기다리지요! 내일 일어나서 한번 잘 살펴보시면, 아마 저녁때쯤 승낙하실 거라고 믿습니다. 그렇지 않으면, 당신 아저씨는 파멸입니다, 아시겠어요? 그는 억지로 결혼을 승낙할 수밖에 없게 돼요. 내일이라도 그가 청혼을 하게 될지도 모른다는 점을 잊지 마세요. 그땐 이미 늦는 거예요. 오늘 중으로 결심을 해야 하는 건데……!」

「정말입니다, 당신이 성공하길 바랍니다. 그러나 내가 돕는다는 것은…… 글쎄 어떻게 해야 될지 잘 모르겠군요…….」

「알게 될 겁니다! 아무튼 내일까지 기다리기로 하죠.」 미진치꼬프가 비웃듯이 웃으며 결정을 내렸다. 「밤이 되면 좋은 생각이 나게 마련이죠La nuit porte conseil. 안녕히 계세요. 내일 아침 일찍 찾아뵙겠어요. 그러니 한번 잘 생각해 보세요…….」

그는 몸을 돌리고서, 휘파람을 불며 방을 나갔다.

그가 나간 뒤, 곧 나도 바람을 쐴 겸해서 방을 나섰다. 달은 아직 떠오르지 않았다. 밤은 어두웠고, 공기는 숨이 막힐 듯 후텁지근했다. 피곤해서 죽을 지경이었지만, 난 조금 걸으면서 기분을 풀고, 생각들을 한번 정리해 보고 싶었다. 그러나 몇 발자국 떼기도 전에, 갑자기 아저씨의 목소리가 들려왔다. 아저씨가 누군가와 함께 별채의 계단을 올라가면서 매우 활기찬 목소리로 이야기하고 있었다. 나는 곧 되돌아오면서 그를 불렀다. 아저씨는 비도쁠랴소프와 함께였다.

11. 극도의 의혹

「아저씨!」 내가 말했다. 「아저씨를 얼마나 기다렸다고요.」

「얘야, 나도 기를 쓰고 너에게 오려고 했단다. 이제 비도쁠랴소프와의 이야기만 끝내면, 우리 실컷 이야기하기로 하자꾸나. 네게 말해 줄 것이 많아.」

「아니, 또 비도쁠랴소프와 이야기를 해야 한다고요! 할 이야기가 있으면 나중에 하라고 해요, 아저씨.」

「딱 5분이나 10분이면 돼, 세르게이. 그러면 난 완전히 네 거다. 알잖니, 이것도 일이야.」

「보나마나 바보 같은 소리나 지껄이겠지요.」 내가 짜증스럽게 말했다.

「글쎄, 뭐라고 말해야 좋을까? 정말 일부러 그러는 것처럼, 곤란할 때를 골라서 시시한 이야기를 가지고 온다니까! 바로 너 말이야, 그리고리. 그래, 자네 하소연 같은 것은 다른 시간에 들고 올 수 없어? 그래, 내가 자넬 위해 뭘 해줄 수 있겠어? 제발 날 좀 불쌍히 봐줘. 정말 난, 자네들 때문에 아주 기진맥진이야. 차라리 날 산 채로 통째 삼켜 버리라고! 정말 난 이놈들에게 어쩔 수가 없다니까, 세르게이!」

그러고는 아저씨는 정말로 슬프다는 듯이, 두 손을 흔들어 댔다.

「그래, 지금 말하지 않으면 안 된다는 중요한 일이란 게 뭐예요? 저도 정말 급히 말씀드릴 게 있어요, 아저씨……」

「아이고 정말, 얘야, 그렇지 않아도 내가 자기 집 하인들에 대해 조금도 걱정을 않는다고, 내 양심이 어쩌고 하면서 저렇게 야단들인데! 그래, 내가 이야기도 들어주지 않았다고, 내일이라도 나에 대해 불평이라도 늘어놔 봐라, 그러면…….」

그리고 아저씨는 다시 한번 손을 흔들어 댔다.

「그럼, 빨리 이야기를 끝내 주세요! 괜찮으시다면, 제가 도와드릴게요. 먼저 방으로 올라가기로 하지요. 그래, 용건이 뭐예요? 뭐가 필요한 거래요?」 우리가 방 안으로 들어갔을 때, 내가 말했다.

「그게 이런 거야. 자기 본래의 성(姓)이 마음에 들지 않는다고, 그걸 바꾸어 달라는 거야. 네가 보기에는 어때?」

「성을요? 어떻게 그런 일이……? 아저씨, 저 녀석이 직접 하는 말을 듣기 전에, 제가 먼저 하나만 물어보고 싶어요. 도대체 어떻게 이 집에서만 이런 괴상한 일들이 일어나고 있는 겁니까?」 하도 어이가 없어서 손을 벌리고 내가 말했다.

「어이구 얘야! 그렇게 손을 벌리는 거라면 나도 할 수 있어. 하지만 그렇다고 해결될 것 같아?」아저씨가 짜증스러운 듯이 말했다.「자, 이리 와서, 네가 직접 이놈하고 말을 해봐. 벌써 두 달째 나한테 들러붙어서 이러고 있어……」

「경박한 성입지요!」비도쁠랴소프가 이야기를 시작했다.

「도대체 어째서 경박하다는 거지?」놀라서 내가 그에게 물었다.

「바로 그렇습지요. 온갖 추악한 뜻을 다 담고 있습지요.」

「도대체 뭐가 추악하다는 거야? 그리고 그걸 어떻게 바꾸겠다는 건가? 누가 성을 바꿀 수 있나?」

「제발 부탁드립니다. 이런 괴상한 성을 가지고 있는 사람이 있습니까?」

「자네 성이 약간 괴상하다는 점에는 동의해.」사실 곤혹스러움을 느끼며 내가 계속해서 말했다.「하지만 그렇다고 이제 와서 뭘 어떻게 하겠어? 자네 아버지도 똑같은 성을 가졌을 거 아니야?」

「그건 그렇습지요. 제 아버님 때문에 전 영원히 고통을 받게 된 것입지요. 바로 그 때문에, 제 이름으로 인해 무수히 조롱거리가 되고 무수히 많은 슬픔을 겪도록 운명 지워진 셈입지요.」비도쁠랴소프가 대답했다.

「여기엔 틀림없이 포마 포미치가 관련된 거지요, 아저씨. 내기라도 할까요!」너무나 화가 나서 내가 소리쳤다.

「아냐, 얘야, 그렇지 않아. 네가 잘못 생각한 거야. 포마는 그에게 좋은 일을 해주고 있어. 그는 이놈을 비서로 삼았고, 그래서 그 일은 이놈의 몫이지. 게다가 포마는 이놈에게 고상한 정신을 불어넣어 채워 주었던 거고, 그래서 이놈은 어떤 점에서 보자면 성숙했다고나 할까…… 자 봐, 내가 네게 다 말해 줄게…….」

「그건 그렇습지요.」비도쁠랴소프가 끼어들었다.「포마 포미치는 저의 진정한 은인입지요. 저의 진정한 은인이신 그분은, 제가 땅바닥을 기어다니는 벌레와 마찬가지로 비천한 놈이라는 것을 깨우쳐 주셨고, 그분을 통해 저는 처음으로 자신의 운명을 깨닫게 된 것입지요.」

「자 봐, 세료쟈, 어떻게 된 거냐 하면 말이야.」 언제나처럼 서두르면서, 아저씨가 계속해서 말했다. 「이놈은 처음에 모스끄바에서 살았어. 아주 어릴 때부터, 한 서예 선생의 밑에서 심부름을 했지. 그가 이 친구에게 글쓰기를 얼마나 잘 가르쳐 주었는지, 너도 한번 구경해 보면 좋을 게다. 이런저런 색깔과 금박과 원 같은 걸로 큐피드를 그려 내기도 해. 한마디로 예술가야! 일류샤도 이 친구에게서 서예를 배우고 있어. 가르쳐 주는 대가로 금화 1루블 반을 주고 있지. 포마가 그렇게 지불하라고 결정했거든. 근처의 지주들 댁에도 세 집이나 다니고 있어. 거기서도 돈을 받지. 봐, 얼마나 근사하게 차려입었니! 게다가 시까지 쓰고 있단다.」

「시라고요! 정말 대단하군요!」

「시란 말이야, 세르게이, 시를 쓴다고. 너 지금 내가 농담하고 있다고 생각하지 마라. 진짜 시야. 말하자면, 작시법에 맞추어서 시를 쓴단 말이야. 온갖 사물을 정말 아름답게 시로써 그려 내는 거지. 대단한 재주야! 어머니의 명명일에 직접 시를 낭송했는데, 그게 얼마나 멋지던지 우리 모두 그냥 입만 떡 하니 벌리고 있었다니까. 신화에서 소재를 취한 건데, 시에서 뮤즈들이 날아다니고 말이야, 또…… 그걸 뭐라 그러더라? 그래, 완벽한 형식성, 다시 말해 각운이 완벽하게 맞아떨어지더란 말이야. 포마가 손을 좀 봐주었던 거야. 물론, 나는 아무것도 해준 게 없지만, 내 편에서 보자면 정말 즐겁기까지 한 일이지. 시를 쓰고 싶으면 쓰라고 내버려 두는 거지 뭐, 너무 심한 장난만 치지 않으면 돼. 이놈 그리고리야, 난 지금 아버지 같은 마음에서 말하고 있는 거야. 포마가 이런 이야기를 듣고, 그가 쓴 시를 한번 살펴보고서, 아주 칭찬을 해주었어. 그리고 자기한테 책도 읽어 주고, 글씨도 정서해 주는 일을 맡겼던 거야. 한마디로 말해, 이것저것 교양을 불어넣어 준 거지. 조금 전에 이 친구 말이 포마가 자기에게 은혜를 베풀어 주었다고 했는데, 그 말은 맞는 말이야. 그런 식으로 해서, 이 친구의 머리에서 고상한 낭만주의와 독립심이 자라나게 된 거야. 그렇게 되는 법이라며 포마가 다 설명해 줬는데, 사실 난 벌써 잊어버렸어. 단지, 솔직히 말해 난 포마가 아니었더라면 이 친구를 자유 농민으로 풀어 주려고 했었지. 이런 친구를 농노로 가지고 있다는 게 왠지 부끄러워서······! 그런데 포마가 반대한 거야. 자기는 이 친구가 필요하며, 이 친구에 대해서 애정을 느끼고 있다고 하더라고. 또 이런 말도 하더라고. 〈내가 거느린 사람들 중에 시인이 있다는 사실은, 귀족으로서 나에게는 커다란 명예이다. 어디에선가 그런 귀족들이 살고 있다는 말을 들어 본 적이 있으며, 바로 이게 대귀족식en grand이다.〉 아무튼 앙 그랑은 앙 그랑이니까! 세르게이야, 난 사실 이 친구를 존경하기까지 해, 이해하겠니······? 이 친구가 어떻게 처신할지는, 오직 신만이 아시겠지. 그런데 무엇보다 나쁜 것은, 시를 쓰게 된 다음부터 집의 모든 하인들에게 거만을 떨고, 심지어 하인들하고는 말도 하려 들지 않는 거야. 자넨 기분 나쁘게 생각 말아, 그리고리. 난 지금 아버지 같은 마음에서 네게 말하는 거니까. 이 친구는 이미 작년 겨울에 결혼하기로 되어 있었어. 상대는 이 집에서 하녀로 일하는 마뜨료나라는 처녀인데, 아주 상냥하고 정직하며 일도 잘하고 명랑한 아가씨지. 그런데 결혼이 이루어지지 못했어. 결혼하기 싫어요, 그게 다야. 결혼하지 않겠다는 거야. 자신을 대단한 사람이라고 공상이라도 하게 된 건지, 아니면 먼저 유명하게 된 다음 다른 좋은 혼처를 구해 볼 작정인지는 모르겠지만······.」

「무엇보다도 포마 포미치의 충고에 따른 것입지요.」 비도쁠랴소프가 지적을 하고 나섰다. 「그분은 나의 진정한 은인이시니까요······.」

「하긴, 포마 포미치가 없다면 도무지 일이 안 되겠지!」 나도 모르게 소리쳤다.

「이런, 얘야, 그게 중요한 게 아니야!」 아저씨가 서둘러서 내 말을 가로막았다. 「이제 이 친구는 마음 놓고 다닐 수도 없게 되었어. 그 아가씨는 아주 약삭빠른 데다가 성질도 괴팍해서, 모든 사람을 이 친구의 적으로 만들어 버렸어. 사람들이 이 친구를 놀려 대며 덤벼드는 거야. 심지어 어린아이들까지도 이 친구를 어릿광대 정도로 여기려 드니……」

「무엇보다 마뜨료나 때문입죠.」 비도쁠랴소프가 지적을 하고 나섰다. 「마뜨료나가 정말 바보여서, 말할 수 없을 정도로 바보여서 그런 것입죠. 게다가 그 성격이 지독하게 경박한 여자여서, 그 여자 때문에 제 삶이 이렇게 괴롭게 된 것입죠.」

「얘, 그리고리야, 그래, 내 뭐라고 그러든.」 비난의 눈초리로 비도쁠랴소프를 바라보며, 아저씨가 계속해서 말했다. 「그래서, 세료쟈, 하인들이 이 친구의 성에 각운을 맞추어 해괴망측한 별명을 지어내는 거야. 그래서 이 친구는, 이미 오래전부터 듣기 싫은 소리로 자신을 괴롭혀 온 자신의 성을 어떻게 좀 바꿀 수 없겠느냐며, 이렇게 징징 우는 소리로 나한테 부탁을 하고 있는 거야.」

「정말 점잖지 못한 성입지요.」 비도쁠랴소프가 끼어들었다.

「넌 좀 잠자코 있어, 그리고리! 포마도 찬성하고 있고…… 하긴 포마는 찬성한다기보다는 이런 생각을 하고 있는 거야. 포마는 지금 이 친구의 시를 출판할 계획인데, 그럴 경우 그런 성이라면 별로 도움이 되지 않을 거라고 생각하고 있는 거지, 그렇지 않겠어?」

「그럼 이 친구가 시집을 출판할 생각이란 말이에요, 아저씨?」

「출판하고말고, 얘야. 그건 이미 결정된 일이야. 내가 비용을 대주고, 표지에는 모씨의 농노라고 쓸 작정이야. 서문에는 지도 편달을 해준 포마에 대한 작가의 감사말을 써넣고 말이야. 포마에게 바치는 거지. 포마 자신이 서문을 쓰기로 했어. 그러니 한번 생각해 봐, 표지 제목 같은 곳에 〈비도쁠랴소프의 시집〉이라고 쓰면 어떻게 되겠니……?」

「〈비도쁠랴소프의 눈물 어린 호소〉입지요.」 비도쁠랴소프가 정정했다.

「그래, 시집이 아니라 눈물 어린 호소란 말이야! 그러니 비도쁠랴소프란 성이 어떻겠어? 독자들의 민감한 감정을 흐트러뜨리기까지 할 거란 말이야, 포마가 그렇게 말하더라고. 게다가 비평가들이란 모두 트집잡기나 좋아하고, 아무거나 조롱거리로 삼으려 든단 말이야. 가령, 브람베우스를 봐……. 그들에게는 모든 것이 식은죽 먹기야! 단지 성이 이상하다는 이유만으로 조롱거리로 삼으려 들 거란 말이야. 살짝 꼬집기만 할 것을 아예 옆구리에 구멍을 내려 들 거라는 거지. 그렇지 않겠어? 내 생각은 이래. 원한다면 시집에 다른 이름을 쓰는 거야. 뭐 가명이라고 그러던가, 잘 기억은 나질 않는데, 아무튼 무슨 〈명〉자로 끝나는 거였는데. 그런데 싫다는 거야. 내가 가진 재능에 어울리는 그런 고상한 성을 가지고서, 이곳에서 영원히 새로운 이름으로 부르는 모습을 모든 하인들에게 보여 주고 싶어요, 그러는 거야, 글쎄.」

「아저씨는 물론 동의하셨겠지요, 내기해도 좋아요.」

「세료자야, 난 단지 그들과 말싸움하기 싫어서 그랬던 거야, 하고 싶은 대로 하라지 뭐! 게다가, 그때 나와 포마 사이에 오해도 있었고 해서 말이야. 그래, 그때부터 우린 이렇게 매주마다 성을 고르기 시작했지. 모두 올레안드로프니, 쭐리빠노프니 하는 듣기 좋은 성이었어……. 기억 나냐, 그리고리, 넌 처음에 〈베르니〉라고 불러 달라고 했지, 〈그리고리 베르니〉라고 말이야. 그런데 어떤 하릴없는 놈팡이가 이 각운에 맞추어 〈스끄베르니〉란 걸 생각해 내는 바람에 네 마음에 들지 않게 되어 버렸잖아.[67] 네가 하도 징징대서, 그 하릴없는 놈팡이에게 벌을 주었잖아. 그랬더니 넌

---

[67] 베르니는 진실하다는 뜻의 러시아 어이다. 스끄베르니는 추악하다는 뜻의 러시아 어, 베르니와 스끄베르니로 운을 맞추었다.

꼬박 두 주를 새로운 성을 고안하느라고 끙끙대었지. 수백 개는 골라냈을 거야. 마침내 생각해 내고는 우리에게 〈울라노프〉라고 불러 달라고 했지. 그래, 네가 한번 직접 생각해 봐라. 울라노프처럼 바보스러운 성이 어디 있겠어? 하지만 난 동의해 주었어. 두 번째로 네 성을 울라노프로 바꾸라고 명령을 내렸지. 왜 그랬냐면, 애야.」 아저씨가 나를 향해 몸을 돌리면서 이렇게 덧붙였다. 「단지 너무나 귀찮았기 때문이었지. 그래, 3일 동안 너를 〈울라노프〉라고 불렀지. 그리고 너는 정자의 벽이며 창틀에다 연필로 〈울라노프〉라고 온통 낙서를 하고 돌아다녔어. 결국 나중에 정자를 새로 색칠할 수밖에 없었지. 게다가 넌 네덜란드에서 사온 종이 한 묶음을 〈울라노프, 펜을 시험해 봄. 울라노프, 펜을 시험해 봄〉이라는 서명으로 다 써버렸지. 결국 그 이름도 실패였어. 누군가가 그 이름에 각운을 맞추어 〈볼바노프〉란 별명을 생각해 낸 거야.[68] 그런데 볼바노프라고 불리기는 싫어서 다시 성을 바꾼 거야! 그래, 그런 다음 무슨 이름을 생각해 냈지? 나는 벌써 잊어버렸어.」

「딴체프였습지요.」 비도쁠랴소프가 대답했다. 「제 성이 뭔가 무용수를 연상시키도록 운명 지워졌다면, 기왕이면 고상하게 외국식으로 하고 싶었어요. 딴체프라고 말입지요.」[69]

「그래, 딴체프였어. 세르게이야, 난 이 이름에도 동의해 주었어. 그런데 또 사람들이 그 이름에 각운을 맞춘 별명을 생각해 낸 모양이야. 그것도 도저히 입에 담을 수도 없는 걸 말이야! 그래, 오늘 이렇게 다시 찾아온 걸 보니, 뭔가 새로운 성을 생각해 냈나 봐. 이건 내기를 걸어도 좋다. 그러냐 안 그러냐, 그리고리, 어디

---

68 울라노프는 창기병이라는 뜻, 볼바노프는 멍청이라는 뜻, 울라노프와 볼바노프로 운을 맞추었다.
69 비도쁠랴소프는 러시아 어로 춤을 뜻하는 쁠랴스까와 관련된다. 딴체프는 외국 말 댄스에서 유래된 이름이다.

한번 말해 봐!」

「전 정말 이미 오래전부터 새로 지은 고상한 이름을 가지고 당신께 오고 싶어했습지요.」

「그래, 어떤 이름인데?」

「에스부께또프입니다.」

「부끄럽지도 않아, 그리고리, 넌 부끄럽지도 않냐고? 포마드 통에서 이름을 취하다니! 그러고도 현명한 사람이라고 자처한단 말이야! 그래, 그렇게 생각하고 생각한 끝에 찾아낸 것이 기껏 그런 이름이야! 정말 포마드 냄새가 가득한 이름이군 그래.」

「아저씨, 그냥 놔두세요.」 내가 귓속말로 말했다. 「이놈은 그냥 바보일 뿐이에요. 그것도 아주 지독한 바보라고요!」

「그럼 어떻게 하겠니, 애야?」 역시 귓속말로 아저씨가 대답했다. 「옆에서 이놈이 현명하다고 치켜세우고, 이 모든 것이 고상한 감정으로 인한 것이라고 해주고들 있으니 말이야······.」

「제발, 이제 그만 내보내세요!」

「이보게, 그리고리! 난 정말 지금 시간이 없어, 그러니 좀 봐주게!」 아저씨는 비도쁠랴소프마저도 두려운 듯이, 애원하는 목소리로 이야기를 꺼냈다. 「한번 생각해 봐. 그래, 지금 내가 너의 애원이나 듣고 있을 수 있겠느냔 말이야! 네 말은 그러니까, 지금 또 사람들이 성을 가지고 모욕을 주고 있다 이거지? 좋아, 내일 내가 모든 것을 처리해 주겠다고 약속할 테니, 지금은 제발 그만 가보라고······. 잠깐! 포마 포미치는 지금 뭐하고 있지?」

「잠자리에 드셨습지요. 누가 물어보거든, 오늘 밤에는 늦게까지 기도하면서 있을 거라고 대답하라고 일러두셨습지요.」

「흠! 자, 이제 그만 가봐, 자 가보라고! 사실은 말이다, 세료쟈, 저놈은 언제나 포마 옆에 붙어다녀서, 나도 저놈을 좀 두려워하고 있는 형편이란다. 저 친구가 하인들의 일을 모조리 포마에게 일러바치기 때문에, 그래서 하인들도 저놈을 좋아하지 않아. 지금 여길 다녀갔으니, 두고 보렴, 내일이면 또 뭐라고 일러바칠지 모르지! 하긴, 난 저쪽 일은 모두 처리했어, 지금은 아주 편안한 기분이야……. 네게 서둘러 달려온 거야. 자, 드디어 다시 너와 단둘이구나!」아저씨가 내 손을 꽉 잡으며, 감격스럽기라도 한 듯이 말했다.「사실 난, 네가 정말 화가 나서 금방이라도 도망가 버릴 거라고 생각했지 뭐냐. 그래서 너를 감시하라고 사람까지 보냈어. 아이고, 조금 전엔 정말 대단했다! 아까 가브릴라가 어떻게 하더냐? 그리고 팔랄레이가 그러고, 그리고 너까지, 모두가 한결같이 말이야! 아무튼 정말 다행이야, 정말 다행이고말고! 이제 마침내 너와 실컷 이야기할 수 있게 되었어. 난 네게 마음을 탁 털어놓고 이야기를 해줄 작정이야. 그러니 세료쟈야, 떠나지 마라. 나에게는 너밖에 없어, 너하고 꼬로프낀하고 말이야…….」

「하지만, 아저씨, 저쪽 일을 어떻게 처리하셨다는 겁니까? 또 그런 일이 있었는데, 제가 여기서 뭘 기대할 수 있겠어요? 솔직히 말씀드려서, 정말 머리가 빠개질 것 같아요!」

「그럼 내 머리는 아무렇지도 않은 것 같으냐? 내 머리는 말이야, 벌써 6개월 동안이나 춤을 추고 있을 지경이란 말이야! 아무튼 다행이야! 이제 모든 것이 잘 처리됐어. 무엇보다 먼저, 나를 용서해 주었어. 완전히 용서해 준 거지. 물론, 이런저런 조건이 달려 있긴 하지만. 하지만 벌써 난 지금 거의 아무것도 두렵지 않아. 사슈르까도 역시 용서를 받았어. 사샤는, 그러니까 사샤는, 조금 전에…… 너무나 흥분해 있었거든! 조금 쉽게 흥분하기도 하지만, 마음은 비단 같은 애야! 세료쟈, 난 이 애를 아주 자랑스럽게 생각한단다! 그에게 언제나 하느님의 은총이 있기를. 너도 용서를 받았어, 알겠니? 네가 좋을 대로 아무 거나 하고, 방이나 정원이나 가고 싶은 대로 가도 괜찮아, 손님들 앞에 나가도 되고. 한마디로 말해서, 모든 것을 네 마음대로 하려무나. 다만 한 가지 조건이 있다. 내일 넌 어머니와 포마 포미치 앞에서 기도해서는 안 돼. 이건 반드시 지켜야 할 조건이야. 다시 말해 절대 한마디도 해서는 안 된다는 거지. 내가 너를 위해 이미 그렇게 약속을 했단다. 그러니 나이 드신 분이…… 그러니까 내가 하고 싶은 말은, 다른 사람이 이야기를 할 때에는, 가만히 듣고만 있어야 해. 넌 아직 어리다고 생각하고들 있어. 세르게이, 그렇다고 모욕을 받았다고 생각할 필요는 없어. 사실 넌 실제로 아직 어리니까…… 안나 닐로브나도 그렇게 말하고 있어…….」

물론 난 매우 어렸다. 그런 모욕적인 조건을 듣자마자, 끓어오르는 화가 그것을 증명해 보였다.

「들어 보세요, 아저씨.」 난 숨도 제대로 못 쉬면서 소리쳤다. 「제가 딱 한 가지만 물어볼 테니, 대답해 보세요. 제가 정말 정신 병원에 와 있는 것은 아닙니까?」

「저런, 정말, 얘야, 넌 지금 또 소릴 질러 댈 거냐! 도대체 어떻게든 좀 참아 볼 수 없겠어. 여긴 절대 정신 병원이 아니야, 그냥 양쪽 다 흥분했던 것뿐이지. 그리고 너도, 세르게이, 좀 지나치게 굴었다고 생각하지 않니? 그래, 나이도 지긋한 양반한테 네가 너무 바보 같은 짓을 한 것이라고 생각하지 않아?」 아저씨가 슬픈 목소리로 대답했다.

「도대체 나이에 걸맞게 행동해야 예의를 지키든 말든 할 것 아닙니까, 아저씨.」

「아무튼 얘야, 네가 너무 덤벼들었어! 그게 바로 자유 사상이라는 거다! 물론, 나 자신도 신중한 자유 사상이라면 싫어하지 않아. 하지만 이건 정도를 넘어서는 거야. 네 행동엔 나도 놀랐어, 세르게이.」

「너무 화내지 마세요, 아저씨. 제가 잘못했어요. 하지만 아저씨에게 잘못했다는 겁니다. 아저씨의 포마 포미치에 대해서라면 하나도 잘못한 것이 없습니다…….」

「봐라, 또 〈아저씨의〉 포마 포미치니, 그러는구나! 제발, 세르게이야. 그 사람을 그렇게 나쁘게 생각하지 마라. 그냥 사람을 좀 싫어하는 사람일 뿐이야. 그뿐이야, 약간 병적인 사람일 뿐이란 말이야! 모름지기 그런 사람에게, 이것저것 엄격하게 요구해서는 안 되는 법이야. 하지만 대신에 얼마나 고결한 사람이니. 정말 이 세상에서 가장 고결한 사람이야! 너도 조금 전에 네 눈으로 직접 보지 않았니. 얼마나 훌륭하게 행동하더냐. 가끔 변덕스러운 짓을 하기는 하지만, 그런 건 못 본 척하면 그만이야. 그 정도는 누구에게나 있는 것 아니냐?」

「아저씨, 제가 보기에는 그 반대예요. 누가 그런 짓을 한답니까?」

「에그, 똑같은 소릴 되풀이하는구나! 네겐 관용이 부족해. 세료쟈, 넌 용서할 줄 몰라……!」

「아무튼 좋습니다, 아저씨, 좋다고요! 이 문제는 그만해 두기로 하지요. 그보다 아저씨, 나스따시야 예브그라포브나를 만나보셨나요?」

「에그, 얘야, 그녀에 대한 일은 다 끝났어. 그보다 세료쟈야, 먼저 가장 중요한 이야기가 있다. 우린 내일 포마의 생일을 축하해 주기로 했다. 왜냐하면 내일은 정말 그의 생일이거든. 사슈르까가 착한 아이기는 하지만, 이 일은 걔가 잘못 알고 있는 거야. 아무튼 내일 모두 모여서, 아침 예배 전에 좀 일찍 같이 가기로 하자. 일류샤가 그를 위해 시를 낭독하기로 했어. 그의 마음에 기름을 좀 발라 주기 위해서지. 한마디로 말해 아첨을 좀 떨어 주자는 거야. 세료쟈야, 네가 우리와 함께 같이 가서 축하 인사를 해주면 오죽 좋겠니! 그는, 아마도 널 완전히 용서해 줄 거다. 너희 두 사람이 서로 화해를 하면 얼마나 좋겠니! 세료쟈야, 모욕일랑 잊어버려. 너도 그에게 모욕을 주었잖아……. 알고 보면 정말 장점이 많은 사람인데!」

「아저씨! 아저씨!」 나는 결국 참지 못하고 소리치고 말았다.

「전 아저씨에게 하고 싶은 말이 있어서 그러는데, 아저씨는……다시 여쭤 보겠어요. 아저씨는 지금 나스따시야 예브그라포브나에게 무슨 일이 있는지 아세요?」

「어이구 깜짝이야! 뭘 그렇게 소리를 지르고 그러냐? 조금 전에 있었던 소동이 모두 그녀 때문이었어. 하긴, 그 소동은 조금 전에 있었던 것이 아니라 벌써부터 있어 왔던 거지만. 난 네가 놀라게 될까 봐, 이 이야기를 미리 해주고 싶지 않았던 거야. 왜냐하면 저 사람들이 그 여자를 내쫓고 싶어해서, 나에게 그녀를 집에서 내보내라고 요구해 왔거든. 내 입장이 어떤 건지, 상상할 수 있겠지……. 하지만 다행이야! 이제 모든 것이 잘 해결됐거든. 저 사람들은, 네게 모든 걸 솔직히 털어놓는다만, 내가 그녀를 사랑하고 있으며 그녀와 결혼하고 싶어한다고 생각했던 거야. 다시 말해 나 자신을 망치려 한다는 거야. 사실, 그렇게 하는 건 자신을 망치는 거나 마찬가지니까. 저 사람들이 그 점에 대해서 잘 설명해 주더라고……. 그러니까 파멸의 구렁텅이에서 나를 구하기 위해 그녀를 내쫓겠다는 결심을 하게 된 거라는 거지. 모든 건 어머님의 생각이지만, 누구보다도 안나 닐로브나가 나서서 그렇게 말하더라고. 포마는 그동안 침묵을 지키고 있고. 하지만 이제 내가 모두를 잘 설득했어. 네가 나스쩬까의 공식적인 구혼자이며, 바로 그 때문에 온 것이라고 잘 설명해 줬지. 아무튼 이 이야기를 듣고 저 사람들이 마음을 좀 풀었어. 이제 그녀를 여기 두고 보기로 했지. 비록 완전히 그러기로 한 것은 아니지만, 좀 더 시험을 해보겠다는 거지. 하지만 어쨌든 두고 보기로 했으니까. 네가 이곳에 청혼하러 왔다고 말했더니 너에 대해 좋은 이야기까지 해주더라고. 적어도 어머님은 마음을 놓으신 것 같아. 단지 안나 닐로브나 혼자서 아직 투덜대고 있지만! 난 정말 그 여자의 마음에 들려면 어떻게 해야 할지 모르겠어. 도대체 그 여자는 뭘 원하는 걸까? 안나 닐로브나 말이야.」

「아저씨, 지금 뭘 잘못 생각하고 계세요! 나스따시야 예브그라포브나가 내일이라도 여길 떠날 거라는 사실을 모르세요? 아니, 벌써 떠났을지도 모르지요. 그녀의 아버지가 그녀를 데려가려고, 오늘 일부러 온 거라는 사실을 모르세요? 이건 벌써 결정된 일이에요. 오늘 그녀가 직접 나에게 그렇게 설명해 주면서, 마지막으로 아저씨에게 그렇게 전해 달라고 부탁까지 하던걸요. 정말 이런 사실을 모르세요?」

아저씨는 너무나 놀란 나머지 입을 떡 벌린 채, 내 앞에 우뚝 서버렸다. 아저씨는 몸을 떨며, 가슴에서 나오는 신음소리까지 냈던 것 같다.

시간을 아끼기 위해, 난 서둘러 나스쩬까와 있었던 대화를 모두 다 아저씨에게 말해 주었다. 나의 청혼이며, 그녀가 그것을 단호하게 거절했던 것이며, 아저씨가 어떻게 그런 이유로 나를 편지로 불러들일 수 있느냐며 아저씨에게 화를 냈던 것 등등, 모두 다 말해 주었다. 그리고 그녀가 스스로 이 집에서 떠나감으로써, 따찌야나 이바노브나와의 결혼으로부터 아저씨를 구해 주고 싶어한다고 설명해 주었다. 한마디로 아무것도 숨기지 않았던 것이다. 심지어 이 이야기 속에 있는 다소 불쾌한 내용들을, 일부러 모조리 과장하기까지 했다. 난 아저씨에게서 뭔가 단호한 조처를 끌어내고자 아저씨에게 충격을 주고 싶었던 것이고, 실제로 그것은 아저씨에게 충격이었다. 아저씨가 소리를 지르더니 머리카락을 부여잡았다.

「그녀는 어디 있지, 너 모르니? 지금 그녀가 어디 있느냔 말이야?」 마침내, 놀란 나머지 창백한 얼굴을 하고 아저씨가 말했다. 「그래, 이 바보 같은 나는 모든 일이 이제 잘 처리되었다고 생각하면서, 벌써 마음을 푹 놓고 이리로 왔던 건데.」 절망적으로 그가 덧붙였다.

「지금 어디에 있는지는 모르겠어요. 바로 조금 전에 비명소리가 나기 시작하자, 그녀가 아저씨에게로 갔어요. 그녀는 모두가 있는 자리에서 분명하게 말해 둘 작정이었지요. 아마 그녀를 들여보내 주지 않은 모양입니다.」

「들여보내 줄 리가 있나! 그녀가 거기서 뭘 어떻게 할 줄 알고! 정말 성질이 불 같은 데다 자존심까지 센 여자니! 그러나저러나 어디로 간다는 걸까, 어디로? 그리고 너, 너 참 잘했다! 도대체 왜 그녀가 널 거절한 거야? 말도 안 돼! 넌 반드시 그녀의 마음에 들었어야지. 왜 그녀의 마음에 못 든 거냐? 제발 말 좀 해봐, 왜 그렇게 서 있기만 해?」

「좀 진정하세요, 아저씨! 그녀에게 그런 질문을 할 수는 없잖아요?」

「하지만 도대체 왜? 그럴 수가 없는데! 넌 반드시, 반드시 그녀와 결혼해야 돼. 내가 왜 너를, 뻬쩨르부르그에서 일부러 이리 오라고 했겠니? 넌 반드시 그녀를 행복하게 해줘야 돼! 지금은 사람들이 그녀를 여기서 쫓아내지 못해서 야단이지만, 너와 결혼해서 네 아내가 되면 내게는 조카며느리가 되는 거야. 그러니 쫓아낼 수가 없게 되지. 그건 그렇고, 그녀는 어디로 가겠다는 걸까? 이제 어떻게 되는 거지? 다른 집에 가정교사로? 하지만 다른 집에, 또다시 가정교사니 뭐니 하며 간다는 건 말도 안 되는 소리야! 또, 적당한 자리를 알아볼 동안 그 집안 식구들은 뭘 먹고 살지? 그 집에는 자식이 여덟이나 있어서 입에 제대로 풀칠도 못하고 있는 형편인데. 그리고 그렇게 더러운 중상모략 때문에 이 집을 나간다면, 내게서 한 푼도 받아 갈 수 없게 될 것 아니냐. 그녀도, 그녀의 아버지도 말이야. 그래, 그런 식으로 이 집을 나간다면, 생각만 해도 끔찍해! 여기서도 한바탕 난리가 날 거야, 틀림없어. 게다가 집안 사정이 어려운 걸 감안해서, 그녀의 월급을 오래전에 미리 선불로 주었거든. 그녀가 집안 식구들을 다 먹여 살리고 있어서 말이야. 그래, 내가 그녀를 가정교사로 소개해 준다고 하자, 어디 그럴듯한 훌륭한 가정에 말이야……. 그러나 그건 더 나쁜 결과를 가져올 뿐이야! 도대체가 이 세상에 고결한, 정말 고결한 사람들이 어디 있겠어? 그래 좋아, 그런 사람들이 있다고 해봐, 그것도 아주 많이 있다고 쳐봐. 하느님이 벌을 내릴지 모르겠지만, 그러나 애야, 그것도 정말 위험한 거야. 어떻게 사람을 믿을 수가 있겠니? 게다가 가난한 사람은 늘 멸시받게 마련이거든. 가난한 사람이란, 빵과 귀여움을 받는 대가로 언제나 모욕을 당하는 법이라고 생각들 하니 말이야! 그 사람들이 그녀에게 모욕을 줄 거야. 그런데 그녀는 그렇게 자존심이 세니, 그때는…… 그래, 그때는 어떻게 되겠어? 무엇보다도, 그러다가 무슨 파렴치한 난봉꾼에게 걸리기라도 하면……? 그녀는 침을 뱉어 줄 거야, 난 알아, 침을 뱉어 줄 거라고. 하지만, 어쨌든 그놈이 그녀를 모욕하는 게 아니겠어, 파렴치한 놈! 게다가, 어쨌든 그녀에게 온갖 불명예스러운 그림자와 의혹이 따라다니게 될지도 모르고, 그때는…… 아, 머리가 쪼개지는 것 같구나! 아이고 하느님!」

「아저씨! 저 하나만 여쭈어 볼게요.」 내가 의기양양하게 말했다. 「제게 화를 내지는 마시고, 이 질문에 대한 대답이 많은 문제를 해결해 줄 수도 있다는 사실을 잘 생각해 주세요. 사실 저는, 아저씨에게 이 질문에 대한 대답을 요구할 권리도 좀 있다고 생각해요, 아저씨!」

「그게 뭔데? 무슨 질문이야?」

「하느님 앞에서 하듯이 솔직하고 정직하게 대답해 주세요. 아저씨는 조금이라도 나스따시야 예브그라포브나에게 사랑을 느낀 적이 없으세요? 그리고 그녀와 결혼하고 싶다고 바란 적이 없어요? 한번 생각해 보세요. 바로 그 문제 때문에 그녀가 여기서 쫓겨날 지경이잖아요.」

아저씨는 정말 도저히 참을 수 없다는 듯이 격렬한 몸짓을 해 보였다.

「내가? 사랑을 느낀다고? 그녀에게? 정말 사람들이 모두 미쳤거나, 아니면 서로 짜고 나를 못살게 굴기라도 한 거야? 도대체 내가 왜 너에게 그런 편지를 보냈던 거냐? 저 사람들에게, 지금 당신들이 하는 짓은 모두 미친 짓이나 마찬가지요, 하는 것을 보여 주기 위해서가 아니냐? 도대체 내가 뭣 때문에 너와 그녀의 중매를 서려고 하는 거냐 말이야? 내가? 사랑을 느낀다고? 그녀에게? 저 사람들 모두 정신이 나간 거야, 그뿐이야!」

「그렇다면, 저에게도 제가 하고 싶은 이야기를 모조리 다 할 수 있게 해주세요. 제가 보기에는, 그렇게 생각하는 것도 이상할 것이 없다고 자신 있게 말씀드릴 수 있어요. 그 반대로, 아저씨가 그토록 그녀를 사랑하신다면, 직접 그녀를 행복하게 만들어 줄 수도 있잖아요. 그리고, 그리고 부디 신께서 도와주시길 빕니다! 신께서 두 분에게 사랑과 지혜를 주시길!」

「하지만, 애야, 지금 무슨 소릴 하고 있는 거야!」 거의 경악에 가까울 정도로 아저씨가 소리쳤다. 「어떻게 네가 냉정하게 그런 소리를 할 수 있는지 놀랍구나……. 게다가…… 사실 애야, 넌 항상 무언가를 급하게, 서둘러 결론을 내리려고 해. 분명히 말해 두지만, 네겐 그런 버릇이 있어! 아무튼 네가 지금 지껄인 것이 얼마나 무의미한 헛소리인지 모르겠니? 내가 그녀를, 다름아닌 딸처럼 여기고 있는데, 그래 어떻게 그녀와 결혼할 수 있겠어? 내가 그녀를, 딸이 아닌 여자로 대할 수 있다는 것조차 부끄러운 일이야, 심지어는 죄스러운 일이란 말이야! 난 늙었어, 하지만 그녀는 이제 꽃다운 나이가 아니냐! 포마도 언젠가 바로 그런 표현으로 내게 설명해 준 적이 있지. 난 정말 그녀를 아버지 같은 마음으로 사랑하고 있는 거야. 그런데 너는 부부 관계를 맺으라니! 아마, 그녀가 감사하는 마음에서 결혼을 거절하지 않을 수도 있겠지. 하지만 나중에 자신의 감사하는 마음을 악용했다는 이유로 나를 경멸하게 될 거야. 나는 그녀를 파멸시키고, 결국에는 그녀의 애정마저도 잃게 될 거야! 물론 난 그녀를 위해서라면 내 목숨마저 바칠 수 있어. 하지만 그건 그녀가 내 딸이나 마찬가지이기 때문이야! 사샤와 똑같이 난 그녀를 사랑해, 아마 더 사랑할지도 모르겠어. 사샤는 나의 친딸이며 법적인 딸이지만, 그녀는 내 사랑으로써 나의 딸로 삼은 거니까. 나는 그녀를 가난에서 구해 주었고, 양육했어. 내 천사 같은 전처인 까쨔도 그녀를 사랑했지. 까쨔는 그녀를 마치 친딸처럼 내게 부탁했어. 나는 그녀가 교육을 받을 수 있도록 해주었지. 프랑스 어도 배울 수 있게 해주었고, 피아노도, 책도, 그리고 모든 것을 다 해주었어……. 그녀의 웃는 얼굴을 봐! 너도 알 수 있었지, 세료쟈? 마치 널 비웃는 것 같아 보이지만, 절대로 비웃는 것이 아니야. 그 반대로 사랑하는 거지……. 그래, 난 네가 여기 와서 청혼을 하게 될 거고, 그러면 저 사람들도 내가 그녀에 대해 아무런 흑심도 없다는 사실을 믿게 되어 비열한 소문을 퍼뜨리는 짓 따위는 그만두게 될 거라고 생각했어. 그러면 그녀도 여기 남아서 우리와 함께 조용하고 평화롭게 살게 될 거고, 그렇게 되면 우리는 얼마나 행복할까! 너희 두 사람은 내 자식이야. 두 사람 다 고아나 마찬가지였고, 두 사람 다 나의 애정 속에서 자라났어……. 난 너희 두 사람을 너무나 사랑해, 정말 사랑해! 너희를 위해서라면 내 목숨도 바치겠어, 그러니 너희들과 헤어질 수 없어. 어디든 너희들과 함께 갈 거야! 아아, 우린 얼마나 행복할까! 그런데 도대체 왜 모든 사람들은 서로를 미워하고, 서로에게 화를 내고 증오할까? 정말 내 가슴속의 모든 진실을 그 사람들 앞에서 열어 보여 주고 싶어! 아아, 정말!」

「맞아요, 아저씨. 정말 그래요. 하지만 그녀가 제 청혼을 거절했단 말이에요…….」

「거절했다고! 흠……! 사실, 나도 그녀가 네 청혼을 거절하지나 않을까란 생각을 했단다.」 아저씨가 생각에 잠겨 말했다. 「하지만 아니야!」 아저씨가 소리쳤다. 「난 믿을 수 없어! 도저히 그릴 수 없어! 그렇게 되면 모든 일이 다 엉망진창이 되어 버려! 그래, 아마 네가 처음에 그녀에게 너무 섣불리 말을 꺼냈을 거야. 그래서 아마 모욕감을 느끼도록 만들었을지도 모르지……. 세르게이, 어떻게 된 건지 다시 한번 말해 다오!」

나는 처음부터 끝까지 상세하게 모든 것을 다시 한번 반복했다. 나스쩬까가 자신이 이곳을 떠남으로써 따찌야나 이바노브나로부터 아저씨를 구하겠다고 말한 대목에 이르자, 아저씨는 쓴웃음을 지었다.

「구해야 돼!」 아저씨가 말했다. 「내일 아침 전까지 구해야 돼!」

「아저씨, 따찌야나 이바노브나와 결혼하겠다고 말하시려는 것은 아니겠지요?」 내가 놀라서 소리쳤다.

「그럼, 내일 나스쨔가 쫓겨나지 않도록 내가 뭘 할 수 있겠니? 내일 당장 청혼할 거다. 공식적으로 약속을 해야겠어.」

「그럼, 이미 결심하신 겁니까, 아저씨?」

「어쩔 수 없잖아, 애야, 어떻게 하겠니! 나도 가슴이 찢어질 노릇이지만, 난 그렇게 결심했다. 내일 청혼을 하는 거야. 결혼식은 집안사람들끼리 조용하게 치러야지. 집안사람들끼리만 하는 게 더 나을 거야. 네가 들러리를 맡아 다오. 내가 너에 대해 미리 일러두었으니까, 당분간은 저 사람들도 너를 내쫓지는 못할 거야. 어떻게 하겠니, 애야? 저 사람들은 이렇게 말할 거야, 〈아이들을 위해서는 재산이 필요해요!〉당연한 일이지, 아이들을 위해 뭘 못하겠니? 할 수만 있다면 물구나무서서 돌기라도 해야지. 그리고 중요한 것은, 그 말이 맞을 수도 있다는 거야. 사실 난 가족을 위해서 무엇인가 해야만 하니까. 언제까지 게으름뱅이처럼 앉아 있을 수만은 없어!」

「하지만 아저씨, 그 여자는 미치광이예요!」 나는 정신을 잃고 소리쳤다. 내 가슴은 아프게 죄어드는 듯했다.

「뭐, 미치광이라고! 절대 미치광이가 아니야, 단지 너무나 불행하게 살아서 그래…… 어쩌겠니, 애야, 똑똑하다면 물론 좋겠지…… 하지만 똑똑하기만 한 사람은 수두룩한걸! 그래도 그 여잔 얼마나 마음씨가 좋은데, 잘 알고 보면 정말 고결한 여자야!」

「아이고 하느님 맙소사! 이분은 벌써 체념하고 있어!」 내가 절망적으로 말했다.

「그럼, 그렇게 하지 않으면, 달리 무슨 뾰족한 수라도 있니? 모두들 날 위해 저렇게 애쓰고 있는걸. 게다가, 나도 조만간에 피할 수 없는 문제가 될 거라고 생각해 왔다. 결혼을 할 수밖에 없다고 말이야. 이 일로 인해 더 큰 소동이 벌어지지 않도록, 차라리 지금 그렇게 하는 것이 나아. 세료쟈야, 난 모든 걸 솔직하게 털어놓고 있는 거야. 난 어떤 의미에서는 기쁘기까지 하단다. 난 결심했어. 그렇게 마음을 먹으니까, 적어도 어깨에서 무거운 짐을 덜어 낸 느낌이야, 왠지 마음도 편안하고. 내가 이리로 올 때부터, 벌써 편안한 기분이었어. 아마 이렇게 되는 것이 내 운명인가 봐! 무엇보다 중요한 소득은, 나스쨔가 우리 집에 이대로 머물 수 있게 되었다는 거지. 난 사실 그런 조건으로 승낙한 것이니까. 그런데 〈그녀가〉 이 집을 나가고 싶어한다고! 그렇게 될 수는 없는 거야!」 아저씨는 발을 굴러 대며 소리쳤다. 「내 말 좀 들어 봐, 세르게이!」 단호한 어조로 그가 이렇게 덧붙였다. 「넌 여기서 날 기다리고 있는 거다. 아무 데도 가서는 안 돼. 곧바로 다시 돌아올 테니까.」

「어디 가시는 거예요, 아저씨?」

「아마 그녀를 만날 수 있을 것 같구나, 세르게이. 그럼 모든 것을 다 알 수 있게 될 거야. 틀림없어, 모든 것을 다 알 수 있게 될 거야. 그리고…… 그리고…… 넌 그녀와 결혼할 수 있게 될 거야. 내가 네게 틀림없다고 약속하마!」

아저씨는 급히 방을 나가서, 집 쪽이 아니라 정원 쪽으로 방향을 틀었다. 나는 창에서 그가 가는 것을 눈으로 쫓고 있었다.

12. 파국

 나는 혼자 남아 있었다. 내 입장은 참으로 낭패스러운 것이었다. 나는 청혼을 거절당했고, 아저씨는 나를 강제로라도 결혼시키려 하고 있다. 내 생각들은 서로 엉켜서 도무지 종잡을 수가 없었다. 미진치꼬프와 그의 제안이 내 머리에서 떠나질 않았다. 어떤 대가를 치르더라도 아저씨를 구해야만 한다! 나는 미진치꼬프를 찾아내서 그에게 모든 것을 다 말해 줄까 하는 생각까지 했다. 그런데 도대체 아저씨는 어디로 가신 걸까? 아저씨는 나스쩬까를 찾으러 간다고 말해 놓고는 정원 쪽으로 가버렸다. 밀회라는 생각이 내 머릿속에 퍼뜩 떠올랐고, 너무나도 불쾌한 감정이 내 마음을 짓눌렀다. 비밀스러운 관계니 하는 미진치꼬프의 말이 생각났다……. 잠시 생각에 잠겼다가, 나는 아저씨에 대한 모든 의심을 분연히 떨쳐 냈다. 아저씨는 누구를 속일 수 있는 사람이 아니었다. 그건 분명한 사실이다. 그러나 시간이 지나갈수록 나의 불안은 커져 갔다. 자신도 모르게 나는 계단으로 나가 정원으로, 아저씨가 사라져 갔던 그 가로수 길을 따라서 걷기 시작했다. 달이 떠오르기 시작하고 있었다. 나는 이 정원을 구석구석 잘 알고 있었기 때문에 길을 잃거나 할 염려는 없었다. 연못가에 따로 떨어져 서 있는, 이미 말라 버린 진흙으로 가득 덮여 있는 낡은 정자에 이르렀을 때, 나는 못에라도 박힌 듯이 우뚝 서버렸다. 정자에서 사람의 목소리가 들려왔던 것이다. 그 순간 얼마나 괴이하고도 불쾌한 감정이 나를 사로잡았는지, 지금도 말로 다할 수 없을 정도이다! 이건 아저씨와 나스쩬까야, 하고 확신했다. 그러고는 지금까지 걸어왔던 길을 계속 갈 뿐이지 몰래 접근하는 것은 아니라고, 순간순간 자신의 양심을 달래면서 계속 가까이 다가갔다. 갑자기 키스하는 듯한 소리가 들리더니, 뭔가 열띤 말소리가 흘러나왔다. 그리고 그 순간 찢어질 듯한 여자의 비명 소리가 잇

따랐다. 그 순간 하얀 옷을 입은 여자가 정자에서 달려나와, 제비처럼 나를 스치고 사라져 갔다. 그녀는 누구인지 알아볼 수 없도록, 두 손으로 얼굴을 가리고 있었던 것으로 보였다. 아마도, 정자에서 내가 있다는 사실을 알아차린 듯하였다. 그러나 놀란 부인의 뒤를 따라 나온 남자를 보았을 때, 나는 정말 놀라 자빠질 정도였다. 그것은 오브노스낀, 즉 미진치꼬프의 말에 따르면 아까 집으로 돌아갔다던 오브노스낀이었던 것이다! 오브노스낀 역시 나를 보고는 무척이나 허둥지둥댔다. 낯가죽이 두꺼운 것도 별수없는 모양이었다.

「실례합니다, 하지만…… 여기서 당신을 만나게 될 줄은 정말 몰랐어요.」그가 아첨을 떨듯 얼굴에 웃음을 띠며 말했다.

「저도 당신을 만나게 될 줄은 몰랐습니다.」내가 비웃으며 대답했다. 「게다가, 전 당신이 이미 집으로 돌아가셨다고 들었는데요.」

「아니에요……. 그건 그러니까…… 전 멀지 않은 곳까지 어머니를 배웅하러 갔던 거예요. 그런데 제가 당신을 이 세상에서 가장 고매하신 분이라 믿고, 한 가지 부탁을 드려도 될까요?」

「무슨 일인데요?」

「당신도 잘 아시겠지만, 진정으로 고결한 사람이 다른 진정으로 고결한 사람의 고결한 마음에 부탁을 드리지 않을 수 없는 그런 경우가 있는 법입니다……. 당신께서는 저를 이해해 주시리라 믿습니다.」

「그렇게 믿으시면 안 될 겁니다. 전 지금 도무지 당신을 이해할 수 없는데요.」

「저와 함께 정자에 있던 부인을 보셨지요?」

「보았습니다. 하지만 누군지는 모르겠던데요.」

「아, 잘 모르겠다고요……! 그 부인은 곧 제 아내가 될 사람입니다.」

「축하드립니다. 그런데 제게 부탁할 말씀이라는 것이 뭐죠?」

「딱 한 가집니다. 제가 그 부인과 함께 있었다는 것을, 철저히 비밀로 해달라는 겁니다.」

〈대체 누구였더라?〉 나는 생각했다. 〈설마 그 여자는 아니겠지……〉

「솔직히 잘 모르겠군요.」 내가 오브노스낀에게 대답했다. 「죄송하지만, 그런 약속은 해드릴 수 없을 것 같군요.」

「안 됩니다. 제발 부탁이에요.」 오브노스낀이 애원했다. 「제 입장을 좀 생각해 주세요. 이건 비밀이에요. 당신도 언젠가 구혼자가 될 때가 있을 것 아닙니까, 그러면 제가 당신 편에서……」

「쉿! 누가 오고 있어요!」

「어디에?」

실제로, 우리로부터 약 서른 걸음 정도 떨어진 곳에서 지나가는 사람의 그림자가 어렴풋이 어른거렸다.

「저건…… 저건 틀림없이 포마 포미치예요!」 오브노스낀이 온몸을 사시나무 떨듯 떨면서 속삭였다. 「걸음걸이만 봐도 그 사람인 줄 알 수 있어요. 야단났다! 저기 저쪽에서도 누군가가 오고 있잖아! 저것 봐요……. 잘 가세요! 그럼 잘 부탁합니다……. 제발 부탁합니다…….」

오브노스낀이 몸을 감추었다. 1분 가량 지났을 때, 마치 땅에서 튀어나오기라도 한 듯이, 아저씨가 내 앞에 나타났다.

「너냐?」 아저씨가 나를 보고 소리쳤다. 「모든 게 다 글렀다, 세료쟈! 모든 게 다 글렀어!」

「뭐가 글렀다는 거예요, 아저씨?」

「가자!」 아저씨가 내 손을 꽉 잡고 나를 끌어당기더니, 숨을 헐떡이면서 말했다. 그러나 별채로 걸어가는 도중, 내내 아저씨는 한마디 말이 없었고, 나에게도 말할 기회를 주지 않았다. 나는 무언가 엄청난 일이 있었을 것이라 생각했고, 그리고 그 기대는 어긋나지 않았다. 방에 들어갔을 때 아저씨는 쓰러져 버렸다. 그의 얼굴은 죽은 사람처럼 창백했다. 나는 아저씨의 얼굴에 물을 좀 뿌려 주었다. 나는 이렇게 생각했다. 〈이런 분이 기절할 정도니, 틀림없이 뭔가 끔찍한 일이 생긴 거야.〉

「아저씨, 무슨 일이에요?」 마침내 내가 그에게 물었다.

「모든 게 다 글렀어, 세료쟈! 포마에게 나와 나스쩬까가 정원에 함께 있는 걸 들키고 말았어. 그것도 내가 그녀에게 키스하고 있는 바로 그 순간에 말이야.」

「키스를 하셨다고요, 정원에서!」 놀라서 아저씨를 바라보며 내가 소리쳤다.

「그래, 정원에서. 귀신에게 홀린 건지! 그녀를 만나 봐야만 할 것 같아서 갔던 거야. 너에 대한 일을 그녀에게 다 말해 주고 설득할 작정으로 말이야. 그랬더니 그녀가 벌써 한 시간 동안이나 날 기다리고 있었던 거야. 저기 연못 뒤에 부서진 의자에 앉아서 말이야……. 나와 할 이야기가 있으면 그녀는 자주 그리로 오곤 했어.」

「자주 그랬다고요, 아저씨?」

「그래, 자주! 요즈음엔 거의 매일 밤 계속해서 만나 왔지. 그런데 저 사람들이 우리 뒤를 쫓아다니는 거야. 이미 난, 저 사람들이 우리 뒤를 쫓아다닌다는 걸 알고 있었어. 무엇보다 안나 닐로브나가 제일 열심이었다는 것도 알고 있었고. 그래서 우리는 잠시 동안 만나지 않기로 했어. 나흘 동안 아무 일도 없었어. 그러나 오늘은 반드시 만나 보아야 했기 때문에, 무엇 때문인지는 너도 잘 알 게 아니냐. 그 일이 아니라면 내가 뭣 때문에 그녀를 만나겠니? 그래서 혹시나 하는 마음에서 가보았더니, 그녀가 벌써 한 시간이나 나를 기다리며 앉아 있는 것 아니겠니. 그녀도 뭔가 내게 해야 할 말이 있었던 거야…….」

「어이구 정말, 어떻게 그렇게 부주의할 수가 있어요? 모두가 두 분을 감시하고 있다는 걸 잘 아시면서!」

「하지만 지금은 정말 급한 때잖아, 세료쟈. 둘이서 해야 할 말이 너무 많았단 말이야. 낮에는 그녀를 똑바로 바라볼 수도 없어. 그녀가 한편 구석에 있으면, 난 이 세상에 그녀가 존재한다는 것을 알아차리지 못하기라도 한 듯이, 일부러 다른 곳으로 눈을 돌려야 한단 말이야. 밤이 되면 그렇게 만나서 이야기하는 거지…….」

「그래서 어떻게 됐어요, 아저씨?」

「제대로 이야기도 꺼내지 못했는데, 내 가슴이 쿵쾅대면서 눈에서는 눈물이 나오지 않겠니. 난 그녀더러 너에게 시집을 가라고 설득하기 시작했지. 그랬더니 그녀가 내게 이렇게 말하는 거야. 〈틀림없이 당신은 절 사랑하시지 않는군요. 틀림없이 당신은 아무것도 모르세요.〉 그러더니 갑자기 내 목을 끌어안으며, 나를 붙잡고서 흑흑 우는 거야! 그러더니 이렇게 말하는 거야. 〈전 오직 당신만을 사랑해요. 그러니 누구와도 결혼하지 않겠어요. 전 오래전부터 당신을 사랑해 왔어요. 하지만, 당신과 결혼하지는 않을 거예요. 저는 내일 이 집을 떠날 거예요. 수도원으로 들어가겠어요.〉」

「뭐라고요! 그녀가 정말 그렇게 말했어요? 그래서, 그 다음엔 어떻게 됐어요, 아저씨?」

「내가 눈을 들어 보니, 우리 앞에 포마가 와 있는 것이 아니겠니! 도대체 그가 어디에서 갑자기 나타났을까? 정말 수풀 뒤에 앉아서, 우리가 그렇게 하기를 기다리고 있었을까?」

「비열한 놈!」

「난 기절할 지경이었지. 나스쩬까는 도망가 버렸고, 포마 포미치는 조용히 내 옆을 지나가면서 손가락으로 위협을 하더구나. 세르게이, 내일은 또 얼마나 큰 소동이 벌어질까?」

「하긴, 충분히 상상이 가요!」

「너도 잘 알겠지.」 그가 의자에서 일어나면서 절망적으로 소리쳤다. 「저 사람들은 그녀에게 똥칠을 하고, 모욕을 줘서 그녀를 파멸시키려고 하는 거야. 온갖 더러운 누명을 덮어씌워 그걸 이유로 내쫓을 구실을 찾고 있었어. 그런데 이제 그런 구실을 찾아낸 거야! 심지어 그녀와 내가 추악한 관계를 가졌다고까지 한다니까! 그뿐인 줄 알아. 저 비열한 사람들은, 그녀가 비도뺠랴소프와도 관계를 가졌다고 하는 거야! 이건 모두 안나 닐로브나가 퍼뜨린 이야기지. 이제 어떻게 될까? 내일 어떤 일이 벌어질까? 포마가 정말 다 떠벌릴까?」

「틀림없이 떠벌려 댈 겁니다, 아저씨.」

「떠벌려 대기만 해봐라, 조금이라도 떠벌리기만 하면······.」 입술을 꽉 깨물며, 주먹을 쥐어 보이면서 아저씨가 말했다. 「아니야, 그럴 리가 없어. 그는 말하지 않을 거야. 그는 이해해 줄 거야······. 그는 정말로 고결한 사람이야! 그는 그녀를 가엾게 여겨 줄 거야······.」

「가엾게 여기든 말든,」 내가 단호하게 말했다. 「어찌 됐든 내일 아저씨가 나스따시야 예브그라포브나에게 청혼을 하셔야만 합니다. 그건 아저씨의 의무예요.」

아저씨가 꼼짝도 않고 나를 쳐다보았다.

「이 이야기가 퍼지기라도 한다면, 그건 곧 아저씨가 그 아가씨의 명예를 더럽히게 되는 것이라는 사실을 모르시겠어요, 아저씨? 아시겠지요? 가능한 한 빨리, 모든 불행을 미리 막아야만 해요. 당당하고 자랑스럽게 모두를 쏘아보면서, 공개적으로 청혼을 하는 거예요. 저 사람들의 이유 따윈 침이나 뱉어 주세요. 포마가 그녀에 대해 뭐라고 험담을 늘어놓으려고 하면 한번 혼을 내주어야 해요. 아시겠지요?」

「얘야!」 아저씨가 소리쳤다. 「이리로 오면서, 나도 그렇게 생각하고 있었다!」

「브라보, 아저씨!」

나는 달려가 그를 감싸 안았다.

우리는 오랫동안 이야기를 나누었다. 나는 아저씨에게 온갖 이유를 들어 가며, 나스쩬까와 결혼을 해야만 할 필연성을 역설하였다. 하긴, 아저씨 자신이 나보다도 더 잘 알고 있었다. 하지만 너무나도 흥분한 나머지 나는 한바탕 웅변을 참을 수가 없었다. 나는 아저씨를 위해 기뻐했다. 의무감이 아저씨를 자극했다. 그렇지 않았더라면 아저씨는 결코 그런 결심을 할 수 없었을 것이다. 자신의 의무 앞에서, 자신의 당위 앞에서 그는 사뭇 경건하게 행동했다. 하지만 그럼에도 불구하고, 나는 도대체 이 일이 어떻게 진행되어 나갈지, 도무지 짐작할 수 없었다. 아저씨는 일단 자신의 의무라고 생각되면, 무슨 일이 있더라도 물러나지 않는 사람이라는 것을 나는 알고 있었으며, 또 굳건하게 믿고 있었다. 하지만 아저씨가 집안사람들에 대해 과연 반항할 힘을 가지고 있는지에 대해서는, 어쩐지 미심쩍었다. 바로 그렇기 때문에 나는 가능한 한 아저씨를 부추겨서 힘을 북돋아 주기 위해, 청년다운 열정으로 온 힘을 다해 말했다.

「무엇보다도, 무엇보다도 말입니다.」 내가 말했다. 「이제 모든 것이 해결되었어요. 그리고 마지막 남은 의혹도 다 사라졌어요! 아저씨가 생각지 못했던 일이 벌어진 겁니다. 비록 모두가 이 일을 알고 있었고, 아저씨보다도 먼저 알아차렸지만 말이에요. 나스따시야 예브그라포브나는 아저씨를 사랑하고 있어요! 이 순수한 사랑이 그녀에게 수치와 모욕이 되도록 가만히 내버려 두실 겁니까?」

「절대 안 될 일이야! 하지만 얘야, 내가 정말 그렇게 행복해질 수 있을까?」 아저씨가 내 목을 끌어안으며 외쳤다. 「어떻게 해서, 무엇 때문에 그녀가 나를 사랑하게 된 걸까? 무엇 때문에? 난 그럴 만한 가치가 없을 것 같은데……. 그녀에 비하면 난 노인이야. 정말 생각하지도 못했던 일이야! 천사야, 천사……! 얘, 세료쟈야, 아까 넌 내가 그녀를 사랑하는지 물어보았지. 그런 생각을 하게 된 근거라도 있었던 거냐?」

「아저씨가, 누구도 그럴 수 없을 만큼 그녀를 사랑하고 계시다는 걸 알고 있었어요. 사랑하고 있으면서도, 자신만은 그걸 모르는 거지요. 정말이에요! 아저씨는 저를 불러내서 그녀와 결혼시키려 하셨지만, 그건 단지 그녀를 조카며느리로 삼고 싶어서, 그렇게 해서라도 그녀를 언제까지나 곁에 두고 싶어서 그러신 거예요.」

「그럼 너는…… 너는 날 용서해 주는 거냐, 세르게이?」

「무슨 그런 말씀을, 아저씨……!」

아저씨는 다시 나를 포옹하였다.

「정신 바짝 차려야 해요, 아저씨. 모두가 아저씨를 반대하고 있어요. 일어나 모두에게 대항해야 해요. 그리고 내일을 넘기면 안 돼요.」

「그래…… 그래, 내일!」 아저씨가 무언가 생각에 잠긴 듯한 모습으로 말했다. 「남자답게, 정말로 고매한 정신으로, 굳건한 의지로써 일을 해결해야 해……. 그래, 굳건한 의지로 말이야!」

「두려워하시면 안 돼요, 아저씨!」

「두렵지 않아, 세료쟈! 단 한 가지, 어떻게 시작해야 할지, 어떻게 일을 착수해야 할지, 그걸 모르겠어.」

「그건 생각할 필요 없어요, 아저씨. 내일이면 모든 것이 해결될 겁니다. 오늘은 푹 쉬세요. 생각하면 생각할수록 좋을 것이 하나도 없어요. 만일 포마가 헛소리를 하면, 즉시 그놈을 집 밖으로 쫓아 버리세요. 그리고 한번 혼을 내주는 거예요.」

「쫓아낼 것까진 없지 않을까? 얘야, 난 이렇게 결정했다. 내일 일찍 날이 밝기 전에, 그에게 가서 모든 걸 다 말해 줄 테다. 지금 너와 이야기한 그대로 말이야. 그가 내 이야기를 이해하지 못할 리 없어. 그는 고결한 사람이야. 그는 제일로 고결한 사람이야! 하지만 내가 걱정하는 건 이거야. 만일 어머니가 따찌야나 이바노브나에게, 내가 내일 청혼하기로 했다고 오늘 미리 알려 주기라도 했다면 어떻게 하지? 정말 낭패가 아니냔 말이야!」

「따찌야나 이바노브나에 대해서는 걱정할 것 없어요, 아저씨.」

나는 정자에서 오브노스낀과 함께 있었던 광경을 그에게 말해 주었다. 아저씨는 무척이나 놀라워했다. 나는 미진치꼬프에 대해서는 한마디도 하지 않았다.

「이상한 사람이군! 정말 이상한 사람이야!」 아저씨가 소리쳤다. 「정말 가엾은 여자야! 모두들 그녀가 순박하다는 사실을 이용해 먹으려고, 그녀에게 접근하고 있어! 오브노스낀이 정말 그랬을까? 그는 분명히 떠났는데…… 이상한 일이구나, 정말 이상한 일이야! 난 뭐가 뭔지 잘 모르겠구나, 세료쟈…… 내일 당장 좀 알아봐서, 뭔가 조처를 취해야만 하겠어……. 그런데 그게 따찌야나 이바노브나였던 것은 틀림없지?」

난 비록 얼굴을 보지는 못했지만, 여러 가지 점들로 미루어 볼 때, 그 사람이 따찌야나 이바노브나라는 사실은 틀림없다고 대답했다.

「흠! 하녀들 중의 누구하고 바람이 났던 건데, 그걸 따찌야나 이바노브나라고 생각했던 것은 아니었을까? 정원사 딸 다샤는 아닐까? 아주 교활한 여자애야. 전에 한번 들킨 적이 있어서 내가 이런 말을 하는 거야. 한번 들켰거든. 안나 닐로브나가 꼬리를 잡아냈지……. 하지만 그럴 리가 없을 텐데. 그가 결혼할 거라고 했다면서. 이상해! 이상한 일이야!」

마침내 우리는 헤어졌다. 나는 아저씨와 포옹하고서 행운을 빌어 주었다. 「내일이야, 바로 내일.」 아저씨가 되풀이해서 말했다. 「내일이면 모든 것이 해결될 거야. 네가 잠자리에서 일어나기 전에 해결될 거야. 포마에게 가서 기사답게 행동하겠어. 그에게 친형제처럼 모든 것을 털어놓겠어. 마음속에 있는 것을 모두 다 이야기하겠어. 잘 있어라, 세료쟈. 그만 자거라, 피곤할 테니. 아마 한밤 내내 뜬눈으로 지새울 것 같구나.」

아저씨는 갔다. 나는 피곤했고, 너무나도 지쳐 있었기 때문에 곧바로 잠자리에 누웠다. 힘겨운 하루였다. 신경이 곤두서 있었기 때문에, 잠에 완전히 빠져 들기 전에 몇 차례나 몸을 부르르 떨며 잠을 깨곤 했다. 하지만 완전히 잠이 들기 전에 오늘 내가 받은 인상이 아무리 괴상한 것이었다 할지라도, 그 다음날 아침 내가 잠에서 깨어났을 때 벌어진 괴상한 일에 비하면 그건 새발의 피나 마찬가지였다.

# 2
제2부

1. 추격

나는 꿈도 꾸지 않고 푹 잤다. 문득 10뿌드[70]는 됨직한 것이 내 발을 누르고 있는 듯한 기분이 들었다. 나는 비명을 지르면서 잠에서 깨어났다. 이미 날이 밝은 상태였다. 창문으로 밝게 떠오른 태양이 보였다. 내 침대 위에, 아니 정확하게 말하자면 내 발 위에 바흐체예프 씨가 앉아 있었다.

꿈이 아닌가 싶었지만 틀림없이 그였다. 가까스로 발을 빼내고 침대에서 일어나 앉아, 아직 잠이 덜 깬 흐리멍덩한 상태로 그를 바라보았다.

뚱보가 소리쳤다. 「이 친구 아직도 쳐다보고 있군! 자네, 뭘 그리 뚫어져라 날 쳐다보는 거야? 일어나, 이 친구야, 자 빨리 일어나라고! 벌써 30분 동안이나 깨우고 있었어. 잠 좀 깨란 말이야!」

「무슨 일이 있습니까? 지금 몇 시죠?」

「아직 이른 시간이긴 하지만 우리의 페브로니야가 새벽이 올 때를 기다리지 못하고 내빼 버렸어. 자 일어나, 추격하러 가자고!」

「페브로니야가 누굽니까?」

「누구긴 누구야, 저 거룩하신 분 말이야! 내빼 버렸다니까! 날

[70] 뿌드는 옛날 러시아의 중량 단위로서 16.38킬로그램에 해당한다.

이 밝기 전에 내빼 버린 거야! 이 친구야, 난 당신을 깨우러 잠깐 들렀다가 지금 이렇게 두 시간 동안이나 깨우고 있는 거란 말이야! 자 이 친구야, 일어나, 당신 아저씨도 당신을 기다리고 있어. 정말, 마침내 축일이 닥쳤군!」 그는 뭐가 그리 좋은지 정말 고소하다는 듯한 목소리로 흥분해서 말했다.

「도대체 누굴 말씀하시는 겁니까? 그리고 뭐가 어쨌다는 거예요?」 내가 참지 못하고 물어보았지만, 한편으로는 짐작이 가는 데가 있었다. 「혹시 따찌야나 이바노브나가 아닙니까?」

「그럼 누구겠어? 바로 그 여자지! 내가 이런 일이 있을 거라고 말했지만 누구도 귀담아들으려 하질 않았지! 그래, 그 여자가 이제 정말 축일을 축하합니다, 하고 인사를 하는 거야! 온통 연애질에 미쳐 있더란 말이야. 그래, 정말 그 여자의 머릿속에는 연애질에 대한 생각밖에 없어! 제기랄! 하긴 남자놈은 또 어떻고? 턱수염이 그게 뭐야?」

「정말 미진치꼬프와 함께 달아난 겁니까?」

「젠장, 자넨 또 무슨 잠꼬대야! 이 친구야, 눈이라도 좀 비비고, 제발 잠에서 깨라고. 이 위대하고 거룩한 축일에 정신을 차리고 있어야 할 것 아니야! 내가 보니 어제 저녁 식사 때문에 잠을 너무 많이 잔 모양이군, 아직도 헤매고 있는 걸 보니 말이야! 미진치꼬프와 달아났다고? 미진치꼬프가 아니라 오브노스낀하고 달아난 거야. 이반 이바니치 미진치꼬프야 고결한 사람이지. 지금 우리와 함께 추격할 준비를 하고 있어.」

「무슨 말을 하시는 겁니까.」 침대에서 펄쩍 뛰다시피 하면서 내가 소리쳤다. 「정말 오브노스낀하고 달아난 겁니까?」

「젠장, 정말 사람 짜증 나게 만드는 양반이군!」 자리에서 펄쩍 뛰면서 뚱보가 대답했다. 「난 그래도 교육을 받은 사람이고 해서 일부러 친구에게 알려 주러 왔던 건데, 이 친구는 아직도 의심을 하고 있군! 이 친구야, 우리와 함께 갈 생각이라면 빨리 일어나 바지나 입으란 말이야. 난 더 이상 자네와 혀를 놀리고 있을 수 없어. 그렇지 않아도 자네 때문에 귀중한 시간을 허비하고 있었으니까!」

그러고는 그는 몹시 화를 내며 나가 버렸다.

뜻밖의 소식에 놀라, 나는 침대에서 뛰어내려 급히 옷을 챙겨 입고 아래로 달려 내려갔다. 안채에서 아저씨를 찾아보아야겠다고 생각했는데, 아직 집안사람들은 잠을 자고 있는 중이어서 어떤 일이 있는지 아무것도 모르는 것 같았다. 내가 조심스럽게 복도 계단을 올라가고 있을 때, 한 모퉁이에서 나스쩬까를 만났다. 급하게 옷을 챙겨 입었는지 아침 화장복인지, 실내복인지 아무튼 그런 차림이었다. 머리도 헝클어진 그대로였다. 아마 그녀는 잠자리에서 일어나자마자 복도로 나와 누군가를 기다리고 있었던 모양이었다.

「사실대로 말씀해 주세요. 따찌야나 이바노브나가 오브노스낀과 떠나 버렸다면서요?」 창백하고 놀란 얼굴로, 탁탁 끊어지는 목소리로 그녀가 서둘러 물었다.

「그렇다고 하더군요. 전 지금 아저씨를 찾고 있어요. 같이 추격할 생각이에요.」

「오! 빨리, 빨리 그녀를 데려오세요! 당신들이 그녀를 다시 데려오지 못한다면 그녀는 파멸이에요.」

「그런데 아저씨는 어디 계십니까?」

「틀림없이 마구간에 계실 거예요. 늘 그곳에서 마차를 준비하거든요. 전 여기서 그분을 기다리고 있었어요. 그분께 제가 오늘 반드시 이 집을 떠날 거라고 말씀드려 주세요. 전 그렇게 결심했어요. 아버지가 저를 데려가실 거예요. 가능하다면 지금이라도 떠날 생각이에요. 이제 모든 게 다 끝장이에요! 다 끝나 버렸어요!」

이렇게 말하면서 그녀는 어쩔 줄 모르겠다는 듯이 나를 바라보았다. 그러고는 갑자기 눈물을 주르륵 흘리는 것이었다. 히스테

럭한 발작이 시작되는 듯했다.

「제발 진정해요!」난 그녀에게 애원했다. 「오히려 잘된 일이에요. 두고 보세요……. 왜 그러세요, 나스따시야 예브그라포브나?」

「전…… 전, 잘 모르겠어요……. 무슨 일인지.」 그녀가 숨도 제대로 못 쉬면서 무의식중에 내 손을 꽉 잡으며 말했다. 「그분께 말씀드려 주세요…….」

그 순간 오른쪽에 있던 문 너머로 시끄러운 소리가 들렸다.

그녀는 내 손을 급히 놓더니, 놀란 나머지 말도 다 끝맺지 못하고 계단을 따라 위층으로 달려 올라갔다.

뒤뜰에 있는 마구간 옆에서 나는 모든 일행, 즉 아저씨와 바흐체예프, 그리고 미진치꼬프를 찾아낼 수 있었다. 바흐체예프는 젊은 말들을 마차에 매고 있었다. 출발할 준비가 완료되어 있었다. 다만 나를 기다리고 있던 모양이었다.

「저기 그가 오는군!」 내가 나타나자 아저씨가 소리쳤다. 「소식 들었니, 얘야?」 무엇 때문인지 얼굴에 괴상한 표정을 지으며 아저씨가 이렇게 덧붙였다.

아저씨의 시선이나 목소리, 그리고 몸짓에서는 놀라움과 당혹스러움과 함께 무엇인가에 대한 기대가 묻어 나오고 있었다. 그는 자신의 운명이 중대한 전환의 기로에 서 있다는 사실을 깨닫고 있었던 것이다.

곧바로 나는 상세한 설명을 들을 수 있었다. 지난밤 꿈자리가 지독하게 사나웠던 바흐체예프 씨가 자기 마을에서 5베르스따쯤 떨어진 곳에 위치한 수도원으로, 새벽 기도회를 서둘러 가기 위해 날이 밝기 전에 집에서 나왔다. 큰길에서 사원으로 구부러지는 길모퉁이에서 그는 전속력으로 질주해 가는 여행 마차와 마주치게 되었는데, 그 여행 마차에 따찌야나 이바노브나와 오브노스낀이 타고 있었다. 따찌야나 이바노브나는 너무나 운 나머지 눈

두덩이가 퉁퉁 부은 얼굴로 겁에 질려 소리치면서 바흐체예프 씨에게 — 적어도 그가 해준 이야기에 따르면 — 자신을 지키고 보호해 달라는 듯이 손을 내밀었다는 것이다. 「그런데 그 콧수염을 기른 파렴치한 놈은,」 바흐체예프 씨가 이렇게 말했다. 「살았는지 죽었는지 꼼짝 않고 앉아서 몸을 숨기지 않겠어요. 흥, 속이려 해봤자지, 지가 숨으면 어디 가서 숨겠어!」 오래 생각할 것도 없이 스쩨빤 알렉세예비치는 마차를 돌려 스쩨빤치꼬보 마을로 달려와서 아저씨와 미진치꼬프를 깨우고 마침내 나를 깨우러 왔던 것이었다. 우리는 즉각 추격하기로 결정했다.

「오브노스낀이라, 오브노스낀이라……」 뭔가 다른 이야기를 하고 싶은 듯한 얼굴로 아저씨는 나를 뚫어져라 바라보면서 말했다. 「누가 이런 일이 벌어질 거라고 생각이나 할 수 있었겠어!」

「그 천박한 놈이라면 어떤 비열한 짓이라도 떡 먹듯이 할 거라고 생각했어요!」 미진치꼬프가 무척이나 화가 난 듯이 소리 지르면서, 내 시선을 피해 얼굴을 돌렸다.

「이게 뭡니까? 가는 거요, 마는 거요? 아니면 옛날 이야기라도 하면서 저녁이 될 때까지 이렇게 서 있을 작정이오?」 바흐체예프 씨가 마차로 올라타면서 우리의 이야기를 잘랐다.

「자, 그럼, 출발하자!」 아저씨가 맞장구를 쳤다.

「모든 일이 잘된 거예요, 아저씨.」 내가 그에게 속삭였다. 「두고 보세요, 이제 모든 일이 잘 처리될 것 같지 않아요?」

「그만 해라, 얘야, 그런 소릴 하는 게 아니야……. 아, 정말! 이제 저 사람들은 일이 틀어졌다고 해서, 그 벌로 〈그녀〉를 쫓아내려고 할 거야. 알겠니? 끔찍한 일이야. 내가 보기엔 틀림없이 끔찍한 일이 벌어지게 될 거야!」

「도대체 무슨 일이오, 예고르 일리치. 소곤대기만 하고 출발하지 않을 거요?」 바흐체예프 씨가 또다시 소리쳤다. 「아니면 말들을 다시 풀어놓고 뭐라도 먹을 생각이오. 무슨 생각을 하고 있는 게요. 아예 보드까라도 한잔 할까요?」

그의 말에는 명백히 빈정거리는 투까지 섞여 있었으므로 우리는 즉시 바흐체예프 씨의 요구를 만족시켜 주지 않을 수 없었다. 모두 마차에 올라앉았고, 말들이 달려가기 시작했다.

얼마간 우리 모두는 침묵을 지켰다. 아저씨가 의미심장한 눈길로 나를 바라보았지만, 모두가 있는 앞에서 나와 이야기하고 싶지는 않은 듯했다. 줄곧 생각에 잠겼다가, 갑자기 정신이 드는 듯 몸을 부르르 떨며 진저리를 치고서 흥분한 눈으로 주위를 둘러보는 것이었다. 미진치꼬프는 꼼짝 않고 태평하게 앉아서 담배를 피우다가 부당한 모욕이라도 받았다는 듯이 위엄을 갖추고 있었다. 모두를 대표해서 바흐체예프가 열을 올렸다. 그는 입속으로 뭐라 중얼거리기도 하고, 정말로 화가 난다는 듯이 모두를 한번 쳐다보기도 하며, 얼굴을 붉히고 씩씩거리면서 도무지 참을 수가 없다는 듯이 계속 옆으로 침을 뱉기도 했다.

「스쩨빤 알렉세이치, 그 사람들이 미시노로 갔을 거라고 확신하나?」 갑자기 아저씨가 물어보았다. 그러더니 나에게로 몸을 돌리면서 이렇게 덧붙였다. 「거긴 여기서 20베르스따 정도 떨어진 곳이란다. 30명 정도의 농노가 사는 조그마한 마을이야. 현의 관리였던 사람이 얼마 전에 이전의 소유자한테서 사들인 곳이지. 그 사람은 세상에서 찾아보기 힘들 정도로 소송을 좋아하는 사람이라는군! 적어도 그렇게 말하고들 있어. 아마 잘못된 소문일 수도 있고. 스쩨빤 알렉세이치는 오브노스낀이 틀림없이 그리로 가서, 그 관리에게 도움을 청할 거라고 믿고 있어.」

「그럼 다른 수가 있겠어?」 바흐체예프가 덤벼들 것처럼 소리쳤다. 「분명히 말하지만 미시노로 갔을 거야. 하긴 지금 미시노에서 그를 찾으려 해봤자 오브노스낀은 없고 미찌까만 나올지도 모르지! 마당에서 세 시간이나 쓸데없이 지껄여 대고 있었으니.」

「걱정할 것 없어요. 그놈을 찾아내게 될 겁니다.」 미진치꼬프가 말했다.

「그래, 찾아내겠지! 틀림없이 그놈이 날 잡아가슈, 하며 기다리고 있을 것 같지? 보물도 손에 넣었겠다. 틀림없이 흔적도 없이 사라져 버렸을 거야!」

「진정해, 스쩨빤 알렉세이치, 진정하란 말이야. 쫓아갈 수 있을 거야.」 아저씨가 말했다. 「시간적인 여유가 없어서 아무 짓도 못 했을 거야. 두고 봐, 틀림없이 그럴 테니.」

「시간적인 여유가 없었다고!」 바흐체예프 씨가 심술궂게 말을 되받았다. 「그 여자는 무슨 짓이든 저지를 시간적인 여유가 있어. 쓸데없이 얌전한 여자니 뭐니 하더니! 〈얌전한 여자예요, 정말 얌전한 여자예요〉 하고 부추겨 대더라니!」 누군가의 말을 흉내라도 내는 것처럼 그는 가느다란 목소리로 이렇게 덧붙였다. 「〈불행을 많이 겪은 분이셔.〉 그 불행한 여잔지 뭔지가 이렇게 우리에게서 도망을 갔군 그래! 새벽부터 그녀를 쫓아서 이 큰길을 혀를 빼물고 달리게 만든 꼴 좀 보라고! 거룩한 축일에 기도도 못하게 만들고 말이야. 제기랄!」

「하지만 그녀는 어린아이가 아니에요.」 내가 지적했다. 「누가 후견인이 되거나 할 수도 없고요. 자신이 원하지 않는다면 다시 데려올 수 없어요. 그땐 어떻게 하지요?」

「물론 그렇지.」 아저씨가 말했다. 「하지만 그녀는 돌아오고 싶어할 거야. 자신 있게 말할 수 있어. 지금은 어쩌다 보니 그런 거야……. 우리를 보자마자 다시 돌아올 거다. 그건 내가 책임질 수 있어. 운명이려니 하고 그녀가 희생되는 것을 놔두고 볼 수는 없어. 다시 말해, 이건 우리의 의무야…….」

「후견인을 둘 수 없다고!」 바흐체예프가 즉각 나한테 대들며 소리쳤다. 「이 친구야, 그녀는 바보라고. 그것도 지독한 바보야. 후견인을 둘 수 없다는 것이 문제가 아니야. 어제는 별로 하고 싶지 않아서 자네에게 그녀에 대한 이야기를 하지 않았지만, 얼마 전에 이런 일이 있었지. 내가 실수로 그녀의 방에 들어가게 된 거야. 그런데 그녀 혼자 거울 앞에서 손을 척 옆구리에 대고는 카드리유[71]를 추고 있는 거야! 게다가 차려입은 꼴하고는. 잡지에서 본 그대로야, 똑같더라니까! 침을 뱉어 주고는 나와 버렸지. 그때 내 이렇게 될 줄 알았지, 정말 생각대로야!」

「뭘 그렇게 화를 내고 그러세요?」 조금 망설이면서 내가 말했다. 「잘 아시다시피 따찌야나 이바노브나는…… 완전히 건강하지는 못하잖아요……. 아니, 그녀에게 편집증이 있다고 말하는 것이 더 적절하겠군요……. 제가 보기에 죄를 지은 것은 오브노스낀 한 사람이지 그녀가 아니에요.」

「그녀가 완전히 건강하지는 못하다고! 이 친구 말하는 것 좀 봐요!」 화가 난 나머지 얼굴이 새빨갛게 되면서 뚱보가 대들었다. 「사람을 약 올려 죽이겠다고 맹세라도 한 모양이군! 어제부터 그런 맹세를 한 모양이야! 자네에게 다시 반복해 주겠는데, 그 여자는 바보야, 다시없을 바보란 말이야. 완전히 건강하지는 못하느니 하는 것이 아니란 말이야. 어릴 때부터 온통 큐피드에 대한 생각밖에 없었던 거야! 그러다가 이제 그녀의 큐피드가 갈 때까지 간 거야. 그 콧수염 단 놈에 대해서는 생각하고 자시고 할 것도 없어! 틀림없이 온통 쑤셔 넣을 수 있는 곳마다 다 돈을 쑤셔 넣고는 딸랑 — 딸 랑 — 딸랑 마차소리를 내며 히히거리고 있겠지.」

「그럼 당신은 그 사람이 즉시 그녀를 차버릴 거라고 생각하세요?」

「그렇지 않으면 어떻게 하겠어? 그런 귀한 물건을 달고 다니기라도 한단 말이야? 그에게 그런 여자가 무슨 소용이 있겠어? 껍질까지 벗겨 먹고는 길가 숲속 같은 데다 내려놓아 버리겠지. 그럼 아마 그 여자는 혼자 나무 밑에 앉아서 꽃 냄새나 맡고 있을걸!」

71 네 쌍이 네모꼴로 추는 프랑스의 춤.

「너무 지나치군, 스쩨빤, 그렇게 되지는 않을 거야!」 아저씨가 소리쳤다. 「그건 그렇고, 무엇 때문에 그리 화를 내는 거야? 자네 덕분에 놀랄 지경이야. 스쩨빤, 이 일이 자네하고 무슨 상관이야?」

「그럼 난 사람이 아니란 말이야? 화가 날 만한 일이라면 다른 사람의 일이라고 할지라도 화가 나는 법이야. 그리고 어떻게 알아, 내가 그 여자를 좋아하고 있을지도 모르잖아……. 에이, 이놈의 세상, 차라리 뒤집혀 버려라! 내가 뭣 하러 이리로 왔을까? 무엇 하러 말을 돌려 일러주러 갔던 거지? 나하고 무슨 상관이냐고? 그래, 나하고 무슨 상관이냔 말이지?」

그런 식으로 바흐체예프는 투덜대고 있었다. 그러나 나는 이미 그의 말을 듣지 않고 지금 우리가 추격하고 있는 사람, 즉 따찌야나 이바노브나에 대해 생각하고 있었다. 여기서 그녀에 대한 간단한 전기를 소개하기로 하자. 이것은 내가 나중에 믿을 만한 정보 제공자를 통해 수집한 것이며, 이번에 그녀가 경험한 모험의 성격을 제대로 설명하기 위해서는 필수적인 것이다. 어릴 적부터 가난한 고아로 남의 집에서 천대를 받으며 자랐고, 그런 다음에는 가난한 소녀로, 그러고는 가난한 처녀로, 마침내 가난한 노처녀가 되어 버린 따찌야나 이바노브나는, 자신의 가난했던 생애 동안 내내 슬픔과 고아의 괴로움과 멸시와 천대로 철철 넘치는 쓰디쓴 잔을 맛보아야 했고, 남의 빵을 얻어먹는 일이 얼마나 괴로운 것인가를 충분히 알게 되었다. 천성이 유쾌하고 감수성이 매우 풍부하였으며, 모든 일을 그다지 심각하게 생각하지 않았던 그녀였기 때문에 처음에는 자신의 괴로운 운명을 그럭저럭 참아낼 수 있었으며, 때로는 즐거워서 아무런 걱정도 없다는 듯이 소리 내어 웃을 수도 있었다. 하지만 세월이 흘러감에 따라 그녀의 운명이 자신의 본모습을 드러냈다. 따찌야나 이바노브나는 얼굴이 누렇게 뜨면서 비쩍 마르기 시작했고, 항상 불안해 하고 감수성은 병적일 정도로 예민해졌으며 늘 터무니없는 무한한 공상의 세계로 빠져 들곤 했는데, 여기에는 끊임없는 히스테릭한 눈물과 경련을 동반한 통곡이 뒤따르곤 했다. 현실이 그녀에게 지상의 행복을 허락하지 않으면 않을수록 그녀는 점차 공상으로써 자신을 기만하고 위로하려 들었다. 파멸이 점차 분명해지고 피할래야 피할 수 없게 되면 될수록, 그리고 마침내 그녀의 마지막이라고 할 수 있을 몇 가지 희망마저 사라져 버리게 되자, 결코 실현될 수 없을 그녀의 공상은 점차 헤어 나올 수 없으리만큼 달콤하게 되어 갔다. 거대한 재산, 시들 줄 모르는 미모, 우아하고 부유하며 저명한 구혼자들, 그녀에 대한 끝없는 사랑으로 그녀를 향한 마음을 간직한 채 동정을 지키며, 그녀의 발 밑에서 죽어 가는 온갖 귀족들과 장군의 아들들, 그리고 마침내 〈그 사람〉, 남성미의 화신이자 모든 장점을 다 갖춘 정열과 사랑에 넘치는 예술가이며, 시인이며, 장군의 아들인 〈그 사람〉, 이 모든 것들이 한꺼번에, 혹은 하나씩 차례차례로, 그녀의 꿈속에서뿐만 아니라 거의 현실에서도 나타나기 시작하였다. 이미 그녀의 이성은 약해지기 시작하였으며, 비밀스럽고도 그칠 줄 모르는 이러한 공상의 아편 공세를 이겨 낼 수 없게 되었다……. 그러다가 갑자기 운명의 신은 그녀를 결정적으로 희롱하였다. 모욕이란 모욕은 다 받아 가며 괴롭고 억눌린 마음으로 현실을 살아가던 그녀, 이가 빠지고 온통 잔소리만 해대는 늙은 귀족 부인의 말 상대로, 죄란 죄는 다 뒤집어쓰고 입에 넣는 빵 조각 하나하나, 몸에 걸친 누더기 조각 하나하나마다 싫은 소리를 들어야 했던 그녀, 모든 사람에게 멸시당했으며 누구 하나 의지할 데 없는 기구한 삶을 살아가면서 마음속으로는 저 미치광이처럼 활활 타오르는 공상의 애무에 빠져 있던 그녀, 그런 그녀가 어느 날 자신의 먼 친척의 사망 통지서를 받게 되었던 것이다. 그 먼 친척은 오래전에 이미 자신의 가까운 친척을 다 잃고 — 이 사실에 대해서 둔한 성격의 그녀는 한번 알아보려고도 하지 않았다 — 먼 시골 벽지 어디엔가에 처박혀서 홀로 은둔자로 살아가던 무뚝뚝한 기인이었는데, 아무런 소문도 없이 골상학[72]을 연구하면서 고리대금업을 했다. 그리하여 거대한 재산이 갑자기 기적처럼 하늘에서 떨어져 따찌야나 이바노브나의 발 앞에 금빛 찬란하게 뿌려졌다. 그녀는 죽은 친척에게 유일하게 남겨진 법적 상속자였던 것이다. 하루아침에 은화로 10만 루블이 그녀에게 굴러 들어오게 되었다. 이러한 운명의 희롱이 그녀에게 최후의 일격을 가했다. 사실, 그렇지 않아도 이성이 흐려져 있는 사람에게 자신이 상상해 왔던 일이 실제로 이루어지는 마당에 어찌 자신의 공상을 믿지 않을 수 있겠는가? 그리하여 이 가엾은 여인은 자신에게 마지막으로 남아 있던 얼마 안 되는 정상적인 사유의 힘마저 모조리 잃어버리게 되었다. 행복에 마취되어 그녀는 불가능한 환상과 매력적인 환영으로 가득한 자신의 매혹적인 세계로 가는, 돌아올 수 없는 다리를 건너가 버렸다. 모든 판단들, 모든 의심들, 모든 현실의 장애들, $2 \times 2 = 4$처럼 필연적이고 명백한 현실의 법칙들이여, 모두 꺼져라! 눈을 멀게 만들 정도의 아름다움, 가을날의 가슴 저린 서늘함, 무한한 사랑이 주는 행복의 화려함에 대한 공상들과 서른다섯이라는 나이는 서로 모순되지도 않으며, 그녀의 일부가 되어 그녀 속에 자리 잡고 있었다. 몇몇 공상들은 이미 현실로 실현되었다. 그리고 다른 나머지 모든 공상들이 실현되지 못할 이유가 어디 있는가? 〈그 사람〉이 실제로 나타나지 못할 이유가 어디 있는가? 따찌야나 이바노브나는 이미 생각해서 판단하는 것이 아니라 그냥 무조건 믿을 뿐이었다. 하지만 그녀의 이상인 그 사람을 기다리는 도중에 온갖 약혼자들, 다양한 계급의 기사들과 평범한 기사들, 무관들과 문관들, 근위 보병들과 근위 기병들, 귀족들과 평범한 시

---

[72] 오스트리아의 의사 F. I. 카알(1758~1828)이 발전시킨 학문으로 얼굴이나 머리뼈의 모양을 보고 그 사람의 성질이나 운명 따위를 판정할 수 있다는 학설을 내용으로 한다.

인들, 파리에 가보았던 사람들과 오직 모스끄바에만 살았던 사람들, 턱수염을 기른 사람들과 턱수염이 없는 사람들, 스페인 식 콧수염을 가진 사람들과 스페인 식 콧수염이 없는 사람들, 스페인 사람들과 그렇지 않은 사람들(그러나 주로 스페인 사람들이었다), 이런 사람들이 낮이나 밤이나 옆에서 보는 사람들이 보기에 겁을 집어먹을 정도로 떼를 지어 그녀의 상상 속에서 나타났다. 이제 한걸음이면 정신 병원행이었다. 이 모든 아름다운 환영들은, 사랑에 도취되고 빛나는 대열을 이루어 그녀의 주위로 몰려들었다. 실제 현실에서도 모든 것은 공상 속에서와 마찬가지로 지극히 환상적이었다. 그녀가 누군가를 보게 되면 그는 그녀에 대한 사랑에 빠져 있는 사람이었고, 누군가가 그녀 옆을 지나가면 그는 스페인 사람이었으며, 누군가가 죽으면 그것은 반드시 그녀에 대한 사랑으로 죽은 것이었다. 게다가 공교롭게도 가령 오브노스낀이나 미진치꼬프, 혹은 그들과 똑같은 목적을 가진 수십 명의 남자들이 실제로 그녀에게 달려들기 시작했으니, 이 모든 공상이 그녀가 보는 앞에서 증명된 것이나 마찬가지였다. 갑자기 모든 사람들이 그녀를 치켜세우고 그녀의 기분을 맞추어 주었으며, 그녀에게 아양을 떨기 시작했다. 가엾은 따찌야나 이바노브나는 이 모든 것이 돈 때문이라는 사실을 조금도 생각해 보지 않았다. 그녀는 누군가의 눈짓 한번이면 이 세상 모든 사람들이 갑자기 착한 사람들이 되며, 모두가 한결같이 유쾌하고 다정하고 상냥하고 착하게 되는 것이라고 믿어 의심치 않았다. 〈그 사람〉이 아직 실제로 나타나지는 않았다. 그러나 〈그 사람〉이 나타나게 될 것이라는 사실에는 의심의 여지가 없었다. 게다가 지금의 생활도 충분히 기다릴 수 있을 만큼 나쁘지 않았고 매혹적이었으며, 온갖 오락과 대접으로 가득했다. 따찌야나 이바노브나는 맛난 과자를 먹으며, 쾌락의 꽃을 꺾으며 소설을 읽었다. 소설은 그녀의 상상을 더욱 격렬하게 타오르도록 만들었다. 보통 그녀는 소설을 두 페이지쯤 읽고는 던져 버렸다. 첫 장의 몇 줄을 읽거나 사랑에 대한 조그마한 암시라도 받으면, 혹은 때로는 아무것도 아닌 경치, 방, 몸치장에 대한 묘사만으로도 공상으로 이끌려 들어가는 바람에 더 이상 읽어 나갈 수가 없었기 때문이었다. 그녀의 방으로 새로운 옷과 레이스, 모자, 머리 장식, 리본, 견본들, 재봉용 모형틀, 갖가지 무늬, 맛난 과자, 꽃다발, 애완용 강아지가 줄을 이었다. 세 명의 하녀가 하루 종일 하녀 방에서 바느질을 하고 있으면 주인 마님은 아침부터 저녁까지, 심지어는 한밤중에도 옷의 허리 부분이나 주름을 재어 보면서 거울 앞에서 빙글빙글 몸을 돌리고 있었다. 유산을 상속받고 난 후 어찌 된 일인지 그녀는 젊어진 것 같아 보이기까지 했고, 얼굴도 훨씬 좋아졌다. 지금까지도 나는 어떻게 해서 그녀가 돌아가신 끄라호뜨끼나 장군 부인의 친척이 되었는지를 알지 못한다. 내가 확신하는 바로는, 이 친척 관계란 따찌야나 이바노브나를 차지해서, 어떻게 해서든 아저씨와 그녀의 돈을 결혼시키고자 장군 부인이 꾸며 낸 것임에 틀림없다. 따찌야나 이바노브나를 갈 때까지 가도록 만든 큐피드에 대한 바흐체예프 씨의 이야기는 옳은 것이었다. 그리고 그녀가 오브노스낀과 함께 도망갔다는 이야기를 듣고는 그녀를 쫓아가서 강제로라도 다시 데려와야 한다는 아저씨의 생각도 지극히 당연한 것이었다. 이 불쌍한 여인은 보호자의 도움이 없이는 살아갈 능력이 없었으며, 나쁜 사람들의 손아귀에 떨어지는 그 즉시 파멸하고 말 것이었다.

우리가 미시노에 도착한 것은 열 시가 다 되어서였다. 미시노는 큰길에서 3베르스따 정도 떨어진 우묵한 분지에 위치한 가난하고 조그마한 시골 마을이었다. 연기에 그을고 비뚤어진 구불구불한 벽이 있고, 지붕에는 까만 짚을 가까스로 얹어 놓은 예닐곱 채의 농가들이, 지나가는 사람들을 우울하고도 무뚝뚝하게 쳐다보고 있는 듯했다. 사방 0.25베르스따 주위로는 정원이나 풀숲 같은 것도 없었다. 다만 버드나무 한 그루가, 겨우 연못이라고 불러 줄 수 있을 듯한 푸르스름한 물 웅덩이 위로 가지를 늘이고는 졸고 있었다. 이런 식이니 새로운 집이 따찌야나 이바노브나에게 즐거운 인상을 불러일으킬 수가 없었을 것이다. 지주의 저택은 새로 만들어진 길고 좁은 목조 건물이었는데, 일렬로 여섯 개의 창이 나 있었으며, 지붕은 임시로 대충 짚을 덮어 놓았다. 관리 출신의 지주는 이제 막 영지 경영을 시작하고 있었던 모양이었다. 집에는 아직 담장도 치지 않은 상태였는데, 다만 저쪽 편에서 아직 잎사귀도 채 다 떨어내지 못한 마른 호두나무로 엮은 나무 울타리가 이제 겨우 시작되고 있었다. 울타리 옆에는 오브노스낀의 여행 마차가 서 있었다. 죄를 지은 사람들에게 우리의 도착은 정말 불시에 습격을 가한 셈이었다. 열려져 있는 창을 통해 비명과 울음소리가 들렸다.

문에서 우리와 마주친 맨발의 꼬마가, 걸음아 날 살려라 하며 우리를 피해 달아났다. 문 바로 다음에 위치한 방에, 사라사 천으로 만든 등받이가 없는 기다란 〈터키 제〉 소파 위에, 울어서 눈이 퉁퉁 부은 따찌야나 이바노브나가 앉아 있었다. 그녀는 우리를 보자 놀란 나머지 비명을 지르면서 두 손으로 얼굴을 가렸다. 그녀의 옆에는 딱할 정도로 겁에 질려 당황하고 있는 오브노스낀이 서 있었다. 그가 얼마나 얼빠진 상태였는지, 마치 우리의 도착을 반기기라도 하는 듯 우리에게 달려와 악수를 하려 하였다. 열려 있는 옆방 문으로 여자 옷이 살짝 보였다. 누군가가 우리가 알아차리지 못하도록 숨어서 우리의 이야기를 엿듣고 있는 것이었다. 주인들은 나타나지 않았다. 아마 집에 없는 듯했다. 모두들 어디론가 숨어 버린 것도 같았다.

「여행하기 좋아하는 여자가 여기 있군! 손으로 얼굴을 가리기까지 하고 말이야!」 우리 뒤를 따라 방으로 들어온 바흐체예프 씨가 소리쳤다.

「얌전히 있어요, 스쩨빤 알렉세이치! 이건 실례란 말이오! 지금 여기서 말할 권리를 가진 분은 예고르 일리치밖에 없어요. 우린 전적으로 제삼자란 말이오.」 미진치꼬프가 신랄하게 지적했다.

아저씨는 바흐체예프 씨를 엄한 눈초리로 한번 쳐다보고는 악수를 청하려고 달려온 오브노스낀 따위는 눈에 보이지도 않는다는 듯이 무시하고 지나치면서, 아직도 두 손으로 얼굴을 가리고 있는 따찌야나 이바노브나에게로 다가갔다. 그리고 진심에서 우러나온 동정을 담은 부드러운 목소리로 그녀에게 말했다.

「따찌야나 이바노브나! 우리 모두는 당신을 사랑하고 존중하기 때문에 직접 이렇게 당신의 뜻을 물어보고 싶어서 왔습니다. 우리와 함께 스쩨빤치꼬보 마을로 돌아가지 않으시겠어요? 오늘은 일류샤의 명명일입니다. 어머니는 목이 빠져라 당신을 기다리고 있고, 사슈르까와 나스쨔 역시 아마 당신을 걱정하며 아침 내내 울고 있을 겁니다……」

따찌야나 이바노브나가 조심조심 고개를 들고는 손가락 사이로 아저씨를 바라보았다. 그러다 갑자기 눈물을 흘리면서 그의 목에 매달렸다.

「아아, 절 데려가 주세요, 여기서 빨리 저를 데려가 주세요!」 그녀가 흐느끼면서 말했다. 「빨리요, 조금이라도 더 빨리요!」

「잽싸게 도망가더니, 정말 헛소동이나 벌이고!」 바흐체예프가 내 등을 손으로 쿡쿡 찌르며 속삭였다.

「그럼 이 일은 끝난 겁니다.」 아저씨가 무뚝뚝하게 오브노스낀에게로 몸을 돌리고 나서, 그를 제대로 보지도 않고 말했다. 「따찌야나 이바노브나, 손을 제게 주세요. 갑시다!」

문 뒤에서 사각사각 소리가 났다. 문이 삐걱 소리를 내며 좀 더 많이 열렸다.

「하지만 다른 관점에서 본다면,」 오브노스낀이 불안하게 열려져 있는 문을 곁눈질하면서 말했다. 「직접 한번 생각해 보세요,

예고르 일리치…… 내 집에서 당신이 취한 행동은…… 무엇보다 인사를 하는데 당신은 내게 아는 척도 하지 않으려 했어요, 예고르 일리치…….」

「〈내 집〉에서 당신이 취한 행동은 추악한 행동이었소.」 아저씨가 엄격한 눈초리로 오브노스낀을 쏘아보면서 말했다. 「그리고 여기는 당신 집이 아니오. 당신도 들었지요. 따찌야나 이바노브나는 여기서 1분도 더 머물고 싶지 않다고 했어요. 뭘 더 바라는 게요. 난 더 이상의 이야기는 절대로 피하고 싶어요. 그게 당신에게도 더 편할 거요.」

그러자 오브노스낀은 그 자리에서 기가 죽어서, 생각지도 못한 허섭쓰레기 같은 말을 주절주절 늘어놓기 시작했다.

「제발 절 경멸하지 마세요, 예고르 일리치.」 그는 부끄러운 나머지 울먹거리면서 속삭이듯이 말했다. 그러면서 연신 문을 흘끔흘끔 곁눈질하였는데, 아마도 누가 거기서 듣고 있을까 봐 두려운 듯했다. 「이 모든 일은 제가 아니라 어머니가 한 일이에요. 제가 돈이 탐나서 이런 일을 한 것은 아닙니다. 그냥 어쩌다 이렇게 되었을 뿐이에요, 예고르 일리치. 아니, 돈 때문에 이런 일을 하게 된 것은 맞아요, 예고르 일리치……. 하지만 고귀한 목적이 있어서 그런 겁니다, 예고르 일리치. 전 유용한 목적으로 자본을 사용하려 한 겁니다…… 전 가난한 사람들을 도와주려고 한 겁니다. 또한 오늘날의 계몽 운동을 촉진하고 싶었고, 나아가서는 대학에 장학 기금을 설립하는 생각도 해보았어요……. 바로 그런 방면에 재산을 바치고 싶었어요, 예고르 일리치. 무슨 다른 뜻이 있었던 건 아닙니다, 예고르 일리치…….」

갑자기 우리 모두가 극도로 부끄러워졌다. 미진치꼬쁘조차 얼굴을 붉히며 고개를 돌렸고, 아저씨도 뭐라고 말해야 할지 몰라서 당황스러운 모양이었다.

「그래그래, 됐으니 그만 해요!」 마침내 아저씨가 말했다. 「진정해요, 빠벨 세묘니치. 어쩔 수 있겠어요! 누구나 그럴 수 있는 겁니다……. 괜찮으시다면 아무 때나 식사하러 오세요……. 난 기꺼이……..」

그러나 바흐체예프 씨는 그게 아니었다.

「장학 기금을 설립한다고!」 그가 맹렬한 기세로 달려들었다. 「잘도 하겠다! 제대로 걸려드는 사람만 있으면 얼씨구나 하며 껍데기까지 벗겨 먹을 놈이…… 바지 한 벌 제대로 없는 주제에 어디로 기어드는 거야? 뭐, 장학 기금이라고! 그래, 이 알거지놈아! 너 같은 놈이 다른 사람의 마음을 끌 수 있다고 생각했냐! 그리고 그 여자는 어디 있어, 에미년 말이야? 어디 숨어 버렸나? 틀림없이 어디 병풍 뒤에 숨어 있거나, 아니면 겁이 나서 침대 밑으로 기어 들어갔을 거야……..」

「스쩨빤, 스쩨빤!」 아저씨가 소리쳤다.

오브노스낀이 벌겋게 달아올라 항의하려 했다. 그러나 그가 입을 채 열기도 전에 문이 열리면서 당사자인 안피사 뻬뜨로브나가 화가 잔뜩 나서 눈알을 부라리며, 분노로 얼굴을 붉힌 채 방 안으로 뛰어들었다.

「이건 뭐야?」 그녀가 소리쳤다. 「여기서 무슨 짓들을 하는 거야? 이봐요, 예고르 일리치, 귀족의 집에 부하를 이끌고 난입해서 부인을 위협하고, 이렇게 제멋대로 구는군요……! 그래, 이런 일이 있을 수 있단 말이오? 다행히 난 아직 노망이 들거나 하지는 않았어요, 예고르 일리치! 그리고 너, 이 쓸개 빠진 놈아!」 자기 아들한테 대들며 그녀가 계속해서 악을 써댔다. 「그래, 넌 이런 사람들 앞에서 우는 소리나 늘어놓는단 말이냐! 네 집에서 네 에미에게 몹쓸 소리를 해대고 있는데, 그래, 입이나 떡 벌리고 있단 말이냐! 이런 일이 있고도 네가 제대로 된 젊은 청년이라고 할 수 있겠어? 이제 넌 젊은 청년이 아니라 걸레 조각이나 마찬가지야!」

어제의 그 상냥한 어조도, 세련된 행동거지도, 심지어 오페라 용 손잡이 안경도, 지금의 안피사 뻬뜨로브나에게서는 조금도 찾아볼 수 없었다. 그녀는 진짜 복수의 여신, 가면을 벗은 복수의 여신이었다.

아저씨는 그녀를 보자마자 급히 따찌야나 이바노브나의 손을 붙잡고 방 밖으로 나가려 했다. 그러나 그 순간 안피사 뻬뜨로브나가 그의 길을 막았다.

「그렇게 가실 수는 없을 거요, 예고르 일리치!」 그녀가 다시 찢어지는 목소리로 말하기 시작했다. 「당신이 무슨 권리로 따찌야나 이바노브나를 강제로 데려가려 하는 거죠? 당신의 어머니, 그리고 바보 같은 포마 포미치와 함께 당신이 그녀를 잡기 위해 설치해 놓았던 더러운 올가미를 피해 그녀가 달아났기 때문에 화가 치미는가 보죠! 더러운 욕심 때문에 당신이 결혼하고 싶어했는데 말이에요. 미안한 일이지만, 우리는 좀 더 좋은 생각에서 이런 거예요! 따찌야나 이바노브나는 당신들이 그녀에게 나쁜 짓을 계획하고 있으며, 결국 당신들이 그녀를 파멸시킬 것이라는 사실을 알아차리고 직접 빠블루샤에게 몸을 맡긴 거예요. 그녀가 직접 빠블루샤에게 애원했어요. 제발 당신들의 올가미에서 구해 달라고요. 그녀는 한밤중에 당신들을 피해 달아날 수밖에 없었어요, 바로 이렇게요! 바로 당신들이 그녀를 이렇게 만들었단 말이에요! 안 그래요, 따찌야나 이바노브나? 그런데도 당신은 자신의 부하를 모조리 이끌고 귀족의 집에 난입해서, 강제로 점잖은 아가씨를, 저렇게 비명을 지르고 눈물을 흘리고 있는데도 데려가려고 한단 말이에요? 난 내버려 둘 수 없어요! 절대로 내버려 둘 수 없다고요! 난 아직 노망든 것이 아니니까……! 따찌야나 이바노브나는 본인이 원하는 대로 여기 있을 거예요! 자 갑시다, 따찌야나 이바노브나, 저 사람들의 말은 들을 필요도 없어요. 이 사람들은 당신의 친구가 아니라 당신의 적이에요! 겁낼 것 없어요, 갑시다! 지금 당장 내가 이 사람들을 내쫓아 버릴 테니……!」

「싫어요, 싫어요!」겁에 질린 따찌야나 이바노브나가 소리쳤다. 「난 안 갈래요, 난 안 갈래요! 저런 사람이 무슨 남편이야? 난 당신의 아들에게는 시집가고 싶지 않아요! 저런 사람이 어떻게 내 남편이 될 수 있어?」

「싫다고?」분노로 숨도 제대로 못 쉬면서 안피사 뻬뜨로브나가 쇳소리를 냈다. 「싫다고? 그래, 이렇게 여기까지 와놓고, 이제 와서 싫다고? 도대체 어떻게 당신이 감히 우리를 속일 수 있단 말이야? 자기가 먼저 억지로 강요해서 우리 아들과 결혼 약속을 하고, 함께 한밤중에 도망쳐 놓고는, 이제 와서 우리에게 도대체 어떻게 이런 망신을 줄 수 있단 말이야? 게다가 막대한 비용까지 치르게 만들고? 우리 아들은 당신 때문에 훌륭한 혼처를 놓치게 될지도 몰라! 우리 아들은 당신 때문에 몇 만 루블의 지참금을 잃게 될지도 모른다고! 절대로 안 돼! 당신이 보상해, 지금 당장 보상해야만 해. 우리는 증거도 가지고 있어. 당신은 한밤중에 도망을 쳐서……」

그러나 우리는 이런 장황한 소리를 끝까지 듣고 있을 수 없었다. 우리 모두가 한꺼번에 아저씨 주위를 에워싸서 앞으로 나아가, 곧바로 안피사 뻬뜨로브나를 밀어내고 현관 계단 밖으로 나갔다. 바로 그 순간 마차가 다가왔다.

「수치를 모르는 비열한 사람들 혹은 악당들이나 이 따위 짓을 하는 거야!」극도로 흥분한 안피사 뻬뜨로브나가 현관에서 소리쳤다. 「난 소송을 제기하겠어! 당신은 보상을 해주어야 해……. 당신은 더러운 집으로 가고 있는 거예요, 따찌야나 이바노브나! 당신은 예고르 일리치와 결혼할 수 없어. 저 사람은 당신이 빤히 보고 있는 앞에서 자기 집 가정교사를 첩으로 두고 있는 사람이야……!」

아저씨가 흠칫 몸을 떨면서 얼굴이 창백해지더니 입술을 꽉 깨물고는 따찌야나 이바노브나를 급히 마차에 앉혔다. 내가 마차의 다른 편으로 가서 앉을 차례를 기다리고 있는데, 난데없이 오브노스낀이 내 옆에 나타나 내 손을 잡았다.

「적어도 당신만이라도 제게 우정을 베풀어 주시기 바랍니다!」
그가 내 손을 꽉 잡으며, 얼굴에는 절망적인 표정을 띠고 말했다.

「우정이라니오?」 내가 마차의 발걸이에 발을 올리며 말했다.

「바로 그렇습니다! 전 어제 벌써 당신이 교양이 높으신 분이라는 걸 알 수 있었어요. 절 비난하지 마시길 바랍니다…… 어머니가 절 꼬드긴 거예요. 전 구경꾼이나 마찬가지예요. 전 차라리 문학적인 성격을 가진 사람이에요. 당신을 믿습니다. 이건 모두 어머니가……」

「믿어요, 믿는다고요.」 내가 말했다. 「그럼 잘 있어요!」

우리가 자리를 잡고 앉자, 말들이 달리기 시작했다. 오랫동안 안피사 뻬뜨로브나의 비명과 저주에 찬 욕설이 우리 뒤에서 들려 왔다. 그리고 저택의 창문마다 알지 못하는 얼굴들이 빠끔히 고개를 내밀고 호기심 어린 눈으로 우리를 바라보았다.

이제 마차에는 모두 다섯 명이 자리를 잡고 앉아 있게 되었다. 그러나 미진치꼬프가 자신의 자리를 바흐체예프 씨에게 양보하고 마부석으로 옮겨 갔다. 그래서 바흐체예프 씨가 따찌야나 이바노브나 바로 맞은편에 앉아야만 했다. 따찌야나 이바노브나는 우리가 자신을 데려가고 있다는 사실에 적이 만족스러워하고 있었지만, 여전히 울고 있었다. 아저씨가 정성껏 그녀를 위로해 주었다. 그러나 아저씨 자신도 뭔가 괴로운 듯 생각에 잠겨 있었다. 아마도 나스쩬까에 대한 안피사 뻬뜨로브나의 터무니없는 말들이 아저씨의 마음을 짓누르며 자꾸 되살아나는 모양이었다. 만일 바흐체예프 씨가 우리와 함께 있지 않았더라면 돌아가는 길에 아무런 일도 없었을 것이다.

따찌야나 이바노브나의 맞은편에 앉게 되자, 그는 안절부절못했다. 그는 태연하게 시선을 가만 두지 못하고 자기 자리에서 공연히 뒤척거리는가 하면, 얼굴을 새빨갛게 붉혔다가 괴상하게 눈

알을 굴리기도 했다. 특히, 아저씨가 따찌야나 이바노브나에게 위로의 말이라도 건넬 참이면 이 뚱보는 완전히 냉정을 잃고, 놀림을 받은 불독처럼 속으로 으르렁거렸다. 아저씨가 불안한 듯 그를 흘끔흘끔 쳐다보았다. 결국 따찌야나 이바노브나가 자기 앞에 앉아 있는 사람의 심상찮은 정신 상태를 알아차리고, 그를 뚫어져라 살펴보기 시작했다. 그런 다음 우리를 둘러보면서 싱긋 웃더니, 마침내 자신의 조그마한 양산을 집어 들어 우아한 몸짓으로 바흐체예프 씨의 어깨를 가볍게 한 번 툭 쳤다.

「이상한 사람이야!」 그녀가 경박하게 교태를 부려 보이고, 즉시 부채로 얼굴을 가리면서 말했다.

그녀의 이러한 갑작스러운 행동은 나무꾼이 쓰러뜨린 마지막 장작이 되었다.

「뭐라고 — 오 — 오?」 뚱보가 폭발하고 말았다. 「뭐라고 했어요, 마담? 당신은 그래 나에게까지 손을 뻗치는 거요!」

「이상한 사람! 이상한 사람이야!」 따찌야나 이바노브나가 다시 말하더니 돌연 웃음을 터뜨리면서 손뼉을 쳐댔다.

「세워!」 바흐체예프가 마부에게 소리쳤다. 「마차를 세워!」

마차가 정지했다. 바흐체예프는 문을 열고 급히 마차에서 내려가기 시작했다.

「뭐하는 거야, 스쩨빤 알렉세이치? 어디 가는 거야?」 아저씨가 놀라서 소리쳤다.

「싫어, 난 이걸로도 충분해!」 뚱보가 분노로 몸을 떨며 대답했다. 「세상 모든 것이 다 썩어 버려라! 연애질이나 하려고 나에게 다가오기에는 난 너무 늙었어요, 마담. 아이고 하느님, 차라리 걸어가다가 죽는 게 낫지! 잘 가요, 마담, 어떻게 지내십니까!73」

그리고 실제로 그는 걸어가기 시작했다. 마차는 그의 뒤를 따

---

73 원서에는 프랑스 어 〈Comment vous portez-vous!〉의 러시아 어 음독이 씌어 있다.

라 천천히 움직였다.

「스쩨빤 알렉세예비치!」 마침내 아저씨가 참지 못하고 소리를 질렀다. 「바보같이 굴지 마, 이제 됐으니 그만 올라타란 말이야! 집으로 돌아가야 할 것 아니야!」

「흥, 자네 맘대로 해!」 스쩨빤 알렉세예비치가 걸어가는 탓에 숨을 헐떡이며 말했다. 너무 뚱뚱한 몸 때문에 걷는 것조차 힘들었기 때문이었다.

「전속력으로 몰아라!」 미진치꼬프가 마부에게 소리쳤다.

「자네 뭐 하는 짓이야, 마차를 세워……!」 아저씨가 소리쳤으나 마차는 이미 전속력으로 달리고 있었다. 미진치꼬프가 옳았다. 기대했던 효과가 즉각 나타났던 것이다.

「세워! 세우란 말이야!」 우리 뒤에서 절망적인 애원이 터져 나왔다. 「세워, 이 산적놈아! 세우란 말이야, 이 사람 죽일 놈아……!」

마침내, 뚱보가 축 늘어져 반쯤 질식된 상태로 나타났다. 이마에는 땀방울이 흐르고 있었고, 넥타이는 풀어헤쳐졌으며, 모자는 벗겨져 있었다. 아무 소리 없이 침통한 표정으로 그는 마차로 올라왔고, 이번에는 내가 그에게 자리를 양보하였다. 적어도 그는 따찌야나 이바노브나의 맞은편에 앉지 않게 된 것이다. 이런 장면이 계속되는 동안 그녀는 배를 잡고 웃으며 손뼉을 치고 있었고, 집으로 돌아가는 길 내내 연신 흘끔흘끔 스쩨빤 알렉세예비치를 바라보았다. 그러나 그는 집에 도착할 때까지 입도 한번 벙긋하지 않은 채로 마차의 뒷바퀴가 굴러가는 것만 쳐다보고 있었다.

우리가 스쩨빤치꼬보 마을로 돌아온 것은 정오가 다 되어서였다. 난 곧바로 별채로 향했는데, 조금 있다가 가브릴라가 차를 들고 나타났다. 내가 그에게 달려가 질문을 퍼부으려는 순간, 그의 뒤를 따라 곧바로 아저씨가 들어와 가브릴라를 내보냈다.

2. 새 소식

「애야, 지나는 길에 잠깐 들렀다.」 아저씨가 급하게 말을 꺼냈다. 「급히 알려 줄 것이 있어서…… 내가 벌써 다 알아냈지. 일류샤와 사샤, 그리고 나스쩬까를 제외하고는 오늘 누구도 아침 예배에 참석하지 않았어. 어머니가 경련을 일으키는 바람에 그렇게 됐다는구나. 사람들이 몸을 문질러 주었더니, 겨우 제정신으로 돌아오셨다는 거야. 지금 모두 모여 포마에게 가기로 했다면서 나를 부르고 있어. 다만 포마에게 명명일 축하를 해주어야 할지 말아야 할지, 그걸 모르겠어. 중요한 일인데! 그리고 오늘 벌어진 소동을 저 사람들이 어떻게 받아들일까? 끔찍해, 세료쟈, 난 벌써 그런 예감이 드는구나……」

「그 반대예요, 아저씨.」 이번에는 내가 서둘러 말했다. 「모든 일이 아주 잘 해결될 겁니다. 이제는 아저씨를 따찌야나 이바노브나와 결혼시키려 들 수 없을 겁니다. 이것 하나만 해도 어딥니까! 아까 집으로 돌아올 때 이런 사실을 아저씨께 말씀드리고 싶었어요.」

「그래, 그래, 애야. 하지만 그게 아니야. 물론 이 모든 일에는 하느님의 뜻이 있는 거지, 네 말대로 말이야. 하지만 난 그걸 말하는 것이 아니라…… 가엾은 따찌야나 이바노브나! 대체 어쩌다가 그녀에게 그런 소동이 벌어지게 되었을까……! 파렴치한 오브노스낀 같으니! 하지만 내가 〈파렴치한〉이라고 말할 자격이 있을까? 나 역시 그녀와 결혼하려고 했으니, 그놈과 똑같은 짓을 한 거나 마찬가지가 아니겠니……? 아니야, 내가 말하고 싶은 것은 이게 아니고…… 너도 아까, 저 고약한 안피사가 나스쨔에 대해 떠벌리는 소리를 들었지?」

「들었어요, 아저씨. 그러니 아저씨도 이제 서둘러야만 한다는 사실을 아시겠지요?」

「당연하지, 무슨 일이 있어도 반드시 그래야 해! 장엄한 순간이 닥친 거야. 단지 얘야, 우리가 어제 저녁 한 가지 사실에 대해서는 미처 생각을 못했더구나. 그래서 나중에 나 혼자서 밤을 새워 생각해 보았다. 그녀가 나에게 시집을 올까, 어떻게 생각하니?」 아저씨가 말했다.

「제발, 아저씨! 그녀가 자기 입으로 사랑한다고 말했다면서요……」

「얘야, 하지만 그렇게 말하고서는, 〈무슨 일이 있어도 당신과 결혼하지는 않겠어요〉라고 덧붙였단 말이야.」

「에이, 아저씨! 그냥 그렇게 말해 본 것뿐이겠지요. 게다가 오늘은 어제와 상황이 다르잖아요.」

「넌 그렇게 생각하니? 아니야, 세르게이, 이건 아주 미묘한 문제야, 지독하게 미묘한 문제란 말이야! 흠……! 하긴 나도 걱정이 되면서도, 밤새도록 왠지 행복한 기분에 가슴이 다 저리더라니까……! 아무튼 좋아, 좀 있다가 보자. 좀 쉬어라. 사람들이 기다리고 있으니까. 벌써 내가 좀 늦었구나. 그냥 네게 몇 마디 말이나 전하려고 잠깐 들른 것뿐인데. 어이구 이런, 큰일났다.」 그가 다시 돌아서면서 소리쳤다. 「중요한 사실을 또 잊어버리고 있었어! 내가 그 친구한테 편지를 써보냈거든, 포마에게 말이야!」

「언제요?」

「지난 밤에. 아니 오늘 새벽녘이라고 하는 게 좋겠다. 편지는 비도쁠랴소프를 통해 전달했다. 얘야, 난 모든 걸 다 썼다. 두 장에 걸쳐, 모든 것을 정직하고 솔직하게 이야기했어. 한마디로 해서 — 넌 잘 알겠지? — 나는 나스쩬까에게 청혼을 해야 한다, 하지 않으면 안 된다고 말이야. 그리고 어제 정원에서 우리가 만났던 사실을 퍼뜨리지 말아 달라고 부탁했고, 나를 도와서 어머니에게 잘 말씀드려 달라고, 당신의 고매한 영혼에 매달린다고 했지. 얘야, 물론 난 글을 잘 쓰지는 못하지만, 난 내 마음을 다 바쳐서 편지를 썼다. 내 눈물로 편지를 적셨다고나 할까……」

「그래서요? 무슨 회답이 있었어요?」

「아직까지는 없어. 다만 아까 우리가 추격하려고 모일 때 현관에서 그와 마주쳤는데, 잠자리에 들 때처럼 실내복에 두건을 쓰고서 — 그는 두건을 쓰고 잠을 자거든 — 어디론가 나가려고 한 모양이야. 말도 한마디 안 하고, 심지어 쳐다보지도 않더구나. 내가 그의 얼굴을 살펴보았지, 이렇게 밑에서 말이야. 그런데 아무런 표정이 없는 거야!」

「아저씨, 그 사람한테서 뭘 기대하지 마세요. 그는 아저씨에게 해를 입히려 들 겁니다.」

「아냐, 얘야, 그렇게 말하지 마라!」 손을 흔들며 아저씨가 말했다. 「난 믿고 있어. 그 친구에 대해 거는 기대가 나의 최후의 희망이야. 그는 이해해 줄 거야. 그는 내 말을 존중해 줄 거야. 그가 성질이 좀 괴팍하고 변덕이 심한 건 사실이야. 하지만 일단 사정이 고매한 성격을 요구하는 데까지 나아가게 되면 그는 빛나게 된단다, 마치 진주처럼 말이야……. 바로 그래, 마치 진주처럼. 세르게이야, 네가 고결하게 행동하는 그의 모습을 아직 보지 못했기 때문에 그런 말을 하는 거야……. 하지만, 정말 큰일이야! 만일 정말 그가 어젯밤에 우리가 만난 사실을 퍼뜨리고 다니면, 그땐…… 도대체 어떤 일이 벌어지게 될지 난 모르겠구나, 세르게이! 그럼 도대체 이 세상에서 누구를 믿을 수 있을까? 하지만 아니야, 그는 그런 악당이 될 수 없는 사람이야. 난 그의 구두를 닦을 만한 가치도 없어! 그렇게 고개를 가로 흔들지 마라, 얘야, 이건 정말이야, 난 그럴 가치도 없다니까!」

「예고르 일리치! 어머니가 걱정하고 계십니다.」 아래층에서 뻬레뻴리찌나 양의 불쾌한 목소리가 들려왔다. 아마도, 그녀는 열린 창을 통해 우리가 나누는 이야기를 모조리 엿듣고 있었던 것 같았다. 「당신을 찾으려고 온 집 안을 다 뒤져보았지만 찾을 수가 없었어요.」

「어이구 이런, 늦었구나! 큰일이다!」 아저씨가 허둥지둥대었다. 「애야, 제발 부탁이니 옷을 입고 같이 그리로 가자! 사실, 난 같이 가자는 말을 하려고 너에게 달려온 거란다……. 가요, 간다니까요, 안나 닐로브나, 지금 가요!」

혼자 남게 된 나는, 아까 나스쩬까와 만났던 사실을 생각했다. 그리고 그녀에 대한 이야기를 아저씨에게 하지 않은 것이 잘한 일이라고 생각했다. 그 이야기를 했더라면 아저씨는 더욱 혼란에 빠졌을 것이다. 한바탕 폭풍이 불어닥칠 것이라고 예감하던 터였고, 어떤 방식으로 아저씨가 이 일을 처리해 나갈지, 또 나스쩬까에게 청혼을 할지, 도무지 알 수 없었다. 다시 말하거니와, 난 아저씨의 고매한 성품을 믿어 의심치 않았지만, 그러나 성공할 수 있을지에 대해서는 어쩔 수 없이 의심을 하고 있었다.

아무튼 서둘러야만 했다. 나는 그를 도와주는 것이 나의 의무라고 생각했기 때문에, 즉시 옷을 챙겨 입기 시작했다. 그러나 마음만 급할 뿐, 옷을 단정하게 차려입고 싶었기 때문에 좀 꾸물거렸다. 그때 미진치꼬프가 들어왔다.

「데리러 왔습니다.」 그가 말했다. 「예고르 일리치가 당신을 즉각 데리고 오라고 해서요.」

「갑시다!」

그사이에 난 준비를 완전히 마치고 있었다. 우리는 방을 나섰다.

「새로운 소식이라도 있습니까?」 걸어가는 도중에 내가 물었다.

「모두 포마 방에 모여 있어요.」 미진치꼬프가 대답했다. 「포마가 변덕을 부리지도 않고, 뭔가를 생각하는지 말도 별로 없어요, 잇새로 한두 마디 뱉어 낼 뿐이에요. 일류샤에게 입맞춤까지 해주더라고요. 물론, 예고르 일리치는 좋아서 어쩔 줄 모르고 있지요. 바로 조금 전에, 뻬레뻴리찌나를 통해 자신이 명명일 축하를 받고 싶었던 것은 아니며, 단지 한번 시험해 보고 싶어서 그랬던 것이라는 전갈이 있었어요……. 할머니는 아직 알코올 냄새를 맡고 있습니다만, 포마가 평온한 태도를 취해서 마음을 놓고 있어요. 오늘 있었던 사건에 대해서는, 마치 그런 일이 없었다는 것처럼 한마디도 안 하고들 있어요. 포마가 이야기를 안 하니까, 모두들 침묵을 지키고 있는 거지요. 오늘 아침 내내 그는 자기 방에 아무도 들이지 않았어요. 아까 우리가 없는 동안, 할머니가 사람을 보내 의논할 일이 있으니까 제발 와달라고 간청을 하고, 그래도 안 되니까 나중에는 직접 그의 방으로 가서 문을 두드렸는데도, 그는 문을 잠가 놓고서, 지금 인류를 위해선지, 아무튼 그런 종류의 기도를 하고 있는 중이라고 대답했다더군요. 그 사람이 지금 뭔가 일을 꾸미고 있는 게 틀림없어요. 얼굴에 그렇게 씌어 있다니까요. 그런데도 예고르 일리치는 그의 얼굴 표정도 제대로 알아차리지 못한 채, 지금 포마 포미치가 부드럽게 구는 것이 좋아서 어쩔 줄 모르고 있는 중이지요. 정말 어린아이나 마찬가지예요! 일류샤가 무슨 시를 준비했다던데, 그래서 당신을 부르러 나를 보낸 겁니다.」

「그럼, 따찌야나 이바노브나는요?」

「따찌야나 이바노브나라니오?」

「그녀는 거기 있습니까? 그 사람들과 함께?」

「아닙니다. 자기 방에 있어요.」 미진치꼬프가 아무런 감정 없이 대답했다. 「쉬고 있는 중인데 울고 있어요. 아마도 부끄러운 모양이지요. 아마, 지금 그…… 가정교사가 함께 있을 겁니다. 저게 뭐요? 곧 소나기가 올 모양입니다. 저 하늘 좀 보세요!」

「틀림없이 소나기가 올 것 같군요.」 하늘을 가득 덮은 시커먼 구름을 보고서 내가 대답했다.

이때 우리는 테라스로 올라가고 있었다.

「그런데 솔직히 말해 주시겠어요? 오브노스낀을 어떻게 생각합니까, 예?」 이 점에 대해 미진치꼬프가 어떻게 생각할지 시험해 보고 싶다는 유혹을 끝내 이기지 못하고, 내가 물어보았다.

「그에 대한 이야기는 그만둡시다! 그 악당놈에 대해서는 생각하기도 싫어요!」그가 갑자기 걸음을 멈추더니, 얼굴을 붉히고 발을 굴러 대면서 소리쳤다.「멍청이! 바보 같은 놈! 그렇게 멋진 일을, 그렇게 훌륭한 생각을 망치다니! 그래, 그놈이 사기 치는 것을 멍하니 바라보고 있었던 나도 물론 멍청이긴 해요. 그 점에 대해선 나도 두말없이 인정해요. 그리고, 아마 당신은 이런 말을 듣고 싶었을 겁니다. 하지만 당신에게 맹세하는데, 만일 그놈이 그 일을 성공시킬 수 있었다면 ─ 당연히 그래야지요 ─ 난 아마 그를 용서했을 겁니다. 바보에다 멍청이예요! 도대체 왜 이 사회가 그런 놈들을 참고 잡아 두고 있을까요! 왜 그런 놈들을 시베리아로 유형을 보내 강제 노역을 시키지 않는 겁니까! 하지만 안 될 말! 그런 놈들에게 내가 당하고 있을 수만은 없지! 이제 나도 경험을 해본 셈이니까, 다시 한번 겨루어 볼 참입니다. 나는 지금 새로운 계획을 궁리하고 있는 중이에요······. 당신도 그렇게 생각하지 않아요? 사실 아무런 상관도 없는 어떤 바보 같은 놈이 남의 계획을 훔쳐다가 정작 일을 성공시키지 못했다고 해서, 내가 손해를 본 것은 없잖아요? 정말 옳지 못한 태도예요! 게다가 무엇보다도 따찌야나는 반드시 결혼을 해야만 합니다. 이건 그녀의 운명이에요. 아직까지 그 누구도 그녀를 정신 병원에 보내지 않았던 이유는, 오직 그녀가 아직 결혼을 할 수 있다는 사실 때문이에요. 내가 새로운 계획을 일러드릴까요······.」

「됐습니다, 나중에 듣기로 하지요.」내가 그의 말을 가로막았다.「이제 다 왔으니까요.」

「좋아요, 좋아요. 나중에 하기로 하지요!」일그러진 미소를 입가에 띠며 미진치꼬프가 말했다.「그럼 지금은····· 그런데 어디로 가는 겁니까? 제가 포마 포미치에게 가자고 말씀드렸을 텐데요! 저를 따라오세요. 당신은 아직 한번도 가보지 못했던 것 같군요. 자, 이제 또 한 편의 희극을 보게 되실 겁니다……. 일이 벌써 희극적으로 되어 가고 있거든요…….」

3. 일류샤의 명명일

포마는 커다랗고 훌륭한 방 두 개를 차지하고 있었다. 그 방은 이 집에 있는 다른 모든 방들을 합친 것보다도 더 훌륭하게 꾸며진 방이라고 할 만했다. 완벽한 안락함이 이 위인을 둘러싸고 있었다. 벽에 바른 깨끗하고 아름다운 벽지, 창가에 걸린 여러 가지 색깔의 비단 커튼, 양탄자, 거울, 벽난로, 우아하고 세련된 가구들, 이 모든 것이 이 집의 주인이 포마 포미치에 대해 얼마나 세심하게 주의를 쏟고 있는가를 증명해 주고 있었다. 꽃이 핀 화분이 창틀 위와 창가 앞에 놓여 있는 원형 대리석 탁자 위에도 놓여 있었다. 방 한가운데에는 붉은 나사 천으로 덮인 커다란 탁자가 놓여 있었고, 그 위에는 온통 흩어진 책들과 원고 뭉치들이 널려 있었으며, 아름다운 청동 잉크병, 한 더미의 펜(이것은 비도쁠랴소프가 깎아서 준비하도록 되어 있다)이 포마 포미치의 긴장 어린 지적 노동을 증명해 주는 듯했다. 그러나 이 기회에 여기서 미리 말해 두지만, 포마가 이곳에서 거의 8년을 보냈음에도 불구하고 어떤 쓸 만한 저작을 남기지 못했다는 사실이다. 이후, 그가 저 세상으로 떠난 다음, 우리는 그가 남기고 간 원고[74]들을 정리해 보았는데, 그것들은 모두 쓰레기 같은 것들이었다. 예를 들어 7세기 노브고로드에서 일어난 사건을 소재로 한 역사 소설[75]의 첫머리 부분에서 찾아낼 수 있었다. 그 다음으로는 〈무덤 위의 은자〉라는 제목의 괴상한 무운(無韻) 서사시와, 러시아 농부의 의의

---

74 포마 오뻬스낀의 〈작문〉을 언급하는 것으로, 이것으로 그를 쇠퇴한 모방가, 케케묵은 문학적인 인물처럼 표현하고 있다.

와 특징, 그리고 그들을 어떻게 대할 것인가에 대한 의미 없는 논문과, 마지막으로 단편소설이 있었다. 상류 사교계의 생활을 다룬 〈블론스까야 백작 부인〉이라는 제목이었는데, 이 역시 미완성이었다. 그런데도 포마 포미치는, 책들과 잡지들을 구입한다고 아저씨로 하여금 매일같이 많은 돈을 지불하도록 만들었던 것이다. 그러나 그 중 대부분은 심지어 손도 대지 않은 채로 남아 있었다. 이후 나는 포마가 폴 드 콕[76]의 소설을 열심히 읽고 있는 것을 여러 번 목격할 수 있었는데, 그는 다른 사람들이 있을 때면 그 책을 어디 딴 곳에 숨겨 두곤 했다. 이 방의 한쪽 벽으로는 유리 문이 달려 있어서, 그 문을 통해 정원으로 나갈 수 있었다.

모두들 우리를 기다리고 있었다. 포마 포미치는 발꿈치까지 내려오는 긴 프록코트에, 여전히 넥타이는 매지 않은 채로 안락의자에 앉아 있었다. 정말로 그는 아무 소리 없이 잠자코 있었는데, 뭔가 생각에 잠겨 있는 듯했다. 우리가 들어갔을 때, 그는 가볍게 눈썹을 치켜 올리면서 뭔가를 살피기라도 하듯이 나를 바라보았다. 내가 고개를 숙여 인사를 하자 그는 가볍게, 그러나 매우 정중하게 고개를 끄덕임으로써 답례를 보내 왔다. 포마 포미치가 나에게 공손하게 대하는 것을 보자, 할머니도 얼굴에 웃음을 띠며 나에게 고개를 끄덕여 주었다. 이 불쌍한 할머니는, 오늘 아침 자신의 보물 단지인 포마 포미치가 따찌야나 이바노브나의 〈도망〉 소식을 그렇게 태연자약하게 받아들이리라고는 생각지 못했다. 그래서 아침에는 실제로 경련을 일으키고 기절까지 했지만, 지금은 무척 기분이 좋은 상태였다. 그녀의 의자 뒤에는 언제나처럼 뻬레뻴리찌나 양이 입술을 꼭 다물고, 얼굴에는 밉살스러운 쓴웃음을 머

---

75 이 소설에 대한 묘사는 소설이 당시 유행하였던 의사(擬似) 역사 소설풍을 따르고 있음을 보여 준다. 왜냐하면 노브고로드는 9세기에 건설되었던 도시이기 때문이다.

76 샤를 폴 드 콕(1794~1871). 프랑스의 작가.

금은 채로, 앙상한 두 손을 비비대며 서 있었다. 장군 부인 주위에는 항상 말이 없는 귀족 출신의 두 식객 노파들이 자리 잡고 있었다. 또 아침에 갑자기 이 집을 찾아온 여수도승과 이웃 지주 부인이 있었는데, 말수가 적은 이 중년의 이웃 마님은 오늘 아침 예배를 드리고 나서 장군 부인에게 축일을 축하해 주기 위해 온 것이었다. 쁘라스꼬비야 일리니츠나 고모는 눈에 띄지 않도록 한구석에 숨어서, 불안한 듯 포마 포미치와 자신의 어머니를 바라보고 있었다. 아저씨는 의자에 앉아 있었는데, 그의 눈에는 너무나도 기쁘다는 표정이 역력하였다. 그들 앞에는 일류샤가 서 있었는데, 축일에 입는 빨간 루바쉬까에, 곱슬곱슬한 머리를 한 모습이 천사처럼 아름다웠다. 아마도 축일날 일류샤가 얼마나 열심히 공부를 하고 있는가 보여 줌으로써 아버지를 기쁘게 해주기 위해, 사샤와 나스쩬까가 아무도 몰래 그에게 어떤 시를 외우도록 가르쳐 준 모양이었다. 아저씨는 너무도 기쁜 나머지 눈물을 흘릴 정도였다. 포마의 생각지 못한 온순한 행동, 장군 부인의 기뻐하는 표정, 일류샤의 명명일, 시, 이 모든 것들이 그에게 너무나도 커다란 기쁨이어서 아저씨를 황홀하게 만들어 주었으므로 모두와 행복을 나누며 시를 한번 들어 보라고 아저씨가 의기양양하게 나를 부른 것이었다. 바로 우리 뒤를 따라 방으로 들어온 사샤와 나스쩬까가 일류샤 가까이에 섰다. 사샤는 쉴 새 없이 웃으며 어린 아기처럼 이 순간을 행복해 하고 있었다. 나스쩬까는 조금 전에 들어올 때만 하더라도 창백한 얼굴로 우울한 표정을 하고 있었으나, 사샤를 보고 그녀와 마찬가지로 얼굴에 미소를 띠며 웃기 시작했다. 오직 그녀만이 여행길에서 돌아온 따찌야나 이바노브나를 만나서 위로해 주었으며, 지금까지도 위층에서 그녀의 옆에 붙어 앉아 있다가 오는 길이었다. 원래 성격이 쾌활한 일류샤는 자신의 선생들을 바라보고는, 도저히 웃음을 참을 수가 없는 듯했다. 아마 그들 셋이서 뭔가 아주 우스꽝스러운 장난을 준비한 모양이었고, 이제 그 막을 열어 보일 참이었던 것이다……. 아참, 바흐체예프를 빠뜨렸다. 그는 아직도 화가 나서 참을 수가 없다는 듯이 얼굴을 붉히고, 아무 말없이 뚱하게 앉아 코를 풀어대면서, 가족 축일에 어울리지 않는 음울한 표정을 하고 있었다. 그의 옆에는 예졔비긴이 종종걸음으로 왔다 갔다 하고 있었다. 사실 그는 온 방 안을 왔다 갔다 하면서, 장군 부인과 여자 손님들의 손에 입을 맞추기도 하고, 뻬레뻴리찌나 양에게 뭔가 귓속말로 소곤거리는가 하면, 포마 포미치의 시중을 들기도 했다. 한마디로 말해서, 무척이나 바쁘게 이리저리 다니고 있었던 것이다. 또한 그는 대단히 기대된다는 듯, 일류샤의 시가 낭송되기를 기다리고 있었고, 내가 들어올 때에도 커다란 존경과 충성의 표시로 고개를 숙여 인사를 하였다. 그가 자신의 딸을 보호하고 스쩨빤치꼬보 마을에서 그녀를 데려가기 위해 이리로 왔다고는, 도무지 생각할 수 없는 모습이었다.

「저기 오는군!」 아저씨가 나를 보고는 기쁜 목소리로 소리쳤다. 「애야, 일류샤가 시를 준비했단다. 이건 정말 기대하지 못한 놀라운 선물이야! 애야, 난 너무나 기뻐서 일부러 너를 부르러 사람을 보냈단다. 네가 올 때까지 잠깐 기다리면서 말이야……. 여기, 여기로 와 앉아라! 자, 한번 들어 보자꾸나. 포마 포미치, 자넨 이미 알고 있었지? 틀림없이 아마, 자네가 이 모든 것을 생각해 냈을 거야. 이 늙은이를 즐겁게 해주려고 말이야. 그렇지 않은가? 난 내기라도 할 수 있어!」

아저씨가 포마의 방에서 그런 어조와 목소리로 말하고 있다는 것은, 모든 상황이 좋다는 것을 의미한다. 하지만 불행은, 미진치꼬프가 말한 것처럼 아저씨가 그의 얼굴 표정에서 아무것도 읽어내지 못한다는 데 있었다. 나는 포마의 얼굴을 한번 보고서 미진치꼬프가 옳았으며, 이거 틀림없이 뭔가 사건이 터지겠구나, 하고 생각하지 않을 수 없었다…….

「내게 신경을 쓰실 필요 없습니다, 대령.」 마치 자신의 적을 용서하기라도 하는, 부드러운 목소리로 포마가 대꾸했다. 「이 놀라운 선물은, 물론 나도 칭찬하고 있어요. 이건 당신의 자제분들이 얼마나 감정이 풍부하며, 선량한가를 나타내 주고 있으니까요. 시는 발성을 위해서도 좋은 것이지요……. 하지만 난 오늘 아침 시에 신경을 쓸 여유가 없었어요, 예고르 일리치. 난 기도하고 있었거든요……. 당신도 아시겠지만…… 아무튼 자, 어디 시를 한번 들어 봅시다.」

그러는 사이에 나는 일류샤에게 축하를 해주고, 그에게 입 맞추어 주었다.

「맞는 말이야, 포마, 용서하라고! 내가 깜빡하고 있었어……. 하지만 난 자네의 우정을 믿어요, 포마! 그래, 한번 더 입 맞추어 주거라, 세료쟈야! 한번 봐, 얼마나 잘생겼니! 그럼, 일류쉬카, 시작해 봐라! 뭐에 관한 거지? 아마 틀림없이 로모노소프[77]의 장엄한 송시겠지?」

그러면서 아저씨는 아주 자랑스러운 듯 몸을 세웠다. 너무나 기쁘고 기대한 나머지 제대로 자리에 앉아 있을 수도 없는 것처럼 보였다.

「아니에요, 아빠, 로모노소프의 시는 아니에요.」 가까스로 웃음을 참으며 사셴까가 말했다. 「아빠가 군인이셨고 적들과 전투를 벌이신 적이 있으니까, 일류샤는 전투에 대한 시를 외웠어요……. 꽘바의 포위예요, 아빠.」

「꽘바의 포위? 그래! 난 잘 모르겠는데…… 꽘바라는 게 뭐냐, 너는 알겠지, 세료쟈? 아마 뭔가 아주 영웅적인 것이겠지.」

그러면서 아저씨는 다시 한번 자랑스러운 듯이 몸을 세웠다.

「시작해, 일류샤!」 사셴까가 말했다.

---

[77] M. V. 로모노소프(1711~1765). 러시아 고전주의의 대가. 장엄한 형식의 송시로 유명하다.

9년 동안 페드로 고메스는······.
아이들이 암기한 시를 낭송할 때면 늘 그렇지만, 일류샤는 구두점이나 마침표를 무시하고, 가늘지만 침착하고 또박또박한 목소리로 시를 암송하기 시작했다.

9년 동안 페드로 고메스는
우유 하나만으로 배를 채워 가며,
팜바 성을 포위하고 있었도다.
돈 페드로 휘하의 전 군대,
9천의 카스티야 병사들은,
모두 주어진 맹세한 바에 따라
하물며 빵은 입에 대지도 않고,
오직 우유만을 마셨더라.

「뭐! 뭐라고? 우유를 어쨌다고?」 아저씨가 놀라서 나를 바라보며 소리쳤다.
「계속해서 읽어, 일류샤.」 사첸까가 소리쳤다.

매일같이 돈 페드로 고메스는
망토로 온몸을 가리고서,
자신의 무력함을 한탄하도다.
이윽고 10년째로 접어들었다.
모로코 인들이 승전고를 울린다.
돈 페드로의 군대 중에서
다해서, 모두 다해서
열아홉의 병사가 남았도다······.

「이게 무슨 실없는 소리야! 이건 도대체 있을 수 없는 일이야!

처음에 그렇게 많은 병사로 이루어진 군대 중에서, 단지 열아홉 명이 남다니! 애야, 대체 이게 무슨 소리냐?」 불안해진 아저씨가 소리쳤다.

그러나 바로 그 순간, 사샤가 참지 못하고 어린아이처럼 깔깔거리며 웃음을 터뜨렸다. 그리 우스울 것도 없었지만, 그녀가 웃는 것을 보고서 도저히 웃지 않을 수 없었다.

「이건 말이에요, 아빠, 우스개 시라는 거예요.」 자신의 어린아이 같은 계획에 매우 만족해 하며, 그녀가 말했다. 「이건 그러니까 모두를 웃기려고, 작가가 일부러 이렇게 쓴 거예요, 아빠.」

「아하! 우스개 시라!」 아저씨가 환한 얼굴로 소리쳤다. 「즉 희극적인 시란 말이지! 그래, 그래 알겠다……. 그래, 그래, 우스개 시! 아닌 게 아니라 우습구나, 무척이나 우스워. 그래, 무슨 맹센가 하는 것 때문에 전 부대가 우유만 마셔 가며 굶는단 말이지. 그 따위 맹세를 할 필요가 어디 있어! 참 기발하구나, 그렇지 않나, 포마? 이건 말입니다, 어머니, 가끔 가다 작가들이 쓰곤 하는 희극적인 시랍니다. 그렇지 않니, 세르게이, 이런 시를 쓰기도 하지? 무척이나 우스워! 그래, 그래, 일류샤야, 그 다음은 어떻게 되니?」

열아홉의 병사가 남았도다!
그들을 돈 페드로 고메스가 소집해서
그들에게 말하도다.
〈열아홉의 병사여!
자신의 깃발을 드높이라,
나팔을 크게 울려라,
그리고 북을 울려라,
우리는 팜바에서 퇴각한다!
비록 우리가 성을 빼앗지는 못했지만,

양심과 명예를 걸고
감히 맹세할 수 있노니,
우리에게 주어진 맹세를
우리가 한 번도 깨뜨리지 않았도다.
지난 9년 동안을 한결같이
단지 우유를 제외하고는
아무것도 먹지 않았도다.〉

「에이 머저리! 그런 걸로 위안을 삼아.」 다시 아저씨가 끼어들었다. 「9년 동안 우유만 마셨다는 걸로 위안을 삼는단 말이야……! 대체 그게 무슨 자랑거리야? 매일같이 양을 잡아먹는 것이 굶는 것보다 낫지! 훌륭해, 정말 훌륭해! 그래, 이제 알겠어. 이건 풍자라는 거야. 또는…… 뭐라고 부르더라, 그래, 알레고리, 그렇지? 아마 어떤 외국인 사령관에 대한 거겠지?」 그러고는 의미심장하게 눈썹을 모아 미간을 찌푸리면서, 나를 향해 이렇게 덧붙였다. 「그렇지? 넌 어떻게 생각하니? 물론 이건 단지 순진하고, 고상한 풍자야. 누구를 모욕하려는 것이 아니란 말이야! 훌륭해, 아주 훌륭해! 그래 일류샤야, 계속해 봐라! 아이구, 이 장난꾸러기들!」 애정이 묻어 나는 눈으로 사샤를 보면서, 그리고 한편으로는 얼굴을 붉히며 미소 짓고 있는 나스쩬까를 흘끗 훔쳐보면서, 아저씨가 말했다.

이 말에 용기를 얻은,
열아홉 명의 카스티야 병사들은,
모두 안장 위에서 비틀거리며,
목소리도 희미하게 소리쳤도다.
〈성(聖) 야고 콤포스텔로!
돈 페드로에게 명예와 영광을!

카스티야의 사자(獅子)에게 명예와 영광을!〉
그러자 그의 카플란, 디에고가,
혼잣말로 이렇게 중얼거렸도다.
〈내가 사령관이라면,
고기도 먹게 해주고
술도 마시게 해주겠다고 맹세하겠다!〉

「그래, 그것 봐! 내가 말한 그대로잖아?」 몹시 기뻐하며 아저씨가 소리쳤다. 「온통 미치광이뿐인 부대에 딱 한 명 제정신인 사람이 있구나. 그 카플란인지 뭔지 하는 사람 말이야! 그런데, 카플란이 뭐냐 세르게이. 그 사람들에게는 까삐딴[78]에 해당하는 거냐, 뭐냐?」

「신부예요, 성직자를 말하는 거지요, 아저씨.」

「아, 그래, 그래! 카플란, 카펠란이든가? 알겠어, 기억 나! 래드클리프[79]의 소설에서 읽었던 기억이 나는구나. 그 사람들에게는 온갖 종파가 있었는데, 뭐라 그러더라……? 베네딕트 종파[80]라든가, 아마…… 베네딕트인지 뭔지 하는 종파가 있지……?」

「있어요, 아저씨.」

「흠……! 나도 그렇게 생각했단다. 그래, 일류샤야, 다음은 어떻게 되니? 훌륭해, 아주 훌륭해!」

이 말을 들은 돈 페드로,
파안대소를 하였다.

---

[78] 카플란은 군목(軍牧)을 의미한다. 까삐딴은 러시아 어로 대위를 지칭한다.

[79] 앤 래드클리프(1764~1823). 영국 소설가. 악몽과 공포를 주제로 하는 그녀의 고딕적 소설은 19세기 초 러시아에서 크게 유행했다.

[80] 6세기경 성 베네딕트 (480~543)가 창설한 가톨릭 수도회의 한 종류.

〈저놈에게 양 한 마리를 선사해라.
제법 웃길 줄 아는구나……!〉

「웃을 때를 발견했군! 저런 바보놈! 결국 자기도 우스웠던 모양이지! 양이라고! 그러니까 양이 있긴 있었나 보군. 그런데 왜 자기가 그걸 잡아먹지 않았지? 아무튼 일류샤야, 계속해 봐라! 훌륭해, 아주 훌륭해! 배꼽이 빠질 정도야!」

「이게 끝이에요, 아빠!」

「그래! 끝이라고! 하긴, 사실 더 이상 할 일도 없을 테니까. 그렇지 않니? 세르게이. 훌륭하구나, 일류샤야! 독특해, 아주 훌륭해! 사랑스러운 것, 내게 입 맞추어 다오! 아이고, 이 예쁜 것! 누가 이런 것을 가르쳐 주든? 사샤, 너냐?」

「아니에요. 나스쩬까가 가르쳐 줬어요. 얼마 전에 우리가 책에서 읽었어요. 다 읽고 나자 나스쩬까가 이렇게 말했지요.〈정말 우스꽝스러운 시로구나! 이제 곧 일류샤의 명명일이니 이 시를 외어서 낭송하기로 하자. 한바탕 웃음판이 벌어질 거야!〉라고요.」

「그럼 나스쩬까가 가르쳐 줬단 말이지? 그래, 고맙군, 정말 고마운 일이야. 일류샤! 다시 한번 내게 입 맞추어 다오. 이 장난꾸러기, 너도 나에게 입 맞추어 다오.」 갑자기 아저씨가 아이처럼 얼굴을 붉히고 나서 중얼거렸다. 사셴까를 품에 안고서 정이 담뿍 담긴 눈으로 바라보며 그가 말했다.

「사슈르까, 잠깐만 기다려라. 이제 너도 곧 명명일이 되는구나.」 너무나 만족스러운 나머지 이제 뭐라고 해야 할지도 모르겠는지, 그가 이렇게 덧붙였다.

나는 나스쩬까를 향해 몸을 돌리면서 그녀에게 〈누구의 시지요?〉 하고 물어보았다.

「그래, 그래! 누구의 시지?」 갑자기 당황스러워진 아저씨가 말했다. 「틀림없이 현명한 시인이 썼을 거야. 그렇지 않은가? 포마.」

「흠……!」 포마는 코웃음을 쳤다.

시가 낭송되는 동안 내내, 가소롭다는 듯이 빈정대는 웃음이 그의 입술을 떠나지 않고 있었다.

「사실, 전 잊어버렸어요.」 두려운 듯이 포마 포미치를 살펴보면서, 나스쩬까가 대답했다.

「이건 꾸지마 쁘루뜨꼬프 씨가 쓴 거예요, 아빠. 『동시대인』지(誌)에 실렸어요.」[81] 사셴까가 불쑥 끼어들었다.

「꾸지마 쁘루뜨꼬프라! 잘 모르겠는걸. 뿌쉬낀이라면 잘 알지……! 하지만, 틀림없이 장점이 많은 시인인 것 같구나. 세료쟈, 그렇지 않니? 게다가 무엇보다도 덕망도 높은 사람인 것 같고 말이야. 틀림없어, 불 보듯이 뻔한 일이야! 게다가 아마 장교 출신일지도 몰라…… 아주 내 마음에 들어! 게다가 『동시대인』은 또 얼마나 훌륭한 잡지야! 이렇게 훌륭한 시인들이 참여하고 있으니, 즉시 구독하도록 해야겠어……. 난 시인들을 좋아해! 멋있는 친구들이지! 시로써 무엇이든지 표현해 내거든! 세르게이, 기억 나니? 내가 널 만나러 뻬쩨르부르그에 갔을 때, 너의 집에서 문학가 한 사람을 만났던 일 말이야. 코가 아주 이상하게 생겼던…… 정말이야……! 그런데 자네 지금 뭐라고 했지, 포마?」 아저씨가 중얼거렸다.

웃음을 참고 있었던 포마가, 마침내 큰 소리로 낄낄거렸다.

「아니에요, 난 그저……,」 웃음을 참기가 어려운 듯 그가 말했다. 「아무것도 아니올시다……. 계속해 보시지요, 예고르 일리치, 계속해 보세요! 전 당신의 말이 끝나면 말하겠습니다……. 여기 계신 스쩨빤 알렉세이치께서, 당신이 뻬쩨르부르그의 문학가들과 사귄 이야기를 기꺼이 들어주실 겁니다…….」

[81] 이 시는 1854년 『동시대인』 3호에 실렸다. 『동시대인』지는 당대의 진보적인 문인들이 참여하여 발간한 잡지로 1836~1866년까지는 월간으로 간행되었다.

생각에 잠겨서 저 멀리 떨어져 앉아 있던 스쩨빤 알렉세예비치가, 갑자기 고개를 들며 얼굴을 붉히고서 격렬하게 몸을 돌렸다.

「이봐, 포마, 날 건드리지 말고 잠자코 놔두란 말이야!」 핏발이 선 작은 눈으로 포마를 바라보며 그가 화가 난 듯 말했다. 「자네의 그 문학이 내게 무슨 상관인가? 그저 하느님께서 내게 건강을 주시면 그만이지.」 그가 혼잣말로 중얼거렸다. 「여긴 온통…… 저술가 투성이군……. 볼테르주의자들[82]이야, 그뿐이지!」

「볼테르주의자 저술가라고요?」 어느새 바흐체예프 씨 옆에 나타난 예계비긴이 말했다. 「정말로 적절하게 표현하셨습니다요, 스쩨빤 알렉세이치. 얼마 전에 발렌찐 이그나찌치도 그렇게 말씀하시더군요. 바로 절 볼테르주의자라고 부르시더라고요. 나 원 참. 하지만 사실 여러분도 잘 아시다시피, 전 글을 써본 일이 별로 없으니…… 그러니까 시골 아낙네의 집에 있는 우유 한 통이 쉬어 버렸다, 그럼 모두 다 볼테르 씨의 잘못이다, 이겁니다! 우린 모두 그런 식입지요.」

「하지만, 그런 것이 아니야! 그건 정말 잘못된 생각이야! 볼테르는 단지 재치 있는 작가일 뿐이란 말이야. 그는 편견을 조롱했던 것이지, 결코 볼테르주의자였던 적은 없어! 그건 모두 그의 적들이 퍼뜨린 것일 뿐이야. 왜 모든 것을 다 불쌍한 그의 탓으로 돌리는 거지?」 아저씨가 정중하게 지적했다.

다시 한번 포마 포미치의 밉살스럽게 낄낄거리는 소리가 울려 퍼졌다. 아저씨는 불안한 듯 그를 바라보았다. 아저씨는 눈에 띄게 당황하고 있었다.

「아니야, 포마. 자네도 잘 알겠지만, 난 전적으로 잡지들에 대해 이야기하고 있었던 거야.」 어떻게든 이 일을 수습하고 싶어하는, 아저씨는 당황해 하며 말했다. 「포마, 얼마 전에 잡지를 정기

---

[82] 프랑스의 계몽주의 작가이자 사상가인 볼테르(1694~1778)의 이름은 당시 러시아에서 자유 사상과 동일시되었다.

적으로 구독해야 한다고 지적해 줬지. 자네 말이 전적으로 옳았어. 나 자신도 그렇게 생각했어, 필요하다고 말이야! 흠!…… 뭐랄까, 사실 계몽을 전파하고 있지 않는가 말이야! 그러니 잡지를 정기적으로 구독하지도 못하면서, 어떻게 조국의 아들이라 할 수 있겠어? 그렇지 않니, 세료쟈? 흠……! 그래……!『동시대인』이 바로 그래……. 하지만 세료쟈, 너도 알겠지만 내 생각으로는 최고의 학술 잡지는 말이야, 그 두꺼운 잡지 말이야, 뭐라고 하더라? 노란 표지로 된…….」

「『조국 수기』[83]말이지요, 아빠.」

「그래, 『조국 수기』, 아주 훌륭한 이름이야. 세르게이, 그렇지 않니? 다시 말해서 조국 전체를 쓰겠다는 것이지……. 정말 고매한 목적이야! 아주 유용한 잡지지! 게다가 얼마나 두껍다고! 그래, 바로 그런 물건을 출판해야 해! 게다가 학술적으로는 얼마나 심오한지, 눈이 다 튀어나올 정도라고…… 얼마 전에 지나가고 있는데, 책이 한 권 놓여 있질 않겠니. 호기심이 생겨서, 그 책을 집어 펼쳐 보았지. 그리고 단숨에 세 장을 읽어 내려갔지. 이건 정말, 입이 떡 벌어지는 거야! 모든 것에 대해 설명해 놓았더란 말이야. 예를 들어 빗자루, 삽, 국자, 부젓가락이 무엇을 의미하는가?[84] 이런 거야. 내 생각으로는, 빗자루는 그저 빗자루일 뿐이고, 부젓가락은 그저 부젓가락일 뿐이야! 그런데 여러분, 그게 아니야, 기다려 보시라! 학술적으로 보자면, 부젓가락은 부젓가락이 아니라 상징이라든가 신화라든가 뭐 그 비슷한 건데, 벌써 잊어버렸지만, 아무튼 뭐 그런 것이 되어 나오는 거야……. 바로 그

---

83 1839년부터 1884년까지 간행된 월간지. 당대의 진보적인 문인들이 편집을 주도하였다.

84 민속학자이자 인류학자인 A. N. 아파나시예바(1826~1871)는 1851년 『조국 수기』에 실린 그의 기사 「슬라브 인의 오두막에 대한 종교적, 언어적인 의미」에서 정확한 견해로 농부들의 일상 생활의 도구들에 대해 자세한 주석을 달아 놓았다.

런 식이야! 모든 것에 대해 그렇게 해놓았더라니까!」

아저씨의 이 새롭고도 엉뚱한 장광설이 끝난 후, 포마가 어떻게 하려 했는지는 모르겠다. 그러나 바로 그 순간, 가브릴라가 나타났다. 그는 고개를 수그리고 문 앞에 서 있었다.

포마 포미치가 의미심장하게 그를 바라보았다.

「준비되었나, 가브릴라?」 그가 조그마하면서도 단호한 목소리로 물어보았다.

「준비되었습니다요.」 가브릴라가 슬픈 목소리로 대답하면서 한숨을 쉬었다.

「내 작은 보따리도 마차에 실었겠지?」

「실었습니다요.」

「그래, 그럼 나도 준비되었어!」 포마가 이렇게 말하고서는, 천천히 의자에서 몸을 일으켰다. 아저씨가 놀라서 그를 바라보았다. 장군 부인이 자리에서 벌떡 일어나더니 불안하게 주위를 둘러보았다.

「실례지만 대령,」 위엄 있는 목소리로 포마가 입을 열었다. 「그 문학적인 부젓가락에 대한 흥미로운 주제를 다루는 도중에 내가 자리를 뜨는 것을 용서해 주시기 바라오. 내가 나가고 난 후에, 그 주제에 대해서 계속해서 말씀하실 수 있을 겁니다. 나는 〈여러분들과 영원히 작별하는 마당에〉, 몇 마디 마지막 말을 여러분들께 해드리고 싶어요…….」

놀라움과 두려움이 모든 청중들을 말뚝 기둥처럼 만들었다.

「포마! 포마! 이게 무슨 일이야? 자네가 어디로 간다는 거야?」 마침내 아저씨가 소리쳤다.

「난 당신의 집을 버릴 작정이오, 대령.」 포마가 지극히 침착한 목소리로 말했다. 「난 아무 데나 발길 닿는 데로 가기로 결심했어요. 그래서 내 돈으로 농부들이 쓰는 빈 마차를 하나 빌렸지요. 지금 그 속에 내 보따리가 놓여 있어요. 그다지 크진 않아요. 내가 좋아하는 책 몇 권과 갈아입을 속옷 두 벌, 그뿐이오! 예고르 일리치, 나는 가난하오. 그렇지만 내가 어제도 거절한 바 있는 당신의 그 황금은, 어떤 일이 있어도 거절하겠어요!」

「하지만, 하지만 포마? 이게 뭘 의미하는 거지?」 백지처럼 창백해져서 아저씨가 소리쳤다.

장군 부인이 찢어지는 소리를 내며 포마한테 손을 내밀고서, 절망적인 눈초리로 그를 바라보았다. 뻬레뻴리찌나 양이 그녀를 부축하려고 달려갔다. 식객들은 제자리에서 모두 굳어 버려 꼼짝도 못하고 있었다. 바흐체예프 씨가 의자에서 육중하게 몸을 일으켰다.

「자, 이제 사건은 시작되었군!」 내 옆에 있던 미진치꼬프가 속삭였다.

바로 그 순간 멀리서 천둥이 으르렁거리는 소리가 들려 왔다. 뇌우가 시작되고 있었다.

4. 추방

「대령, 당신이 지금 〈이게 뭘 의미하느냐?〉고 물으신 것 같은데.」 모두가 놀라는 모습을 즐기기라도 하듯, 포마가 의기양양하게 말했다. 「참으로 놀라운 질문이오! 오히려 내 편에서 물어보고 싶어요. 지금 〈당신이〉 어떻게 내 눈을 그렇게 똑바로 쳐다볼 수 있는 거요? 인간이 얼마나 몰염치해질 수 있는지, 그 심리 상태를 어디 한번 설명해 보시오. 그러면 나는, 적어도 인간이라는 종(種)이 얼마나 썩어 빠질 수 있는지에 대한 새로운 인식을 가지고 떠날 수 있겠지요.」

하지만 아저씨는 그런 질문에 대답할 수 있는 상태가 아니었다. 그는 너무나 놀라고 비참해진 나머지 입을 떡 벌린 채 눈을 부릅뜨고서, 포마를 뚫어져라 쳐다보고 있었다.

「아이고 하느님! 사람이 어쩜 저렇게 될 수 있을까?」 뻬레뻴리찌나 양이 신음소리를 냈다.

「아시겠어요, 대령?」 계속해서 포마가 말했다. 「귀찮게 이것저것 내게 물어보지 말고, 그냥 나를 지금 보내 줘야만 할 거라는 사실을 말이오. 당신의 집에서는 나마저도, 즉 나이가 지긋한 중년의 사상가인 이 사람마저도, 자신의 도덕적인 순결성이 더러워지지 않을까 심각하게 걱정하게 된단 말이오. 논쟁을 벌여 보았자 아무런 소용 없다는 것을 아시겠지요. 다만 당신의 치욕을 드러내는 것이 될 뿐일 거요.」

「포마! 포마……!」 이마에 식은땀을 흘리며 아저씨가 소리쳤다.

「그러니 떠나는 이유에 대해서는 해명을 삼가고, 단지 떠나는 마당에 몇 가지 작별의 인사말이나 하게 해주시오. 예고르 일리치, 이건 당신의 집에서 하는 나의 최후의 말이 될 것이오. 물은 이미 엎질러졌고 되돌릴 수 없는 법이니까! 나는 당신이, 지금 내가 무슨 말을 하고 있는지 잘 이해할 수 있기를 바라고 있소. 하지만 난 무릎을 꿇고 당신에게 애원하오. 만일 당신의 가슴에 조금이라도 도덕심의 불꽃이 남아 있다면, 부디 자신의 정욕을 억제하시오! 만일 부패의 독소가 온몸을 사로잡고 있는 것이 아니라면, 제발 가능한 한 그 불을 끄도록 하시오!」

「포마! 분명히 말하겠는데, 자넨 지금 뭔가 오해하고 있어!」 조금씩 제정신을 차리기 시작한 아저씨가, 이 일의 결말이 얼마나 끔찍하게 끝나게 될 것인지를 예감하면서 소리쳤다.

「정욕을 가라앉히시오.」 아저씨의 비명 따위는 귀에 들어오지도 않는다는 듯이, 포마가 여전히 의기양양한 어조로 계속해서 말했다. 「자기 자신을 이겨 내시오. 〈전세계를 정복하고 싶은 자, 자기 자신을 이겨 내라!〉 바로 이게 나의 불변의 원칙이오. 당신은 지주요. 당신은 자신의 영지에서 마치 보석처럼 반짝거릴 수 있어야 해요. 그런데 당신은 지금 자신의 아랫사람들 앞에서 얼마나 추악한 방종의 예를 보이고 있느냐, 이 말이오! 나는 매일 밤을 당신을 위해 기도하며, 당신의 행복을 위해 온몸을 떨어 가며 노력해 왔어요. 하지만 난 당신이 행복해질 수 있는 길을 발견할 수 없었어요. 왜냐하면 행복이란 선행 속에 있는 법이니까……」

「도대체 이럴 수는 없는 거야, 포마!」 다시 아저씨가 그의 말에 끼어들었다. 「자넨 지금 제대로 알지도 못하면서 그런 말을 하고 있는 거야……」

「그러니 항상 기억하시오, 당신이 지주라는 사실을.」 또다시 아저씨의 비명 따위는 귀에 들어오지도 않는다는 듯이, 포마가 계속해서 말했다. 「빈둥거리며 쾌락을 추구하는 것이 지주의 정해진 운명이라고는 생각하지 마시오. 그건 파멸로 이르는 생각이오! 빈둥거리는 것이 아니라 근심이, 바로 신과 황제와 조국에 대한 근심이 필요한 거요! 땀을 흘리며 일하는 것, 바로 그것이 지주의 의무요. 자신이 거느리는 가장 보잘것없는 농노와 마찬가지로 땀 흘리며 일해야만 해요!」

「그럼 뭐야, 내가 농부를 대신해서 밭이라도 갈아야 한다는 말인가?」 바흐체예프가 투덜거렸다. 「나도 지주니 말이야……」

「이제 자네들에게 말해 두겠네.」 포마가 가브릴라와 문틈으로 빠끔히 고개를 내밀고 있는 팔랄레이를 향해 몸을 돌리고 나서 말했다. 「자네들의 주인을 사랑하고 그분들에게 복종하여 온순하게 그 뜻을 수행하시오. 그러면 자네들의 주인들도 자네들을 사랑할 것이오. 그리고 대령, 당신도 저들에게 공정하게 동정심을 가지고 대하도록 하시오. 저들도 똑같은 사람이오. 저들도 신의 모습을 갖춘, 황제와 조국이 당신의 손에 맡긴 어린아이들이란 말이오. 당신의 의무는 너무나도 거대한 것이지만, 그러나 당신의 업적 또한 거대한 것이 될 거요!」

「포마 포미치! 너무나도 소중한 사람! 무엇 때문에 그런 당치 않은 생각을 하세요?」 완전히 절망에 사로잡힌 장군 부인이, 공포로 인해 졸도할 지경이 되어 비명을 질렀다.

「그래, 이 정도면 충분할 것 같군, 그렇지요?」 장군 부인에게조차 신경 쓰는 기색 없이, 포마가 결론을 내렸다. 「이제 자질구레한 일들에 대해 말하겠어요. 아마 사소한 일일 수도 있겠지만 그러나 반드시 해야만 할 일이오, 예고르 일리치! 하린 초원의 풀을 아직 베지 않았어요. 늦지 않게 해요. 가능한 한 빨리 해치우도록 하시오. 이게 내 충고요……」

「하지만 포마……」

「내가 알기로, 당신은 지랴노프스끼 숲을 베어 버리고 싶어하는 모양인데, 베지 말도록 해요. 이게 내 두 번째 충고요. 숲을 보존하도록 해요. 숲은 지표면의 습기를 보존하고 있으니까 말이오……. 그리고 유감스럽게도 당신은 너무 늦게 파종을 하곤 해요. 왜 그렇게 늦게 파종을 하는지 놀랄 지경이오!」

「그렇지만, 포마……」

「아무튼 이제 다 된 것 같군! 모든 걸 다 일일이 전달할 수도 없고, 지금은 그럴 시간도 없군! 내가 당신에게 특별히 종이에 적어 보내 드리리다. 그럼 안녕히, 여러분들 모두 안녕히. 신께서 여러분들과 함께 하시기를, 신께서 여러분들에게 축복을 내리시길! 너에게도 축복이 있기를, 내 꼬마야.」 그가 일류샤를 향해 몸을 돌리며 계속해서 말했다. 「그리고 신께서 너를 장차 정욕이라는 부패의 독으로부터 보호해 주시기를! 팔랄레이, 너에게도 축복이 있기를. 꼬마린스끼는 잊도록 해라……! 그리고 당신들 모두에게…… 포마를 기억해 주시오……. 그럼 가자, 가브릴라! 나를 마차에 태워 주게, 할아범.」

그리고 포마는 문으로 향했다. 장군 부인이 비명을 지르며 그에게 매달렸다.

「안 돼, 포마! 난 이렇게 자네를 보낼 수는 없어!」 아저씨가 그의 뒤를 쫓아가 손을 잡으며 소리쳤다.

「그러니까 완력을 행사하시겠다, 이 말씀이오?」 포마가 오만하게 물었다.

「그래, 포마…… 완력을 써서라도 막겠어!」 흥분한 나머지 몸을 부르르 떨며, 아저씨가 대답했다. 「자넨 엄청나게 많은 말을 했으니, 해명을 해야만 해! 자넨 내 편지를 제대로 읽지도 않은 모양이군, 포마……!」

「당신의 편지라고!」 마치 이 폭발의 순간을 기다리기라도 했다는 듯, 포마가 순간적으로 발끈하면서 소리쳤다. 「당신의 편지라고! 바로 여기 있소, 당신의 편지, 바로 여기 있단 말이오. 난 이걸 찢어 버릴 거요. 난 이 편지에 침을 뱉어 줄 거요! 난 이 편지를 내 두 발로 짓밟아 주겠어요. 그럼으로써 인간의 성스러운 의무를 수행할 작정이오! 당신이 완력으로 나에게 해명을 요구한다면, 자 보시오, 바로 이렇게 해주겠어요! 자 봐요! 자 봐! 보라고……!」

산산이 찢겨진 종이 조각들이 방 안에 흩날렸다…….

「다시 말하겠는데, 포마, 자넨 잘못 이해하고 있어!」 점점 낯빛이 창백해지며 아저씨가 소리쳤다. 「난 청혼을 할 생각이야, 포마. 난 자신의 행복을 구하려고 하는 거야…….」

「청혼을 한다고! 당신은 이 처녀를 유혹해 놓고서는, 이제 와서 청혼을 한다고 나를 속이려 드는 거요. 난 어제 당신과 이 아가씨가 정원에서, 풀숲에 함께 있는 것을 보았단 말이오!」

장군 부인이 악 하고 비명을 지르더니 온몸의 맥이 풀리며 안락의자에 쓰러져 버렸다. 끔찍스러운 소동이 벌어졌다. 나스쩬까는 마치 죽은 사람처럼 낯빛이 창백해져서 앉아 있었다. 겁에 질린 사셴까는 일류샤를 껴안고, 학질에라도 걸린 듯 부들부들 떨고 있었다.

「포마!」 아저씨가 극도로 흥분해서 소리쳤다. 「만일 자네가 이 비밀을 공개해 버린다면, 그걸로 자네는 이 세상에서 가장 비열한 짓을 하게 되는 것이야!」

「이 비밀을 공개함으로써,」 포마가 지지 않고 소리쳤다.「나는 가장 고상한 행위를 하게 되는 것이오! 나로 말할 것 같으면, 이 더러운 세상을 깨끗하게 하기 위해 신께서 보낸 사람이란 말이오! 난 기꺼이 저 농부의 초가집 지붕 위에 올라가, 거기서 모든 이웃 지주들과 지나가는 사람들에게, 당신이 저지른 추악한 행위들을 소리쳐 알릴 작정이오……! 그래 여러분, 모두들 한번 들어 보시오. 엊저녁 한밤중에, 난 그가 이 처녀와, 이렇게 순진해 보이는 얼굴을 한 이 처녀와 함께 정원의 풀숲 속에 있는 것을 보았어요……!」

「어이구, 이 무슨 흉측스러운 일이야!」 뻬레뻴리찌나 양이 호들갑을 떨었다.

「포마! 자네 스스로를 파멸시키지 말아!」 아저씨가 주먹을 꽉 쥐고 눈을 부라리며 소리쳤다.

「…… 그런데 이 사람은,」 포마가 소리쳤다.「내가 그 장면을 목격한 사실에 겁을 집어먹고서, 거짓 편지로 나를, 정직하고 성실한 나를 속일 작정을 한 겁니다. 한번 눈감아 달라는 거지요, 자기가 저지른 범죄를 말입니다. 그래요, 이건 범죄예요, 당신은 지금까지 순진하기만 했던 처녀를 꼬여서…….」

「그녀를 모욕하는 말을 한마디만 더 해봐, 자넬 죽여 버릴 테야, 포마. 맹세코 그렇게 하겠어……!」

「그 한마디를 해주겠소. 당신은 지금까지 순진하기만 했던 처녀를 꼬여서 가장 음탕한 여자로 만들었어요!」

포마가 마지막 말을 입 밖에 내자마자 아저씨가 그의 어깨를 붙잡더니, 마치 짚단을 다루듯 몸을 돌려 온 힘을 다해 그를 방에서 정원으로 향하는 유리 문에다 던져 버렸다. 그 힘이 얼마나 셌던지 닫혀 있던 문이 활짝 열리면서, 포마가 일곱 개의 돌계단을 굴러 정원에 떨어지며 뻗어 버렸다. 깨진 유리 조각들이 소리를 내며 계단의 돌층계 위로 흩어져 내렸다.

「가브릴라, 저놈을 데려가!」 죽은 사람처럼 낯빛이 창백해진 아저씨가 소리쳤다. 「저놈을 마차에 태워, 1분 이내에 저놈의 냄새가 스쩨빤치꼬보 마을에서 사라지도록 해버려!」

포마 포미치가 무슨 생각을 했든 간에, 아마도 이런 결말이 있을 것이라고는 결코 예상하지 못했을 것이다.

이와 같은 돌발 사태가 벌어지고 난 다음, 곧바로 어떤 광경이 벌어졌는가에 대해서는 묘사할 필요도 없을 것이다. 장군 부인은 안락의자에서 몸을 굴리면서 가슴을 찢는 듯한 통곡을 해댔고, 뻬레뻴리찌나 양은 지금까지 항상 온순하기만 했던 아저씨가 그와 같이 행동하자 나무 기둥처럼 꼼짝 못하고 서 있었다. 여자 식객들은 아이고, 아이고 하고 한숨만 내쉬고 있었고, 아저씨는 겁에 질린 나머지 기절할 지경인 나스쩬까 주위를 왔다 갔다 하고 있었다. 사셴까는 겁에 질려 제정신이 아니었고, 아저씨는 말로 표현할 수 없을 정도로 흥분해서, 어머니가 정신을 차리기를 기다리며 온 방 안을 돌아다니고 있었다. 마침내 자신의 주인들에 대해 슬퍼하면서 팔랄레이가 목을 놓아 큰 소리로 울음을 터뜨렸다. 이 모든 것이 도저히 말로서는 묘사할 수 없는 광경을 이루고 있었다. 게다가 여기에 덧붙여서, 바로 그 순간 커다란 천둥 소리가 울렸다. 천둥소리가 점점 자주 울리더니, 굵은 빗방울이 유리창을 때렸다.

「이 좋은 날 이게 뭐야!」 바흐체예프 씨가 두 손을 벌리고 고개를 숙이면서 중얼거렸다.

「이거 야단났군요!」 흥분한 나머지 다른 사람들과 마찬가지로 제정신이 아니었던 내가 속삭였다. 「하지만 적어도 포미치를 쫓아냈으니, 이제 돌아올 수 없겠지요.」

「어머니! 이제 정신이 좀 드세요? 좀 나아졌습니까? 제 말을 들으실 수 있겠어요?」 노파의 안락의자 앞에 멈춰 서며, 아저씨가 물었다.

장군 부인은 고개를 들어 두 팔을 비는 듯이 모아, 지금까지 살아오면서 그토록 화를 내는 것을 본 적이 없는 자신의 아들을 애원하는 눈초리로 바라보았다.

「어머니!」 그가 계속했다. 「직접 보셨겠지만, 더 이상은 참을 수가 없었던 겁니다. 이 일을 이런 식으로 꺼내고 싶지는 않았지만, 그러나 이미 때가 되어 버렸으니 더 미룰 것도 없군요! 중상 모략을 들으셨으니, 제 변명도 들어 주세요. 어머니, 전 이 고매하고 순결하기 이를 데 없는 아가씨를 사랑하고 있어요. 오래전부터 사랑해 왔으며, 앞으로도 그 사랑은 결코 식지 않을 겁니다. 이 아가씨는 내 아이들을 행복하게 해줄 것이며, 어머니에게는 당신을 공경하는 딸이 될 겁니다. 그래서 지금 어머니가 계신 자리에서, 내 친척들과 친구들이 있는 앞에서, 나는 기꺼이 청혼을 하려 합니다. 그리고 부디 나의 아내가 되어 줄 것을 승낙하여 나에게 무한한 영광을 내려 달라고 애원할 참입니다.」

나스쩬까가 흠칫 몸을 떨더니, 온통 얼굴을 새빨갛게 붉히며 의자에서 일어났다. 장군 부인은 그가 자신에게 무슨 말을 하는지 이해할 수 없다는 듯한 얼굴로 잠시 아들을 쳐다보고만 있더니, 갑자기 찢어지는 목소리로 통곡을 하며 그의 무릎에 매달렸다.

「예고루쉬까, 애야, 포마 포미치를 다시 데려와 다오!」 그녀가 비명을 질렀다. 「지금 데려와 다오! 그가 없다면 난 오늘 저녁에라도 죽어 버릴 거야!」

아저씨는 언제나 제멋대로이고 변덕스러운 자신의 노모(老母)가 자기 앞에 무릎 꿇는 것을 보자, 말뚝처럼 굳어져 버렸다. 그의 얼굴에 고통스러운 표정이 떠올랐지만, 마침내 정신을 차리고 그녀를 일으켜 다시 의자에 앉혔다.

「포마 포미치를 다시 데려와 다오, 예고루쉬까!」 계속해서 노파가 통곡을 했다. 「그를 데려와 다오, 애야! 그가 없이는 난 살 수 없어!」

「어머니!」 슬픔에 가득 찬 목소리로 아저씨가 소리쳤다. 「아니, 어머니는 지금 제가 드리는 말씀을 하나도 듣지 못하신 겁니까? 난 포마를 다시 데려올 수 없어요. 이걸 받아들이셔야 해요! 그놈이 이 명예롭고 착한 천사에게 대고 그토록 천박하고 비열하기 이를 데 없는 중상을 했으니, 난 그를 다시 데려올 수도, 또 그럴 권리도 없어요. 이해하시겠어요 어머니, 난 말입니다, 나의 명예가 내게 명하는 대로 이 착한 사람을 찬양해야 하겠습니다! 어머니도 들으셨겠지만, 난 지금 이 아가씨에게 청혼을 하고 있는 것이고, 이제 어머니께서 우리들의 결합에 축복을 내려 주시기를 바랍니다.」

장군 부인이 앉았던 자리에서 다시 벌떡 일어나더니, 나스쩬까 앞으로 달려가 무릎을 꿇었다.

「아이고 애야! 제발 부탁이다!」 그녀가 새된 목소리로 소리를 질렀다. 「내 아들과 결혼하지 말아 다오! 내 아들과 결혼하지 말고, 그에게 부탁해서 포마 포미치를 다시 데려오게 해다오! 제발 부탁이야, 나스따시야 예브그라포브나! 그와 결혼만 하지 않는다면 네게 모든 것을 다 주겠어, 너를 위해 모든 것을 다 희생하겠어. 내가 비록 노인이긴 하지만, 아직 죽을 만큼 다 산 것은 아니야. 내게는 내 남편이 남겨 준 것들이 아직 남아 있어. 애야, 모두 네 거야, 모두 네게 주겠어. 그리고 예고루쉬까도 네게 줄 것이 있을 테니, 제발 부탁이야, 날 산 채로 무덤에 집어넣지만 말아 다오. 포마 포미치를 다시 데려오도록 부탁 좀 해다오……!」

만약 뻬레뻴리찌나와 다른 식객 노파들이, 그녀가 가정교사 앞에 무릎을 꿇고 있는 것을 보고, 어떻게 저럴 수가 있을까 하고 분에 못 이겨 탄식하고 소리를 지르며 그녀를 일으켜 세우지 않았더라면, 할머니는 꽤 오랫동안 그렇게 떠들고 있었을 것이다. 나스쩬까는 겁에 질려 가까스로 서 있었고, 뻬레뻴리찌나는 분한 나머지 울음을 터뜨릴 지경이었다.

「어머님을 괴롭혀 죽이려 하시는군요.」 그녀가 아저씨에게 소리쳤다. 「괴롭혀 죽이려 하고 있어요! 그리고 당신, 나스따시야 예브그라포브나, 어머니와 아들을 서로 싸우게 만들어서는 안 되는 법이에요. 이건 하느님께서도 금하시는 일이란 말이에요……」

「안나 닐로브나, 그 혀 좀 닥치고 있어요!」 아저씨가 소리쳤다. 「난 참을 만큼 참았소……!」

「나도 당신에게는 참을 만큼 참았어요. 고아라고 해서 나에게 함부로 말하는 건가요? 오래전부터 이 고아를 모욕해 왔지요? 하지만 난 당신의 종이 아니에요! 난 중령의 딸이란 말이에요! 이제 당신의 집에 발도 들여놓지 않겠어요. 절대로…… 오늘부터라도……!」

하지만 아저씨는 그녀의 말을 듣고 있지 않았다. 그는 나스쩬까에게로 다가가 정중하게 그녀의 손을 잡았다.

「나스따시야 예브그라포브나! 당신은 내 청혼을 들었지요?」 절망에 가까운 슬픈 표정으로 그녀의 얼굴을 바라보며 그가 말했다.

「안 돼요, 예고르 일리치, 안 돼요! 이제 그만두시는 것이 좋겠어요.」 이번에는 나스쩬까가 낙심한 표정으로 대답했다. 「모두 부질없는 일이에요.」 그의 손을 꽉 잡고 눈물을 흘리며, 그녀가 계속해서 말했다. 「어젯밤 그 일 때문에 이러시나 본데…… 불가능한 일이에요. 당신도 아시잖아요. 우리가 잘못한 거예요, 예고르 일리치…… 하지만 전 언제나 당신을 기억할 거예요, 저의 은인으로서 말이에요. 그리고…… 그리고 언제까지나, 언제까지나 당신을 위해 기도하겠어요……!」

그 순간 눈물이 그녀의 말을 막았다. 가엾은 아저씨는 아마도 이런 대답을 예측하고 있었던 것 같았다. 그는 뭔가 반박해 볼 생각도, 억지를 부려 볼 생각도 하지 못하고 있는 듯했다……. 그는 아무 말없이, 마치 무엇에 한 방 얻어맞기라도 한 듯이 계속해서 그녀의 손을 붙잡은 채 그녀에게로 몸을 숙이고서 말을 듣고 있었다. 그의 눈에 눈물이 맺혔다.

「제가 어젯밤에도 말씀드렸지요.」 나스쨔가 계속해서 말했다. 「전 당신의 아내가 될 수 없다고요. 당신도 아시잖아요, 당신의 가족이 절 원하지 않아요……. 전 이 모든 것을 오래전부터, 일찍부터 예감하고 있었어요. 당신 어머님이 우리를 축복해 주지 않으실 거예요……. 〈다른 사람들도〉 마찬가지고요. 당신이야 마음이 너그러우신 분이니까, 나중에라도 후회하는 일은 없겠지요. 하지만 어쨌든 저 때문에 불행하게 될 거예요……. 당신의 선량한 성격 때문에…….」

「바로 〈선량한 성격〉 때문입지요! 바로 그 선량함! 그래, 나스쩬까, 바로 그래! 그거야, 바로 그 말이야, 그걸 잊지 말아야 해.」 의자의 다른 편에 서 있던 나스쩬까의 아버지가 맞장구를 쳤다.

「전 저로 인해 당신의 가정에 불화가 생겨나는 걸 원치 않아요.」 나스쩬까가 계속해서 말했다. 「그리고 저에 대해선 걱정 마세요, 예고르 일리치. 누구도 절 건드리지 않을 거예요, 모욕하지도 않을 거고요……. 전 아버지께 가겠어요……. 오늘 당장…… 이제 그만 작별하는 것이 좋겠어요, 예고르 일리치…….」

그리고 가엾은 나스쩬까는 다시 눈물을 흘리기 시작했다.

「나스따시야 예브그라포브나! 이게 정말 당신의 마지막 말이란 말이오!」 말로 다할 수 없는 절망감에 사로잡혀, 그녀를 바라보면서 아저씨가 말했다. 「한마디만 해주시오, 그럼 난 당신을 위해 모든 것을 다 바치겠소……!」

「마지막 말이에요, 마지막 말, 예고르 일리치.」 다시 예졔비낀이 끼어들었다. 「저 아이가 모든 것을 훌륭하게 설명해 주었잖습니까. 솔직히 나도 기대하지 못할 정도였습지요. 당신은 정말 선량한 분이십니다, 예고르 일리치. 너무나 선량하십니다. 그리고 우리에게 너무나 많은 영광을 베풀어 주셨습지요! 너무나 많은,

너무나 많은 영광을 말입니다……! 하지만 아무튼 우리는 당신의 짝이 될 수 없어요, 예고르 일리치. 당신에게는 말입니다, 예고르 일리치, 부자에 저명한 미인인 그런 약혼녀가 필요합니다. 목소리도 아주 훌륭하고, 온갖 번쩍거리는 보석으로 치장을 하고, 머리엔 공작 깃을 꽂고, 이방 저방을 돌아다니는, 그런 약혼녀 말입니다요……. 그런 분이라면 포마 포미치도 양해하실 겁니다요……. 그리고 축복을 해주시겠지요! 그리고 포마 포미치는 다시 데려오셔야 합니다요! 그 사람을 그런 식으로 쫓아내 봐야 다 쓸데없는 짓이지요, 쓸데없다마다! 사실 그 사람도 다 좋은 마음에서, 지나칠 정도로 흥분한 나머지 그렇게 말한 겁니다요……. 그 사람도 나중에 다 좋은 마음에서 그런 거라고 말할 겁니다요. 두고 보십시오! 정말 훌륭한 사람이에요. 게다가 지금쯤이면 흠뻑 젖었을 겁니다요…… 지금 당장 다시 데려오는 것이 좋을 겁니다요……. 어차피 다시 데려와야만 할 테니까요……」

「다시 데려와! 그를 다시 데려와! 애야, 저 사람은 네게 진리를 말하고 있는 거야……!」장군 부인이 소리쳤다.

「그렇습니다요.」예졔비낀이 계속해서 말했다.「어머님께서도 이렇게 애원하고 계십니다. 모두 쓸데없는 짓입니다요……. 다시 데려오십시오! 그사이에 저와 나스쨔는 이 집에서 나가겠습니다요……」

「기다려 보게, 예브그라프 라리오니치!」아저씨가 소리쳤다. 「부탁이야! 한마디만 들어 주게, 예브그라프, 딱 한마디만 들어 줘……」

이렇게 말하고서, 그는 한쪽 구석으로 물러나 의자에 앉았다. 고개를 숙이고서, 마치 무엇인가 생각하는 것처럼 두 손으로 얼굴을 감쌌다.

그 순간 끔찍한 천둥소리가 이 집 거의 바로 위에서 들렸다. 집 전체가 진동했다. 장군 부인은 소리를 질렀고, 뻬레뻴리찌나도 마찬가지로 소리를 질렀다. 식객들이 두려운 나머지 멍해져서 성호를 그었고, 그들과 함께 바흐체예프 씨도 성호를 그었다.

「하느님 맙소사, 이건 선지자 일리야님의 계시야!」 대여섯 명의 목소리가 동시에 한꺼번에 소곤거렸다.

천둥에 이어 끔찍한 폭우가 쏟아졌다. 마치 스쩨빤치꼬보 마을 위에 호수 하나를 뒤집어 쏟아 붓는 것 같았다.

「아, 포마 포미치, 그분은 지금 들판에서 어떻게 하고 계실까?」 뻬레뻴리찌나 양이 새된 소리로 말했다.

「예고루쉬까, 그를 다시 데려와 줘!」 절망적인 목소리로 장군 부인이 소리치면서, 마치 미친 사람처럼 문 쪽으로 달려갔다. 식객들이 그녀를 붙잡았다. 그들은 그녀를 둘러싸고 위로를 하면서 훌쩍대기도 하고, 비명을 질러 대기도 하였다. 끔찍한 소동이 한바탕 벌어졌다.

「프록코트 한 벌만 입고 가셨는데. 외투라도 가져가셨더라면!」 뻬레뻴리찌나가 말했다.「우산도 가져가지 않으셨어요. 지금쯤 벼락이 그분을 때렸을 거야……!」

「틀림없이 벼락을 맞았을 거야!」 바흐체예프가 맞장구를 쳤다. 「게다가 비에 흠뻑 젖었겠지.」

「당신이라도 좀 잠자코 있어요!」 내가 그에게 중얼거렸다.

「아니, 그는 사람이 아니랍니까?」 바흐체예프가 나에게 화를 내며 대답했다. 「개새끼가 아니란 말이에요. 당신도 감히 밖에 나가지 못할 겁니다. 어디 한번, 재미 삼아 나가서 목욕이라도 해봐요.」

이 일의 결말이 어찌 될 것인가 걱정이 된 나는, 의자에 앉아 꼼짝도 안 하고 있는 아저씨에게 다가갔다.

「아저씨,」 내가 그의 귀에 몸을 숙이고 말했다. 「설마 포마 포미치를 다시 데려오는 일에 찬성하는 것은 아니겠지요? 그건 정말 불쾌한 일이 될 거라는 사실을 이해하셔야 해요. 적어도 여기 지금 나스따시야 예브그라포브나가 있는 한은 말입니다.」

「애야,」머리를 들고 단호한 표정으로 나를 바라보면서 아저씨가 대답했다.「난 이 순간 내가 무엇을 해야 할지 스스로 판단해 보고 있었는데, 이제 어떻게 해야 할지 알겠구나! 걱정 마라, 나스쨔를 모욕하는 일은 없을 거야. 내가 그렇게 만들겠어……」

그는 의자에서 일어나 어머니에게로 다가갔다.

「어머니!」그가 말했다.「걱정 마세요. 제가 쫓아가서 포마 포미치를 다시 데려오겠어요. 그는 아직 멀리 가지 못했을 겁니다. 하지만 제가 분명히 말해 두겠는데, 그가 돌아오는 데에는 딱 한 가지 조건이 있습니다. 여기서, 공개적으로, 모욕의 증인들이 다 있는 자리에서, 그가 자신의 잘못을 시인하고 이 고결한 아가씨에게 엄숙하게 용서를 빌어야만 합니다. 저는 반드시 그렇게 하도록 만들겠어요! 그로 하여금 반드시 그렇게 하도록 만들겠단 말입니다……! 그렇지 않으면 그는 이 집 현관에 발도 들여놓지 못하게 될 겁니다! 어머니께도 맹세하겠어요. 만일 그가 자진해서 제 말대로 해준다면, 전 기꺼이 그의 발 아래 무릎을 꿇겠어요. 그리고 모든 것을, 제 자식들에게 피해가 가지 않는 한도 내에서 제가 줄 수 있는 모든 것을 다 그에게 주겠어요! 그리고 저는 오늘부터 모든 일에서 물러나겠어요. 제 행복의 별은 떨어져 버렸습니다! 전 스쩨빤치꼬보를 떠나겠어요. 모두들 여기서 평화롭고 행복하게 살아가세요. 저는 연대로 돌아가겠어요. 전투의 회오리바람 속에서, 전투가 벌어지는 전장에서 저의 이 절망적인 운명을 살아가겠습니다……. 됐어요! 이제 가겠어요!」

그 순간 문이 열리면서 가브릴라가 나타났다. 그는 비에 흠뻑 젖고 온통 진흙투성이가 되어, 당황해 하는 사람들 앞에 나타났다.

「어떻게 된 거야? 어디서 오는 거야? 포마는 어디 있지?」아저씨가 가브릴라에게 달려가며 큰 소리로 물었다.

그를 따라 모두가 호기심에 차서 노인을 둘러쌌다. 노인에게서는 흙탕물이, 문자 그대로 시내를 이루며 흘러내리고 있었다. 가브릴라의 한 마디 한 마디에 경악에 찬 소리, 안타까운 신음소리, 비명소리가 뒤따랐다.

「자작나무 숲에 내려 주고 왔습니다. 여기서 1.5베르스따쯤 될 겁니다.」 그가 울음 섞인 목소리로 말을 시작했다. 「말이 번개 때문에 겁을 먹고 도랑으로 뛰어들었지요.」

「그래서……!」 아저씨가 소리쳤다.

「마차가 뒤집혔지요…….」

「그래서…… 포마는?」

「도랑에 빠졌습지요.」

「그래서, 빨리 다 말해, 애간장 태우지 말고!」

「옆구리를 다치고서는 울었습니다요. 전 말을 마차에서 풀어 타고, 보고해 드리기 위해 이리로 왔습니다요.」

「그럼 포마는 그곳에 남아 있겠네?」

「일어나서 지팡이를 짚고 홀로 저 멀리 걸어갔습니다.」 가브릴라가 말을 마치고 나서 한숨을 내쉬고는 머리를 숙였다.

그 순간 부인네들의 눈물과 한숨은 표현할 수 없을 정도였다.

「뽈깐을 끌고 와!」 아저씨가 이렇게 외치고서 밖으로 달려나갔다. 뽈깐이 준비되었다. 아저씨는 안장도 없이 말 위로 뛰어올랐고, 순식간에 멀어져 가는 말발굽 소리는 포마 포미치를 쫓아가는 추격이 시작되었음을 알려 주고 있었다. 아저씨는 모자도 쓰지 않고 달려갔다.

부인들은 창문가로 달려갔다. 한숨과 신음소리가 터져 나오는 와중에, 의견 또한 분분했다. 즉시 따뜻한 목욕물을 준비해야 한다느니, 포마 포미치를 알코올로 문질러야 한다느니, 폐에 좋은 탕약을 준비해야 한다느니, 또 포마 포미치께서는 〈아침부터〉 빵 한 조각도 〈입에 넣지 않으셨으니 지금이면 몹시 허기져 있을 것〉이라는 등등의 말들이 쏟아졌다. 뻬레뻴리찌나 양이 포마가 잊고 간 안경이 든 안경집을 발견했다. 그리고 이 발견은 비상한 효과를 자아냈다. 장군 부인이 통곡을 하고 눈물을 흘리면서 달려가, 누구에게도 빼앗길 수 없다는 듯 그 안경집을 꽉 붙잡고서, 다시 창가로 가서 큰길을 내다보았다. 기다림은 마침내 극도의 긴장감으로 변하였다······. 다른 편 구석에서는 사셴까가 나스쨔를 위로하고 있었다. 둘은 부둥켜안고서 울고 있었다. 나스쨔는 일류샤의 손을 잡고 계속해서 입 맞추면서, 제자와 작별 인사를 하고 있었다. 일류샤는 영문도 모르면서 목 놓아 울고 있었다. 또 다른 편에서는 예졔비낀과 미진치꼬프가 뭔가에 대해 이야기를 하고 있었다. 바흐체예프는 두 아가씨를 바라보고 있었는데, 그들과 마찬가지로 눈물을 흘릴 것 같아 보였다. 나는 그에게 다가갔다.

「이봐요.」 그가 나에게 말했다. 「포마 포미치가 정말로 이 집을 떠나려고 했을지는 모르겠지만, 아무튼 그 시간은 아직 되지 않은 것 같군요. 아직 그의 마차 아래 황금 송아지를 갖다 바치지 않았다, 이거요! 걱정할 것 없어요. 주인들을 모조리 이 집에서 쫓아내고서, 자신은 여기 남을 테니!」

뇌우가 지나갔다. 그리고 바흐체예프 씨는 아마도 자신의 신념을 바꾼 듯했다.

갑자기 〈데려오고 있어! 데려오고 있어!〉 하는 소리가 울려 나왔다. 부인들이 소리를 지르며 문 쪽으로 달려갔다. 아저씨가 출발한 후 10분도 채 지나지 않은 시간이었다. 이렇게 빨리 포마 포미치를 데려올 수는 없는 일이었다. 하지만 이 수수께끼는 곧 간단히 풀렸다. 가브릴라를 보내고 포마 포미치는 정말로 〈홀로 지팡이를 짚고 걸어갔다〉. 하지만 문득 사나운 바람과 천둥, 폭우 속에 혼자 고립되어 있는 자신을 깨닫고서, 덜컥 겁이 난 그는 스쩨빤치꼬보 마을로 방향을 바꾸어 가브릴라를 쫓아 달렸던 것이다. 아저씨가 포마 포미치를 붙잡았을 때, 그는 이미 마을에 들어와 있었다. 아저씨는 즉시, 마침 지나가고 있던 마차 한 대를 세웠다. 농부들이 달려가 이미 온순해진 포마 포미치를 마차에 태왔다. 그렇게 해서 곧바로 그는, 두 팔을 벌리고 기다리고 있던 장군 부인의 품속으로 인도되었다. 그의 꼴을 보자 그녀는 머리가 돌 지경이었다. 그는 가브릴라보다 더 진흙투성이였고, 더 젖어 있었다. 끔찍한 소동이 한바탕 벌어졌다. 어떤 사람들은 속옷을 갈아입혀 주기 위해 2층으로 데리고 가려 하였고, 또 어떤 사람들은 뼈를 맞추기 위해 부목을 가져오라, 부축에 필요한 도구를 가져오라 하고, 여기저기서 우왕좌왕 뛰어다니고 있었다. 모두들 한꺼번에 떠들어 댔다……. 하지만 포마는 마치 그 누구도, 그 무엇도 알아차리지 못하는 듯했다. 사람들이 그의 팔을 잡아 부축해 주었다. 자신의 의자 앞으로 부축되어 옮겨진 그는, 의자 위로 힘겹게 쓰러지더니 눈을 감았다. 누군가가 그가 죽어 간다며 비명을 질렀다. 끔찍한 비명소리가 터져 나왔다. 그러나 누구보다도 더 크게 비명을 지른 것은 팔랄레이였다. 그는 포마 포미치의 손에 입 맞추기 위해 부인들 사이를 헤치며 그에게로 다가가려고 안간힘을 쓰고 있었다…….

5. 포마 포미치가 모두의 행복을 만들어 낸다

「내가 대체 어디로 끌려온 거지?」 마침내 포마가 마치 자신이 진리를 위해 죽어 가는 인간인 것 같은 목소리로 중얼거렸다.

「저 빌어먹을 더러운 놈. 마치 어디로 왔는지 모르는 척하는군. 이제 한바탕 사기극이 벌어지겠구먼!」 내 옆에 서 있던 미진치꼬프가 속삭였다.

「자넨 우리 집에 와 있는 거야, 포마.」 아저씨가 소리쳤다. 「자네의 친구들과 함께 있는 거라고! 먼저 기운을 좀 내고, 진정하게! 그리고, 그래, 지금 옷을 갈아입어야지, 포마. 안 그러면 병이라도 걸리겠어……. 뭐라도 좀 든든하게 먹어야 하지 않겠어,

응? 그러니까, 음…… 몸을 데우기 위해 뭐라도 한잔 하지…….」

「지금 말라가를 좀 마실 수 있다면.」 다시 눈을 감고서 포마가 신음소리를 냈다.

「말라가? 그게 우리 집에 있던가!」 불안한 눈초리로 쁘라스꼬비야 일리니츠나를 바라보면서 아저씨가 말했다.

「왜 없겠어요!」 쁘라스꼬비야 일리니츠나가 재빨리 대답했다. 「네 병이나 그대로 남아 있는걸요.」 그러고는, 마치 잼에 파리가 꾀듯 포마에게로 달라붙어 있는 부인들의 비명소리와 함께, 열쇠를 절그럭거리면서 말라가를 가지러 달려갔다. 그 바람에 바흐체예프 씨는 극도로 화가 치밀었다.

「말라가를 달라고!」 그는 들을 테면 들어 보라는 듯이 투덜댔다. 「술도 다른 사람들은 마시지도 못하는 것을 요구하는군! 하긴 저런 악당 같은 놈이 아니고서는, 지금 누가 말라가를 마실 수 있겠어? 제기랄, 빌어먹을! 쳇, 난 지금 뭣 하러 여기 서 있는 거야? 대체 뭘 기다리는 거지?」

「포마!」 한 마디 한 마디를 우물쭈물거리면서 아저씨가 말을 꺼냈다. 「자 이제…… 자넨 잠시 쉬었고, 다시 우리와 함께 있는 거야……. 그러니까 내가 하고 싶은 말은, 포마, 내가 보기에, 조금 전에, 자넨, 그러니까 가장 순수한 존재를 모욕하고서…….」

「어디에, 어디에 있는가, 나의 순수함이여?」 마치 열병에 걸려 헛소리라도 하듯이, 포마가 재빨리 말꼬리를 잡아챘다. 「어디에 있는가, 나의 황금 시대여? 내가, 순수하고 아름다운 내가, 봄나비를 쫓아 들판을 달리던 나의 황금의 유년 시대여, 그대는 어디에 있는가? 어디에, 어디에 그 시간이 존재하는가? 나에게 그 순수함을 돌려주오, 그것을 돌려주오……!」

그리고 포마는 두 팔을 활짝 벌리고서, 마치 우리들 중 누군가의 호주머니 속에 그의 순수함이 들어 있기라도 한 듯, 우리를 차례차례 둘러보았다. 바흐체예프는 화가 치민 나머지 폭발할 지경이었다.

「이런, 뭘 달라는 거야!」 화가 나서 그가 투덜댔다. 「자기의 순수함을 내놓으라고! 그것하고 뽀뽀라도 하고 싶은 모양이지? 아마 틀림없이 어릴 적에도 지금과 마찬가지로 도적 같은 놈이었을 거야! 맹세컨대 틀림없이 그랬을 거야.」

「포마……!」 다시 아저씨가 말문을 열었다.

「어디에, 어디에 있는가, 내가 아직 사랑을 믿고, 인간을 사랑하던 그 시절들은?」 포마가 소리를 질렀다. 「내가 한 인간과 얼싸안고, 그의 가슴에 파묻혀 울던 그 시절들은? 그런데 지금은, 난 어디에 있는가? 난 어디에 있는가?」

「자넨 우리 집에 있는 거야, 포마, 그만 진정해!」 아저씨가 소리쳤다. 「그리고 지금 내가 자네에게 하고 싶은 말이 있어, 포마…….」

「지금은 좀 조용히 계실 수 없어요?」 뱀 같은 눈동자를 표독스레 희번덕거리며, 뻬레뻴리찌나가 쇳소리를 내며 말했다.

「난 어디에 있는가?」 포마가 계속했다. 「내 주위를 둘러싸고 있는 자들은 누구인가? 이건 나에게 뿔을 들이대고 있는 물소며, 황소 떼들이로구나. 삶이여, 그대는 대체 무엇이란 말인가? 함부로 대접받고, 멸시당하고, 경멸받고, 고통받으면서, 살고 또 살아라. 네 무덤 위에 흙이 덮일 때, 그때야 비로소 사람들은 깨닫겠지. 그리고 가엾은 네 해골에 기념비를 바치겠지.」

「어이구 맙소사, 기념비를 세워 달라고!」 예제비낀이 두 팔을 꼬면서 소곤댔다.

「아니, 내게 기념비를 세워 주지 마시오!」 포마가 소리쳤다. 「내게는 기념비를 세워 주지 말아요! 난 기념비들이 필요 없으니까! 그대들의 가슴속에 내 기념비를 세워 줘요. 그 이상은 필요 없어요. 필요 없다마다!」

「포마!」 아저씨가 말에 끼어들었다. 「됐어! 그만 진정하라고! 기념비들에 대해선 더 말할 필요 없어. 다만 자넨 내 말을 좀 들어 줘야겠어……. 잘 알겠지만 포마, 아까 자네가 날 비난할 때, 아마도 자네는 고귀한 불꽃으로 타올랐던 것일 수도 있을 거라고 난 생각해. 하지만 포마, 자넨 좀 지나친 나머지 선(善)의 경계를 넘어서 버렸어. 분명히 말해 두겠는데, 자네가 잘못한 거야, 포마…….」

「이제 그만둘 수 없어요?」 다시 뻬레뻴리찌나가 쇳소리를 내며 말하기 시작했다. 「당신은 이 불행한 사람이 당신의 손아귀에 잡혀 있다는 것을 이유로 죽여 버릴 작정인가요……?」

뻬레뻴리찌나의 뒤를 따라 장군 부인이 한바탕 떠들었고, 다시 장군 부인의 뒤를 따라 모든 부인들이 또 한바탕 떠들어 댔다. 모두가 아저씨에게 당장 그만두라면서 손을 흔들어 댔다.

「안나 닐로브나, 당신이야말로 조용하시오. 난 지금 내가 무슨 말을 하고 있는지 알고 있단 말이오.」 아저씨가 단호하게 대답했다. 「이건 성스러운 일이오! 명예와 정의와 관계된 일이란 말이오. 포마! 자넨 분별 있는 사람이니, 자네가 모욕한 저 고결한 아가씨에게 지금 당장 용서를 빌어야만 해.」

「어떤 아가씨를 말하는 거지요? 어떤 아가씨를 내가 모욕했단 말인가요?」 마치 조금 전에 있었던 일들을 깡그리 잊어버리고, 지금 아저씨가 무슨 말을 하는지 이해할 수 없다는 듯이, 눈을 휘둥그레 뜨고 주위를 둘러보면서 포마가 말했다.

「좋아. 포마, 만일 지금이라도 자네가 자신의 의지로써 자신의 잘못을 신사답게 인정한다면 자네에게 맹세하겠어, 포마. 난 자네의 발 아래 무릎을 꿇겠네, 그리고…….」

「대체 내가 누구를 모욕했다는 거지요?」 포마가 울부짖었다. 「어떤 아가씨를? 그녀가 어디 있습니까? 대체 그 아가씨라는 사람이 누군지 내게 일러주세요……!」

그 순간 당황하고 겁에 질려 있던 나스쩬까가 예고르 일리치에게로 다가가 그의 손을 잡았다.

「그만두세요, 예고르 일리치. 저 사람을 가만 내버려 둬요, 사과 같은 것은 필요 없어요! 이럴 필요가 없잖아요?」 그녀가 애원하는 목소리로 말했다. 「이제 그만두세요……!」

「그래! 이제 기억 나는군!」 포마가 소리쳤다. 「하느님 맙소사! 이제 기억 나! 오, 도우소서, 제발 제가 기억할 수 있도록 도와주소서!」 얼른 보기에도 무섭게 흥분해서, 그가 사람들에게 부탁하였다. 「말씀해 주세요. 내가, 마치 옴에 걸린 개새끼처럼 이 집에서 쫓겨났던 것이 사실인가요? 벼락이 나를 때렸던 것이 사실인가요? 이 집 현관에서 내가 내동댕이질을 당했던 것이 사실인가요? 사실인가요? 이 모든 것이 사실인가요?」

부인네들의 눈물과 애통이 포마 포미치의 물음에 대한 웅변적인 대답이 되었다.

「그래, 그래!」 그가 단언했다. 「이제 기억 나는군……. 이제 기억 나. 벼락이 날 친 다음, 난 쓰러졌다가 일어나 천둥소리에 쫓기며 이리로 달려왔어. 내 의무를 다하기 위해서 말이오. 그러고는 영원히 사라질 작정이었지! 날 일으켜 주세요! 비록 지금 내가 쇠약할지라도, 난 나 자신의 의무를 다해야만 해요.」

즉각 사람들이 그를 의자에서 일으켜 세웠다. 포마는 웅변가 같은 자세로 서더니 팔을 내밀었다.

「대령!」 그가 소리쳤다. 「이제 난 완전히 정신을 차렸어요. 천둥도 내 이성적인 능력을 파괴할 수 없었던 거요. 물론 오른쪽 귀가 멍멍해서 들리지 않지만, 아마도 그건 천둥 때문이 아니라 계단에서 동댕이질을 당해서 그런 것 같아요……. 아무튼 좋아요! 포마의 오른쪽 귀쯤이야 무슨 대단한 일이겠어요……!」

포마가 자신의 마지막 말에 서글픈 반어(反語)를 담고, 게다가 씁쓸한 미소까지 지었기 때문에, 다시금 가슴 저린 부인네들의 신음소리가 터져 나왔다. 모두가 질책하는 듯이, 그 중에 어떤 사람들은 독기 서린 눈초리로 아저씨를 바라보았고, 아저씨는 그와 같은 일치된 여론의 표현 앞에서 조금씩조금씩 기가 꺾여 가고 있었다. 미진치꼬프가 침을 뱉더니 창문 쪽으로 물러났다. 바흐체예프는 계속해서, 팔꿈치로 점점 더 세게 나를 찌르고 있었다. 가만히 있을 수가 없는 모양이었다.

「그럼 이제 나의 고백을 들어 주시오!」 포마가 오만하고도 단호한 눈초리로 일동을 둘러보면서 소리를 높였다. 「그리고 동시에 이 불행한 오뻬스낀의 운명을 심판해 주시오. 예고르 일리치! 난 이미 오래전부터 당신을 살펴보았어요. 내가 당신을 살펴보고 있다는 것을 당신이 알아채기 오래전부터, 내내 가슴을 조여 가며 당신을 살펴보아 왔던 겁니다. 대령, 아마도 내가 잘못한 것일 수도 있겠지요. 하지만 난 당신의 이기주의와, 그 끝없는 자존심과, 기괴하기 짝이 없는 당신의 음욕을 잘 알고 있어요. 그러니 내가 부지불식간에, 너무나도 순진무구한 한 아가씨의 명예를 걱정하게 되었다고 해서, 그 누가 나를 비난할 수 있겠어요?」

「포마, 포마……! 자네, 너무 장황하게 늘어놓지는 말아 주게, 포마!」 나스쩬까의 얼굴에 나타난 고통스러운 표정을 불안한 눈초리로 바라보면서 아저씨가 소리쳤다.

「그런 유(類)의 아가씨가 가지고 있는 순진성이나 사람을 쉽게 믿는 성격이 나를 걱정시켰던 것이라기보다는, 오히려 그녀가 이런 일에 경험이 없다는 것이 나를 걱정시켰어요.」 아저씨의 경고 따위는 들리지도 않는다는 듯 포마가 계속했다. 「나는 그녀의 가슴에, 마치 봄날의 장미처럼 부드러운 감정이 꽃피는 것을 보았어요. 그리고 부지불식간에 페트라르카[85]의 말을 떠올렸지요. 〈순진함은 너무나 종종 파멸로 이끌리는도다.〉 나는 한숨을 내쉬고 신음하였지요. 이 진주처럼 깨끗한 아가씨를 위해서라면, 난 기꺼이 내 온몸을 다 바쳐서 그녀의 보증인이 되어 줄 용의가 있었어요. 하지만 상대가 바로 당신인 이상, 내가 어떻게 그걸 보증할

---

85 F. 페트라르카(1304~1374). 이탈리아의 유명한 시인.

수 있겠어요, 예고르 일리치? 도무지 억제될 수 없는 당신의 정욕을 난 알고 있으며, 또한 그 정욕의 찰나적인 만족을 위해서라면 당신은 무엇이든 희생할 수 있다는 사실을 난 알고 있어요. 그러니 너무나도 고결한 이 아가씨의 운명을 생각하게 되면, 나는 불현듯 끝없는 공포와 불안에 짓눌리게 되는 겁니다……」

「포마! 자네가 정말로 그런 생각을 할 수 있었단 말이지?」 아저씨가 소리쳤다.

「나는 가슴을 조여 가며 당신을 뒤쫓았어요. 내가 얼마나 고통스러워했는가를 알고 싶다면, 셰익스피어에게 물어보시오. 그는 자신이 쓴 『햄릿』에서 내 마음의 상태를 이야기해 줄 겁니다. 난 쉽게 의심하고, 쉽게 두려워하게 되었어요. 불안스러운 나머지, 분노한 나머지, 나는 모든 것을 검은색으로 보게 되었소. 그러나 이것은 저 잘 알려진 로맨스에서 부르는 그 〈검은색〉[86]은 아니에요, 이 점을 분명하게 해둡시다! 이제 당신은, 왜 내가 최근에 〈그녀〉를 이 집에서 멀리 떼어놓으려고 하였는지 알 수 있겠지요. 난 그녀를 구하고 싶었던 거요. 이제 당신은, 왜 내가 최근에 모든 인간 종족에 대해 초조한 마음으로 증오를 품게 되었는지 알 수 있겠지요. 아! 이제 그 누가 나를 인류와 화해시켜 줄 수 있을까? 난 당신의 손님들에게, 당신의 조카에게, 그리고 바흐체예프 씨에게는 천문학에 대한 지식을 요구함으로써, 내가 지나치게 까다롭고 부당하게 굴었을지도 모른다고 생각하고 있어요. 하지만 내 정신 상태가 이러하니, 누가 날 비난할 수 있겠어요? 다시 한번 셰익스피어를 인용해서 말해 보자면, 나에게 미래란 그 바닥에서 악어가 입을 벌리고 누워 있는 끝없는 심연과도 같은 것이었소.[87] 나의 의무는 불행을 막는 것이다, 나는 이 일을 위해서 태어났고,

---

[86] 「검은색, 어두운 색」이라는 로맨스는 당시 중류층 사람들에게 인기를 얻고 있던 작자 미상의 노래이다.

[87] 이 표현은 셰익스피어가 아니라 샤토브리앙(1768~1848)의 것이다.

이 일을 위해서 만들어졌다. 난 그렇게 느꼈소. 그런데 어때요? 당신은 나의 이 고귀한 영혼의 깨달음을 이해하지도 못하면서, 언제나 악의와 배은망덕과 조롱과 멸시로 나를 대해 왔어요.」

「포마! 만일 그렇다면…… 물론, 내 느낌은…….」 지독하게 흥분한 아저씨가 소리쳤다.

「만일 당신이 정말 느낌이란 걸 가지고 있는 사람이라면, 대령, 내 말을 끊지 말고 끝까지 다 들어주시오. 계속하겠소. 따라서 내가 지은 모든 죄는, 내가 이 아이(그녀는 당신에 비하면 아직 어린 아이니까 말이에요)의 운명과 행복에 대해 지나치게 걱정하였다는 것에 있어요. 이 경우 인간에 대한 숭고하기 이를 데 없는 사랑이, 나로 하여금 그토록 커다란 분노와 끝없는 의심으로 몰고 갔던 겁니다. 난 닥치는 대로 사람들에게 달려들어, 그들에게 고통을 주고 싶었어요. 게다가 당신도 아시겠지요, 예고르 일리치? 당신의 모든 행동이, 마치 일부러 그러기라도 한 것처럼 계속해서 나의 의혹을 더 짙게 만들어 주었으며, 나로 하여금 그 모든 의심을 확인하게 해주었다는 것을 말입니다. 알다시피 어젯밤에 당신이, 나를 당신으로부터 떼어 놓기 위해 황금으로 매수하려고 할 때, 나는 속으로 생각했어요. 〈이 사람은 좀 더 편하게 범죄를 저지르기 위해서, 나와 더불어 자신의 양심을 멀리하려 하고 있구나…….〉」

「포마, 포마! 자네 어젯밤에 정말 그렇게 생각했나? 하느님 맙소사, 난 그런 생각은 꿈에도 못 해봤는데!」 놀란 나머지 아저씨가 소리쳤다.

「나에게 그런 의심을 하도록 만든 것은 바로 하늘이었어요.」 포마가 계속했다. 「한번 스스로 판단해 봐요. 저 우연이란 놈이 바로 그날 밤에 나를 정원에 있는 저 숙명적인 의자로 이끌었을 때, 내가 무엇을 생각하게 되었을까요? 아이고 하느님! 마침내 이 두 눈으로 나의 모든 의심을 정당화시켜 주는 장면을, 그것도 바로 눈앞에서 보게 되었을 때, 그 순간 내가 무엇을 느꼈겠는가 말이오. 하지만 나에게는 약간의 희망이, 물론 너무나 약하기는 했지만 어쨌든 희망이라 할 만한 것이 남아 있었지요. 하지만 어떻게 됐습니까? 오늘 아침 당신은 그것마저도 산산조각 내버렸던 겁니다! 당신은 내게 편지를 보내 왔지요. 당신은 결혼할 의향이 있다고 표명했지요. 공표하지 말아 달라고 부탁했어요……. 〈하지만 왜?〉 하고 난 생각했어요. 〈왜 이 사람은 좀 더 일찍 말해 줄 수도 있었을 텐데, 이제 와서 내가 그와 같은 광경을 목격한 이후에야 이런 편지를 보내는 걸까? 왜 이 사람은 좀 더 일찍 행복하고 아름다운 얼굴로 — 사랑은 사람의 얼굴을 아름답게 만들어 주는 법이니까요 — 내게 달려오지 않았을까? 왜 이 사람은 좀 더 일찍 나를 얼싸안고 무한한 행복의 눈물을 흘리면서 이 모든 일을 알려 주지 않았을까?〉 혹은 내가 당신을 삼켜 버리려 하는 악어라도 되었던가요, 혹은 당신에게 유익한 충고를 해주지 않았던가요? 아니면 내가, 당신에게 행복을 주기는커녕 당신을 물어뜯기만 하는 혐오스러운 벌레 같은 존재였던가요? 〈내가 그의 친구일까, 아니면 가장 추악한 벌레 같은 존재일까?〉 바로 이것이 오늘 아침 내가 나 자신에게 던졌던 질문이오! 〈그렇다면 무엇 때문에〉 하고 나는 생각했어요. 〈도대체 무엇 때문에, 그는 수도에서 조카를 불러다가 이 아가씨와 결혼시키려 하였을까? 혹시 우리와 이 다소 〈경박한〉 조카를 속이며, 몰래 계속해서 범죄를 저지르고자 하는 것은 아닐까?〉 그래요, 대령. 당신들 두 사람의 사랑이 죄스러운 것이라는 내 생각을 확인시켜 준 사람은 다름아닌 바로 당신, 오직 당신이란 말이오! 뿐만 아니라 당신은 이 아가씨에게도 죄인이오. 당신의 요령부득과 이기적인 불신으로 말미암아, 당신은 이 순결하고 덕스러운 아가씨를 중상모략과 가혹한 의혹에 처하도록 만들었으니까 말이오!」

아저씨는 머리를 떨군 채 침묵하고 있었다. 아마도 포마의 웅변이 모든 항변을 제압해 버려, 그는 이미 스스로를 완전히 죄인으로 생각하고 있는 모양이었다. 장군 부인과 그 일당은 잠자코 공손하게 포마의 말을 듣고 있었고, 뻬레뻴리찌나는 독기에 찬 눈으로 의기양양하게 가엾은 나스쩬까를 쏘아보고 있었다.

「실의에 젖고 비통에 빠진 나는,」 포마가 계속했다. 「오늘 문을 걸어 잠그고 기도했소. 신이시여, 내게 올바른 생각을 내려 주소서! 마침내 난 결심했어요. 마지막으로 사람들이 있는 앞에서 당신을 시험해 보기로 말이오. 내가 너무 지나치게 열중했을지도 모르겠어요, 너무 지나치게 분노에 사로잡혀 있었던 것일 수도 있겠지요. 하지만 나의 이 고매한 각성에 대한 답으로, 당신은 나를 창밖으로 내동댕이쳤던 거요! 창밖으로 떨어지는 순간, 난 속으로 생각했소. 〈이 세상에서 착한 일에 대한 보답은 언제나 이런 거야!〉 그 순간 난 땅에 부딪혔고, 그런 다음에 무슨 일이 있었는지는 잘 기억 나지 않아요!」

이 비극적인 회고에 맞추어 아우성과 신음이 포마 포미치에게 쏟아졌다. 장군 부인이, 이제 막 말라가를 가지고 돌아온 쁘라스꼬비야 일리니츠나의 손에서 술병을 빼앗아 들고, 그에게 달려들었다. 하지만 포마는 위엄 있게 한 손으로 말라가와 장군 부인을 물리쳤다.

「기다리시오!」 그가 소리쳤다. 「나는 이 일을 끝내야만 합니다. 내가 쓰러지고 난 다음, 무슨 일이 있었는지는 잘 모르겠어요. 내가 알고 있는 단 한 가지 사실은, 지금 내가 비에 흠뻑 젖어 열병에 걸릴 지경이지만, 그러나 당신들 두 사람의 행복을 실현시켜 주기 위해 여기 서 있다는 것이오. 대령! 지금 이 자리에서 설명하고 싶지는 않지만, 여러 가지 정황으로 보아 마침내 난 당신의 사랑이 순수한 것이며, 비록 지나치게 다른 사람을 의심하기는 했지만, 그러나 숭고한 것이라는 사실을 확신하게 되었어요. 중세의 기사처럼 온몸을 바쳐 가며 그 명예를 지켜 주고자 했던 아가씨를 모욕했다는 이유로 얻어맞고 멸시당하고 의심을 받았던 내가, 이 포마 오삐스낀이 자신에게 가해진 모욕을 어떻게 복수하는지 보여 주기로 결심했소. 손을 내밀어요, 대령!」

「기꺼이 내밀겠어, 포마!」 아저씨가 소리쳤다. 「자네가 이렇게 훌륭하게 저 고결한 아가씨의 명예를 해명해 주니, 물론 당연히…… 자, 여기 내 손이 있네, 포마, 나의 참회와 함께…….」

아저씨는 이제 일이 어떻게 되어 갈지는 생각도 못 하면서, 그에게 엎드려 진심으로 손을 내밀었다.

「그리고 당신도 내게 손을 내밀어요.」 주위에 몰려든 부인들의 무리를 헤치고 나스쩬까에게 다가가면서, 부드러운 목소리로 포마가 말하였다.

나스쩬까는 당황하면서 겁먹은 듯이 주저주저 포마를 바라보았다.

「좀 더, 좀 더 가까이, 내 사랑스러운 아가! 이건 당신의 행복을 위해 꼭 필요한 일이오.」 여전히 아저씨의 손을 잡은 채 포마가 상냥하게 덧붙였다.

「이 사람이 또 무슨 생각을 해낸 거지?」 미진치꼬프가 중얼거렸다.

겁에 질려 몸을 떨면서, 나스쨔가 천천히 포마에게로 다가와 겁먹은 듯 그에게 손을 내밀었다.

포마가 그 손을 잡아 아저씨의 손 위에 포개 놓았다.

「당신들 두 사람을 결합시키며 축복하는 바입니다.」 그가 위엄 있는 목소리로 말하였다. 「그리고 만일 슬픔에 사로잡힌 수난자의 축복이 당신들에게 도움이 된다면, 두 분에게 행복이 있기를. 이게 포마 오삐스낀의 복수요! 만 — 세!」

그 자리에 모인 모든 사람들의 놀라움은 말로 다 할 수 없는 것이었다. 이 일의 결말이 너무나 예상치 못했던 것이어서 모두가 나무 기둥처럼 되어 버렸다. 장군 부인도 입을 떡 벌린 채로, 손에 말라가 병을 들고 그대로 서 있었다. 뻬레뻴리찌나는 얼굴이 창백해지면서 분노로 치를 떨었다. 식객들은 손뼉을 치고는 그 자리에서 굳어 버렸다. 아저씨가 몸을 흠칫하더니 뭔가 말하려 하였지만 할 수가 없었다. 나스쨔는 마치 시체처럼 창백해져서 〈그럴 순 없어요〉라고 가까스로 중얼댔지만…… 그러나 이미 늦어 버린 일이었다. 바흐체예프가 제일 처음 — 그가 옳았다고 해야 할 것이다 — 포마 포미치의 만세 소리에 화답했고, 그런 다음 내가, 그리고 내 뒤를 좇아서 아버지에게 얼싸안기면서 사셴까가 그 낭랑한 목소리로 만세를 외쳤다. 그 다음에 일류샤가, 그 다음에 예쩨비낀이, 그리고 모두에 이어 미진치꼬프도 만세를 외쳤다.

「만세!」 다시 한번 포마가 소리쳤다. 「만 — 세! 자 이제 무릎을 꿇어요, 내 마음의 아이들, 이 세상에서 가장 자애로운 어머님 앞에 무릎을 꿇어요! 그녀의 축복을 구하시오. 그리고 필요하다면, 나도 그녀 앞에 당신들과 함께 무릎을 꿇겠어요…….」

놀라서 서로 상대방을 쳐다보지도 못한 채, 아저씨와 나스쨔는 아마 지금 무슨 일이 벌어지고 있는지를 이해하지도 못하는 상태에서, 장군 부인 앞에 무릎을 꿇었다. 모두가 그들의 주위를 둘러쌌다. 하지만 할머니는 어떻게 해야 할지 도무지 모르겠다는 듯이 놀라 서 있었다. 이 상황도 포마가 해결했다. 자신의 보호자 앞에 그 자신이 먼저 몸을 던진 것이었다. 단번에 그녀의 모든 의혹이 사라졌다. 눈물을 흘리면서, 그녀는 마침내 동의한다고 말하였다. 아저씨가 벌떡 일어나서 포마를 얼싸안았다.

「포마, 포마……!」 그가 입을 열었지만 목소리는 떨렸고, 더 이상 말을 계속할 수 없었다.

「샴페인을!」 스쩨빤 알렉세예비치가 소리쳤다. 「만 — 세!」

「아니에요, 샴페인이 아니에요.」 이제 제정신을 차리고 모든 상황이 어떻게 되었는지를, 그리고 그 결과가 무엇인지까지 알아차린 뻬레뻴리찌나가 말을 받았다. 「하느님께 촛불을 바쳐야 해요, 성상에 기도해야 해요. 신앙심을 가진 모든 사람들이 하듯이,

성상에 축복을 빌어야 해요⋯⋯.」

그 즉시 모든 사람들이 이 현명한 충고를 따르기로 하였다. 한바탕 대단한 소동이 벌어졌다. 촛불을 밝혀야 했다. 스쩨빤 알렉세예비치가 의자를 세워 놓고 성상 앞에 촛불을 놓으려고 올라가다가, 의자가 부서지는 바람에 마루 위로 쿵 하고 떨어졌다. 하지만 몸을 가눌 수는 있었다. 조금도 화를 내지 않고 그는 공손하게 뻬레뻴리찌나에게 자리를 양보했다. 호리호리한 뻬레뻴리찌나가 순식간에 일을 해치웠다. 촛불이 타올랐다. 수녀와 식객들은 성호를 긋고 이마를 땅에 대고 절을 했다. 사람들이 십자가상을 가져와서는 장군 부인에게 바쳤다. 아저씨와 나스쨔는 다시 무릎을 꿇었고, 식은 뻬레뻴리찌나가 인도하는 종교 의식에 따라 이루어졌다. 그녀는 간간이 〈무릎을 꿇어요, 성상에 입 맞추세요, 어머니의 팔에 입 맞추세요〉 하고 속삭였다. 신랑과 신부가 성상에 맹세의 입맞춤을 하고 난 다음, 바흐체예프 씨도 성상에 입 맞추었다. 게다가 장군 부인의 손에도 입 맞추는 것이었다. 그는 말로 다 할 수 없을 정도로 기뻐하였다.

「만 — 세!」 그가 다시 소리쳤다. 「자, 이제 샴페인을 마십시다!」

하긴 그 자리에 있던 모두가 기쁨에 사로잡혀 있었다. 장군 부인은 울고 있었지만, 그것은 이미 기쁨의 눈물이었다. 포마에 의해 축복받은 결합은, 그 즉시 그녀가 보기에 지극히 적절한 것이며 성스러운 것이 되었다. 그리고 중요한 것은, 포마 포미치가 문제를 훌륭하게 해결하였으므로 이제 영원히 그녀와 함께하게 될 것이라는 사실을 그녀가 느꼈다는 점이다. 그 자리에 있던 식객들도, 적어도 겉으로는 모두와 기쁨을 함께 하고 있었다. 아저씨는 어머니 앞에 무릎을 꿇고 그 손에 입 맞추는가 하면 다시 달려와 나와 바흐체예프, 미진치꼬프 그리고 예제비낀을 얼싸안았다. 그의 포옹으로 일류샤는 숨이 막힐 지경이었다. 사샤는 나스쩬까에게로 달려가 그녀를 얼싸안으며 입 맞추었고, 쁘라스꼬비야 일리니츠나는 눈물을 흘리고 있었다. 바흐체예프 씨가 그걸 알아차리고서, 그녀에게 다가가 손에 입을 맞추었다. 예계비긴 영감은 너무나 가슴 벅찬 나머지 한구석에서 눈물을 흘리면서, 어제의 그 체크 무늬 손수건으로 연신 눈가를 훔치고 있었다. 다른 구석에서 가브릴라가 흐느끼면서 존경의 눈초리로 포마 포미치를 바라보고 있었고, 팔랄레이는 아예 목 놓아 엉엉 울면서 모두에게 달려와 그 손에 입 맞추었다. 모두가 벅찬 감정에 사로잡혀 있었다. 누구도 말을 꺼내려 하지 않았으며, 누구도 뭔가 설명하려 들지 않았다. 마치 모두가 필요한 말은 다 한 것처럼 보였다. 오직 기쁨에 겨운 외침만이 간간이 터져 나왔다. 도대체 어떻게 모든 일이 갑자기 이렇게 이루어질 수 있었는지, 누구도 이해하지 못하고 있었다. 다만 한 가지 모두가 분명히 이해하고 있었던 사실은, 포마 포미치가 이 모든 일을 해냈으며, 바로 그 사실이 가장 중요하고 또한 확고부동의 사실이라는 점이었다.

그러나 모두의 행복이 있은 후 5분이 채 지나기도 전에 갑자기 따찌야나 이바노브나가 나타났다. 도대체 어떻게, 어떤 예감이 들었기에 그녀가 위층에 앉아 있었으면서도 이 사랑의 결혼식을 그렇게 빨리 알아차릴 수 있었을까? 그녀는 환하게 빛나는 얼굴로 눈에는 기쁨의 눈물을 가득 담고, 매혹적으로 차려입은 옷차림으로 (그녀는 어느새 위층에서 옷을 갈아입고 있었다) 커다란 비명소리를 내며 곧바로 나스쩬까에게로 달려들었다.

「나스쩬까! 나스쩬까! 넌 저이를 사랑했구나, 난 그걸 몰랐어.」그녀가 소리쳤다.「하느님! 이들은 서로서로 사랑하면서, 아무도 모르게 비밀스럽게 얼마나 고통스러웠을까! 사람들이 그렇게 쫓아다니면서 방해를 해댔으니! 얼마나 멋진 로맨스예요! 내 사랑 나스쨔, 나에게 모든 진실을 말해 줘. 넌 정말로 이 정신 나간 사람을 사랑하고 있는 거야?」

대답 대신 나스쨔는 그녀를 안고서 입 맞추었다.

「아, 이 얼마나 매혹적인 로맨스야!」따찌야나 이바노브나는 기쁨에 못 이겨 손뼉을 쳤다.「잘 들어 둬, 나스쨔, 잘 들어 두란 말이야. 이 세상 남자들이란 모두 한결같이 은혜를 모르는 악당이어서 우리의 사랑을 받을 자격이 없단다. 하지만 아마 저 양반은 그 중에서 제일 나은 분일 거야. 정신 나간 양반, 이리 와봐요.」그녀가 소리치면서 아저씨의 손을 잡아 끌었다.「당신이 정말 사랑에 빠졌나요? 정말 사랑할 능력이 있는 거예요? 날 쳐다봐요. 난 당신의 눈을 바라보고 싶어요. 난 이 눈이 거짓말을 하고 있을까, 아닐까를 보고 싶어요. 아니네, 아니네, 거짓말을 하고 있지 않아. 이 눈 속에 사랑이 빛나고 있어. 아, 얼마나 좋아! 내 친구 나스쩬까, 내 말을 들어 봐요. 당신은 부유하지 않으니 내가 당신에게 3만 루블을 선사하겠어요. 아니, 안 돼, 안 돼요!」나스쨔가 거절하려는 것을 알아차리고, 손을 흔들며 그녀가 소리쳤다.「당신도 잠자코 있어요, 예고르 일리치. 이건 당신과 상관없는 일이니까. 안 돼, 나스쨔, 난 이미 그렇게 결심하고 있었어. 네게 선물을 해야겠다고 말이야. 난 오래전부터 네게 선물하고 싶었지만, 네 첫사랑이 나타나기를 기다리고 있을 뿐이야……. 난 당신들의 행복을 바라보고 싶어요. 만일 이 선물을 받지 않는다면 그건 날 모욕하는 거야, 난 울어 버릴 테야, 나스쨔…… 아니, 안 돼, 안 돼요!」

따찌야나 이바노브나가 너무나 기뻐하고 있었기 때문에, 적어도 바로 그 순간에 그녀의 말을 거절한다는 것은 불가능한 일이었을 뿐만 아니라, 심지어는 미안할 지경이었다. 그래서 이 자리에서는 그 문제를 놔두고 나중에 다시 다른 기회로 미루기로 했다. 그녀는 장군 부인과 뻬레뻴리찌나에게 달려가 입 맞추고, 우리 모두에게 입 맞추었다. 바흐체예프가 공손하게 그녀에게로 다가가 그녀의 손을 청했다.

「성모 같으신 분! 비둘기 같으신 분! 아까 일과 관련해서 나를,

이 바보를 용서해 주시오. 난 당신의 황금 같은 마음씨를 알지 못했던 거요.」

「정신 나간 양반! 난 오래전부터 당신을 알고 있었어요.」 따찌야나 이바노브나가 기쁨에 들떠 간드러지게 말하면서, 장갑으로 스쩨빤 알렉세예비치의 코를 툭 건드리더니 화려한 의상으로 그의 숨을 막히게 만들고는, 서풍의 여신처럼 그의 옆을 지나갔다. 뚱보는 공손하게 길을 비켜 주었다.

「정말 훌륭한 아가씨야!」 그가 감격스러운 듯 중얼댔다. 「독일인의 코는 붙여 놓았지!」 사뭇 유쾌한 눈초리로 나를 바라보면서 그가 비밀스럽게 속삭였다.

「코라니오? 독일인이라니오?」 내가 놀라서 물었다.

「왜 내가 주문했던 독일 여자의 손에 입 맞추는 인형 말이야. 그리고 여자는 손수건으로 눈물을 닦고. 어제 예브도낌이 벌써 고쳐 놓았거든. 아까 추격에서 돌아왔을 때 내가 사람을 보냈어……. 곧 가져올 거요. 정말 기가 막힌 물건이지!」

「포마!」 아저씨가 기쁨에 사로잡혀 소리쳤다. 「자넨 우리의 행복의 은인이야! 무엇으로 내가 자네에게 보답할 수 있을까?」

「아무것도 필요 없어요, 대령.」 시큰둥한 표정으로 포마가 대답했다. 「〈계속해서 내게는 신경도 쓰지 마시고〉, 포마 없이 행복하게 살아 보시오.」

틀림없이 그는 기분이 나빠졌던 것 같다. 모두들 기뻐하는 사이에, 그에 대해서는 모두들 잊고 있는 것처럼 되어 버렸기 때문이었다.

「모두들 너무 기뻐서 그런 거야, 포마!」 아저씨가 소리쳤다. 「난 말이야, 지금 내가 어디 있는지조차 모르겠는걸. 이것 봐, 포마. 난 자네를 모욕했어. 자네에게 준 모욕을 보상하려고 한다면 내 모든 생명도, 모든 피 한 방울까지 다 바쳐도 모자랄 지경이야. 그래서 난 미안하다는 말도 못 하고 이렇게 침묵하고 있는 거야. 하지만 언젠가 만일 내 목이, 내 생명이 필요할 때가 온다면, 자네를 위해 끝없는 구덩이 속으로 뛰어들어야만 할 때가 온다면, 그럼 그렇게 명령해 주게. 자네 눈으로 보게 될 거야……. 난 더 이상 말하지 않겠어, 포마.」

아저씨는 생각을 더 강하게 표현하기 위해서 무슨 말을 덧붙여도 소용없다는 사실을 깨달았는지 손을 내저었다. 다만 눈물을 가득 담은 존경의 눈초리로 포마를 바라보았을 뿐이다.

「이 얼마나 천사와도 같은 분이실까!」 뻬레뻴리찌나 양이 자기 차례라는 듯이 포마를 칭송하며 새된 목소리로 말했다.

「그래요, 정말 그래요!」 사솅까가 맞장구를 쳤다. 「전 당신이 이렇게 훌륭하신 분이라는 걸 몰랐어요, 포마 포미치. 게다가 당신께 무례하게 굴었으니. 하지만 이제 저를 용서해 주세요, 포마 포미치. 그리고 믿어 주세요, 전 이제 당신을 진정으로 사랑할 거예요. 제가 지금 당신을 얼마나 존경하고 있는지 당신이 아실 수만 있다면!」

「그래, 포마!」 바흐체예프도 맞장구를 쳤다. 「또한 나를, 이 바보를 용서해 주게! 난 자네를 몰랐어, 몰랐다고! 포마 포미치, 자네는 학자일 뿐만 아니라 진정한 영웅이야! 우리 집의 모든 사람들은 종으로서 자네를 모실 거야. 그래, 모레쯤 해서 우리 집을 한번 방문해 주면 좋겠어. 장군 부인도 함께, 그리고 신랑과 신부도 함께 말이야. 뭐 어때! 온 가족이 우리 집에 오는 거야! 와서 함께 저녁이라도 같이 하자고. 미리 떠벌리지는 않겠네만, 한 가지만 말해 두지. 여러분들을 위해서 새의 젖만 빼놓고는 무엇이든 구해 놓겠어! 내 분명히 약속하지!」

이처럼 기쁨이 넘쳐흐르는 가운데 나스쩬까도 포마 포미치에게로 다가가 아무 말없이 그를 얼싸안고서는 그에게 입 맞추었다.

「포마 포미치!」 그녀가 말했다. 「당신은 우리의 은인이세요. 당신이 우리를 위해 너무나 커다란 일을 해주셨기 때문에, 전 무엇으로 그 은혜를 보답해야 할지 모르겠어요. 다만 한 가지 분명히 말씀드릴 수 있는 것은, 앞으로 전 당신의 상냥하고 공손한 누이동생이 될 것이라는 사실입니다······.」

그녀는 말을 끝맺지 못했다. 눈물이 그녀의 말을 막았던 것이다. 포마가 그녀의 머리에 입 맞추더니 자신도 눈물을 흘리기 시작했다.

「나의 아이들, 내 마음의 아이들!」 그가 말했다. 「잘살고 번성하시오, 그리고 언젠가 행복한 순간에 이 가엾은 수난자를 기억해 주시오! 나 자신에 대해 말해 본다면, 아마도 불행은 선행의 어머니일지도 모르겠소. 아마도 고골[88]이 한 말일 거요. 그는 경박한 작가이기는 했지만 작품에는 때로 굵직굵직한 사상이 존재하지요. 유랑은 곧 불행이지요! 난 이제 지팡이를 의지해 가며 방랑자처럼 이 대지 위를 걸어가겠어요. 또 누가 알겠어요? 아마 불행을 통해 난 더욱더 덕스러워질 거요! 이런 생각이 나의 유일한 위안거리지요!」

「하지만······ 포마, 도대체 어디로 가겠다는 거지?」 놀라며 아저씨가 소리쳤다.

모두 흠칫 놀라서 포마를 향했다.

「그럼, 아까 당신이 그런 짓을 했는데도 내가 당신 집에 머무를 수 있을 것 같아요, 대령?」 포마가 잔뜩 위엄을 부리며 물었다.

하지만 그의 질문은 대답을 받지 못했다. 모두의 외침소리가 그의 말을 삼켜 버렸기 때문이다. 사람들은 그를 의자에 앉히고, 간청하기도 하고, 눈물을 흘리기도 하였는데, 지금에 와서는 그에게 또 어떤 방법으로 간청했는지 일일이 기억 나지도 않는다. 물론 〈이 집〉을 나간다는 생각은 전에도 없었던 것처럼, 어젯밤에도 없었던 것처럼, 밭이랑을 파헤칠 때에도 없었던 것처럼, 그에

---

[88] N. V. 고골(1809~1852). 19세기 초반의 러시아의 대표적인 작가. 작품으로 「외투」(1842), 「검찰관」(1836), 『죽은 혼』(1842) 등이 있다.

게는 조금도 없었다. 그는 모두가 그를 경건하게 대하고 만류할 것이며, 그에게 매달릴 것이라는 사실을 알고 있었다. 게다가 그가 모두를 행복하게 만들어 주었고, 모두가 다시 그에 대한 신앙심을 가지게 되었으며, 모두가 기꺼이 그를 떠받들면서 그것을 무슨 명예나 행복으로 생각할 자세가 되어 있는 때였던 것이다. 하지만 아마도 조금 전에, 그가 천둥에 놀라 겁먹은 듯 쫓겨 돌아온 것이 다소 그의 자존심을 상하게 만들었던 모양이다. 그래서 어떻게 해서든 다시 한번 영웅적인 행동을 보여야겠다고 자극을 주었던 것이다. 게다가 중요한 것은, 이 얼마나 멋진 유혹인가. 한바탕 청산유수를 늘어놓고, 자기 자신을 훌륭하게 묘사하고 색칠하여 떠벌릴 수 있게 되었으니, 도무지 저항할 수 없는 유혹이 아닌가. 물론 그는 그러한 유혹에 저항하지 않았다. 그는 자신을 놓지 않으려는 손을 뿌리치면서, 자신의 지팡이를 내놓으라면서 자유를 다오, 저 자유로운 곳에 나를 놓아 다오, 하며 애원하였다. 그는 〈이 집에서〉 모욕을 받았고, 상처를 받았다, 그가 돌아온 것은 모든 사람들을 행복하게 만들어 주기 위해서였다, 그러니 그가 〈이 배은망덕한 집〉에 머무를 수 있겠는가, 〈비록 진수성찬일지는 몰라도 구타가 뒤따르는 양배추 국물을 먹을 수 있겠는가?〉 하며 떠들어 댔다. 마침내 그는 뿌리치는 걸 그만두었다. 사람들이 다시 그를 의자에 앉혔다. 하지만 그의 웅변은 그칠 줄 몰랐다.

「여기서 내가 모욕을 받지 않았단 말이오?」 그가 비명을 질렀다. 「여기서 사람들이 날 향해 혀를 내밀며 놀리지 않았단 말이오? 대령, 당신도 마치 골목길에서 돌아다니는 후레자식들에게나 하듯이, 내게도 손가락을 내밀며 주먹 감자를 먹인 게 아니란 말이오? 그래요, 대령! 난 비유를 한 거요. 왜냐하면 당신이 비록 육체적으로 내게 그 따위 짓을 한 것은 아닐지 모르지만, 그러나 이건 정신적인 의미에서 주먹 감자였기 때문에, 아무튼 마찬가지이기 때문이오. 아니 어떤 의미에서 보자면 정신적인 의미에서의 주먹 감자가 육체적인 것보다 더 모욕적이지. 난 내가 구타를 당한 것에 대해선 굳이 말하고 싶지도 않아요…….」

「포마, 포마……!」 아저씨가 소리쳤다. 「그런 이야기로 날 죽이려 들지 말아 줘! 내가 이미 말하지 않았나. 자네가 당한 수모를 씻어 줄 수만 있다면 내 몸에 들어 있는 모든 피를 다 흘려도 부족하다고 말이야. 제발 관대하게 대해 주게! 잊어버리고, 용서하는 거야. 그리고 여기 남아서 우리가 행복하게 살아가는 모습을 지켜봐 주게! 이건 다 자네가 뿌린 열매야, 포마!」

「난 사랑하고 싶소, 인간을 사랑하고 싶단 말이오.」 포마가 비명을 질렀다. 「하지만 내게 인간을 주지 않는구나, 사랑하지 못하게 하는구나, 내게서 인간을 빼앗아 가는구나! 내게 인간을 주시오. 내가 그를 사랑할 수 있도록! 그 인간이 어디 있소? 그 인간은 어디로 숨은 거요? 등불을 들고 다녔던 디오게네스[89]처럼 난 한평생 그 인간을 찾아다녔지만, 그를 찾을 수가 없구나. 그 인간을 찾기 전에는 난 누구도 사랑할 수 없어. 나를 인간 증오자로 만드는 자에게 불행 있으라! 난 소리쳤소, 내게 인간을 주시오, 내가 그를 사랑할 수 있도록. 그랬더니 내게 팔랄레이를 내밀더군! 내가 팔랄레이를 사랑해야 하나? 내가 팔랄레이를 사랑하고 싶어질까? 설령 사랑하고 싶어진다고 할지라도 사랑하게 될 수 있을까? 불가능해. 왜? 그가 팔랄레이이기 때문이지. 왜 내가 인류를 사랑하지 못할까? 모두가, 이 세상의 모두가 팔랄레이이거나 팔랄레이와 닮았기 때문이야! 난 팔랄레이를 원하지 않아, 난 팔랄레이를 증오해, 난 팔랄레이에게 침이나 뱉어 주겠어, 팔랄레이 따위는 짓밟아 주겠어. 만일 선택해야만 한다면 팔랄레이를 택하느니 차라리 아스모데오[90]를 사랑하겠어! 이리 와, 이리 와

---

89 디오게네스(B. C. 400?~323). 고대 그리스의 철학자. 대낮에 등불을 들고 다니면서 이유를 묻는 사람들에게 〈사람을 찾고 있는 중〉이라고 대답했다고 한다.

봐. 늘 나를 괴롭히는 놈, 이리 오란 말이야!」 포마 포미치를 둘러 싸고 있던 무리들 중에서 까치걸음으로 순진한 표정을 짓고 들여 다보고 있던 팔랄레이를 향해서 그가 갑자기 소리쳤다. 「이리 와 봐! 대령, 난 당신에게 증명해 보여 주겠소.」 포마가 겁을 먹고 새 파랗게 질린 팔랄레이의 팔을 잡아 끌어당기면서 말했다. 「난 내 가 늘 조롱당해 왔으며, 주먹 감자질이나 당해 왔다는 내 말이 옳 다는 것을 당신에게 증명해 보여 주겠단 말이오! 말해 봐, 팔랄레 이, 어젯밤 꿈에 무엇을 보았지? 자 보시오, 대령, 당신이 뿌린 열 매를 보란 말이오! 자, 팔랄레이, 말해 봐라!」

가엾은 소년은 두려움에 몸을 떨며, 누군가가 자신을 구해 주 지 않을까 하는 절망적인 눈초리로 주위를 둘러보았다. 하지만 모두들 두려워할 뿐, 겁을 먹고 그의 대답을 기다리고 있었다.

「어서, 팔랄레이, 내가 기다리고 있잖아!」

대답 대신에 팔랄레이는 얼굴을 일그러뜨리면서, 입을 벌리고 송아지처럼 울음을 터뜨렸다.

「대령! 이 고집불통이 보이오? 이것이 정말 자연스러운 것일까 요? 마지막으로 네게 묻는다, 팔랄레이. 어젯밤 무슨 꿈을 꾸었 지?」

「저……」

「날 보았다고 말하렴.」 바흐체예프가 속삭였다.

「〈당신의 선행을 보았습지요!〉라고 해.」 다른 쪽 귀에 대고 예 계비낀이 속삭였다.

팔랄레이는 주위를 둘러보고 있을 뿐이었다.

「저…… 당신의 선행…… 하얀 황소를 보았어요!」 마침내 소년 이 중얼거리고서는 서글픈 눈물을 쏟았다.

모두들 탄식했다. 그런데 놀랍게도 포마 포미치가 관대한 태도

90 아스모데오는 구약 성서 토비트 3장 8절에 나오는 악마로서 사련(邪 戀)과 육욕의 화신이다.

로 나왔다.

「팔랄레이야, 적어도 난 네가 정직하다는 것을 알겠구나.」 그가 말했다. 「다른 사람들에게서는 찾아볼 수 없는 정직함이야. 하느님께서 함께하시기를! 만일 네가 다른 사람의 흉계에 따라 일부러 그런 꿈으로 나를 조롱하는 것이라면, 하느님께서 너와 그 다른 사람에게 벌을 내리실 거야. 하지만 그렇지 않다면, 난 네 정직함을 존중한다. 왜냐하면 너 같은 하찮은 피조물에서도, 나는 하느님과 닮도록 만들어진 형상을 찾아볼 수 있으니까 말이다……. 난 널 용서해 주겠다, 팔랄레이! 자, 나의 아이들이여, 나를 포옹해 주시오, 난 여기 남아 있도록 하겠소!」

「〈남아 있기로 하겠대요!〉」 모두들 기뻐서 소리쳤다.

「남아 있기로 하겠소. 그리고 용서하겠소. 대령, 팔랄레이에게 상으로 사탕을 주시오. 모두가 행복한 이런 날에 저놈만 울게 해서는 안 되지.」

당연한 것이지만 그와 같은 관대한 태도가 모두의 경탄을 자아냈음은 물론이다. 〈이러한〉 순간에 〈이렇게까지〉 마음을 쓰다니, 그것도 누구에 대해? 바로 팔랄레이에 대해! 아저씨가 사탕에 대한 지시를 수행하기 위해 달려갔다. 바로 그 순간 — 대체 어디서 구해 온 것인지는 모르겠지만 — 쁘라스꼬비야 일리니츠나의 손에서 하얀 사탕 그릇이 나타났다. 아저씨가 떨리는 손으로 두 개를 집었다, 세 개를 집었다가 결국 떨어뜨렸다. 마침내 너무나 흥분해서 아무것도 할 수 없는 상태라는 것을 깨달았다.

「이런!」 그가 소리쳤다. 「이렇게 좋은 날이니 어떻겠어! 자 팔랄레이, 집어 가라.」 그러고서는 사탕 그릇 전부를 팔랄레이의 품속에 넣어 주었다.

「이건 너의 정직함에 대한 상이다.」 훈계라도 하듯 그가 덧붙였다.

「꼬로프낀 씨가 오셨습니다.」 갑자기 문 앞에 나타난 비도쁠랴소프가 알려 왔다.

가벼운 동요가 일어났다. 꼬로프낀의 방문은 분명히 제때를 못 맞춘 것이었다. 모두가 해답을 바라는 눈으로 아저씨를 바라보았다.

「꼬로프낀이 왔다고!」 당황한 듯이 아저씨가 소리쳤다. 「물론 난 반갑지만……」 조심스럽게 포마를 바라보면서 아저씨가 덧붙였다. 「사실, 지금 이런 때에 그를 청해야 할지, 어떻게 해야 할지 잘 모르겠군. 자넨 어떻게 생각하나, 포마.」

「괜찮아요, 괜찮아!」 포마가 시원시원하게 말했다. 「꼬로프낀도 초대하시오. 그 사람도 모두의 행복을 함께 누리도록 합시다.」

한마디로 말해 포마 포미치는 천사 같은 마음 상태였던 것이다.

「저, 감히 말씀드리겠습니다만,」 비도쁠랴소프가 말했다. 「꼬로프낀은 지금 꼴이 말이 아닙니다요.」

「꼴이 말이 아니라니? 어떻게? 무슨 헛소리를 하는 거야?」 아저씨가 소리쳤다.

「그렇습니다요. 아직 술에서 깨지도 못한 상태라는 말입지요……」

아저씨가 극도로 놀라 당황한 나머지 얼굴을 붉히면서 입을 막 떼려는 순간, 그 수수께끼가 풀려 버렸다. 문 가에 꼬로프낀이 나타나 한 손으로 비도쁠랴소프를 밀어제치고서, 경악하고 있는 사람들 앞에 섰기 때문이다. 그리 크지 않은 키에 살이 찐 신사로 40대쯤 되어 보이고, 짧게 깎은 머리에는 군데군데 검은 머리카락과 흰 머리카락이 섞여 있는 사람이었다. 자줏빛이 도는 둥근 얼굴에, 조그마한 눈에는 핏발이 서 있었고, 뒤로 단추를 채운 긴 말털로 만든 넥타이에, 닭털과 지푸라기 따위가 잔뜩 묻어 있는 겨드랑이가 터져 나간 매우 낡은 연미복을 입고 있었고, 판탈롱 임파서블[91]이라 부르는 바지를 입고, 늘어뜨린 손에는 믿을 수 없으리만큼 기름때가 덕지덕지 묻은 모자를 들고 있었다. 이 신사는 지독하게 술에 취해 있었다. 방 중앙으로 나와서 멈추더니, 취중의 명상이라도 하는지 코를 전후좌우로 흔들어 댔다. 그러고는 천천히 입가에 미소를 지었다.

「용서하십시오, 여러분. 나는…… 좀…… (그는 자기 목 깃 근처를 툭 튕겼다)[92] 했습니다!」

장군 부인이 즉각 모욕이라도 받은 듯한 표정을 지었다. 포마는 의자에 앉아서 이 기괴한 손님을 비웃듯이 살펴보고 있었다. 바흐체예프는 도무지 이해할 수 없다는 듯이 그를 바라보고 있었지만, 그러나 그에게서는 어떤 공감의 분위기가 보였다. 아저씨의 당황은 말로 할 수 없을 정도였다. 그는 꼬로프낀으로 인해 무척이나 난처해 하고 있었던 것이다.

「꼬로프낀!」 그가 말을 꺼냈다. 「잠깐 내 이야기 좀 들어 보게!」

「기다리세요Attendez.」 꼬로프낀이 아저씨의 말을 잘랐다. 「제 소개를 올리지요. 이 몸은 자연의 아들이올시다……. 어라, 내가 뭘 보고 있는 거지? 부인들이 계시네……. 나쁜 사람, 자넨 왜 집에 부인들이 계신다는 말을 하지 않았나?」 교활한 미소를 지으며 아저씨를 바라보면서 그가 덧붙였다. 「아무것도 아니라고? 뭐 겁먹을 건 없어! 아름다운 부인들께도 인사를 해야지……. 매혹적인 숙녀분들!」 가까스로 혀를 굴려, 한 마디 한 마디를 더듬거리면서 그가 말을 시작했다. 「여러분들께서 보시고 있는 이 사람은…… 그러니까 그렇고 그래서…… 나머지는 더 말할 필요도 없지요……. 자, 악대를! 폴카를!」

「주무실 생각은 없소?」 미진치꼬프가 물었다.

「잠을 자? 나를 모욕하기 위해 그런 소릴 하는 거요?」

「천만에. 길을 걸었으면 잠을 좀 자는 것이 좋지요…….」

「잠 안 잘 거요!」 꼬로프낀이 화를 내며 대답했다. 「당신은 내

---

91 pantalon impossible. 독특하게 재단된 바지 종류.
92 한잔 걸쳤다는 의미의 몸짓.

324

가 술에 취했다고 생각하시오? 전혀…… 그런데 어디서 잠을 자란 말이오?」

「따라오시오. 내가 지금 당신을 모셔다 드리지요.」

「어디로? 헛간으로? 이보게, 그런 수엔 안 속아! 그런 곳에서는 이미 자본 적이 있거든……. 하지만, 어디 가보기로 할까……. 훌륭한 사람하고 가는 거라면 왜 못 가겠어?…… 베개는 필요 없어요. 군인에게는 베개가 필요 없으니까……. 이봐요, 내게 작은 소파 하나만 내주시오……. 그리고 이봐요.」 그가 멈춰 서서 덧붙였다. 「내가 보기에 당신은 친절한 사람인 것 같아요. 그러니까 내게 그걸 좀 주시오……. 아시겠지요? 러 — 엄 주를, 조금만 주시오……. 다른 건 필요 없고, 조금만, 딱 한 잔만 달란 말이오.」

「좋아요, 좋아!」 미진치꼬프가 대답했다.

「좋았어……. 잠깐 기다려요, 작별 인사는 해야 할 거 아니오. 아듀 마담, 마드무아젤……! 여러분들은 뭐랄까, 내 가슴을 뚫어 버렸습니다……. 아니, 이런 시시한 소리는 집어치우고! 나중에 다시 이야기합시다……. 시작할 때면 나를 깨워 주세요……. 아니 시작하기 5분 전에 나를 깨워 주세요……. 내가 없을 때 시작하지 말아요! 아시겠지요? 시작하면 안 됩니다……!」

그러고는 이 유쾌한 신사는 미진치꼬프의 뒤를 따라 모습을 감추었다.

모두 침묵하고 있었다. 이해할 수 없다는 분위기가 계속되고 있었다. 마침내 포마가 조용히, 소리를 죽여서 조금씩 킥킥거리기 시작했다. 그러다가 그의 웃음이 점점 하하거리는 폭소로 바뀌었다. 그런 모습을 보면서 장군 부인도, 비록 얼굴에는 모욕받았다는 표정이 남아 있기는 했지만, 즐거워하기 시작했다. 참을 수 없는 웃음이 사방에서 터져 나오기 시작했다. 아저씨는 눈물을 글썽일 정도로 얼굴이 벌겋게 달아올라서, 한동안 아무 말도 못하고 망연자실 서 있기만 했다.

「하느님 맙소사!」 마침내 그가 입을 열었다. 「이런 일이 있으리라고는 누가 상상이나 했을까? 하지만, 그러니까…… 이건 누구에게나 있을 수 있는 일이야. 포마, 자네에게 자신 있게 말하건대, 저 사람은 정말 명예롭고 고매하며, 놀랍도록 박식한 사람이야. 포마…… 자네도 이제 알게 될 거야……!」

「알겠어요, 알겠다고요.」 웃음으로 인해 숨까지 헐떡여 가며 포마가 대답했다. 「놀랍도록 박식하겠지요, 박식하다마다!」

「철도에 대해 정말로 기가 막히게 이야기해 줄 겁니다요!」 예제비낀이 커다란 소리로 말했다.

「포마……!」 아저씨가 소리를 질렀지만 모두의 웃음소리가 그의 말을 덮어 버렸다. 포마 포미치는 배꼽이 빠질 정도로 웃어 댔다. 그 모습을 보고 아저씨도 웃음을 터뜨렸다.

「그래, 이걸로 됐어!」 그가 열심히 말했다. 「자넨 관대한 사람이야, 포마. 자네는 정말 넓은 마음씨를 가지고 있어. 자네가 내게 행복을 주었고…… 또 자네가 꼬로프낀을 용서해 주니 말이야.」

오직 나스쩬까만이 웃지 않고 있었다. 그녀는 사랑을 가득 담은 눈으로 자신의 신랑을 바라보고 있었는데, 마치 이렇게 속삭이고 싶어하는 듯했다.

〈하지만 당신이야말로 정말 훌륭하고, 정말 착하시고, 정말 고결한 분이세요. 제가 얼마나 당신을 사랑하고 있는지 아세요?〉

6. 결말

포마의 승리는 완벽하고 확고부동한 것이었다. 사실 그가 없었다면 아무 일도 이루어질 수 없었을 것이며, 그에 의해 이루어진 일들이 그에 대한 모든 의심과 반론들을 짓눌러 버렸다. 포마로 인해 행복을 얻게 된 사람들의 감사하는 마음은 끝이 없었다. 내가, 어떤 과정을 통해 포마가 아저씨와 나스쩬까의 결혼에 동의하게 되었는가를 슬쩍 암시하려 들자, 두 사람은 손을 흔들며 나를 막는 것이었다. 사셴까는 〈좋은, 너무나 좋은 포마 포미치, 전 그분에게 털방석을 짜 드릴 거예요〉 하고 큰 소리로 말하며, 심지어 나를 냉혈한이라고 비난하기도 하였다. 180도로 돌아선 스쩨빤 알렉세이치는, 내가 뭔가 포마 포미치에 대해 불경스러운 것이라도 말하려 한다면, 아마 내 목을 졸라 버리겠다고 나섰을 터였다. 이제 그는 마치 강아지처럼 포마 뒤를 따라다니면서, 그를 존경의 눈초리로 바라보며 그의 한 마디 한 마디에 이렇게 덧붙이는 것이다. 〈자넨 고결한 사람이야, 포마! 자넨 박식한 사람이야, 포마!〉 예계비낀에 대해서라면, 아마도 그가 가장 기뻐했을 것이다. 노인은 오래전부터 예고르 일리치의 머리가 나스쩬까에 대한 생각으로 가득하다는 사실을 알고 있었고, 그때부터 자나깨나 어떻게 하면 자기 딸을 그에게 시집보낼 수 있을까, 하고 공상하고 있었다. 그는 도저히 불가능하다고 생각되는 순간까지 포기하지 않다가, 이제 포기하지 않을 수 없는 바로 그 순간에 포기하였던 것이다. 그런데 포마가 그것을 다시 실현시켜 주었다. 물론 노인은 포마 포미치가 어떤 사람인가를 속속들이 알고 있었다. 한마디로 말해서 이제 포마 포미치가 영원히 이 집을 지배할 것이며, 그의 횡포가 끝이 없을 것이라는 사실을 알고 있었다. 가장 심술궂은 사람도, 가장 변덕스러운 사람도, 자신이 바라던 바가 이루어지면 잠시 일시적으로 잠잠해지는 법이다. 포마 포미치는 그와 정반대여서, 성공을 거두고 나자 더욱더 어리석은 짓을 했고, 점점 거만해지기만 했다. 저녁 식사 바로 전에 속옷과 겉옷을 갈아입고 나서 의자에 자리를 잡은 다음, 아저씨를 불러다가 온 가족이 모인 자리에서 새로운 설교를 해대기 시작했다.

「대령!」 그가 말을 시작했다. 「당신은 합법적인 결혼 생활을 시작했습니다. 당신은 그 의무를 알고 계신 겁니까…….」

그리고 계속, 또 계속. 여러분은 『논쟁』지(誌)처럼 크고 두꺼운 규격에, 매우 작은 글씨로 온갖 너저분한 헛소리가 빽빽하게 인쇄되어 있는, 그와 같은 잡지를 상상해 보시라. 그 속에는 의무 같은 것에 대해서는 한 마디도 없고, 다만 자신, 포마 포미치의 지혜와 온유함과 관대함과 용맹과 무욕(無慾)에 관한, 부끄러운 줄 모르는 자찬만이 가득하다. 모두들 배고파 하고 있었고, 모두들 저녁 식사를 시작하고 싶어했다. 하지만 그럼에도 불구하고 모두들 감히 반대하려 들지 못했고, 그 헛소리를 끝까지 공손하게 들었다. 심지어 바흐체예프조차 그 왕성한 식욕에도 불구하고 가장 공손한 태도로 내내 꼼짝도 하지 않고 있었다. 자신의 웅변에 만족한 포마 포미치는 마침내 기분이 좋아져서 식사 동안 꽤 많은 양의 술을 마시면서, 가끔 전혀 엉뚱한 건배를 제의하기도 했다. 그는 신랄한 농담을 하거나 혹은 놀려 대기도 했는데, 물론 새로운 부부에 대한 것이었다. 모두가 껄껄대면서 손뼉을 쳐댔다. 하지만 그의 농담들 중의 어떤 것은 지나치게 노골적이고 직설적인 것이어서 바흐체예프조차 당황할 정도였다. 결국 나스쩬까가 식탁에서 일어나 도망가 버렸다. 이것이 포마 포미치를 말할 수 없을 정도로 기쁘게 해주었다. 하지만 그는 바로 그 순간 제정신을 차렸다. 그는 짧지만 그러나 아주 인상적인 표현으로 나스쩬까의 미덕을 묘사하고, 지금 자리를 비운 사람의 건강을 위해 건배를 제의하였다. 1분 전만 해도 당황해 하며 난처해 하던 아저씨는 이제 기꺼이 포마 포미치를 포옹할 태세였다. 대체적으로 이 신랑과 신부는 서로를, 그리고 자신의 행복을 부끄러워하는 듯했다. 두 사람이 결혼 축복을 받은 이후 서로 단 한 마디도 나누지 않았고, 심지어는 서로 바라보는 것도 피하고 있다는 사실을 나는 알아차릴 수 있었다. 사람들이 식탁에서 일어나자 아저씨는 갑자기 어디론가 사라져 버렸다. 그를 찾아서 나는 테라스로 나갔다. 그곳에는 꽤 취한 포마가 의자에 앉아서 커피를 마시며 허세를 떨어 가면서 한바탕 웅변을 늘어놓고 있었다. 그의 옆에는 예계비낀과 바흐체예프 그리고 미진치꼬프뿐이었다. 나는 잠시 서서 그들의 말을 들었다.

「왜?」 포마가 소리쳤다. 「왜, 나는 자신의 신념을 위해서라면 지금이라도 당장 불속으로 뛰어들 준비가 되어 있을까요? 왜, 여러분들은 불속으로 뛰어들 수 있는 상태가 아닐까요? 왜? 왜?」

「그야 쓸데없는 짓이니까요, 포마 포미치. 불속으로 뛰어들다니오!」 놀리듯 예계비낀이 말했다. 「무슨 의미가 있겠어요? 첫번째로 고통스러울 겁니다요. 둘째로는 몽땅 타버릴 겁니다. 남아나는 게 있겠어요?」

「남아나는 게 있겠느냐고? 고귀한 재가 남겠지. 하지만 어떻게 자네가 날 이해하겠어, 어떻게 날 평가할 수 있겠느냐고! 당신들에게는 카이사르[93]나 마케도니아의 알렉산더[94]와 같은 인물을 빼놓고 나면 위인이란 존재하지 않겠지! 하지만 자네들이 좋아하는 카이사르가 어떤 업적을 남겼나? 누구를 행복하게 만들어 주었던가? 자네들이 칭송하는 마케도니아의 알렉산더가 어떤 업적을 남겼나? 전세계를 정복했다고? 내게 그만한 군대를 준다면 그가 정복했던 것처럼 나도 정복할 수 있어. 자네도 정복할 수 있을 테고 말이야……. 대신 그는 덕망 있는 클리토스를 죽였지. 하지만 난 덕망 있는 클리토스를 죽이지 않았단 말이야……. 애송이야! 병신 같은 놈이야! 그런 놈은 채찍질을 해주어야 해. 세계 역사에서 칭송받도록 놔두어서는 안 돼……. 카이사르도 마찬가지야!」

「그래도 카이사르만은 좀 봐주시오, 포마 포미치!」

---

93 G. J. 카이사르(B. C. 100?~B. C. 44). 로마 공화정 말기의 정치가이자 장군으로서 삼두 정치의 막을 내리고 로마의 황제가 되었다.
94 기원전 328년 마케도니아의 알렉산더는 한 술자리에서 전투 중에 자신의 목숨을 구해 준 클리토스와 논쟁하다가 분노 끝에 그를 죽였다. 이후 클리토스는 덕의 대명사로 간주되었다.

「그런 바보를 봐줄 순 없어!」 포마가 소리쳤다.

「봐줄 수 없고말고!」 스쩨빤 알렉세예비치가 열심히 맞장구를 쳤는데, 그 역시 꽤 취해 있었다. 「그런 놈들은 봐줄 필요 없어요. 모두들 펄쩍펄쩍 뛰어 대지만, 기껏해야 한다는 짓이 한 발로 서서 빙글빙글 도는 것밖에 더 있겠어! 소시지 같으니라고! 아까도 그런 놈 중의 한 놈이 장학 기금을 설립하고 싶다고 하지 않았소. 하지만 대체 장학 기금이란 게 뭐요? 그게 뭘 의미하는지는 악마나 알 테지! 무슨 새로운 종류의 사기임에 틀림없어요, 내기를 해도 좋아요. 또 조금 전에는 다른 놈이 지체 높으신 분들이 계신 곳에서 갈지자로 비틀대며 럼 주를 달라고 하더군! 내 생각으로는, 물론 술 한잔 하는 게 뭐 어때? 그러니 자네도 마셔, 마시라고. 그리고 이치에 맞게 굴고 있는가 한번 판단해 보는 거야, 그런 다음에 다시 마시는 거지……. 그런 놈들은 봐줄 필요가 없어! 모두 사기꾼이야! 오직 자네만은 학식이 풍부한 사람이지, 포마!」

바흐체예프는 누군가에게 한번 마음을 주면 무조건적으로, 아무런 비판 없이 온 마음을 다해 그 사람을 떠받드는 유형의 사람이었다.

나는 아저씨를, 정원에서 가장 한적한 곳인 연못가에서 찾을 수 있었다. 그는 나스쩬까와 함께 있었다. 나를 보자 나스쩬까는 무슨 죄라도 지은 것처럼 총알같이 숲속으로 사라졌다. 아저씨가 환한 얼굴로 나를 맞으며 다가왔다. 그의 눈에는 기쁨의 눈물이 비치고 있었다. 그는 내 두 손을 잡아 꽉 쥐었다.

「애야!」 그가 말했다. 「난 지금까지도 이 행복이 믿기질 않는구나……. 나스쨔도 마찬가지야. 우린 그저 하느님의 은총에 놀라워하며 감사할 뿐이야. 조금 전에 그녀는 울고 있었단다. 믿을 수 있을지 모르겠지만, 난 아직도 제정신을 차릴 수가 없구나. 모든 것이 혼란스러워. 이게 꿈일까, 생시일까! 그리고 이게 무엇에 대한 보답일까? 어떤 것에 대한? 내가 무슨 일을 했다고? 내가 보답받을 만한 일을 했을까?」

「누군가가 보답받을 만한 일을 했다면,」 열띤 목소리로 내가 말했다. 「그건 아저씨일 거예요. 전 지금까지 아저씨처럼 명예롭고, 아저씨처럼 훌륭하고, 아저씨처럼 착하신 분을 본 적이 없어요……」

「아니다, 세료쟈, 아니야. 그건 과분한 이야기야.」 그가 유감스럽다는 듯이 대답했다. 「무엇보다 나쁜 것은 우리가, 물론 나는 나 자신에 대해서 말하는 거야, 기분이 좋을 때면 착해지지만, 기분이 나쁠 때면 누가 가까이 오지도 못하게 한다는 거야! 조금 전에도 나와 나스쨔는 그것에 대해서 이야기하고 있었단다. 나에 비하면 포마가 얼마나 훌륭하니. 그런데 믿을 수 있겠어? 비록 나 자신은 너로 하여금 그의 장점을 확신시키려 애쓰기는 했지만, 난 아마 오늘까지도 그를 완전히는 믿지 않았던 것 같아. 심지어 어제 그가 내 선물을 거절할 때에도 믿지 못했어! 나 자신이 얼마나 부끄러운지! 아까 일을 생각하면 지금도 심장이 떨리는구나! 하긴 난 제정신이 아니었어……. 아까 그가 나스쨔에 대한 이야기를 꺼낼 때, 마치 무엇인가가 심장을 찌르는 것 같았어. 난 제정신을 잃고 맹수처럼 굴었지…….」

「어때요, 아저씨. 아마 그게 당연한 일일 거예요.」

아저씨는 손을 내저었다.

「아니다, 애야, 그렇게 말해서는 안 돼! 이 모든 것은 단지 내 천성이 타락했기 때문이야. 내가 음흉하고 정욕에 사로잡힌 이기주의자이기 때문이야. 그리고 정욕을 억제하지 못하고 그것에 몸을 맡겼기 때문이야. 포마도 그렇게 말했잖아. 내가 그에 대해 뭐라고 대답할 수 있겠니? 세료쟈야, 넌 잘 몰라.」 그는 점점 열중해서 계속 말했다. 「내가 얼마나 자주 신경질적이고, 무자비하고, 부당하고, 교만하게 구는데. 그것도 포마 한 사람에게만 그러는 것이 아니야! 이제 그 모든 일이 갑자기 머리에 떠오르는구나. 내가 지금까지 이런 행복을 얻을 만한 일을 한 적이 없다는 생각이 드니까 너무나 부끄럽구나. 조금 전에 나스쨔도 똑같은 말을 하더구나. 물론, 사실 난 그녀가 어떤 죄를 지었는지 모르겠어. 왜냐하면 그녀는 천사이기 때문이야, 인간이 아니라고! 그녀는 우리가 하느님께 너무나 많은 빚을 졌으며, 이제부터 보다 더 착해지기 위해 노력해야 한다고, 더 많이 선행을 해야 한다고 말하더구나……. 그녀가 얼마나 열심히 말하는지, 얼마나 훌륭하게 말하는지, 네가 한번 들어 보았어야 하는 건데! 하느님, 이토록 훌륭한 아가씨가 또 어디 있을까요?」

흥분해서 그는 말을 잠시 멈추었다. 1분쯤 지나 그가 계속해서 말했다.

「애야, 우린 특히 포마와 어머니 그리고 따찌야나 이바노브나에게 잘해 주어야겠다고 결심했단다. 따찌야나 이바노브나를 봐라! 얼마나 고결한 사람이냐! 내가 모두에게 얼마나 큰 죄를 지었는지 모르겠다! 네게도 죄를 지었고……. 하지만 누가 지금 따찌야나 이바노브나를 조롱하려 든다면, 그때는…… 하긴 다 쓸모없는 말이지만……! 미진치꼬프를 위해서도 뭔가를 해주어야만 해.」

「그래요, 아저씨. 전 따찌야나 이바노브나에 대해서는 생각을 바꾸었어요. 그녀를 존경하지 않을 수 없어요. 그녀를 동정하지 않을 수 없어요.」

「그래, 바로 그래! 존경하지 않을 수 없어! 또 예를 들어 말이다, 꼬로프낀의 경우 틀림없이 넌 그를 비웃었겠지만.」 아저씨가 열심히 맞장구를 쳤다. 조심스럽게 내 얼굴을 살펴보면서 그가 덧붙였다. 「물론 조금 전에 우리 모두가 그 사람을 비웃었지만 말이야. 아마도 그건 용서받을 수 없는 일일지도 몰라……. 아마 그 사람은 정말로 뛰어난, 정말로 착한 사람일 수도 있을 거야. 다만 운명이…… 불행을 겪어서 그런 거야……. 넌 믿을 수 없을지 모르겠지만, 그러나 실제로 그럴 수도 있는 거야.」

「아니에요, 아저씨. 제가 왜 못 믿겠어요?」

그리고 나는 열렬하게 말하기 시작했다. 아무리 타락한 사람일지라도 그 의식 속에 가장 고귀한 인간적인 감정이 남아 있을 수 있다는 것을, 인간 영혼의 깊은 곳은 더럽혀질 수 없다는 것을, 타락한 인간을 경멸해서는 안 되며, 그 반대로 그런 사람을 찾아서 갱생시켜야 한다는 것을, 선악과 윤리에 대한 일반적인 기준은 믿을 수 없는 것이라는 사실 등등을. 심지어 난 흥분해서 자연파[95]에 대해서까지 떠들어 댔다. 결론적으로 시의 한 구절을 읊었다.

「미혹에 찬 어둠으로부터······.」[96]

아저씨는 말할 수 없이 열광적이었다.

「애야, 애야!」 그가 감동해서 말했다. 「넌 내 말을 완전히 이해하고 있구나. 내가 표현하고 싶었던 것을 나보다 훨씬 더 훌륭하게 말해 주었다. 그래, 그렇고말고! 아, 하느님! 왜 인간은 이렇게 사악할까? 선하게 사는 것이 훨씬 좋은데, 훨씬 아름다운데, 왜 나는 그렇게 자주 사악하게 굴었을까? 조금 전에 나스쨔도 똑같이 말하더라······. 하지만 어디 한번 봐라, 여긴 얼마나 아름다운 곳이냐.」 주위를 둘러보면서 그가 덧붙였다. 「아름다운 자연! 마치 한 폭의 그림 같구나! 저 신선한 수액, 저 나뭇잎들! 저 태양! 소나기가 지나가고 나니 이 주위가 한바탕 깨끗이 씻겨 유쾌해진 것 같지 않니······! 나무들 또한 자신에 대해 뭔가를 이해하고 있으며, 삶을 느끼고 누리고 있는 것처럼 생각되고 말이야······. 정말 그렇지 않니, 응? 넌 어떻게 생각하니?」

[95] 러시아 1840년대의 문학 유파. 당대 러시아의 현실에 대한 핍진(乏盡)한 묘사와 낮은 계층의 사람들에 대한 지속적인 관심이 이 문학 유파의 기본적인 경향이었다.

[96] 1846년 『조국 수기』지(誌) 4호에 실렸던 N. A. 네끄라소프의 시의 첫 부분. 이 시는 타락한 영혼의 부활과 그 속에 존재하는 고귀한 인간적 감정의 각성을 노래하고 있다.

「정말 그런 것 같아요, 아저씨. 물론 자기 식으로 그런 것이겠지요……」

「그렇다마다, 물론 자기 식이지…… 창조주는 참으로 경이로워……! 세료쟈, 넌 이 정원을 구석구석 잘 기억하고 있겠지? 어렸을 때 너도 저곳에서 뛰어놀았으니까! 네가 어렸을 때가 기억 나는구나.」 그가 말로는 표현할 수 없는 사랑과 행복에 어린 표정으로 나를 바라보면서 덧붙였다. 「너 혼자서는 저 연못 가까이에 가지 못하도록 했지. 한번은 저녁 무렵에 죽은 까쨔가 너를 불러다 어루만졌던 일이 기억 나는구나……. 넌 이 정원을 내내 뛰어다녔기 때문에 볼이 빨갰단다. 네 머리카락은 곱슬곱슬하게 말려 윤기 있게 빛나고 있었고…… 까쨔는 그 머리카락을 가지고 장난치면서 이렇게 말했단다. 〈당신이 이 부모 없는 아이를 맡기로 한 것은 정말로 잘한 일이에요.〉 너 기억 나니?」

「아주 조금밖에는 생각나지 않아요, 아저씨.」

「그땐 아직 어두워지기 전이어서 햇살이 너희 두 사람을 비추어 주고 있었단다. 난 한쪽 구석에 앉아서 두 사람을 바라보며 담배를 피우고 있었고…… 세료쟈야, 난 매달 한 번씩 마을로 나가 그녀의 무덤을 찾아가곤 한단다.」 나지막한 목소리로 그가 덧붙였는데, 그 속에서 힘겹게 눈물을 삼키는 영혼의 떨림을 느낄 수 있었다. 「조금 전에 난 그 일을 나스쨔에게 말해 주었어. 그녀는 이제 우리 둘이서 그녀에게 가자고 말하더구나…….」

흥분을 가라앉히려고 애쓰며 아저씨가 잠시 입을 다물었다.

그 순간 비도쁠랴소프가 우리에게 다가왔다.

「비도쁠랴소프!」 아저씨가 흠칫 놀라며 소리쳤다. 「포마 포미치가 보내서 온 건가?」

「아닙니다요, 대체로 제 용무로 온 것입지요.」

「그래, 그렇다면 다행이군! 그럼 꼬로프낀에 대해 좀 물어봐야겠구나. 아까도 물어보고 싶었다만…… 세료쟈야, 난 이 친구에게 꼬로프낀을 좀 살펴 달라고 일러 놓았거든. 그래, 비도쁠랴소프, 무슨 일이냐?」

「감히 말씀드리겠습니다.」 비도쁠랴소프가 말했다. 「어제 나리께서는 제 청원을 생각해 보겠다고 하시면서, 제가 날마다 받는 모욕을 해결해 주시겠다고 약속하셨습지요.」

「그럼 자넨 또 그 성(姓) 때문에 온 거란 말이야?」 아저씨가 놀라서 소리쳤다.

「어쩌겠습니까요? 날마다 모욕이니······.」

「이런, 비도쁠랴소프, 비도쁠랴소프! 네놈을 도대체 어떻게 해야 할지?」 난처하다는 듯이 아저씨가 말했다. 「자네가 무슨 모욕을 받는다는 거야? 이러다가 자넨 미쳐서, 결국 정신 병원에서 이 세상을 하직하게 될 거야!」

「저의 정신은 멀쩡합니다요······.」 비도쁠랴소프가 입을 열고 말을 시작하려 하였다.

「그래, 그래.」 아저씨가 그의 말을 잘랐다. 「이보게, 난 그런 뜻으로 말한 게 아니야. 자넬 모욕하려고 한 것이 아니고, 단지 자넬 위해서 그런 거야. 그래 자네가 대체 무슨 모욕을 받는다는 거야? 틀림없이 아무것도 아닌 걸 가지고 그러는 것 아니야?」

「밖에 나다닐 수가 없습니다요.」

「누구 때문에?」

「모두 다요. 특히 마뜨료나 때문입지요. 그 여자로 인해 제삶은 고통받고 있습니다요. 아시다시피, 어릴 때부터 저를 죽 봐오신 여러 훌륭하신 분들께서, 제가 외국인을 좀 닮았다고, 특히 얼굴 윤곽이 그렇다고들 말씀하셨습지요. 그게 어쨌다는 겁니까, 나리? 그런데 그것 때문에 전 지금 나다닐 수도 없습니다요. 제가 옆을 지나가기만 하면 모두가 절 따라오면서 온갖 바보 같은 소리를 질러 댑니다요. 심지어 어린 꼬마들도 — 그런 놈들은 무엇보다도 채찍질을 해주어야 합니다요 — 그렇게 소릴 질러 대니······

더 이상 못 견디겠습니다요. 나리, 나리의 날개로 절 좀 지켜 주십시오!」

「이런, 비도쁠랴소프……! 그래, 그들이 무슨 소릴 질러 대더냐? 아마 신경 쓸 필요도 없는 그런 바보 같은 소리겠지.」

「너무 상스런 소리여서 예의에 어긋납니다요.」

「대체 뭐라고 그러는데?」

「입에 담기조차 끔찍합니다요.」

「말해 보라니까!」

「네덜란드 놈 그리쉬까가 탱자를 처먹었대요, 그러더라고요.」

「풋, 정말 대단한 놈이군! 난 무슨 굉장한 소릴 했나 생각했잖아! 그럼 자넨, 침이나 뱉어 주고 지나쳐 버리면 될 것 아니야.」

「침을 뱉어 주었습지요. 하지만 더 크게 소릴 질러 대는걸요.」

「이러면 어떨까요, 아저씨.」 내가 말했다. 「이 친구는 사실, 이 집에서는 더 이상 살 수 없다고 하소연하고 있는 거잖아요. 그러니 이 친구를 잠시 모스끄바에 있다는 그 서예가에게 보내시지요. 이 친구가 언젠가 그 서예가의 집에서 살았다고 하셨잖아요.」

「하지만 얘야, 그 사람도 비참하게 죽고 말았단 말이야.」

「아니, 어쩌다가?」

「그분은 그만 다른 사람의 소유물을 횡령하게 되는 불행을 맞으셨습지요. 그 때문에 그렇게 뛰어난 재능에도 불구하고, 감옥에 갇혀서 그곳에서 돌아오지 못할 길을 가셨습지요.」 비도쁠랴소프가 대답했다.

「좋아, 좋아, 비도쁠랴소프. 자넨 그만 마음 놓고 있으라고. 내가 모든 일을 잘 알아봐서 해결해 줄 테니.」 아저씨가 말했다. 「자네에게 약속하지! 그건 그렇고 꼬로프낀은 뭐하고 있지? 자고 있나?」

「아닙니다요. 그분은 조금 전에 떠나셨습니다요. 전 그 일을 알려 드리려고 온 겁니다요.」

「떠났다고? 그게 무슨 소리야? 그럼 자넨 그 사람을 가도록 내버려 뒀단 말이야?」 아저씨가 소리쳤다.

「제 마음이 너무 착해서 그랬습지요. 바라보기가 애처로워서요. 잠을 깨서 아까 있었던 일을 기억해 내고는, 그 즉시 자기 머리를 때리면서 미친 듯이 울부짖더라니까요.」

「미친 듯이 울부짖었단 말이지……!」

「좀 더 점잖게 표현해 보자면, 온갖 종류의 비탄을 쏟아 내었다고 할 수 있습지요. 이제 아름다운 부인들 앞에 어떻게 얼굴을 내밀 수 있겠는가, 하며 소리치던걸입쇼. 그리고 〈나는 인간도 아니야!〉라고 덧붙이는 거예요. 게다가 얼마나 애절하게 말하는지, 그것도 아주 멋있게 말이에요.」

「정말 섬세한 사람이군! 내가 말했잖아, 세료쟈…… 그리고 비도뺠랴소프, 그 사람을 잘 감시하라고 일렀는데도 어쩌자고 그냥 그렇게 내버려 두었느냐? 어이구 이것 참, 야단났군!」

「너무나 애처로워서 그랬습니다요. 말씀드리지 말아 달라고 부탁하던걸입쇼. 그분의 마부가 말들에게 사료를 다 먹이고 나서 마차를 준비해 왔습지요. 그리고 3일 전에 빌려 주신 돈에 대해 정중히 감사한다는 말씀을 전해 달라고 하시면서, 돌아가는 즉시 우편으로 돌려주겠다고 말씀하셨습니다요.」

「그건 무슨 돈이지요, 아저씨?」

「은화 25루블이라고 말씀하셨습니다.」 비도뺠랴소프가 말했다.

「그건 말이야, 내가 그때 역에서 그 사람에게 빌려 준 거야. 그 사람에게 돈이 별로 없었거든. 물론 돌아가는 즉시 우편으로 돌려보내 주겠지……. 아이고 이것 참, 안타깝게 됐군! 세료쟈, 사람을 시켜 쫓아가 보라고 하는 것이 좋지 않을까?」

「아니에요, 아저씨. 그러지 않는 것이 좋겠어요.」

「나도 그렇게 생각한다. 알겠니, 세료쟈야. 나는 물론 철학자는 아니지만, 모든 사람은 겉으로 보기보다는 훨씬 더 선하다고 생각한단다. 꼬로프낀도 그래. 그는 부끄러워서 견딜 수가 없었던 거야……. 그건 그렇고, 이제 포마에게 가보자! 우리가 너무 지체하고 있었던 것 같다. 은혜를 모른다, 관심을 갖지 않는다고 화를 내고 있을지도 모르겠구나……. 자, 가자! 아, 꼬로프낀, 꼬로프낀!」

이 소설은 끝났다. 연인들은 결합했고, 포마 포미치는 선(善)의 화신으로 이 집안을 지배하게 되었다. 여기서 상세하게 많은 것에 대해 설명할 수도 있을 것이다. 하지만 그 모든 설명들은 이제 전적으로 불필요한 것들이다. 적어도 내 생각으로는 그렇다. 자세한 설명을 대신해서, 나의 이야기에 등장했던 모든 주인공들의 이후의 운명에 대해 몇 마디 해두기로 하겠다. 잘 알려진 것이지만, 그런 것이 없으면 어떤 소설도 끝날 수 없는 법이며, 이것은 심지어 하나의 법칙으로 간주되고 있다.

〈행복을 부여받은 사람들의〉 결혼식은, 내가 앞서 기술한 사건이 있은 후 6주가 지나서 거행되었다. 특별히 화려하지 않게, 필요 없는 손님들을 초대하는 일도 없이, 조용히 가족들끼리 결혼식을 치렀다. 나는 나스쩬까의 들러리를 섰고, 미진치꼬프가 아저씨의 들러리를 섰다. 하기야 손님들도 참석했다. 물론 가장 중요한 사람은 포마 포미치였다. 사람들이 조심스럽게 그를 모셨다. 모두가 그를 떠받들었던 것이다. 그런데 어쩌다가 한번 그를 빼놓고 샴페인을 따르는 일이 있었다. 그 즉시 질책과 비탄과 비명을 수반한 소동이 한바탕 벌어졌다. 포마는 자기 방으로 달려가 문을 잠그고서, 사람들이 자기를 무시했다, 이제 〈새로운 사람들〉이 이 집안에 들어오게 되었으며, 따라서 자기는 마땅히 버려져야 할, 불쏘시개보다 못한 존재가 되어 버렸다고 소리를 질러댔다. 아저씨는 망연자실했고, 나스쩬까는 울음을 터뜨렸다. 장군 부인은 언제나처럼 경련을 일으켰고…… 결혼 만찬은 장례식이 되어 버렸다. 그 후 7년 동안 한결같이 계속된 은인 포마 포미치와의 그와 같은 동거 생활이, 가엾은 나의 아저씨와 가엾은 나스쩬까의 어쩔 수 없는 운명이었다. 죽기 바로 전까지도(포마 포미치는 작년에 죽었다) 그는 우울해 하며 심통을 부리고, 고집을 부리는가 하면 화를 내고 욕지거리를 해댔다. 하지만 〈행복을 부여받은 사람들의〉 그에 대한 존경심은 줄어들기는커녕, 그의 변덕에 비례해서 나날이 커져 갔다. 예고르 일리치와 나스쩬까는 서로서로 너무나 행복한 나머지, 자신들의 행복을 두려워할 지경이었다. 그래서 이것은 하느님께서 그들에게 보내 주신 선물이며, 자신들은 그와 같은 은총에 적합하지 못한 사람들이라고 생각했다. 그러면서 아마도 이 행복에 대한 대가로 나중에 십자가와 고난이 자신들을 기다리고 있을지도 모른다고 추측하는 것이었다. 당연히 포마 포미치는, 이 겸손한 가정에서 자기가 하고 싶은 일은 모두 다 할 수 있었다. 그러니 이 7년 동안 그가 하지 못한 일이 무엇이겠는가! 지극히 세련되고, 루쿨루스[97]의 정신으로 가득한 변덕을 생각해 내는 가운데, 빈둥대며 권태로웠던 그의 정신이 때로 도저히 억제되지 않는 공상의 경계로까지 나아가게 되었으리라는 것은, 물론 상상해 볼 필요도 없을 것이다. 아저씨의 결혼식이 있은 지 3년 후, 할머니가 돌아가셨다. 고아의 처지가 되어 버린 포마는 절망으로 커다란 충격을 받았다. 지금까지도 아저씨의 집에서는 그 당시 끔찍했던 그의 상태에 대한 이야기가 오가곤 한다. 무덤에 흙을 덮기 시작할 때, 그는 무덤으로 달려가서 자신도 함께 묻어 달라고 비명을 질렀다. 한 달 내내 그는 나이프도, 포크도 손대지 않았다. 한번은 네 사람이나 달려들어서, 그가 삼키려고 하는 바늘을 강제로 그의 입에서 빼낸 적도 있었다. 그 투쟁을 옆에서 목격한 사람 중에서 어떤 사람이, 그

---

[97] 고대 로마의 군인이었던 루쿨루스(B. C. 117~58/56)는 부자로 유명하다. 그의 이름은 사치에 빠져 매우 고급스러운 만족을 구하는 사람들의 대명사가 되었다.

투쟁의 와중에서 포마가 얼마든지 그 바늘을 삼킬 수 있었지만 그러나 삼키지 않았다고 지적하고 나서기도 했다. 그러나 모든 사람들이 그런 추측을 듣고 단호하게 화를 내면서, 그렇게 추측한 사람을 냉혈한이자 무례한 사람이라고 비난했다. 다만 오직 나스쩬까만이 침묵을 지키면서 희미하게 미소를 지었고, 아저씨는 그런 그녀를 불안한 듯 살펴보았다. 전체적으로 볼 때, 비록 포마가 이전과 마찬가지로 아저씨의 집에서 거들먹거리면서 변덕을 부리기는 했지만, 그러나 이전에 아저씨를 대할 때 보였던 그의 전제적이고 뻔뻔스러운, 질책하는 듯한 태도는 이미 찾아볼 수 없었다. 포마는 애원하며 울부짖기도 하고, 비난하면서 책망하기도 하고, 부끄러워할 줄 알라고 나서기도 했지만, 그러나 이전처럼 호통을 치면서 비난을 퍼붓는 일은 없었다. 즉 이전에 있었던 〈각하〉와 같은 사건이 다시는 없었는데, 이는 나스쩬까의 공로였다. 그녀는 조금씩 알아차리지 못할 정도로 포마로 하여금 양보하도록, 그리하여 순순히 굴복하도록 만들었다. 그녀는 자신의 남편이 모욕당하는 꼴을 보고 싶지 않았고, 결국 자신의 소망을 이루어 냈던 것이다. 포마는 그녀가 자신을 거의 완전하게 파악하고 있다는 사실을 분명히 알고 있었다. 내가 〈거의〉라는 말을 쓴 것은, 나스쩬까 또한 포마를 애지중지하고 있었고, 심지어 남편이 자신의 현자를 열광적으로 칭송할 때면 언제나 남편의 말을 지지하고 나섰기 때문이다. 그녀는 다른 사람들로 하여금 모든 점에서 자신의 남편을 존중하도록 만들고 싶었고, 따라서 포마 포미치에 대한 남편의 애착 또한 공공연하게 정당화했던 것이다. 물론 나는, 나스쩬까의 비단 같은 마음이 이전에 받았던 모든 모욕을 잊어버렸을 것이라 확신한다. 그녀는 포마가 그들 두 사람을 결합시켜 주었을 때, 그를 완전히 용서해 주었던 것이다. 그리고 또한 아마도 〈수난자〉이자 과거에 어릿광대였던 그에게, 많은 것을 요구할 것이 아니라 그 반대로 그의 마음을 치유해 주어야 한다는 아저씨의 생각에 전적으로 진지하게 공감하였던 것으로 보인다. 가난했던 나스쩬까 자신이 〈학대받은 사람들〉 중의 한 사람이었고, 자신도 고통을 받았기 때문에, 따라서 그것을 이해할 수 있었던 것이다. 한 달이 지나자 포마는 잠잠해졌고, 심지어 아주 상냥하고 온순하게 굴었다. 그 대신 그는 다른, 아주 기이한 발작 증세를 보이기 시작했다. 그는 종종 일종의 최면 상태로 빠져 들기 시작했고, 이는 모두를 극도로 놀라게 만들었다. 예를 들어 이 수난자는 어떤 이야기를 하다가, 혹은 미소를 지으며 웃다가, 돌연 한순간에 돌처럼 굳어 버리곤 했다. 그것도 발작이 있기 바로 직전의 마지막 순간에 취했던 바로 그 상태에서 굳어 버리는 것이다. 예를 들어 만일 그가 웃고 있었다면, 그렇게 입가에 미소를 띤 채로 정지해 버렸다. 만일 뭔가를, 가령 포크 같은 것을 쥐고 있었다면, 그 포크 또한 공중에 치켜 올린 손 안에 그대로 남아 있게 된다. 물론 그러고 나서 팔은 천천히 내려오게 되지만, 이미 포마 포미치는 아무것도 느끼지 못하며 어떻게 해서 손이 내려오게 되었는지 기억하지도 못한다. 그는 앉아서, 멍하니 바라보면서 눈을 깜박이기도 하지만, 그러나 아무 말도 하지 않으며 또 듣지도 이해하지도 못한다. 어떨 때는 한 시간 내내 그런 상태가 지속되기도 했다. 물론 집안의 모든 사람들은 무서워 죽을 지경이었고, 숨소리를 죽이고 발끝으로 걸어다니면서 울음을 터뜨리곤 했다. 마침내 포마가 극도의 피로를 느끼며 제정신으로 돌아와서, 그동안 내내 아무것도 듣지도 보지도 못했다고 주장한다. 어떤 사람이 그 정도로 위장을 하고 연극을 해가면서, 한 시간 내내 일부러 그런 고통을 참아야만 했을까? 그것은 단지 나중에 〈나를 보시오, 난 당신들보다 훨씬 고귀한 감정을 가지고 있어요!〉라고 말하기 위함이었으리라. 마침내 포마 포미치는, 〈매일같이 모욕을 가하고 불손하게 대한다〉는 이유로 아저씨를 비난하고서, 바호체예프 씨의 집으로 옮겨 가버렸다. 아저씨의 결혼 이후 여러 번 포마 포미치와 다투었던, 그러나 언제나 결국에는 포마에게 용서를 빌었던 스쩨빤 알렉세예비치가, 이번에는 아예 팔을 걷어붙이고서 이 일에 끼어들었다. 그는 포마를 열렬하게 환영하고 식사를 듬뿍 제공하고서, 그 자리에서 아저씨와 공식적으로 투쟁할 것을, 심지어 아저씨에 대해 소송을 제기할 것을 제안하였다. 그 어딘가에, 그와 아저씨 사이에는 분쟁거리가 될 만한 땅덩어리가 있었다. 그러나 그에 대한 분쟁이 일어난 적은 한 번도 없었는데, 아저씨가 아무런 논쟁 없이 그것을 스쩨빤 알렉세예비치에게 전적으로 양보하였기 때문이었다. 그런데 바흐체예프 씨는 아무런 통고도 없이 마차를 내어 도시로 달려가서, 그곳에서 손해와 손실을 보상해 줌과 동시에 공식적으로 그 땅을 자신의 소유로 해주는 판결을 구함으로써 자의적인 불법적 권리 행사와 탐욕을 처벌해 달라는 소송을 법원에 제기해 버렸다. 그런데 포마는, 바로 그 다음날 바흐체예프 씨의 집에서 허전한 마음을 달래고 있다가 잘못을 빌러 온 아저씨를 용서하고서, 다시 스쩨빤치꼬보로 돌아가 버렸다. 도시에서 돌아와 포마가 없음을 알게 된 바흐체예프 씨의 분노는 극에 달했다. 그러나 사흘이 지난 후, 그는 뉘우치며 스쩨빤치꼬보 마을에 나타나서, 아저씨에게 눈물을 흘리며 용서를 빌었다. 그리고 자신의 소송을 취하하였다. 아저씨는 바로 그날, 그와 포마 포미치를 화해시켰고, 스쩨빤 알렉세예비치는 다시 강아지처럼 포마 뒤를 졸졸 따라다니면서, 이전처럼 그가 하는 말 한 마디 한 마디에 이렇게 말하곤 하였다. 〈자넨 현명한 사람이야, 포마! 자넨 박식한 사람이야, 포마!〉

이제 포마 포미치는 무덤에, 장군 부인의 바로 옆에 누워 있다. 그 무덤 앞에는 여기저기서 인용해 온 애도의 말과 찬사의 말로 빽빽하게 가득 채워진, 하얀 대리석으로 만든 값비싼 기념비가 서 있다. 이따금 예고르 일리치와 나스쩬까가, 산책하는 길에 교회 영내로 찾아가 포마에게 경배를 드리곤 한다. 그들은 지금도 아무런 특별한 감정 없이는 포마에 대해 이야기하지 못한다. 즉 그의 말 한 마디 한 마디를 소중하게 다시 떠올리며, 그가 무엇을 즐겨 먹었는지, 무엇을 주로 좋아했는지 상기해 보는 것이다. 그의 유품들은 마치 보물처럼 소중하게 간직되어 있다. 스스로 이제 완전히 고아 처지가 되어 버렸다고 느끼면서, 아저씨와 나스쨔는 서로에 대해 더욱더 커다란 애착을 가지게 되었다. 하느님은 그들에게 아이를 주지 않았다. 이 사실을 그들은 매우 애석하게 여겼지만, 그러나 감히 입 밖에 내어 말하지는 않았다. 사셴까는 이미 오래전에 훌륭한 청년에게 시집을 갔다. 일류샤는 모스끄바에서 공부하고 있다. 따라서 아저씨와 나스쨔 둘만이 오붓하게 살게 되었는데, 그러나 서로에 대해 싫증을 내는 법이 없었다. 서로에 대한 걱정이 지나쳐 병이 될 지경이었다. 나스쨔는 끊임없이 기도한다. 내 생각으로는, 만일 두 사람 중 한 사람이 먼저 죽게 된다면 남은 다른 사람도 일주일을 넘기지 못할 것 같다. 아무튼 하느님께서 그들에게 장수를 허락하시길! 그들은 모든 사람들을 진심 어린 정성으로 대하며, 불행한 사람들에게 그들이 가진 모든 것을 기꺼이 나누어 주고자 한다. 나스쩬까는 성자전을 읽기 좋아하는데, 일반적으로 베푸는 선행으로는 아직 부족하다며 모든 것을 가난한 사람들에게 나누어 주고, 가난 속에서 행복을 찾아야만 한다고 진지하게 말하곤 한다. 만일 일류샤와 사셴까에 대한 걱정이 없었더라면, 아저씨는 이미 오래전에 그렇게 했을 것이다. 그는 전적으로 아내의 말에 동감하고 있었으니까. 쁘라스꼬비야 일리니츠나가 그들과 함께 살았는데, 모든 일에 있어서 그들의 기분을 맞추어 주었다. 영지를 관리하는 것도 그녀였다. 아저씨의 결혼이 있은 후 얼마 지나지 않아서 바흐체예프씨가 그녀에게 청혼하였지만, 그녀는 그것을 단호하게 거절하였다. 그것을 보고 사람들은 그녀가 수도원으로 들어갈 것이라고 말했지만, 그러나 그런 일은 없었다. 그녀의 천성에는 한 가지 독특한 점이 있었다. 그것은 사랑하는 사람 앞에서 한없이 자신을 낮추어, 늘 그들 눈에 띄지 않게 바라보면서, 가능한 한 그들의 기분을 맞추어 주려 하고, 그들에게 최선을 다해 봉사하려 하는 마음이었다. 이제 자신의 어머니였던 장군 부인이 죽고 나자, 그녀는 오빠와 헤어지지 않고, 모든 것을 나스쩬까의 마음에 들도록 하는 것이 자기의 의무라고 생각했다. 예졔비긴 영감은 아직도 살아 있으며, 최근에는 점점 더 자주 딸을 방문하고 있다. 처음에는 그 자신은 물론, 자신의 어린 새끼들(그는 아이들을 그렇게 불렀다)도 스쩨빤치꼬보 마을에 절대로 드나들지 못하도록 하여, 아저씨를 섭섭하게 만들었다. 이것저것 의심해 보는 그의 자기 중심적인 생각들은 때로 병이 될 지경이었다. 부잣집에서 자기와 같은 가난뱅이를 손님으로 맞아 주는 것은 동정심에서 그런 것이며, 실은 아주 뻔뻔하고 귀찮은 일로 여길 것이다, 이런 생각이 그를 괴롭혔던 것이다. 심지어 그는, 때로 나스쩬까의 도움마저도 거절하고, 정말 꼭 필요한 것이 아니면 받지 않았다. 아저씨로부터는 단호하게 어떤 것도 받으려 들지 않았다. 언젠가 정원에서 나스쩬까가 나에게, 자신의 아버지는 〈그녀를 위해서〉 스스로 어릿광대인 척한다고 말한 적이 있지만, 그것은 그녀가 잘못 생각한 것이다. 물론 그 당시 그가 무척이나 나스쩬까를 결혼시키고 싶어했던 것은 사실이다. 그러나 그는, 자신의 마음속에 쌓인 증오심을 해소하기 위한 내적인 요구 때문에 일부러 어릿광대 역할을 한 것이다. 조롱과 〈독설에〉 대한 요구는 그의 혈관을 타고 흐르고 있었다. 예를 들어 그는 스스로 진짜 비굴한 아첨꾼을, 희화적인 모습으로 연기해 보인다. 그러나 동시에 그는, 이건 단지 겉모습만 그러할 뿐이라는 점을 분명하게 보여 준다. 따라서 그의 아첨이 비굴해지면 비굴해질수록, 동시에 그 속에 숨어 있는 조롱 또한 더욱더 신랄해지고 더욱더 공공연하게 모습을 드러내는 것이다. 그것은 이미 그의 몸에 배어 버린 습관이 되었다.

그의 자식들은 모두 모스끄바와 뻬쩨르부르그에 있는 학교에 다닐 수 있게 되었는데, 이는 나스쩬까가 이 일은 모두 자기 자신의 재산으로 해결한 것이라고 분명하게 말했기 때문에 가능하였다. 그녀의 재산이란 바로 따찌야나 이바노브나가 그녀에게 준 3만 루블을 말한다. 사실 이 3만 루블을 따찌야나 이바노브나에게서 직접 받아 온 것은 아니었다. 다만 따찌야나 이바노브나가 모욕을 받았다고 슬퍼하지 않도록, 아저씨와 그녀가 갑작스럽게 돈이 필요한 일이 생기면 제일 먼저 도움을 요청하겠다고 약속하면서 그녀를 달래었다. 실제로 그렇게 하기도 했다. 두 번 정도 꽤 많은 액수의 돈을 일부러 그녀에게 빌려 썼던 것이다. 그러나 이제 3년 전에 따찌야나 이바노브나는 죽었고, 나스쨔는 그 3만 루블을 받게 되었다. 가엾은 따찌야나 이바노브나의 죽음은 참으로 갑작스러운 것이었다. 어느 날 모든 가족이 이웃에 사는 한 지주 댁의 무도회에 가기로 했다. 그녀가 무도회복을 입고 머리에는 하얀 장미로 만든 화관을 쓰자마자, 갑자기 어지러움을 느끼면서 의자에 앉았더니 그대로 숨을 거두었다. 그 화관을 쓴 채 그녀는 매장되었다. 나스쨔의 슬픔은 이만저만한 것이 아니었다. 아저씨의 집에서 따찌야나 이바노브나는 아기처럼 조심스럽게 보살핌을 받아 왔다. 그녀는 아주 현명한 유언을 남겨서 모두를 놀라게 했다. 나스쩬까에게 주는 3만 루블을 제외한 30만 루블에 이르는 전 재산을, 가난한 고아들의 양육과 그들이 이후 학교를 졸업하고 살아가는 데 필요한 상여금으로 사용해 달라는 유언을 남긴 것이다. 그녀가 죽던 해에 뻬레뻴리찌나 양도 시집을 갔다. 그녀는 장군 부인이 죽고 나서도, 따찌야나 이바노브나에게 어떻게든 아첨해 볼 요량으로 아저씨의 집에 그대로 머물러 있었다. 그러던 참에 저 멀리 있는 작은 마을인 미시노 — 일전에 우리가 따찌야나 이바노브나 때문에 오브노스낀과 그의 어머니와 한판 벌였던 바로 그 마을이다 — 의 관리 출신의 지주가 홀아비가 되었다. 이 관리는 소송을 벌이기를 지독하게 좋아했고, 전처에게서 태어난 여섯 명의 아이가 있었다. 그는 뻬레뻴리찌나에게 돈푼이나 있을 것이라고 지레짐작하고서, 사람을 보내 그녀에게 청혼을 하였고, 얼마 지나지 않아 그녀가 그 청혼을 승낙하였다. 그러나 사실 그녀는 암탉처럼 무일푼이었다. 그녀가 가진 것이라고는 모두 다 해서 은화 3백 루블뿐이었는데, 그나마도 결혼을 축하한다면서 나스쩬까가 그녀에게 선물로 준 것이었다. 요즈음 이 남편과 부인은 아침부터 밤까지 서로 쥐어뜯으며 살고 있다. 그녀는 아이들의 머리카락을 쥐어 뽑으며 주먹질을 해대곤 한다. 남편에게는(적어도 사람들은 그렇게 말들을 하곤 한다) 손톱으로 얼굴을 할퀴면서 자신이 중령의 딸이라며 욕지거리를 해대곤 한다. 미진치꼬프 또한 자리를 잡았다. 그는 현명하게도 따찌야나 이바노브나에 대한 계획을 포기하고서 농업 경영에 대한 공부를 조금씩 시작했다. 아저씨가 한 부유한 백작 지주에게 그를 추천하여 주었다. 그 백작 지주는 스쩨빤치꼬보에서 약 80베르스따 정도 떨어진 곳에 농노 3천의 영지를 가지고 있었는데, 어쩌다가 한번씩 자신의 영지에 들러 보곤 하였다. 주의 깊게 추천장을 읽어 본 백작은 미진치꼬프에게 능력이 있음을 간파하고, 이전의 영지 관리인이었던 독일 사람을 내쫓고서 그를 자신의 영지 관리인으로 채용하였다. 그 독일 사람은, 일반적으로 독일인은 매우 정직하다는 평과는 달리 보리수를 갉아먹듯 백작의 재산을 축내고 있었던 것이다. 5년이 지나자, 그 영지는 몰라볼 정도로 달라졌다. 농부들은 부유해졌고, 과거에는 불가능했던 각종 돈벌이가 생겨났다. 수입은 거의 두 배가 되었다. 한마디로 말해서 새 관리인은 아주 뛰어났던 것이고, 자신의 경영 능력을 전 현(縣)에 과시한 것이다. 그러니 만 5년이 지나서, 백작의 어떠한 간청과 보수를 두 배로 올려 주겠다는 말에도 불구하고 미진치꼬프가 자리에서 물러나겠다고 했을 때, 백작의 실망과 슬픔이 어떠했겠는가! 백

작은 이웃의 다른 지주나 혹은 다른 현의 지주가 그를 빼앗아 간 것이라고 생각했다. 그러나 자리를 물러난 후 두 달이 지나자, 갑자기 이반 이바노비치 미진치꼬프는 백작의 영지에서 약 40베르스따 정도 떨어진 곳에서, 과거에 그가 사귀었다는 어떤 은퇴한 기병에게서 사들였다는 농노 1백의 영지의 지주가 되어 나타났다. 그때 사람들은 또한 얼마나 놀랐겠는가! 그는 즉각 이 농노 1백의 영지를 담보로 돈을 빌렸고, 1년이 지나자 그에게 농노 60명의 영지가 더 생겨났다. 이제 그는 당당한 지주가 되었고, 그의 경영 능력은 타의 추종을 불허하였다. 모두가 이상하게 생각한다. 어떻게 그가 그 돈을 얻을 수 있었을까? 어떤 사람들은 다 알겠다는 듯 단지 머리를 끄덕일 뿐이다. 하지만 이반 이바노비치는 전혀 태평이었고, 자신이 전적으로 정당하다고 생각하고 있다. 그는 모스끄바에 살고 있는 자신의 누이동생, 즉 그가 스쩨빤치꼬보로 떠나올 때 구두를 사 신으라고 마지막 남은 3루블을 주었던 바로 그 착한 누이동생을 불러들였다. 그녀는 비록 이미 젊다고 할 수는 없었지만 온순하고, 사랑스럽고, 교육을 잘 받은 아가씨였다. 다만 지나치게 겁이 많았다. 그녀는 모스끄바에서 내내, 어떤 착한 노부인의 말 상대 노릇을 하면서 이리저리 떠다니며 살아가고 있었다. 이제는 오빠를 공경하면서 그의 집을 관리해 주고 있는데, 오빠의 뜻을 법으로 여기며 자신은 매우 행복하게 살고 있다고 생각하고 있다. 오빠는 그녀를 귀여워하기보다는 다소 억압적으로 대하고 있는데, 그녀는 그렇게 생각하지 않았다. 스쩨빤치꼬보 사람들은 그녀를 매우 좋아하고 있으며, 바흐체예프 씨가 그녀를 대하는 태도가 심상치 않다고 말하고들 있다. 그가 청혼할 작정이지만 거절당할까 두려워하고 있다는 것이다. 하지만 바흐체예프 씨에 대해서는 다음 기회에 다른 이야기에서 보다 상세하게 이야기하도록 하자.

  이제 등장 인물 모두에 대해 말한 것 같다……. 아하! 잊어버리고 있었군. 가브릴라는 이제 매우 늙었고, 프랑스 어는 까맣게 잊어버렸다. 팔랄레이는 매우 훌륭한 마부가 됐고, 가엾은 비도쁠랴소프는 오래전에 정신 병원에 들어갔다. 아마 그곳에서 죽었을 것이다……. 조만간 스쩨빤치꼬보에 갈 작정인데, 그때 꼭 그에 대해 아저씨에게 물어봐야겠다.

역자 해설
도스또예프스끼의 발전의 중간 단계

1

도스또예프스끼의 소설 『스쩨빤치꼬보 마을 사람들』(이하 『스쩨빤치꼬보 마을』로 약칭함)은 1859년 11월, 12월 두 차례에 걸쳐 『조국 수기』지(誌)에 게재되었다. 이 작품은 도스또예프스끼가 『아저씨의 꿈』과 함께, 시베리아 유형을 막 끝마치고 돌아온 이후에 쓴 작품이다. 일반적으로 도스또예프스끼는 작품의 구상과 집필 과정에 대한 소상한 기록과 편지를 남김으로써 작품에 대한 작가의 창작 의도를 비교적 쉽게 추적할 수 있게 해주는 작가에 해당하지만, 이 작품의 경우는 작가 자신의 기록이 그리 많지 않다. 작가가 1859년 5월 9일, 자신의 형 미하일에게 보낸 편지[1]를 통해 이 작품의 창작 과정과 관련된 작가 자신의 정황과 생각을 살짝 들여다볼 수 있는 정도이다. 편지는, 한때 러시아 문학 비평계를 떠들썩하게 만들며 소설가로서 성공적으로 출발했던

---

[1] 이 편지에 대해서는 유리 띠냐노프의 논문 첫머리를 참조할 수 있다. 한편 이 편지에서 도스또예프스끼는 다음과 같이 말하고 있다. 〈아직 잘 모르겠어요. 까뜨꼬프(도스또예프스끼가 『스쩨빤치꼬보 마을』을 처음으로 출판하고자 했었던 『러시아의 말』지(誌)의 편집자)가 이 작품을 좋게 평가해 줄지 말입니다. 하지만 독자들이 내 소설을 차갑게 받아들인다면, 솔직히 말해서 전 절망에 빠지게 될지도 몰라요. 여기에 내가 가질 수 있는 모든 희망을 걸고 있으며, 특히 제 문학적 명성이 굳건해지리라는 기대를 걸고 있어요.〉(1859년 5월 9일, 형에게 보내는 편지)

도스또예프스끼가 외부적 상황(뻬뜨라셰프스끼 사건으로 인한 투옥과 유형)으로 인해 근 10년 간의 단절을 겪고 새로운 재기를 다짐해야만 했던 그 당시의 초조함을 절절하게 전달해 주는 한편, 바로 그렇기 때문에 도스또예프스끼가 이 작품에 대해 품고 있었던 애정(당시 작가는 이 작품에 대해 자신의 〈가장 훌륭한 작품〉이라는 자기 평가를 내리고 있다)을, 그리고 무엇보다 이 작품과 관련해 작가가 설정했던 창작 의도, 즉 〈두 거대한 전형적 성격〉의 형상화를 개략적으로 보여 주고 있다.

〈두 거대한 전형적 성격〉이란 물론 작품의 주인공 포마 포미치 오삐스낀과 예고르 일리치 로스따네프를 지칭하는 것이며, 이 편지와 작품 자체를 통해 알 수 있듯이 이 두 인물에 대한 이해는 이 작품을 이해하는 키워드이다. 또한 바로 이 두 인물, 그리고 그들을 둘러싼 관계들의 형상화라는 관점에서 보자면 『스쩨빤치꼬보 마을』은 작가의 정신사적, 예술사적 흐름의 중간 지점에서 시간적으로 양면을 바라보는 시선을 보여 주고 있는데, 이 시선을 이해하기 위한 키워드가 바로 〈두 거대한 전형적 성격〉이기도 하다. 그 시선이 닿는 한쪽 면에는 1840년대 후반 러시아 문학계의 일대 스캔들이었던 고골의 『친구들과의 왕복 서한』(이하 『서한』으로 약칭함)과 이에 대한 벨린스끼의 비판적 편지가 놓여 있다.[2] 이는 더 거슬러 올라가 도스또예프스끼의 처녀작부터 그를 둘러싸고 있었던 당대 비평가들의 쟁점, 즉 〈도스또예프스끼와 고골〉이라는 문제에 닿아 있다.

다른 한쪽 면에는 이 소설에서 아직 충분히 발전하지 못한, 그러나 동시에 이미 도스또예프스끼적인 모양을 갖추어 나가고 있

2 또한 이 문제는 도스또예프스끼가 이 소설의 집필을 마쳐 가던 1857년 당시 러시아 문단의 쟁점으로 대두되었던 것이기도 하다. 즉 고골의 편지 모음집이 발간되고(꿀리쉬 판), 그에 대한 체르니셰프스끼 등의 평론이 이 시기에 씌어졌다.

는 이른바 인물들과 그들 간의 상호 관계가 자리 잡고 있다. 예컨대 『백치』에서 그가 형상화하고자 했던 〈아름다운 인간〉의 문제, 『까라마조프 씨네 형제들』에서 이반 까라마조프와 스메르쟈꼬프로 하나의 절정을 획득하고 있는 정신적 분신성의 문제 등이 『스쩨빤치꼬보 마을』에서 이미 태아적 형상으로 나타나 있는 것이다. 따라서 이 작품에 대한 해석은 바로 이 두 방향의 시선이 닿아 있는 그곳에 대한 고찰에서 시작된다.

2

고골이라는 문제는 도스또예프스끼의 예술적 출발의 근원에 자리 잡고 있다. 그와 문학적 시대를 공유했던 문학가들에게 도스또예프스끼와 고골의 내용적, 형식적 유사성은 즉각 감지되었다. 그의 처녀작 『가난한 사람들』에서 비평가들은 〈새로운 고골〉(악사꼬프)을 보았고, 고골은 도스또예프스끼의 〈문학적 아버지〉(벨린스끼)로 간주되었으며, 심지어 도스또예프스끼는 고골의 〈모방자〉이자 〈차용자〉(아뽈론 그리고리예프)로 평가되기도 하였다.[3] 이에 대해 도스또예프스끼는 직접적인, 그러나 함축적인 답변을 한다. 〈우리 모두는 고골의「외투」에서 나왔다.〉

〈나왔다〉라는 러시아 어 동사가 갖는 이중성에 주목해 볼 필요가 있다. 그것은 자신이 자라 나온 뿌리의 존재를 말할 뿐만 아니라, 동시에 그것과의 단절과 분리를 의미하기도 한다. 이러한 의미에서 그것은 계승이자 투쟁이다. 그렇다면 도스또예프스끼가 자라 나왔을 뿐만 아니라 동시에 단절되고 분리되었던 그 〈고골〉

---

3 〈도스또예프스끼와 고골〉에 대해서는, S. G. 보차로프의 「고골에서 도스또예프스끼로」, 『문학적 양식의 전환』(모스끄바, 1974); Iu. N. 띠냐노프의 「도스또예프스끼와 고골」, 『시학, 문학사, 영화』(모스끄바, 1977) 참조.

이란 도스또예프스끼 자신에게, 특히 『스쩨빤치꼬보 마을』에서 어떤 의미를 지니고 있을까? 이 문제와 관련해서 개략적으로나마 고골을 살펴보고자 한다. 『소(小) 문학 백과 사전』은 고골을 다음과 같이 설명하고 있다.

> 제정 러시아의 사회적 결함을 폭로하는 고골의 작품은 러시아 비판적 리얼리즘의 정립에서 중요한 한 고리를 구성하고 있다. 고골 이전의 러시아에는 사회적 삶의 일상적이고 평범한 측면을 그토록 심오하게 관통하는 풍자가의 시선이 존재하지 않았다. 고골의 희극성이란 정지되어 있는, 일상적인, 이미 관성의 힘을 얻은 희극성, 〈사소한 삶〉의 희극성이다. 여기에 이 풍자가는 거대한 보편적 의미를 부여하고 있는 것이다.[4]

「외투」, 「네프스끼 거리」, 희극 「검찰관」, 『죽은 혼』 등의 작품에서 〈제정 러시아의 사회적 결함〉의 폭로자이자 풍자가로 등장했던 고골은 그러나 1840년대 중후반 정신적 위기를 겪으면서 종교적 설교가로 변모하게 된다. 러시아 사회의 구원을 러시아 정교의 전통에서 찾고 있는 그의 팸플릿 『서한』(이 팸플릿은 제목 그대로 고골이 자신의 친구들에게 보내는 편지의 형식으로 씌어 있다)이 1847년 출간되었고, 그것은 러시아 문단에서 말 그대로 하나의 스캔들이 되었다.[5]

이 팸플릿에 대해 당시 결핵으로 잘츠부르크로 요양을 가 있던 진보적 비평가 벨린스끼는 매우 격렬한 비판의 편지를 보내고, 이로 말미암은 당시 러시아 문학계의 두 거두 간의 〈유언〉의 투쟁[6]은 당시 청년 문학가였던 도스또예프스끼의 운명에 커다란 영향

---

4 『소(小) 문학 백과 사전』(모스끄바, 1964, 제2권, p. 216). 또한 벨린스끼의 다음과 같은 평가도 참조할 수 있다. 〈고골의 등장과 함께 우리 문학은 러시아의 삶으로, 러시아의 현실로 전향하고 있다.〉(벨린스끼, 『전집』, 모스끄바, 1955년, 9권, p. 438)

을 미치게 된다. 우선 그 직접적인 영향은 도스또예프스끼의 투옥과 유형으로 나타났다. 도스또예프스끼로 하여금 〈신념의 재탄생〉[7]을 낳게 하였던 그의 시베리아 유형은 뻬뜨라셰프스끼 사건으로 거슬러 올라간다. 이 사건을 이해하기 위해서는 간략하게나마 당시 러시아의 정치적 상황을 이해할 필요가 있다. 뻬뜨라셰프스끼 사건 당시 러시아는 니꼴라이 1세의 반동 정치 하에 있었다. 즉위 이후 반동 정책을 고수해 왔던 니꼴라이 1세의 정책은 1848년 유럽 혁명으로 인해 더욱더 경직되었다. 1855년 니꼴라이 1세의 사망 이후 알렉산드르 2세의 즉위 이전까지 러시아의 정치는 〈암흑의 7년〉이라는 표현이 말해 주듯, 진보적 인사에 대한 공공연한 탄압과 그리스 정교, 전제 정치, 나로드니즘[8]이라는 3대 슬로건이 대표하는 공식적 이데올로기의 강제적 유포로 특징 지어지는 시기였다.[9]

바로 이 암흑의 시기를 도스또예프스끼는 사회주의자(푸리에주의자)로 살아가고 있었다. 1849년 당시 28세의 문학 청년 도스

5 고골의 이러한 〈전향〉은 자신의 과거의 작품에 대한 부정과 전혀 새로운 작품에 대한 모색이라는 점에서 똘스또이의 종교적 전향에 비견되기도 한다(V. 나보꼬프, 『러시아 문학 강의』, 모스끄바, 1996, pp. 105~123 참조). 나보꼬프가 지적하듯이 양자의 차이 또한 명백하다. 똘스또이가 전향 이후에도 『부활』, 『하지 무라뜨』와 같은 작품을 쓸 수 있었던 반면, 고골은 전향 이후 『서한』을 제외한 순문학 작품을 더 이상 쓰지 못했다. 그에 의해 소각되었던 『죽은 혼』 2부가 단편적으로 남아 있을 뿐이다.

6 고골의 『서한』의 첫번째 편지의 제목은 〈유언〉이다. 또한 벨린스끼를 동반해서 같이 잘츠부르크에 갔던 안넨꼬프는 벨린스끼가 「고골에게 보내는 편지」를 자신의 유언으로 간주했다는 소식을 전해 주고 있다.(P. V. 안넨꼬프, 『문학적 회상』, 모스끄바, 1960, p. 368)

7 모출스끼, 「도스또예프스끼: 삶과 창작」, 『고골, 솔로비요프, 도스또예프스끼』(모스끄바), p. 291

8 러시아에서 19세기 후반에 발전한 유토피아 사회주의 운동.

9 V. F. 예고로프, 「19세기 러시아 문화사 개요」, 『러시아 문화사로부터』, 제5권, 19세기』(모스끄바, 1996), pp. 31~87

또예프스끼의 뜨거운 가슴은 짜르의 폭압 정치에 대한 저항으로 자신을 내몰았고(모출스끼에 따르면 이때까지 도스또예프스끼는 진보적 비평가 벨린스끼의 충실한 〈학생〉이었다), 그는 공상적 사회주의자 뻬뜨라셰프스끼 모임의 한 인물로서 활동하게 되었다. 흥미로운 것은 이 사건과 관련해서 도스또예프스끼가 유죄 판결을 받는 데 결정적인 역할을 한 것이 바로 고골의 『서한』과 이에 대한 벨린스끼의 편지였다는 사실이다. 저간의 사정은 이러하다. 어느 뻬뜨라셰프스끼의 모임에서 도스또예프스끼는 고골의 『서한』을 비판하는 벨린스끼의 편지를 낭독하게 되었다. 물론 벨린스끼의 편지는 당대의 금서 목록에 포함되어 있던 것이다. 도스또예프스끼에 대한 최종 판결문에는 그의 유죄의 근거로 바로 이 편지의 낭독과 유포가 언급되어 있다. 그는 〈불온 문서 유포죄〉에 해당하는 범죄를 저질렀던 것이다.

이제 8년 간의 〈신념의 재탄생〉 기간 동안 도스또예프스끼가 고골의 이 작품과 그에 대한 벨린스끼의 편지를 얼마나 곱씹었을 것인가를 짐작하는 일은 그리 어렵지 않다. 띠냐노프의 논문 「도스또예프스끼와 고골」은 바로 『서한』에 등장하는 고골의 발화와 고골이라는 개인 자체가 포마 오삐스낀에 대한 묘사의 질료로서 사용되고 있다는 사실을 어떻게 보면 지나칠 정도로 세세한 비교와 전기적 자료의 활용을 통해 탁월하게 보여 줌으로써 포마 포미치의 발화가 갖는 시대적인 근거를 제시해 주고 있다. 패러디를 텍스트들 사이의 관계 양식, 즉 패러디하는 텍스트에 의한 패러디되는 텍스트의 뒤집기, 그로 인한 장르적 특징의 변화(비극에서 희극으로, 혹은 희극에서 비극으로)로 파악하는 띠냐노프는 고골의 『서한』에 대한 도스또예프스끼의 패러디가 고골의 팸플릿이 가지고 있는 장중하고도 비극적인 음조를 희극화하는 데 초점을 맞추고 있다는 사실을 중시한다. 따라서 고골의 『서한』의 내용적인 테제들에 대한 도스또예프스끼 개인의 비판적인 태도는 띠냐노프에게 중요하지 않으며, 이는 고골에 대한 도스또예프스끼의 형식적 패러디와 〈아주 우연하게 일치되는 것일 뿐〉이라고 말하고 있다.

반면 몇몇 비평가들에게 도스또예프스끼의 패러디는 후기 고골의 사상에 대한 직접적인 공격으로 비쳤다. 예컨대 모출스끼는 도스또예프스끼가 『스쩨빤치꼬보 마을』에서 고골에 대한 복수를 하고 있다고 보았으며 이러한 복수를 〈자신의 스승인 고골을 부당하게 격하시키는 것〉으로 평가하였다.[10] 19세기의 러시아 문학사를 〈미학에서 종교로〉라는 방향에서 읽으며, 도스또예프스끼와 똘스또이를 그 최절정에, 그리고 고골의 『서한』을 그 출발점에 위치시키고 있는 모출스끼의 입장에서 보면, 스승의 사상을 계승할 제자가 그 스승을 비웃는 『스쩨빤치꼬보 마을』은 역설적이기조차 한 작품이다.

고골에 대한 패러디를 어떤 각도에서 바라보든, 그것이 형식을 겨냥한 것이든, 혹은 내용을 겨냥한 것이든, 패러디라는 사실 자체는 『스쩨빤치꼬보 마을』이 갖는 확고부동한 진실로 보인다. 그러나 이는 그것이 고골이라는 개인과 관련되는 한, 〈일면의 진실〉인 것으로 보인다. 다시금 우리는 도스또예프스끼의 패러디의 의도를 물어야 할 것이다. 고골의 『서한』에 대한 당대의 한 문학가의 반응은 『서한』의 무엇이 문제였는지를 보여 준다. 고골의 벗이자 당대의 중견 문학가인 악사꼬프는 고골의 편지에 대해 다음과 같은 반응을 보이고 있다.

내 친구여, 나는 단 한순간도 그대 친구들에 대해 그대가 가지고 있을 신념과 선한 의도의 진정성을 의심해 본 일이 없어. 하지만 솔직하게 말해서 나는 그러한 확신이, 특히 〈그것이 드러나는 형식이〉 불만스럽군. 심지어 두렵기까지 해. 난 이제 쉰세 살이야. 난 그대가 태어

10 모출스끼, 같은 책, pp. 300~306

나기도 전에 종교 저술가인 포마 쨈뻬스끼를 읽고 있었어……. 만일 그것이 진정성을 갖고 있다면 난 어떠한 신념도 비난하지 않아. 그런데 어떤 것도 받아들이지 못하겠군. …… 난데없이 자네는 내게, 마치 꼬마에게나 하듯이 포마 쨈뻬스끼를 읽으라고 강압적으로 말하는군. 규칙적인 시간에, 커피를 마시고 난 다음 마치 수업 시간에 그러하듯이 책의 부분을 나누어 가면서 말이야……. 우습기도 하고 모욕적이기도 하고…….[11]

악사꼬프는 바로 고골이 취하고 있는 어떤 포즈(그의 신념이 〈드러나는 형식〉)가 『서한』에서 고골이 가진 문제임을 보여 주고 있다. 적어도 악사꼬프에게는 그 포즈의 진정성의 문제, 즉 그 포즈가 얼마나 내용을 갖춘 포즈인가의 문제는 의심의 대상이 아니었던 것으로 보인다. 그러나 도스또예프스끼에게 그 포즈는 그나마의 진정성을 잃어버린, 포즈를 위한 포즈 취함으로 드러나고 있다. 그것은 내용 없는 포즈, 석화(石化)되어 굳어 버린 포즈이다. 말년의 포마 포미치에 대한 묘사를 보자.

> 그는 다른, 아주 기이한 발작 증세를 보이기 시작했다. 그는 종종 일종의 최면 상태로 빠져 들기 시작했고, 이는 모두를 극도로 놀라게 만들었다. 예를 들어 이 수난자는 어떤 이야기를 하다가, 혹은 미소를 지으며 웃다가, 돌연 한순간에 돌처럼 굳어 버리곤 했다. 그것도 발작이 있기 바로 직전의 마지막 순간에 취했던 바로 그 상태에서 굳어 버리는 것이다. …… 어떤 사람이 그 정도로 위장을 하고 연극을 해가면서, 한 시간 내내 일부러 그런 고통을 참아야만 했을까? 그것은 단지 나중에 〈나를 보시오, 난 당신들보다 훨씬 고귀한 감정을 가지고 있어요!〉라고 말하기 위함이었으리라.(pp. 341~342)

무릇 진정성을 갖는 포즈란 그 포즈가 보여 주어야 할 내용에 상응하는 것이어야 할 것이다. 그렇지 못할 때 그것은 한갓 포즈

---

11 고골에게 보내는 악사꼬프의 편지, 나보꼬프, 앞의 책, p. 114에서 재인용, 강조는 필자가 한 것임.

취함일 뿐이다. 한 도스또예프스끼 비평가는 포마 포미치에게서 몰리에르의 희극 『타르튀프』의 주인공 악당이자 사기꾼인 타르튀프(러시아 판 타르튀프)를 보았다.[12] 그러나 포마 포미치는 단순한 악당이자 착한 사람을 의도적으로 등쳐먹으려고 하는 사기꾼이 아니라 자신의 정체성마저도 알지 못하는 위선자(僞善者)이다. 위선이란 무엇보다 〈무엇무엇인 체하는 것〉이다. 내용과 괴리된 형식(포마 포미치의 경우 위선으로 드러나고 있는 포즈)에 대한 도스또예프스끼의 비판은 바로 그 순간 러시아 근대화의 비극으로 이어진다.

러시아의 근대화는 처음부터 내용과 형식의 괴리를 안고 있었다. 시민 계층과 그에 상응하는 시민 의식의 성숙이 없는 상태에서 서유럽의 제도와 정치 사상을 위로부터 이식하는 방식으로 이루어진 러시아의 근대화[13]의 모순은, 예컨대 예까쩨리나 여제(1762~1796)에 이르러서는 〈효력이 발생하지도 않는 법률을 제정하고 실제적으로는 입법 활동을 하지 못할 입법 기관들을 설립하는 따위의 행위로써······ 자신의 정체를 폭로하는 정부의 고의적인 선동 정치에 이르기까지〉[14] 이상과 현실의 괴리, 포즈만으

---

12 A. 알렉세예프, 「도스또예프스끼의 극적 실험에 대하여」, 『도스또예프스끼의 창작』(오데사, 1971, pp. 41~62). 실제로 『스쩨빤치꼬보 마을』의 플롯과 인물 배치는 몰리에르의 희극 『타르튀프』의 그것을 따르는 측면이 있다. 포마 포미치는 타르튀프이고 로스따네프 중령은 오르공, 그의 어머니는 페르넬 부인, 그리고 사기꾼에 대항해서 싸우는 화자 세르게이 알렉산드로비치와 나스쩬까는 각각 몰리에르의 다미스와 엘미라에 상응한다(모출스끼, 위의 책, p. 303).

13 유럽적 제도의 위로부터의 이식은 뾰뜨르 대제(1672~1725)에서 시작된다. 그의 개혁은 유럽의 의회 제도를 도입하는 방식으로 이루어지지만, 그러나 이 의회는 황제의 명령 하나로 쉽게 좌지우지되는 형식적인 의회에 불과했다.

14 Iu. M. 로뜨만, 「홀레스따꼬프」, 『러시아 기호학의 이해』(이인영 엮음, 서울, 1993), pp. 400~401

로 이루어진 정의(正義)와 겉으로만 추구하는 유럽화로 점철되는 과정에서 해결 없이 쌓여만 가는 악무한(惡無限)의 과정이었다. 흥미로운 것은 그러한 내용과 형식, 이상과 현실의 괴리가 당시 러시아 일부 지식인들의 행위 양식으로까지 전이되어, 자신의 정체성을 상실해 버리고 자신과 다른 사람들에게 쉽게 〈거짓말〉(그것이 의도적이든, 혹은 자신도 그것이 거짓말이라는 사실을 의식하지 못하고 믿어 버리든)을 허락하는 지식인 유형을 낳게 되었다는 점이다.

이러한 행위 양식의 한 특징은 그 위선의 포즈가 갖는 자기 모순에 대해 예상치 못한 반격을 받으면 쉽사리 분노와 강압으로 돌변해 버리는 성격을 갖는다는 점이다.

> 「하지만 바로 자네도 알고 있잖아, 포마. 지금 물어보고 있을 정도로 말이야.」 당황한 아저씨가 단순한 마음에서 이렇게 대답했다.
> 「뭐라고요! 내가 알고 있다고요? 내가…… 내가…… 즉 내가……! 나를 모욕했어!」 포마가 갑자기 의자에서 벌떡 일어나, 〈분노로 숨을 헐떡이면서〉 소리쳤다.[15] (pp. 132~133)

포즈의 가면이 벗겨지는 그 순간 포즈는 그 자체에 대한 과격한 부정으로 연결되어 버린다. 예컨대 니꼴라이 1세의 반동 정책은 형식적인 서구화가 그 형식에 상응하는 내용을 요구할 때 자신의 원래 정체를 드러내어 버림으로써 복수한다는 것을 웅변적으로 보여 주는 것이 아닐까? 물론 『스쩨빤치꼬보 마을』에서 포마 포미치의 분노는 대마밭에 몸을 숨기고 팔랄레이가 춤을 추기를 기다리는 다소 우스꽝스러운 형상으로 드러나지만 작가는 포마 포미치의 꼭두각시 인형 비도쁠랴소프의 파멸을 통해 포즈뿐인 삶이 가질 수도 있는 비극성의 한 단면을 보여 주고 있다. 포마 포

---

15 강조 표시는 필자가 한 것.

미치의 포즈를 자신의 삶 전체로 고스란히 받아들였던 비도쁠랴소프의 최후의 결말(정신 병원에서의 죽음)은 포즈뿐인 삶이 얼마나 위험하고 비생산적인가를 날카롭게 경고해 주는 것이다.

여기서 우리는 고골에 대한 패러디가, 포마 포미치라는 형상을 통해서 겨누고 있는 비판의 칼날이, 고골이라는 한 개인을 넘어서서 러시아의 근대화가 갖는 모순을, 그리고 그 모순에 침윤당한 러시아의 일부 지식인들의 비생산적인 삶을 향하고 있다는 것을 알 수 있다.[16] 그리고 바로 이 지점에서 도스또예프스끼가 의도했던 〈거대한 두 전형적 성격〉 중 하나에 대한 형상화가 성공을 거두고 있는 것이다.[17]

『스쩨빤치꼬보 마을』에서 문제의 출발점이 포즈뿐인 삶에 대한 패러디를 이용한 비판이라면 또 하나의 포즈, 그러나 명백히 질을 달리하는 로스따네프 대령의 포즈는 그 해결에 대한 길 찾기의 결과로 보인다. 그의 포즈는 모든 것에 대한 관대함, 남자다움에 대한 의식적 지향 그리고 솔직함이다. 포마 포미치와 로스따네프 대령의 포즈의 차이는 후자가 자신의 포즈의 구체적인 실현을 끊임없이 지향한다는 것과, 그것을 의무로 간주하고 실천하

---

16 도스또예프스끼는 고골이 취하는 포즈가 얼마나 쉽게 허물어질 수 있는가를 의식하고 있었다. 예를 들어 그는 한 편지에서 다음과 같이 말하고 있다. 〈위대함이라는 구름으로 위장하는 것은(예를 들어 『서한』에서 고골의 어조가 그러하지요) 솔직하지 못한 일입니다. 솔직하지 못한 것은 심지어 경험 없는 작가일지라도 본능적인 감각으로 알 수 있지요. 이것은 〈제일 먼저 드러나 버리게 되는 것〉입니다.〉(이반 악사꼬프에게 보내는 편지, 띠냐노프, 「도스또예프스끼와 고골」에서 재인용, 강조는 필자.)

17 이러한 점에서 V. N. 뚜르빈의 다음과 같은 평가는 전적으로 타당하다. 〈포마 포미치 오뻬스낀의 형상 속에서 러시아 문학의 서로 대립적인 두 인물, 그러나 똑같이 어떤 교훈주의로 가득하고 단순화된 계몽주의로 경사하고 있는 두 적대적인 활동가가 의도적으로 통일되고 있다.〉(V. N. 뚜르빈, 「도스또예프스끼에 대한 두 연습곡」, 『바흐젠 논문집, 3권』(모스끄바, 1997), pp. 154~155)

고자 한다는 점에 있다. 그렇다면 『스쩨빤치꼬보 마을』에서 포마 포미치와 로스따네프 아저씨의 대립은 〈위선과 솔직함〉의 대립 구도로도 볼 수 있을 것인데, 이러한 대립 구도는 작품의 부차적인, 그러나 흥미를 끄는 두 인물 비도쁠랴소프와 팔랄레이(거짓말을 모르는 솔직함의 화신)의 대립 구도로 투사되고 있다.

이 두 인물을 매개하는 또 하나의 자질은 〈춤〉일 것이다. 즉 팔랄레이가 〈저 대담한 동기의 속도를 따라잡으며〉 추는 꼬마린스끼와 비도쁠랴소프의 이름이 갖는 의미에서 등장하는 춤이 그것이다. 러시아 어로 〈비도〉는 겉으로 드러나는 형상, 형태를 의미하고 〈쁠랴소프〉는 춤을 의미하는 쁠랴스까에서 유래한 것이다. 그의 이름을 번역해 보자면 〈춤추는 자의 형상〉이 될 것이다. 물론 이는 포마 포미치의 손바닥에서 춤추고 있는 꼭두각시 인형의 춤을 연상시킨다. 작품의 결말에 두 인물의 운명이 비교되어 있는 것도 우연은 아닌 것이다. 〈팔랄레이는 매우 훌륭한 마부가 됐고, 가엾은 비도쁠랴소프는 오래전에 정신 병원에 들어갔다. 아마 그곳에서 죽었을 것이다…….〉(p. 348)

〈두 거대한 전형적 성격〉의 역사적인 함의가 밝혀지는 순간, 그것이 위선과 솔직함의 대립 구도로, 당대 러시아의 문제와 그에 대한 하나의 해결책의 구도로 나타나는 순간, 『스쩨빤치꼬보 마을』의 문제 틀은 이미 고골의 문제 틀을 넘어서서 이후 도스또예프스끼의 대작들에 나타나고 있는 작가의 정신적, 예술적 문제 틀을 선취하게 된다고 하겠다.

3

이 소설은 소설의 구성과 전개 방식에서 지극히 도스또예프스끼적이다. 주로 대화에 의거한 장면 장면들, 이틀이라는 짧은 시간과 제한된 공간에서 이루어지는 극적인 사건의 전개, 약간의 손질을 가하면 그대로 연극화될 수 있을 것으로 보이는 이러한 구성이야말로 도스또예프스끼적 시학의 전형적인 특징이다. 이러한 도스또예프스끼적 소설 구성 외에도 우리는 이후 성숙한 도스또예프스끼에게서 나타나는 인물들의 맹아를 『스쩨빤치꼬보 마을』에서 발견할 수 있다.

그 대표적인 인물이 로스따네프 아저씨라 할 수 있을 것이다. 그 형상에 있어서 로스따네프 아저씨는 이후 『백치』의 미쉬낀의 모습을 선취하고 있다. 그들의 공통점은 그리스도의 형상, 그리스도가 십자가에서 취했던 그 포즈(『백치』에 등장하는 홀바인의 그림을 보라)를 단순히 포즈 취함의 차원에서가 아니라 그것이 가져야 할 내용, 포즈 자체의 진정성의 차원에서 박진감 있게 추구하고 있다는 점에 있다. 도스또예프스끼는 이러한 인간 유형을 〈아름다운 인간〉으로 승화시키고 있는데, 그 아름다움은 완전성이 아니라 그들이 가진 결함(아저씨의 소박함이 불러일으키는 웃음, 미쉬낀의 백치성)과 직접적으로 결합되어 있는 그들의 소박한 본성에 있다. 소설의 화자는 아저씨를 다음과 같이 묘사하고 있다.

> 아저씨가 매우 착한 사람이라는 사실은 말할 필요도 없다. 그는 …… 매우 섬세한 사람이며, 고매한 선량함과 이것저것 경험해 본 남자다움을 갖춘 사람이다. 나는 감히 〈남자다움〉이라고 말한다. 왜냐하면 그는 의무 앞에서 뒷걸음질치지 않는 사람이며, 의무를 다하는 일이라면 어떤 장애도 두려워하지 않을 사람이기 때문이다. 그는 〈마치 어린아이같이 깨끗한 영혼의 소유자〉이다.[18] (p. 28)

먼저 소설 속 화자의 정신적인 미성숙함이 지적되어야 할 것이

---

18 강조 표시는 필자가 한 것.

다. 화자는 자신의 말처럼 〈단지 빌어먹을 스물두 살〉일 뿐인 젊은이이다. 소설 속에서 정신적인 미성숙으로 인해 그는 여러 차례의 실수를 반복하고 그는 그 실수를 〈젊으니까 용서될 수도 있을 것〉이라고 자위하지만, 바로 그러한 자위 자체가 또한 정신적 미성숙의 징표이다. 이러한 점으로 미루어 볼 때 그의 아저씨에 대한 평가가 (포마 포미치를 그의 〈학대받음으로 인한 자존심의 왜곡〉으로 설명하는 것과 마찬가지로) 한편으로는 정확하지만 동시에 그것이 완전하다고 믿기는 어렵다. 그는 로스따네프 대령의 자질을 알고 표현할 수 있지만 그것이 가진 힘에 대해서는 완전히 파악하지 못하고 있다. 로스따네프 대령이 가진 힘은 무엇보다도 모든 것에 대한 관대함이며 타인에 대한 사랑이고 무엇보다도 인간의 선한 본성에 대한 믿음이다.

물론 『백치』의 미쉬낀과 로스따네프 대령의 차이 또한 뚜렷하다. 무엇보다도 『백치』의 미쉬낀이 보여 주는 비극성이, 그리스도의 모방이라는 행위 자체가 당대적 조건 속에서 가질 수밖에 없는 바로 그 비극성이 로스따네프 대령에게는 결여되어 있다. 이러한 점에서 그는 〈아름다운 인간〉의 태아 단계의 형상에 위치하고 있다고 할 수 있다.

4

모든 대가의 작품이 그러하듯이 이 소설은 이러저러한 설명이 없어도 충분히 재미있고 유쾌하다. 그 유쾌함을 도스또예프스끼 연구자 바흐쬔은 서구의 축제인 카니발을 빌려서 설명한다. 카니발의 가장 행렬에서는 옷 바꿔 입기, 역할 바꾸기가 특징적이다. 여기서는 거지가 부자가 되고, 어릿광대가 왕이 된다. 그 행렬에 등장하는 모든 사람들은 자신이 속했던 일상에서 벗어나 비정상적인 형상을 갖는다. 카니발 축제의 기간 동안에는 정상적인 삶에서 불가능한 모든 것이 용인되고 허락되며, 카니발적 삶은 정상적 삶의 뒤집힌 형태가 된다.

이러한 점에서 보자면 스쩨빤치꼬보 마을에서 벌어진 모든 사건은 카니발적인 성격을 띤다. 어릿광대에서 한 집안을 지배하는 〈왕〉이 된 포마 포미치가 이러한 카니발적 삶의 지배적 음조가 되고 이 지배적인 음조 하에 모든 것이 귀속되어 버린다.

> 〈흥, 또 괴짜로군! 모두 정말 일부러 여기 모아 놓은 것 같군!〉 나는 이렇게 속으로 생각했는데, 그때는 아직 내 눈앞에서 벌어진 일들을 정확하게 이해하지 못하고 있었으며, 나 자신 역시 그들 사이에 나타남으로써 이 괴짜들의 수집품에 하나를 더해 주기만 할 뿐이었다는 사실을 생각도 하지 못하고 있었다.(p. 103)

〈이 괴짜들의 수집품〉 목록은 다음과 같다. 어릿광대에서 한 집안을 지배하는 〈왕〉이 된 포마 포미치, 그를 숭배하는 〈변덕스럽고 나이가 들어 망령이 난 바보 같은 할망구〉, 〈이제 한 걸음이면 정신 병원행〉인 낭만적 사랑에 미친 여자 따찌야나 이바노브나, 괴짜 바흐체예프, 〈어떨 때는 정말 바보라고 생각될 수 있을 정도〉의 꼬마린스끼 춤의 댄서 팔랄레이, 딴체프니 에스부께도프니 하는, 보다 고상하다고 생각되는 단어로 끊임없이 자신의 성을 고쳐 부르고 있는 미쳐 버릴 운명의 하인 비도쁠랴소프, 교활한 익살꾼이자 광대를 자처하는 예제비낀, 돈 많은 신붓감을 갈구하는 〈진보적인〉 바보 오브노스낀, 음모적 계획을 가지고 있는 파산자 미진치꼬프, 술주정뱅이 현자 꼬로프낀,[19] 바보스러움, 미치광이 등등의 수식어로 특징 지어지는 이들이 만들어 내는 사건 또한 하나같이 비정상적이고 우스꽝스러운 것들이다(예컨대 〈각

---

19 미하일 바흐찐, 김근식 역 『도스또예프스끼 시학』(정음사, 서울, 1989), pp. 237~239

하 사건〉은 전형적인 카니발적 가짜 대관식의 성격을 띤다). 이들이 만들어 내는 유쾌한 희극만으로도 이 작품은 충분히 읽을 만할 것이다.

작품 평론
도스또예프스끼와 고골[1]

유리 띠냐노프 / 변현태 옮김

1

『스쩨빤치꼬보 마을 사람들』은 1859년에 출간되었다. 도스또예프스끼는 이 작품을 오랫동안 집필하였으며, 그것을 매우 높게 평가하였다. 그러나 출판되고 나서 이 소설은 별로 주목받지 못하였다. 1859년 도스또예프스끼는 이에 대하여 형에게 다음과 같이 쓰고 있다.

> 물론 이 소설은 매우 커다란 결함을 가지고 있으며, 중요한 것은, 아마도 지나치게 장황하다는 점입니다. 그러나 제가 이 소설에 대해 철석같이 믿고 있는 점은, 이 소설은 동시에 매우 커다란 장점을 가지고 있으며, 이 소설이야말로 〈저의 가장 훌륭한 작품〉이라는 사실입니다.

[1] 이 논문은 러시아 형식주의의 대표적인 이론가인 Iu. N. 띠냐노프 (1894~1943)의 「도스또예프스끼와 고골」의 일부를 번역한 것이다. 〈패러디 이론을 위하여〉라는 부제가 달린 이 논문은 전체 2부 9절로 구성되어 있는데, 이 중에서 『스쩨빤치꼬보 마을 사람들』(이하 『스쩨빤치꼬보 마을』로 약칭함)과 직접적으로 관련되는 2부 6~9절을 번역하였다. 이 논문에서 띠냐노프는 패러디, 양식화에 대한 정의를 시도하면서 그 구체적인 예로 고골(1809~1852)의 『친구들과의 왕복 서한』(이하 『서한』으로 약칭함)과 도스또예프스끼의 『스쩨빤치꼬보 마을』 두 작품을 조목조목 비교 검토하고 있다. 이 논문은 1921년 동명의 제목으로 소책자로 출간되었다. 번역 대본으로는 띠냐노프의 『시학, 문학사, 영화』(모스끄바, 1977)에 실린 판본을 사용하였다. 이 논문에 나오는 고골의 작품은 『고골 전집 14권』(모스끄바, 1937~1959)에서 인용하였다 — 역주.

저는 2년에 걸쳐 이 소설을 썼습니다(『아저씨의 꿈』에 의해 잠시 중단되기는 했지만요). 처음과 중간은 아주 공을 들였으며, 결말 부분은 매우 빠르게 씌어졌습니다. 하지만 여기에 저는 제 영혼과 육체를, 저의 피를 넣었습니다. …… 이 소설에는 제가 5년 간에 걸쳐 〈창조하고 써낸〉, 제 생각으로는 전혀 나무랄 데 없는 〈두 거대한 전형적 성격〉, 즉 전적으로 러시아적이며, 지금까지 러시아 문학에서 제대로 다루지 못한 두 성격이 존재하고 있습니다.

소설(도스또예프스끼 자신은 편지 속에서 이를 〈희극적 소설〉이라고도 부르고, 때로 단편소설이라고도 부르고 있다)의 전체 이름은 『스쩨빤치꼬보 마을 사람들; 무명인의 기록으로부터』이다. 제목에서 뚜렷하게 드러나 있는 사실이지만, 이 소설은 기록의 형식으로 씌어 있으며, 소설의 주요 과제는 편지에 뚜렷이 나타나듯이 두 가지의 새로운 성격을 묘사하는 것이다. 이 두 성격이란 포마 오뻬스낀과 로스따네프 아저씨이다. 그들 중 한 사람인 오뻬스낀은 패러디된 성격이며, 고골이라는 개인이 패러디를 위한 질료로 사용되었다. 포마의 발화는 고골의 『서한』을 패러디하고 있다.[2]

2 고골, 무엇보다도 고골이라는 개인에 대한 도스또예프스끼의 관계는 복잡하다. 1846년 고골의 죽음에 대한 헛소문이 퍼졌을 때 도스또예프스끼는 다음과 같은 인상적인 추신을 긴 편지 뒤에 붙이고 있다. 〈여러분 모두에게 행복이 있기를. 고골이 두 달 전 피렌체에서 죽었다네.〉 문학에서 고골은 틀림없이 그가 극복해야만 하는 어떤 것, 넘어서서 나아가야만 하는 어떤 것이었다. 『분신』에 대한 도스또예프스끼의 말을 보라. 〈이 작품(『분신』)은 『죽은 혼』보다도 더 마음에 드실 겁니다.〉(형에게 보내는 편지) 또한 「아홉 통의 편지로 된 소설」에 대한 도스또예프스끼의 말. 〈이 작품은 고골의 「소송」보다 더 나을 겁니다.〉 고골에 대한 도스또예프스끼의 유명한 후기의 비판은 비평가들의 전통적인 견해와 매우 다르며(〈웃는 마스크〉, 〈웃음의 악마〉, 『악령』에 나타나는 고골의 〈보이지 않는 눈물을 통해 보이는 웃음〉이라는 자기 규정에 대한 논쟁, 등등) 그의 비판 속에서 새로운 비평, 즉 로자노프와 브류소프 등등의 비평의 전조를 볼 수 있다. 『서한』에 대한 도스또예프스끼의 태도

여기서 나 자신이 한 언급의 근거에 대해 한 가지 지적하지 않을 수 없다. 도스또예프스끼가 『서한』에 적대감을 가지고 있다는 사실이 그가 『서한』을 패러디한 것에 대해 어떤 것도 설명해 줄 수 없는 것처럼, 도스또예프스끼가 고골에게 취하는 태도가 고골의 성격에 대한 그의 패러디를 해명해 줄 수는 없다. 이 두 계기는 아주 우연하게 일치되고 있는 것일 뿐이며, 그나마 이것들은 일치되지 않을 수도 있었다. 어떤 것이나 패러디의 질료가 될 수 있으며, 여기에 어떤 심리적인 전제가 필수적인 것은 아니다. 히

는 유명하다. 즉 첫번째 서한에 대한 소문을 듣자마자 그는 형에게 다음과 같이 쓰고 있다. 〈전 형에게 고골에 대해서는 아무 말도 하지 않겠어요. 하지만 이런 일이 있어요. 다음 달 『동시대인』지(誌)에 고골의 논문이 실릴 겁니다. 그의 영혼의 유언이 될 것인데, 여기서 그는 자신의 모든 저작들과 단절하고 그것들이 아무런 쓸모도 없다는 점을 인정할 것이며, 그 이상이 될 겁니다.〉 잘 알려진 바처럼, 고골에게 보내는 벨린스끼의 편지를 복사하기 위해서 그 것을 읽고 전달하였다는 사실이 뻬뜨라셰프스끼 사건에서 도스또예프스끼가 유죄 판결을 받게 된 이유였다. 이후 벨린스끼 서클에서 떨어져 나간 이후에도 도스또예프스끼는 『서한』에 대한 벨린스끼의 편지를 생생하게 기억하고 있었으며, 이 기억에 의지했던 것으로 보인다. 왜냐하면 아래에서 우리가 비교를 위해 인용한 거의 모든 고골의 편지들은 벨린스끼가 『서한』에 대한 비평을 하면서 인용한 것들이기 때문이다. 『서한』에 대한 도스또예프스끼의 태도는 아마 이후로도 변하지 않은 것 같다. 1876년 그는 〈『서한』에서 고골은 매우 특징적이긴 하지만 약하다〉(『작가 일기』)고 쓰고 있다. 또 1880년 말에는 〈위대함이라는 구름으로 위장하는 것은(예를 들어 『서한』에서 고골의 어조가 그러하지요) 솔직하지 못한 일입니다. 솔직하지 못한 것은 심지어 경험 없는 작가일지라도 본능적인 감각으로 알 수 있지요. 이것은 제일 먼저 드러나 버리게 되는 것입니다〉라고 쓰고 있다(이반 악사꼬프에게 보내는 편지). 유형에서 풀려난 후 도스또예프스끼는 고골을 다시 평가하게 되었고 이때는 그가 『스쩨빤치꼬보 마을』과 『아저씨의 꿈』을 쓰고 있을 때이기도 하다(A. E. 브란겔 남작, 『시베리아 시기의 도스또예프스끼에 대한 회고, 1854~1856』, 상뜨 뻬쩨르부르그, 1912, pp. 30~32). 1857년 2권으로 된 고골의 편지 모음집(꿀리쉬 판)이 출간되었고 이는 『서한』에 대한 재평가를 불러일으켰다. 예를 들면 체르니셰프스끼(1828~1889, 러시아의 비평가, 소설가, 사회 활동가. 벨린스끼의 비평 전통을 이어받았다. 소설 『무엇을 할 것인가』로 유명)의

브리의 정교층에는 성서에 대한 패러디가 매우 광범위하게 퍼져 있다. 뿌쉬낀은 까람진의 『역사』를 읽고 패러디하지만, 『고류히노 마을의 역사』에서 그것을 패러디하고 있다. 그는 또한 『일리아드』의 문체와 자기 자신의 유명한 2행시를 패러디하고 있다. 〈신성한 고대 그리스의 언어의 고요한 소리를 듣고 있도다.〉 〈눈먼 호메로스의 번역가인 시인 그네디치[3]는 사시(斜視)이다.〉 또한 『아에네이스』에 대한 수많은 패러디는 그에 대한 높은 평가와 함께 나란히 진행된다.[4] 문제는 패러디의 본질 자체, 그것이 가진 이중적 차원이 하나의 중요한 기법이라는 사실에 있다.[5] 바로 그렇기 때문에 우리는 『서한』에 대한 도스또예프스끼의 적대적인 태도,

논문이 그러하다. 도스또예프스끼는 자신의 소설 『스쩨빤치꼬보 마을』을 인쇄하기에 앞서 이 작품에 많은 힘을 쏟았으며 여러 번 이 작품을 교정하였다 (1859년 10월 29일 뜨베리에서 형에게 보낸 편지를 보라). 따라서 도스또예프스끼가 잘 알고 있었던 자료로 필자는 꿀리쉬 판 고골의 편지 모음을 간혹 사용할 것이다. 하지만 이 논문에서 텍스트 자체에 대한 비교는 기법들 자체의 대조에 비해 그리 중요하지 않다. 반면 문장의 질료는 패러디에서뿐만 아니라 다른 기법에서도 취해질 수 있는 것이다. 이는 물론 어휘 자체가 패러디되는 경우와는 무관하다.

3 N. I. 그네디치(1784~1833). 러시아의 시인으로 실러, 볼테르, 셰익스피어의 작품을 번역했으며, 1829년 호메로스의 『일리아드』를 번역했다 — 역주.

4 『고류히노 마을의 역사』는 뿌쉬낀의 작품. 『아에네이스』는 그리스 신화에 등장하는 인물 에네이를 주인공으로 하는 로마의 시인 베르길리우스(기원전 70~19)의 서사시. 띠냐노프의 패러디론의 한 특징은 패러디가 패러디되는 대상에 대해 가치 평가적 성격을 갖지 않는다는 점이다. 그에 따르면 패러디는 그 대상에 대한 조롱이나 경멸의 뉘앙스를 갖지 않는다. 그의 근거로 띠냐노프는 까람진에 대한 뿌쉬낀의 패러디, 뿌쉬낀 자신에 대한 자기 패러디, 고전에 대한 패러디를 들고 있다. 주 5를 참조하라 — 역주.

5 현재 패러디하기는 패러디되는 것에 대한 〈조롱〉이자 〈좋아하지 않는 것〉이며 심지어 〈증오〉라고 주장하는 사람들이 있다. 만일 그것이 사실이라면 자신을 패러디하는 것을 보면서 패러디되는 사람이 느끼는 즐거움이 전적으로 이해될 수 없을 것이다. 예를 들어 A. P. 께른은 뿌쉬낀에 대해 다음과

그리고 『서한』에 대한 패러디(물론, 이는 앞으로 증명되어야 할 것이다)와 함께 「꼬마 영웅」[6](감옥에 있을 때 씌어진 작품들)에서 도스또예프스끼가 바로 그 『서한』의 거의 모든 것을 사용하고 있지만, 그것을 패러디의 질료로서가 아니라, 양식화의 질료로서 사용하고 있다는 사실을 알게 되더라도 그다지 놀랄 필요가 없을 것이다. 다음을 보라.

> 바로 〈삶에서의 자비의 누이들〉과 같은 여자들이 있다. 그들 앞에서는 아무것도, 적어도 〈영혼의 상처와 나약함이 있다는 것〉을 숨길 수 없다. 고통받는 자, 〈즉시〉 감히 희망을 가지고 〈그들에게로 가보라〉. 그리고 부담을 줄 것이라고 두려워하지 말라. 〈왜냐하면〉 우리들 중 극히 소수만이 다른 여성의 마음속에 끝없이 인내하는 사랑, 연민, 모든 것에 대한 관대함이 얼마나 무한할 수 있는가 알고 있기 때문이다. 동정과 위로와 희망이라는 모든 보물이 이 순수한 마음에, 동시에 나약한 마음에 보관되어 있는데, 왜냐하면 많이 사랑하는 마음은 또한 많이 슬퍼하기 때문이다. 하지만 이 마음속에서 〈상처는〉 흥미롭게 바라보는 시선으로부터 〈조심스럽게 차단되어〉 있는데, 왜냐하면 커다란 슬픔이란 무엇보다도 침묵하고 숨기 때문이다. 상처의 깊이도, 〈그것의 고름〉도, 〈그것의 악취〉도 그녀들을 겁주지 못한다. 그들에게 다가간 자, 즉시 그들을 귀하게 여기게 된다. 그렇다, 바로 그들이 헌신적 업적을 위해 태어난 것 같은 사람들이다.(「꼬마 영웅」)

주제에 있어서나(고골의 「상류 사회의 여자」와 비교해 보라),

같이 말하고 있다. 〈한번은 그(뿌쉬낀)가 우울한 상태로 손을 앞으로 내민 채 응접실의 벽난로 옆에 서 있었어요……. 그에게 일리네프스끼가 다가와 말했지요.《뻬치까 옆에, 침묵에 잠겨 / 코트 자락을 올리고 그는 등을 데우도다. / 무리들 중 그 누구에게도 / 그는 축복하고자 하지 않는구나.》 이는 뿌쉬낀을 매우 기쁘게 해주었고, 뿌쉬낀은 그에게 몹시 친절하게 대해 주었어요.〉(L. N. 마이꼬프, 『뿌쉬낀』, 상뜨 뻬쩨르부르그, 1899, p. 265)

[6] 단편소설 「꼬마 영웅」은 1857년 『조국 수기』지(誌)에 실렸다. 이 작품은 도스또예프스끼가 뻬뜨라셰프스끼 사건으로 뻬뜨로 빠블로프스끄 감옥에 갇혀 있을 때(1849년) 구상한 것으로 알려져 있다 — 역주.

개별적인 표현들에 있어서나(《삶에서의 자비의 누이들》, 〈고름과 악취〉), 문장의 구조에 있어서나(《즉시 …… 가보라》, 〈영혼의 상처와 나약함이 있다는 것》), 눈에 띄는 교회 슬라브 어의 사용[7]에 있어서나 『서한』에서 패러디한 흔적을 찾아볼 수 있다. 도스또예프스끼는 고골이라는 개인에 대해서 과거 및 당대의 자료들을 전체적으로 살펴보았다. 『악령』에서는 패러디적인 성격들을 위한 질료로 그라노프스끼와 뚜르게네프가 이용되었다.[8] 『위대한 죄인의 생애』에서 수도원에 앉아 있는 차아다예프[9]에게 갔어야 할 인물은 벨린스끼,[10] 그라노프스끼, 뿌쉬낀이다. 여기서 도스또예프스끼는 단서를 붙이고 있다. 〈물론 내 작품에 있는 것은 차아다예프가 아닙니다. 단지 소설에서 이 《유형》을 취한 것뿐이지요.〉 뿌쉬낀에 대한 묘사에 있어서도 패러디적인 색채가 없었던가는 보장할 수 없다. 실제로 도스또예프스끼는 자신의 주인공들의 감

---

[7] 교회 슬라브 어는 고대 러시아의 종교적, 공식적인 기록에서 문어(文語)로만 사용되었던 언어이다. 19세기 러시아 표준어가 확립된 이후 교회 슬라브 어(특히 그 어휘들)는 문체적 효과, 특히 고상한 감정과 대상 묘사의 전달을 위해 사용되었다 — 역주.

[8] T. H. 그라노프스끼(1813~1855)와 A. I. 뚜르게네프(1784~1845)는 러시아의 역사학자이자 사회 활동가이다. 『악령』의 한 등장 인물 스쩨빤 뜨로피모비치 베르호벤스끼의 실제적 질료로 도스또예프스끼가 이상주의적 경향의 서구주의자 그라노프스끼와 뚜르게네프의 형상을 이용했다고 알려져 있다 — 역주.

[9] P. Ia. 차아다예프(1794~1856). 러시아의 진보적 사상가. 정교와 전제 정치에 대한 편지로 인해 강제로 미치광이 취급을 받게 되었다. 여기서 띠냐노프가 언급한 것은 『위대한 죄인의 생애』에 대해 도스또예프스끼가 자신의 자세한 구상을 밝히고 있는, 1870년 3월 25일 마이꼬프에게 보내는 편지에 나오는 내용이다 — 역주.

[10] V. G. 벨린스끼(1811~1848). 러시아의 비평가. 1830년대 후반부터 1840년대에 러시아 문단의 중심적인 비평가로 활동하면서 러시아 〈시민 비평〉의 기초를 놓았다. 도스또예프스끼의 처녀작 『가난한 사람들』에 대한 호평으로 도스또예프스끼와 밀접한 관계를 가졌다 — 역주.

정적인 뒤섞기에 몹시 집착하고 있다. 이뽈리뜨(소설 『백치』의 등장 인물)에 대해 주인공들 중 한 명이 〈비극에서의 노즈드료프〉를 비평하듯이 비평하는 것도 우연이 아니다. 도스또예프스끼 자신도 스뜨라호프[11]가 『악령』의 주인공들에 대해 부여한 묘사((〈이는 낡은 유형의 뚜르게네프적 주인공들이다〉)를 열광적으로 받아들이고 있다. 소설 『스쩨빤치꼬보 마을』에서 우리는 고골의 실제적인 삶에서 취한 일화적인 특징들과 만나게 된다. 그리고 도스또예프스끼는 그와 같은 것을 도입하기를 좋아했다(예컨대 거리명이라든가, 의사의 이름 그리고 이뽈리뜨가 보**에게 상담을 청하는 것 등이 있다). 두 가지 예를 들어 보기로 하자. 1844년 도스또예프스끼는 형에게 다음과 같이 쓰고 있다.

> 최근의 편지에서 K는 제게 이러저러해도 셰익스피어에 빠지지 말라고 충고하더군요! 셰익스피어는 비누 거품이나 마찬가지라고 하더군요. 전 그의 충고가 가진 희극적인 면, 셰익스피어에 대한 적대감을 형이 이해할 수 있으면 좋겠어요. 하긴 여기서 왜 셰익스피어일까요?

이후 『아저씨의 꿈』에서 셰익스피어에 대한 이 적대감은 마리야 알렉산드로브나의 이야기 속에서 희극적인 면으로 도입되고 있다.

하지만 도스또예프스끼는 또한 현실의 삶이 가지고 있는 비극적인 면을 — 때로 그것이 가지고 있는 정서적인 색채를 희극적인 것으로 급격하게 변화시키면서 — 작품들 속으로 도입하기도 한다. 거북한 예를 드는 것을 용서하기 바란다. 하지만 이 예는 매우 설득력 있는 것이다.

안드레이 미하일로비치 도스또예프스끼는 어머니의 묘에 있는 비석에 대해 다음과 같이 회고하고 있다. 〈아버지는 비석에

---

11 N. N. 스뜨라호프(1828~1896). 러시아의 사상가, 도스또예프스끼와 서신을 주고받았던 최초의 도스또예프스끼 전기 작가 — 역주.

새겨 둘 말을 형들에게 맡겼다. 형들은 이름과 성, 태어난 날과 돌아가신 날만 새겨 넣기로 결정했다. 비석의 뒷면에는 까람진의 말, 《기쁨으로 넘치는 그날이 올 때까지 고이 잠드소서》를 새겨 넣기로 했다. 이 아름다운 묘비명이 새겨지게 되었다.〉[12]

『백치』에서 이볼긴 장군은 레베제프에 대한 이야기를 해주고 있는데, 그는 자신의 왼쪽 다리를 잃게 되자 〈다리를 집으로 들고 와서 바간꼬프스끼 묘지에 묻었다 ······. 묘비를 세우고 앞면에는 《여기 10등관 레베제프의 다리 묻히다》라고 새기고 뒷면에는 《기쁨으로 넘치는 그날이 올 때까지 고이 잠드소서》라고 새겼다······.〉

고골이라는 캐릭터는 『서한』 시절의 고골이 취하고 있는 캐릭터로 패러디되고 있으며, 실패한 문학가이자 〈식객〉의 캐릭터 속으로 들어가고 있다.[13]

포마는 무엇보다도 문학가이자 설교가이자 도덕적 스승이다. 그의 영향은 바로 여기에 근거하고 있다. 〈아저씨는 헌신적으로 포마의 박식함과 천재성을 신뢰하였다. 나는 우리 아저씨가 《학문》이니 《문학》이니 하는 말 앞에서, ······ 가장 소박하고 사심 없는 태도로 공경할 준비가 되어 있었다〉(pp. 31~32). 포마는 진리를 위해 고통받았었다. 이는 이미 고골이 암시하고 체험했던 새로운 현상이다. 다음과 비교해 보라.

우리 나라에는 작가라 할 수 없는 얼치기 작가도, 그리고 영혼이 아름답지 못할 뿐만 아니라 심지어 때때로 혹은 언제나 비열한인 그런 작가도 있다. 러시아 벽지에서조차 그들은 결코 존중받지 못한다. 반

---

12 『동시대인들이 회고하는 도스또예프스끼』, 1권, 모스끄바, 1964, p. 86
13 흥미로운 것은 패러디되고 있는 다른 인물인 스쩨빤 뜨로피모비치 또한 식객이라는 사실이다. 이 인물과 관련해서도 또한 〈괴벽〉과 〈여행 가방〉이 사용되고 있다. 『악령』에서 등장 인물들의 패러디적 전위는 전체의 전위, 즉 러시아 — 뻬쩨르부르그 — 지방 도시(사건은 지방 도시에서 벌어진다)라는 전체의 전위에 상응한다.

면 모든 사람들에게, 심지어 작가에 대해서 조금도 들어 보지 못한 사람들에게도 작가는 고귀한 사람이며 작가란 반드시 고결해야 한다는 어떤 확신이 있다…….(「우리 시인들의 서정주의에 대하여」)

포마 오삐스낀이라는 이름은 『사찌리꼰』지(誌)의 희극 작가가 그것을 가명으로 선택하였다는 사실로 미루어 볼 때,[14] 일종의 대명사가 되었다(즉 〈성공한 전형〉이 된 것이다). 하지만 포마가 완전히 이해된 것은 아니었다. 그는 악한(악한 소설 장르의 주인공)일 뿐만 아니라, 타르튀프[15]이자 신경질쟁이이자 기만자이며 미진치꼬프의 표현을 따르자면 〈비현실적인 사람〉이자 〈기질상 시인이나 마찬가지라 할〉 수 있는 사람이다.

도스또예프스끼는 포마에 대한 대립적인 묘사를 확신했었다. 이 악당은 자신의 적들을 자신의 영향력 하에 굴복시킨다(바흐체예프를 보라). 또한 그의 영향으로 말미암아 〈나스쩬까는 성자전을 읽기 좋아하는데, 일반적으로 베푸는 선행으로는 아직 부족하다며 모든 것을 가난한 사람들에게 나누어 주고, 가난 속에서 행복을 찾아야만 한다고 진지하게 말하곤 한다.〉(p. 343)

포마의 자존심 또한 문학적인 것이다.

누가 알겠는가? 아마도 이 추악하게 자라난 자존심은 한갓 거짓된, 최초로 왜곡된 자부심, 그러니까 그가 아직 어렸을 적 이 미래의 방랑

---

14 A. 아베르첸꼬(1881~1925)를 가리킨다. 아베르첸꼬는 풍자 작가로 『사찌리꼰』지(誌)의 편집자로 활동하였다. 『사찌리꼰』지(誌)는 1908년부터 1914년까지 뻬쩨르부르그에서 주간으로 발행되었던 풍자 잡지이다 — 역주.

15 몰리에르(1622~1673)의 희극 「타르튀프」의 주인공. 도스또예프스끼의 『스쩨빤치꼬보 마을』의 주인공과 플롯이 몰리에르의 희극의 그것과 유사하다는 지적이 도스또예프스끼 연구자 M. P. 알렉쎄예프의 논문 「도스또예프스끼의 극적 실험에 대하여」(『도스또예프스끼의 창작』, 오데사, 1921) 이후 여러 번 제기되었다 — 역주.

자의 눈앞에서 박해와 가난, 더러움으로 인해 그의 부모에게 쏟아졌던 모욕과 경멸로 인해 처음으로 왜곡된 그 자부심이 아닐까? 하지만 나는 포마 포미치가 일반적인 경우에서 벗어난 예외에 속한다고 말하였다. …… 그는 한때 문학가였고, 몹시 괴로워하였지만 인정받지 못하였다. 물론 문학 때문에 파멸한 사람은 포마 포미치 한 사람만이 아니다.(p. 25)

모든 세세한 세부 묘사에 고골의 모습이 담겨 있다. 그 당시 고골에 대한 기록은 많지 않았다. 하지만 이후 기록된 고골의 모습은 물론 그 당시에도 잘 알려진 것이었다. 베르그는 다음과 같이 회고한다.

그 당시 고골만큼 그렇게 잘난 체하는 응석꾸러기 문학가는 생각해내기 어려운 일이다. …… 고골의 모스끄바 친구들, 정확하게 말해서 친구에 근접하는 사람들(고골의 진짜 친구는 일생 동안 한 사람도 없었던 것 같다)은 일찍이 본 적 없는, 그러한 경건한 태도로 그를 대하였다. 고골이 모스끄바에 올 때면 그들 중 누군가에게 가서 머물렀는데, 그것도 가장 조용하고 편안한 거주 조건 하에서 그러하였다. 그가 가장 좋아하는 음식들이 놓인 식탁, 조용하고 동떨어진 방, 그의 사소한 변덕조차 받아 주는 시중. …… 심지어 고골이 묵는 집 주인의 가까운 친구들은 고골과 만나서 이야기할 때 어떻게 처신해야 할 것인지를 알고 있어야만 했다.[16]

이 모든 것이 소설 속에 담겨 있다. 포마에게 다음과 같이 권해진다. 《쁘라스꼬비야, 차를! 약간 달게 해서. 포마 포미치는 낮잠을 잔 후에는 약간 단 차를 좋아하거든.》 포마를 위한 정숙, 고립된 공간이 중요시된다. 《그가 글을 쓰고 있어!》 아저씨는 종종 포마 포미치의 서재까지는 아직 방이 두 개나 떨어진 곳인데도 발끝으로 조심조심 걸어가면서 말하곤 했다.》 포마의 사소한 변

---

16 N. V. 베르그, 「1848~1852년 고골에 대한 회고」, 『러시아의 옛날』, 1872년, 제1호, p. 118

덕을 위해서는 특별히 가브릴라가 대기하고 있었다. 아저씨는 조카에게 〈그와 만날 때〉 어떻게 해야 할 것인지를 주의시킨다.

또한 포마의 방에 대한 묘사를 보라.

완벽한 안락함이 이 위인을 둘러싸고 있었다.(p. 271)

로스따네프 가족에게 포마는 고골이 악사꼬프 가정에서 했듯이 그렇게 행동한다.

포마의 용모 또한 고골에게서 베껴 온 듯하다.

가브릴라가 그를 〈못생긴 사람〉이라고 말한 것이 옳았다. 포마는 〈작은 키에, 눈썹이 하얗고〉,[17] 백발이 희끗한 데다, 〈매부리코〉에, 얼굴 전체가 잔주름투성이였다. …… 놀랍게도 그는 〈실내복〉을, 물론 이국풍이기는 했지만, 어쨌든 실내복을 입고 나타났으며,[18] (p. 271)

포마 포미치는 〈발꿈치까지 내려오는 긴 프록코트〉[19]에, 여전히 넥타이는 매지 않은 채로, 안락의자에 앉아 있었다.[20] (p. 272)

어떤 고골적인 배경에 대한 암시가 여기저기에 흩뿌려져 있다. 예고르 일리치는 뻬쩨르부르그에서 한 문학가를 만난다. 그

---

17 고골 자신이 스스로를 묘사하는 것과 비교해 보라. 그는 스스로를 〈땅딸막하고 볼품없는〉 사람이라고 하고 있다(1838년 4월 11일, A. S. 다닐레프스끼에게 보내는 편지:고골, 『저작과 편지들』, 제5권, 뻬쩨르부르그, 꿀리쉬 판, 1857년, p. 306; 또한 고골 『전집』, 11권, p.132). 악사꼬프는 〈고골은 연한 금발이다〉라고 쓰고 있다(S. T. 악사꼬프, 『고골과 나의 친교 이야기』, 모스끄바, 1960, p. 20).

18 강조 표시는 필자가 한 것.

19 고골의 의상에 대한 S. 악사꼬프의 지적을 보라. 〈외투를 닮은 프록코트〉.

20 강조 표시는 필자가 한 것.

는 〈코가 이상하게 생긴〉 사람이다. 포마는 자신의 설교 가운데서 고골의 이름 자체를 상기시키고 있다. 포마는 진리를 위해 〈40년대 어디선가에서 고통을 당했다〉. 소설은 다음과 같은 명백한 암시로 시작하고 있다.

> 내가 스쩨빤치꼬보에 있을 때 아저씨의 집에서 포마가 다음과 같이 말하는 것을 들은 적이 있다(이때는 이미 그가 그곳의 영주이자 예언가의 역할을 하고 있을 때였다). …… 나는 여기서 살 사람이 아니에요! 난 당신들 모두를 지켜보고, 당신들이 자리 잡는 것을 도와주고, 그리고 몇 가지 일들을 지시하고 가르쳐 줄 것입니다. 그러고는 〈안녕〉 하는 거지요. 모스끄바로 가서 잡지를 출판할 것입니다. 매달 3만 명의 사람들이 내 강의를 듣기 위해 모여들겠지요. 내 이름은 마침내 소리쳐 울릴 것이고, 나의 적들은 쓴맛을 보게 되겠지요.(p. 26)

강의에 모여든 3만 명, 이는 물론 흘레스따꼬프의 3만 5천 명의 하인이다.[21] 혹은 이 이야기는 고골의 실패한 강의 활동과 관련된 것일 수도 있을 것이다.

> 하지만 아직까지 이 천재는 명성을 떨칠 준비를 하고 있는 중이었으므로 즉각 보수를 지급해 줄 것을 부탁했다. 일반적으로 선금을 받는 것은 유쾌한 일이지만 이 경우에는 특별한 의미를 갖는 것이다. 나도 알고 있는 일로, 그는 위대한 업적이 자신, 즉 포마를 기다리고 있으며, 바로 이 업적을 완수하기 위해 그가 이 세상에 태어났고, 밤이면 날개 달린 어떤 사람, 혹은 그 비슷한 어떤 것이 이 일을 완수할 것을 자신에게 재촉하고 있다고 나의 아저씨를 설득하였다. 그 일이란 〈일종의 교훈서 성격의 매우 심오한 사상서를 한 권 쓰는 것으로, 그는 이 책으로 말미암아 커다란 지진과도 같은 소동이 일어날 것〉이며 전 러시아가 부들부들 떨게 될 것이다. 그리고 전 러시아가 부들부들 떨고 있을 때 그는 명예를 버리고 〈수도원으로 들어가 끼예프의 동굴에서 밤이나 낮

---

21 고골의 희극 「검찰관」의 주인공 — 역주.

이나 조국의 행복을 위해 기도할 것〉이라고 말했다.[22] (pp. 26~27)

고골이 자신의 『서한』에 대해 어떤 의의를 부여하였으며 그로부터 어떤 결과를 기대하였는가는 잘 알려진 사실이다. 그는 다음과 같이 쓰고 있다. 〈모든 것이 해명되는 그런 순간이 올 것입니다. (책의 출판은) 필수적인 일입니다. 나를 위해서도, 다른 사람들을 위해서도 말입니다. 즉 전체의 선(善)을 위해 필수적인 일인 것이지요. 나의 가슴과 특별한 하느님의 자비가 이를 내게 말하고 있습니다.〉 〈수도원으로 들어가……〉 하는 부분은 고골의 예루살렘 기행을 암시하고 있다. 예컨대 다음과 같은 고골의 말을 보라. 〈나는 …… 구세주의 무덤 옆에서 나의 동포들을 위해, 그 중 한 사람도 빼놓지 않고, 기도할 것입니다.〉 이 유언에 대해 도스또예프스끼는 1846년에 또한 다음과 같이 형에게 편지를 보내고 있다. 〈그는 평생 펜을 잡지 않을 거라고 하더군요. 그의 일은 기도하는 일이기 때문이라나요.〉 〈지진〉은 아마도 야지꼬프의 시 「지진」에 대한 고골의 논문을 패러디하는 것일 수도 있다. 고골은 다음과 같이 썼다.

> 단어를 발견하게 될 거요. 표현이 발견될 거요. 단어가 아니라 〈불〉이 마치 고대의 선지자들로부터 나오듯 그대로부터 날아 나올 거요. …… 진정한 러시아 인을 나태에 대항하는 전투로 인도할 거요. 그를 공포와 〈대지의 흔들림〉 위로 들어올리게 될 거요. 마치 자신의 시 「지진」에서 시인을 들어올리듯이 말이오.[23]

포마 포미치는 농촌 문제에 진지하게 몰두하고 있다. 그의 사후에 〈러시아 농부의 의의와 특징, 그리고 그들을 어떻게 대할 것인가에 대한 의미 없는 논문〉이 발견된 것도 우연은 아니다. 그는

---

22 강조 표시는 필자가 한 것.

또한 〈생산력〉에 대해 집필하고 있다.

> 포마는 귀리와 밀을 구별할 줄도 모르는 주제에 〈농사일〉에 대해 농부들과 몇 마디 나누기도 하고, 〈지주에 대한 농노의 신성한 의무에 대해〉 달콤하게 말하기도 하고, 지나가는 길에 슬쩍 전기니 〈분업〉이니 하는 것들(물론 그 역시 이에 대해서는 단 한 줄도 이해하지 못하였다)과 어떤 방식으로 지구가 태양 주위를 돌고 있는가에 대해 언급하기도 하고, 그러다가 자신의 달변에 온통 정신을 빼앗긴 나머지 마침내 장관(長官)에 대해 말하기 시작하였다. 나는 포마의 이러한 행동을 이해할 수 있다. …… 농노들도 계속해서 포마 포미치의 이야기를 아첨 떨듯이 듣고 있었다.[24] (p. 33)

사실 이는 『서한』의 두 논문, 즉 「러시아의 지주」와 「요직에 종사하는 사람들에게」의 프로그램이다. 특히 행정가에 대한 고골의 말을 보라. 〈주지사는 길에서 움직이는, 주 내부의 업무를 다루는 행정가이다.〉 〈주지사는 모든 사람들에게 자극을 주기 위해서 그리고 자신의 전권으로, 멀리 떨어진 행정가들이 야기한 어려움들을 완화시키기 위해 파견된다〉 등등. 그리고 그 다음에 〈분업〉에 대한 이야기가 등장한다. 〈첫번째로, 모든 직책을 법률의 경계 속에 위치시켜야 한다. 그리고 주의 모든 관리들에게 자신의 직책을 인식시켜야 한다. …… 모든 직책을 법률적인 권역으로 변화시켜야 한다. 그러면 지금보다 더 어려워질 것이다.〉 포마의 고별

---

23 이외에도 논문 「역사화가 이바노프」에 나오는 한 구절의 처음을 보라. 〈나는 한 가지 일을 하고자 합니다. 이 일이 나중에 당신을 놀라게 할 수도 있지만, 그러나 지금 당신에게 말해 줄 수는 없는 일입니다. 왜냐하면 많은 것이 나 자신에게도 그리 완전하게는 명확하지 않기 때문이지요. 당신은 내가 일에 매달려 있는 그 시간 동안 인내를 가지고 기다리세요. 그리고 내 생활을 위한 돈을 주시기 바랍니다.〉 이 말은 역사화가의 입을 통해서 나올 수 있는 것으로 설명되어 있다.

24 강조 표시는 필자가 한 것.

설교는 논문 「러시아의 지주」의 명제들을 보다 자세하게 발전시키고 있다.

「…… 당신은 지주요. 당신은 자신의 영지에서 마치 보석처럼 반짝거릴 수 있어야 해요. ……」
「그러니, 항상 기억하시오, 당신이 지주라는 사실을. 빈둥거리며 쾌락을 추구하는 것이 지주의 정해진 운명이라고는 생각하지 마시오. 그건 파멸로 이르는 생각이오!〈빈둥거리는 것이 아니라 근심이, 바로 신과 황제와 조국에 대한 근심이 필요한 거요! 땀을 흘리며 일하는 것, 바로 그것이 지주의 의무요. 자신이 거느리는 가장 보잘것없는 농노와 마찬가지로 땀 흘리며 일해야만 해요!〉」
「그럼 뭐야, 내가 〈농부를 대신해서 밭이라도 갈아야 한다〉는 말인가? ……」 바흐체예프가 투덜거렸다. ……
「이제 자네들에게 말해 두겠네. 자네들의 주인을 사랑하고 그분들에게 복종하여 온순하게 그 뜻을 수행하시오. 그러면 자네들의 주인들도 자네들을 사랑할 것이오. 그리고 대령, 당신도 저들에게 공정하게 동정심을 가지고 대하도록 하시오. 저들도 똑같은 사람이오. 저들도 신의 모습을 갖춘, 〈황제와 조국이 당신의 손에 맡긴 어린아이들〉이란 말이오. 당신의 의무는 너무나도 거대한 것이지만, 그러나 당신의 업적 또한 거대한 것이 될 거요!」[25] (pp. 287~288)

고골이 말하는 것과 비교해 보자.

지주의 일에 착수하시오. 진정한, 계율적인 의미로 그 일에 착수해야만 하오. …… 만일 그대가 이 소명을 다른 일로 바꾸어 버린다면 〈신께서 그대를 벌하리니〉, 왜냐하면 모든 사람들은 자신이 있는 곳에서 〈신께 봉사해야〉 하기 때문이오.

그리고 그대가 지금까지 어떤 분야에서도 그리 열심히 일하지 않았다면 마치 높은 관등의 사람이 〈국가에 봉사〉하지 않은 것처럼, 지주

---

25 강조 표시는 필자가 한 것.

라는 소명에서 국가에 봉사하지 않은 것이오.

……애국자가 되시오. 모든 것을 시작하는 사람이 될 것이며 모든 일에서 앞장서시오. …… 그리고 그대는 스스로 그들(즉 농부들)과 함께 식사를 하고 〈그들과 함께 일터로 나가며〉 모든 사람들을 젊은이들과 함께 일하도록 부추기면서 〈일에서는 가장 앞장서는 사람이 되면〉……. 다음과 같은 말로써 힘을 북돋워 주시오. 자 여러분, 한번에 모두 다 같이 달려들자고! 〈스스로 손에 도끼 혹은 낫을 잡으시오.〉 이건 여러분에게 덕이 될 것이오. …… (「러시아의 지주」)

똑같은 생각을 쩬쩨뜨니꼬프[26]가 발전시키고 있다.

나는 …… 지주야. 이 소명 또한 하찮은 것이 아니지. 만일 내가 〈나를 믿는 사람들을 보존하고, 관리하고 개선하는 일〉에 신경을 쏟는다면 …… 어떤 점에서 나의 일이 어떤 부서의 책임자보다 나쁘다고 할 수 있겠어? ……

문학에 대한 포마의 비판, 특히 〈러시아 민중들의 춤〉에 대한 그의 비판과 직접적으로 연결되어 있는 문학에 대한 비판은 고골의 논문 「서정 시인을 위한 대상들」과 부분적으로 「연극에 대하여, 연극에 대한 일면적인 견해에 대하여」를 패러디하고 있다.

그가 말했다. 「놀랍군요, 빠벨 세묘니치. 이런 일이 있는데 현재의 모든 문학가들과 시인들, 학자들과 사상가들은 도대체 무엇을 하고 있습니까? 러시아의 민중들이 어떤 노래를 부르고 있으며, 러시아 민중들이 어떤 노래에 맞추어 춤을 추고 있는지에 대해 도대체 어떻게 그들이 관심을 가지지 않을 수 있을까요? 지금까지 〈뿌쉬낀이니 레르몬또프니 보로즈드나〉니 하는 사람들은 도대체 무엇을 한 겁니까? 놀라울 뿐입니다. 민중들이 꼬마린스끼를, 이 음주 찬가를 춤추고 있는

---

[26] 고골의 『죽은 혼』에 등장하는 주인공. 미완의 『죽은 혼』 2부에서 그는 정직하고 현명한 지주로 형상화될 예정이었다 — 역주.

데, 그런데도 그들은 〈물망초 따위나 노래〉하고 있다니! 도대체 왜 그들은 민중의 이익을 위하는 보다 더 도덕적인 노래를 쓰지 않을까요? 도대체 왜 자신들이 좋아하는 물망초 따위를 던져 버리지 못하고 있는 겁니까? 이건 사회적인 문제예요! 만일 그들이 나더러 농부를 묘사해 보라면 말입니다, 그것은 〈고상하게 개선된 농부〉여야 해요. 다시 말해 〈단순한 촌놈〉이 아니라 시골의 농부여야 한단 말이에요. 그들이 나더러 농부를 묘사해 보라면 말입니다, 아주 평범하게 차려입은, 심지어 나무껍질 신을 신고 있을 수도 있겠지요. 나도 이 점에는 동의할 수 있어요. 그러나 온갖 덕목을 갖추고 있는, 감히 말합니다만, 저 명예스러운 마케도니아의 황제 알렉산더까지도 부러워할 만한 그런 〈시골의 현자(賢者)〉를 묘사해 보이겠습니다. 〈난 러시아를 알고 있고, 러시아도 나를 알아요.〉[27] 그래서 이렇게 말하는 겁니다. 난 이 농부를, 아마도 머리에 흰머리를 지고 있을 수도 있겠고, 숨막힐 듯한 오두막에서 가족들과 살며, 게다가 배를 곯을 수도 있겠지만, 자신의 가난에 만족하여 불평하지 않고 오히려 〈가난을 찬양하는〉, 부자의 황금에 초연한 그런 농부로 그려 낼 겁니다. 부자 스스로 영혼이 감동한 나머지 마침내 자신의 황금을 그에게 가져다 주게 만들 겁니다. 이럴 경우 농부의 미덕과 부자의 미덕, 아니지요, 더 나아가 귀족의 미덕들이 통일되어 하나가 되겠지요. 농부와 귀족이 다른 사회 계층에 각기 따로 떨어져 있으면서도 마침내 미덕 속에서 하나로 통일되는 겁니다. 이것은 정말 위대한 사상이 아닙니까!」[28] (pp. 140~141)

고골의 경우와 비교해 보자.

본질적으로 고급 극장이라고 칭하는 것만을, 왔다 갔다 하는 정신 없는 극장들, 즉 취미의 타락 혹은 마음의 타락에 적절할 뿐인 극장과 분리시키시오.

---

27 소설 『나리들의 묘에서의 저주』(1832)에 부치는 서문에서 N. A. 뽈레보이(1796~1846, 러시아의 소설가이자 역사가 — 역주)가 한 말. 이후 벨린스끼가 뽈레보이와의 논쟁에서 여러 번 이 표현을 인용함으로써 유명한 표현이 되었다 — 역주.
28 강조 표시는 필자가 한 것.

〈물망초〉와 고골적인 표현인 〈시적인 장난감〉을 비교해 보라. 귀족과 가난한 농부에 얽힌 에피소드와 다음과 같은 고골의 말을 비교해 보라.

> 장엄한 송가로 비천한 노동자를 칭송하라. 그들은 위대한 러시아 족속의 명예를 위해, 엄청나게 뇌물을 받아먹고 있는 사람들 사이에 살고 있다. …… 그를 찬양하고, 그의 가족을 찬양하고, 그의 고귀한 아내를 찬양하라. 그녀는 자신의 남편인 농부가 부당하고 비열한 짓을 하도록 내버려 두기보다는 차라리 낡은 두건을 쓰고 다른 사람들의 조롱거리가 되기를 바란다. 그들의 〈아름다운 가난〉을 자랑스럽게 내보여라. 그리하여 그것이 성자처럼 모든 사람의 눈앞에서 반짝일 수 있도록, 그리고 〈우리 모두가 스스로 가난하기를 바라도록〉 만들라.(「서정 시인을 위한 대상들」)

덕행으로 가는 길로서의 고난에 대해 포마가 설교하고 있는데, 이는 고골로부터 직접 차용한 것이다.

> 나 자신에 대해 말해 본다면, 아마도 불행은 선행의 어머니일지도 모르겠소. 아마도 고골이 한 말일 거요. 그는 경박한 작가이기는 했지만 작품에는 때로 굵직굵직한 사상이 존재하지요. 유랑은 곧 불행이지요! 난 이제 지팡이에 의지해 가며 방랑자처럼 이 대지 위를 걸어가겠어요! 또 누가 알겠어요? 아마 불행을 통해 난 더욱더 덕스러워질 거요! 이런 생각이 나의 유일한 위안거리지요!(p. 318)

고골의 말과 비교해 보라.

> ……불행은 인간을 부드럽게 만든다. 이때 그의 본성은 보다 예민해져 일상적이고 매일 반복되는 상황에 있는 인간의 인식 위에 있는 것들을 이해할 수 있게 해준다. ……〉(「빈자들에 대한 적선에 대하여」)

또 그는 〈불행이 가지고 있는 성스럽고 심오한 의미〉에 대해 말한다.

2

포마가 하는 말은 문체에 따라 나뉜다. 그리고 포마 자신이 자신의 문체에 대해 보완 설명을 하고 있다. 예를 들어 포마의 말에 대해 아저씨는 그의 말에 〈음절음절에 뭔가 아름다운 선율 같은 것도 있다〉고 하고 있다. 그런데 이 장중한 음절의 한 특징이 다음과 같은 표현들, 즉 멍청이, 발바리, 광대, 천민, 네덜란드 낯짝 등등과 같은 표현이다.

이는 체계적이며 의도적인 것이다.

> 제가 이놈을 네덜란드 낯짝을 한 놈이라고 부른 것도 다 이유가 있습니다, 빠벨 세묘니치. 일반적으로, 아시겠습니까, 전 어떤 경우에도 일부러 돌려서 말해야 할 필요를 느끼지 못합니다. 〈진실은 진실이어야 하지요.〉 더러운 것은 무엇으로 덮어도 여전히 더러운 것입니다. 무엇 때문에 애써 일부러 돌려 말하겠어요? 무엇 때문에 자신과 다른 사람들을 속이겠습니까![29](p. 135)

> 당신이 예술에 대해 생각하는 것이란 — 이렇게 말씀드려서 죄송합니다만, 대령 — 마치 황소가 쇠고기에 대해 생각하는 것이나 마찬가지 아닙니까! 이렇게 말하는 것이 지나치게 날카롭고, 다소 거칠다는 것은 인정합니다만, 그러나 적어도 〈정직하고 진실한〉 이야기입니다. 당신의 아첨꾼들에게서 이런 이야기는 듣지 못하실 겁니다, 대령.(p. 152)

> 도대체 무슨 이유로 당신은 처음부터, 마치 수탉의 목을 비틀듯 그렇게 내 목을 비틀지 않았던 거요? 단지 그러니까…… 가령, 단지 그

---

29 강조 표시는 필자가 한 것.

수탉이 알을 못 낳는다는 것을 이유로 목을 비틀어 버리듯이 말이오? 그래, 바로 그래! 대령, 난 이 비유가 비록 〈시골의 생활 풍습〉에서 취해 왔고 〈다소 하찮은 현대 문학적인 분위기〉를 풍기기는 하지만, 이 비유가 정말로 적절하다고 생각해요.[30] (pp. 175~176)

『서한』에는 고상한 문체와 예컨대 〈씻지 않은 낯짝〉, 〈비열한 놈〉, 〈엉터리 작가놈이 글을 써갈기고, 이름은 개 같은〉 등등의 표현들이 혼합되어 있다. 이러한 혼합은 의도적인 것이다. 고골 자신은 이를 다음과 같이 설명하고 있다.

…… 나는 오만함으로 인해 기분을 망칠 수도 있을 그런 부분을 일부러 남겨 두었습니다.〉(로세뜨에게 보내는 편지)[31]

고상한 문체도 엄격하게 일관되고 있다. 포마의 고별 설교에는 (고골의 설교에서와 마찬가지로) 영지 관리와 관련된 지도가 문체상 도덕적 지도와 일치한다.

하린 초원의 풀을 아직 베지 않았어요. 늦지 않게 해요. 가능한 빨리 해치우도록 하시오. 이게 내 충고요……. …… 내가 알기로, 당신은 지랴노프스끼 숲을 베어 버리고 싶어하는 모양인데, 베지 말도록 해요. 이게 내 두 번째 충고요. 숲을 보존하도록 해요. 숲은 지표면의 습기를 보존하고 있으니까 말이오……. 그리고 유감스럽게도 당신은 너무 늦게 파종을 하곤 해요. 왜 그렇게 늦게 파종을 하는지 놀랄 지경이오! (p. 288)

---

30 강조 표시는 필자가 한 것.
31 벨린스끼는 이러한 문체에 주목하고 있다. 〈어리석을 뿐인 영리한 체하는 사람〉, 〈실없는 소리를 지껄이다〉, 〈씻지 않은 주둥아리〉 등과 같은 표현이 『서한』에 대한 그의 서평에 열거되어 있다(벨린스끼, 『전집』, 제10권, 모스끄바 — 뻬쩨르부르그, 1955, pp. 64~69).

다닐레프스끼에게 보내는 고골의 편지와 비교해 보라.

그러니 들으시오. 이제 그대는 내 말을 들어야만 할지니, 나의 말은 그대에게 커다란 힘이 될 것이며, 내 말을 듣지 않는 자 누구에게든 슬픔이 있으리니. …… 순순히 일 년 동안, 단 일 년 동안만 자신의 시골에서 일하시오. 뭔가를 만들거나 완성할 필요도, 뭔가 있던 것을 새로 고칠 필요도 없어요. 다만 여기저기 가보고 농부들과 영지 관리인들을 따라다녀 보시오. …… 그렇게 투덜거리지 말고, 복종해서 나의 이 부탁을 완수해 보시오![32]

고골의 문체가 가지고 있는 개별적인 기법들이 또한 패러디된다.

「나를 만나기 전에 당신이 어떤 사람이었습니까? 하지만 지금 내가 당신의 마음속에 천국의 불씨를 심어 놓았고, 그 불씨가 지금도 당신의 영혼 속에서 타오르고 있습니다. 내가 당신의 마음속에 천국의 불씨를 심어 놓았습니까, 아닙니까? 대답을 해보세요. …… 대답을 해 보시라니까, 당신의 마음속에서 불씨가 타오르고 있습니까, 아닙니까?」(pp.34~35)

「그래, 이제 못 느끼겠어요?」이 학대자가 말했다. 「당신은 지금 당신의 영혼으로 천사가 날아든 것처럼 갑자기 마음이 편해짐을 느낄 거요……. 당신은 천사가 와 있는 것이 느껴지지 않나요? 대답해 봐요!」(pp. 182~183)

「〈왜 이 사람은 좀 더 일찍 행복하고 아름다운 얼굴로 — 사랑은 사람의 얼굴을 아름답게 만들어 주는 법이니까요 — 내게 달려오지 않았을까? 왜 이 사람은, 좀 더 일찍 나를 얼싸안고 무한한 행복의 눈물을 흘리면서 이 모든 일을 알려 주지 않았을까?〉혹은 내가 당신을 삼켜 버리려 하는 악어라도 되었던가요, 혹은 당신에게 유익한 충고

---

32 고골, 『저작과 편지들』, 제5권, 뻬쩨르부르그, 꿀리쉬 판, 1857, p. 447

를 해주지 않았던가요? 아니면 내가, 당신에게 행복을 주기는커녕 당신을 물어뜯기만 하는 혐오스러운 벌레 같은 존재였던가?」(p. 309)

고골의 경우와 비교해 보자.

〈정말 내가 이제 완전히 망령이 든 건가? …… 그럼 자네는 도대체 어디서 바로 지금 제2권이 필요하다는 결론을 도출한 건가? 자네가 내 머릿속에 들어와 보기라도 했나? 제2권의 존재를 느꼈던 건가? …… 우리 중 누가 옳은가? 머릿속에 이미 제2권이 들어 있는 사람이 옳은가, 아니면 제2권이 무엇으로 구성되어 있는지도 모르는 사람이 옳은가?〉(「『죽은 혼』에 대한 세 번째 편지」)

〈누가 당신에게 이 병이 불치의 병이라고 말하던가요? …… 아니, 당신이 모든 것을 아는 의사신가요? 왜 당신은 다른 사람들에게 도와달라는 요청을 하지 않습니까? 내가 쓸데없이 당신 마을에 있는 모든 것을 알려 달라고 했을 것 같습니까? …… 왜 당신은 내 부탁을 들어주지 않습니까? 당신 자신은 사람들의 여론을 내게 탓하면서 말입니다. …… 당신은 정말 내가 당신의 불치병 치유를 도울 수 없을 것이라고 생각하시나요?〉(「여 주지사란 무엇인가」)

여기서 도스또예프스끼의 패러디는 형상들의 다양한 조합에 기초하고 있다. 즉 〈천국의 불씨〉와 〈날아다니는 천사〉는 고골의 『서한』에 등장하는 형상들과 유사하다. (예를 들어 〈시적 불꽃의 전기 불씨〉, 〈결국, 러시아 시의 본질은 어디에 있는가 ……〉) 하지만 고골의 경우 이러한 형상들이 억압적인 질문이 갖는 통사적인 형태와 결합되어 있지는 않다. 여기서 희극성은 통사와 의미가 서로 맞지 않는 데에 있다.

도스또예프스끼는 어떤 단어를 반복하는 방식으로 억압을 또한 패러디한다.

「당신은 자존심이 세요, 너무나 세단 말이오! …… 당신은 이기주의자요. 그것도 지독한 이기주의자란 말이오……. …… 당신은 난폭해요. 당신이 너무 난폭하게 다른 사람의 마음에 뛰어들고, 너무 오만하게 다른 사람의 관심을 끌려고 하니까, ……」(p. 183)

고골의 경우와 비교해 보라.

자네는 오만해. 자네는 지금 어떤 것도 보려고 하질 않고 있어. 자네는 너무나 자신만만해. 자네는 이미 모든 것을 안다고 생각하고 있어. 자네는 러시아의 모든 상황이 자네에게 열려 있다고 생각하고 있어. 자네는 이제 누구도 자네를 가르칠 수 없다고 생각하고 있어. ……〉(「가까운 친구에게」)

그리하여 고골의 편지 중 가장 중요한 두 편지가 패러디되고 있다.

1) 「이 비밀을 공개함으로써, …… 나는 가장 고상한 행위를 하게 되는 것이오! 〈나로 말할 것 같으면, 이 더러운 세상을 깨끗하게 하기 위해 신께서 보낸 사람이란 말이오!〉 난 기꺼이 저 농부의 초가집 지붕 위에 올라가, 거기서 모든 이웃 지주들과 지나가는 사람들에게, 당신이 저지른 추악한 행위들을 소리쳐 알릴 작정이오……!」[33](p. 290)

고골과 비교해 보라.

「혐오스러운 것들에 당황하지 마시고 내게 온갖 혐오스러운 것들을 보여 주시오! 나는 혐오스러운 것이 놀랍지 않아요. 나 자신이 충분히 혐오스러우니까요. 내가 아직 덜 혐오스러울 때 난 온갖 혐오스러운 것에 당황했었지요. …… 나 스스로 보다 더 자세히 혐오스러운 것을

---

33 강조 표시는 필자가 한 것.

살펴보고 난 이후 내 영혼은 투명해졌어요. …… 그리고 이제 신께서 나를 가치 있는 사람으로 인정해 주신 것을 감사드리고 있습니다. 비록 혐오스러운 것이 무엇인지를 부분적으로 알게 되긴 했지만 말입니다. ……」(「여 주지사란 무엇인가」)

또한 다음과 같은 고골의 말을 보라.

눈앞을 스쳐 지나가 버리는 온갖 자질구레한 것들이 모두의 눈앞에 분명하게 나타나도록 삶이 가진 속물성을 이토록 명확하게 나타내는 재능. 속물적인 인간의 속물성을 이렇게 생생하게 그려내는 재능을 가진 작가는 한 사람도 없었어요.(「『죽은 혼』에 대한 세 번째 편지」)

2) 「난 사랑하고 싶소, 인간을 사랑하고 싶단 말이오.」 포마가 비명을 질렀다. 「하지만 내게 인간을 주지 않는구나, 사랑하지 못하게 하는구나, 내게서 인간을 빼앗아 가는구나! 내게 인간을 주시오. 내가 그를 사랑할 수 있도록! 그 인간이 어디 있소? 그 인간은 어디로 숨은 거요? 등불을 들고 다녔던 디오게네스처럼 난 한평생 그 인간을 찾아 다녔지만, 그를 찾을 수가 없구나. 그 인간을 찾기 전에는 난 누구도 사랑할 수 없어. 나를 인간 증오자로 만드는 자에게 불행 있으라! 난 소리쳤소, 내게 인간을 주시오, 내가 그를 사랑할 수 있도록. 그랬더니 내게 팔랄레이를 내밀더군! 내가 팔랄레이를 사랑해야 하나? 내가 팔랄레이를 사랑하고 싶어질까? 설령 사랑하고 싶어진다고 할지라도 사랑하게 될 수 있을까? 불가능해. 왜? 그가 팔랄레이이기 때문이지. 왜 내가 인류를 사랑하지 못할까? 모두가, 이 세상의 모두가 팔랄레이이거나 팔랄레이와 닮았기 때문이야! 난 팔랄레이를 원하지 않아, 난 팔랄레이를 증오해, 난 팔랄레이에게 침이나 뱉어 주겠어, 팔랄레이 따위는 짓밟아 주겠어. 만일 선택해야만 한다면 팔랄레이를 택하느니 차라리 아스모데오를 사랑하겠어!」(pp. 320~321)

고골과 비교해 보라.

난 이 사람을 포옹할 수 없어. 그는 혐오스럽고, 영혼이 속물스럽고, 명예스럽지 못한 행동으로 스스로를 더럽혔어. 나는 그가 내 앞에 서는 것도 허용할 수 없고, 그와 같은 공기를 호흡하는 것조차 싫어. 난 내 주위에 담장을 쌓았지. 그로 하여금 빙 돌아서 가도록, 그리하여 그와 만나지 않도록 말이야. 난 속물스럽고 혐오스러운 사람들과 살 수 없어. 내가 정말로 그런 사람을 형제처럼 포옹하여야만 하는 건가?(「성스러운 부활」)

또한 다음과 같은 고골의 말을 보라.

나는 덕을 사랑하며, 그것을 구하고 있으며, 그것으로 타오르고 있습니다. 하지만 나는 나 자신의 혐오스러운 부분을 사랑할 수 없으며 마치 내 주인공들이 하듯이 그런 부분을 갖고 살 수는 없어요. 나는 나 자신을 덕으로부터 멀게 만드는 나 자신의 천박한 점들을 사랑하지 않아요. 나는 그것들과 싸우고 있고, 싸울 것이며, 그것들을 쫓아 낼 것입니다. 그리고 바로 이 점에서 신께서는 나를 도와주실 것입니다.(「『죽은 혼』에 대한 세 번째 편지」)

하지만 어떻게 형제를 사랑할 수 있을까? 어떻게 인간을 사랑할 수 있을까? 영혼은 아름다움만을 사랑하고 싶어하지만 가련한 인간들은 이토록 불완전하고, 그들에게는 아름다움이 너무나도 적구나! 이를 어떻게 해야 할까?(「러시아를 사랑해야만 한다」)

이름을 반복하는 것도 고골이 자주 사용하던 기법이다. 예를 들어 다음과 같은 구절을 보라.

······이바노프처럼 삶의 온갖 유혹을 위해 죽어야만 한다. 이바노프처럼, 배워야 한다. ······ 이바노프처럼 먼 옷을 희망해야 한다. ······ 이바노프처럼, 모든 것을 참아야 한다. ······ (「역사화가 이바노프」)

앞에서 들었던 도스또예프스끼의 두 인용문에서 패러디는 고골적인 동어 반복을 강조하면서 극단적인 정확성을 획득하고 있다. 팔랄레이라는 이름 자체가 전형적이고 의미론적인 기표이자(팔랄레이 — 덜 떨어진 놈) 언어적인 가면인 것이다. 여기에서 또한 〈아름다운 인간〉에 대한 문제, 즉 고골에게서 이상적인 가면의 문제가 다루어지고 있으며 도스또예프스끼의 일반적인 대답, 즉 완전하지 않은 인간이 아름답다는 대답이 제시되고 있다.

3

『스쩨빤치꼬보 마을』에서 도스또예프스끼는 모든 〈언어적〉 패러디의 수단을 사용하였다. 『서한』의 어휘 자체가 패러디된다.

> 내게는 기념비를 세워 주지 말아요! 난 기념비들이 필요 없으니까! 그대들의 가슴속에 내 기념비를 세워 줘요, 그 이상은 필요 없어요, 필요 없다마다!(p. 304)

고골의 경우와 비교해 보자.

> 내게 어떤 기념비도 세우지 말 것과 기독교인에게 어울리지 않는 쓸데없는 어떤 생각도 하지 말 것을 유언합니다. 나와 가까운 사람들 중 정말로 나를 소중히 여겼던 사람들은 나를 위해 다른 방식으로 기념비를 세울 겁니다. 그는 자기 자신 속에, 절대로 흔들리지 않는 견고함으로 자신의 실제적인 일 속에, 자신의 주위를 격려하고 비추어 주는 일 속에 그것을 세울 겁니다. 내가 죽고 난 이후 내가 살았을 때보다 정신적으로 더욱 성숙해지는 자, 바로 그가 나를 사랑했던 사람이고 나의 친구이며, 그로써 나에게 기념비를 세울 것이라는 사실을 보여 줄 것입니다.(「유언」)

여기서 언어적 패러디는 매우 단순하게 이루어지고 있다. 기념비에 해당하는 러시아 단어 〈빠먀뜨니끄(기념비)〉 대신 〈모누멘뜨(기념비)〉라는 외국어 단어를 사용하는 것이다. 잘 알려진 바처럼, 마카로니 시[34]는 텍스트에 도입된 외국어 단어들이 가진 희극적인 효과 위에 기초하고 있다. 이 시는 하이네가 널리 사용한 바 있다. 러시아 산문에서 고골이 이 기법을 희극적으로 사용했다. 〈N시의 부인들은 풍채가 당당하다고 일컬어지는 사람들이었다.〉〈오른발에 붙어 있는 완두콩 모양의 크지 않은 성가신 상처〉[35] 등등. 도스또예프스끼는 이 기법을 매우 다양하게 만들었다. 이 기법은 도스또예프스끼에게서 희극적인 색채 없이 나타나기도 하는데, 아마도 까람진의 언어적 영향 때문일 것이다.[36] 〈악취 나는 공기〉(『죽음의 집의 기록』), 〈지옥의〉 등등이 그 예이다. 『죽음의 집의 기록』은 패러디적인 은어로 가득하다. 뿐만 아니라 러시아 어 단어를 프랑스 어 철자로 나타내기도 하고, 그 반대로 프랑스 어를 러시아 어 철자로 나타내기도 한다.

특히 도스또예프스끼는 패러디 속에서 단어의 위장술로서 이 기법을 사용하곤 했다. 예를 들면 『악령』에서 뚜르게네프적인 〈충분해〉라든가 까람진적인 〈메르시〉가 그렇다.

복수로 단어를 사용함으로써 생겨나는 희극적인 효과의 극대화도 또한 지적되어야 할 것이다. 〈난 《기념비들이》 필요 없으니까!〉 다른 종류의 언어적 패러디의 기법은 특정한 명사에 결합된

---

34 외국어, 특히 고풍스런 라틴 어나 고상한 뉘앙스의 프랑스 어를 자국어(이 경우에는 러시아 어)와 그대로 섞어 사용함으로써 희극적인 분위기를 만드는 시 장르, 아속혼효체광시(雅俗混淆體狂詩)라고 번역되기도 한다 — 역주.

35 여기서 〈풍채가 당당한(쁘레젠따벨니)〉, 〈성가신 상처(인꼬모디쩨)〉는 외국어 발음을 그대로 러시아 어로 차용한 외국어이다 — 역주.

36 까람진은 러시아 표준어 확립 과정에서 고상한 문체적 효과를 위해 프랑스 어의 적극적인 도입을 시도했다 — 역주.

형용 어구를 떼어 내서 다른 단어에 그것을 결합시키는 것이다. 포마: 〈그는 경박한 작가이기는 했지만 작품에는 때로 굵직굵직한 사상이 존재하지요.〉 고골과 비교해 보자. 〈우리의 언어의 가치에 놀라게 된다. 소리가 나는 것이면 무엇이든 선물이다. 모든 것이 《굵직굵직하고》, 단단한 것이 마치 《진주》와도 같다. 그리고 이름은 대상 그 자체보다 더 가치 있는 것이다.〉(「서정 시인을 위한 대상들」)

〈굵직굵직한 진주〉 — 〈굵직굵직한 언어〉 — 〈굵직굵직한 사상〉, 떼어 내는 과정은 그와 같다. 여러 형상들의 관계 중에서 오직 한 형상에만 관련되는 형용구(언어의 진주)가 직접적으로 두 번째로 옮겨지게 되고 그런 다음 이 두 번째가 다른, 그와 유사한 어떤 것에 의해 대치된다. 이러한 떼어 내기는 기계화하기 기법의 하나이다.

반복을 통한 기계화하기 기법을 우리는 이미 〈천국의 불꽃〉에서 본 바 있다. 반복이 다른 등장 인물에 의해 이루어지는 경우 효과는 더욱 강해진다.

「……내가 이렇게 말하는 것은 아마 당신이 지금 생각하고 있는 것처럼 당신에 대해 내가 승리감에 차 있기 때문에, 혹은 당신 앞에서 나를 치켜세우고자 하는 마음이 있기 때문이 아니라 실은 정말 통곡하는 마음으로 그러는 것이오.」
「하지만 나 자신도 정말 통곡하는 마음으로 하는 거야, 포마, 분명히 말하겠는데……」(p. 178)

고골의 경우와 비교해 보라.

왜냐하면 알 수 있기 때문일 거요, 그대에게 강림한 이 슬픔과 이 고통들이 바로 그대에게서 통곡하는 마음을, 이러한 고통이 없다면 자각되지 않았을 통곡하는 마음을 불러일으키기 위해 강림한 것이라는 사실을 말이오.(「야지꼬프에게 보내는 편지」)[37]

도스또예프스끼의 주인공들은 종종 산쵸 판자가 돈키호테와의 대화 가운데 그를 패러디하는 것과 똑같이 서로서로를 패러디한다. 하지만 도스또예프스끼의 작품들에서 주인공들의 표현은 작가의 인용 속으로 경계를 상실하면서 결합되어, 전이된 패러디적 각인이 되어 버린다. 예컨대 〈나는 러시아를 알고 있고 러시아는 나를 알아요〉라는 포마의 표현은 「여름 인상에 대한 겨울 메모」에서 이미 기존의 맥락에서 벗어나서 사용되고 있다. 또한 동일한 작품에서 지체 부자유자의 루소에 대한 언급, 〈자연과 진리의 인간L'homme de la nature et de la vérité〉이라는 표현이 『지하로부터의 수기』에서는 루소와의 연관을 상실하고 사용된다.

하지만 때로 도스또예프스끼는 『서한』에 나오는 표현을 그대로 옮겨 사용하기도 한다. 예를 들어 〈표현의 고상함〉에 대한 포마의 말, 〈그런 무의미한 예절에 대한 요구는 단지 멍청한 세속인들의 머릿속에서나 생겨날 수 있는 겁니다〉는 「『죽은 혼』에 대한 세 번째 편지」의 한 구절, 즉 〈단지 멍청한 세속인들의 머릿속에서나 그러한 멍청한 생각이 생겨날 수 있다〉는 구절을 축자적으로 반복하고 있다. 그런데 강조되어 있는 표현은 『서한』에 대한 벨린스끼의 서평에서 똑같이 강조되어 있던 것이다.

4

『스쩨빤치꼬보 마을』이 가지고 있는 패러디적인 성격이 문학

---

37 『서한』에 나오는 단어들은 전체적으로 도스또예프스끼의 기억 속에 자리 잡았다고 할 수 있다. 『악령』에서 그는 〈통곡하다〉라는 단어를 패러디하고 있다. 레뱌드낀 대위는 스따브로긴에게 자신의 시들을 낭송하면서 마치 고골에게 〈작별의 작품들〉이 그러했듯이 자신에게 이 시들이 〈통곡하고 있다〉고 말한다.

적 인식에 도달되지 못했다는 사실은 특징적이지만 유일한 것은 아니다. 예컨대 사건의 개요에 대한 패러디는 깊숙이 감춰지게 마련이다. 「눌린 백작」의 패러디는, 만일 뿌쉬낀 자신이 이를 언급하지 않았더라면 과연 다른 누군가가 그것이 패러디라는 사실을 짐작할 수 있었을까?[38] 그렇게 밝혀지지 않은 패러디가 얼마나 많을까? 패러디가 밝혀지지 않게 되면 작품은 변화하게 된다. 마치 원래 자신에게 주어진 차원에서 떨어져 나온 모든 문학 작품들이 변화하듯이 말이다. 하지만 문체적 특수성에 그 주요한 요소가 있는 패러디의 경우 자신의 두 번째 차원(즉 단순히 잊혀질 수도 있는 차원)에서 떨어져 나오게 되면 당연히 패러디적 성격을 상실하게 된다. 대부분 이러한 상황이 희극적 장르로서의 패러디의 문제를 결정한다. 희극성은 일반적으로 패러디에 수반되는 색채이기는 하지만 패러디적 성격 자체의 색채는 아니다. 작품이 가지고 있는 패러디적인 성격은 없어질 수도 있지만 색채는 남는다. 모든 패러디는 기법을 가지고 노는 변증법적 유희이다. 만일 비극의 패러디가 희극이라면 희극의 패러디는 비극이 될 수 있다.

---

38 「눌린 백작」에 대한 언급이다. 「눌린 백작」은 뿌쉬낀의 작품이다 — 역주.

도스또예프스끼 연보

1790년 아버지 미하일 안드레예비치 도스또예프스끼, 우니아뜨교 사제의 아들이며 뽀돌리야의 귀족 가문의 자손으로 태어남. 모스끄바의 내외과(內外科) 아카데미에 들어가 1812년 조국 전쟁 때 부상자들을 돌봄. 1819년에 마리야 네차예프와 결혼.

1820년 첫아들 미하일 태어남. 아버지 미하일 도스또예프스끼는 군대에서 제대한 후 모스끄바에 있는 자선 병원의 주치의 자리를 얻음.

1821년 출생 10월 30일(현재의 그레고리우스력(曆)으로는 11월 11일) 부모가 살고 있던 모스끄바의 마린스끼 자선 병원의 부속 건물에서 둘째 아들 표도르 미하일로비치 도스또예프스끼 태어남. 11월 4일 마린스끼 병원 근처, 상뜨 뻬뜨로 빠블로프스끼 성당에서 어린 표도르에게 세례를 줌. 표도르란 이름은 그의 대부이자 외조부인 표도르 네차예프(1769~1832)에게서 물려받은 것으로 보임.

1822년 1세 12월 5일 여동생 바르바라 태어남.

1825년 4세 3월 15일 남동생 안드레이 태어남.

1829년 8세 7월 22일 쌍둥이 여동생이 태어나나 그중 동생인 베라만 살아남음.

1831년 10세 여름 아버지 미하일 도스또예프스끼가 뚤라 지방의 다로보예 영지를 사들임. 8월 농부 마레이 사건 발생(『작가 일기』 1876년 2월호에 이 사건을 소재로 한 단편 「농부 마레이」 발표). 12월 13일 남동생 니꼴라이 태어남.

1832년 11세 4월 어머니 마리야 표도로브나, 세 아들을 데리고 다로보예 영지로 감. 6월 도스또예프스끼 부부, 다로보예 옆에 있는 주민 1백여 명의 체레모쉬냐 마을을 사들임. 9월 도스또예프스끼, 어머니와 형제들과 모스끄바로 돌아옴.

1833년 12세 가을 형 미하일과 드라슈소프 씨 집에서 기숙사 생활. 4월 4일 부활절 주간에 소유지가 화재로 잿더미가 됨. 도스또예프스끼 부부, 여름 내내 피해 복구.

1834년 13세 여름 다로보예에서 지내면서 월터 스콧의 작품 탐독. 10월 도스또예프스끼와 형 미하일, 체르마끄가 경영하는 중학 과정의 기숙 학교에 들어감.

1835년 14세 7월 25일 여동생 알렉산드라 태어남.

1837년 16세 1월 29일 단테스 남작과의 결투로 뿌쉬낀 사망. 이 소식에 온 러시아가 충격에 휩싸임. 2월 27일 도스또예프스끼의 어머니 마리야 사망. 봄 도스또예프스끼, 갑작스런 후두염과 목소리 상실로 고생함. 이 병은 그를 평생 따라다님. 5월 아버지와 형 미하일 그리고 표도르 도스또예프스끼, 수도 뻬쩨르부르그로 일주일간 마차 여행(모스끄바와 뻬쩨르부르그 두 도시 간의 철도는 1851년에 개통됨). 두 형제는 뻬쩨르부르그로 가서 중앙 공병 학교의 입학을 목표로 K. F. 꼬스또마로프가 경영하던 기숙 학교에 들어감. 아버지와 두 형제들 작별 이후 더 이상 만나지 못함. 7월 1일 도스또예프스끼의 아버지, 건강상의 이유로 퇴역한 후 아직 어린 두 딸과 시골로 들어감. 9월 두 형제가 공병 학교에 응시하나 표도르 혼자 합격(형 미하일은 신체 검사 결과 불합격).

1838년 17세 1월 16일 공병 학교에 입학. 6월 뻬쩨르부르그 근처에서 야영 생활. 돈이 떨어져서 아버지에게 서신으로 줄기차게 돈을 요구함.

1839년 18세 6월 6일 도스또예프스끼의 아버지, 다로보예 농노들에게 살해당함.

1840년 19세　11월 29일 하사관으로 임명됨. 군생활을 지겨워함. 호프만, 실러, 빅토르 위고, 셰익스피어, 라신, 괴테의 책을 읽음.

1841년 20세　8월 소위보로 진급됨. 미완성으로 남아 있는 두 편의 희곡, 「마리 스튜어트Marie Stuart」와 「보리스 고두노프Boris Godunov」를 씀. 알렉산드리야 극장을 자주 드나들며 발레와 음악회를 감상함.

1842년 21세　8월 육군 소위가 됨.

1843년 22세　8월 공병 학교를 졸업하고 공병국 제도실에서 근무. 9월 친구 리젠캄프 박사가 살고 있는 아파트에 자리 잡음. 박사의 환자들과 알게 됨. 돈이 떨어져 P. 까레삔에게 돈을 요구. 12월 발자크의 소설『외제니 그랑데*Eugénie Grandet*』(1834년 판) 번역. 형 미하일에게 공병 학교 친구들과 더불어 번역 작업을 할 것을 제의.

1844년 23세　2월 재정 상태가 극도로 안 좋아짐. 유산 관리인으로부터 일시금을 받고, 토지와 농노에 대한 상속권을 방기함. 8월 제대 신청. 10월 19일 제대함.『가난한 사람들*Bednye liudi*』 집필 시작.

1845년 24세　1월 『가난한 사람들』 처음부터 다시 쓰기 시작. 3월 소설『가난한 사람들』 끝냄. 4월 세 번째로 전체 수정. 5월 원고를 친구 그리고로비치Grigorovich에게 읽어 줌. 그리고로비치가 이 글을 가지고 네끄라소프Nekrasov에게 뛰어감. 네끄라소프, 열광하여 그다음 날로 유명한 평론가 벨린스끼에게 보임. 작품이 성공을 거둠. 여름 레벨에 있는 형의 집에서 기거하며 두 번째 중편소설『분신*Dvoinik*』에 착수함. 11월 하룻밤 만에 「아홉 통의 편지로 된 소설Roman v deviati pis'makh」을 씀. 벨린스끼와 뚜르게네프가 도스또예프스끼의 절도 없는 생활을 비난함. 12월 벨린스끼의 집에서 열린 문학 모임에서『분신』을 낭독함.

1846년 25세　1월 24일『뻬쩨르부르그 선집*Peterburgskii sbornik*』에『가난한 사람들』을 발표. 2월 두 번째 작품인『분신』을『조국 수기*Otechestvennye zapiski*』에 발표. 봄 뻬뜨라셰프스끼를 알게 됨. 여름 레벨에 있는 형 집에서 「쁘로하르친 씨Gospodin Prokharchin」 집필. 10월 5일 게르쩬을 알게 됨. 『여주인*Khoziaika*』과『네또츠까 네즈바노바*Netochka Nezvanova*』 쓰기 시작. 가벼운 간질 증세. 10월 「쁘로하르친 씨」를 잡지『조국 수기』에 발표.

1847년 26세 1월 소설 「아홉 통의 편지로 된 소설」을 잡지 『동시대인 Sovremennik』에 발표. 1~3월 벨린스끼와 절연. 6월 「뻬쩨르부르그 연대기 Peterburgskaia letonisi」를 신문 「상뜨 뻬쩨르부르그 통보 Sankt-Peterburgskie vedomosti」에 발표함. 7월 7일 센나야 광장에서 갑작스러운 첫 번째 간질 발작. 7월 15일 뻬쩨르부르그 근교에서 도스또예프스끼의 절친한 친구이자 시인인 B. 마이꼬프가 뇌졸중으로 인해 익사함. 가을 『가난한 사람들』이 단행본으로 나옴. 10~12월 『여주인』을 『조국 수기』지에 발표함.

1848년 27세 5월 28일 비사리온 벨린스끼 사망. 가을 뻬뜨라셰프스끼와 스뻬쉬네프와 화해하고 그들의 사회주의 이론에 흥미를 느낌. 12월 뻬뜨라셰프스끼의 집에서 푸리에주의와 공산주의에 관한 강연을 들음.

• 『조국 수기』에 발표한 작품들 : 「남의 아내 Chuzhaia zhena」(1월) 「약한 마음 Slavoe serdtse」(2월), 「뽈준꼬프」, 『닳고 닳은 사람 이야기』(1장 「퇴역 군인」, 2장 「정직한 도둑」, 후에 1장은 완전히 삭제하고 제목도 「정직한 도둑 Chestnyi vor」으로 바꿈), 「크리스마스 트리와 결혼식 Iolka i svad'ba」, 「백야 Belye nochi」(12월), 「질투하는 남편」(「질투하는 남편」을 12월 『조국 수기』에 발표하였으나, 1월에 발표한 「남의 아내」와 합쳐 「남의 아내와 침대 밑 남편」으로 개작함).

1849년 28세 연초에 뻬뜨라셰프스끼 친구들 집에서 금요일마다 열리는 문학 모임에 참석. 1~2월 『조국 수기』에 『네또츠까 네즈바노바』 일부 발표(4월 체포로 인해 작업이 중단됨). 4월 7일 푸리에의 탄생일 기념으로 〈뻬뜨라셰프스끼 모임〉에서 점심 식사. 4월 15일 뻬뜨라셰프스끼 집에서 열린 한 모임에서 도스또예프스끼는, 〈절대 왕정의 입장을 신봉했다는 이유로 고골을 비난하는 내용을 담은〉 벨린스끼의 편지를 두 번째로 읽음. 4월 23일 고발에 의해 새벽 5시에 체포당함. 9월 30일 재판 시작. 11월 13일 벨린스끼의 〈사악한〉 편지를 퍼뜨린 죄목으로 사형을 선고받음. 12월 22일 세묘노프스끼 광장에서 사형수들의 형을 집행하기 직전, 황제의 특사로 형 집행이 중단되고 강제 노동형으로 감형됨.

1850년 29세 1월 11일 또볼스끄에 도착하여 이곳에서 여러 명의 12월 당원(제까브리스뜨) 아내들의 방문을 받음. 그중 폰비진의 아내는 그에게 10루블짜리 지폐가 표지에 숨겨진 복음서를 몰래 건네줌. 1월 23일 옴스끄에 도착하여 4년을 지냄. 이 기간 동안 가족에게 편지 쓰기를 금지당한 채 혹독하고 비참한 수용소 생활을 견뎌 냄.

1854년 33세 2월 중순 출옥. 2월 22일 감옥 생활을 묘사한 편지를 형에게 보냄. 3월 2일 시베리아 전선 세미팔라친스끄에 주둔 중인 제7대대에 배치됨. 봄에 세무관 이사예프와 알게 됨. 이사예프 부인에게 반함. 이 기간에 뚜르게네프, 똘스또이, 곤차로프, 칸트, 헤겔 등의 서적을 탐독함. 11월 21일 세미팔라친스끄에 검찰관으로 임명된 브란겔 남작과 가까운 친구가 됨.

1855년 34세 2월 18일 니꼴라이 1세 사망. 8월 4일 세무관 이사예프 사망. 12월 브란겔, 세미팔라친스끄를 떠남.
• 이해에 『죽음의 집의 기록 Zapiski iz miortvogo doma』을 쓰기 시작.

1856년 35세 브란겔, 상뜨 뻬쩨르부르그에서 도스또예프스끼의 사면을 위해 활동을 함. 11월 26일 마리야 드미뜨리예브나 이사예프가 오랜 망설임 끝에 도스또예프스끼의 청혼을 승낙함.

1857년 36세 2월 6일 마리야 드미뜨리예브나 이사예프와 결혼. 4월 17일 이전의 권리(세습 귀족 신분)를 되찾음. 8월 감옥에서 구상하고 집필에 들어갔던 「꼬마 영웅 Malenkii geroi」이 『조국 수기』에 M이라는 익명으로 실림. 12월 간질 증세로 인해 군복무를 계속할 수 없다는 진단을 받음.

1858년 37세 봄 까뜨꼬프에게 편지를 보내 『러시아 통보 Russkii vestnik』지에 중편소설 게재를 요청함. 까뜨꼬프 받아들임. 6월 19일 형 미하일이 정치와 문학 잡지 『시대 Vremia』지의 출판 허가를 요청함. 9월 30일 미하일, 잡지 출판 허가받음. 10월 31일 돈 떨어짐. 두 편의 중편과 장편 한 편을 씀.

1859년 38세 3월 18일 하사관으로 제대함. 3월 『아저씨의 꿈 Diadiushkin son』이 『러시아 말 Russkoe slovo』지에 실림. 4월 11일 소설 『스쩨빤치꼬보 마을 사람들 Selo stepantikovo』을 까뜨꼬프에게 보냄. 7월 2일 세미팔라친스끄를 떠나 뜨베리로 감. 8월 19일 뜨베리 도착. 8월 28일 형 미하일이 도착하여 며칠간 동생과 함께 지냄. 도스또예프스끼, 상뜨 뻬쩨르부르그에서 거주할 허가를 얻기 위해 교섭. 뜨베리에 싫증을 냄. 10월 6일 네끄라소프,

『동시대인』지에서 『스쩨빤치꼬보 마을 사람들』 출판에 동의함. 도스또예프스끼는 『죽음의 집의 기록』 집필 구상. 11월 상뜨 뻬쩨르부르그 거주를 허가받음. 그러나 평생 비밀 경찰의 감시를 받게 됨. 12월 상뜨 뻬쩨르부르그에 도착(10년 만의 귀환). 며칠 후 스뜨라호프Strakhov와 알게 되고 친구가 됨. 후에 그는 도스또예프스끼의 공식 전기를 쓰게 됨. 11~12월『스쩨빤치꼬보 마을 사람들』이 『조국 수기』지에 실림.

1860년 39세 봄 여배우 A. I. 쉬베르뜨의 집에 드나들게 되고 그녀의 남동생 내외와도 알게 됨. 3~4월 〈문학 기금〉을 위한 두 편의 연극에 참여(고골의 「검찰관Revizor」과 「코nos」). 9월『러시아 세계*Russkii mir*』지(67호)에 『죽음의 집의 기록』 연재 시작. 11월 검열 당국은 『죽음의 집의 기록』의 불온한 표현들을 삭제한다는 조건으로 이 책의 출판을 허가함. 가을 형과 함께 문학 서클 〈편집자들의 모임〉 결성. 당대의 유명 인사들이 대거 참여.
- 도스또예프스끼의 작품들이 두 권의 책으로 나옴.

1권 : 『가난한 사람들』, 『네또츠까 네즈바노바』, 「백야」, 「정직한 도둑」, 「크리스마스 트리와 결혼식」, 「남의 아내와 침대 밑 남편」, 「꼬마 영웅」. 2권 : 『아저씨의 꿈』, 『스쩨빤치꼬보 마을 사람들』.

1861년 40세 3월 5일 2월 19일의 농노 해방령이 시행됨. 7월『상처받은 사람들*Unizhennye i oskorblionnye*』 마지막 손질. 『시대』지에 기고. 9월 『상처받은 사람들』 출판 허가. 이 해에 많은 작가들과 관계를 맺음. 그중에는 곤차로프, 오스뜨로프스끼, 살띠꼬프 쉬체드린도 있음.
- 『상처받은 사람들』이 두 권의 단행본으로 출간됨.

1862년 41세 1월『죽음의 집의 기록』의 두 번째 부분이 『시대』지에 실림. 1월 16일『죽음의 집의 기록』의 단행본을 내기 위해 바주노프와 계약. 5월 온천에 가기 위해 통행증 신청. 5월 16일 상뜨 뻬쩨르부르그에서 화재 발생, 15일간 계속되어 1천여 개의 상점이 잿더미가 됨. 도스또예프스끼, 크게 놀람. 6월 7일 처음으로 외국 여행. 6월 8~26일 베를린, 드레스덴, 프랑크푸르트, 쾰른, 파리 등을 여행. 7월 초 런던에 가서 게르쩬 만남. 〈도스또예프스끼가 어제 나를 만나러 왔습니다. 그는 순수하고, 그다지 명석하지는 않지만 매력있는 사람입니다. 그는 러시아 민족을 열광적으로 믿고 있습니다.〉(1862년 7월 17일 게르쩬이 오가례프Ogarev에게 보낸 편지) 7월 7일

체르니셰프스끼Chernyshevskii가 체포되어 뻬뜨로 빠블로프스끼 감옥에 감금됨. 7월 8일 도스또예프스끼, 파리로 돌아가기 전 게르쩬에게 자신의 서명이 든 사진을 선물함. 7월 15일 쾰른으로 갔다가 라인 강을 거쳐 스위스로. 그 후엔 이탈리아로 감. 12월 『시대』지에 『악몽 같은 이야기 Skvernyi anekdot』 발표.

1863년 42세 2월 『시대』지에 「여름 인상에 대한 겨울 메모 Zimnie zametki o letnikh vpechatleniakh」 연재됨. 4월 『시대』지, 스뜨라호프가 1월에 발생한 폴란드인의 무장봉기 실패에 관해서 폴란드인에게 유리한 기사를 실었다는 이유로 4호로 발행 정지됨. 5월 『시대』지 출판 금지 당함. 8월 외국으로 떠남. 8월 14일 파리에 도착하여 다음 날 먼저 와 있던 수슬로바와 만남. 둘의 관계가 악화되고 그는 노름판에서 돈을 잃음. 9월 수슬로바와 이탈리아로 출발. 바덴바덴에서 머물다가 뚜르게네프를 만남. 노름판에서 3천 프랑을 잃음. 바덴바덴을 떠나 토리노로 감. 그다음 제네바로 가서 도스또예프스끼는 시계를, 수슬로바는 반지를 저당잡힘. 그 후 제네바, 로마, 리보르노로 여행. 9월 17일 로마의 성 베드로 성당 방문. 9월 18일 포럼 산책. 스뜨라호프에게 편지를 보내 『노름꾼 Igrok』에 대한 이야기와 돈이 궁한 사정을 호소함. 스뜨라호프는 도스또예프스끼가 토리노로 가기 전, 그에게서 〈독서를 위한 총서〉의 편집자가 되겠다는 약속을 받아 냄. 10월 수슬로바와 나폴리 체류. 그곳에서 게르쩬 가족을 만남. 그 후 토리노로 돌아옴. 10월 8일 수슬로바와 헤어짐. 수슬로바는 파리로 떠남. 도스또예프스끼는 함부르크로 가서 도박을 하고 돈을 잃음. 수슬로바에게 편지를 보내 350프랑을 받음. 이 시기에 『노름꾼』과 『지하로부터의 수기 Zapiskii iz podlpol'ia』 쓰기 시작. 10월의 마지막 10일 동안 러시아로 돌아감. 11월 형 미하일, 내무부 장관 발루예프에게 『시대』지를 다른 이름으로 낼 수 있게 해달라고 요청.

1864년 43세 1월 발루예프, 형 미하일에게 『세기 Epokha』지 출판 허가 내 줌. 3월 21일 『세기』지 첫 호 나옴. 3~4월 『지하로부터의 수기』를 『세기』지에 발표. 4월 4일 〈오전 문학 모임〉에서 『죽음의 집의 기록』의 일부를 낭독함. 4월 14~15일 아내 마리야 드미뜨리예브나의 건강 상태 악화. 새벽 4시에 병자 성사. 낮 동안 각혈 계속됨. 저녁 7시에 숨을 거둠. 4월 16일 죽은 아내의 머리맡에서 수첩에 자신의 반성을 적음. 〈아내 마샤는 탁자 위에서 쉬고 있다. 마샤를 다시 볼 수 있을까?〉 4월 말 뻬쩨르부르그로 돌아감. 7월

10일 아침 7시, 빠블로프스끼에서 형 미하일 사망. 그의 아내가 『세기』지 발간을 계속해 나갈 것을 허가받음. 9월 25일 친구 아뽈론 그리고리예프 죽음.
• 『죽음의 집의 기록』이 두 권의 독일어 판으로 라이프치히 출판사에서 나옴.

1865년 44세 3월 31일 친구 브란겔에게 아내의 죽음을 알리는 편지를 씀. 〈그녀는 나를 무척이나 사랑했지. 그리고 나도 그녀를 한없이 사랑했네. 그런데 우린 이제 함께 행복을 나눌 수 없게 되었어……. 내 삶은 갑자기 둘로 나뉘어 버렸어.〉 이 시기에 꼬르빈 끄루꼬프스까야 부인, 후에 유명한 수학자가 된 소피야 꼬발레프스까야와의 우정이 시작됨. 4~5월 꼬르빈 끄루꼬프스까야 부인에게 청혼하나 거절당함. 5월 10일 외국 여행을 위해 여권 신청. 6월 『세기』지 2호에 「악어」 연재(「기이한 사건 혹은 아케이드에서의 돌발적 사건」이라는 제목으로 연재 시작). 『세기』지, 재정난으로 발행 중단 (통권 13호). 여름에 출판업자 스쩰로프스끼와 계약을 맺고 자기의 모든 작품을 양도하고 1866년 11월 1일까지 일정 페이지의 새 소설을 탈고하겠다고 약속함. 계약을 이행하지 못할 경우 스쩰로프스끼는 보조금 지급 없이 이후의 모든 작품에 대한 저작권을 가지기로 함. 도스또예프스끼, 3천 루블을 받고 모든 작품의 저작권을 팔아 버림. 7월 말 비스바덴에 도착. 8월 3일 뚜르게네프에게 편지를 보내 노름판에서 거액을 잃은 사실을 알리고 1백 탈러를 보내 달라고 부탁함. 수슬로바, 도스또예프스끼를 만나러 비스바덴으로 감. 8월 8일 50탈러를 부쳐 주어서 고맙다는 편지를 뚜르게네프에게 씀. 9월 밀류꼬프에게 편지를 보내 어디든 상관없으니 중편소설을 팔아 당장 8백 루블을 보내 달라고 부탁하지만 허탕. 〈나는 호텔에 묵고 있습니다. 빚이 불어나서 위협을 받고 있습니다. 그리고 한 푼도 없는 실정입니다.〉 밀류꼬프는 〈독서를 위한 총서〉, 『동시대인』, 『조국 수기』지에 요청하지만 모두 그가 요구하는 선불금을 거절함. 까뜨꼬프에게 『죄와 벌 Prestuplenie i nakazanie』의 구상을 알리는 편지의 초안 작성. 편지에 소설의 줄거리 묘사. 10월 코펜하겐에 도착하여 친구 브란겔의 집에서 10일을 보냄. 15일 상뜨 뻬쩨르부르그로 돌아옴. 11월 2일 수슬로바를 만나 다시 청혼함. 11월 8일 브란겔에게 보낸 편지에서 돌아온 첫 주에 세 차례의 간질 발작이 있었음을 알림. 까뜨꼬프가 그에게 선불금 지급. 11월 말 『죄와 벌』 초고를 태워 버림. 〈새 형식, 새 플롯이 내 마음을 사로잡아 나는 모두 다시 시작했다.〉 (1866년 2월 18일 브란겔에게 보낸 편지) 『죄와 벌』을 쓰는 동안 센나야 광장 근처로 자주 산책 나감. 어느 날 술 취한 군인이 다가와 목에 걸고 있던 십자가를 팔겠다고 해 그 십자가를 사서 목에 걸고 다님. 1867년 외국으로 떠날 때 상뜨 뻬쩨르부르그에 놓고 갔으며 이후 없어짐.
• 도스또예프스끼의 전집이 작가의 검토와 보충을 거쳐 스쩰로프스끼 출판사에서 나옴.
1권 :「여주인」,「쁘로하르친 씨」,「약한 마음」,『죽음의 집의 기록』,『가난한 사람들』,「백야」,「정직한 도둑」. 2권 :『상처받은 사람들』,『지하로부터의 수기』,「악몽 같은 이야기」,「여름 인상에 대한 겨울 메모」등.
도스또예프스끼의 여러 단편들과 중편들이 같은 출판사에서 단행본으로 나옴.『가난한 사람들』,「백야」,「약한 마음」,「여주인」,「쁘로하르친 씨」 등.『죽음의 집의 기록』의 세 번째 판이 검토를 거치고 새 장들이 추가되어 나옴.

1866년 45세 1월『죄와 벌』,『러시아 통보』지에 연재 시작(12월호로 완결). 1월 14일 고리대금업자 뽀쁘프와 그의 하녀 노르만이 대학생 다닐로프에게 살해되고 금품을 강탈당함. 도스또예프스끼는『백치 Idiot』를 쓰며 이 사건을 숙고함. 3~4월『동시대인』지에『죄와 벌』에 대한 비호의적인 평이 실림. 4월 4일 러시아 황제 알렉산드르 2세에 대한 까라꼬조프의 암살 계획. 도스또예프스끼는 이 사건에 깜짝 놀람. 6월 여름을 여동생의 가족이 사는 곳에서 가까운 모스끄바의 교외 지역인 류블리노에서 보냄.『노름꾼』의 줄거리와『죄와 벌』5부 작업.『러시아 통보』의 편집자 까뜨꼬프에게 부도덕한 장면이라고 지적당한 2부의 6장을 수정해야 했음(라스꼴리니꼬프와 소냐가 복음서를 읽는 장면). 9월 까라꼬조프에 대한 재판과 판결. 도스또예프스끼는 작가 노트와『악령』의 도입부에서 이 재판에 대해 언급함. 10월 스쩰로프스끼에게 약속한 소설을 제때에 끝내기 위해 속기사를 고용하기로 결심함. 10월 3일 저녁때 안나 그리고리예브나 스니뜨끼나 Anna Grigorievna Snitkina가 찾아와 속기사로 일하겠다고 함. 그다음 날『노름꾼』구술 시작. 29일에 끝냄. 30일, 31일 원고 정서함. 11월『노름꾼』원고를 스쩰로프스끼에게 가져감. 스쩰로프스끼는 자리에 없고 그의 서기가 원고를 거절함. 도스또예프스끼는 출판사 부근의 경찰서에 소설을 맡김. 11월 3일 어머니 집에 있는 안나 그리고리예브나를 방문함. 그리고『죄와 벌』마지막 부분을 속기해 달라고 부탁함. 11월 8일 안나 그리고리예브나에게 청혼. 그녀의 수락. 이달 말, 도스또예프스끼는 하나뿐인 외투를 저당잡혀 쪼들리는 친척들을 도움.
• 도스또예프스끼 전집 제3권 나옴(스젤로프스끼 출판사).
수록 작품 : 『노름꾼』, 『분신』, 「크리스마스 트리와 결혼식」, 「남의 아내와 침대 밑 남편」, 「꼬마 영웅」, 「네또츠까 네즈바노바」, 『아저씨의 꿈』, 『스쩨빤치꼬보 마을 사람들』. 스젤로프스끼 출판사에서 단편, 중단편들이 단행본으로 나옴. 『분신』, 『지하로부터의 수기』, 『노름꾼』, 「크리스마스 트리와 결혼식」, 「악어Krokodil」, 「악몽 같은 이야기」 등. 『상처받은 사람들』 세 번째 개정판(스젤로프스끼 출판사). 『스쩨빤치꼬보 마을 사람들』의 세 번째 판 (스젤로프스끼 출판사).

1867년 46세 2월 15일 저녁 7시, 삼위일체 대성당에서 도스또예프스끼와 안나 그리고리예브나의 결혼식. 3월 30일 도스또예프스끼와 그의 아내, 모스끄바에 도착. 듀소 호텔로 감. 모스끄바에서 보석상 까밀꼬프가 양갓집 아들 마주린에게 살해당하는 사건이 발생. 도스또예프스끼는 이 범죄 사건을 『백치』의 마지막에 이용함. 4월 도스또예프스끼 부부, 외국으로 갈 계획 세움. 4월 12일 안나 그리고리예브나, 돈을 빌리기 위해 개인 물품을 저당 잡힘. 빌린 돈의 일부를 도스또예프스끼 가족에게 줌. 4월 14일 도스또예프스끼 부부, 외국으로 떠나 4년 넘게 체류. 안나 그리고리예브나 일기 쓰기 시작. 4월 17일과 18일 베를린 체류. 4월 19일 드레스덴에 도착, 미술관에서 라파엘의 마돈나 감상. 책 사들임. 5월 4일 도스또예프스끼, 룰렛 게임을 하러 함부르크로 출발. 5월 5일 도박을 하여 처음에 땄으나 그 후에 거액을 잃고 아내에게 여러 차례 돈을 요구하지만 이 돈마저 잃음. 5월 15일 드레스덴으로 돌아옴. 5월 25일 알렉산드르 2세에 대한 폴란드 이민자 베레조프스끼의 암살 음모. 파리 체류. 6월 디킨스, 위고를 읽음. 베토벤, 바그너의 음악회 감상. 이달 여러 번의 간질 발작을 일으킴. 6월 21일 도스또예프스끼 부부, 바덴바덴으로 떠남. 이후 룰렛 게임을 계속함. 6월 28일 뚜르게네프를 만나러 감. 러시아와 서양의 관계에 대한 생각 차이로 말다툼. 7월 10일 도박으로 마지막 남은 돈을 잃음. 물건을 저당잡힘. 7월 16일 도벨린스끼에 대한 기사 쓰기 시작. 8월 11일 도스또예프스끼 부부, 제네바로 떠남. 바젤에 들러 미술관 방문. 8월 13일 제네바 도착. 8월 28일 가리발디와 바꾸닌의 협력으로 제네바에서 평화와 자유 연맹의 첫 번째 회의 열림. 도스또예프스끼, 여러 회의에 참석. 9월 도박으로 또 손해를 봄. 제네바에 싫증을 냄. 경제 사정 매우 악화. 10월 『백치』 집필. 도박으로 돈을 잃음. 물건을 저당잡힘. 12월 6일 『백치』의 최종 원고 작업 돌입. 〈내 소설의 주요 생각은 지극히 완전한 사람을 그리는 데 있다.〉
• 『죄와 벌』 수정판이 두 권으로 바주노프 출판사에서 나옴.

1868년 47세 2월 22일 딸 소피야 태어남. 3월 10일 한 가족(6명)이 땀보프에서 살해되는 사건 발생. 16세의 고등학생이 용의자로 지목됨. 도스또예프스끼는 이 사건을 『백치』 2부에 이용함. 도박 계속. 5월 12일 어린 딸 소피야 죽음. 9월 밀라노 도착. 성당에 감. 11월 피렌체로 출발. 그곳에서 겨울을 남.
• 『러시아 통보』지에 『백치』 게재.

1869년 48세 봄 러시아의 친구들과 활발한 서신 교환. 무신론에 관한 소설을 구상. 7월 프라하에서 사흘을 보낸 다음 베네치아, 볼로냐를 거쳐 드레스덴으로 돌아감. 9월 14일 딸 류보프 출생. 11월 21일 모스끄바에서 혁명 운동가 네차예프를 지도자로 하는 〈민중의 복수〉라는 혁명 단체가 불복종을 이유로 농학과 학생 이바노프를 암살함(소위 네차예프 사건). 도스또예프스끼는 이 사건을 주의 깊게 연구하여 후에 『악령 besy』에 이용함.

1870년 49세 봄 니힐리즘에 대한 〈악의적인 것〉 작업(『악령』). 6~8월 프랑스-프로이센 전쟁. 도스또예프스끼, 자기 일기와 서신에 유럽의 사건들에 대해 언급.
• 『오로라 L'Aurore』에 『영원한 남편 Vechniimuzh』 실림. 『죄와 벌』, 전집 제4권으로 나옴(스쩰로프스끼 출판사).

1871년 50세 1월 『러시아 통보』지에 『악령』 연재 시작. 3~5월 파리 코뮌. 도스또예프스끼의 편지와 『미성년 Podrostok』의 작가 노트에서 이 사건을 반영했음을 밝힘. 4월 비스바덴에 가서 룰렛 게임. 돈을 잃고 아내에게 편지를 써서 다시는 도박을 하지 않겠다고 약속함. 러시아가 그리워져서 다시 돌아갈 생각을 함. 7월 1일 네차예프의 재판. 재판의 내용이 『악령』 2부와 3부에서 이용됨. 7월 5일 드레스덴을 떠나 뻬쩨르부르그 도착. 7월 16일 뻬쩨르부르그에서 아들 표도르 태어남.
• 바주노프 사에서 〈동시대 작가 총서〉의 하나로 『영원한 남편』이 단행본으로 나옴.

1872년 51세 4~5월 딸 류보프의 팔이 부러짐. 도스또예프스끼, 뜨레쨔꼬프에게 주문받은 초상화를 그리기 위해 뻬로프의 모델이 됨. 5월 15일 여름을 지내기 위해 스따라야 루사로 떠남. 며칠 후 딸의 잘 낫지 않는 팔을 수술하기 위해 뻬쩨르부르그로 다시 돌아옴. 10월 30일 『시민 *Grazhdanin*』지에서 도스또예프스끼와 공동 작업할 것임을 알림. 11~12월 안나 그리고리예브나, 『악령』을 직접 출판하기 위해 교섭. 도스또예프스끼, 『시민』지의 편집 일을 맡음. 12월 말 도스또예프스끼, 『시민』지 1호에 『작가 일기』제1장 원고 조판 작업. 독감과 폐기종으로 고생하기 시작.

1873년 52세 1월 1일 『시민』지 제1호가 나옴. 편집장을 맡음. 1월 7일 끼르끼즈 대표단이 겨울 궁전으로 알렉산드르 2세를 접견하러 감. 검열 당국의 사전 허가를 받지 않은 점을 변명하기 위해 도스또예프스끼도 따라감. 뽀베도노스쩨프(성무권의 담당 검사관)가 왕위 계승자 알렉산드르 알렉산드로비치에게 편지와 『악령』 견본 보냄. 2월 26일 안나 그리고리예브나가 출판한 『악령』 판매 시작. 2월 27일 슬라브 자선 단체의 회원으로 뽑힘. 6월 11일 검열법 위반으로 25루블의 벌금형과 48시간의 구류(끼르끼즈 대표단 사건) 처분받음. 6월 15일 시인 쮸체프 사망. 그에 대한 글을 『시민』지에 기고함.
• 『악령』이 세 권의 단행본으로 나옴. 정치적, 연대기적, 문학적 기사와 중편소설, 일상 생활을 묘사한 『작가 일기』가 『시민』지에 연재됨. 『작가 일기』(『시민』지 제6호)에 단편 「보보끄」가 실림.

1874년 53세 1월 『백치』, 두 권의 단행본으로 나옴. 3월 11일 『시민』지 10호에 기고한 글 〈러시아에 사는 독일인들에 대한 비스마르크 왕자의 생각과 관련된 두 단어〉로 잡지는 첫 번째 경고를 받음. 3월 21일과 22일 센나야 광장의 보초에게 체포당함. 이때 『레 미제라블』을 다시 읽음. 4월 22일 건강상의 이유로 『시민』지의 편집장직 사퇴. 그러나 기고는 중단하지 않음. 6월 4일 스따라야 루사를 떠나 엠스에 온천 요법을 받으러 감. 6월 12일 엠스에 도착. 독감에 걸림. 엠스에 싫증을 냄. 뿌쉬낀을 다시 읽고 『미성년』 작업. 〈엠스가 너무 싫은 나머지 감옥이 더 나을 것 같다.〉 7~8월 제네바에 가서 딸 소냐의 무덤에 감. 8월 10일 스따라야 루사로 돌아옴. 이곳에서 겨울을 나기로 결심함. 10월 12일 네끄라소프에게 보낸 편지에 『조국 수기』지에 자기 소설 『미성년』이 실릴 것이라고 알림.

1875년 54세 4월 9일 안나 그리고리예브나, 꾸르스끄 지방에 있는 남동생 아내의 땅을 소작하기로 남동생과 합의. 5월 26일 도스또예프스끼, 엠스로 떠남. 처음 왔을 때와 같은 참기 힘든 인상을 받음. 욥기를 읽음. 7월 7일 스따라야 루사로 돌아옴. 8월 10일 아들 알렉세이 태어남. 12월 길에서 일곱 살의 거지 어린애와 자주 만나며 그의 생활에 관심을 가지고 질문을 함. 현대의 부모와 아이들에 관한 소설 구상. 12월 27일 비행 청소년을 위한 감화원 방문. 12월 31일 개인 잡지『작가 일기』의 발행 허가가 내려짐.
  •『죽음의 집의 기록』제4판이 두 권의 책으로 나옴.『미성년』이『조국 수기』(1~12월호)에 실림.

1876년 55세 1월 월간『작가 일기』제1호 발행. 단편「예수의 크리스마스 트리에 초대된 아이」발표. 2월『작가 일기』2월호에 단편「농부 마레이」발표. 3월 영적 경험.『작가 일기』3월호에 단편「백 살의 노파」실림. 5월 18일 안나 그리고리예브나, 남동생에게 스따라야 루사에 집을 한 채 사놓으라고 시킴. 7월 도스또예프스끼, 엠스로 떠남. 그곳에서 의사는 〈죽으려면 아직도 멀었다〉고 안심시킴. 10월 도스또예프스끼가『작가 일기』에서 말한 계모 꼬르닐로바의 재판이 열림. 그는 죄수를 두 번 방문함.『작가 일기』는 점점 더 풍부한 통신란이나 다름없게 됨. 11월 도스또예프스끼는 뽀베도노스쩨프의 충고에 대해『작가 일기』의 별책들을 유명해지게 할 것을 제안.『온순한 여자*Krotkaia*』집필,『작가 일기』11월호에 발표. 12월 6일 까잔 광장에서 대학생들의 시위와 난투극.『작가 일기』에서 이 사건을 상세히 다룸.
  •『미성년』이 3권의 단행본으로 나옴.『작가 일기』계속 발간.

1877년 56세 봄 스따라야 루사에 안나 그리고리예브나의 동생 명의로 집을 사들임. 4월 러시아 황제의 성명. 러시아 군대가 터키 영토에 진입. 도스또예프스끼는 성명을 읽고 까잔 성당에 감. 4월 22일 꼬르닐로바의 두 번째 재판에 참석함. 피고는 무죄 석방됨. 검사는 처음 선고는『작가 일기』의 기사에 따라 취소되었다고 말함.『작가 일기』4월호에 단편「우스운 사람의 꿈」발표. 도스또예프스끼 가족, 여름을 안나 그리고리예브나의 남동생 소유지에서 보냄. 7월『안나 까레니나』8부가 단행본으로 나옴. 전쟁에 대한 똘스또이의 반체제적 견해 때문에 거부되었던 책으로『러시아 통보』지의 편집부에서 펴냄. 도스또예프스끼, 그 책을 구입. 7월 19일 꾸르스끄 지방으로 떠남. 어린 시절을 보낸 다로보예로 감. 12월 27일 시인 네끄라소프 사망. 충격에 싸인 도스또예프스끼는 밤을 새워 죽은 시인의 시를 낭독함. 12월 29일 연말 공식 회의에서 도스또예프스끼가 과학 아카데미 러시아 문헌 분과의 객원 회원으로 뽑혔음을 알려 옴. 12월 30일 네끄라소프 장례식에서 간단한 연설을 함.
• 『작가 일기』 계속 발간. 『죄와 벌』 4판이 두 권으로 나옴. 『온순한 여자』가 「상뜨 뻬쩨르부르그 신문」에 프랑스어로 번역됨. 단행본으로도 나옴.

1878년 57세　연초 도스또예프스끼, 매달 문학인 협회가 주관하는 저녁 모임 참가. 3월 베라 자술리치의 재판. 베라는 정치범을 하찮은 이유로 채찍질한 뜨레뽀프 경찰국장을 저격. 도스또예프스끼, 재판 방청. 5월 16일 세 살의 어린 아들 알렉세이 도스또예프스끼, 갑작스러운 간질 발작으로 죽음. 아들이 죽은 후 그는 자주 블라지미르 솔로비요프를 만남. 6월 23일 솔로비요프와 함께 러시아 영성의 중심지 중 하나인 옵찌나 수도원에 감. 암브로시 장로와 두 번의 대화. 그로부터 『까라마조프 씨네 형제들 *Brat'ia Karamazovy*』의 영감을 얻음. 12월 계획을 세우고 『까라마조프 씨네 형제들』의 첫 부분 씀. 12월 14일 『상처받은 사람들』의 넬리 이야기를 자선 문학의 밤 모임에서 낭독. 〈문학 기금〉의 저녁 모임에서 뿌쉬낀의 『예언자』를 읽음. 이 겨울 동안 문단에 자주 나옴.
• 『작가 일기』 1877년 12월호가 1878년 1월에 나옴.

1879년 58세　3월 9일 〈문학 기금〉을 위한 연회에서 도스또예프스끼는 『까라마조프 씨네 형제들』의 일부분을 낭독함. 3월 13일 뚜르게네프 기념 오찬 모임에서 뚜르게네프와 도스또예프스끼 사이의 별로 좋지 않은 이야기들이 회자됨. 3월 20일 어린 딸을 괴롭힌 혐의로 고발당한 외국인 브룬스트의 재판. 도스또예프스끼는 이 사건에 매우 깊은 인상을 받아 『까라마조프 씨네 형제들』에 이용함. 도스또예프스끼는 술 취한 남자 때문에 길에 넘어져 얼굴에 상처를 입음. 그의 항의에도 불구하고 가해자는 16루블의 벌금형을 받음. 빅토르 위고의 주재로 열리는 런던 문학 회의에 참여해 달라는 요청을 건강상의 이유로 거절함. 7월 22일 엠스로 떠남. 베를린에서 이틀 머무름. 수족관, 박물관, 티어가르텐 구경. 7월 24일 엠스 도착. 그가 이곳에 머무는 동안 그의 아내는 아이들을 데리고 그녀의 친척인 꾸마닌 부인의 토지 분할 문제를 처리하기 위해 랴잔 지방에 감. 꾸마닌 부인은 2백 평방미터의 산림과 1백 평방미터의 경작지를 보유. 8월 6일 형수 죽음. 9월 러시아로 돌아옴.『까라마조프 씨네 형제들』작업. 10월 알렉세이 똘스또이의 미망인, 똘스또이 백작 부인이 도스또예프스끼에게 드레스덴 박물관에 있는 라파엘의「시스티나의 마돈나」사진을 보여 줌.
• 『까라마조프 씨네 형제들』(소설 3부의 제4권까지)『러시아 통보』에서 나옴.『작가 일기』제2판 1876년.『상처받은 사람들』제5판.

1880년 59세 1월 도스또예프스끼의 아내가 출판한 작품 판매. 1월 17일 도스또예프스끼와 프랑스 외교관이자 작가인 보귀에 사이에 논쟁[보귀에는 후에 유명한 책,『러시아 소설』(1886)을 씀]. 도스또예프스끼는 다음과 같이 말함. 〈우리는 모든 민족들이 가진 특징을 가지고 있습니다. 그 위에 모든 러시아의 특징도. 그 이유는 우리는 당신들을 이해할 수 있기 때문입니다. 그러나 당신들은 우리에 미치지 못합니다.〉 자선 문학의 밤 행사에 여러 번 참여, 자기 작품의 몇몇 부분을 읽음. 4월 6일 뻬쩨르부르그 대학에서 열린 블라지미르 솔로비요프의 박사 논문 통과 심사에 참석. 5월 11일 모스끄바에서 열리는 뿌쉬낀 동상 제막식에서 슬라브 자선 단체의 대표로 임명됨. 5월 23일 모스끄바 도착. 5월 24일 도스또예프스끼를 축하하는 오찬. 여러 작가들 참석. 6월 6일 뿌쉬낀 동상 제막식. 6월 7일 첫번째 공개 회의, 뚜르게네프 연설. 6월 8일 두 번째 공개 회의. 도스또예프스끼, 대중의 열광을 불러일으킨 뿌쉬낀에 대한 연설을 함. 월계관을 받음. 저녁에『예언자』낭독. 밤에 그는 뿌쉬낀 동상에 가서 자기가 받은 월계관을 바침. 6월 10일 모스끄바를 떠나 스따라야 루사로 감.『까라마조프 씨네 형제들』쓰기 시작. 9월 26일 똘스또이가 스뜨라호프에게 편지를 보내『죽음의 집의 기록』은 뿌쉬낀의 작품을 포함하여 새로운 모든 문학 작품들 중 가장 아름다운 책이라고 말함. 11월 8일 도스또예프스끼,『러시아 통보』지에『까라마조프 씨네 형제들』의 마지막 장들을 보냄. 〈내 소설은 끝났습니다. 이 소설에 바친 3년과 출판한 2년, 나에게는 의미 있는 순간입니다. 작별 인사를 하지 않은 것을 용서하시기 바랍니다. 나는 20년은 더 살면서 글을 쓸 작정입니다.〉 11월 29일 한 편지에서 나쁜 건강 상태에 대해 불평(폐기종으로 고생). 12월 10일 젊은 메레쥐꼬프스끼Merezhkovskii의 방문을 허락. 15세의 젊은 시인은 도스또예프스끼에게 자신의 시를 읽어 줌. 〈제대로 쓰기 위해서는 고통을 감내해야 한다.〉
• 〈뿌쉬낀에 대한 연설〉이『모스끄바 통보』지에 실림.『까라마조프 씨네 형

제들』,『러시아 통보』지에 연재(11월 완결).『작가 일기』제2판 1880년.『까라마조프 씨네 형제들』단행본 며칠 만에 동이 남.

1881년 60세 1월『작가 일기』작업. 1월 19일 알렉세이 똘스또이의 미망인 집에서 열린 연극『폭군 이반의 죽음 Smert' Groznogo Ivana』에서 수도승 역을 맡음. 1월 26일 상속 문제로 여동생이 찾아와 다투고 간 후 도스또예프스끼 각혈, 5시 반에 의사 폰 브레첼 도착, 진찰 도중 다시 각혈, 의식을 잃음, 6시경 병자 성사를 받음, 7시경 아내와 아이들에게 작별 인사. 1월 27일 각혈 멈춤. 1월 28일 아침 7시 도스또예프스끼는 아내에게 오늘 틀림없이 죽을 것 같다고 말함. 그는 복음서를 아무데나 펼쳐「마태오의 복음서」3장, 14~15절을 읽음. 죽음의 전조가 보임. 아침 11시 또 각혈. 저녁 7시 자식들을 불러 아들에게 자신의 성서를 건네줌. 저녁 8시 38분 도스또예프스끼 사망. 1월 31일 알렉산드르 네프스끼 수도원 묘지에 묻힘, 많은 사람들이 긴 행렬을 이루며 그의 죽음을 애도함.

•『죽음의 집의 기록』제5판 나옴.『상처받은 사람들』의 프랑스어 번역이「상뜨 뻬쩨르부르그 신문」에 실림.『죽음의 집의 기록』영어로 번역됨.『상처받은 사람들』스웨덴어로 번역됨.

열린책들 세계문학 114 스쩨빤치꼬보 마을 사람들

옮긴이 변현태 1966년 부산에서 태어나 서울대학교 노어노문학과를 졸업했으며, 동 대학원에서 석사 과정을 마치고 박사 과정을 수료하였다. 러시아 모스끄바 국립대학교 박사 과정을 졸업했으며, 현재 서울대학교 노어노문학과 부교수로 재직 중이다. 논문으로 「17세기 웃음 문학의 희극성」, 「바흐찐의 소설 이론」, 「17세기 웃음 문학과 바로크 문학의 상호 관계에 대하여」 등이 있다.

지은이 표도르 도스또예프스끼 **옮긴이** 변현태 **발행인** 홍예빈·홍유진
발행처 주식회사 열린책들 **주소** 경기도 파주시 문발로 253 파주출판도시
전화 031-955-4000 팩스 031-955-4004 홈페이지 www.openbooks.co.kr
Copyright (C) 주식회사 열린책들, 2000, 2010, *Printed in Korea.*
ISBN 978-89-329-1114-4 04890 **ISBN** 978-89-329-1499-2 (세트)
발행일 2000년 6월 15일 초판 1쇄 2002년 1월 25일 신판 1쇄 2003년 4월 20일 신판 2쇄 2007년 2월 5일 3판 1쇄 2010년 4월 30일 세계문학판 1쇄 2023년 4월 5일 세계문학판 3쇄

이 도서의 국립중앙도서관 출판예정도서목록(CIP)은 서지정보유통지원시스템 홈페이지(http://seoji.nl.go.kr)와 국가자료공동목록시스템(http://www.nl.go.kr/kolisnet)에서 이용하실 수 있습니다.(CIP제어번호:CIP2010001410)

열린책들 세계문학
Open Books World Literature

001 죄와 벌 전2권
표도르 도스또예프스끼 장편소설 | 홍대화 옮김 | 각 408, 512면

죄와 벌의 심리 과정을 따라가며 혁명 사상의 실제적 문제를 제시하는 명작
- 고려대학교 선정 〈교양 명저 60선〉
- 미국 대학 위원회 선정 SAT 추천 도서

003 최초의 인간
알베르 카뮈 장편소설 | 김화영 옮김 | 392면

20세기 문학의 정점을 이룬 알베르 카뮈 최후의 육성
- 1957년 노벨 문학상 수상 작가

004 소설 전2권
제임스 미치너 장편소설 | 윤희기 옮김 | 각 280, 368면

〈소설이란 무엇인가〉라는 주제를 작가, 편집자, 비평가, 독자의 입장에서 풀어 나간 작품
- 〈이달의 청소년도서〉 선정
- 한국 간행물 윤리 위원회 선정 〈청소년 권장 도서〉

006 개를 데리고 다니는 부인
안똔 체호프 소설선집 | 오종우 옮김 | 368면

삶의 진실과 인간의 참모습을 웃음과 울음으로 드러내는 위대한 작품
- 1993년 서울대학교 선정 〈동서 고전 200선〉
- 2002년 노벨 연구소가 선정한 〈세계문학 100선〉

007 우주 만화
이탈로 칼비노 단편집 | 김운찬 옮김 | 416면

25편 단편 속 신비로운 존재 〈크프우프크〉를 통해 환상적으로 창조된 우스꽝스러운 우주

008 댈러웨이 부인
버지니아 울프 장편소설 | 최애리 옮김 | 296면

난해한 〈의식의 흐름〉 기법과 〈내적 독백〉을 시도한 영국 모더니즘 소설의 고전
- 2005년 『타임』지 선정 〈100대 영문 소설〉, 〈20세기 100선〉
- 2009년 『뉴스위크』 선정 〈세계 100대 명저〉

009 어머니
막심 고리끼 장편소설 | 최윤락 옮김 | 544면

혁명의 교과서이자 인간다운 삶의 권리를 일깨우는 영원한 고전
- 1912년 그리보예도프상
- 2006년 이고르 수히흐 교수 〈러시아 문학 20세기의 책 20권〉
- 서울대학교 권장 도서 100선

010 변신
프란츠 카프카 중단편집 | 홍성광 옮김 | 464면

어디에도 안주하지 못하는 인간의 모습을 초현실적으로 그려 낸 카프카의 주옥같은 단편들
- 서울대학교 권장 도서 100선

011 전도서에 바치는 장미
로저 젤라즈니 중단편집 | 김상훈 옮김 | 432면

신화와 SF의 융합, 흥미롭고 지적인 중단편 소설집

012 대위의 딸
알렉산드르 뿌쉬낀 장편소설 | 석영중 옮김 | 240면

역사적 대사건을 가정 소설과 연애 소설의 형식에 녹여 내어 조망한 산문 예술의 정점
- 2000년 한국 백상 출판 문화상 번역상

013 바다의 침묵
베르코르 소설집 | 이상해 옮김 | 256면

전쟁과 이데올로기에 가려진 인간성에 대하여 고찰한 레지스탕스 문학의 백미

014 원수들, 사랑 이야기
아이작 싱어 장편소설 | 김진준 옮김 | 320면

유대인 학살에서 살아남은 네 남녀의 사랑과 상처를 그린 소설
- 1978년 노벨 문학상 수상 작가

015 백치 전2권
표도르 도스또예프스끼 장편소설 | 김근식 옮김 | 각 504, 528면

백치 미쉬낀을 통해 구현하는 완전한 아름다움과 순수한 인간의 형상
- 피터 박스올 〈죽기 전에 읽어야 할 1001권의 책〉

017 1984년
조지 오웰 장편소설 | 박경서 옮김 | 392면

감시하고 통제하는 전체주의의 권력 앞에 무력해지는 인간의 삶
- 2009년 『뉴스위크』 선정 〈세계 100대 명저〉
- 『타임』지가 뽑은 〈20세기 100선〉

019 이상한 나라의 앨리스
루이스 캐럴 환상동화 | 머빈 피크 그림 | 최용준 옮김 | 336면

시공을 초월하며 상상력과 호기심의 한계를 허무는 루이스 캐럴의 환상 동화
- 2003년 BBC 〈영국인들이 가장 사랑하는 소설 100편〉
- 2004년 〈한국 문인이 선호하는 세계 명작 소설 100선〉

020 베네치아에서의 죽음
토마스 만 중단편집 | 홍성광 옮김 | 432면

삶과 죽음, 예술과 일상이라는 양극의 주제를 다룬 걸작
- 1929년 노벨 문학상 수상 작가
- 피터 박스올 《죽기 전에 읽어야 할 1001권의 책》

021 그리스인 조르바
니코스 카잔차키스 장편소설 | 이윤기 옮김 | 488면

카잔차키스가 그려 낸 자유인 조르바의 영혼의 투쟁
- 2002년 노벨 연구소가 선정한 《세계문학 100선》
- 2004년 《한국 문인이 선호하는 세계 명작 소설 100선》
- 2005년 동아일보 선정 《21세기 신고전 50선》
- 피터 박스올 《죽기 전에 읽어야 할 1001권의 책》

022 벚꽃 동산
안똔 체호프 희곡선집 | 오종우 옮김 | 336면

거창한 사상보다는 삶의 사소함을 객관적인 문체로 그린, 가장 원숙한 체호프의 작품
- 2006년 이고르 수히흐 교수 《러시아 문학 20세기의 책 20권》
- 미국 대학 위원회 선정 SAT 추천 도서
- 서울대학교 권장 도서 100선

023 연애 소설 읽는 노인
루이스 세풀베다 장편소설 | 정창 옮김 | 192면

담백하고 섬세한 문체와 간결한 내용에 인간의 탐욕과 자연의 거대함을 담은 환경 소설
- 1989년 티그레 후안상
- 1998년 전 세계 베스트셀러 8위

024 젊은 사자들 전2권
어윈 쇼 장편소설 | 정영문 옮김 | 각 416, 408면

인간의 어리석음, 광기, 우스팡스러움을 탁월하게 포착한 전쟁 소설이자 심리 소설
- 1945년 오 헨리 문학상
- 1970년 플레이보이상

026 젊은 베르테르의 슬픔
요한 볼프강 폰 괴테 장편소설 | 김인순 옮김 | 240면

사랑의 열병을 앓는 전 세계 젊은이들의 영혼을 울린 감성 문학의 고전
- 2003년 크리스티아네 취른트 《사람이 읽어야 할 모든 것, 책》
- 피터 박스올 《죽기 전에 읽어야 할 1001권의 책》

027 시라노
에드몽 로스탕 희곡 | 이상해 옮김 | 256면

명랑한 영웅주의, 감미로운 연애 감정, 기발하고 화려한 시구들이 돋보이는 명작
- 미국 대학 위원회 선정 SAT 추천 도서

028 전망 좋은 방
E. M. 포스터 장편소설 | 고정아 옮김 | 352면

영국 사회의 계층 간 갈등과 가치관의 충돌을 날카롭게 포착한 걸작
- 1998년 랜덤하우스 모던 라이브러리 선정 《최고의 영문 소설 100》
- 피터 박스올 《죽기 전에 읽어야 할 1001권의 책》

029 까라마조프 씨네 형제들 전3권
표도르 도스또예프스끼 장편소설 | 이대우 옮김 | 각 496, 496, 460면

많은 인물군과 에피소드를 통해 심오한 사상과 예술적 깊이를 보여 주는 도스또예프스끼 40년 창작의 결산
- 국립중앙도서관 선정 청소년 권장 도서 50선
- 서울대학교 권장 도서 100선
- 서머싯 몸 선정 세계 10대 소설

032 프랑스 중위의 여자 전2권
존 파울즈 장편소설 | 김석희 옮김 | 각 344면

자유에 대한 정열이 고갈된 20세기에 대한 탁월한 우화
- 1969년 실버펜상
- 2005년 『타임』지 선정 《100대 영문 소설》

034 소립자
미셸 우엘벡 장편소설 | 이세욱 옮김 | 448면

성(性) 풍속의 변천 과정을 중심으로 전개되는 두 형제의 쓸쓸한 삶을 다룬 작품
- 1998년 《타임스 리터러리 서플리먼트》 선정 《올해의 책》
- 2002년 국제 IMPAC 더블린 문학상
- 1998년 《리르》 선정 《올해 최고의 책》

035 영혼의 자서전 전2권
니코스 카잔차키스 자서전 | 안정효 옮김 | 각 352, 408면

카잔차키스 자신의 삶의 여정을 아름답게 묘사한 자전적 소설

037 우리들
예브게니 자먀찐 장편소설 | 석영중 옮김 | 320면

인간이 인간일 수 있음을 방해하는 모든 제도를 거부하는, 디스토피아 소설의 효시
- 2006년 이고르 수히흐 교수 《러시아 문학 20세기의 책 20권》
- 피터 박스올 《죽기 전에 읽어야 할 1001권의 책》

038 뉴욕 3부작
폴 오스터 장편소설 | 황보석 옮김 | 480면

추리 소설의 형식을 빌려 장르의 관습을 뒤엎어 버린, 가장 미국적인 소설
- 피터 박스올 《죽기 전에 읽어야 할 1001권의 책》

039 닥터 지바고 전2권
보리스 파스테르나크 장편소설 | 홍대화 옮김 | 각 480, 592면
장엄한 시대의 증언으로 러시아 문학의 지평을 넓힌 해빙기 문학의 정수
- 1958년 노벨 문학상
- 미국 대학 위원회 선정 SAT 추천 도서
- 『타임』지가 뽑은 〈20세기 100선〉

041 고리오 영감
오노레 드 발자크 장편소설 | 임희근 옮김 | 456면
〈인간 희극〉 시리즈의 으뜸으로, 이후 방대한 소설 세계를 열어 주는 발자크의 대표작
- 2002년 노벨 연구소가 선정한 〈세계문학 100선〉
- 연세대학교 권장 도서 200권

042 뿌리 전2권
알렉스 헤일리 장편소설 | 안정효 옮김 | 각 400, 448면
10여 년간의 철저한 자료 조사로 재구성된 르포르타주 문학의 걸작
- 1977년 퓰리처상
- 1977년 전미 도서상
- 2004년 〈한국 문인이 선호하는 세계 명작 소설 100선〉
- 2005년 헨리 포드사 선정 〈75년간 미국을 뒤바꾼 75가지〉

044 백년보다 긴 하루
친기즈 아이뜨마또프 장편소설 | 황보석 옮김 | 560면
꿈꾸는 듯한 현실과 현실 같은 상상이 절묘하게 어우러진, 소비에트 문화권 최고의 스테디셀러
- 1983년 소비에트 문학상
- 1994년 오스트리아 유럽 문학상

045 최후의 세계
크리스토프 란스마이어 장편소설 | 장희권 옮김 | 264면
신화적 인물과 모티프를 현대적 관심사들과 결합시킨 지적 신화 소설
- 1988년 프랑크푸르트 도서전 선정 〈올해의 책〉
- 1988년 안톤 빌트간스상
- 1992년 독일 바이에른 주 학술원 대문학상
- 피터 박스올 〈죽기 전에 읽어야 할 1001권의 책〉

046 추운 나라에서 돌아온 스파이
존 르카레 장편소설 | 김석희 옮김 | 368면
20세기 냉전이 낳은 존 르카레 최고의 스릴러
- 1963년 서머싯 몸상
- 1963년 영국 추리작가 협회상
- 1963년 미국 추리작가 협회상
- 2005년 『타임』지 선정 〈100대 영문 소설〉

047 산도칸 – 몸프라쳄의 호랑이
에밀리오 살가리 장편소설 | 유향란 옮김 | 428면
말레이시아 해를 배경으로 펼쳐지는 해적 산도칸과 그의 친구 야녜스의 활약상
- 피터 박스올 〈죽기 전에 읽어야 할 1001권의 책〉

048 기적의 시대
보리슬라프 페키치 장편소설 | 이윤기 옮김 | 560면
예수가 행한 기적의 이면을 인간의 입장에서 조명한 기막힌 패러디
- 1965년 유고슬라비아 문학상

049 그리고 죽음
짐 크레이스 장편소설 | 김석희 옮김 | 224면
성장과 소멸, 삶과 죽음이 자연과 인간에게 주는 의미를 성찰하게 하는 걸작
- 1999년 전미 비평가 협회상
- 1999년 『가디언』 선정 〈올해의 책〉

050 세설 전2권
다니자키 준이치로 장편소설 | 송태욱 옮김 | 각 480면
몰락한 오사가 상류층의 네 자매의 결혼 이야기를 통해 당시의 풍속을 잔잔하게 그린 작품

052 세상이 끝날 때까지 아직 10억 년
스뜨루가츠끼 형제 장편소설 | 석영중 옮김 | 224면
반유토피아 문학의 전통을 계승한 정치 풍자로 판금 조치를 당하기도 한 문제작
- 1988년 〈이달의 청소년 도서〉 선정

053 동물 농장
조지 오웰 장편소설 | 박경서 옮김 | 208면
스딸린 통치의 역사를 동물 우화에 빗댄 정치 알레고리 소설의 고전
- 2008년 영국 플래닛닷컴 선정 〈역사상 가장 위대한 소설 10〉
- 2009년 『뉴스위크』 선정 〈세계 100대 명저〉

054 캉디드 혹은 낙관주의
볼테르 장편소설 | 이봉지 옮김 | 232면
해학과 풍자를 통해 작가 자신의 철학을 고스란히 담아 낸 철학적 콩트의 정수
- 1993년 서울대학교 선정 〈동서 고전 200선〉
- 미국 대학 위원회 선정 SAT 추천 도서

055 도적 떼
프리드리히 폰 실러 희곡 | 김인순 옮김 | 264면
〈형제의 반목〉이라는 모티프를 이용하여 자유와 반항을 설득력 있게 묘사한 비극
- 1993년 서울대학교 선정 〈동서 고전 200선〉
- 고려대학교 선정 〈교양 명저 60선〉

056 플로베르의 앵무새
줄리언 반스 장편소설 | 신재실 옮김 | 320면
예술 작품을 둘러싸고 벌어지는 인간 사회의 다양한 양상을 날카롭게 통찰한 작품
- 1986년 메디치상
- 1986년 E. M. 포스터상
- 1987년 구텐베르크상

057 악령 전3권
표도르 도스또예프스끼 장편소설 | 박혜경 옮김 | 각 328, 408, 528면

실제 사건에 심리적, 형이상학적 색채를 가미한 위대한 비극
- 1966년 동아일보 선정 〈한국 명사들의 추천 도서〉
- 피터 박스올 〈죽기 전에 읽어야 할 1001권의 책〉

060 의심스러운 싸움
존 스타인벡 장편소설 | 윤희기 옮김 | 340면

1930년대 대공황기 캘리포니아 농장 지대의 파업을 극적으로 그린 소설
- 1937년 캘리포니아 커먼웰스 클럽 금상
- 1962년 노벨 문학상 수상 작가

061 몽유병자들 전2권
헤르만 브로흐 장편소설 | 김경연 옮김 | 각 568, 544면

현대 문명의 병폐와 가치의 붕괴를 상징적, 비판적으로 해석한 박물 소설이자 모든 문학적 표현 수단의 총체

063 몰타의 매
대실 해밋 장편소설 | 고정아 옮김 | 304면

하드보일드 소설의 창시자 대실 해밋의 세계 최초 탐정 소설
- 2009년 『뉴스위크』 선정 〈세계 100대 명자〉
- 뉴욕 추리 전문 서점 블랙 오키드 선정 〈최고의 추리 소설 10〉

064 마야꼬프스끼 선집
블라지미르 마야꼬프스끼 선집 | 석영중 옮김 | 320면

20세기 러시아의 위대한 혁명 시인 마야꼬프스끼의 대표적인 시와 산문 모음집

065 드라큘라 전2권
브램 스토커 장편소설 | 이세욱 옮김 | 각 340, 344면

공포와 성(性)을 결합시킨 환상 문학의 고전
- 2003년 크리스티아네 취른트 〈사람이 읽어야 할 모든 것 책〉
- 피터 박스올 〈죽기 전에 읽어야 할 1001권의 책〉

067 서부 전선 이상 없다
에리히 마리아 레마르크 장편소설 | 홍성광 옮김 | 336면

지극히 평범한 한 인간을 통해 전쟁의 본질을 보여 주는, 가장 위대한 전쟁 소설
- 미국 대학 위원회 선정 SAT 추천 도서
- 『타임』지가 뽑은 〈20세기 100선〉
- 피터 박스올 〈죽기 전에 읽어야 할 1001권의 책〉

068 적과 흑 전2권
스탕달 장편소설 | 임미경 옮김 | 각 432, 368면

〈출세〉를 향한 젊은이의 성공과 좌절을 통해 부조리한 사회 구조를 고발한 작품
- 2002년 노벨 연구소가 선정한 〈세계문학 100선〉
- 국립중앙도서관 선정 청소년 권장 도서 50선
- 서울대학교 권장 도서 100선

070 지상에서 영원으로 전3권
제임스 존스 장편소설 | 이종인 옮김 | 각 396, 380, 496면

제2차 세계 대전을 배경으로 두 쌍의 연인을 통해 하와이 주둔 미군 부대의 실상을 폭로한 자연주의 소설
- 1952년 전미 도서상
- 1998년 랜덤하우스 모던 라이브러리 선정 〈최고의 영문 소설 100〉

073 파우스트
요한 볼프강 폰 괴테 희곡 | 김인순 옮김 | 568면

진리를 찾는 파우스트를 통해 인간사의 모든 문제를 상징적으로 표현한 고전 중의 고전
- 2002년 노벨 연구소가 선정한 〈세계문학 100선〉
- 2003년 국립중앙도서관 선정 〈고전 100선〉
- 미국 대학 위원회 선정 SAT 추천 도서
- 서울대학교 권장 도서 100선
- 『뉴스위크』 선정 〈세상을 움직인 100권의 책〉

074 쾌걸 조로
존스턴 매컬리 장편소설 | 김훈 옮김 | 316면

마스크 뒤에 정체를 감추고 폭압에 맞서 싸우는 쾌걸 조로의 가슴 시원한 활약

075 거장과 마르가리따 전2권
미하일 불가꼬프 장편소설 | 홍대화 옮김 | 각 364, 328면

스딸린 치하의 소비에트 사회를 풍자하는 서늘한 공포와 유쾌한 웃음의 묘미
- 2006년 이고르 수히흐 교수 〈러시아 문학 20세기의 책 20권〉
- 피터 박스올 〈죽기 전에 읽어야 할 1001권의 책〉

077 순수의 시대
이디스 워튼 장편소설 | 고정아 옮김 | 448면

사랑과 결혼의 의미를 찾는 세 남녀의 이야기를 세밀하게 그려 낸 연애 소설의 고전
- 1998년 랜덤하우스 모던 라이브러리 선정 〈최고의 영문 소설 100〉
- 2009년 『뉴스위크』 선정 〈세계 100대 명자〉

078 검의 대가
아르투로 페레스 레베르테 장편소설 | 김수진 옮김 | 384면

1868년 마드리드, 역사적인 음모와 계략 그리고 화려한 검술이 엮어 내는 지적 미스터리
- 1993년 『리르』지 선정 〈10대 외국 소설가〉
- 1997년 코레오 그룹상
- 2000년 『뉴욕 타임스』 선정 〈올해의 포켓북〉

079 예브게니 오네긴
알렉산드르 뿌쉬낀 운문소설 | 석영중 옮김 | 328면

패러디의 소설이자 소설의 패러디. 러시아가 낳은 위대한 시인 뿌쉬낀의 장편 운문 소설
- 고려대학교 선정 〈교양 명저 60선〉
- 연세대학교 권장 도서 200권

080 장미의 이름 전2권
움베르토 에코 장편소설 | 이윤기 옮김 | 각 440, 448면

에코의 해박한 인류학적 지식과 기호학 이론이 녹아 있는 중세 추리 소설
- 1981년 스트레가상
- 1982년 메디치상
- 『타임』지가 뽑은 〈20세기 100선〉

082 향수
파트리크 쥐스킨트 장편소설 | 강명순 옮김 | 384면

지상 최고의 향수를 만들려는 한 악마적 천재의 기상천외한 이야기
- 2003년 BBC 「빅리드」조사 〈영국인들이 가장 사랑하는 소설 100편〉
- 2008년 서울대학교 대출 도서 순위 20

083 여자를 안다는 것
아모스 오즈 장편소설 | 최창모 옮김 | 280면

현대 히브리 문학의 대표적 작가이자 평화 운동가인 아모스 오즈의 대표작

084 나는 고양이로소이다
나쓰메 소세키 장편소설 | 김난주 옮김 | 544면

고양이의 눈에 비친 인간들의 우스꽝스럽고도 서글픈 초상

085 웃는 남자 전2권
빅토르 위고 장편소설 | 이형식 옮김 | 각 472, 496면

17세기 영국 사회에 대한 묘사와 역사에 대한 통찰력이 돋보이는 위고의 최고 걸작

087 아웃 오브 아프리카
카렌 블릭센 장편소설 | 민승남 옮김 | 480면

아프리카에 바치는, 아프리카인과 나눈 사랑과 교감 그리고 우정과 깨달음의 기록
- 피터 박스올 《죽기 전에 읽어야 할 1001권의 책》

088 무엇을 할 것인가 전2권
니꼴라이 체르니셰프스끼 장편소설 | 서정록 옮김 | 각 360, 404면

젊은 지식인들에게 〈혁명의 교과서〉로 추앙받은 사회주의 이상 소설

090 도나 플로르와 그녀의 두 남편 전2권
조르지 아마두 장편소설 | 오숙은 옮김 | 각 408, 308면

브라질의 국민 작가 아마두의 관능적이고도 익살이 넘치는 대표작

092 미사고의 숲
로버트 홀드스톡 장편소설 | 김상훈 옮김 | 424면

신화의 원형과 〈숲〉으로 상징되는 집단 무의식의 본질을 유려한 문체로 형상화한 걸작
- 1985년 세계 환상 문학상 대상
- 2003년 프랑스 환상 문학상 특별상

093 신곡 전3권
단테 알리기에리 장편서사시 | 김운찬 옮김 | 각 292, 296, 328면

총 1만 4233행으로 기록된, 단테의 일주일 동안의 저승 여행 이야기
- 2009년 『뉴스위크』 선정 〈세계 100대 명저〉
- 서울대학교 권장 도서 100선

096 교수
샬럿 브론테 장편소설 | 배미영 옮김 | 368면

권위와 위선을 거부하고 자립해 가는 인간들의 모순된 내면 심리에 대한 탁월한 묘사

097 노름꾼
표도르 도스또예프스끼 장편소설 | 이재필 옮김 | 320면

잡지의 실패, 형과 아내의 죽음, 빚…… 파국으로 치닫는 악몽 같은 이야기로 승화한 작가의 회상

098 하워즈 엔드
E. M. 포스터 장편소설 | 고정아 옮김 | 508면

정교한 플롯과 다채로운 인물 묘사가 돋보이는 E. M. 포스터의 역작
- 1998년 랜덤하우스 모던 라이브러리 선정 〈최고의 영문 소설 100〉
- 2004년 〈한국 문인이 선호하는 세계 명작 소설 100선〉

099 최후의 유혹 전2권
니코스 카잔차키스 장편소설 | 안정효 옮김 | 각 408면

예수뿐 아니라 그의 주변 인물들에게까지 생생한 살과 영혼을 부여한 소설
- 피터 박스올 《죽기 전에 읽어야 할 1001권의 책》

101 키리냐가
마이크 레스닉 장편소설 | 최용준 옮김 | 464면

모든 문제에 대한 해답이 존재했던, 잃어버린 유토피아에 관한 우화
- 1989년 휴고상

102 바스커빌가의 개
아서 코넌 도일 장편소설 | 조영학 옮김 | 264면

가장 매력적인 탐정 〈셜록 홈스〉를 창조해 낸 코넌 도일 최고의 장편소설
- 『히치콕 매거진』 선정 〈세계 10대 추리 소설〉
- 피터 박스올 《죽기 전에 읽어야 할 1001권의 책》

103 버마 시절
조지 오웰 장편소설 | 박경서 옮김 | 408면

〈인도 제국주의 경찰〉이라는 실제 경험을 바탕으로 완성한 조지 오웰의 첫 장편, 그 식민지의 기록

104 10 1/2장으로 쓴 세계 역사
줄리언 반스 장편소설 | 신재실 옮김 | 464면

패러디, 다큐멘터리, 에세이 등 다양한 형식을 통한 세계 역사의 포스트모더니즘적 전복

105 죽음의 집의 기록
표도르 도스또예프스끼 장편소설 | 이덕형 옮김 | 528면

도스또예프스끼의 실제 경험이 가장 많이 반영된 다큐멘터리적 소설

- 1955년 시카고 대학 그레이트 북스
- 피터 박스올 《죽기 전에 읽어야 할 1001권의 책》

106 소유 전2권
수전 바이어트 장편소설 | 윤희기 옮김 | 각 440, 488면

우연히 발견된 편지의 비밀을 좇으며 알아 가는 빅토리아 시대의 사랑, 그리고 현실의 사랑

- 1990년 부커상
- 1990년 영국 최고 영예 지도자상인 커맨더(CBE) 훈장
- 2005년 『타임』지 선정 〈100대 영문 소설〉

108 미성년 전2권
표도르 도스또예프스끼 장편소설 | 이상룡 옮김 | 각 512, 544면

불행한 운명을 타고난 한 청년이 이상과 현실 사이에서 방황하는 모습을 그린 성장 소설

110 성 앙투안느의 유혹
귀스타브 플로베르 희곡소설 | 김용은 옮김 | 584면

〈낭만주의적 구도자〉귀스타브 플로베르가 스스로 밝힌 〈평생의 작품〉

111 밤으로의 긴 여로
유진 오닐 희곡 | 강유나 옮김 | 240면

치솟는 애증과 한없는 연민의 다른 이름, 〈가족〉에 대한 유진 오닐의 자전적 고백

- 1936년 노벨 문학상 수상 작가
- 1957년 퓰리처상
- 미국 대학 위원회 선정 SAT 추천 도서
- 『타임』지가 뽑은 〈20세기 100선〉

112 마법사 전2권
존 파울즈 장편소설 | 정영문 옮김 | 각 512, 552면

중층적 책략과 거미줄처럼 깔린 복선, 다양한 상징이 어우러진 거대한 환상의 숲

- 2003년 BBC 「빅리드」 조사 〈영국인들이 가장 사랑하는 소설 100편〉
- 『타임』지 선정 〈100대 영문 소설〉

114 스쩨빤치꼬보 마을 사람들
표도르 도스또예프스끼 장편소설 | 변현태 옮김 | 416면

작가의 시베리아 유형 직후에 발표된 작품. 유쾌한 희극적 기법과 언어의 기막힌 패러디

115 플랑드르 거장의 그림
아르투로 페레스 레베르테 장편소설 | 정창 옮김 | 512면

그림에 감추어진 문장으로 과거를 추적해 가는 미스터리이자 역사 추리 소설

- 1993년 프랑스 추리 소설 대상
- 1993년 『리르』지 선정 〈10대 외국인 소설가〉

116 분신
표도르 도스또예프스끼 장편소설 | 석영중 옮김 | 288면

〈의식의 분열〉이라는 도스또예프스끼 창작의 가장 중요한 테마를 예고한 작품

117 가난한 사람들
표도르 도스또예프스끼 장편소설 | 석영중 옮김 | 256면

보잘것없는 하급 관리와 욕심 많은 지주의 아내가 되는 가엾은 처녀가 주고받은 편지

118 인형의 집
헨리크 입센 희곡 | 김창화 옮김 | 272면

누군가의 아내 혹은 어머니가 아닌, 한 〈인간〉으로서의 여성의 깨달음을 그린 화제작

- 미국 대학 위원회 선정 SAT 추천 도서
- 『뉴스위크』 선정 〈세상을 움직인 100권의 책〉

119 영원한 남편
표도르 도스또예프스끼 장편소설 | 정명자 외 옮김 | 448면

도스또예프스끼의 심화된 예술 세계를 보여 주는 단편 모음집

120 알코올
기욤 아폴리네르 시집 | 황현산 옮김 | 352면

파격적인 시풍과 유려한 내재율을 자랑하는 기욤 아폴리네르의 첫 시집

121 지하로부터의 수기
표도르 도스또예프스끼 장편소설 | 계동준 옮김 | 256면

선악의 충돌, 환경과 윤리의 갈등, 인간의 번민과 그리스도를 통한 구원에 관한 이야기들

122 어느 작가의 오후
페터 한트케 중편소설 | 홍성광 옮김 | 160면

세계적 작가 페터 한트케가 소설의 형식으로 써 내려간 독특한 〈작가론〉, 한트케식 글쓰기의 표본

123 아저씨의 꿈
표도르 도스또예프스끼 장편소설 | 박종소 옮김 | 312면

과장의 기법과 희화적 색채를 드러낸 도스또예프스끼의 풍자 드라마 혹은 사회 비판적 소설

124 네또츠까 네즈바노바
표도르 도스또예프스끼 장편소설 | 박재만 옮김 | 316면

네또츠까 네즈바노바는 한 여성의 일대기를 다룬 도스또예프스끼 최초의 장편이자 미완성작

125 곤두박질
마이클 프레인 장편소설 | 최용준 옮김 | 528면

해박한 미술사적 지식을 토대로 한 예술 소설이자 역사적 배경 속에서 벌어지는 사회 심리 코미디

- 1999년 「타임스 리터러리 서플러먼트」 선정 〈올해의 책〉
- 1999년 휫브레드상

126 백야 외
표도르 도스또예프스끼 소설선집 | 석영중 외 옮김 | 408면

도스또예프스끼의 유토피아적 사회주의 사상이 나타난 단편 모음으로, 뻬뜨로빠블로프스끄 감옥에 수감된 동안의 삶의 환희 등이 엿보이는 작품

127 살라미나의 병사들
하비에르 세르카스 장편소설 | 김창민 옮김 | 304면

1939년 프랑스 국경 숲 집단 총살에서 살아남은 작가이자 팔랑헤당의 핵심 멤버였던 산체스 마사스를 추적하는, 탐정 소설 형식을 띤 이야기
- 2001년 스페인 살림보상, 「케 레에르」지 독자상, 바르셀로나 시의 상
- 2004년 영국 「인디펜던트」 외국 소설상

128 뻬쩨르부르그 연대기 외
표도르 도스또예프스끼 소설선집 | 이항재 옮김 | 296면

새로운 테마와 방법으로 고심한 흔적이 나타나는, 당대 사회에 대한 날카로운 관찰자적 시각을 가지고 간결하고 세련된 문체를 사용한 작품

129 상처받은 사람들 전2권
표도르 도스또예프스끼 장편소설 | 윤우섭 옮김 | 각 296, 392면

19세기 중엽 뻬쩨르부르그 상류 사회의 이중적 삶과 하층민의 고통, 그로 인한 비극적 갈등과 모순을 그린 작품

131 악어 외
표도르 도스또예프스끼 소설선집 | 박혜경 외 옮김 | 312면

도스또예프스끼의 중기 단편, 점차 완숙해져 가는 작가의 예술적·사상적 세계관이 돋보이는 작품

132 허클베리 핀의 모험
마크 트웨인 장편소설 | 윤교찬 옮김 | 416면

모험 소설의 대가. 미국의 셰익스피어라 불리는 마크 트웨인의 대표작
- 미국 대학 위원회 선정 SAT 추천 도서
- 서울대학교 권장 도서 100선

133 부활 전2권
레프 똘스또이 장편소설 | 이대우 옮김 | 각 308, 416면

똘스또이의 세계관이 담긴 거대한 사상서, 끝없는 용서와 사랑으로 부활하는 인간성에 대한 이야기
- 2003년 국립중앙도서관 선정 〈고전 100선〉
- 2004년 〈한국 문인이 선호하는 세계 명작 소설 100선〉

135 보물섬
로버트 루이스 스티븐슨 장편소설 | 최용준 옮김 | 360면

백 년이 넘게 전 세계 독자들의 사랑을 받아 온 해양 모험 소설의 고전
- 2003년 BBC 「빅리드」 조사 〈영국인들이 가장 사랑하는 소설 100편〉
- 미국 대학 위원회 선정 SAT 추천 도서

136 천일야화 전6권
앙투안 갈랑 | 임호경 옮김 | 각 336, 328, 372, 392, 344, 320면

마법과 흥미진진한 모험 속에서 아랍의 문화와 관습은 물론 아랍인들의 세계관과 기질을 재미있게 전하는 앙투안 갈랑의 『천일야화』 완역판
- 2003년 국립중앙도서관 선정 〈고전 100선〉

142 아버지와 아들
이반 뚜르게네프 장편소설 | 이상원 옮김 | 328면

격변기 러시아의 세대 갈등. 〈보수〉와 〈진보〉가 대립하는 시대상을 묘사하여 논쟁을 불러일으킨 작품
- 1993년 서울대학교 선정 〈동서 고전 200선〉
- 미국 대학 위원회 선정 SAT 추천 도서

143 오만과 편견
제인 오스틴 장편소설 | 원유경 옮김 | 480면

오만과 편견에서 비롯된 모든 갈등과 모순은 결혼으로 해결된다. 셰익스피어에 버금가는 작가 제인 오스틴의 대표작
- 1954년 서머싯 몸이 추천한 세계 10대 소설
- 2002년 노벨 연구소가 선정한 〈세계 문학 100선〉
- 미국 대학 위원회 선정 SAT 추천 도서

144 천로 역정
존 버니언 우화소설 | 이동일 옮김 | 432면

좁은 문을 지나 천국에 이르는 순례자의 여정. 침례교 설교자 존 버니언의 대표작인 종교적 우화소설
- 1945년 호레이스 십 선정 〈세계를 움직인 책 10권〉
- 2003년 국립중앙도서관 선정 〈고전 100선〉
- 2004년 〈한국 문인이 선호하는 세계 명작 소설 100선〉

145 대주교에게 죽음이 오다
윌라 캐더 장편소설 | 윤명옥 옮김 | 352면

웅대한 자연환경과 함께 뉴멕시코 선교사들의 삶을 그린, 퓰리처상 수상 작가 윌라 캐더의 아름다운 신화적 소설
- 2005년 「타임」지 선정 〈100대 영문 소설〉
- 2009년 「뉴스위크」 선정 〈세계 100대 명저〉
- 미국 대학 위원회 선정 SAT 추천 도서

146 권력과 영광
그레이엄 그린 장편소설 | 김연수 옮김 | 384면

군사 혁명 시절의 멕시코, 범법자이자 도망자를 자처하는 어느 사제의 이야기, 불구가 된 세상이 신의 대리인에게 내리는 가혹한 형벌, 혹은 놀라운 축복!
- 2005년 「타임」지 선정 〈100대 영문 소설〉

147 80일간의 세계 일주
쥘 베른 장편소설 | 고정아 옮김 | 352면

공상 과학 소설의 고전! 지금까지 전 세계에 가장 많은 번역 작품을 남긴 쥘 베른. 그가 그려 낸 80일 동안의 세계 일주
- 미국 대학 위원회 선정 SAT 추천 도서

148 바람과 함께 사라지다 전3권
마거릿 미첼 장편소설 | 안정효 옮김 | 각 616, 640, 640면

미국 문학사상 최고의 이야기꾼 마거릿 미첼의 대표작. 전쟁의 폐허 속에서 살아가는 여성의 이야기
- 1937년 퓰리처상
- 2009년 『뉴스위크』 선정 〈세계 100대 명저〉

151 기탄잘리
라빈드라나트 타고르 시집 | 장경렬 옮김 | 224면

먼 곳을 가깝게 하고 낯선 이를 형제로 만드는 타고르 시의 힘! 나그네, 연인…… 〈님〉을 그리는 가난한 마음들이 바치는 노래의 화환
- 1913년 노벨 문학상
- 2003년 국립중앙도서관 선정 〈고전 100선〉

152 도리언 그레이의 초상
오스카 와일드 장편소설 | 윤희기 옮김 | 384면

예술과 삶의 관계를 해명한 오스카 와일드의 유일한 장편소설
- 1966년 동아일보 선정 〈한국 명사들의 추천 도서〉
- 미국 대학 위원회 선정 SAT 추천 도서

153 레우코와의 대화
체사레 파베세 희곡소설 | 김운찬 옮김 | 280면

이탈리아 신사실주의 문학을 대표하는 파베세의 급진적인 신화 해석

154 햄릿
윌리엄 셰익스피어 희곡 | 박우수 옮김 | 256면

삶과 죽음, 도덕과 양심, 의지와 운명 등 다양한 문제를 동반한 존재 탐구의 여정
- 2002년 노벨 연구소가 선정한 〈세계문학 100선〉
- 미국 대학 위원회 선정 SAT 추천 도서

155 맥베스
윌리엄 셰익스피어 희곡 | 권오숙 옮김 | 176면

모순과 역설을 통해 인간 내면의 온갖 가치 충돌을 그려 낸, 셰익스피어 4대 비극의 마지막 작품
- 2002년 노벨 연구소가 선정한 〈세계문학 100선〉
- 미국 대학 위원회 선정 SAT 추천 도서

156 아들과 연인 전2권
D. H. 로런스 장편소설 | 최희섭 옮김 | 각 464, 432면

19세기 말에서 20세기 초 영국 사회 하층 계급의 삶을 생생하게 묘사한 로런스의 자전적 소설!
- 2002년 노벨 연구소가 선정한 〈세계문학 100선〉
- 2009년 『뉴스위크』 선정 〈세계 100대 명저〉

158 그리고 아무 말도 하지 않았다
하인리히 뵐 장편소설 | 홍성광 옮김 | 272면

〈전후 독일에서 쓰인 최고의 책〉이라고 극찬받은 작품. 섬세하게 묘사된 전후의 내면 풍경
- 1972년 노벨 문학상 수상 작가

159 미덕의 불운
싸드 장편소설 | 이형식 옮김 | 248면

신앙 깊고 정숙한 미덕의 화신 쥐스띤느에게 가해지는 잔혹한 운명. 〈싸디즘〉의 유래가 된 문제작

160 프랑켄슈타인
메리 W. 셸리 장편소설 | 오숙은 옮김 | 320면

공포 소설, 공상 과학 소설의 고전. 과학의 발전과 실험이 불러올지도 모를 끔찍한 재앙에 대한 경고
- 2009년 『뉴스위크』 선정 〈세계 100대 명저〉
- 미국 대학 위원회 선정 SAT 추천 도서

161 위대한 개츠비
프랜시스 스콧 피츠제럴드 장편소설 | 한애경 옮김 | 280면

개츠비, 닉, 톰이라는 세 캐릭터를 통해 시대적 불안을 뛰어나게 묘사한 고전
- 2005년 『타임』지 선정 〈100대 영문 소설〉
- 미국 대학 위원회 선정 SAT 추천 도서

162 아Q정전
루쉰 중단편집 | 김태성 옮김 | 320면

현대 중국의 문학과 인문 정신의 출발을 상징하는 루쉰의 소설집
- 1996년 『뉴욕 타임스』 선정 〈20세기에 가장 큰 영향을 끼친 그레이트 북스〉

163 로빈슨 크루소
대니얼 디포 장편소설 | 류경희 옮김 | 456면

최초의 본격 소설이자 근대 소설의 효시. 국적과 시대와 세대를 불문한 여행기 문학의 대표작
- 2003년 국립중앙도서관 선정 〈고전 100선〉
- 미국 대학 위원회 선정 SAT 추천 도서

164 타임머신
허버트 조지 웰스 소설선집 | 김석희 옮김 | 304면

SF의 거인 허버트 조지 웰스가 그려 낸 인류의 미래 그 잔혹한 기적
- 2003년 크리스티아네 취른트 〈사람이 읽어야 할 모든 것 책〉
- 피터 박솔 〈죽기 전에 읽어야 할 1001권의 책〉

165 제인 에어 전2권
샬럿 브론테 장편소설 | 이미선 옮김 | 각 392, 384면

가난한 고아 가정 교사 제인 에어와 부유하지만 불행한 로체스터의 사랑을 주제로 한 연애 소설
- 미국 대학 위원회 선정 SAT 추천 도서
- 피터 박솔 〈죽기 전에 읽어야 할 1001권의 책〉

167 풀잎
월트 휘트먼 시집 | 허현숙 옮김 | 280면

자유시의 선구자 월트 휘트먼. 40년간 수정과 증보를 거듭한 시집 『풀잎』의 초판 완역본
- 2002년 노벨 연구소가 선정한 〈세계문학 100선〉
- 2009년 『뉴스위크』 선정 〈세계 100대 명저〉

168 표류자들의 집
기예르모 로살레스 장편소설 | 최유정 옮김 | 216면
쿠바와 미국, 그 어느 땅에도 뿌리박기를 거부한 작가 기예르모 로살레스, 그가 생전에 남긴 단 한 권의 책
● 1987년 황금 문학상

169 배빗
싱클레어 루이스 장편소설 | 이종인 옮김 | 520면
일반 명사가 된 한 남자의 이야기. 미국의 중산 계급에 대한 풍자와 뛰어난 환경 묘사에 성공한 루이스의 최고 걸작!
● 1930년 노벨 문학상

170 이토록 긴 편지
마리아마 바 장편소설 | 백선희 옮김 | 192면
50대 여성 라마툴라이가 친구 아이사투에게 쓴 편지. 일부다처제를 둘러싼 두 여인의 고통과 선택, 새로운 삶에서의 번민을 담아낸 작품
● 1980년 노마상

171 느릅나무 아래 욕망
유진 오닐 희곡 | 손동호 옮김 | 168면
욕정과 물욕, 근친상간과 유아 살해, 욕망에서 비롯된 인간사 갈등의 극단점. 그러나 그 속에서도 아직 꺾이지 않는 사랑에 대한 이야기
● 1936년 노벨 문학상 수상 작가

172 이방인
알베르 카뮈 장편소설 | 김예령 옮김 | 208면
인간의 부조리를 성찰한 작가 알베르 카뮈의 처녀작. 죽음, 자유, 반항, 진실의 심연을 들여다본다
● 1957년 노벨 문학상 수상 작가
● 2002년 노벨 연구소가 선정한 《세계 문학 100대 작품》

173 미라마르
나기브 마푸즈 장편소설 | 허진 옮김 | 288면
아랍 문학계의 큰 별, 나기브 마푸즈가 파고든 두 차례의 혁명, 그 이후
● 1988년 노벨 문학상 수상 작가
● 피터 박스올 《죽기 전에 읽어야 할 1001권의 책》

174 지킬 박사와 하이드 씨
로버트 루이스 스티븐슨 소설선집 | 조영학 옮김 | 320면
인간 내면의 근원을 탐구한 탁월한 심리 묘사가 스티븐슨. 그가 선사하는 다섯 가지 기이한 이야기
● 2004년 《한국 문인이 선호하는 세계 명작 소설 100선》

175 루진
이반 뚜르게네프 장편소설 | 이항재 옮김 | 264면
한 〈잉여 인간〉의 삶과 죽음을 러시아 문단의 거인 뚜르게네프의 사실적 시선을 통해 엿본다

176 피그말리온
조지 버나드 쇼 희곡 | 김소임 옮김 | 256면
20세기 영국 사회의 허위와 모순에 대한 신랄한 풍자. 셰익스피어 이후 가장 위대한 극작가 조지 버나드 쇼의 대표작
● 1925년 노벨 문학상 수상 작가

177 목로주점 전2권
에밀 졸라 장편소설 | 유기환 옮김 | 각 336면
노동자의 언어로 쓰인 최초의 노동 소설. 19세기를 살아간 노동자의 고달픈 삶, 그 몰락의 연대기
● 피터 박스올 《죽기 전에 읽어야 할 1001권의 책》

179 엠마 전2권
제인 오스틴 장편소설 | 이미애 옮김 | 각 336, 360면
호기심과 오해가 빚어낸 사건들 속에서 완성되는 철부지 엠마의 좌충우돌 성장기
● 2007년 데보라 G. 펠터 《여성의 삶을 바꾼 책 50권》

181 비숍 살인 사건
S. S. 밴 다인 장편소설 | 최인자 옮김 | 464면
추리 소설의 황금시대를 장식한 S. S. 밴 다인의, 시와 문학을 접목시킨 연쇄 살인 사건

182 우신예찬
에라스무스 풍자문 | 김남우 옮김 | 296면
자유로운 세계주의자 에라스무스, 그의 눈에 비친 〈웃지 않을 수 없는〉 시대의 모습

183 하자르 사전
밀로라드 파비치 장편소설 | 신현철 옮김 | 488면
지중해에 실제로 존재했던 하자르 제국에 대한, 역사와 환상이 교묘하게 뒤섞인 역사 미스터리 사전(辭典) 소설

184 테스 전2권
토머스 하디 장편소설 | 김문숙 옮김 | 각 392, 336면
옹졸한 인습 속에서도 강인한 생명력과 자연의 회복력을 지닌 순수한 대지의 딸 테스의 삶과 죽음
● 미국 대학 위원회 선정 SAT 추천 도서

186 투명 인간
허버트 조지 웰스 장편소설 | 김석희 옮김 | 288면
SF의 거장 허버트 조지 웰스의 빛나는 상상력. 보이지 않는 인간이 보여 주는, 소외된 인간의 고독
● 미국 대학 위원회 선정 SAT 추천 도서

187 93년 전2권
빅토르 위고 장편소설 | 이형식 옮김 | 각 288, 360면
프랑스 대혁명 당시 가장 치열했던 방데 전투의 종말. 그리고 그곳에서, 사상과 인간성 간의 전쟁이 다시 시작된다

189 젊은 예술가의 초상
제임스 조이스 장편소설 | 성은애 옮김 | 384면

20세기 가장 혁명적인 문학가 제임스 조이스의 자전적 소설. 감수성을 억압하는 사회를 거부하고 예술의 길을 택한 한 소년의 성장기

190 소네트집
윌리엄 셰익스피어 연작시집 | 박우수 옮김 | 200면

아름다운 언어로 사랑과 고통을 그려 낸 소네트 문학의 최고 걸작

- 2009년 『뉴스위크』 선정 〈세계 100대 명저〉

191 메뚜기의 날
너새니얼 웨스트 장편소설 | 김진준 옮김 | 280면

할리우드 뒷골목의 하류 인생들! 그들의 적나라한 모습에서 헛된 꿈에 부푼 인간들의 모습을 본다

- 2009년 『뉴스위크』 선정 〈세계 100대 명저〉

192 나사의 회전
헨리 제임스 중편소설 | 이승은 옮김 | 256면

모호한 암시와 뒤에 숨겨진 반전. 현대 심리 소설의 아버지 헨리 제임스의 대표작

- 미국 대학 위원회 선정 SAT 추천 도서
- 1955년 시카고 대학 〈그레이트 북스〉

193 오셀로
윌리엄 셰익스피어 희곡 | 권오숙 옮김 | 216면

인간의 사랑과 질투, 그리고 의심이라는 감정이 빚어내는 비극

194 소송
프란츠 카프카 장편소설 | 김재혁 옮김 | 376면

난데없는 소송과 운명적 소용돌이에 희생당하는 한 인간을 통해 카프카의 문학적 천재성을 본다

- 2002년 노벨 연구소가 선정한 〈세계 문학 100선〉
- 2005년 『타임』지 선정 〈100대 영문 소설〉

195 나의 안토니아
윌라 캐더 장편소설 | 전경자 옮김 | 368면

유토피아를 꿈꾸며 고향을 떠나온 이민자들의 삶, 황량한 초원에서 펼쳐진 그들의 아름다운 순간들

- 2007년 데보라 G. 펠터 〈여성의 삶을 바꾼 책 50권〉

196 자성록
마르쿠스 아우렐리우스 명상록 | 박민수 옮김 | 240면

로마 황제라는 화려함 뒤에 권력보다는 철학과 인간을 사랑했던 고독한 영웅이 있었다. 그의 성찰의 시간들을 엿본다

197 오레스테이아
아이스킬로스 비극 | 두행숙 옮김 | 336면

오레스테스를 중심으로 벌어지는 잔혹한 복수극을 통해 정의란 무엇인지에 대한 질문을 던진다

198 노인과 바다
어니스트 헤밍웨이 소설선집 | 이종인 옮김 | 320면

한 노인과 거대한 물고기의 사투를 통해 삶과 죽음에 대한 고민과 패배하지 않는 인간의 굳건한 의지를 그려 낸다

- 1952년 퓰리처상 수상작
- 1952년 노벨 문학상 수상 작가

199 무기여 잘 있거라
어니스트 헤밍웨이 장편소설 | 이종인 옮김 | 464면

체험에 뿌리를 내린 크나큰 비극. 미국 문학의 거장 헤밍웨이가 〈잃어버린 세대〉의 모습을 담는다

- 『타임』지가 뽑은 〈20세기 100선〉
- 미국 대학 위원회 선정 SAT 추천 도서

200 서푼짜리 오페라
베르톨트 브레히트 희곡집 | 이은희 옮김 | 320면

이데올로기 속에 갇힌 인간의 모습을 그려 낸 「서푼짜리 오페라」와 「억척어멈과 자식들」을 만난다

- 『뉴욕 타임스』 선정 〈20세기 최고의 책 100선〉

201 리어 왕
윌리엄 셰익스피어 희곡 | 박우수 옮김 | 224면

자신의 정체성을 아는 자 누구인가? 오이디푸스의 후예 리어, 눈 있으되 보지 못하는 자의 고통

- 미국 대학 위원회 선정 SAT 추천 도서
- 2002년 노벨 연구소가 선정한 〈세계문학 100선〉

202 주홍 글자
너새니얼 호손 장편소설 | 곽영미 옮김 | 360면

미국 문학의 시대를 연 호손의 대표작. 가장 통속적인 곳에서 피어난 가장 숭고한 이야기

- 미국 대학 위원회 선정 SAT 추천 도서
- 서울대학교 선정 〈동서 고전 200선〉

203 모히칸족의 최후
제임스 페니모어 쿠퍼 장편소설 | 이나경 옮김 | 512면

자연과 문명, 인디언과 백인, 신화와 역사의 경계를 넘나드는 모히칸 전사의 최후 전투 기록

- 미국 대학 위원회 선정 SAT 추천 도서

204 곤충 극장
카렐 차페크 희곡선집 | 김선형 옮김 | 360면

양차 대전 사이 유럽을 살아간 휴머니스트 카렐 차페크의 치열한 고민, 그러나 위트 넘치는 기록들

205 누구를 위하여 종은 울리나 전2권
어니스트 헤밍웨이 장편소설 | 이종인 옮김 | 각 416, 400면

허무주의에서 평화를 위한 필사의 투쟁으로, 연대를 통한 실천 의식을 역설한 헤밍웨이의 역작

- 1953년 노벨 문학상 수상작
- 뉴스위크 선정 세계 100대 명저
- 르몽드 선정 〈20세기 최고의 책〉

207 타르튀프
몰리에르 희곡선집 | 신은영 옮김 | 416면

최고의 희극 배우이자 가장 위대한 극작가 몰리에르, 조롱과 웃음기로 무장한 투쟁의 궤적

- 1955년 시카고 대학 〈그레이트 북스〉
- 서울대학교 선정 〈동서 고전 200선〉

208 유토피아
토머스 모어 소설 | 전경자 옮김 | 288면

르네상스 시대의 휴머니즘과 종교적 관용, 성 평등을 주장한 근대 소설의 효시이자 사회사상사적 명저

- 『뉴스위크』 선정 세상을 움직인 100권의 책
- 스탠포드 대학 선정 〈세계의 결정적 책 15권〉

209 인간과 초인
조지 버나드 쇼 희곡 | 이후지 옮김 | 320면

니체의 초인 사상에 큰 영향을 받은 버나드 쇼의 인생관과 예술론이 흥미로운 설정과 희극적인 요소와 함께 펼쳐진다

- 1925년 노벨 문학상 수상
- 시카고 대학 그레이트 북스

210 페드르와 이폴리트
장 라신 희곡 | 신정아 옮김 | 200면

프랑스 신고전주의 희곡의 대가 라신의 대표작이자 정념을 다룬 비극의 정수

- 서울대학교 선정 〈동서 고전 200선〉
- 시카고 대학 그레이트 북스

211 말테의 수기
라이너 마리아 릴케 장편소설 | 안문영 옮김 | 320면

고독과 고난에 대한 기록, 20세기 초 독일어로 발표된 최초의 현대 소설이자 릴케의 유일한 장편소설

- 국립중앙도서관 선정 청소년 권장도서 50선
- 서울대학교 선정 〈동서 고전 200선〉

212 등대로
버지니아 울프 장편소설 | 최애리 옮김 | 328면

삶과 죽음, 세월을 바라보는 깊은 눈, 무수한 인상의 단면들을 아름답게 이어 간 울프의 자전적 소설

- 2002년 노벨 연구소가 선정한 〈세계문학 100선〉
- 2005년 『타임』지 선정 〈100대 영문 소설〉

213 개의 심장
미하일 불가꼬프 중편소설집 | 정연호 옮김 | 352면

혁명의 모순과 과학의 맹점을 파고든 〈불가꼬프적〉 상상력의 정수

214 모비 딕 전2권
허먼 멜빌 장편소설 | 강수정 옮김 | 각 464, 488면

고래에 관한 모든 것, 전율적인 모험, 자연과 인간에 대한 심오한 통찰을 담은 멜빌의 독보적 걸작

- 1954년 서머싯 몸이 추천한 〈세계 10대 소설〉
- 2002년 노벨 연구소가 선정한 〈세계문학 100선〉

216 더블린 사람들
제임스 조이스 단편소설집 | 이강훈 옮김 | 336면

마비된 도시 더블린에 갇힌 욕망과 환멸, 20세기 문학사를 새롭게 쓴 선구적 작가 제임스 조이스 문학의 출발점

- 2008년 〈하버드 서점이 뽑은 잘 팔리는 책 20〉
- 2004년 〈한국 문인이 선호하는 세계 명작 소설 100선〉

217 마의 산 전3권
토마스 만 장편소설 | 윤순식 옮김 | 각 496, 488, 512면

20세기 독일 문학의 거장 토마스 만 작품의 정수! 죽음이 지배하는 알프스의 호화 요양원 〈베르크호프〉에서 생(生)의 아름다움과 환희를 되묻다

220 비극의 탄생
프리드리히 니체 | 김남우 옮김 | 320면

아폴론과 디오뉘소스라는 두 가지 원리로 희랍 비극의 근원을 분석하고 서양 문화의 심층 구조를 드러낸다. 20세기 문학, 철학, 예술에 심대한 영향을 끼친 책

221 위대한 유산 전2권
찰스 디킨스 장편소설 | 류경희 옮김 | 각 432, 448면

세상만사를 꿰뚫어보는 깊은 통찰과 풍부한 서사, 유쾌한 해학이 담긴 19세기 대문호 찰스 디킨스의 작품

- 2002년 노벨 연구소가 선정한 〈세계문학 100선〉
- 2007년 영국 독자들이 뽑은 가장 귀중한 책

223 사람은 무엇으로 사는가
레프 똘스또이 소설선집 | 윤새라 옮김 | 464면

1852년부터 1907년까지, 13편을 선정해 60년에 이르는 똘스또이 작품 세계의 궤적을 담아낸 단편선

224 자살 클럽
로버트 루이스 스티븐슨 소설선집 | 임종기 옮김 | 272면

인간 내면에 도사린 본질적 탐욕과 이중성, 죄의식과 두려움을 둘러싼 기묘하고도 환상적인 단편선

225 채털리 부인의 연인 전2권
데이비드 허버트 로런스 장편소설 | 이미선 옮김 | 각 336, 328면

20세기 문학계를 뒤흔든 D. H. 로런스의 문제작, 현대 산업 사회에 대한 비판과 인간성 회복의 염원이 담긴 작품

- 르몽드 선정 〈20세기 최고의 책〉
- 피터 박스올 〈죽기 전에 읽어야 할 1001권의 책〉
- 2004년 〈한국 문인이 선호하는 세계 명작 소설 100선〉

227 데미안
헤르만 헤세 장편소설 | 김인순 옮김 | 264면

혼돈과 자아 상실의 시대를 살아가는 젊은이들에게 시대의 지성 헤르만 헤세가 바치는 작품

- 1946년 노벨 문학상 수상 작가
- 2004년 〈한국 문인이 선호하는 세계 명작 소설 100선〉

228 두이노의 비가
라이너 마리아 릴케 시선집 | 손재준 옮김 | 504면

삶 속에서 죽음을 노래한 시인 릴케의 대표 시집 중 엄선한 170여 편의 주요 작품을 소개한 시 선집

- 동아일보 선정 《세계를 움직인 100권의 책》
- 고려대학교 선정 《교양 명저 60선》

229 페스트
알베르 카뮈 장편소설 | 최윤주 옮김 | 432면

죽음 앞에 선 인간의 고뇌와 역할에 대한 진지한 성찰이 담긴 《제2차 세계 대전 이후 최대의 걸작》

- 1957년 노벨 문학상 수상 작가
- 서울대학교 선정 권장 도서 100선
- 국립중앙도서관 선정 청소년 권장 도서 50선

230 여인의 초상 전2권
헨리 제임스 장편소설 | 정상준 옮김 | 각 520, 544면

자유로운 이상을 가진 한 여인의 이야기. 헨리 제임스의 심리적 사실주의를 대표하는 걸작

- 2004년 《한국 문인이 선호하는 세계 명작 소설 100선》
- 미국 대학 위원회 선정 SAT 추천 도서
- 서울대학교 선정 《동서 고전 200선》

232 성
프란츠 카프카 장편소설 | 이재황 옮김 | 560면

독일인이 뽑은 20세기 최고의 작가 카프카의 3대 장편소설 중 하나

- 2002년 노벨 연구소가 선정한 《세계 문학 100선》
- 피터 박스올 《죽기 전에 읽어야 할 1001권의 책》

233 차라투스트라는 이렇게 말했다
프리드리히 니체 산문시 | 김인순 옮김 | 464면

니체 철학의 가장 중심적인 사상들을 생동하는 문학적 언어로 녹여 낸 작품

- 국립중앙도서관 선정 고전 100선
- 동아일보 선정 《세계를 움직이는 100권의 책》

234 노래의 책
하인리히 하이네 시집 | 이재영 옮김 | 384면

독일을 대표하는 서정 시인이자 혁명적 저널리스트인 하이네의 시집. 실패한 사랑의 슬픔과 인습의 굴레에서 벗어나고자 했던 고아한 시성(詩聖)의 노래

235 변신 이야기
오비디우스 서사시 | 이종인 옮김 | 632면

라틴 문학의 전성기를 대표하는 시인 오비디우스가 그리스 로마 신화를 응집한 역작

- 2002년 노벨 연구소가 선정한 《세계문학 100선》
- 서울대학교 권장 도서 100선
- 연세대학교 권장 도서 200선

236 안나 까레니나 전2권
레프 톨스토이 장편소설 | 이명현 옮김 | 각 800, 736면

사랑과 결혼, 가정 등 일상적인 소재를 통해 당대 러시아의 혼란한 사회상과 개인의 내면을 생생하게 묘사한, 톨스토이의 모든 고민을 집대성한 대표작

- 《가디언》 선정 역대 최고의 소설 100선
- 서울대학교 권장 도서 100선

238 이반 일리치의 죽음 · 광인의 수기
레프 톨스토이 중단편집 | 석영중 · 정지원 옮김 | 232면

죽음 앞에 선 인간 실존에 대한 톨스토이의 깊은 성찰이 담긴 걸작

- 시카고 대학 그레이트 북스
- 피터 박스올 《죽기 전에 읽어야 할 1001권의 책》

239 수레바퀴 아래서
헤르만 헤세 장편소설 | 강명순 옮김 | 272면

모순적인 교육 제도에 짓눌린 안타까운 청춘의 이야기. 헤세의 사춘기 시절 체험이 담긴 자전적 성장 소설

- 1946년 노벨 문학상 수상 작가
- 서울대학교 선정 동서 고전 200선

240 피터 팬
J. M 배리 장편소설 | 최용준 옮김 | 272면

영원히 어른이 되고 싶지 않은 소년 피터팬. 신비의 섬 네버랜드에서 펼쳐지는 짜릿한 대모험

- 《가디언》 선정 《모두가 읽어야 할 소설 1000선》

241 정글 북
러디어드 키플링 중단편집 | 오숙은 옮김 | 272면

늑대 품에서 자란 소년 모글리. 대지가 살아 숨 쉬는 일곱 개의 빛나는 중단편들

- 1907년 노벨 문학상 수상 작가
- BBC 선정 아동 고전 소설

242 한여름 밤의 꿈
윌리엄 셰익스피어 희곡 | 박우수 옮김 | 160면

셰익스피어의 대표 낭만 희극. 꿈과 현실을 넘나드는 한바탕의 마법 같은 이야기

- 미국 대학 위원회 선정 SAT 추천 도서

243 좁은 문
앙드레 지드 장편소설 | 김화영 옮김 | 264면

지상보다 천상의 행복을 사랑한 여인과, 그 여인을 사랑한 한 남자의 이야기. 현대 프랑스 문학의 거장 앙드레 지드 대표작

- 1947년 노벨 문학상 수상 작가
- 2003년 국립중앙도서관 선정 《고전 100선》

244 모리스
E. M. 포스터 장편소설 | 고정아 옮김 | 408면

영국 중산층의 한 젊은이가 자신의 성적 정체성을 찾아가는 과정을 그린 소설

245 브라운 신부의 순진
길버트 키스 체스터턴 단편집 | 이상원 옮김 | 336면

추리 문학계의 전설로 손꼽히는 매력적인 성직자 탐정 브라운 신부의 놀라운 활약상. 추리 문학의 거장 체스터턴의 대표 단편집

246 각성
케이트 쇼팽 장편소설 | 한애경 옮김 | 272면

오롯이 〈자기 자신〉으로 살기 원했던 한 여성의 이야기. 선구적 페미니즘 작가 케이트 쇼팽의 대표작

247 뷔히너 전집
게오르크 뷔히너 지음 | 박종대 옮김 | 400면

독일 현대극의 선구자가 된 천재 작가 게오르크 뷔히너. 「당통의 죽음」, 「보이체크」 등 그가 남긴 모든 문학 작품을 한 권에 수록한 전집

248 디미트리오스의 가면
에릭 앰블러 장편소설 | 최용준 옮김 | 424면

〈스파이 소설의 최고 걸작〉으로 평가받는, 현대 스파이 소설의 아버지 에릭 앰블러의 대표작

249 베르가모의 페스트 외
옌스 페테르 야콥센 중단편 전집 | 박종대 옮김 | 208면

페스트가 이탈리아 북부를 휩쓸자 절망에 빠진 시민들은 타락하기 시작한다. 덴마크 작가 야콥센의 걸작 중단편집

250 폭풍우
윌리엄 셰익스피어 희곡 | 박우수 옮김 | 176면

폭풍우로 외딴 섬에 난파한 기묘한 인연의 사람들. 사랑과 복수, 용서가 뒤섞인 환상적인 이야기

251 어셴든, 영국 정보부 요원
서머싯 몸 연작 소설집 | 이민아 옮김 | 416면

서머싯 몸이 자신의 실제 스파이 경험을 토대로 쓴 연작 소설집. 현대 스파이 소설의 원조이자 고전이 된 걸작

252 기나긴 이별
레이먼드 챈들러 장편소설 | 김진준 옮김 | 600면

하드보일드 소설의 대표 고전. 레이먼드 챈들러가 창조한 전설적인 탐정 필립 말로의 활약을 담은 대표작
- 1955년 에드거상 수상작

253 인도로 가는 길
E. M. 포스터 장편소설 | 민승남 옮김 | 552면

인도인과 영국인은 친구가 될 수 있을까. 영국 식민 통치의 모순을 파헤친 E. M. 포스터의 대표작
- 〈타임〉 선정 〈현대 100대 영문 소설〉
- 모던 라이브러리 선정 〈20세기 영문 소설 100선〉
- 1924년 제임스 테이트 블랙 기념상 수상
- 1925년 페미나상 수상

254 올랜도
버지니아 울프 장편소설 | 이미애 옮김 | 376면

남성에서 여성이 되어 수백 년을 살아온 한 시인의 놀라운 일대기. 버지니아 울프의 걸작 환상 소설
- 피터 박스올 〈죽기 전에 읽어야 할 1001권의 책〉
- BBC 선정 〈우리 세계를 형성한 100권의 소설〉

255 시지프 신화
알베르 카뮈 지음 | 박언주 옮김 | 264면

카뮈의 부조리 사상의 정수를 담은 대표 철학 에세이. 철학적인 명징함과 문학적 감수성을 두루 갖춘 걸작
- 1967년 노벨 문학상 수상 작가
- 고려대학교 선정 교양 명저 60선

256 조지 오웰 산문선
조지 오웰 지음 | 허진 옮김 | 424면

조지 오웰의 명징한 통찰과 사유를 보여 주는 빼어난 에세이들을 엄선한 선집

257 로미오와 줄리엣
윌리엄 셰익스피어 희곡 | 도해자 옮김 | 200면

증오 속에서 태어나 죽음을 넘어서는 불멸의 사랑. 셰익스피어가 창조한 가장 유명한 사랑의 비극

258 수용소군도 전6권
알렉산드르 솔제니친 기록문학 | 김학수 옮김 | 각 460면 내외

20세기 최고의 고발 문학이자 세계적인 휴먼 다큐멘터리
- 1970년 노벨 문학상
- 〈타임〉지가 뽑은 〈20세기 100선〉

264 스웨덴 기사
레오 페루츠 장편소설 | 강명순 옮김 | 336면

운명처럼 얽혀 신분이 뒤바뀐 도둑과 귀족의 파란만장한 이야기. 독일어권 문학의 거장 레오 페루츠의 걸작 환상 소설

265 유리 열쇠
대실 해밋 장편소설 | 홍성영 옮김 | 328면

대실 해밋이 자신의 최고 걸작으로 꼽은 작품. 인간의 욕망과 비정한 정치의 이면을 드러내는 하드보일드 범죄 소설

266 로드 짐
조지프 콘래드 장편소설 | 최용준 옮김 | 608면

침몰하는 배와 승객을 버리고 도망친 한 선원의 파멸과 방황, 모험을 그린 걸작. 영국 문학의 거장 조지프 콘래드의 대표 장편소설

- 모던 라이브러리 선정 〈20세기 영문 소설 100선〉
- 르몽드 선정 〈20세기 최고의 책〉

267 푸코의 진자 전3권
움베르토 에코 장편소설 | 이윤기 옮김 | 각 392, 384, 416면

광신과 음모론의 극단을 보여 주는 이야기. 에코의 가장 〈백과사전적〉이고 야심적인 소설

270 공포로의 여행
에릭 앰블러 장편소설 | 최용준 옮김 | 376면

전쟁 중 한 엔지니어의 생사를 둘러싸고 벌어지는 각국의 숨 막히는 첩보전. 현대 스파이 소설의 아버지 에릭 앰블러의 걸작

271 심판의 날의 거장
레오 페루츠 장편소설 | 신동화 옮김 | 264면

유명 배우의 의문의 죽음, 그리고 수수께끼의 연쇄 자살 사건의 비밀. 독일어권 문학의 거장 레오 페루츠의 대표작

272 에드거 앨런 포 단편선
에드거 앨런 포 지음 | 김석희 옮김 | 392면

환상 문학과 미스터리 문학의 선구자 에드거 앨런 포의 대표 작품 12편을 엄선한 단편집

- 미국 대학 위원회 선정 SAT 추천 도서
- 2002년 노벨 연구소가 선정한 〈세계문학 100선〉
- 2004년 〈한국 문인이 선호하는 세계 명작 소설 100선〉

273 수전노 외
몰리에르 희곡선집 | 신정아 옮김 | 424면

천재 극작가이자 희극 배우 몰리에르, 고전 희극을 완성한 그의 대표적 문제작들

- 고려대학교 선정 〈교양 명저 60선〉
- 클리프턴 패디먼 〈일생의 독서 계획〉

274 모파상 단편선
기 드 모파상 지음 | 임미경 옮김 | 400면

세계문학사상 가장 위대한 단편 작가 중 하나인 기 드 모파상. 속되고도 아름다운 삶의 면면을 날카롭게 포착하는 그의 걸작 단편들

275 평범한 인생
카렐 차페크 장편소설 | 송순섭 옮김 | 280면

죽음을 앞두고 진정한 자신들을 만난 한 남자의 이야기. 체코 문학의 길을 낸 20세기 최고의 이야기꾼 차페크의 걸작

276 마음
나쓰메 소세키 장편소설 | 양윤옥 옮김 | 344면

정교한 언어로 길어 올린 인간 내면의 연약한 심연. 일본의 국민 작가 나쓰메 소세키 문학의 정수

- 서울대학교 권장 도서 100선
- 피터 박스올 《죽기 전에 읽어야 할 1001권의 책》

277 인간 실격·사양
다자이 오사무 소설집 | 김난주 옮김 | 336면

일본 데카당스 문학의 기수 다자이 오사무. 그가 생의 마지막 불꽃을 태워 완성한 두 편의 대표작

278 작은 아씨들 전2권
루이자 메이 올컷 장편소설 | 허진 옮김 | 각 408, 464면

세상의 모든 딸들을 위한 걸작. 저마다 다른 개성으로 빛나는 네 자매의 성장 소설

- 『타임』지 선정 〈100대 영문 소설〉
- 미국 전국 교육 협회 선정 〈교사를 위한 100대 도서〉

280 고함과 분노
윌리엄 포크너 장편소설 | 윤교찬 옮김 | 520면

현대 미국 문학의 거장이자 노벨 문학상 수상 작가 윌리엄 포크너의 가장 강렬한 대표작

- 1949년 노벨 문학상 수상 작가
- 미국 대학 위원회 선정 SAT 추천 도서

281 신화의 시대
토머스 불핀치 신화집 | 박중서 옮김 | 664면

서양 문화의 근간이 되는 그리스 로마 신화를 집대성한 최고의 역작

- 서울대학교 권장 도서 100선
- 한국 문인이 선호하는 세계 명작 소설 100선

282 셜록 홈스의 모험
아서 코넌 도일 단편집 | 오숙은 옮김 | 456면

세계에서 가장 유명한 탐정 셜록 홈스 이야기의 정수를 담은 단편집. 문학사상 가장 위대한 추리 단편집으로 손꼽히는 역작

283 자기만의 방
버지니아 울프 지음 | 공경희 옮김 | 216면

선구적 페미니스트 버지니아 울프가 여성과 문학의 문제를 논한 에세이. 페미니즘의 가장 유명한 고전이 된 걸작

284 지상의 양식·새 양식
앙드레 지드 지음 | 최애영 옮김 | 360면

노벨 문학상 수상 작가 앙드레 지드의 대표작. 생의 쾌락을 향한 열정과 열광을 노래한 영원한 〈탈주와 해방의 참고서〉